Oxford Street
Street
Soho Chapel
Dean Street
Charles St.
Soho Bazar
Soho
Square
Chapel
Sutton
St. Giles in the Fields
St. Anns Court
Frith Street
Greek Street
Nr. 28
Queen Street
New Compton Street
Wardour Street
Dean Street
Frith Street
Salem Chap.
Moor Street
Greek Street
Nr. 64
Old Compton Street
Church Street
Frith Street
Lichfield Street
Princes Street
St. Annes
King Street
Maccles-field St.
King St.
Rupert Street
Rich-mond Street
Archer St.
Gerrard Street
N
W
O
S
Lisle Street
Princes Street
Rupert Street
Cranbourn St.
Bear Street
Windmill Street
Leicester Square
Coventry Street

KNAUR

CLAUDIA & NADJA
BEINERT

Revolution im Herzen

Die heimliche Liebe des Karl Marx

Historischer Roman

KNAUR

Besuchen Sie uns im Internet:
www.knaur.de

FSC
www.fsc.org
MIX
Papier aus verantwortungsvollen Quellen
FSC® C083411

Originalausgabe April 2018

Ein Imprint der Verlagsgruppe Droemer Knaur GmbH & Co. KG, München

Redaktion: Dr. Heike Fischer
Covergestaltung: ZERO Werbeagentur, München
Coverabbildung: © Stephen Mulcahey / Trevillion Images
Satz: Adobe InDesign im Verlag
Druck und Bindung: CPI books GmbH, Leck
ISBN 978-3-426-65433-0

2 4 5 3 1

Für unsere Oma E.,
die auch zum Dienen in die Stadt ging

Kein ärgrer Brauch erwuchs den Menschen als
das Geld! Es äschert ganze Städte ein.
Es treibt die Männer weg von Haus und Hof,
ja, es verführt auch unverdorbne Herzen,
sich schändlichen Geschäften hinzugeben,
es weist den Sterblichen zur Schurkerei
den Weg, zu jeder gottvergessnen Tat!

Worte des Kreon, König von Theben, in »Antigone«,
geschrieben von Sophokles
(antiker griechischer Tragödiendichter)

Inhalt

Personenverzeichnis 11

Teil 1 13
Zitterhand! 15
Der Schachgeist 26
Dorothea aus Urweiler 33
Düster 41

Teil 2 57
Immer noch spüren 59
Schwur wegen Karl 71
Vernunft und Leidenschaft 85
Karls Schuld 107
Schatten aus Paris 121

Teil 3 133
Delirium furiosum 135
Dieser Herr Engels 144
Ein Gespenst geht um in Europa 177
Seine Hände 187

Teil 4 207
Komme, was wolle! 209
Sterne über London 226
Nur ein bisschen Honig 240
Da nannten sie mir Knotenpelz 255

Teil 5 267
Nackte Haut 269
Zerrissen 294
Ein Kind der Liebe 320

Teil 6 337
Ein Niesen 339
Vergessen 347
Lebenszeichen 354
Schmetterlinge 368
Einsamkeit 399
Mein Charley 407
Schuldig 426

Nachwort 441

Glossar 455

Bibliografische Hinweise 463

Personenverzeichnis

(Übersicht über die wichtigsten Charaktere, historische Persönlichkeiten sind mit einem Sternchen versehen)

Helena »Lenchen« Demuth* aus Sankt Wendel
Zitterhand, Kämpferin und Liebende.

Michael Demuth*, Lenchens Vater, genannt »Pabbi«
Er lehrt sein Lenchen das Vorausdenken.

Maria Katharina Demuth* (geborene Kreutz), Lenchens Mutter
Die Armut hat sie sehr verändert.

Barbara*, Anna*, Katharina*, Peter*, Elisabeth* und Maria Demuth*, Lenchens Geschwister
Einzig Peter wird Lenchen überleben.

Karl Marx*, Philosoph, Gesellschafts- und Wirtschaftstheoretiker und Journalist
Eine seiner größten Niederlagen erleidet er durch Lenchen.

»Baronesse« Johanna Bertha Julie »Jenny« Marx*, geborene von Westphalen, Ehefrau von Karl Marx
Sehr bald wird es ihr an Kleidung und sogar an Nahrung mangeln.

Jennychen*, Laura*, Föxchen*, Musch*, Franziska* und Ellen Marx*
Die sechs der insgesamt sieben Kinder von Karl und Jenny Marx, die für Lenchen wie zu eigenen werden.

Friedrich Engels*, Gesellschafts- und Wirtschaftstheoretiker, Philosoph und Journalist
Der Unternehmersohn kommt nicht von Karl los, genauso wie Lenchen.

»Baron« Ludwig* und »Baronin« Caroline von Westphalen* (geborene Heubel), Eltern der Jenny von Westphalen
Wollen nur das Beste für ihre Tochter. Karl Marx als Ehemann gehört zunächst nicht dazu.

Edgar von Westphalen*, jüngster Bruder der Jenny von Westphalen und Klassenkamerad von Karl Marx
Er bringt Karl Marx mit in das Haus der von Westphalens, dort wird ihm Lenchen öfter begegnen.

Angela Steinbach*, Köchin im Hause der von Westphalens
Die unabhängige, ewige Jungfer.

Sophia Marx*, Schwester von Karl Marx
Glaubt, dass Dienstmädchen nichts von großen Gefühlen verstehen.

Dorothea aus Urweiler
Sie hat als Dienstmädchen ihr Glück in Trier gemacht – wenn man dem Geschwätz in Sankt Wendel glauben darf.

Naomi aus der Dean Street
Sie weiß, wie es ist, das Leben mit einem NEIN zu beginnen.

Gordon Price vom »Peterson's Coffeehouse«
Der Schotte macht den besten Bienenstich in ganz London.

Doktor Rooper
Er könnte Lenchen mit Freddy weiterhelfen.

Wegbegleiter der Familie Marx, darunter die Herren Hess, Weerth, Freiligrath, Wolff, Weydemeyer, Schramm, Blanc, Liebknecht und Born

Teil

I

London, 27. August 1850

Mein schwarzer König,

ich bin nie zärtlicher und sehnsüchtiger als von Dir berührt worden. Du ziehst brennende Furchen in meine Haut. So nah bei Dir fühle ich, alles überstehen zu können. Es ist wie im Traum: mit allen Sinnen gewollt, begehrt und geliebt zu werden. Durch Dich bin ich von Lenchen zur Helena geworden.

Vor Jahrhunderten glaubten die Menschen noch, dass die Erde eine Scheibe sei, bis einmal jemand über deren angeblichen Rand hinausfuhr und nicht herunterfiel. Alles ist möglich, wenn wir nur daran glauben. Alles ist möglich in unserer neuen Welt.

Du bist mir Licht geworden, obwohl unsere Geschichte damals auf dem Friedhof in Trier so düster begann. Ich nahm mir vor, Dich nie mehr wiederzusehen, so sehr hattest Du mich mit Deinem Blick in die Knie zwingen wollen!

Und dennoch nannte ich Dich in Gedanken vom ersten Tag an vertraut beim Vornamen, nicht »gnädiger junger Herr«, wie ich es jahrelang mit Edgar hielt.

Ob wir schon immer füreinander bestimmt waren? Ich taumele vor Freude und möchte am liebsten keinen Moment mehr ohne Dich sein.

Helena, Deine Erlöserin

Zitterhand!

Sankt Wendel, im März 1829

Seitdem ich von den bösen Geistern in unserem Haus wusste, konnte ich kaum noch schlafen. Meine ältere Schwester Katharina sagte, dass Geister die unreinen Seelen Verstorbener seien. Seelen, dieses Wort, das die Erwachsenen so oft verwenden. Ich stelle mir unreine Seelen wie schwarze Wolken vor, gefüllt mit viel Dreck und so stinkend wie unser Ochse und die Kuh draußen im Stall, wenn tagelang nicht ausgemistet wurde.

Katharina wusste außerdem von der Mittelwelt, diesem Ort zwischen Himmel und Hölle, wo das schreckliche Fegefeuer, vor dem ich so viel Angst hatte, loderte und die Seelen nach dem Tod hinkamen. Dort gäbe es eine Leiter in den Himmel zu Gott, behauptete sie, viel breiter als die Leiter, die an unserem Heuboden lehnte, damit auch alle Seelen Platz darauf fanden. Bevor die Seelen dem Himmelreich entgegensteigen durften, mussten sie sich reinigen, wie wir Kinder der Familie Demuth es an Sonntagen im Holzzuber im Hof taten. Dermaßen gereinigte Seelen sind Geister des Segens. Sie tragen weiße Kleidung oder erscheinen uns gleißend hell. Dreckige Seelen, die noch auf den ersten Sprossen der Leiter stehen, sind Geister der Hölle, die uns zur Sünde verführen. Sie tragen schwarze Kleidung. Letzte Nacht, Katharina hat es uns gleich nach dem Aufstehen erzählt, hatte ein schwarzer Geist ihre Wange berührt.

Wann immer ich seit dem Morgen daher einen Blick auf Katharinas Wange warf, konnte ich keinen klaren Gedanken mehr fassen. Meine Hände zitterten deshalb schon den ganzen Tag vor Angst, und mir war so schrecklich heiß, als befände ich mich bereits im Fegefeuer und nicht in der Stube unseres Hauses in Sankt Wendel. Wie sehr wünschte ich mir doch kaltes Wasser herbei.

Wasser gegen meine Angst, gegen schwarze Geister und schwarze Wolken.

Ein Poltern holte mich in die Stube zurück, ich riss die Augen auf. Eine gelbe dicke Masse und Scherbenstücke bedeckten meine Schuhe. Sofort versteckte ich meine zitternden Hände hinter dem Rücken.

»Helena, was hast du gemacht? Das war unsere Kartoffelsuppe!«, rief Mutter erbost vom Tisch zu mir herüber. »Und die letzte irdene Schüssel! Erzähl bloß keinem, dass du bereits acht Jahre bist!« Meine Geschwister schauten mich mit großen Augen an. Sie saßen neben der Mutter eng um den Tisch mit dem Unschlittlicht herum, das wir jeden Tag bei Einbruch der Dämmerung anzündeten. Der Geruch dreckigen Rindertalgs war bis zu mir herüber zu riechen.

»Der Name ›Zitterhand‹ passt besser zu dir als Helena!«, schimpfte Barbara, meine älteste Schwester.

Ihre Worte machten mich sehr traurig. Zitterhand, so hänselten mich auch die Kinder anderer Tagelöhner und Ackerer aus Sankt Wendel, allen voran Hilga, die Tochter von Bäckermeister Klempe.

»Dein Ungeschick wird uns alle noch ins Grab bringen!«, sagte Mutter. Vor weniger als drei Wochen erst hatte sie Maria entbunden, seitdem waren ihre Augenlider rot. Mutter schlurfte zu mir herüber und schlug mir mit der flachen Hand auf die Wange.

»Aua!« Wir Kinder bekamen Mutters Zorn immer häufiger zu spüren. Uns alle hatte sie schon einmal geohrfeigt, wobei es mich wegen meiner Ungeschicktheit am häufigsten traf.

Ich wankte von der Heftigkeit des Schlags, während Mutter zurück zum Tisch schlurfte. In diesem Moment heulte Maria los. Mit ihrem blonden Haar und den abstehenden Ohren kam sie ganz nach Pabbi. Wir anderen fünf Kinder sähen dagegen wie Mutter aus, sagte unsere Nachbarin. Wir besäßen die gleich großen braunen Augen, Mutters hohe Stirn und ihr glattes Haar in der Farbe von Haselnüssen, die ich so gerne naschte.

Meine Hände hinter dem Rücken zitterten heftiger, als mein Herz schlug, so als schüttelte sie jemand Unsichtbares. Der Streichelgeist? Ich schaute zum Bild des heiligen Wendelin an der Wand über dem Esstisch, dem einzigen Schmuckstück in unserer Stube. *Hilf mir, Heiliger, hilf mir, dass ich nicht immer zittere, und mache, dass der böse Geist verschwindet,* bat ich still.

Ein rauer Lappen klatschte mir ins Gesicht. »Steh nicht so nutzlos herum!«, verlangte Barbara. Ich glaube, mich mochte sie von uns Geschwistern am wenigsten. Seit der vergangenen Missernte reichte Pabbis Lohn nicht mehr aus, um uns alle satt zu kriegen, weswegen er auch den Feldknecht hatte fortschicken müssen. Seitdem übernahmen Katharina, die Zweitälteste, und ich tagsüber die Arbeit des Knechts auf dem Acker mit dem Roggen und den Kartoffeln. Ganz früh am Morgen, bevor es auf den Acker ging, zeigte ich Elisabeth, wie man Wäsche wusch und das Haus rein hielt. Solange Pabbi uns noch satt bekommen hatte, hatte ich Mutter im Haushalt geholfen.

Ich ging in die Hocke und begann, die Scherben aufzusammeln und die Suppe aufzuwischen. Mutter holte Brot und das letzte Stückchen Butter aus dem Vorratsraum. Die Butter roch herrlich süß, als sie an mir vorbeigetragen wurde. Ich wollte jetzt so gerne mit den anderen essen, aber stattdessen reinigte ich auf Knien den Boden. Wenn niemand guckte, nahm ich mit den Fingerspitzen die Kartoffelsuppe vom Boden auf und leckte sie ab.

Als ich das nächste Mal aufschaute, war auf dem Tisch nicht einmal mehr ein Brotkanten übrig. Meine Familie war dazu übergegangen, die letzten Pflichten des Tages zu erledigen. Mutter fertigte im Schein des Unschlittlichts Bänder aus rohem Garn, die dann von Hausierern verkauft wurden. Die Bänder konnten als Kleiderschmuck oder zum Zusammenbinden der Haare verwendet werden. Am besten kamen sie an den Schuten zur Geltung, den großen, mit einer Krempe versehenen Damenhüten, wie sie von den Töchtern des Schultheißen getragen wurden.

Auch an diesem unglücklichen Abend setzte sich Barbara wieder zu Mutter und half ihr. Inzwischen sagten die Leute, meine älteste Schwester würde die besten Bänder in ganz Sankt Wendel fertigen. Sie arbeitete schneller und geschickter als Mutter, die immer öfter bei der Arbeit einschlief. Meine Schwester Katharina trieb das

Spinnrad an. Peter, der nach Katharina geboren worden war, saß im Halbdunkel über seine Schreibtafel gebeugt und buchstabierte laut. Wann wohl Pabbi endlich nach Hause käme? Er kam oft als Letzter heim und verließ den Hof als Erster am Morgen. Als ich die Suppe fertig aufgewischt und den Lappen sauber gemacht hatte, ging ich in den Hof. Meine letzte Aufgabe des Tages war es, noch einmal nach unserem Ochsen und der Kuh zu schauen. Im Hof befanden sich die Scheune, der Abort und ein Gemüsebeet. Im Stall füllte ich den Wassertrog auf, warf frisches Stroh auf den Boden und hievte im Dunkel des Märzabends Eimer voller stinkender Scheiße zum Misthaufen beim Abort, direkt neben dem Kuhstall. Nur fort mit dem Dreck, der unreine Seelen anzog. Meine zitternden Hände beruhigten sich, je länger ich alleine war. Mutter würde es sicher gefallen, wenn ich vom Haus in die Scheune zöge, war ich überzeugt und verlor eine Träne deswegen.

Ich stellte den letzten geleerten Eimer beiseite, ließ mich an der Wand des Aborts, einem kleinen Haus mit schrägem Dach, hinabgleiten und nickte weg.

Erst der Geruch rauchigen Honigs ganz nahe vor meiner Nase weckte mich wieder. »Pabbi!« Pabbis wie so oft gerötetes Gesicht war ganz nah bei meinem. Endlich war er da.

»Mein Lenchen«, sagte er und nahm mich auf den Arm.

Pabbi war sehr stark. Ich glaube, sogar stärker als unser Ochse, der die schwere Egge tagelang über den Acker zog.

»Warum bist du so spät noch draußen?«, fragte er.

»Ich habe wieder eine …«, begann ich, stockte dann aber und lehnte meinen Kopf an seine Schulter. Wie schon zuvor beim Abendbrot den Geruch frischer Butter, sog ich nun Pabbis Atem ein. Er roch nach rauchigem Honig, was von seinem Kautabak kam. Schon öfter hatte Mutter versucht, Pabbi das Tabakkauen zu verbieten, weil er so hässlich und unkontrolliert, wie sie sagte, »braune Soße ausspie« und immer größere Stücke nahm. Oft gab sie erst dann auf, wenn er vortrug, dass ihn das lange wach hielt und seinen Hunger unterdrückte. Müde könne er schließlich kein Geld verdienen!

»Du bist ja ganz kalt«, bemerkte Pabbi, als er mir über die Wange strich und mich ins Haus trug. In der offenen Herdstelle loderte noch Glut, es musste kurz nach Mitternacht sein.

Pabbi setzte mich auf die Bank am Esstisch und legte Holz nach. Er war immer in Bewegung, selten sah ich ihn ruhen.

»Warte kurz, Lenchen«, bat er und verschwand noch einmal nach draußen.

Zwei halb fertige Bänder aus dunkelrotem Garn, die auf dem Tisch lagen, fingen meinen Blick ein, und ich stellte mir vor, wie sie wohl in meinem Haar aussehen würden. Da stand Pabbi auch schon wieder vor mir. In der einen Hand hielt er seine Tabakdose und einen Spucknapf, in der anderen ein seltsames Kissen, das gerade groß genug für die Puppe war, die ich mir so sehr zum nächsten Geburtstag wünschte. Eine mit gelbem Kleid.

»Ich glaube, du bist schon klug genug dafür.« Pabbi deutete auf das Kissen, das ich noch nie zuvor gesehen hatte.

Ich und klug? Die Töchter von Bäcker Klempe schimpften mich strohdumm. Wer mit den Händen so zittere wie ich, sei zu nichts zu gebrauchen, am allerwenigsten zum Denken! Einmal, als mir beim Wasserholen der gefüllte Eimer vom Brunnenrand fiel, war sogar mein Bruder Peter in ihre Hänseleien mit eingefallen. Seitdem holte ich das Wasser aus der Blies. Schon damals wusste ich, ohne Tränen zu weinen. *In mich hinein weinen* nannte ich das.

»Wofür klug genug?«, wollte ich wissen und strampelte vorfreudig mit den Beinen unter der Bank.

Pabbi legte Kissen sowie Napf ab und presste seinen Zeigefinger kurz auf die Lippen. Während er seine Tabakdose öffnete, zündete ich das Unschlittlicht auf dem Tisch an.

»Wofür klug genug?«, bohrte ich ungeduldig nach. Aber Pabbi riss erst einmal ein Stück von seiner Tabakrolle ab, kaute darauf herum und schob es sich dann in die rechte Backe. Genießerisch hob er das Kinn und schloss die Augen, wie wir Kinder es taten, wenn es Haselnüsse zu essen gab.

Endlich öffnete Pabbi die Augen wieder, ich schaute von ihm zum Kissen. »Ich mach ja schon«, flüsterte er. Sein darauffolgendes

Lächeln legte seine dunkel verfärbten Zähne frei. Niemand lächelte mich liebevoller an als Pabbi, niemand sonst hatte mich lieb.

Pabbi deutete auf das Kissen. Darauf waren abwechselnd schwarze und weiße Kästchen aufgestickt. Vierundsechzig insgesamt, gemeinsam zählten wir sie eins nach dem anderen ab. Nie zuvor hatte ich so weit gezählt. »Großmama hat es zu ihren Lebzeiten noch bestickt«, sagte Pabbi, ich konnte meinen Blick gar nicht mehr von dem Kissen nehmen.

Jedes der vierundsechzig Felder wurde entweder von vier weiß oder vier schwarz gestickten Linien umrahmt. Vier waren so viel, wie wir Löcher im Dach hatten. Gemeinsam sprachen wir ein Gebet für Großmama im Himmel, an die ich mich nicht mehr erinnerte. Ich hoffte, dass ihre Seele nicht mehr so schmutzig war wie unser Ochse, sondern dass sie inzwischen eine weiße Wolke war.

Noch vor dem Amen lugte ich mit halb offenen Augen wieder zum Kissen. An einer der vier Kanten entdeckte ich eine Öffnung, in die Pabbi nun hineingriff und weiß bemalte Figuren herausholte. Es waren Figuren so lang wie mein kleinster Finger, die auf Zahnstochern steckten und denen die untere Körperhälfte fehlte. Eine nach der anderen legte Pabbi sie auf meiner Seite vor dem Kissen ab. »Ich habe sie selbst geschnitzt und bemalt.«

Ich betrachtete jede einzelne Figur fasziniert und fuhr mit dem Zeigefinger über die Schnitzspuren. Nie zuvor hatte ich etwas Schöneres gesehen. Pabbi breitete die gleichen Figuren, nur diesmal in schwarzer Farbe, vor seiner Seite des Kissens aus. Die größte davon nahm er auf.

Plötzlich hielt er inne, weil oben eine Tür knarzte, ich aber starrte nur auf die Figur in seiner Hand. »Wer ist sie?«, wollte ich ungeduldig wissen.

Als die Tür oben ein zweites Mal knarzte, atmete er erleichtert auf. »Das ist ein Er – der König und die wichtigste Figur«, begann Pabbi, leise zu erklären. »Nach ihm wurde das Spiel benannt. Es heißt Schach, nach dem persischen Wort ›Schah‹, was so viel wie Herrscher bedeutet.«

»Schach«, wiederholte ich beeindruckt, nahm den weißen König am Zahnstocher auf und drehte ihn zwischen Zeigefinger und Daumen. Pabbi war sehr klug, er sprach sogar Persisch.

»Schach zu spielen ist genauso, wie eine Schlacht zu schlagen, und wer den Gegner matt setzen kann, hat gewonnen.« Pabbi steckte seinen schwarzen König mit dem spitzen Stöckchen in eines der mittleren weißen Felder auf seiner Seite des Kissens. Die Grundlinie nannte er diese Kästchenreihe und forderte mich auf, es ihm gleichzutun. Mir kribbelte es in den Fingern, auch einen König in der Hand halten zu dürfen, es war ein freudiges Kribbeln, kein Angstgefühl. Ich wollte den weißen König auf das schwarze der zwei mittleren Kästchen meiner Grundlinie setzen, aber die Stöckchenspitze wollte nicht durch den Stoff gehen. Zwei Mal musste ich fester drücken, damit die Figur im Kissen Halt fand.

Pabbi nickte mir zu. »Gut gemacht, Lenchen.« Als Nächstes nahm er seine schwarze Königin auf, die wie der König eine Krone trug, und steckte sie neben seinen König. Der Zahnstocher hatte ein wenig Schieflage auf dem Kissen, wie vom Sturm umgeblasen. Ich beobachtete Pabbis Tun sehr genau und setzte meine Königin neben meinen König. Danach kamen die Türme, die aussahen wie der dreiteilige Turm unserer Wendelinus-Basilika, und da waren auch noch die Pferde mit wallender Mähne und die Läufer mit der edlen Kopfbedeckung. Von den Bauern gab es acht Stück. Acht waren genau so viel, wie ich Eimer Mist allabendlich aus der Scheune trug. Pabbi hatte den Bauern Kindergesichter geschnitzt. Einer sah wie mein Bruder Peter aus, fand ich. Die Bauern fühlten sich nicht wie totes Holz an. Im Gegenteil: Sie ließen meine Fingerspitzen kribbeln, als wäre Leben in ihnen, als berührten sie mich ihrerseits.

Bald standen alle Figuren auf ihren Plätzen. Ich war so gespannt, was als Nächstes käme. Pabbi spuckte braune Soße in den Napf und griff, um sich ein weiteres Stück Tabak zu holen, nach der Dose. »In einer einzigen Schachpartie gibt es mehr Möglichkeiten, die Figuren handeln zu lassen, als Sandkörner auf allen Äckern der Erde«, sagte er dabei.

Mir klappte die Kinnlade hinab. Allein die Körner auf dem Sandacker hinter dem neuen Friedhof draußen vor den Toren von Sankt

Wendel waren so viele, dass vermutlich nicht einmal Peters Lehrer sie zählen konnte. Mit Pabbis Hilfe war ich heute Abend gerade einmal bis zur Zahl Vierundsechzig gekommen.

»Ein Schachspiel ist voller Ereignisse und überraschender Wendungen«, fuhr Pabbi fort. »Oft kann man durch viel Nachdenken einen Ausweg aus den schwierigsten Situationen finden.«

Ich hing weiter an Pabbis Lippen, auf denen noch Tabakschleim hing, und ich spürte sein Bein unter dem Tisch auf und ab wippen. »Es ist das Spiel der weisen Voraussicht, in dem es um den Sieg des Hellen«, er deutete auf die vor mir aufgereihten weißen Holzfiguren, »über das Dunkle geht.«

Das Helle gegen das Dunkle? Die guten gegen die bösen Geister? Die weißen gegen die schwarzen Wolken? Pabbi nahm seinen schwarzen König und beugte sich über das Kissen hinweg zu mir herüber, sodass sein Honigatem mein Gesicht streichelte. »Für jede Figur gibt es eine Regel, wie sie sich auf dem Schachbrett bewegen darf, um die Schlacht auszutragen.«

Ich sog jede von Pabbis Erklärungen auf. »Der König darf sich immer nur um ein Feld bewegen, die zwei Türme gehen nur entlang der Geraden. Die Königin wandert geradeaus in alle vier Richtungen und auch diagonal. Diagonal bedeutet, dass sie auf ihrem Weg immer die zwei gegenüberliegenden Ecken jedes Feldes entlanggeht, Lenchen.« Pabbi zog mit dem Finger auf dem Kissen solch eine Diagonale und fügte hinzu: »Diagonal darf sie aber nur auf den Feldern mit derselben Farbe des Feldes, auf das sie zu Beginn des Spiels gestellt wurde, gehen. Die Königin ist die Figur mit der größten Kampfkraft.«

Das überraschte mich. In Sankt Wendel hätten die Männer das Sagen, die reichen Männer, sagte Mutter immer.

»Die zwei Läufer mit der edlen Kopfbedeckung bewegen sich nur diagonal«, fuhr Pabbi fort. »Die Pferde springen in gerader Reihe von ihrem Standpunkt aus in alle vier Richtungen jeweils zwei Felder und von dort aus noch ein weiteres Feld nach links oder rechts.« Bei den Figuren mit den Kindergesichtern angelangt, die die gesamte Reihe vor dem König einnahmen, sagte Pabbi schließlich: »Der

Bauer kann nach Spielbeginn nur ein Feld vorwärtsgehen, deswegen ist er für viele die schwächste Figur mit dem geringsten Wert auf dem Schlachtfeld.« Er lehnte sich wieder auf seinem Stuhl zurück.

»Dem geringsten Wert?«, fragte ich. »Du meinst, genau wie wir Bauern, auf die so viele Menschen in Sankt Wendel schimpfen?«

Er nickte. »Aber das bedeutet nicht, dass der Bauer deswegen die geringste Bedeutung im Schachspiel hat«, sagte Pabbi und hob belehrend den Finger. Als Nächstes zog er seinen linken schwarzen Bauern aus dem Kissen. »Das Leben eines Schachbauern ist kurz, und weil er nur vorwärtsgehen kann, müssen seine Züge besonders gut überlegt werden.« Pabbi deutete erst einen, dann zwei Schritte auf den gestickten Kästchen an.

»Züge?«, fragte ich.

»Beim Schach bezeichnet man die Bewegung der Figuren, unabhängig davon, wie viele Schritte sie machen, als einen Zug. Du und ich, wir ziehen abwechselnd. So geht das Spiel.«

Abwechselnd also, wie beim Ballspielen, dachte ich mir, erst wirft der eine, dann der andere. Ich hätte so gerne auch wieder einmal die Zeit gehabt, Ball zu spielen oder mit dem Hund der Nachbarn herumzutollen.

»Lenchen, die Bauern sind die Seele dieses Spiels«, sagte Pabbi, und es klang wie ein Geheimnis. Seine blauen Augen leuchteten bei diesen Worten hell auf. »Die Stellung der acht Bauern zusammen kann die der anderen Figuren stark beeinflussen.«

In meiner Fantasie sah ich die Bauern von Sankt Wendel nebeneinander auf unserem Acker stehen, mit Heugabeln und Sensen in der Hand, und ich fragte mich, wie sie einen König beeinflussen könnten. Eigentlich doch nur, indem sie ihn mit ihren Heugabeln aufspießten. Eine Weile war nur das Knacken der brennenden Holzscheite in der Herdstelle zu hören, nicht einmal mehr Pabbis Bein unter dem Tisch bewegte sich.

Wir übten die Züge jeder Figur, bis ich Brennholz nachlegen musste. Als ich an den Tisch zurückkam, war Pabbi – den Kopf auf seinen verschränkten Armen – eingeschlafen.

Ich rüttelte ihn an der Schulter. »Spielen wir?«

»Weiß beginnt die Partie«, murmelte er und hob den Kopf.

Sofort nahm ich auf der Bank Platz, die weißen Figuren vor mir. Ich war bereit, aber nun weinte Maria oben. Eine Tür knarzte, und Schritte schlurften über den Boden.

»Ich mache einen Zug mit dem mittleren Bauern«, sagte ich voller Stolz darüber, das neu gelernte Wort »Zug« gleich zu verwenden. Ich hatte nur noch Augen für das Spiel und führte meine Hand über den Bauern mit Peters Gesicht. »Oder vielleicht doch lieber mit dem daneben?«

Mit einem Mal stand Mutter mit der jammernden Maria auf dem Arm am Tisch. »Sie beruhigt sich nicht, und trinken will sie auch nicht!« Sie hielt Pabbi mein jüngstes Geschwister hin.

Ich starrte noch immer gebannt auf meinen Bauern.

»Aber …«, setzte Pabbi gerade an, doch unter Mutters starrer Miene verstummte er und nahm Maria entgegen.

Mutter wandte sich nun mir zu. »Hast wohl noch nicht genug Pflichten, dass du nächtelang aufbleiben kannst, Helena? Und teures Brennholz verschwendet ihr auch noch!« Sie griff nach dem Kissen.

Ich sprang auf. »Nicht das Steckschach!« Bittend faltete ich meine Hände, aber sie schüttelte das Kissen wie einen Lappen. Die Figuren fielen zu Boden. Im fahlen Schein des Unschlittlichts sah ich die Königin vor der Wand neben dem Herd liegen, zwei Bauern kullerten zur Haustür, Peter war darunter. Schlussendlich warf Mutter das Kissen zurück auf den Tisch. Pabbi sagte nichts dazu, aus den Augenwinkeln heraus sah ich ihn nur heftiger kauen und Maria fest an sich pressen.

Wortlos schlappte Mutter die Stiege zu den Schlafkammern wieder hinauf. Als sie weg war, begann ich, die Figuren vom Boden aufzusammeln.

Maria weinte lauter, woraufhin Pabbi sich aus dem Stuhl stemmte. »Wir spielen ein anderes Mal weiter.«

»Aber meine Bauern, ich wollte gerade …« Ich schluchzte.

»Ich muss mich um Maria kümmern, Lenchen«, sagte Pabbi.

»Spielen wir dann morgen weiter?«, fragte ich hoffnungsvoll und zählte die Figuren in meinen Händen nach. Drei Mal alle Finger an meinen Händen und zwei Daumen mussten es sein. Zum Glück hatte ich alle wiedergefunden, der Zahnstocher der weißen Königin allerdings war angebrochen. Ich reichte Pabbi das gefüllte Kissen, er legte es beiseite.

»Wir müssen schauen, wann es passt, Lenchen.« Pabbi spuckte noch einmal braune Soße aus, dann streichelte er Maria über den Kopf. Meine jüngste Schwester beruhigte sich, und als sie auf Pabbis Arm keinen Mucks mehr von sich gab, gingen wir die Stiege zu den Schlafkammern hinauf.

»Na, schlüpf schon rein«, sagte Pabbi, als er vor meinem Bett angelangt war. Er schüttelte den vorderen Teil der Decke auf, während er Maria weiterhin auf dem Arm hielt.

Ich schlief zusammen mit meinen Geschwistern Elisabeth und Peter in einem Bett, wir lagen mit den Beinen und dem Kopf abwechselnd zueinander. Ich vorne am Rand mit Peters Füßen neben meinen Ohren. *Peter, gerade warst du noch ein Bauer beim Schach!*, dachte ich lächelnd.

Nachdem ich bis zur Brust zugedeckt war, kniete Pabbi sich vor die Bettkante und lächelte sein liebevolles Lächeln mit den dunkel verfärbten Zähnen. Dann drückte er mir seine warmen Lippen auf die Stirn, und noch einmal sog ich seinen rauchigen Honigatem ein. Kurz darauf verließ er mit der schlafenden Maria die Kammer.

Als es im Haus mucksmäuschenstill war, betete ich zum heiligen Wendelin, dass ich bald meine erste Partie eröffnen dürfte und dafür, dass der Heilige den Streichelgeist von mir fernhielt. Nach dem Gebet konnte ich nur noch an das Spiel mit den vielen schwarzen und weiß gerahmten Kästchen denken. Nur mit Pabbi wollte ich das Spiel spielen, ganz ungestört und friedlich.

In dieser Nacht tat ich kein Auge zu. Ich meinte, das von der Berührung der Figuren herrührende Kribbeln in meinen Fingerspitzen noch immer zu spüren. Bis zum Aufstehen wiederholte ich in Gedanken die Namen und Regeln für alle Schachfiguren, weil ich sie nie wieder vergessen wollte.

* * *

Der Schachgeist

Am nächsten Morgen stand ich müde auf, zeigte Elisabeth, wie man die Dielen im Dachgeschoss am besten sauber bekam, und machte mich dann auf den Acker. Bei der Arbeit auf dem Kartoffel- und dem Roggenfeld murmelte ich die Spielregeln des Schachs immer wieder vor mich hin. »Der König darf sich immer nur um ein Feld bewegen, die zwei Türme gehen nur entlang der Geraden.«

Am sechsten Abend nach unserer Schachnacht trafen Pabbi und ich uns endlich wieder zum Spielen. Die Abende zuvor war er so spät heimgekommen, dass ich, während ich auf ihn gewartet hatte, am Tisch eingeschlafen war.

Dieses Mal verschwendete ich kein Brennholz, sondern saß mit zwei Schichten Kleidung am Tisch. Um die Füße, die in den Holzschuhen steckten, hatte ich mir zwei dicke Putzlappen gebunden, damit sie nicht kalt wurden. Pabbi war unruhig, vermutlich ebenso aufgeregt wie ich. »Weiß beginnt die Partie!«

In meinem ersten Spiel wollte ich vor allem Spielfiguren gewinnen.

Einige Nächte später eröffnete er mir, dass man Schach auch strategisch spielen kann. Strategisch! Ein Wort, das ich nie zuvor gehört hatte. Je öfter ich es vor mich hin sprach, umso verheißungsvoller klang es.

»Strategisch bedeutet, dass man sich einen Plan macht, wie man den Gegner schachmatt setzt. Man denkt dabei immer mehrere Züge voraus.«

»Einen Plan machen? Ist das wie eine Liste schreiben, mit allen Zügen, die ich nacheinander machen möchte?« In der Schule benutzte Peter zum Schreiben einen Griffel und seine Tafel.

»Nur dass du die Züge nicht aufschreibst, sondern wie ein Bild im Kopf hast«, erklärte Pabbi. »Stelle dir in Gedanken vor, wie ich wahrscheinlich auf deinen Zug reagieren werde und wie du wiederum am besten darauf reagieren könntest.« Das Malen im Kopf war gar nicht so einfach. Anfangs dauerte es bei mir so lange, dass Pabbi darüber einnickte.

Nach vier weiteren Wochen Übung gewann ich das erste Mal gegen ihn, und er lächelte trotzdem. Zu gewinnen schmeckte süßer als gezuckerte Haselnüsse. »Es fühlt sich sogar schöner an als die Vorstellung, bald eine Puppe zum Geburtstag geschenkt zu bekommen«, gestand ich.

Nach diesem Geständnis warnte er mich sofort vor dem Schachgeist, der die Menschen befallen könne. Am häufigsten würde das bei Spielern geschehen, die oft gewannen, durch ihre Siege eitel wurden und sich immer noch mehr Ruhm erhofften. Ich stellte mir den Schachgeist mit spitzen Zähnen, Hörnern und glühenden Augen vor. In meiner Fantasie trug er einen schwarz-weiß karierten Mantel und schritt auf riesigen Zahnstocherbeinen umher.

In der Hoffnung, der Schachgeist ließe sich von Mutters Bannspruch gegen Klopfgeister verscheuchen, sagte ich diesen regelmäßig vor dem Zubettgehen auf: »Luft, Wasser, Feuer, Erde und alle Geister, hört! Ich, Lenchen, verbiete euch im Namen Gottes mein Bett, mein Haus und meinen Stall. Ich verbiete euch meinen Leib, mein Blut und meine Seele. Ich verbiete euch jedes Nagellöchlein an der Wand, bis der liebe Tag kommt, an dem die heilige Maria Mutter Gottes ihren zweiten Sohn gebärt. Amen.«

Pabbi rupfte bei unseren Spielen zunehmend ungeduldiger an seiner Tabakrolle. Soweit ich es mitbekam, konnte er kein Geld mehr bei Bäcker Klempe dazuverdienen, und auch als Tragehilfe bei den Marschalls in der Tabakmanufaktur gab es keine Aufgabe mehr für ihn. Pabbi sah immer trauriger aus, selbst an den Abenden, an denen er beim Schach gewann.

Während die Mädchen der Stadt, die zum Kreis um die Bäckerstochter Hilga gehörten, über ihre Zukunft als Ehefrauen sprachen – Hilga selbst war gerade einmal zehn Jahre, aber einige ihrer Freundinnen waren bereits älter –, dachte ich nur an eines: an die nächste Schachpartie. Bei unseren nächtlichen Spielen gab es nur Pabbi, mich und die zweiunddreißig Figuren auf Zahnstochern, eine davon mit einem geklebten Stöckchen. Meine weißen hatten inzwischen Namen. Königin Luise, König Leopold, Bauer Andres, Bauer Matthias, die Pferde hießen Schneeflocke und Nebelstreif. Meine jüngere Schwester und ich waren auch unter den Figuren: Zwei der Bauern hatte ich Elisabeth und Helena genannt. Mit wachsender Begeisterung beobachtete ich, wie es Pabbi immer wieder gelang, meinen König zu umstellen.

Während des Spiels, in dem Pabbi mir aufzeigte, dass die meisten Schachfiguren im Zentrum des Kissens eine größere Wirkung entfalten können als an dessen Rand, griff er sich plötzlich an die Schläfen. Er murmelte etwas von Kopfschmerzen, erbrach sich und sackte zu Boden.

Ich sprang auf, beugte mich über ihn und rüttelte seinen Körper, aber er zuckte nur. Ich schrie nach Mutter, riss das Bild des heiligen Wendelin von der Wand und zeigte es Pabbi. »Bitte, Heiliger«, flehte ich, »höre auf, meinem Pabbi so weh zu tun.«

Pabbis Körper zuckte und zitterte weiterhin. Ob der Schachgeist in ihn gefahren war? »Luft, Wasser, Feuer, Erde und alle Schachgeister«, begann ich den Bannspruch, »ich, Lenchen, verbiete euch im Namen Gottes mein Bett, mein Haus und meinen Stall. Ich verbiete euch Pabbis Leib …«

Mutter kam die Stiege hinunter, gefolgt von Barbara und meinen anderen Geschwistern. Einzig Maria war noch oben. Unter hängenden Lidern fiel Mutters Blick zuerst auf das Kissen auf dem Tisch, dann auf Pabbi am Boden. Sein Gesicht war jetzt bleich und gar nicht mehr rot wie sonst fast immer.

»Michael?« Mutter ging vor Pabbi in die Knie und ruckelte an seinem Arm. Barbara befahl sie, mir das Heiligenbild aus der Hand zu nehmen und es wieder an die Wand zu hängen.

Weil Pabbi nicht antwortete, schlug Mutter ihm leicht auf die Wange. Braune Soße klebte in seinen schlaffen Mundwinkeln, seine Augen standen offen. »Michael, verdammt!«

»Pabbi ist nicht verdammt«, schluchzte ich, »denn er hat nach einem Sieg nie von Ruhm gesprochen.«

Mutter trommelte mit den Fäusten auf Pabbis Brust. »Und wer soll uns jetzt ernähren, Michael?«

Ich kniete mich nun ebenfalls neben Pabbi nieder. »Es wird alles wieder gut werden«, flüsterte ich ihm zu, aber Mutter stieß mich weg. »Peter und Katharina, lauft zum Pfarrhaus!«, befahl sie.

Warum schickte sie die beiden nach dem Pfarrer? Wir brauchten doch jemanden, der heilen konnte. »Aber …«, setzte ich an, doch Mutter schnitt mir das Wort ab: »Wisch sein Erbrochenes auf. So dreckig soll der Pfarrer unsere Stube nicht sehen!«

»Mach schon, wisch es weg, Helena!« Barbara kam von der Wand zu mir, wo sie gerade den heiligen Wendelin aufgehängt hatte. »Dass du immer widersprechen musst. Selbst jetzt noch, in seiner letzten …«

»Seine letzte …?« Wie betäubt holte ich einen Lappen.

»Wie soll ich alleine nur sechs Kinder durchbringen?«, jammerte Mutter.

Als ich mit dem Aufwischen fertig war, betrat auch schon der Pfarrer, gefolgt von Peter und Katharina, unsere Stube. Er war ein riesiger Mann, und seinen mahnenden Blick kannte ich von den Sonntagen in der Kirche. Er beugte sich über Pabbi, hielt ihm die Hand vor den Mund und legte sein Ohr an Pabbis Brust. Pabbis Blick war starr, starrer, als wenn er auf eine der Schachfiguren geschaut und seinen nächsten Zug überlegt hatte.

»Wie ist es passiert?«, wollte der Pfarrer wissen.

Alle blickten mich daraufhin an. Ich ließ den Lappen fallen und brachte nur kleinlaut hervor: »Wir, wir … haben Steckschach gespielt. Da hat sich Pabbi plötzlich … an, an den Kopf gefasst und ist zu Boden gefallen.« Die bösen Bilder erschienen mir erneut vor Augen. Ich schluchzte.

»Steckschach!« Mutter schüttelte ungläubig den Kopf.

»Der Allmächtige hat Michael Demuth zu sich in die Ewigkeit gerufen«, verkündete der Pfarrer.

»Zu sich gerufen?«, fragte ich.

»Er ist tot!«, knurrte Peter. »Er kommt nie mehr. Er ist jetzt bei Gott.«

Ich wollte Pabbi nicht zu Gott gehen lassen, sondern ihn hier bei mir haben. Stumm weinte ich in mich hinein. Elisabeth, die im

Gegensatz zu den anderen die Treppenstufen nicht ganz heruntergegangen war und immer noch auf der Stiege stand, hatte den Ärmel ihres Nachthemdes nass gekaut.

»Wir müssen ihm die Augen schließen!«, sagte der Pfarrer, aber Mutter schien ihn nicht zu hören, sie murmelte nur: »Steckschach …«, und schüttelte verständnislos den Kopf.

An Mutters statt schloss ich Pabbi die Augen, damit sein starrer Blick nicht noch andere mit in den Tod zog. So hatte es Pabbi bei Anna, meiner verstorbenen Schwester, gehalten.

Pabbi bekam die Sterbesakramente nachträglich gereicht, zu diesem Zeitpunkt hatten Peter und Katharina bereits die Nachbarn verständigt.

Starr verfolgte ich, wie Pabbis lebloser Körper nach oben in die elterliche Schlafkammer getragen wurde.

Am nächsten Morgen wurde er dort von den älteren Nachbarn gewaschen und in ein Sterbehemd gekleidet, die Erwachsenen sagten, so sei es Brauch. Barbara befestigte einen schwarzen Flor an der Haustür, damit alle, die an unserem Haus vorbeikamen, mit uns trauern konnten. Nachdem ich aus meiner Erschütterung wieder zu mir gekommen war, versteckte ich das Schachspiel sowie Pabbis Tabakdose in der Futterkiste in der Scheune, dort, wo die Leiter zum Heuboden stand.

Bis zur Einsargung blieb Pabbi in seinem Sterbehemd noch im oberen Stockwerk liegen, seine Seele war noch irgendwo in unserem Haus, das spürte ich, er wollte noch nicht auf die Leiter der Zwischenwelt. Die Nachbarinnen hielten die Totenwache. In den Nächten beobachtete ich durch den Türspalt, wann sie wegnickten. Sobald es so weit war, schlüpfte ich in die Kammer und hielt Pabbi die kalte Hand. Ein rußendes Unschlittlicht mit breitem Docht brannte neben ihm, die Flamme wurde vom Wind hin und her gescheucht, als flögen Geister um seinen Leib herum.

Nach Pabbis Tod wagte ich nicht, das Schachkissen wieder anzurühren. Dennoch zog es mich mehrmals zur Futterkiste in die Scheune. Beim ersten Mal riss ich nur ein kleines Stück von Pabbis Tabakrolle ab und legte es mir auf die Zunge. Es brannte im Rachen. Bitter, rau und scharf zugleich. Ich hätte den Tabak am liebsten ausgespuckt, zwang mich aber dazu, ihn im Mund zu behalten. Mit Schwindel im Kopf tat ich es Pabbi gleich: Ich hob das Kinn und versuchte, den Tabak zu genießen. Trotz des ekeligen Geschmacks erzeugte er bald darauf warme Gefühle in mir, und ich konnte sogar etwas entspannen. Wie ich die braune Soße im Mund hin und her wiegte, ging es mir besser, und ich fühlte mich Pabbi ganz nah.

Seitdem er tot war, ruhten alle Arbeiten auf dem Hof. Wir trugen schwarze Leinenkleider und Schleier, die vom Kopf bis über die Schultern hinabreichten. Das ganze Haus schien so kalt zu sein wie der Raum, in dem Pabbi auf seinen Sarg wartete. Nicht einmal Mutter klagte mehr. Nur zwei Mal hatte ich sie seit Pabbis Tod sprechen gehört. Das erste Mal war bei einem Streit zwischen ihr und Onkel Klaus, Pabbis Bruder, gewesen. Es war darum gegangen, wer den Sarg, den Totengräber und den Leichenschmaus bezahlen würde. Onkel Klaus wollte ihr nichts dazugeben, und es dauerte einige Tage, bis sie übereinkamen. Das war das zweite Mal, dass ich ihre Stimme gehört hatte. Ich bat Mutter, Schmetterlinge in Pabbis Grabstein meißeln zu lassen, weil er Tiere und Pflanzen so sehr gemocht hatte. Genau wie ich war er gerne bei der großen Eiche an der Blies gewesen und hatte an Frühlingstagen Forsythienstaub und den bis hierher wehenden Duft der braunen Tabakblätter, die regelmäßig von den Trocknungsräumen der Manufaktur zur Verarbeitung getragen wurden, eingesogen.

Erst am sechsten Tag nach seinem Ableben bekam Pabbi einen Sarg. Früh verstorbene Kinder, wie Anna, und Jungfrauen kamen in weiße Särge, Erwachsene in schwarze. Pabbis Sarg war nicht schwarz, sondern aus Holzbrettern und ohne Farbe. Zwischen die gefalteten Hände drückte der Pfarrer ihm ein Kruzifix. Das Begräbnis fand am Nachmittag statt. Nur allein lebende Menschen und Kinder wurden abends begraben. Elisabeth und ich gingen Erinnerungsblätter im Ort verteilen, kleine Zettel, auf denen etwas über den Verstorbenen geschrieben stand. Unser Erntekarren mit dem Sarg zuckelte zum neuen Friedhof außerhalb der Stadt. Peter führte den Ochsen vorne am Karren, ihm voran schritt der Pfarrer. Der Trauerzug folgte hintenan. Mutter wurde von Barbara gestützt. Katharina und Elisabeth gingen hinter den beiden, ich sollte die kleine Maria ruhig halten. Sie litt an Fieberschüben. Die Männer aus der Obergasse trugen schwere dunkle Mäntel und allesamt Hüte mit Trauerflor. Immer wieder wurde Pabbis Name gerufen: Michael Demuth. Vom Turm der Wendelinus-Basilika läuteten die Glocken Sturm.

Pabbi wurde einen Sarg tief in die Erde gelassen. Weder Schmetterlinge noch einen Grabstein bekam er, nur ein einfaches Holzkreuz. Zu früh war er gegangen, hob der Pfarrer hervor, im einundvierzigsten Lebensjahr. Nachdem er das abschließende Gebet gesprochen hatte, traten erst Mutter und meine Geschwister ans Grab, um Erde auf den Sarg zu werfen. Als Letzte aus der Familie war ich dran. Pabbi durfte mich nicht vergessen. Mich, sein Lenchen! So grausam, wie die Traurigkeit in mir brannte, stellte ich mir das Fegefeuer vor.

Die fiebernde Maria gab ich Katharina. Mit der Schaufel nahm ich Erde vom Haufen neben dem Grab auf. Pabbis Bild, wie er sich die Hände gegen die Schläfen presste, erschien mir wieder vor Augen. Pabbis Augen waren weit aufgerissen, sein Gesicht schmerzverzerrt. Ich erschauerte vor seinem Grab. Das Zittern begann in meinen Händen, zog meine Arme hinauf und weiter über den Oberkörper bis in die Beine hinab. Ich spürte neues Feuer in mir aufsteigen und hätte mich am liebsten mit kaltem Wasser übergossen.

Hinter meinem Rücken setzte Getuschel ein, aber mir war, als stünden die anderen Trauernden hundert Fuß von mir entfernt.

Ich spürte, wie mein Herz sich zusammenzog. Der einzige Mensch, der mich lieb hatte, war gegangen.

* * *

Dorothea aus Urweiler

Nach Pabbis Tod mussten wir ein Jahr lang Trauerkleidung tragen und sämtliche Feste und Vergnügungen auslassen. Jeder Frohsinn war aus meinem Leben verschwunden. Wenn ich sein Fehlen gar nicht mehr aushielt, kaute ich heimlich Tabak in der Scheune. Der Familie ging es immer schlechter. An Geburtstagen war früher für uns Kinder immer eine Kerze angezündet worden, nicht jedoch in diesem Jahr. Kerzen waren teuer. Die Puppe mit dem gelben Kleid, die ich mir so sehr gewünscht hatte, bekam ich auch nicht. Alles war so traurig, und oft gingen wir mit knurrendem Magen ins Bett.

Mutter schaute nur noch böse drein. Nicht einmal die Komplimente der Hausierer für ihre und Barbaras Bänder heiterten sie auf. Die Nachbarn sagten, dass es weit und breit keinen heiratswilligen Mann gäbe, der sich freiwillig sechs hungrige Mäuler ins Haus holen würde. Ich wollte sowieso keinen neuen Pabbi, und außerdem hatten wir keine Mäuler. Tiere wie Tasso, der Nachbarshund, hatten ein Maul. Doch auch er konnte mich nicht aufmuntern, früher hatte ich gelacht, wenn er mir die Pfote auf die Schulter gelegt hatte oder wie wild im Kreis seinem eigenen Schwanz hinterhergejagt war.

Ich übernahm einen Teil von Pabbis Aufgaben bei den Kartoffeln und beim Roggen. Schließlich musste aber sogar Peter aus der Schule genommen werden, damit auch er auf dem Acker arbeiten konnte. Er führte den Ochsen. Ich ging neben der Egge her und musste die schwere hölzerne Gerätschaft mit den Eisenzinken heben und reinigen. Außerdem brachte ich die Saat auf dem Feld aus und zog Unkraut heraus. Daheim saß Katharina stundenlang am Spinnrad. Barbara half Mutter weiterhin bei der Herstellung von Bändern. Mutter übergab mir die kleine Maria immer öfter.

Abends, wenn ich erschöpft nach Hause kam, schliefen die anderen meist schon. Im Dunkeln setzte ich mich dann an den Tisch und schaute immer wieder zur Tür, so wie früher, wenn ich auf Pabbis Heimkehr gewartet hatte. Erst wenn ich die Augen nicht mehr offen halten konnte, stieg ich die Stiege zur Schlafkammer hinauf und legte mich ins Bett. Ruhelos lauschte ich dem Wind hinter den Lehmwänden und verkroch mich vor den Klopfgeistern unter dem Stück Decke, das Peter mir zugestand.

Als im Herbst die Ernte anstand, hängte ich mir den Wetzstein um und schnitt das Korn mit der Sense, auch an Sonntagen. Zur Kartoffelernte musste sogar Barbara mit aufs Feld, anstatt Mutter beim Herstellen der Bänder zu helfen. Wir ernteten noch weniger Kartoffeln als im Vorjahr. Einen guten Teil vom Roggen hatten wir durch Stürme verloren. Auch der heilige Wendelin wusste keinen Rat mehr, wie es weitergehen sollte, und den ersten Winter ohne Pabbi überstanden wir nur, weil Elisabeth mit ihren sechs Jahren durch Sankt Wendel zog und Eier erbettelte, indem sie mit heller Stimme Lieder vortrug. Ich versuchte, meinen Hunger mit viel Wassertrinken zu stillen.

An Pabbis erstem Todestag, das war am siebzehnten Mai im Jahr 1830, schalt Barbara mich heftig, weil ich mich weigerte, mein schwarzes Trauerkleid abzulegen. »Sei nicht immer so starrköpfig! Aus dir wird nie was werden.« Ich dachte, wenn ich das Kleid auszöge, würde Pabbi aus meiner Erinnerung verschwinden. Deswegen trug ich es weiterhin zur sonntäglichen Messe und mit einer Schürze darüber auch bei den Feldarbeiten.

Nach der Messe zu Pabbis erstem Todestag sammelten sich die Messebesucher wie üblich auf dem Vorplatz um die Wendelinus-Basilika herum. Sie unterhielten sich, und die Kirchgänger, die es sich leisten konnten, aßen noch in der Gaststube der Stadt. Nicht nur die Erwachsenen, auch die jüngeren Leute und die Kinder kamen nun in kleinen Gruppen zusammen. Wie gewohnt war es Hilga, die sich mit ihrer reinweißen Haube in der Maisonne vor dem hellblauen Himmel hervortat. Diesmal berichtete sie davon, wie es einer Dorothea aus dem Nachbarort Urweiler ergangen sei. Dorothea war die Tochter eines Tischlers, die zum Dienen nach Trier gegangen war. So, wie Hilga es schilderte, musste Trier eine sehr große Stadt sein. Ob man dort Persisch sprach?

Ich stand mit Maria auf dem Arm abseits wie sonst auch. Meine jüngste Schwester fieberte, und obwohl sie schwach war und ihre Stirn glühte, hatte Mutter darauf bestanden, dass sie mit zur Messe kam. Geld für einen Doktor, der Maria mit Arznei half, war keines da. Meine jüngste Schwester war zu diesem Zeitpunkt ein gutes Jahr alt. Mit dem strohblonden Haar und den abstehenden Ohren erinnerte sie mich an Pabbi. Ich hatte die Kleine sehr lieb gewonnen und bat den lieben Gott darum, sie endlich von ihren Fieberschüben zu befreien.

»Ganz sicher ist das keine Mär!«, verkündete Hilga und reckte das Kinn. »Die Herrschaft nahm Dorothea liebevoll auf, als sei sie die von ihr so lang ersehnte Tochter.« Hilga besaß feine Züge und war so schön wie die vornehmen Damen, deren Platz in der Kirche sich in der allerersten Reihe befand und die sogar sitzen durften. Ihr Haar hatte die Farbe von hellem Weizenmehl. Mir fiel auf, wie Peter sie aus der Gruppe der Jungen heraus anstarrte. Immer mehr Mädchen scharten sich um sie, darunter auch meine Schwester Barbara. Ich näherte mich ihnen langsam.

»Als Dienstmädchen bekam Dorothea Weißwäsche und gestärkte und gebläute Schürzen«, berichtete die Bäckerstochter weiter.

Die sie umstehenden Mädchen kreischten vor Bewunderung. Sie selbst trugen Schürzen, die allesamt weder gestärkt noch gebläut waren. Eva und Ribba, die Gebertöchter, hatten nicht einmal Schuhe an den Füßen.

»Als Dienstmädchen trinkt Dorothea in ihren Pausen so viel Kaffee und Tee, wie sie will.« Hilgas grüne Augen leuchteten vor Begeisterung auf. »Zum letzten Weihnachtsfest hat ihre Herrschaft ihr sogar etwas geschenkt: die noch gute, abgetragene Kleidung der Nichte des Hauses, ein Seidenkleid mit Spitzenkragen war auch dabei.«

Spitze? Maria auf meinem Arm begann zu wimmern, ich drückte sie fester an mich und strich ihr beruhigend über die Stirn.

»Das alles will ich auch!«, rief Hilgas jüngere Schwester. Weitere Mädchen nickten ebenfalls. Berta, der Schweinehirtin vom Bosenbach, fielen fast die Augen heraus.

»Sie kriegt Essen, Unterkunft und noch zwanzig Taler Lohn. Einen ganzen Tag pro Woche hat sie nur für sich. Sie nennen das ›freie Kost und Logis‹.«

Unvermittelt bewegte ich mich weiter auf die Gruppe zu. Maria drückte ich weiterhin fest an mich und legte ihr mein Schultertuch um den fiebernden, ausgemergelten Leib.

»Die Herrschaften in Trier haben Speisekammern so groß wie Scheunen, und sie schlafen in Prunkgemächern.«

»Wie im Paradies«, staunte Barbara.

»Stellt euch nur Dorotheas Bett vor!« Hilga pausierte, bis auch das letzte der umstehenden Mädchen sie anstarrte. Ich stand noch drei Schritte von ihr und der Gruppe entfernt. »Dorothea schläft in einer Kammer ganz für sich allein, unter einem hoch aufgetürmten Federbett mit mehreren Kopfkissen und Bettwäsche aus feinem Leinen.«

Es klang unglaublich. »All das nur dafür, dass sie sauber macht?«, rutschte es mir heraus, und ich bereute meine Worte auch schon.

Wie von einer Geisterhand angewiesen, traten meine Schwester Barbara, die Schweinehirtin und ein anderes Mädchen, das ich nicht kannte, beiseite.

Hilga warf mir durch die Schneise einen verächtlichen Blick zu und fragte: »Hat Zitterhand gerade was gesagt?« Ihre Stimme klang jetzt gar nicht mehr schwärmerisch. »Was interessieren dich die Dienstmädchen in der Stadt? Du würdest doch jedes Geschirr schneller zerdeppern, als die Herrschaft es nachkaufen kann!«

Ich schaute zu Barbara, doch die senkte den Blick.

»Du bringst nur Unglück!«, blaffte Hilga. »Schleich dich, wenn das bei dir überhaupt ohne Stolpern geht!«

Ich spürte, wie sich Marias kleine Finger in meine Schulter krallten. »Ich wollte nur …«, begann ich, mehr bekam ich nicht heraus.

Hilga spottete: »Vom Geldverdienen verstehst du nichts. Kannst ja nicht mal eins und eins zusammenzählen!«

Ich konnte tatsächlich nicht rechnen, weil ich nicht zur Schule ging wie Peter, sosehr ich mir das heimlich auch wünschte.

Barbara kam zu mir, und ich hoffte, sie würde mir beistehen wie Pabbi früher. Aber meine Schwester nahm mir nur Maria ab und ging ein Stück den Hügel hinauf zur Obergasse.

Durch einen Tränenschleier hindurch schaute ich ihr nach und verfolgte, wie meine anderen Geschwister und Mutter an ihre Seite traten. Einzig Maria schaute noch zu mir und reckte ihre Ärmchen in meine Richtung.

»Bist du auch noch schwerhörig?«, motzte Hilga weiter. »Schleich dich! Mit einer wie dir wollen wir nicht gesehen werden!«

Ich stürzte in entgegengesetzter Richtung zu meiner Familie davon. Vorbei an der Wendelinus-Basilika und am Rathaus, hin zum unteren Tor, dann aus der Stadt hinaus und an die Blies. Schneller war ich nie zuvor gelaufen, beim Atmen brannte und stach es in mir. *Du bringst nur Unglück!* An der Eiche angekommen, kniete ich vor ihr nieder. Es dauerte eine Weile, bis das Atmen mir nicht mehr wehtat und ich wieder klar denken konnte.

Ich wollte, dass meine Familie mich lieb hatte. So viele Tage kämpfte ich nun schon um ein nettes Wort oder wenigstens ein Lächeln, aber wenn Mutter oder meine älteren Geschwister mich überhaupt anschauten, dann immer nur ausdruckslos oder missmutig.

Mit einem Mal kamen mir Hilgas Worte über Dorothea aus Urweiler wieder in den Sinn, die in Trier zwanzig Taler im Jahr verdiente. Wenn ich nur einen Teil davon meiner Familie geben könnte, würde es ihr bald bessergehen. Wenn ich in der Stadt Geld verdiente, könnte ich Pabbi außerdem einen Grabstein kaufen. Einen größeren und noch schöneren als den meiner toten Schwester Anna. Schließlich war Pabbi größer als Anna gewesen. Einen aus dunklem Stein mit hellen, eingemeißelten Buchstaben und Schmetterlingen darauf.

Es wurde stürmischer, das Getreide, das bereits hoch auf den Feldern stand, rauschte. Ich strich mir die Haare aus dem Gesicht und fragte mich, wer dann auf dem Acker wohl meine Arbeit übernehmen würde, wenn ich in Trier wäre. Mit meinem heimgesandten Geld könnte Mutter jedoch einen Knecht einstellen, so wie früher. Aber dafür musste ich Sankt Wendel erst einmal verlassen. Die kleine Stadt war mein Zuhause, innerhalb ihrer Mauern schmiegte sich Haus an Haus, Gehöft an Gehöft, und es duftete nach Tabakblättern und Forsythien. Ich war nie woanders gewesen. Pabbi hatte Sankt Wendel immer ein Dorf genannt. Pabbi! Auch wollte ich nicht weg von ihm, und wer überhaupt würde eine Zitterhand wie mich zum Dienen einstellen? In diesem Moment begann ich, in meinem Kopf ein Bild zu malen. Ein Bild mit einem hoch aufgetürmten Federbett und weißer Bettwäsche aus Leinen, genauso wie Hilga es beschrieben hatte. Vielleicht würden meine Zitterhände in einer so großen Stadt und unter so vielen Leuten aber auch gar nicht auffallen? Wenn ich eine Anstellung als Dienstmädchen fände und Geld verdiente, wäre meine Familie am Ende wieder glücklich.

Es dämmerte. Ich musste mich beeilen, noch in die Stadt zurückzukommen, bevor die Tore geschlossen wurden. Ich rannte die Blies ein Stück in den Süden und dann am Bosenbach entlang, vorbei an der Stelle, wo ich morgens immer Wasser holte, dort, wo weniger Unrat aus den Gossen der Stadt im Fluss schwamm.

Mit weichen Knien erreichte ich das obere Tor, das noch offen stand. Ein paar Haarsträhnen, die sich aus dem Flechtzopf gelöst hatten, fielen mir ins Gesicht. Bis der Himmel schwarz war, versteckte ich mich in der Obergasse hinter der Magdalenenkapelle. Ich wollte, sobald meine Familie schlief, meine Sachen holen und danach von allen unbemerkt den Hof verlassen, zu sehr fürchtete ich, dass Mutter ansonsten verlangen würde, dass ich bliebe und morgen früh wieder auf dem Acker arbeitete. Es fühlte sich schrecklich an, so geheimnisvoll zu tun. Erst als Stille über der Stadt lag, ging ich nach Hause. Das Hoftor war verschlossen. Mir blieb zum Reinkommen nur ein Stück vom Lattenzaun, der unseren Hof von der Straße und dem Nachbarhof trennte. Eine der Latten – kaum mehr als einen Fuß breit – war schon eine Weile lose. So schmal, wie ich war, war es einfach, sie beiseitezuschieben und mich durch den Spalt hindurchzuzwängen. Geduckt lief ich unter den Fenstern des Hauses vorbei und zum Karottenbeet vor der Scheune. Entgegen meiner Erwartung brannte noch Licht im Haus, und ich hörte Marias Weinen. Sollte ich unsere Jüngste mitnehmen? Ein warmes Federbett täte ihrem Fieber bestimmt gut. Tasso von nebenan bellte, er roch mich auf eine Preußische Meile Entfernung.

Mit einem Mal wurde die Haustür geöffnet, ich konnte gerade noch hinter das Aborthäuschen springen. Ich lugte um die Ecke und sah Mutter mit der weinenden Maria auf dem Arm.

»Los, Kind«, forderte sie meine jüngste Schwester auf, »wenn du dich schon übergeben willst, dann hier draußen! Ich bin es so leid.«

Die Art und Weise, wie sie zu Maria sprach, tat mir weh. Für einen Moment glaubte ich gar, keine Luft mehr zu bekommen. Mit ausgestreckten Armen hielt Mutter Maria von ihrem Körper weg. Maria fieberte noch immer, das sah ich am Schweiß auf ihrem Gesicht, der im Mondlicht glitzerte, und nun hustete sie auch noch heftig.

Im fahlen Schein der Mondsichel, die am Himmel stand, erkannte ich auch, dass Maria sich an das Tuch klammerte, das ich ihr nach dem Kirchgang um die Schultern gelegt hatte. Reste von Erbrochenem klebten daran. Sie erbrach sich erneut. Ich wollte zu ihr stürzen, sie in die Arme nehmen und in noch dickere Leinen packen, doch etwas hielt mich zurück. Ein Gedanke. Wenn ich zwanzig Taler verdienen und Geld heimsenden könnte, würden davon neben einem Knecht vielleicht sogar noch ein Doktor und Arznei bezahlt werden können.

Erst als Maria den letzten Tropfen Flüssigkeit ausgespien hatte, ging Mutter mit ihr zurück ins Haus. In den letzten Monaten hatte ich mich viel um Maria gekümmert. Tagsüber war sie mit mir auf dem Feld gewesen, abends neben mir eingeschlafen. Ich würde sie schrecklich vermissen. *Auf Wiedersehen, kleine Schwester,* verabschiedete ich mich in Gedanken von ihr.

Nachdem Mutter die Haustür hinter sich geschlossen hatte,

schlich ich mich in die Scheune. Dort, in der Futterkiste, befanden sich meine einzigen Besitztümer: das Steckschach und Pabbis Tabakdose. Wie ich das Schachkissen so in meiner Rechten hielt, begannen meine Finger zu zittern. Ich wollte es wieder zurücklegen, um bei seinem Anblick nicht länger an Pabbis Sterbetag denken zu müssen, aber meine Hände entschieden anders: Sie legten es neben die Tabakdose in zwei von Marias Windeln, die zum Trocknen draußen vor der Scheune gehangen hatten.

Als ich die Windeln zu einem Bündel zusammengeknotet hatte, verabschiedete ich mich noch vom Ochsen und seiner Kuh, wobei ich unser Haus immer im Blick behielt, damit mein Plan nicht doch noch verhindert wurde.

Vorbei am Karottenbeet und erneut durch den kaputten Lattenzaun hindurch verließ ich den Hof der Familie Demuth. Ich hatte die Vermutung, dass das Haus von einem bösen Geist heimgesucht worden war.

Es war in neuneinhalb Jahren die allererste Nacht in meinem Leben, die ich nicht in meinem Bett neben Peter und Elisabeth verbrachte. Meine erste Nacht ohne Decke. Ich fror bereits jetzt. Außerdem hatte ich Angst vor dem schwarzen Nachthimmel, vor den vielen schwarzen Wolken und davor, dass es gewitterte.

Bis zum Morgengrauen, wenn das untere der Stadttore wieder geöffnet würde, harrte ich zitternd hinter der Magdalenenkapelle aus, dann verließ ich Sankt Wendel mit meinem Bündel in der Hand. Ich besaß keinen einzigen Kreuzer und nur die Kleidung, die ich am Leib trug: ein zerschlissenes schwarzes Wollkleid und meine Holzschuhe.

* * *

Düster

Erst einen halben Tagesmarsch von Sankt Wendel entfernt, wo mich die Leute auf den Feldern bestimmt nicht kannten, wagte ich es, den Weg nach Trier zu erfragen. Sie wiesen in die Richtung, aus der ich gekommen war. Also lief ich den ganzen Weg nach Sankt Wendel wieder zurück und erreichte am Abend des ersten Tages wieder die große Eiche an der Blies. Den Rücken an den Stamm gelehnt und mit den Gedanken bei der großen Stadt Trier, schlief ich ein.

Bei Sonnenaufgang setzte ich meinen Weg in die entgegengesetzte Richtung fort. Ein dicker Bauer mit einem Rechen in der Hand erklärte mir, dass Trier im Nordwesten läge und ich dorthin gelangen würde, wenn ich stets so ginge, dass ich morgens die Sonne auf der rechten Wange, mittags auf der Stirn und abends beim Untergehen auf der linken Wange spürte. Meinen ärgsten Hunger und Durst stillte ich mit Walderdbeeren und Wasser aus den Bächen. Ich stieg Hügel hinauf und wieder hinab, oft umgab mich Wald. Das war gut, denn so sah ich beim Gehen die vielen dunklen Wolken nicht, die mir folgten. Einmal ritten Uniformierte an mir vorbei, ich hatte mich gerade noch rechtzeitig hinter einer umgestürzten Buche verstecken können. Ein weiteres Stück des Weges nahm mich eine Bauersfrau auf ihrem Karren mit. Sie riet mir, mich einer Gruppe anzuschließen, weil es sehr gefährlich sei, als so junges Mädchen alleine unterwegs zu sein. Gesindel treibe sich in den Wäldern herum, sie erzählte mir sogar von Räubern. Das war am dritten Tag meiner Reise, nach zwei Nächten ohne Decke und ohne Bett.

Danach wagte ich mich nur noch wenige Schritte in den Wald hinein, immer behielt ich dabei den Weg im Blick. Beständig schaute ich mich um und zuckte bei jedem Knacken im Unterholz zusammen. *Lenchen, geh weiter, du musst nach Trier,* sagte ich mir bibbernd bei Regen und Sturm.

Am fünften Tag kam ich vor lauter Hunger kaum noch voran.

Am siebten Tag erreichte ich über einen Felsenweg bei Dämmerung endlich eine Siedlung, die Menschen sprachen seltsam dort. Ob das Persisch war? Die Nacht durfte ich auf einem Weinhof in der Scheune verbringen. Sie sagten, ich stinke, und sofort wusch ich mich am Trog vor dem Stall. Gestank und Dreck zogen unreine Seelen an. Im warmen Stroh knotete ich neben ein paar Schweinen das Bündel aus Windeln auseinander und erblickte das Schachkissen. Ich betrachtete es lange, schließlich war ich gar so verwegen, meine Hände darüberzuhalten. Je näher ich den schwarz und weiß gestickten Kästchen kam, desto mehr kribbelten meine Fingerspitzen. Ich stellte mir vor, wie die Zahnstocherfiguren in meiner Handfläche lagen und sich gegenseitig berührten. Die Königin Luise, der Läufer Herr Reginald … die vielen Bauernkinder. Am liebsten hätte ich jetzt mit ihnen gespielt, legte das Kissen aus Vorsicht aber doch wieder beiseite. Zu groß war meine Angst, dadurch die Bilder von Pabbis Tod heraufzubeschwören. Stattdessen fingerte ich die Tabakdose auf und nahm ein größeres Stück als gewöhnlich. Ich kaute es heftiger und hob das Kinn an, um es wie Pabbi zu genießen. Es erinnerte mich an die schönen Zeiten. Mittlerweile mochte ich sogar das Brennen im Hals. Der Tabak entfaltete seine Wirkung, und durch die leichte Benommenheit fühlte ich mich wie auf weichen Kissen. Ich schob die Soße im Mund hin und her, mir wurde wärmer, und bald schlief ich ein.

Hustend erwachte ich am nächsten Morgen und würgte einige Tabakkrümel aus der Kehle. Mit knurrendem Magen verließ ich den Hof. Wie sich herausstellte, war ich zu weit in Richtung Westen gelaufen, nach Trier waren es immer noch drei Tagesmärsche. Mir kam es so vor, als würde die Stadt am Ende der Welt liegen. Ein Stück weiter den Fluss entlang riss ich mir an einem widerspenstigen Ast ein Loch ins Kleid.

Nach vier weiteren Tagen erreichte ich an einem Sonntagvormittag endlich mein Ziel. Zuletzt waren einige Frachtkarren an mir vorbeigefahren, und ich war ihnen einfach nachgelaufen. Sie waren beständig gekommen, hatten mir den Weg gewiesen. Je näher ich dem weithin sichtbaren Stadttor kam, desto mehr Menschen waren um mich herum. Unter ihnen fiel mir ein alter, humpelnder Mann besonders auf und ein Mädchen mit dreckigem Gesicht, das mir entgegengelaufen kam und völlig außer Atem war. Es schien nur wenig älter als ich zu sein, sah noch ärmer aus als wir Demuth-Kinder und trug nichts bei sich.

Erschöpft lief ich auf das schwarze Stadttor zu, aber nach der Hälfte des Weges stoppte ich. Ein außergewöhnlicher Friedhof war rechts neben mir aufgetaucht. Darin standen traurige Frauenfiguren aus Stein, so groß, dass ich ihre Gesichter von der Straße aus erkennen konnte. Schöne, traurige Gesichter waren es, ihre Züge so fein geschnitten wie die von Hilga Klempe. Ich ging um eine edle Kutsche herum und betrat den Friedhof. Diese ungewöhnlichen Grabsteine musste ich mir einfach aus der Nähe anschauen. Vielleicht gefiele mir einer ja so sehr, dass ich ihn für Pabbis Grab nachmachen lassen würde.

Viele der prächtigen Grabsteine standen entlang eines Pfades. Die traurig dreinschauenden steinernen Frauen saßen auf Sockeln und Tafeln, sie wirkten so lebensecht. Wehmütig verlor ich mich in ihrem Anblick, ihre Traurigkeit erinnerte mich an Mutter. Und Pabbi? Er lag noch immer unter einem Holzkreuz. So viel stand auf den Steinen und Gedächtnistafeln geschrieben, dass ich mir wünschte, ich könnte es lesen. Der Weg entlang der Gräber führte mich auf die Kapelle zu, Silberlinden und Buchen wuchsen zwischen den Gräbern. Der Friedhof war leer, die Menschen vermutlich noch in den Kirchen der Stadt bei der Sonntagsmesse. Aus der Kapelle kam ein Rascheln. Hoffentlich war das nur der Wind. Ich wusste von Geistern, die Menschen auch außerhalb des Hauses verfolgten, mit ihnen sprachen und Dinge verlangten. Der Hufschmied von Sankt Wendel soll sogar einmal einen Geist gefragt haben, ob die Himmelsleiter aus Holz gezimmert oder aus gutem Eisen geschmiedet wäre.

Ich ging an der Kapelle vorbei und bog in einen Seitenweg ein. Dort zog mich eine Frauenfigur an, die ganz aus schwarzem Stein gearbeitet war. Ihr Haar reichte bis zu den Zehenspitzen hinab, sie war die einzige Figur, die lächelte. Plötzlich ließ mich lautes Gebell herumfahren. Der Hund war riesig und hatte ein langhaariges schwarzes Fell. Tasso in Sankt Wendel war kleiner gewesen, aber ebenso schwarz. Der Hund war aufgeregt und hielt auf den Eingang der Kapelle zu, in dem jetzt eine vornehme junge Dame auftauchte. Ihr Lächeln fesselte meinen Blick, sodass ich mich ihr unwillkürlich näherte. Ihr Kleid war himmelblau und besaß aufgeplusterte Ärmel unter dem weißen Cape. An ihrem linken Handgelenk hing ein Sonnenschirm, an ihrem rechten ein von goldenen Kordeln gehaltener Taschenbeutel. Jetzt trat ein Junge aus der Kapelle neben sie, der aber längst nicht so fröhlich wirkte wie sie. Er blickte erschreckend düster drein.

Der Hund stand nun fast vor den beiden und knurrte sie mit steifem Oberkörper und über den Rücken gebogenem Schwanz böse an. Er war angriffsbereit, die Anzeichen dafür kannte ich von Tasso. Ich vermutete, dass sein Herrchen in der Kapelle aufgebahrt lag und er die Besucher als Bedrohung empfand.

»Edgar, mon petit frère?«, rief die junge Dame in Richtung des Friedhofseingangs, während sie mit ihrem Schirm abwehrend nach dem Hund stieß. Die Sonnenstrahlen ließen den himmelblauen Stoff ihres Kleides glänzen. Der Junge neben ihr wollte das Tier sogar mit einer lästigen Handbewegung und den Worten: »Mach endlich den Weg frei, du unnützer Fleischfresser!«, vertreiben.

Der Hund senkte seinen Kopf und zog die Lefzen zurück, sodass ich seine Zähne sehen konnte. Die Abwehrbewegungen der Frau machten ihn nur noch aggressiver.

»Geh weg!«, verlangte diese nun gleich ihrem Begleiter, aber der Hund näherte sich ihnen zähnefletschend weiter.

Bis auf zehn Schritte war ich heran. »Sie müssen sich steif wie ein Baum machen!«, rief ich, und weil ich nicht wusste, wie ich so vornehme Leute ansprechen sollte, fügte ich noch ein »Gnädige Herrschaften« hinzu.

Der düstere Junge blickte abschätzig zu mir herüber und wollte mich – seinem Gesichtsausdruck nach zu urteilen – gerade für meine Einmischung tadeln, als der Hund laut bellte. Er war inzwischen nah genug, um nach dem Kleid der jungen Frau oder dem Taschenbeutel an ihrem Handgelenk zu schnappen.

Als er vom Bellen zum Knurren überging, traute ich mich erneut, sprach diesmal aber nur die junge Dame an: »Ziehen Sie Ihre Hände in die Ärmel Ihres Kleides zurück, lassen Sie Schirm und Beutel fallen und dann stehen Sie so bewegungslos, wie es nur geht.« Ich versuchte, genauso ernsthaft wie ein Erwachsener zu sprechen, denn Menschen konnten durch Hundeangriffe zu Tode kommen!

Zu meiner Überraschung ließ sie Sonnenschirm und Taschenbeutel wirklich fallen. Der düstere Junge neben ihr beschimpfte den Hund weiter und trat sogar nach ihm.

»Schauen Sie das Tier nicht an, das fordert es heraus!«, riet ich ihr. »Stellen Sie sich seitlich zu ihm und schauen Sie mich an.« Den Jungen interessierte das nicht.

Mit ihren eng stehenden dunkelbraunen Augen fixierte sie mich kurz verunsichert, dann folgte sie meinen Worten. Sobald Hunde Angst riechen, ermutigt sie das zu einem Angriff. »Sie machen das gut, gnädige Dame.« Es klang seltsam, dass eine wie ich eine wie sie lobte.

Als Nächstes griff ich mir einen losen, herumliegenden Ast und klopfte damit auf den Boden, und wie erhofft kam der Hund nun auf mich zu.

»Gehen Sie langsam zum Eingang des Friedhofs«, sagte ich in ruhigem Tonfall und klopfte dabei weiter mit dem Ast vor mir auf den Boden. Mein Blick traf sich in diesem Moment mit dem des düsteren Jungen. Er besaß pechschwarze Augen, blauschwarze Haare sowie eine ungewöhnlich dunkle Hautfarbe. So tief gebräunt war nicht einmal einer der Bauern aus Sankt Wendel gewesen, obwohl diese viele Tage lang bei brennendem Sonnenschein auf den Feldern ackern mussten.

Er fixierte mich scharf. Es war, als wollte er mich mit seinem Blick in die Knie zwingen.

Als ich nicht zurückwich, richtete er sich zuerst den Kragen am Hals wie ein Erwachsener und ging dann mit erhobenem Kopf davon. Die Dame schaute kurz noch einmal zur Kapelle, nahm Sonnenschirm und Taschenbeutel wieder auf und folgte ihm. Als sie den Friedhofsausgang schon fast erreicht hatte, hörte ich sie rufen: »Karl, das war mal ein Abenteuer!«

Langsam legte ich den Ast beiseite und öffnete mein Bündel. Eine der beiden Windeln knotete ich zu einem Ball und warf ihn dem Hund hin. Er sprang sofort darauf zu und biss sich fest. Obwohl der düstere Junge weg war, war ich überzeugt, seine unangenehme Gegenwart noch immer in der Luft um mich herum spüren zu können. Ob alle Jungen in Trier so unfreundlich waren?

Als ich wieder aufschaute, war die junge Dame, diesem Karl folgend, gerade durchs Friedhofstor geschlüpft. Ihr mit einer blauen Schleife verzierter Schutenhut hing ihr verrutscht am Hinterkopf. Das Schleifenband hätte auch von Barbara sein können.

Ich wickelte das Schachkissen und die Tabakdose in die verbleibende Windel und ging ebenfalls zum Friedhofsausgang. Der Hund beachtete mich nicht mehr, Marias Windel gefiel ihm viel zu gut als Beißlappen. Mein letzter Blick galt noch einmal der schwarzen lächelnden Frau.

»Komm schnell!«, hörte ich da jemand vor dem Tor rufen.

Die Stimme gehörte der Dame im himmelblauen Kleid, und sie schaute aus dem Fenster der edlen Kutsche, die mir, bevor ich den Friedhof betreten hatte, schon aufgefallen war. Ihr Gesicht tauchte zwischen schweren Vorhängen auf. »Hier in der Kutsche bist du in Sicherheit!«, sagte sie und winkte mich zu sich heran, ihr Taschenbeutel baumelte ihr am Handgelenk wie ein Spielzeug.

Ich zögerte. Jetzt lugte neben ihr ein Jungengesicht aus dem Fenster, mit ebenso dunklem, glänzendem Haar wie dem ihren und genauso hübsch wie sie. »Edgar, mon petit frère, du bist viel zu neugierig für dein Alter.« Sie wuschelte ihm durchs Haar.

»Baronesse, gnädiges Fräulein, können wir jetzt zurückfahren?«, fragte der Kutscher ungeduldig. Der Mann saß in einem gestreiften Gehrock und mit Zylinder auf dem Bock. »Ich musste Ihrem Vater versprechen, dass wir uns beeilen.« Die beiden vorgespannten Schimmel schnaubten. Sie sahen aus wie Nebelstreif und Schneeflocke mit ihren wallenden weißen Mähnen. Erst jetzt wurde mir bewusst, was der Kutscher gerade gesagt hatte. *Baronesse, gnädiges Fräulein.* Ich knickste schnell, mein Magen knurrte dabei.

»Einen Moment noch, Kutscher!«, entgegnete die Baronesse, ohne sich von mir abzuwenden, ich kam gerade wieder aus dem Knicks hoch. Sie öffnete die Tür der Kutsche und streckte mir ihre Hand entgegen. Anders als noch kurz zuvor bei der Kapelle trug sie jetzt weiße Handschuhe. »Steig schnell herein!«

Ich wollte ihre Handschuhe nicht beschmutzen, aber bevor ich weglaufen konnte, griff sie auch schon zu und zog mich am Arm in die Kutsche.

Die mit Samt überzogene Bank, auf der ich landete, war weicher als alles, worauf ich jemals gesessen hatte.

Die Baronesse schaute mich mit großen Augen an. »Ich hoffe, du bist auch unversehrt davongekommen?« Jetzt, wo wir uns so nah waren, erkannte ich, dass sie einige Jahre älter als ich sein musste. Neben ihr saß der Junge, den sie »Edgar, mon petit frère« genannt hatte. Als ich mich zur Seite wandte, fuhr ich zusammen. Da war er wieder, der unangenehme Junge mit der düsteren Miene. Karl! Er würdigte mich keines Blickes. »Kann es endlich weitergehen?«, brummte er stattdessen nur, wobei er das Wort »es« merkwürdig zischend aussprach.

Ganz gewiss wollte ich niemanden aufhalten. Das Loch auf Kniehöhe meines Kleides starrte wie ein aufgerissenes Auge in die Kutsche. Verlegen schob ich mein Bündel darüber und senkte den Blick. Ich war reichen Menschen noch nie so nahe gewesen.

»Ich bin Baronesse Jenny von Westphalen«, sagte sie und streckte mir forsch ihre Hand entgegen. »Und das ist mein Brüderchen Edgar und sein Freund Karl.«

»Angenehm«, stammelte ich und rückte auf der Sitzbank ein Stück nach vorne. Zumindest mit dem Kopf deutete ich einen Knicks an.

»Und du bist?«, wollte Baronesse Jenny von Westphalen wissen. Vom Kutschbock draußen kam ein drängendes Klopfen. »Ja, ja«, murmelte sie, gab dem Kutscher aber kein Zeichen, sondern hielt sich weiterhin an mich. »Wie heißt meine Retterin denn nun?«

Ich hob den Blick. »Ich bin Lenchen Demuth aus Sankt Wendel.« Ihre eng zusammenstehenden Augen blitzten auf, als ich zudem noch vortrug, dass ich zum Dienen nach Trier gekommen war.

»Hast du Lust, uns auf eine kleine Kutschfahrt zu begleiten, Lenchen?« Vorfreudig klatschte die Baronesse in die Hände.

Ich fühlte mich nicht wohl neben dem düsteren Jungen, aber ich wagte nicht, ihr zu widersprechen, und so nickte ich.

Die Baronesse gab dem Kutscher endlich das lang ersehnte Zeichen, und wir fuhren mit einem heftigen Ruck los. Als wir richtig in Fahrt gekommen waren, streckte sie den Kopf aus dem Fenster.

»Schneller, schneller!«, rief Karl da auf einmal, sprang an das zweite Fenster, streckte gleichfalls seinen Kopf ins Freie und schlug mit der Faust so heftig gegen die Wand zum Kutschbock, dass es wummerte.

Alle lachten daraufhin, während ich mich in meine Ecke drückte. Es ging langsamer und schneller, wieder langsamer und wieder schneller, und die Baronesse und die beiden Jungen amüsierten sich.

»Plus vite, plus vite!«, rief sie. Sie hatte Freude daran, sich vom Wind die Locken zerzausen zu lassen, ihre Schute war ihr auf den Rücken gerutscht. Wenn es besonders ruckelte, stieß die Baronesse spitze, fröhliche Schreie aus. Ich hatte reiche Leute noch nie so ungeniert lachen gehört.

Als es nicht mehr schneller ging, schlug Karl noch einmal mit der Faust gegen die Wand zum Kutschbock. »Gib endlich dein Bestes, du bist immer noch zu lahm!«, schrie er dem Kutscher zu. Erst da musste sich die Baronesse vor Schwindel hinsetzen, aber selbst jetzt lachte sie noch.

Ich war heilfroh, als wir endlich in die Stadt einfuhren. Die Jungen hatten ihre Köpfe wieder ins Innere der Kutsche gezogen und zupften ihre Kleidung zurecht. Beide trugen einen Anzug mit Weste, darunter ein Hemd mit breitem, weißem Kragen und eine vornehme Binde um den Hals.

Die Kutsche hielt an. Der düstere Karl stieg aus und verabschiedete sich knapp. Ich klebte bleich vor Schrecken mit dem Rücken an der Kutschwand. Erst als er wirklich nicht wieder zustieg und wir erneut anfuhren, atmete ich erleichtert auf.

Wenige Straßen weiter hielten wir vor einem riesigen Haus an.

»Voilà! Wir sind angekommen. Das ist unser Häuschen.« Die Baronesse wollte gerade aussteigen. Aber der junge Herr Edgar verlangte: »Bitte noch eine Runde!«

»Nächsten Sonntag wieder, Brüderchen. Wenn wir es übertreiben, lassen sie uns nie wieder alleine spazieren fahren.«

»Schade«, nörgelte er, die Halsbinde hing noch immer schief aus seiner Weste heraus.

Die Baronesse strich ihrem Bruder das Haar glatt, band ihm die Schleife am Hals neu und steckte deren Enden unter die Weste. »Beim nächsten Mal nehmen wir einen papiernen Drachen mit, den wir aus dem Fenster halten, ja?«

In diesem Moment wünschte ich mir, meine Geschwister ebenfalls bald wieder streicheln und ihnen liebevoll zureden zu können.

»Oh, ja!«, meinte der junge Herr Edgar sofort wieder besser gelaunt. »Kommt Karl auch wieder mit? Er ist so mutig!«

Während der Fahrt war Karl immer wieder aufgesprungen und hatte mir dabei gegen die Knie getreten. Dem jungen Herrn Edgar war das auch passiert, aber der hatte sich dafür entschuldigt. Ich hoffte, dem düsteren Karl nie wieder zu begegnen.

»Meinetwegen!«, gestand die Baronesse dem Bruder zu. »Karl kann mitkommen, wenn dir das so wichtig ist.«

Verschwörerisch tippten die Geschwister die Fingerspitzen aneinander, wahrscheinlich ein geheimes Zeichen zwischen den beiden, dann stieg der junge Herr Edgar aus. Bevor die Baronesse ihm folgte, griff sie nach dem Schutenhut auf ihrem Rücken, setzte ihn sich wieder auf den Kopf und schob ihr wildes Haar darunter.

»Baronesse, gnädiges Fräulein, dem Herrn Baron hatte ich versprochen, Sie nur kurz zum Friedhof zu fahren. Er wird mich nie wieder herbestellen«, trug der Kutscher vor.

Durch das Fenster beobachtete ich, wie der Mann bang seinen Zylinder vor der Brust befingerte.

»Keine Angst, Herr Hansmann, ich regele das. Vielen Dank, dass

Sie meinen Anweisungen gefolgt sind.« Schwungvoll drehte die Baronesse sich nun wieder zu mir, ich saß noch immer in der Kutsche. »Folge mir, Lenchen.«

In der Hoffnung auf etwas zu essen nahm ich mein Bündel auf, zögerte aber, ihr zu folgen, sodass die Baronesse mich am Arm aus der Kutsche und ins Haus ziehen musste. Wie versteinert blieb ich nach wenigen Schritten stehen, alles war so prächtig. Von überall her blendete es mich. Das lag an den Dutzenden von Lichtern, die auf kleinen Tischen direkt vor den Wänden standen. Sie rochen nicht nach vergammeltem Fleisch, wie ich es von den Unschlittlichtern aus Sankt Wendel gewohnt war. Die Lampen ähnelten einem schmalen Gefäß, von dem am oberen Ende so etwas wie ein Arm abging. Dort sah ich auch den Docht herausragen. Eine Öllampe gar? Ihr Licht war faszinierend lebhaft und hell und verstärkte das Leuchten der sonnengelben Wände. Bei all der Pracht kam ich mir armselig vor. Unvermittelt bewegte sich meine Hand in Richtung Knie, wo das Loch in meinem Kleid prangte.

Ein hagerer Herr mit Adlernase, mit winzigen, in die Stirn frisierten Löckchen, trat auf die Baronesse zu. »Johanna Bertha Julie von Westphalen, du bist zu spät zurück!«, sagte er ernst. Er war in einen edlen Gehrock mit doppelt gereihten Knöpfen so groß wie Murmeln gekleidet, auf denen ein gelber Adler prangte. Der gleiche Adler war auch in dem Wappen zu sehen, das über allen Türen hing, die vom Eingangsbereich abgingen.

»Es tut mir sehr leid, Väterchen«, sagte die Baronesse und fügte, ohne Luft zu holen, hinzu: »Bitte seien Sie deshalb auch Herrn Hansmann nicht gram, er ist lediglich meinen Anweisungen gefolgt. Ich nehme alle Schuld und Strafe ganz allein auf mich.«

Die Eingangstür hinter mir stand noch immer offen.

»Du weißt, dass du die Verantwortung für deinen Bruder trägst?«, fragte der Baron streng.

Sie trat vor ihren Vater, nahm seine Hände und legte sie auf ihre Schultern. Die Hände des Barons zitterten, als hätte er sie kurz zuvor in Eiswasser getaucht, was aber nur für jemanden wie mich zu sehen war. Für jemanden, der sich mit dem Zittern auskannte.

»Natürlich bin ich mir der Verantwortung bewusst. Ich passe auf mon petit frère auf wie auf meinen Augapfel. Das wissen Sie doch, Väterchen.« Die Wangen der Baronesse schimmerten frisch himbeerrot. Sie zupfte an dem Seidentuch am Hals ihres Vaters. Es war mehrfach gebunden und endete vorn in einer Schleife wie bei ihrem Bruder.

»In der Kapelle bei Ralfine habe ich vor Schmerz leider die Zeit vergessen.« Sie legte ihren Kopf an die Brust des Barons. »Ich vermisse sie so sehr.«

»Trauer entschuldigt kein schlechtes Benehmen, das musst du noch lernen. Wir müssen der Gesellschaft allzeit ein Vorbild sein«, mahnte der Baron, woraufhin sie sich nur noch enger an ihn schmiegte.

»Damit Edgar und ich auf andere Gedanken kommen, sind wir dann noch ein bisschen mit der Kutsche umhergefahren«, gestand die Baronesse weiter und schaute aus ihren eng zusammenstehenden dunkelbraunen Augen zu ihm auf. »Nur ein bisschen rumgefahren, wissen Sie, ohne auszusteigen. Der Sohn des Justizrates war auch dabei. Und danach ging es uns auch besser. Vraiment! *Wirklich!*«

Der düstere Karl war also der Sohn eines Justizrates. Das klang nach einer reichen Familie, was mich daran erinnerte, dass ich mir schnellstmöglich eine Stelle als Dienstmädchen suchen musste. Vielleicht kannten die vornehmen von Westphalens ja sogar jemanden, der dringend fleißige Hände brauchte?

Der Baron umschloss die Finger der Baronesse mit seiner zittrigen Hand. »Ist schon gut, Jenny. Ich weiß, wie nah Ralfine euch stand. Sie war die Beste, die wir jemals hatten.«

Ich starrte die beiden an, weil sie so liebevoll miteinander umgingen.

»Deine Mutter hat sich bereits Sorgen gemacht.« Der Baron wies auf eine Tür hinter sich. »Geh und besänftige sie. Sie wartet im Damensalon auf dich.« Er zog seiner Tochter die Schute tiefer ins Gesicht. »Deine Mutter mag es nicht, wenn deine Haare so zerzaust sind.«

»Merci, Väterchen. Sie sind zu gut zu mir!« Sie küsste ihn auf die Stirn. »Sie sind der Beste! Aber sagen Sie das ja nicht Mütterchen.«

Ich stand da und bestaunte die Baronesse. Sie zeigte so viel Gefühl, obwohl ich dabei war. Als mich der Blick des Barons streifte, knickste ich sofort.

»Du hast einen Gast mitgebracht?« Er straffte die Schultern. »Wer ist das Mädchen?«

Die Baronesse zog mich neben sich. »Das ist Lenchen Demuth.«

»Guten Tag, Lenchen Demuth«, sagte der Baron. Kurz lächelte er.

Zur Sicherheit knickste ich erneut.

»Da war dieser riesige Hund, der sich mir in den Weg stellte. Er bellte und knurrte, sodass ich es mit der Angst zu tun bekam.« Die Baronesse hob ihre Arme und formte ihre Hände zu Klauen. »Und da tauchte Lenchen auf und hat mich vor ihm gerettet. Sie war wirklich mutig, sie ist ma salvatrice!«

Der Baron schaute mich aufmerksam an. Ich wusste nicht, was »ma salvatrice« bedeutete, aber für mutig hielt ich mich nicht. Ein bisschen wusste ich zwar über Hunde Bescheid dank Tasso, aber das war auch alles.

»Stand Karl dir in dieser Situation denn nicht zur Seite?«, wollte der Baron wissen.

»Gewiss tat er das! Er war direkt neben mir, aber Karl kennt sich nicht mit Hunden aus, er mag sie nicht. Helfen konnte nur Lenchen, und deswegen möchte ich sie Mütterchen vorstellen.« Die Baronesse lächelte ihren Vater noch einmal liebevoll an, dann zog sie mich an ihm vorbei in den von der Eingangshalle abgehenden Flur. Dort machte sie mir einen Mittelscheitel und flocht mir das Haar. Nachdem sie mir den Zopf im Nacken ins Kleid gesteckt und sich ebenfalls Haar und Schute gerichtet hatte, klopfte sie an die vorderste Flurtür.

»Herein, bitte!«, kam es von drinnen.

Die Baronesse atmete tief durch und zog mich hinter sich am kleinen Finger in den Damensalon. Ich dachte dabei an den düsteren Karl und dass es zu ihm passte, dass er keine Tiere mochte. Ich konnte seine Tritte gegen meine Knie noch immer spüren.

Die Baronin von Westphalen saß mittig auf einem Kanapee mit vergoldeten Armlehnen, dessen dicke gelbe Polster die Farbe von Senf hatten. Ein schwerer Duft von Rosen wehte mir entgegen. Bedächtig legte sie ihren Stickrahmen ab. »Kind, wo bist du nur so lange gewesen?« Auf dem Tisch vor ihr standen Schalen mit glitzernden Perlen.

Die Baronesse löste die Schnürung ihres Capes, reichte es mir und nahm neben ihrer Mutter auf dem senfgelben Kanapee Platz. Im Folgenden berichtete sie ihr sehr genau, was sich vor der Friedhofskapelle zugetragen hatte, und schmückte es zusätzlich noch anschaulich mit Gesten und Beschreibungen aus. Währenddessen betrachtete ich unter halb gesenkten Lidern heraus die Baronin. Sie trug ein hochgeschlossenes, tannennadelgrünes Kleid, das ihr bis unters Kinn reichte.

»Ich habe gewusst, dass es keine gute Idee war, euch allein aus dem Haus zu lassen«, äußerte sich die Baronin besorgt.

»Väterchen sagt, dass ich lernen muss, Verantwortung zu übernehmen!«, erwiderte die Baronesse überzeugt. »Und das geht nur, wenn ich nicht den ganzen Tag hier eingeschlossen bin.«

»Vor allem ist deine Gesundheit wichtig, Jenny. Seit wenigen Tagen erst bist du genesen. Zu viel Aufregung ist nicht gut für dich und …«

»Ich bin mopsfidel, wirklich!«, versicherte diese und sah dabei mich und dann wieder ihre Mutter an. »Und ihr habe ich es zu verdanken. Sie ist ma salvatrice, *meine Retterin.*«

Die Baronin blickte zu mir herüber. Dabei erstarrte ihr bisher liebevoller Gesichtsausdruck.

»Lenchen ist sehr geschickt im Umgang mit Tieren«, erklärte die Baronesse weiter.

Ich, geschickt? Fast verschluckte ich mich an meiner eigenen Spucke. Dass ich tollpatschig sei und nicht einmal eins und eins zusammenzählen könnte, hatte Hilga oftmals gespottet. *Du würdest doch jedes Geschirr schneller zerdeppern, als die Herrschaft es nachkaufen kann!*

»Mütterchen, sehen Sie, auch Ralfine war klug und geschickt«, beharrte die Baronesse, »aber die Schwindsucht hat sie uns genommen.«

Ralfine musste die Frau gewesen sein, wegen der die Baronesse die Friedhofskapelle aufgesucht hatte. »Lenchen könnte doch Ralfines Stelle einnehmen«, schlug sie vor. »Sie ist zum Dienen nach Trier gekommen.«

Ich sollte im Hause eines Barons dienen? Verunsicherung überkam mich, und die Haare auf meinen Armen stellten sich mir auf. Was meine Anstellung betraf, hatte ich immer nur an eine normale Handwerks- oder Kaufmannsfamilie gedacht. Ich war ein Mädchen mit Zitterhänden, und im Hause eines Barons gab es viel zu viele wertvolle Sachen, die zu Bruch gehen konnten.

»Wir brauchen niemanden, der sich mit Tieren auskennt, Jenny.« Die Baronin nahm wieder ihren Stickrahmen sowie Nadel und Faden auf und fädelte eine rote Perle auf.

»Ich bin harte Arbeit gewohnt«, erklärte ich leise. »In Sankt Wendel habe ich unsere Wäsche gewaschen, die Dielen geschrubbt und Nachttöpfe geleert.«

Die Baronin reagierte nicht auf meine Worte. Sie nahm die nächste Perle auf, stach mit der Nadel in den gespannten Stoff und zog den Faden so fest, dass die Perle ein fester Bestandteil der Stickerei wurde, welche später wohl einmal eine stachelige, langstielige Rose zeigen sollte.

»Seit zwei Wochen sind wir fast ohne Dienstpersonal, Mütterchen. Angela kocht den ganzen Tag, sie kann nicht auch noch putzen!« Demonstrativ schob die Baronesse nun ihren Schutenhut vom Kopf. »Seit so vielen Tagen schon muss ich mich alleine frisieren. Und so etwas kommt dabei heraus.« Sie deutete auf ihre vom Fahrtwind zerzausten Locken. »Wenn man mich so in der Gesellschaft oder gar auf dem nächsten Ball sieht, nicht auszudenken wäre das!«

Die Baronin ließ vom Stickrahmen ab und schaute mit strengem Blick mehrmals zwischen ihrer Tochter und dem Loch in meinem Wollkleid hin und her.

»Bitte, Mütterchen, erlauben Sie es!«, drängte die Baronesse.

Die Baronin erhob sich vom senfgelben Kanapee und trat vor mich hin. Sie war groß und kräftig gebaut, ganz anders als der Baron, der von schmaler Statur war und diese auch an seine Tochter weitergegeben hatte.

»Zeig mir dein Dienstbuch!« Sie hielt mir die geöffnete Hand hin und krümmte mehrmals hintereinander den Zeigefinger, wie es Erwachsene tun, wenn man ihnen etwas reichen soll. »Dienstboten müssen bei Antritt ihrer neuen Stellung die rechtmäßige Verlassung der vorherigen Herrschaft nachweisen. Das besagt die Preußische Gesindeordnung.«

»Ich habe kein Dienstbuch, gnädige Frau«, gestand ich.

»Ich nehme kein Mädchen ohne beglaubigtes Dienstbuch. Diese Zeiten sind vorbei. Tut mir leid, Jenny.«

»Dorothea aus Urweiler ist auch in Trier«, sagte ich in der Hoffnung, das Mädchen aus dem Nachbardorf habe es als Dienstmädchen zu einem solch guten Ruf gebracht, dass schon die bloße Nennung ihres Namens die Baronin gnädig stimmen würde, aber die schaute mich nur irritiert an.

»Mütterchen, Sie hätten Lenchen mit dem wilden Hund, diesem Ungeheuer, sehen sollen. Lammfromm war er am Schluss, weil Lenchen ihr Leben für mich riskiert hat!«

»Ach, Kind!«

»Stellen Sie sich nur vor, wie es sein wird, wenn man in den Salons von Trier darüber spricht, dass die Familie des Barons von Westphalen die Fußböden eigenhändig wienert. Was würde das für unseren Ruf bedeuten?«

Darauf wusste die Baronin keine Antwort, nach einer Weile wandte sie sich wieder mir zu. »Ich gebe dir vier Wochen Zeit, um dich zu beweisen, weil es der ausdrückliche Wunsch meiner Tochter ist«, sagte sie. Bei diesen Worten zeigte sie mir wieder ihr ausdrucksloses Gesicht. Beim Anblick ihrer Tochter wiederum bestimmte Warmherzigkeit ihre Züge: »Und Jenny, du wirst dein Verantwortungsbewusstsein unter Beweis stellen, indem du sie nach deinen täglichen Schulstunden und Verpflichtungen jeweils am Nachmittag in unseren Haushalt einweist.«

Die Baronesse schluckte, dann sagte sie: »Vielen Dank, Mütterchen. Sie sind die Beste. Aber verraten Sie dies ja nicht Väterchen!« Sie lächelte zufrieden, und ich musste bei ihren Worten gleichfalls lächeln.

»Du sollst vierundzwanzig Taler im Jahr erhalten«, sagte die Baronin, »sofern du die Probezeit überstehst. Für jeden Dienstmonat zwei. Und wenn du morgen früh deinen Dienst antrittst, bist du gewaschen!«

»Sehr wohl«, brachte ich gerade noch heraus, dann blieb mir die Luft weg. Vierundzwanzig Taler? Das war mehr, als Dorothea aus Urweiler bekam! Schon die Hälfte würde genügen, damit meine Familie ein Jahr lang nicht mehr hungern müsste. Sogar Fleisch an den Sonntagen wäre damit möglich, und Pabbi könnte ich bald einen großen Grabstein kaufen. Die kleine Maria würde zu einem kräftigen Mädchen heranwachsen, das im Winter sogar Lederstiefel trug. In meinem Inneren tobte es, mein Herz hämmerte.

»Komm, Lenchen!« Die Baronesse zog mich am kleinen Finger aus dem Raum. »Ich zeige dir deine Kammer.«

Mein Herz schlug auch dann noch heftig, als sie mich ins Dachgeschoss hinaufführte. Dort öffnete sie die erste Tür links und deutete hinein. »Hier wirst du wohnen.«

Wie gebannt blieb ich unter dem Türstock stehen, mein Bündel glitt mir aus der Hand. Die Kammer besaß ein Fenster, durch das viel Tageslicht fiel. Außerdem standen ein Tisch mit einer Waschschüssel, eine alte Truhe und ein Bett darin. Auf dem Bett lag eine einfache Decke, kein Federbett wie bei Dorothea. Durch das Fenster der großen Dachgaube fielen Sonnenstrahlen direkt auf das Bett, so als deutete eine Hand vom Himmel hinab. Pabbi?

Meine Hände waren feucht, ich wischte sie an meinem Wollkleid ab. Nach einer Weile tat ich einen zaghaften Schritt in den Raum hinein. Einen Haken gab es allerdings an der ganzen Sache: Ich würde den düsteren Karl wiedersehen müssen, denn er war der Freund des jungen Herrn Edgar.

* * *

Teil

2

London, 30. August 1850

Mein schwarzer König,

die Liebe schärft meine Sinne. Ich schmecke Dinge, die ich früher nie geschmeckt habe, sehe Details, die mir bisher verborgen blieben. Der Himmel über Soho ist blau, nicht mehr grau.

Meine Seele spürt, dass unsere Verbindung tiefer und mehr als nur Leidenschaft ist. Jede neue Begegnung ist noch erfüllender als die vorangegangene. Wie ich Jenny in ihrer fiebrigen Verliebtheit damals belächelte, ich unerfahrenes Ding! Heute ergeht es mir noch schlimmer als ihr einst.

Ich liebe Dich, würde ich Dir am liebsten sagen. Je schwerer ein Satz über die Lippen kommt, desto kostbarer ist er. Ist etwas dann nicht am kostbarsten, wenn es nie gesagt wird, nur insgeheim gedacht, immer wieder und wieder?

Du hast mich einen Schwur brechen lassen, und ich habe Dich zum Verlierer gemacht. Wie gerne würde ich das wieder tun.

Du veränderst mich, ich verändere Dich.

Liebe mich, mein schwarzer König, überrasche und lehre mich.

Helena, Deine Unerklärliche

Immer noch spüren

Trier, Anfang Juni 1830

Auch wenn die Sonne erst am Nachmittag in meine Kammer schien, war es auch am Folgemorgen meiner Ankunft ganz hell über meinem Bett. Den gestrigen Nachmittag hatte ich dazu verwendet, mich gründlich zu waschen, und die Baronesse hatte mir noch gezeigt, wie man hier im Hause knickste. Nicht wie ein Buckelkätzchen, wie sie es nannte, sondern mit durchgedrücktem, geradem Rücken. Sofort nach dem Aufstehen hatte ich begonnen, das Knicksen zu üben. Dabei senkte ich demütig den Kopf, stellte mein rechtes Bein vor das linke und beugte dann die Knie ein wenig, ehrerbietig, aber nicht zu untertänig.

Es klopfte an die Kammertür, danach folgte ein freundliches »Guten Morgen«.

Mit möglichst geradem Rücken kam ich wieder hoch, ein bisschen wackelig fühlte ich mich schon noch. »Herein.«

Die Baronesse trat ein und hielt mir einen Stapel Sachen entgegen. »Lege die Kleidung sorgfältig an und halte sie äußerst rein. Wir wollen alle ein gutes Bild abgeben. Ralfine war darin vorbildlich.«

Ich knickste möglichst aufrecht. Die ganze Nacht über hatte ich in meinem Wollkleid geschlafen. »Natürlich, gnädiges Fräulein«, antwortete ich, nachdem sie mir gestern noch gesagt hatte, ich möge sie mit »Gnädiges Fräulein« oder »Fräulein Jenny« ansprechen.

Sie lächelte. »Wenn du rein bist, melde dich bei Angela unten in der Küche. Sie wird dich weiter einweisen, bis ich am Nachmittag von den Unterrichtsstunden zurück bin.« Fräulein Jenny trug wieder ihren bestickten Beutel am Handgelenk. »Bis heute Nachmittag, Lenchen«, verabschiedete sie sich und verschwand. Sie war ein kluges Fräulein, viel beschäftigt, aber vor allem war sie nett zu mir.

Ich schaute mir die Kleidung genauer an. Der Stapel enthielt mehrere Schürzen, ein halbes Dutzend schwarze einfache Kleider, halbhohe Lederschuhe und eine Haube für die Nacht. Neue Schuhe? Darüber freute ich mich besonders. Meine alten Holzschuhe aus Sankt Wendel drückten fürchterlich an den Zehen. Katharina hatte sie vor mir getragen. Ich zog mein schwarzes Wollkleid aus und schlüpfte in eines der neuen Kleider. Darüber band ich mir eine der Schürzen mit einer großen Schleife auf dem Rücken fest. Die Schürze besaß breite Rüschen an den Trägern, die dadurch wie Engelsflügel aussahen. Ich fand die Schürze deshalb besonders kleidsam. Sie reichte mir bis zu den Fesseln hinab und war über dem Bauch enger geschnitten. An dem weißen Häubchen steckten Klemmen, mit denen ich es im Haar befestigen konnte. Zuletzt packte ich meine alten Holzschuhe in die Truhe und zog die ledernen Halbschuhe an. Wie weich sie sich an meine Füße schmiegten.

Die Küche befand sich im Erdgeschoss und war größer als unsere Stube in Sankt Wendel. Ich sah eine Spülbank, den Herd und einen Schneidetisch. Mein Blick glitt über die Wände. Sie waren dunkelgrau vom Ruß, aber auf ihnen funkelten kupferne Töpfe und Pfannen an eisernen Haken. Ich war froh, dass die Kochutensilien nicht irden waren, weil mir auf diese Weise meine zittrigen Hände wenigstens nicht zum Verhängnis werden konnten. Die linke Hälfte des Raumes wurde von einem Esstisch mit einer Handvoll Stühlen darum eingenommen, von einem Geschirrregal und der Wasserbank.

Die Köchin empfing mich mit den Worten: »Na endlich! Ich bin Angela Steinbach.« Mit einem Honigtopf in der Hand hatte sie an mir vorbei die Küche betreten.

Angela Steinbach war noch größer als der Baron und die Baronin, eine Riesin, fand ich und schaute an ihr rauf und runter. »Es tut mir leid.« Verunsichert rückte ich meine Kräuselhaube zurecht.

Angela Steinbach begann, den Honig über geschrumpelte Aprikosen, die auf Fleischscheiben lagen, zu gießen. Dabei fragte sie mich: »Kannst du Kaffee kochen?«

Ich gab ein vorsichtiges »Ja« zurück und knickste zur Sicherheit. Die Wahrheit war, dass ich in Sankt Wendel nur einmal von Kaffee und wie man ihn brühte reden gehört hatte. Kaffee war das Getränk der Reichen.

Angela Steinbach beäugte mich kurz. »Vor mir brauchst du dich nicht zu verrenken!« Sie setzte einen Topf in ein Loch auf dem Herd, der kein offenes Feuer besaß, sondern mehrere rund ausgeschnittene Löcher in einer Eisenplatte. Aus einem zweiten Topf roch es bereits lecker nach gekochtem Sellerie, Graupen und Lauch.

»Na, nun koch schon den Kaffee für den Baron!« Die Köchin deutete mit dem Kinn auf ein Regal. »Das muss jeden Morgen gemacht werden.«

Ich entnahm dem Regal eine Dose, aus der es selbst mit geschlossenem Deckel würzig duftete.

»Und der Perkolator?«, seufzte sie. »Wie soll es ohne den gehen?«

Der Perko…? Ich lief zum Regal zurück und sah auf dem Brett, von dem ich eben die Kaffeedose geholt hatte, nur einen einzigen Gegenstand, der dafür infrage kam. Er sah aus wie eine Milchkanne, nur viel glänzender. Ich griff danach und ließ mich damit am Tisch nieder. Vorsichtig, um nur ja nichts kaputt zu machen, betrachtete ich die Einzelteile.

Angela Steinbach zeigte auf das Teil, das ich gerade aus der Milchkanne herausgenommen hatte. »Der Kaffee muss da rein, in den Filter!«

Ich schaufelte den Kaffee in den runden Filter, wusste dann aber nicht weiter.

»Und jetzt das Wasser!« Die Köchin schaute mich eine Weile nachdenklich an, dann warf sie Butter in den großen Topf. Wahrscheinlich dachte sie gerade: *Wäre doch bloß noch Ralfine am Leben.*

»Wo sind die anderen?«, fragte ich vorsichtig, während ich das befüllte Gerät in das schmalste der Herdlöcher setzte.

»Die anderen?« Angela zog irritiert die linke Augenbraue nach oben. Das aschblonde, glatte Haar hatte sie ungescheitelt am Hinterkopf zu einem straffen Knoten gebunden.

»Gibt es denn kein Kindermädchen, keinen Diener für den gnädigen Herrn Baron … oder einen Botengänger …?«, fragte ich. War das bei reichen Herrschaften nicht so?

»Nur dich und mich. Sonst niemand.« Angela begann, die nunmehr zu Rollen gedrehten Fleischscheiben in den Topf mit der Butter zu legen, es zischte. »Ich mache die Einkäufe und koche, du übernimmst den Rest!«

Ich sollte auch servieren? Ich, mit meinen zittrigen Händen?

Als das Gerät auf dem Herd blubberte, brachte ich es an den Tisch und füllte eine vornehme Tasse mit Goldrand mit dem darin enthaltenen Kaffee.

Angela kam zu mir und betrachtete die schwarze Flüssigkeit in der Tasse argwöhnisch. »Der ist ja schwarz wie die Nacht! Die Hälfte des Pulvers hätte auch genügt, oder willst du den Baron vielleicht umbringen?«

Ich musste eine neue Kanne aufsetzen. Die erste Tasse davon brachte Angela dann zum Baron.

Als sie wieder zurück war, sagte sie mir: »Ab morgen ist das Servieren deine Aufgabe.«

So bald schon? Ich starrte die Köchin mit aufgerissenen Augen an. Allein schon bei dem Gedanken, dem Baron etwas servieren zu müssen, begann es in meinen Händen zu pochen. Auf diesen Schreck hin trank ich meinen allerersten Kaffee, den mit der doppelten Pulvermenge. Er schmeckte fürchterlich bitter, dagegen war mein erstes Stück Kautabak geradezu ein Genuss gewesen.

Als Fräulein Jenny von der Schule nach Hause kam, führte sie mich durch das Haus. Im Erdgeschoss befanden sich in der rechten Hausseite neben der Küche mit der Vorratskammer noch der Damensalon mit dem senfgelben Kanapee und das Musikzimmer. In der linken Hälfte des Erdgeschosses lagen das große Esszimmer und das Herrenkabinett, die beide von einem Vorzimmer abgingen. Im Herrenkabinett roch es angenehm nach Pfeifentabak, und mein Blick wurde von einem großen Bücherregal gefangen genommen. Die vielen Bücher mit ihren bunten, ledernen Buchrücken wollte ich gerne entstauben, dabei konnte nichts kaputtgehen.

»Bücher sind Freiheit«, schwärmte das Fräulein und nahm sogleich einen Stapel auf den Arm. In Sankt Wendel hatte ich noch nie ein Mädchen mit Büchern gesehen, und wenn Peter mit seinem Lesebuch heimgekommen war, hatte er sich niemals so sehr darüber gefreut wie Fräulein Jenny gerade eben.

»Komm weiter, Lenchen.« Sie zog mich von den Büchern weg und über den Flur zum Musikzimmer. »Zusätzlich zu den Schulstunden erhalte ich Unterricht auf dem Hammerklavier.« Sie zeigte auf ein Tasteninstrument, dann ging es weiter in den Damensalon, den ich am Tag meiner Ankunft schon betreten hatte. »Fürs Französische kommt jeden Mittwoch Madame Boutin ins Haus. Ich nenne sie: ›Das Madamchen‹.« Sie kicherte kindlich. »Zum Tanzunterricht werde ich dienstags abgeholt, und Latein lerne ich außer Haus immer an den Donnerstagen.«

Ich versuchte, mir all ihre Termine einzuprägen, gleichzeitig war ich gefesselt von der Pracht der Räumlichkeiten. Da schimmerte seidiger Glanz auf den Sitzmöbeln, da funkelten Beschläge und die Maserungen der Tische und Kommoden. Wir liefen vorbei an Tischen mit Marmorplatten und an mit Damast bezogenen Stühlen, vorbei am senfgelben Kanapee. Im Vorzimmer des großen Esszimmers waren in einer Vitrine sogar Teller aus echtem Silber ausgestellt, aus schottischem Silber, das nur zu besonderen Anlässen auf den Tisch kam. In das Silber war das Adlerwappen, das ich schon von den Türstöcken her kannte, eingeprägt. Der schönste Raum jedoch war das Esszimmer. Die Wände waren abwechselnd in Purpur und Grasgrün gehalten, Farben, die sich auch in den Polsterungen und Vorhängen wiederfanden. Bis auf den langen Esstisch waren alle anderen Möbel paarweise aufgestellt. Sie waren von einem glänzenden Lack überzogen und besaßen eigentümliche Maserungen, in denen ich Augen und Schmetterlingsflügel zu erkennen glaubte.

Das Erdgeschoss war prunkvoll und warm, im Obergeschoss sah es anders aus. Dort war es in den Zimmern kälter und die Möbel spärlicher und abgenutzter, so wie meine alten Holzschuhe, die oben in der Truhe lagen. Es war, als wohnte im Obergeschoss eine andere Familie mit weniger Geld. Außerdem fiel mir auf, dass oben weniger Öllampen standen. Im Erdgeschoss, wo die Familie Gäste empfing, hatte ich eine viel größere Anzahl von ihnen stehen gesehen.

»Väterchen begibt sich vormittags immer zur Bezirksverwaltung, er arbeitet dort als Erster Rat«, erklärte Fräulein Jenny mir.

Erster Rat, ob das wohl jemand war, der vor allen anderen Ratschläge erteilen durfte? Ich nickte zum Zeichen dafür, dass ich verstanden hatte, was sie sagte.

»Zum Mittagessen kommt Väterchen heim, geht dann zurück zur Arbeit, und wir sehen ihn erst am späteren Nachmittag wieder. Mütterchen ist die erste Hälfte des Tages im Damensalon mit Handarbeiten beschäftigt. Das ist die beste Zeit, um hier oben zu putzen. Dann sind die Zimmer leer, und du störst niemanden. Unter der Treppe findest du alle notwendigen Gerätschaften dafür.«

Ich schaute zur Treppe, die hinauf ins Dachgeschoss führte.

»Und Lenchen, uns sind Umgangsformen sehr wichtig.«

Ich knickste sofort. Sie sagte, dass die Herrschaft und alle Gäste stets mit ihrem Titel angesprochen werden wollten: »Haben die gnädige Frau Baronin« oder »Befehlen der gnädige Herr Baron«. Wenn mir ein Auftrag erteilt würde, hatte ich mit »Zu Befehl« zu antworten. Meine Dienste beim Baron und der Baronin sollte ich schweigend verrichten. Sofern ich doch einmal eine Frage an sie richten musste – was sich beim Servieren der Mahlzeiten nicht ausschließen ließ –, hatte ich diese folgendermaßen zu formulieren: »Befehlen gnädige Frau Baronin, noch etwas Kaffee zu bringen?« Wenn die Mahlzeiten bereitet waren, hieß es: »Es ist aufgetragen!« Und Angela solle mir unbedingt noch den Unterschied zwischen einer Servier- und einer Putzschürze erklären, meinte das Fräulein und strich mir dabei über die Flügel der Schürze, die offensichtlich nur zum Servieren getragen wurde. »Komm morgen früh zum Frisieren und Ankleiden in mein Zimmer«, sagte sie noch, dann verschwand sie mit dem Bücherstapel im Garten.

Angela bestimmte, dass ich nicht erst am zweiten Tag nach meiner Ankunft, sondern schon an meinem ersten Abend den von Westphalens servieren sollte, womit mir mein erstes »Es ist aufgetragen!« unmittelbar nach den Erklärungen der Anspracheregeln von Fräulein Jenny bevorstand. Wieder begannen meine Hände schon bei dem Gedanken, das goldumrandete Geschirr zur Herrschaft zu bringen, zu zittern, und dann sollte ich zudem noch Treppen damit steigen.

Das Abendessen nahm die Familie im kleinen, kälteren Speisezimmer im Obergeschoss ein. Es gab Fleischwickel mit Aprikosen, die Angela am Vormittag zubereitet hatte, angerichtet mit einer dunklen Soße aus frischem, eingekochtem Blut. Angela drückte mir das beladene Tablett in die Hände und folgte mir mit einem kleineren, auf dem vier Schalen mit Honig übergossenen Erdbeeren standen. Getrunken wurden Weißwein und Limonade, beides hatte Angela bereits oben ausgeschenkt, nachdem sie mir meine Verzweiflung angesehen hatte. Bereits auf der Treppe spürte ich Hitze in mir aufsteigen und hätte mich am liebsten mit kaltem Wasser bespritzt. Angela öffnete mir die Tür, und als ich die Gesichter der von Westphalens allesamt auf mich gerichtet sah und vorschriftsmäßig knicksen wollte, geschah es: Meine zitternden Hände ließen das voll beladene Tablett fallen, das mit einem lauten Scheppern auf dem Parkett aufschlug. Genauso fassungslos wie damals, als ich zu Hause die Kartoffelsuppe verschüttet hatte, stand ich da und starrte auf den Boden. Dieses Mal jedoch hatte ich goldumrandetes Geschirr zerdeppert.

»Lenchen, geht es dir gut?« Fräulein Jenny kam zu mir. »Ist dir schwindelig geworden?« Sie stützte mich.

Angela stellte die Nachspeise ab und begann, die Scherben aufzusammeln. »Wir haben noch einen Rest Fleischwickel in der Küche. Die hatte ich als Nachschlag vorgesehen«, erklärte sie der Herrschaft.

Erst nach diesen Worten traute ich mich aufzuschauen. »Es tut mir sehr leid.«

Die Baronin und der Baron schauten mich entsetzt an.

»Dann essen wir eben die Reste«, sagte Fräulein Jenny nach einem Moment der Stille und ließ mich wieder los. »Die zweite Portion Fleischwickel schmeckt sicher genauso gut wie die erste, und mein Hunger ist heute sowieso nicht so groß.«

»Meiner auch nicht«, sagte der junge Herr Edgar. Fräulein Jenny und er zwinkerten sich zu.

»Ich habe es geahnt«, seufzte die Baronin und rückte die Vorlegeschalen auf dem Tisch zurecht.

Fräulein Jenny setzte sich wieder hin, und ich übernahm das Reinemachen. Angela trug derweil die zweite Portion der Fleischwickel auf. Die Familie aß still, während ich den Holzboden vor ihnen schrubbte.

Wieder zurück in der Küche, empfing mich Angela mit den Worten: »So jemand wie du ist mir als Dienstmädchen noch nie untergekommen!«

»Es passiert immer, wenn ich Angst habe oder besonders aufgeregt bin«, gestand ich. »Dann machen meine Hände, was sie wollen, und nicht, was ich ihnen sage.«

»Du wirst abräumen, wenn die Herrschaft fertig gegessen hat«, befahl Angela. »In deinem Fall hilft nur Übung!«

Als die Glocke aus dem kleinen Speisezimmer erklang, zwang ich mich zu den von Westphalens zurück. Einzig die Baronin saß noch am Tisch, ich knickste. Meine Beine fühlten sich so weich wie Wachs an.

»Du beherrschst die einfachsten Dinge noch nicht«, stellte sie fest.

Ich roch schweren Rosenduft. »Ich will es gerne lernen, gnädige Frau Baronin.« Innerlich verließ mich alle Zuversicht.

»Wir müssen also beim Urschleim anfangen: der Gesindeordnung.« Die Baronin erhob sich vom Tisch. »Du solltest dir alle Gebote der Ordnung gut einprägen. Sie regelt Rechte und Pflichten von Herrschaft und Gesinde.«

Ich wollte sie lernen, so schnell es ging.

»Redliche Dienstboten geben Leib und Leben für das Wohl ihrer Herrschaft«, begann sie.

Ich wiederholte den Satz auf ihr Zeichen hin und grübelte, ob ich für zwei Taler jeden Monat nun also mein Leben und meinen Leib verkauft hatte.

Danach kam: »Dienstboten sind nicht neugierig, sie plaudern nicht aus, was innerhalb des Hauses geschieht, und niemals äußern sie sich nachteilig über ihre Herrschaft, denn die Ehre der Herrschaft ist auch ihre eigene.«

Einmal musste mir die Baronin helfen, als ich ihre Worte wiederholte, aber bald bekam ich auch diesen Satz fehlerfrei hin.

Als Nächstes sagte sie: »Jeden Tag wirst du zwei neue Regeln der Gesindeordnung lernen.«

Ich knickste, »Sehr wohl, gnädige Frau Baronin«, und dachte dabei über das Wort »Ehre« nach. Onkel Klaus hatte einmal davon gesprochen. Er hatte gesagt, dass sich die Ehre einer Familie auch an ihren Särgen ablesen ließe, und Mutter dann ein paar Taler für Pabbis Sarg in die Hand gedrückt.

Nach den Regeln der Gesindeordnung erhielt ich eine Lehrstunde in der Kunst des Tafeldeckens. Ich versuchte, mir die Position all der vielen Geschirrteile und die Reihenfolge, in der sie abgeräumt wurden, gut einzuprägen, so wie damals die Schachzüge in den Spielen mit Pabbi. Die Baronin verlangte, dass ich gerade stehen und beim Servieren vor allem aufrecht schreiten solle. »Mehr Haltung, bitte, du befindest dich im Haus eines Barons!«

Erst als es draußen dunkel war, schickte mich die Baronin in die Küche zurück. Da hatte Angela gerade zu Ende geputzt. Sie deutete mit dem Kinn zum Tisch. Dort standen zwei Teller mit den Resten der Fleischwickel, die ich vom Boden aufgesammelt hatte. Sie waren zerfallen, sahen aber noch immer köstlich aus. Wir setzten uns an den Tisch.

Mit den Fingern stopfte ich das Essen regelrecht in mich hinein, so hungrig hatte mich mein erster Tag bei den von Westphalens gemacht. Aber die Enttäuschung über das zerbrochene Geschirr hielt immer noch an.

Vor dem Schlafengehen brachte Fräulein Jenny mir einen Haufen Strümpfe in meine Kammer, die gestopft werden mussten, und verabschiedete sich für die Nacht mit einem: »Ich hoffe, dir geht es wieder besser.«

»Ja«, sagte ich wohl wissend, dass ich log, denn das Zittern meiner Hände würde zurückkommen. Es war nur eine Frage der Zeit, bis ich das nächste Geschirr zerbrechen würde.

Die Folgetage blieben schwierig, denn nichts, was ich tat, war der Baronin gut genug. Immer wieder machte sie Anmerkungen, wie es besser zu machen wäre. Zum Beispiel Möbel abstauben unter der Verwendung von Schutztüchern, die alles andere Wertvolle im Raum vom aufwirbelnden Staub abschirmen sollten. Es gab verschwenderisch große Tücher nur zum Abdecken während des Saubermachens. In Sankt Wendel hatten wir weit schlechtere Tücher als diese sogar noch als Bettdecken verwendet. Es verging kein Tag in den ersten Wochen, an dem sie mir nicht über die Schulter schaute, meine Flügelschürze beim Servieren richtete oder meine Haltung korrigierte. Wahrscheinlich wollte sie überwachen, dass ich nur ja nichts Zerbrechliches in die Hände bekam. Das kaputte Geschirr von meinem ersten Abend aber brachte sie nie mehr zur Sprache. Wir redeten grundsätzlich nur das Nötigste miteinander.

Fräulein Jenny war ganz anders als ihre Mutter. Beim morgendlichen Ankleiden und abendlichen Aufbinden der Kleider sprudelte es immer fröhlich aus ihr heraus. Wenn ich ihr das Haar bürstete, rezitierte sie gerne aus einem Buch, dessen Verfasser ein gewisser Shakespeare war, und manchmal sprach sie sogar Englisch mit mir. Sie war klug, neben ihr kam ich mir wie ein Strohkopf vor. Da half es nur wenig, dass ich mir so viel wie möglich von dem, was sie sagte, zu merken versuchte, indem ich es beim Putzen und Stopfen wiederholte. Ich lernte, Fräulein Jenny Schmuck anzulegen, und sie zeigte mir, wie man Haare zu Wellen oder Locken formte und am Kopf zu Türmen oder Halbkugeln frisierte.

An diesem Morgen stand sie so lange vor dem Frisiertisch, dass der Kutscher, der sie zur Schule fuhr, unten im Eingangsbereich schon ganz ungeduldig wurde. Am Vormittag besuchte sie eine evangelische Privatschule, vor zwei Jahren war sie konfirmiert worden. »Wir Trierer sind verrückt nach Kaffee und französischen Dingen wie dem Perkolator«, erklärte sie mir und nahm einen Schluck Kaffee aus ihrer Tasse, den ich ihr zusammen mit etwas Gebäck gebracht hatte. »Man muss einem Gegenstand nur einen französischen Namen geben, und schon verkauft er sich wie heiße Semmeln. Insgeheim, wenn kein Preuße anwesend ist, parlieren wir Trierer am liebsten auf Französisch.« Sie lachte und wickelte sich eine Locke um den Zeigefinger.

»Verstehen die Preußen das Französische nicht?«, fragte ich.

»Einige schon, aber sie hassen die Sprache. Weil die Franzosen unter Kaiser Napoleon ihre langjährigen Feinde waren und noch immer sind«, erklärte sie mir. In diesem frohen Moment kam mir mein Heimatort unendlich weit weg vor.

Fräulein Jenny hielt in aller Ruhe zwei verschiedene Handbeutel an den Stoff ihres gelben Kleides. »Der grüne oder der graue?«, fragte sie mich.

Ich schaute hilflos zwischen den beiden Beuteln hin und her, erinnerte mich aber schon beim nächsten Atemzug an den Anblick der Baronin im hochgeschlossenen, tannengrünen Kleid auf dem senfgelben Kanapee. Grün und Gelb passten augenscheinlich gut zusammen. »Der grüne«, riet ich ihr.

Nachdem Fräulein Jenny das Haus mit dem grünen Handbeutel verlassen hatte, begann ich, ihr Zimmer zu reinigen. Auf ihrem Bett lag ein bauchiges, einladendes Federbett. Als im Flur kein Mucks zu hören war, schloss ich die Zimmertür und fuhr mit der Hand bedächtig über das Federbett. Es war unendlich weich, und ich freute mich, dass Dorothea aus Urweiler jede Nacht so komfortabel schlafen durfte. Als ich draußen Geräusche hörte, ließ ich sofort davon ab. Das Schmuckstück des Raumes war der marmorne Frisiertisch vor der Wand, auf dem ein mächtiger Spiegel mit Goldrahmen befestigt war. Hier bürstete ich Fräulein Jenny das Haar, hier band und hakte ich ihr abends die Kleider auf.

Bei geöffnetem Fenster reinigte ich nun das Bett sowie die Matratze und schlug die Decke zurück, damit alles gut auslüften konnte, die Baronin hatte es mir tags zuvor gezeigt. Nach dem Ausbreiten des Schutztuchs staubte ich den Spiegel und die Vorhänge ab. Vom Holzboden nahm ich den Staub mit einem feuchten Lappen auf.

Als Nächstes kam das Zimmer gegenüber an die Reihe. Es gehörte dem jungen Herrn Edgar, was ich daran merkte, dass auf dem Bett einige seiner Halsbinder lagen. Eine riesige Kugel stand auf seinem Tisch, die, wie ich später erfuhr, unsere Erde in verkleinertem Maßstab darstellte. Der junge Herr Edgar nannte die Erde »unseren Planeten« und die bunt gefleckte Kugel »Globus«. Ich drehte sie, und es sah lustig aus. Ich wünschte, ich hätte mich mit einem Fingerschnipp von jedem weiteren Gedanken an den jungen Herrn Edgar, der mich unweigerlich zu seinem düsteren Freund Karl führte, befreien können. Aber es gelang mir nicht. Karls unbarmherzigen, abschätzigen Blick auf mir konnte ich immer noch spüren. Sobald meine Gedanken ihn streiften, begannen meine Knie zu pochen. Ich glaube, böse Dinge bleiben viel länger in Erinnerung als schöne.

* * *

Schwur wegen Karl

In der zweiten Woche nach meiner Ankunft klingelte mich die Baronin zu ungewohnter Zeit, noch lange vor dem Mittagessen, vor das senfgelbe Kanapee in den Damensalon. So früh am Tage schon die Gesindeordnung? Gestern hatte ich ihr und ihren Damen einen Hefekranz zum Kaffee im Damensalon serviert, und keine der goldumrandeten Tassen war dabei zu Bruch gegangen, weil ich jede einzeln hineingetragen hatte. Durch das Zittern meiner Hände war nur etwas Kaffee auf die Untertassen geschwappt, den ich aber schnell mit dem Ärmel weggewischt hatte. Während der Damenkränzchen beschäftigten sich die reichen Frauen mit ihren Handarbeiten, stundenlang.

Nun wechselte ich schnell noch meine Schürze, erst mit der Flügelschürze war ich bereit für die Herrschaft. Als ich an diesem Tag den Damensalon betrat, saß die Baronin alleine auf dem senfgelben Kanapee und war mit einer Perlenarbeit beschäftigt. Sie vernähte und verstickte auch Garne, die auf silbernen Knäuelhaltern steckten, und verkaufte die fertigen Handarbeiten am Schluss für gute Zwecke auf Basaren, wie ich von Fräulein Jenny wusste. Es gab kaum einen Gegenstand im Haus, der nicht bestickt, bemalt oder mit Perlen versehen war. An diesem Nachmittag trug die Baronin ein braunes Kleid. Obwohl es bis unter das Kinn geschlossen war, hatte sich ihr schwerer Rosenduft im ganzen Raum verteilt. Ich knickste mit möglichst geradem Rücken.

»Du solltest bei der Reinigung der Teppiche mehr Sorgfalt walten lassen«, verlangte sie. »Ralfine streute immer feuchten Kaffeesatz auf die Teppiche und nach einer gewissen Einwirkzeit bürstete sie diese dann mit dem Besen ab.«

»Zu Befehl, gnädige Frau Baronin.« Ob sie meine Anstrengungen, den ganzen Haushalt allein zu bewältigen, überhaupt bemerkte?

An diesem Vormittag lernte ich drei anstatt der bislang üblichen zwei Gebote der Gesindeordnung. Darunter war auch eines über die Entlassung von Dienstboten, in dem die Anstellung einer Dienstperson als Vermieten bezeichnet wurde, was ich seltsam fand. Das Gebot aber, das mir besonders gefiel, konnte ich fehlerfrei gleich nach dem ersten Zuhören wiedergeben: »Ist dem Dienstboten Kost zugesagt worden, so muss selbige bis zur Sättigung gegeben werden. Offenbar der Gesundheit nachteilige und ekelhafte Speisen anzunehmen, kann der Dienstbote nicht gezwungen werden. In Fällen, wo Streit entsteht, entscheidet die Obrigkeit.« Es war eine schöne Aussicht: nie mehr hungern zu müssen, solange ich hier war.

Bevor mich die Baronin aus dem Damensalon entließ, richtete sie mir noch mit spitzen Fingern die Kräuselhaube. »Mehr Haltung, bitte«, wiederholte sie. Selbst ins Bett galt es, mit Eleganz zu steigen. Nie sollte Jenny sich plump im Bett bewegen, worauf ich ebenfalls zu achten hatte. Kaiser Napoleon hätte an der Kaiserin Josephine schließlich vor allem gerühmt, dass sie stets mit vollendeter Grazie ihr Bett bestieg.

Noch am gleichen Abend klingelte der Baron vom Herrenkabinett aus nach mir. Vermutlich wünschte er Feuer für seine Pfeife, weil er den Stahl mit seiner wehen Hand nicht mehr kräftig genug an den Feuerstein schlagen konnte. Ich wollte ihm noch ein Eierbier mitbringen, das mochte er zur Pfeife besonders gern. Seit einigen Tagen schon hatte ich das Eierbiermachen für den späteren Abend von der Köchin übernommen. Angela war zu dieser Stunde schon dabei, die Töpfe zu schrubben. Ich erhitzte gutes Bier mit Zucker, schlug zwei Eier in ein Glas und gab unter stetem Rühren das Bier dazu. Dann machte ich mich auf den Weg.

Als ich die Tür zum Herrenkabinett öffnete, fuhr ein Blitz durch meinen Körper. Wie eine Salzsäule stand ich da und starrte den Baron in seinem Sessel an. Genauer gesagt bannte der runde Tisch vor ihm meine Aufmerksamkeit: Da stand es! Es war außergewöhnlich gearbeitet und viel größer als meines. Das Bierglas glitt mir aus der Hand.

Der Baron schaute auf. »Lenchen?«

Durch die Pfütze hindurch ging ich auf den Tisch zu. Das Brett darauf glänzte wie mit Lack überzogen. Alle vierundsechzig Felder waren komplett weiß oder schwarz ausgemalt. Die Figuren waren ohne Zahnstocher und wie die Beschläge an den Möbeln aus feuervergoldetem Messing gefertigt, die einen heller, die anderen dunkler. Sogar die Bauern standen auf einem Sockel. Der Baron hatte alle Figuren aufgestellt und anscheinend gerade seinen ersten Zug überlegt.

»Lenchen?«, hörte ich ihn wie aus einem anderen Raum nach mir rufen. »Du verteilst das Bier mit deinen Schuhen auf dem guten Boden.«

Es kribbelte mir in den Fingerspitzen. »Das Spiel der Könige«, sprach ich wie benommen und sah Pabbi und mich wieder in Sankt Wendel am Tisch sitzen. Er vor den schwarzen Figuren und ich vor den weißen. »Weiß beginnt die Partie!«, murmelte ich vor mich hin. Aus Angst vor dem Schachgeist hatte ich lange nicht mehr gespielt, das Steckschach nicht einmal angerührt – und weil ich nicht wollte, dass die Bilder vom sterbenden Pabbi zurückkehrten.

»Lenchen! Was ist los?« Der Baron fasste mich am Arm.

Nur langsam kam ich wieder zu mir. »Verzeihung, gnädiger Herr Baron. Aber das Spiel der Könige …« Ich wandte mich zur Tür um, wo das Bierglas in Dutzende Scherben zersprungen war. Bestimmt war Ralfine so etwas nie passiert. Ich wusste inzwischen, dass sie erst ein Jahr lang im Haushalt gewesen war, als die Schwindsucht sie dahinraffte.

»Ich werde mich sofort darum kümmern.« Ich stürzte in die Küche, holte einen Lappen und eine Kehrschaufel. Die Scherben kamen in die Abortgrube hinters Haus. Wenn ich mich beeilte, gelang es mir sogar vielleicht, den Vorfall vor der strengen Baronin zu verbergen. Als ich zurück ins Herrenkabinett kam, war der Baron gerade im Begriff zu gehen. »Mach das in aller Ruhe und gründlich, ich komme ein andermal wieder.«

»Es tut mir leid«, beteuerte ich erneut. Das Getränk war weit gespritzt, und ich hatte es mit meinen Schuhen zudem noch bis fast an den runden Tisch herangetragen. »Ich bereite Ihnen gerne ein neues Bier zu, gnädiger Herr Baron. Noch schaumiger als das erste.«

Der Baron lächelte. »Besser morgen Abend. Ich werde mich jetzt zurückziehen.«

Während ich das Eierbier aufwischte, bekam ich noch mit, wie er eine in das Schachbrett unten eingebaute Lade herauszog, die Figuren dort hineinlegte und das Ganze dann in der obersten Schublade einer Kommode einschloss. Wie sich die dunkle Messing-Königin wohl anfühlte? *Die Königin wandert geradeaus in alle vier Richtungen und auch diagonal. Diagonal darf sie aber nur auf den Feldern mit derselben Farbe des Feldes, auf das sie zu Beginn des Spiels gestellt wurde, gehen. Die Königin ist die Figur mit der größten Kampfkraft.* Meine Königin hatte ich damals Luise getauft.

Je näher ich der Kommode mit den wunderschönen Figuren beim Reinigen kam, desto stärker wurde das Kribbeln in meinen Fingerspitzen. Die von Westphalens horteten einen echten Schatz im Herrenkabinett! Umso schlimmer wog die Aussicht, dass man mich nach Ablauf der vier Wochen wahrscheinlich wieder fortschickte.

In der vierten Woche bei den von Westphalens geschah das, was ich viele Tage vermieden hatte, mir vorzustellen. Ich begegnete dem düsteren Karl wieder.

»Ich sollte besser die Holzmöbel wienern, sie haben es nötig, Fräulein Jenny«, versuchte ich dem Wiedersehen zu entkommen, nachdem sie vorgeschlagen hatte, dass ich sie auf der Kutschfahrt mit Karl begleiten solle.

»Wienern an einem Sonntag?« Sie schüttelte den Kopf, dass ihre Löckchen vor den Ohren nur so tanzten. »Wir lassen einen Drachen aus dem Kutschfenster steigen, Lenchen. Das wird auch dir Spaß machen! An deinem freien Tag solltest du unter Menschen gehen. Hast du überhaupt schon was vom schönen Trier gesehen außer den Brunnen beim Wasserholen?«

Nein, hatte ich noch nicht, aber meine freie Zeit wollte ich nur ungern unter den unbarmherzigen Blicken des düsteren Karl verbringen.

»Du darfst den Drachen auch mal halten«, schlug Fräulein Jenny freudig vor.

Das Dienstgebot über den Ungehorsam kam mir in den Sinn. In Gedanken sagte ich es auf: *Reizt ein Dienstbote die Herrschaft durch ungebührliches Verhalten zum Zorn und wird mit Scheltenworten oder Tätlichkeiten behandelt, so kann es vor einem Gericht niemals Genugtuung fordern.* Ich versuchte zu lächeln. »Das ist sehr nett von Ihnen, gnädiges Fräulein«, sagte ich schließlich. Ich wollte sie nicht erzürnen.

Als ich hinter Fräulein Jenny als Letzte in die Kutsche stieg, fragte Karl: »Sie schon wieder? Zu fünft wird es hier drinnen aber zu eng!«

Wenn Fräulein Jenny mich nicht festgehalten hätte, wäre ich sofort wieder ausgestiegen. Doch sie zog mich ins Innere der Kutsche und drückte mich auf den gleichen Platz wie beim letzten Mal – neben Karl. Sofort legte ich die Hände schützend auf meine Knie.

Fräulein Jenny setzte sich mir gegenüber. »Wir zwei Damen sind schmal. Wir passen zusammen mit Edgar ganz bequem auf eine Bank.«

Sie deutete auf Fräulein Sophia, Karls Schwester, mit der Fräulein Jenny auch zum Tanzunterricht ging. Sophia war ein stolzes Mädchen, wie Hilga Klempe, aber mit blauschwarzem Haar und ebenso pechschwarzen Augen wie Karl. Der war sichtlich pikiert. »Sie hat doch Angst, was bringt das?« Wie schon bei unserer ersten Begegnung fiel mir auch heute die zischende Aussprache einiger Worte an ihm auf, so als führe Wind beim Sprechen zwischen seinen Zähnen hindurch.

»Ich habe Lenchen schon sehr mutig erlebt!«, entgegnete Fräulein Jenny überzeugt. »Und weil ich die Älteste in unserer Runde bin, bestimme ich, wer mitfährt. So!«

Karl sagte nichts mehr darauf, wir fuhren los. Ich drückte mich, so tief es ging, in meine Ecke und traute mich nur noch flach zu atmen. Nie zuvor hatte ich mich so fehl am Platz gefühlt wie in der

Kutsche auf einer Bank mit dem Sohn des Trierer Justizrates Marx. Karl und seine Schwester warfen mir immer wieder misstrauische Blicke zu, ich sah es aus den Augenwinkeln heraus.

Irgendwann war ich mit dem Drachen an der Reihe, Fräulein Jenny bestand darauf. Ich schob mich ans Fenster. Sie band mir die Leine des Drachens ums Handgelenk, damit der Fahrtwind ihn nicht wegtrug. »Ich hatte es dir doch versprochen«, freute sie sich. »Jeder darf den Drachen mal halten.« Wieder versuchte ich zu lächeln.

Die gesamte Zeit am Kutschfenster über, während der Drachen an meinem Gelenk vom Wind getrieben in der Luft neben der Kutsche herzitterte, saß Karl demonstrativ von mir abgewandt. Der junge Herr Edgar und Fräulein Jenny schauten derweil abwechselnd aus dem zweiten Fenster hinaus.

Ich presste einen Anfeuerungsruf heraus: »Flieg, Drachen, flieg!« Es muss komisch mit anzusehen gewesen sein, wie ich Karl unbedingt meinen Mut beweisen wollte, ich, ein einfaches Dienstmädchen.

Als die Kutsche wieder vor dem Haus des Barons stoppte, schwor ich beim heiligen Wendelin, dass ich nie wieder mit Karl in eine Kutsche steigen würde. Lieber wollte ich ein ganzes Haus voller Holzmöbel polieren.

An diesem Abend kaute ich das erste Mal seit meiner Ankunft in Trier Tabak. Viel war mir von der Tabakschnecke nicht mehr geblieben. Ich nahm ein sparsames Stück und kaute es an, in Gedanken bei Pabbi und Sankt Wendel, auch wenn sich der düstere Karl immer wieder in meine Gedanken zurückkämpfte. Mit der Zunge schob ich das Tabakstück ganz tief in meine Backe, hob das Kinn an und genoss das Brennen im Hals. Nach einer Weile stellte sich das weiche Rauschen ein, und mein Ärger über Karl verrauchte für diesen Abend.

Wenige Tage später waren meine ersten vier Wochen bei den von Westphalens vorbei. Die Baronin klingelte mich vor das senfgelbe Kanapee, ich dachte immer noch an meinen Schwur, nie wieder mit Karl in eine Kutsche steigen zu wollen.

Mit ihrem leblosen Gesichtsausdruck erklärte sie mir, dass ich noch viel zu lernen habe, aber bei ihnen bleiben durfte. Trotz der vielen Scherben. Ich war so froh darüber, auch wenn ich ahnte, dass Fräulein Jenny wohl kurz zuvor noch bei ihrer Mutter gewesen war und sie vermutlich dazu gedrängt hatte, mich zu behalten. Es war ein schönes Gefühl, es wenigstens Fräulein Jenny recht machen zu können und dafür von ihr ein Lächeln zu erhalten. Außerdem war Schmutz verschwinden zu lassen und danach zu sehen, dass alles in Ordnung war, eine hilfreiche Sache. Wo kein Dreck war, fühlten sich unreine Seelen auch nicht wohl.

Am Verkündungstag erhielt ich auch die ersten zwei Taler Lohn.

Das Geld fühlte sich fast so gut an, wie Schachfiguren in meinen Händen zu halten. Die ersten Münzen, die ich jemals in den Händen hielt. Silbermünzen waren es. Im Schein des Lichts funkelten sie kräftiger als die kupfernen Pfannen an den rußgeschwärzten Wänden der Küche. Mehrmals drehte und wendete ich sie beeindruckt. Auf einer der Seiten war der Kopf eines Mannes mit spitzer Nase und Locken abgebildet, und um ihn herum stand etwas geschrieben. Auf der anderen Seite befanden sich ebenfalls Buchstaben und ein Kranz aus Kräutern. Ich wusste sofort, was ich damit tun wollte. Eine Münze war für meine Familie in Sankt Wendel, für die zweite wollte ich mir ein Rechenbuch kaufen. Ich wollte lernen, eins und eins zusammenzuzählen.

Um mir das Buch zu kaufen, ging ich das erste Mal ohne Hast durch Trier. Der Dom diente mir als Orientierung. Kutschen, dicht an dicht, fuhren an mir vorbei und schleuderten mit ihren Rädern den Dreck der Straße auf. Die hiesigen Gossen verliefen anders als in Sankt Wendel nicht in der Mitte der Straßen, sondern an deren Seiten und waren etwas schmaler, sodass die Fuhrwerke einfacher passieren konnten. Überall war es so laut und voll, wie ich es selbst an den Markttagen in Sankt Wendel nie erlebt hatte. Und überall blitzten die Tschakos und blauen Waffenröcke der Preußen, über die die von Westphalens oft erzählten, auf. Die Preußen trugen Degen am Gürtel, die erst knapp über dem Boden endeten. Ich versuchte, den Soldaten auszuweichen. Sehr viele reiche Menschen waren an diesem Tag unterwegs. Genau wie Hilga es berichtet hatte, trugen die Frauen wirklich Seidenkleider, und ich sah Stoffe an keulenförmigen Ärmeln, die erst bei starkem Lichteinfall ihre changierenden Muster offenbarten. Die Häuser in Trier waren so hoch und standen so dicht beieinander, dass trotz des wolkenfreien Himmels nur hin und wieder Sonnenlicht in die Straßen und auf die Kleider fiel. So also waren größere Städte: düster am helllichten Tag. Das war mir beim morgendlichen Wasserholen bisher nicht aufgefallen. Wie die Stadt wohl wirkte, wenn bei Einbruch der Dunkelheit die Laternen angezündet wurden? Diese blechernen Kästen mit Glasscheiben auf einer Säule hatte es in Sankt Wendel nicht gegeben, deswegen war es nachts immer dunkel gewesen. Je länger ich die Stadthäuser um mich herum betrachtete, desto mehr hatte ich das Gefühl, dass sie immer weiter in die Höhe wuchsen.

Nach langem Suchen fand ich in einem Laden ein winziges Büchlein, worin viele Bilder und Zahlen waren. Ich erstand es nicht ohne Stolz und versank schon auf dem Weg zurück zu den von Westphalens in den ersten Seiten. Die waren voller Hände mit unterschiedlich vielen ausgestreckten Fingern. Anhand der Finger lernte ich an diesem Tag, die ersten fünf Zahlen zu schreiben.

Am Folgetag auf der Post bat ich den Beamten, meiner Familie zu schreiben, dass ich ihr von nun an jedes halbe Jahr sechs ganze Taler schicken würde. Der Postbeamte half mir noch beim Rechnen. Sechs Monate jeweils ein Taler machte insgesamt sechs. Ich legte dem Brief nach Hause ein Stück Papier bei, auf das ich Pabbis Grabstein, wie ihn meine Familie recht bald beim Steinmetz in Auftrag geben konnte, mit einer von Fräulein Jennys Tintenfedern gezeichnet hatte. Natürlich mit der Erlaubnis des Fräuleins. Ich selbst brauchte kaum Geld zum Leben, lediglich ein paar Kreuzer für Kautabak und andere Kleinigkeiten, wie für das Kleben von Tassen, Krügen oder irdenen Schalen. *Fügt ein Dienstbote der Herrschaft vorsätzlich oder aus Versehen Schaden zu, so muss es denselben ersetzen. Kann der Schaden weder aus rückständigem Lohn noch aus anderen Habseligkeiten des Dienstboten ersetzt werden, so muss er denselben durch unentgeltliche Dienstleistung vergüten.*

Trotz des einen oder anderen Missgeschicks vergingen die Wochen bei den von Westphalens rasch. Angela zeigte mir, wie man die Wäsche feiner Leute richtig wusch. Am ersten Waschtag sortierten wir die viele schmutzige Wäsche. Nachdem alles sortiert war, wurde der Waschzuber mit Wasser im Keller des Hauses gefüllt, Feuer darunter geschürt und die Wäsche darin eingeweicht. Vorher hatte ich die gröbsten Schmutzstellen bereits mit Seife eingerieben und die schlimmsten Flecken durch Scheuern gelöst. So genau hatten wir es in Sankt Wendel mit der Wäsche nie genommen. Über Nacht blieb die Wäsche in einer zweiten Wasserfüllung mit Lauge liegen, und erst in der Früh des nächsten Tages begann ich mit dem Waschen. Nachdem die gesamte Wäsche am Waschbrett gereinigt worden war, wurde sie in klarem Wasser ausgespült, einige weiße Sachen danach noch gestärkt und gebläut. »Das Stärkemischen verlangt besondere Erfahrung«, lehrte Angela mich. Im Dunst der Wäschekammer verfolgte ich sehr genau, wie sie ganz vorsichtig und nur nach und nach Stärke in das kochende Wasser gab. »Du musst immerzu rühren, damit es keine Klumpen gibt und die Stärke sich gut auflöst.«

Schlussendlich kam noch weißes Wachs in den Stärkekessel, das die Wäschestücke später wunderbar schimmern ließ. Am Nachmittag des dritten Waschtages hatte ich sämtliche Kleidungsstücke auf Restflecken hin zu untersuchen. Die Wäsche war sehr wichtig für die Herrschaft, in ihr zeigten sie sich den anderen Trierern, von ihr hing neben anderen Dingen der Sitzplatz bei der Messe ab. Für das Plätten benötigte ich zwei weitere Tage. Die Waschtage waren die anstrengendsten.

Die Baronin übertrug mir immer mehr Besorgungen. Dabei kam ich mit anderen Dienstmädchen ins Gespräch, beim Einkaufen auf dem Markt, beim Metzger und beim Warten an der Wäschemangel. Dabei schien es mir zunehmend so, dass ich es mit meiner Herrschaft trotz der strengen Baronin und trotz Edgars Freundschaft mit dem düsteren Karl ganz gut getroffen hatte.

Denn ein Großteil der anderen Dienstboten klagte über zu wenig Lohn und darüber, dass der beste Mosel-Wein nach Belgien und Holland verkauft werden würde und man in Trier nur noch schlechten Kleinberger ausschenkte. Eine Elise Goldmann wusste von ehemaligen Dienstmädchen, die in den Hinterkammern von Wirtsstuben viel mehr Geld verdienten als bei ihren Herrschaften und nie mehr putzen oder waschen mussten. Und alle warnten einander, nur ja nie bei einer gewissen Familie Brombach am Kornmarkt, bei den Herrschaften Kittel oder Popellka in Stellung zu gehen. Denn die hielten ihr Dienstpersonal angeblich in kalten, düsteren Kellern wie Tiere. Ihre Nachnamen wurden hinter vorgehaltener Hand mindestens genauso oft erwähnt wie die Vornamen gewisser umschwärmter preußischer Offiziere. Ob Dorothea mit einem von ihnen fortgegangen war? Zumindest hatte keiner der anderen Dienstboten jemals von ihr gehört.

Entgegen meiner Hoffnung waren Sophia und Karl Marx schneller wieder bei den von Westphalens zu Gast, als mir lieb war. Die von Westphalens naschten nur an Feiertagen, und dann gab es Äpfel, Rosinen oder kandierte Mandeln. Darauf legte der Baron aus gesundheitlichen Gründen viel Wert. Umso willkommener war Fräulein Sophias Mitbringsel: Sie schmuggelte essbare Zuckerkissen zu Fräulein Jenny in den Damensalon, Karl ging zum jungen Herrn Edgar ins Zimmer.

Die Damen klingelten nach einem Getränk, und als ich den Damensalon mit der Limonade betrat, las Fräulein Jenny gerade aus einem Buch vor. Bei ihrem Anblick dachte ich, dass es sicher viele Mädchen gab, die sie bewunderten und mit ihr befreundet sein wollten. Ich knickste.

»Lenchen«, sagte sie, nachdem ich ihr ein Glas gereicht hatte, »das musst du gesehen haben!«

»Nicht doch!«, empörte sich Fräulein Sophia und versteckte ihre linke Hand hinter dem Rücken. »Dafür ist sie doch noch zu jung!«

Ich bin aber nicht zu jung, um die Verantwortung für Ordnung und Sauberkeit im gesamten Haus zu übernehmen, hätte ich ihr am liebsten geantwortet, stellte jedoch nur stumm die Limonade vor sie auf den Tisch, genau dort, wo sonst die Perlenschälchen der Baronin standen. Die Zuckerkissen lagen in einer Papiertüte zwischen den beiden jungen Frauen.

Fräulein Jenny nahm vornehm mit gespitzten Lippen einen ersten Schluck, dann sagte sie: »Es liegt in meiner Verantwortung, Lenchen auf die Zukunft vorzubereiten. Komm schon, Sophiechen, zeig ihr die Gabe deines Herrn von Öckwitz. Schließlich kannst du stolz darauf sein. Er ist eine hervorragende Partie.«

Fräulein Sophia errötete. »Er ist nicht *mein* Herr von Öckwitz«, gab sie patzig zurück, obwohl ihre Freundin sie bei der Hand genommen hatte und diese nun liebevoll drückte.

»Er kommt zumindest zum richtigen Zeitpunkt!«, stellte Fräulein Jenny unumwunden fest.

Ich wusste, dass sie damit auf den Beginn der Ballsaison anspielte, während der die Aufregung unter den Trierer Fräulein wuchs. Es war die Zeit, in der Schneider und Schuhmacher viel öfter als sonst in die Häuser der Reichen bestellt wurden.

»Kannst du gänzlich Stillschweigen bewahren?«, fragte Fräulein Jenny mich, während ihre Freundin mich mit ihren pechschwarzen Augen herablassend ansah.

Ich fuhr zusammen. Das war Karls Blick. Meine Knie wollten schon zu pochen beginnen. »Das kann ich, wenn es darauf ankommt«, erwiderte ich, meine Glieder waren auf einmal ganz starr.

»Nein, vergiss es!« Fräulein Sophia setzte eine noch düsterere Miene auf. Wie sehr sie mich damit an Karl erinnerte. »Dienstboten verstehen nichts von großen Gefühlen, Jenny! Mechanische Arbeiten wie Waschen und Putzen töten den Verstand«, trug sie weiter vor. »Mädchen wie sie«, sie deutete mit einem Zuckerkissen zwischen den Fingern auf mich, »würden nur unglücklich werden, brächte man ihnen bei, Arbeiten zu verrichten, die Denkkraft und geistige Regsamkeit erfordern.«

Unglücklich? Wie konnte sie das behaupten, und was gab ihr das Recht, so abwertend zu sprechen? »Mich macht das Rechnenlernen nicht unglücklich«, entgegnete ich ruhig, doch innerlich brodelte es in mir. »Und große Gefühle habe ich auch schon erlebt, Trauer zum Beispiel.«

»Natürlich bist du unglücklich!«, sagte Fräulein Sophia bissig und steckte sich mit großer Geste ein süßes Kissen in den Mund. »Nur unglückliche Menschen streiten so, wie du es gerade tust. Glückliche Menschen leben harmonisch. So wie Jenny und ich. Und außerdem gehört Trauer nicht zu den großen Gefühlen. Trauern kann ein jeder! Aber lieben …« Sophia biss sich auf die Lippen. Sie ärgerte sich, dass sie nun selbst verraten hatte, was ihr Geheimnis war.

»Ach, Sophiechen, meine Süße.« Fräulein Jenny seufzte theatralisch, ihr mitleidiger Blick wanderte zu mir.

»Bist du nicht zu forsch gegenüber deiner Herrschaft?«, setzte Karls Schwester nach, stand nun auf und kam auf mich zu. »Gesinde hat den Mund zu halten.«

Fräulein Jennys Erwiderung: »Lenchen macht ihre Sache gut«, blieb mehrere Atemzüge lang unkommentiert. Dann, ganz ruckartig, wandte sich Karls Schwester zu Fräulein Jenny um, ihre Augen funkelten wütend: »Willst du damit etwa sagen, dass ich mir solch einen Widerspruch von einem Dienstmädchen gefallen lassen soll?«

Ich senkte den Blick, in diese Lage hatte ich Fräulein Jenny niemals bringen wollen.

»Wir trinken jetzt erst mal unsere Limonade«, versuchte diese, ihre Freundin zu beruhigen, und bedeutete mir mit einem auffordernden Blick, den Damensalon zu verlassen. Auf dem Weg zur Tür hörte ich sie zärtlich sagen: »Weiß du, liebstes Sophiechen, ich bin mir nicht sicher, ob wirklich jeder trauern kann. Du kennst doch die edle Frau Amtsrätin Koschunga aus der Metzelstraße, und von ihr erzählt man sich …«

Ich schloss die Tür, und erst jetzt begriff ich, dass sie mich vor ihrer besten Freundin in Schutz genommen hatte. Mich, ihr Dienstmädchen. Was für ein schönes Gefühl.

Zum Glück sah ich Karl an diesem Tag nur kurz bei der Verabschiedung, als ich den Besuchern ihre Schirme reichte und ihnen mit unbewegter Miene, die ich mir von der Baronin abgeschaut hatte, die Tür öffnete. Endlich waren die beiden Marxens wieder weg.

»Was sind große Gefühle für dich?«, fragte ich Angela Steinbach noch am Abend desselben Tages. Wir hatten unsere Arbeit für heute fast getan, und die Herrschaft hatte sich bereits zurückgezogen. Ich saß am Küchentisch und reinigte Öllampen. Gerade hatte ich den Ölbehälter ausgewischt und wollte neues Öl einfüllen.

»Große Gefühle?« Angela zog zweifelnd eine Augenbraue hoch, dann drehte sie sich um und schrubbte die Pfanne weiter.

Ich dachte daran, wie ich sie neulich bei meinem Sonntagsspaziergang im Wirtshaus in der Glockenstraße hatte verschwinden sehen. Sie, allein, als Frau. Angela Steinbach war lange nicht mehr herausgekommen. Jedenfalls nicht, solange ich in der Glockenstraße gestanden und die Eingangstür im Auge behalten hatte. Irgendwann war ich dann mit dem Satz in den Ohren heimgegangen, dass man in den Hinterkammern von Wirtsstuben viel Geld verdienen konnte.

»Fräulein Sophia behauptet, dass wir Dienstboten nicht zu großen Gefühlen fähig seien«, sprach ich nach einer Weile weiter, klappte den Deckel des Ölbehälters zu und griff nach der Dochtschere.

»Dann tut mir das Fräulein leid.« Angela schrubbte noch immer die Pfanne. »Es ist jung und redet dummes Zeug!«

Ich sog scharf die Luft ein, obwohl es mir guttat, dass sie dieser Meinung war. *Ausdrücke und Handlungen, die Geringschätzung vermuten lassen, begründen gegen die Herrschaft noch nicht die Vermutung, dass sie die Ehre des Dienstboten kränken wollten.*

»Dieses Fräulein denkt, weil sie nicht putzen oder kochen muss, sind ihre Gefühle wichtiger und größer als die unseren.« Ich sah Angelas Haarknoten am Hinterkopf im Takt ihrer harschen Reinigungsbewegungen wackeln. »Ich denke dagegen, dass Frauen aus allen Schichten dumm genug sind, sich auf vermeintlich große Gefühle einzulassen.« Angela ließ von der Pfanne ab und wandte sich zu mir um. »Sie sehen nicht, dass Liebe nur unglücklich macht!«

Ich schnitt ein abgebranntes Dochtende ab. »Also ist Liebe doch ein großes Gefühl?«

»Ein Unglück bringendes, großes Gefühl, und nur ein Leben als Jungfer beschützt dich davor. Sowie vor Bevormundung, körperlichen Übergriffen und vor den sonstigen Qualen der Ehe.«

Jetzt war ich wirklich durcheinander. Die Sache mit der Ehe hatte ich beim Servieren aus dem Mund der Baronin anders verstanden. Diese war nämlich davon überzeugt, dass die Ehe für die Erfüllung der »hohen irdischen Bestimmung der Frau« notwendig war. *Die Ehefrau sei die sorgsame Gefährtin ihres Mannes, dessen Kämpfe des Lebens sie durch ihren Sinn für Ordnung und Häuslichkeit zu erleichtern hat.* Als Nächstes dachte ich an Pabbi und an Mutter, deren Beziehung selten nach einer hohen irdischen Bestimmung ausgesehen hatte.

Ich entfernte die Dochtreste aus dem Kästchen der Schere und gab sie in den Abfalleimer. »Aber muss nicht jede Frau irgendwann heiraten?« In Sankt Wendel kannte ich keine einzige Frau, die ohne Mann gewesen war.

»Wenn eine Frau sich selbst versorgen kann, muss sie nichts – außer sterben!«, war Angela überzeugt und hatte dem nichts mehr hinzuzufügen, denn sie wünschte mir nach diesen Worten eine gute Nacht und verließ die Küche.

Nach dem Stopfen ging ich mit der Überzeugung ins Bett, dass ich eine ewige Jungfer werden wollte.

* * *

Vernunft und Leidenschaft

Zu meinem zehnten Geburtstag im Jahr 1830 schenkte mir Fräulein Jenny Zuckerkissen. Es war am letzten Tag des Jahres, und auch Angela Steinbach gratulierte mir. So lange hatte ich kein Geschenk mehr bekommen. Ich aß die süßen Kissen noch am gleichen Tag auf.

Meinen ersten Winter bei den von Westphalens behielt ich als die Zeit in Erinnerung, in der heimlich viel genascht wurde. Fräulein Jenny und der junge Herr Edgar ließen mich ab und zu von ihren Süßigkeiten probieren. Ich gab dafür, ohne es der Herrschaft oder Angela zu verraten, mehr Zucker in ihre Limonadengläser. Die Geschwister liebten Limonade mit viel Zucker, obwohl der Baron dies der Gesundheit nicht für zuträglich hielt. Der Winter war auch die Zeit, in der ich die Öfen im Haus jeden Morgen anschüren musste, noch vor dem Wasserholen bei klirrender Kälte. Es machte mehr Spaß, im Sommer Dienstmädchen zu sein, zumal dann auch weniger Schmutz ins Haus getragen wurde. Ich kannte inzwischen alle Regeln der Gesindeordnung, die Baronin hatte die Lehrstunden mit Beginn des neuen Jahres für beendet erklärt.

Im darauffolgenden Frühjahr sollte eine große Feierlichkeit bei den von Westphalens stattfinden, zu der viele wohlhabende Menschen aus Trier geladen waren, sogar diejenigen, von denen man sich in Dienstmädchenkreisen erzählte, dass sie Spießbratenhunde besäßen: Hunde, gefangen in einem Laufrad, das den Bratenrost antrieb. Was brachte Menschen dazu, Tiere einzusperren? Tasso, unser Nachbarshund, war oft so fröhlich auf dem Hof nebenan herumgesprungen.

Die bevorstehende Feier betrachtete ich als meine Feuerprobe. Verzweifelt suchte ich nach einer Lösung, um das Zittern meiner Hände wenigstens an diesem Abend in den Griff zu bekommen. Es begleitete mich nun schon so viele Jahre. Doch ein Dienstmädchen, das sogar bei großen Festlichkeiten Geschirr zerdepperte, war untragbar. *Ohne Aufkündigung kann die Herrschaft einen Dienstbo-*

ten sofort entlassen, wenn dem Dienstboten diejenige Geschicklichkeit gänzlich mangelt, die er auf Befragung bei der Vermietung zu besitzen angegeben hat.

Während Angela nächtelang zuvor bereits Speisen vorkochte, putzte ich die Räume im Erdgeschoss so sauber wie niemals zuvor. Ich verwendete Salmiakgeist gegen Fliegenschmutz auf den Lampen im Herrenkabinett und reinigte die Alabasterfiguren auf den Fensterbrettern im großen Salon. Die Tasten des Hammerklaviers bekam ich mit Spiritus wieder weiß, genauso wie die Baronin es mir zuletzt gezeigt hatte. Und dabei fiel mir tatsächlich doch noch etwas gegen das Zittern ein.

Am Abend des Festes trug ich eine frische, geplättete Flügelschürze, reinweiß, gebläut und gestärkt. Mehr als zwanzig Menschen kamen ins Haus, darunter auch Leutnant Karl von Pannewitz, der ein wichtiger Mitwirkender der Feier war, so viel wusste ich. Fräulein Jenny trug ihr himmelblaues Kleid und war so schön wie eine Prinzessin, wie meine Königin Luise im Steckschach. Der Leutnant hingegen wirkte genauso blass wie die Wände unten in der Waschküche, mochten sein preußischer blauer Waffenrock und sein Tschako auch noch so leuchten. Nicht einmal zum Essen legte er seinen langen Degen ab.

Stolz verkündete der Baron die Verlobung seiner Tochter mit Leutnant Karl von Pannewitz, und ich servierte trotz zittriger Hände, und ohne dass dabei irgendetwas zu Bruch ging, die Getränke zum feierlichen Prosit. Noch nie zuvor hatte ich so viele Gläser und Teller getragen wie an diesem Abend. Dank meines Einfalls war nichts kaputtgegangen. Denn ich hatte, wie bei einer Tasche, einen Trageriemen an den Griffen des Tabletts befestigt und mir dieses dann wie einen Bauchladen um den Hals gehängt. Einige Gäste schauten zwar etwas verwundert drein, was auch der Baronin auffiel, aber dass nichts verschüttet wurde und zu Bruch ging, war wichtiger.

Erst als die meisten Gäste das Haus verlassen hatten und die Anspannung aus meinen Gliedern gewichen war, wurde mir klar, was die Verkündung des Barons bedeutete. Ich wollte mich für

Fräulein Jenny wegen ihrer Verlobung freuen, konnte es aber nicht, weil ich immerzu daran denken musste, dass nur ein Leben als Jungfer vor dem Unglück der Liebe schützte. Und vor Bevormundung, vor körperlichen Übergriffen und anderen Qualen der Ehe. Und außerdem würde das Fräulein, das Licht und die Helligkeit dieses Hauses, nach der Hochzeit das Haus ihrer Eltern verlassen. Sie war mehr für mich als nur die Tochter der Herrschaft, die ich zu versorgen hatte.

Fräulein Jenny musste mir meine Traurigkeit angesehen haben. »Kopf hoch!«, meinte sie am Tag nach der Verkündung. Sie saß vor dem Spiegel an der Frisierkommode. Ich frisierte ihr gerade das Haar. »Lenchen, ich hole dich nach meiner Hochzeit auch weiterhin zu einer Kutschfahrt ab, versprochen.«

Ich dachte sofort an meinen Schwur. Nie wieder wollte ich mit dem düsteren Karl in eine Kutsche steigen.

»Und außerdem musst du mir nach meinem Weggang berichten, wie es Mütterchen und Väterchen ergeht. Denn wenn ich sie danach frage, ist immer alles in feinster Ordnung. Und weißt du was?« Fräulein Jenny nahm mir die Haarnadeln aus der Hand und steckte sich das Haar mit einem Blick in den Spiegel selbst fest. »Ich habe ein Abschiedsgeschenk für dich, das dich immer an mich erinnern soll.«

Ich sah erneut Karl vor mir, wie er sich in der Kutsche demonstrativ von mir abgewandt hatte, so als beschmutze ihn allein schon mein Anblick.

Fräulein Jenny reichte mir ein Buch, das vor ihr auf der Frisierkommode lag. »Ich habe neulich das Rechenbuch auf deinem Bett gesehen.«

Ich übte eifrig, und Angela konnte auch ein wenig rechnen, was für die Vorratshaltung und bei den Einkäufen von Hilfe war. Sie gab mir Übungen zum Rechnen auf. Bald würde mich mit dem Wechselgeld niemand mehr übers Ohr hauen!

»Vielen Dank für das Buch, Fräulein Jenny«, sagte ich und knickste. Der Einband war mit goldenen Buchstaben versehen. »Aber ich kann doch nicht lesen.«

»Schlag es mit einer Hand auf und reiche mir die andere«, verlangte sie daraufhin. Also schlug ich, wie mir geheißen, das Buch mit der Linken auf und reichte ihr die Rechte.

Sie deutete auf die Überschrift und las vor: »›Willkommen und Abschied‹, so lautet der Name dieses Gedichts. Der von mir hochverehrte Johann Wolfgang von Goethe hat es verfasst.«

Ich betrachtete die aufgeschlagene Seite des Buches genauer. Die Schriftzeichen sahen aus, als wären viele Seile miteinander verknotet worden.

»Stell dir vor, dass dein Zeigefinger eine Schreibfeder ist, und nun forme damit einen Buchstaben. Das erste Wort heißt ›Willkommen‹ und beginnt mit dem Buchstaben W. Wie in Wolf, Wetter und Westphalen. Wie in Weinsoße.«

Ich starrte auf das Wort, von dem sie sagte, dass es »Willkommen« bedeutete, und schürzte meine Lippen zu einem W.

»Das W ist ein wunderbarer Buchstabe. Um es zu schreiben, schwingen wir unsere Schreibfeder auf und ab«, sprach Fräulein Jenny. »Dieser Buchstabe ist wie das Leben. Oder wie die Flügelschläge eines Vogels.«

Mein Finger fuhr auf ihrer Handfläche auf und ab, die sie mir als Schreibunterlage hinhielt. Nach dem Buchstaben W lernte ich das I und das L wie Lenchen, Luft und Lorbeer. Mit Lorbeeröl auf einem flachen Teller vertrieb ich an heißen Tagen die Fliegen in der Küche.

Vom Schreiben fühlte ich mich geradezu berauscht, was sonst nur dem Tabak gelang. Ich lernte gerade das Schreiben! Am liebsten hätte ich meine Freude darüber laut aus dem Fenster gerufen.

»Diese Schreibübungen halten wir von nun an regelmäßig ab«, versprach sie mir. »Das ist mein Abschiedsgeschenk an dich. Ganz bestimmt wirst du bis zu meiner Hochzeit alle Buchstaben beherrschen. Wer rechnen lernt, sollte auch schreiben können.«

Es war das schönste Geschenk, das ich jemals bekommen hatte. Aber schon im nächsten Moment kamen Zweifel in mir auf. In Gedanken ging ich deshalb die Gesindeordnung auf irgendwelche diesbezüglichen Hinweise durch. »Meinen Sie nicht, dass jemand etwas dagegen haben könnte, wenn ich schreiben lerne?« Ich legte das Buch zurück auf die Frisierkommode.

»Wenn deine Herrschaft es dir erlaubt, darfst du es, Lenchen.« Sie nahm das Buch und drückte es mir gegen den Bauch. »Und ich bin deine Herrschaft!«

Die neu gelernten Buchstaben aus dem Goethe-Buch schrieb ich von nun an jeden Abend in meine Handfläche, mochte ich auch noch so müde von der Arbeit des Tages sein. Manchmal legte ich das Buch tagsüber auch aufgeschlagen in das Zimmer, das ich gerade reinigte, um immer wieder einmal in es hineinschauen zu können. Das lenkte mich von Fräulein Jennys absehbarer Verheiratung ab. Der blasse Leutnant ging seit der Verkündung regelmäßig mit Fräulein Jenny im Rosengarten hinterm Haus umher. Nie legte er seinen Degen ab, geradeso, als wolle er sogar noch während des Spaziergangs kämpfen. Fräulein Jenny verriet mir, dass sie dabei über militärische Aktionen der Preußen sprachen und darüber, dass es zu wenig Kasernen in Trier für die dort stationierten Soldaten gab. Eigentlich, sagte sie, würde er aber am liebsten sich selbst reden hören, während sie nur zuhören sollte. Je öfter und länger er kam und erzählte, desto öfter musste ich das Fräulein bei ihm entschuldigen. Sie suchte Ausflüchte, um ihn nicht sehen zu müssen, und wollte lieber mehr Zeit mit ihrem Vater verbringen.

Und so kam es, dass an vielen Tagen nur der Baron und seine Tochter spazieren gingen, am liebsten durch den Rosengarten, Runde für Runde vorbei an weißen, roten, gelben und rosafarbenen Rosen. Verlegten Vater und Tochter ihre Spaziergänge hingegen in die Stadt, wünschten sie, dass ich sie mit einem Korb voller Früchte und Getränke begleitete. Bevorzugt gingen sie dann zu den zertrümmerten Gebäuden bei der Stadtmauer südlich des Webertors, die sie Römische Bäder nannten. Ein anderes Mal verweilten sie lange vor der Porta Nigra. Im Angesicht von Dom und Liebfrauenkirche sprachen sie über Nächstenliebe und Moral, Gewissen und Gesetze. Und immer öfter über das Militär und dessen hartes Eingreifen, wenn die Armen der Stadt vor den Häusern der Reichen protestierten und es dabei zu Tumulten kam. Ich erfuhr aus den Gesprächen der von Westphalens, dass viele Geschäfte von Schneidern, Spinnern wie auch Schreinern schließen mussten, weil in Fabriken Möbel und Stoffe billiger produziert und deshalb auch zu geringeren Preisen verkauft wurden als in ihren Läden. Ich verstand nicht alles von dem, was Fräulein Jenny und der Baron besprachen, aber die in Fabriken billiger hergestellten Waren bedeuteten auch, dass Barbara und Mutter mit der Bänderfertigung, mit dem Nähen und Sticken vermutlich weniger Geld verdienten als bisher. Ich merkte mir all die fremden neuen Worte aus solchen Gesprächen und abends vor der Frisierkommode fragte ich dann Fräulein Jenny, was denn Moststeuern, Verfassungsversprechen und Zölle genau wären.

Inzwischen buchstabierte ich sogar schon ganze Wörter, ohne dafür ins Goethe-Buch schauen zu müssen. Die Wörter Eiche, Nebelkleid und Herz waren mir gerade die liebsten. Lesen zu können war unglaublich, und manches Mal hob ich meine Arme beim Buchstabieren sogar wie Flügel an, schloss die Augen und stellte mir vor, über meinem Bett in der Dachkammer mit unendlich vielen Buchstaben um mich herum zu schweben, sodass ich mir nur die richtigen herausgreifen musste.

Wir Dienstboten bekommen viel von unserer Herrschaft mit, so manchen Traum und viele Ängste, und es ist eine große Aufgabe, diese für uns zu behalten. Nur wenige Tage nachdem ich mir wegen der Fabrikproduktion Sorgen um Mutters und Barbaras Verdienstmöglichkeiten gemacht hatte, bekam ich einen Streit mit, bei dem Leutnant von Pannewitz Fräulein Jenny verbieten wollte, ständig über politische Geschehnisse mitzureden. Auch untersagte er ihr mit vornehmen Worten »jegliche Geringschätzung seines Handelns«. Geringschätzung, dieses Wort war schwer zu buchstabieren. Ich übte es eine Woche lang abends im Bett. Und ich war froh, als Fräulein Jenny die Verlobung mit Leutnant von Pannewitz im Sommer des Jahres 1831 schließlich löste. Am liebsten hätte ich sie dafür umarmt.

Nach der Auflösung der Verlobung saß sie noch öfter als sonst über ihren Büchern. Abends schaute ich oft noch einmal zu ihr ins Zimmer, um den Docht ihrer Lampe zu kürzen, damit er nicht so stark rußte und sie die Buchstaben noch sah. Zu dieser Zeit war ich bereits im zweiten Jahr bei den von Westphalens und hatte schon viele Taler nach Sankt Wendel geschickt, aber niemals Nachricht von meiner Familie erhalten. Es tat weh, dass sie mich endgültig vergessen hatte. Ich fragte den Postbeamten, ob meine Briefe mit dem Geld denn auch wirklich nach Hause geschickt worden waren, was er mir bestätigte. Bestimmt war Barbara inzwischen verheiratet und vielleicht sogar Pabbis Grabstein gefertigt? Und wie ging es meinen anderen Schwestern Katharina, Elisabeth und Maria? Ob Peter von meinem Geld wohl wieder zur Schule ging? Er konnte schreiben, warum schickte er mir keinen Brief? *Ich habe Geschwister und doch auch wieder nicht*, ging es mir durch den Kopf. Wie anders verhielt es sich da doch mit Fräulein Jenny und dem jungen Herrn Edgar. Sie waren unzertrennlich und nahmen sich oft in den Arm. Ich beneidete sie um ihr vertrautes Verhältnis. Obwohl … wären die beiden meine Geschwister gewesen, wären wir nur dann sehr eng miteinander gewesen, wenn sie andere Freunde gehabt hätten als Sophia und Karl. Ich fand, dass Karl so gar nicht zu dem aufgeschlossenen Edgar passte. Obwohl Edgar der Jüngste in seiner Klasse war, zählte er zu den besten Schülern. Er war besser als Karl, wie ich zufällig erfahren hatte. Das fand ich nur gerecht. Edgar sollte Jurist werden und in preußische Dienste treten, insgeheim aber war Edgar von der großen weiten Welt außerhalb Preußens fasziniert. Jeden Schulfreund, den er mit nach Hause brachte, führte er vor seinen Globus. Da war ab und an ein junger Herr Oskar, und mittwochs besuchte uns ein Emanuel. Aber nur einer von Edgars Kameraden vom Gymnasium schaffte es über den Globus hinaus vor das Schachbrett des Barons: Karl! Warum immer nur wieder dieser Karl?

Der Baron hatte immer mehr Mühe mit seiner wehen Hand und überhaupt mit seiner Gesundheit, stärkende Wasserkuren halfen nicht. Inzwischen rief er mich jedes Mal zum Feueranzünden ins Herrenkabinett. Karl machte keine Anstalten, ihm dabei zu helfen, vielleicht weil er wusste, dass die von Westphalens ein Dienstmädchen besaßen – mich.

Auch an diesem besonderen Sommertag spielte Karl wieder die schwarzen Figuren. Wie sonst mied er auch diesmal den Blickkontakt mit mir und sah mich nur kurz an, als er eine doppelte Limonade für sich bestellte.

Ich brachte ihm eine doppelte Limonade und dem Baron Eierbier, danach beobachtete ich ihr Spiel durch einen Schlitz in der Tür vom Vorzimmer zum Kabinett. Ich erhaschte Blicke auf die einzigartigen Messingfiguren, die ich nach wie vor wunderschön fand. Karl und der Baron spielten anders als Pabbi und ich in Sankt Wendel. Der Baron zog sehr schnell mit seinen Bauern und stürmte von allen Seiten auf den gegnerischen König zu. Karl war sogar noch verrückter. Nie hatte ich jemanden beim Spiel der Könige so rasch vorpreschen sehen wie ihn, nicht einmal den Baron, der ihn deswegen auch »ungestüm« nannte. Karl wurde mir immer unheimlicher!

Ungestüm konnte Fräulein Jenny ebenfalls sein, obwohl sie eine Dame war. Sie war wieder einmal krank und hätte eigentlich das Bett hüten sollen. Sie fühlte sich schwach, schnupfte und war sehr blass um die Nase herum. Sie hatte Schmerzen beim Toilettengang, wie sie es vornehm ausdrückte.

Trotz allem konnte ich sie nicht davon abhalten, das Bett zu verlassen und zum Fenster zu gehen, nachdem ich erwähnt hatte, dass Karl an der Seite ihres Vaters durch den Garten spazierte, ein Buch in der Hand.

»Was tut Väterchen dort unten mit ihm?«, wollte sie von mir wissen und starrte in den Garten hinab. Inzwischen kam Karl jeden zweiten Tag vorbei, des Barons wegen. »Ich bin doch seine Schülerin!«

Ich hatte gerade das Wärmebecken neben ihrem Bett mit warmen Steinen aus dem Herd gefüllt und trat vor das Fenster. »Sie unterhalten sich«, stellte ich fest und wollte nicht länger über Karl sprechen. Lieber über den Buchstaben U, der in Ulanen – das sind berittene Preußen –, Urweiler und Unterhemd vorkommt.

Fräulein Jenny wurde sehr aufgeregt. »Bitte geh runter und richte Väterchen von mir aus, dass *ich* ab morgen wieder mit ihm spazieren gehen werde und dass Karls Anwesenheit nicht mehr notwendig ist.«

»Aber morgen können Sie doch noch gar nicht …«, wandte ich ein, beendete den Satz aber nicht, denn schon sah mich Fräulein Jenny mit einem herzerweichenden Blick an. »Kannst du dann wenigstens herausfinden, worüber sie reden?« Sie nahm meine Hände. »Kümmere dich doch unauffällig um das Unkraut bei den weißen Rosen und hör den beiden dabei einfach ein bisschen zu.«

Ich wollte Karl eigentlich nur näher kommen, wenn es meine Dienstpflicht verlangte. »Ich kann den gnädigen Herrn Baron doch nicht belauschen!«, entgegnete ich.

Fräulein Jenny schaute mich wie ein hilfloses Hündchen an. »Bitte, Lenchen. Das wäre meine Rettung.« Sie hätte es mir auch befehlen können, aber sie bat mich darum.

»Ich sage Ihnen aber wirklich nur das, was ich beiläufig beim Jäten höre. Ich werde nicht lauschen.«

»Du bist das beste Lenchen der Welt!«, jubelte sie und nieste gleich darauf.

Der Baron und Karl waren bei den gelben Rosen, als ich den Garten betrat, meine Knie pochten. Ich holte mir eine Hacke und eine Unkrautschale und begab mich so unauffällig wie möglich zum Beet mit den weißen Rosen, um dort die Erde ein bisschen aufzulockern. Nach wie vor rührte ich keines der edlen Gewächse an, das durfte nur die Baronin. Zwischen den Rosen zerrte ich einen Keimling des kriechenden Hahnenfußes aus der Erde und einige dünnblättrige Löwenzähne. Ich fühlte mich schrecklich unwohl. Da gingen die Spaziergänger auch schon an mir vorbei. Vor Scham traute ich mich nicht einmal aufzuschauen. Eigentlich verstand ich nur einen einzigen Satz von dem, was sie redeten. Denn Karl nuschelte, manche seiner Worte sprach er wie immer zischend aus, und der Baron sprach sehr leise. Es war schon verwunderlich, dass Karl die schlauesten Menschen für sich einnahm, ohne wirklich nett zu sein.

Als sie an den weißen Rosen vorbei waren, wäre ich am liebsten zurück ins Haus gelaufen. Aber da sah ich Fräulein Jenny oben in ihrem Zimmer heftig winkend am Fenster stehen. Sie wollte vermutlich, dass ich näher an Karl und den Baron heranrückte, was ich aber nicht tat.

Noch zweimal kamen die beiden an den weißen Rosen vorbei, wiederholten dabei aber eigentlich immer nur ein und denselben Satz. Ich goss das ohnehin schon feuchte Beet noch etwas, dann ging ich ins Haus zurück.

Das Fräulein erwartete mich schon an der Zimmertür. »Nun sag schon, Lenchen. Was haben sie besprochen?«

»Die Vernunft besiegt die Leidenschaft«, zitierte ich daraufhin.

Fräulein Jenny wurde kreidebleich. »Väterchen redet mit Karl über Shakespeare?« Sie klang äußerst entrüstet.

»Dieser Name ist auch gefallen«, bestätigte ich, während ich die Böden, Vorhänge und Möbel im Zimmer mit den Augen nach Dreck oder Staub absuchte.

Fräulein Jenny ging nervös vor ihrem Bett auf und ab.

»Was haben Sie vor? Sollten Sie sich nicht besser wieder ins Bett legen?«, fragte ich. Sie begann, sich ein Kleid überzuziehen, das rosafarbene mit den Keulenärmeln. »Sie sind krank und wahrscheinlich erst wieder in einer Woche so weit hergestellt, dass Sie nach draußen dürfen.« Der Doktor hatte gegen die Blasenentzündung zwei Wochen Wärme, die Verwendung einer Bettpfanne und viel Kräutertee empfohlen, und von diesen zwei Wochen war erst eine verstrichen.

Demonstrativ drehte Fräulein Jenny mir den Rücken zu. »Bitte schnüre mich!«

»Aber Sie sollten …«

Sie wurde ernster. »Nun mach schon!«

Ich kam nicht umhin. »Zu Befehl.«

Als alles so saß, wie es sollte, rannte sie aus der Kammer, hinab ins Erdgeschoss und von dort in den Garten. Ich lief ihr hinterher, damit ich sie, falls sie ohnmächtig werden würde, sofort auffangen könnte.

Auf dem Rundweg bei den weißen Rosen, noch ein gutes Stück vom Pavillon entfernt, in dem sich der Baron und Karl gerade setzen wollten, stoppte sie. »Väterchen!«, rief sie.

»Johanna Bertha Julie!« Der Baron stieg die Stufen des Pavillons wieder hinab und ging ihr entgegen. Karl blieb zurück. »Was tust du hier unten im Garten? Dir wurde strikte Bettruhe verordnet!«

Fräulein Jenny schüttelte heftig den Kopf, als der Baron bei ihr angekommen war und ihr die Hand auf die Stirn legen wollte. »Das Theater ist unser Thema, unseres ganz allein!«, verlangte sie.

Ich fand es gut, dass sie vorhatte, Karl in seine Grenzen zu weisen, so wütend hatte ich sie schon lange nicht mehr gesehen.

»Lenchen!«, entgegnete der Baron ernst, an mich gewandt. »Bitte geleite meine Tochter zurück in ihr Bett.«

Ich ging zu Fräulein Jenny und wollte sie am Arm nehmen, aber sie schüttelte meine Hand ab.

»Kind, was tust du hier unten?«, ließ sich nun auch die Stimme der Baronin von der Tür her vernehmen.

Fräulein Jenny ignorierte ihre Mutter. »Und dann auch noch mit Karl, der überhaupt kein Gefühl für Shakespeare hat!«, entrüstete sie sich stattdessen. Mit erhobenem Haupt lief Fräulein Jenny zum Pavillon.

Ich blieb zurück und ballte unbewusst meine Hände vor der Brust zu Fäusten. »Zeigen Sie es ihm, diesem unfreundlichen Karl!«, verlangte ich flüsternd.

»Wie kannst du behaupten, dass Vernunft die Leidenschaft besiegt?!«, forderte sie Karl heraus.

Karl wollte antworten, doch Fräulein Jenny war schneller: »Nur dank der Leidenschaft ist der Mensch erst zu Großem fähig. Was wären wir Menschen denn, wenn unsere Vernunft unsere Leidenschaft immerzu unterdrücken würde? Was wären wir ohne Eifersucht, ohne Stolz, Jähzorn oder Ehrgeiz? Alles Leidenschaften!«

Es tat gut, den düsteren Karl so offensichtlich überrumpelt zu sehen. Ich musste ein Schmunzeln hinter meiner Hand verbergen, ich konnte es einfach nicht unterdrücken.

Mit den Worten: »Jenny, Kind. Jetzt ist es aber genug!«, versuchte die Baronin, ihre Tochter ins Haus zurückzubefehlen.

Davon völlig unbeirrt, setzte Fräulein Jenny jedoch zu einer Rede in dichterischer Sprache an:

Du polsterst deinen Handschuh mit Vernunft?
Hier ist, was du vernünftig findest:
Du weißt, der Gegner trachtet dir zu schaden,
Und die Vernunft flieht jegliche Gefahr.

Leiser fuhr sie fort:

Wenn wundert's da, dass Helenus, wenn er
einen Griechen und sein Schwert erblickt, schnurstracks
auf Flügeln der Vernunft sich aus dem Staub macht.
Wie der Merkur, wenn Jupiter ihn schilt,
oder wie ein Stern, der seine Bahn verlässt.
Vernünftige Gründe? Männlichkeit und Ehre,
wenn sie von Gründen sich ernährten, hätten
nur Hasenherzen; was die Vernunft euch sagt,
macht bleich die Leber und den Mut verzagt.

Karl schwieg. Der Vortrag hatte gesessen. Jenny hatte den ungestümen Karl gerade zurechtgewiesen. Sie war klüger als er und wortgewandter, ich jubelte innerlich.

Zufrieden wandte sich Fräulein Jenny ab und wollte schon zurück zum Haus gehen, als Karl doch noch und auf die gleiche dichterische Art wie sie eben antwortete:

Hätte die Waage unsres Lebens nicht eine Schale mit Vernunft,
um die der Sinnlichkeit auszutarieren, dann führten unser Blut
und unsre niedrige Natur uns zu den schlimmsten Folgen.

Aber wieso …? Mir blieb die Spucke weg, ich hatte Karl noch nie so sanft reden hören. Er fixierte Fräulein Jenny mit seinen pechschwarzen Augen, aber nicht so abschätzend und düster, wie er es auf dem Friedhof mit mir getan hatte. Und in der gleichen sanften Tonart legte er, wie es das Fräulein zuvor getan hatte, noch einmal nach:

Doch die Vernunft ist uns gegeben, um unsre wilde Leidenschaft, die fleischlichen Gelüste und den zügellosen Trieb zu kühlen!

»Das ist aus ›Othello‹«, flüsterte Fräulein Jenny überwältigt.

Oh, nein, was passierte jetzt? Gab sie etwa nach?

»Und du zitiertest zuletzt aus Shakespeares ›Troilus und Cressida‹, eines der am seltensten aufgeführten Stücke Shakespeares«, sagte Karl atemlos.

Fräulein Jenny nickte beeindruckt. »Ich wollte damit nur sagen, dass wer die Vernunft seine Leidenschaften unterdrücken lässt, feige ist«, sagte sie ungewohnt kleinlaut.

»Und ich wollte nur sagen, dass die Vernunft die Leidenschaft kontrollieren, sie aber nicht im Keim ersticken sollte.« Karl lächelte, was ich zum ersten Mal an ihm sah. »Dann sind wir uns also einig, Johanna Bertha Julie.«

Jetzt musste auch Fräulein Jenny lächeln. Als ich merkte, dass ich ebenfalls unwillkürlich zu lächeln begann, riss ich mich rasch zusammen.

Der Baron räusperte sich. »Nachdem wir das nun also geklärt haben, können wir beim nächsten Mal mit der Diskussion über den Wagemut und die Weisheit fortfahren. Sobald du gesund bist, Jenny. Und dann auch wieder gekämmt und so anständig gekleidet, wie es sich für eine junge Dame deines gesellschaftlichen Ranges gehört!«

Fräulein Jenny senkte den Blick. »Natürlich, Väterchen.« Ohne weitere Widerworte ging sie auf die Haustür zu, in der die Baronin noch immer mit fragendem Blick stand. Sie küsste ihre Mutter auf die Stirn, und die Baronin sagte zu ihr: »Komm, ich decke dich gut zu, damit du bald wieder gesund wirst.«

Bevor Fräulein Jenny im Haus verschwand, drehte sie sich noch einmal zu Karl um und betrachtete ihn mit einem flammenden Blick. Das konnte ich ganz genau sehen!

Fordernd blieb Karl, aber seit dem Vorfall im Garten verhielt er sich Fräulein Jenny gegenüber netter, was gar nicht zu seiner sonstigen düsteren Art passte. In Fräulein Jennys Gesellschaft wurde er der junge Herr, der seitenlang Goethe-Gedichte im Garten rezitierte. Abwechselnd trugen sie sich halbe Theaterstücke vor. Umgekehrt war Fräulein Jenny im Umgang mit Karl ganz anders und viel unsicherer als mit Leutnant von Pannewitz. Mir war es nicht geheuer, dass Karl sich ihr inzwischen bis auf eine Elle näherte. Ich war inzwischen immerhin schon fast zwölf Jahre alt und lange genug bei den von Westphalens, dass ich um das angemessene Verhalten einer unverheirateten Frau wusste. Zu diesem Zeitpunkt, im Jahr 1832, war Karl gerade vierzehn Jahre alt. Fräulein Jenny hatte unlängst ihren achtzehnten Geburtstag gefeiert, zu dem Angela ihr eine Mainzer Torte mit Wein, Kirschen, Aprikosen und Äpfeln gebacken hatte.

Ich glaube, der Baron mochte Karl, weil er genauso gern las wie er selbst. Immer öfter zogen sich die beiden ins Herrenkabinett zurück, um dort Schach zu spielen. Karl spielte ausnahmslos die dunklen Messing-Figuren, die in meinem Spiel die schwarzen Figuren waren, und er verlangte weiterhin und ohne mich anzuschauen doppelte Limonade für sich! Ich zündete dem Baron die Pfeife an.

An manchem Abend forderte Karl mehrere Partien hintereinander, Fräulein Jenny war dann häufig schon mit vollendeter Grazie ins Bett gestiegen und die Baronin ebenso. Ich hingegen lugte hellwach vom Vorzimmer aus durch den Türspalt ins Kabinettzimmer und wagte vor Aufregung kaum mehr zu atmen. Ich wünschte mir, auch einmal vor diesem Brett zu sitzen und gegen den Hausherrn spielen zu dürfen, die Messingfiguren in meinen Händen.

Karl war tief in das Spiel versunken. Er hatte die Angewohnheit, der zuletzt erbeuteten Figur so lange den Kopf zu streicheln, bis er eine neue gewann. Allein vom heimlichen Zuschauen und aus den Erklärungen des Barons lernte ich, dass es am Anfang des Spiels am aussichtsreichsten war, mit ein und derselben Figur nicht zweimal zu ziehen. Sie nannten die einzelnen Phasen des Spiels Eröffnung, Mittelspiel und Endspiel, und Karl und ich erfuhren vom Baron, was eine Bauernkette war. In gewisser Weise hatten wir eine Gemeinsamkeit: Was das Schachspiel betraf, waren wir beide Schüler des Barons. Ich sträubte mich gegen die Vorstellung, dass uns, die wir zwei so unterschiedliche Menschen waren, die Leidenschaft für das Spiel der Könige verband.

Wenn ich nach solchen Abenden endlich ins Bett fiel, konnte ich an nichts anderes mehr denken als an Karl und den Baron und ihre Züge. Meine Finger kribbelten, und irgendwann tat ich es. Ich spielte wieder, und zwar in meiner Dienstbotenkammer. Aber nicht mit Pabbis Steckschach, das wagte ich nicht. Ich spielte Gedankenschach auf meinem Bett, und zwar nach der Methode der Leseübungen im Goethe-Buch. Gedankenschach zu spielen bedeutete, viele nur für mich sichtbare Bilder aneinanderzureihen. Ich stellte mir also bildlich die Aufstellung von Karls letztem Spiel vor und nahm gedanklich an seiner Stelle, gegenüber vom Baron, Platz, während ich in Wirklichkeit auf meinem Bett saß. Gegen Karl, das schwor ich mir, würde ich niemals spielen, nicht einmal dann, wenn er der einzige noch lebende Gegner wäre. Das war mein zweiter Schwur, den ich leistete und der mit ihm zu tun hatte. Schachspielen ist etwas sehr Persönliches, finde ich. Der Verlierer zeigt dem Gewinner seine Schwächen. Er offenbart sich ihm, und das wollte ich niemals vor jemandem tun, der für mich nichts anderes übrighatte als herablassende Blicke.

Jeden Tag führte ich beim Gedankenschach nur nach reiflicher Überlegung aus. Ganz besonders konzentrierte ich mich auf die Bauern und durchdachte ihre Züge doppelt so lange als die anderer Figuren. *Die Bauern sind die Seele dieses Spiels.* Mit geschlossenen Augen und in meine Bettdecke gekuschelt überlegte ich, wie ich das Ausschwärmen meiner Königin, der laufenden Herren und auch der Türme schneller hinbekäme. Es brachte mir nämlich nichts, wenn ich zwei von den schwarzen Bauern einheimsen konnte, der Baron dafür aber wertvolle Züge mit seinem Pferd, der Königin oder dem Läufer tat und mich damit in eine Matt-Position setzte.

Ich verlor gerne gegen den Hausherrn und konnte in diesen Gedankenschach-Nächten sogar noch den Pfeifenrauch aus dem Herrenkabinett riechen. Dieser würzige Geruch war für mich untrennbar mit dem Baron verbunden, der bei jedem Spiel unglaublich ruhig war. Wieso nur mochte er den aufbrausenden, lauten Karl?

Für Karl gab es kein Verlieren, nicht nur in meinen Gedanken, sondern auch in der Wirklichkeit. Es war, als spielte Karl um sein Leben, und schließlich gelang ihm sogar, worauf er wochenlang hingearbeitet hatte: Er setzte den Baron matt.

Wortlos sprang Karl daraufhin auf und eilte zur Tür, panisch presste ich mich hinter die Silbervitrine im Vorzimmer, um nicht entdeckt zu werden, sollte er das Herrenkabinett verlassen wollen. Tatsächlich eilte er keinen Lidschlag später durch die Tür, und kurz darauf vernahm ich seine Freudenschreie auf der Straße. Ich wagte mich hinter der Silbervitrine hervor, weil ich überzeugt war, dass er gegangen wäre. Doch plötzlich stand er wieder im Vorzimmer und schaute mich an. Wie versteinert hielt ich in meiner Bewegung inne. »Ich, ich … habe Staub aus der Ecke geholt«, log ich und hob in der Hoffnung, dass er sich mit den unterschiedlichen Schürzen und deren jeweiliger Verwendung nicht auskannte, meine reinweiße Flügelschürze ein Stück an. Ich trug sie nie zum Putzen, wollte ihm mit dieser Geste aber weismachen, dass mir ihr unterer Zipfel gerade als Staubtuch gedient hatte.

Er beachtete meine Geste gar nicht, sondern schaute mich wie immer nur finster an. Ich versuchte, seinem Blick standzuhalten, indem ich ein ernstes Gesicht machte, nicht blinzelte. Er kniff die Augen zusammen, deren Farbe im Vergleich zu sonst, wie ich glaubte, noch einmal dunkler geworden war. Jedenfalls konnte ich seine Pupille nicht mehr von der Iris unterscheiden.

»Staub«, sagte er nach einer Weile. »Aha.«

Ich nickte, ohne den Blick zu senken.

Ohne ein weiteres Wort ging Karl an mir vorbei und zurück ins Herrenkabinett.

Als ich Angela am nächsten Tag von Karls Sieg erzählte, erklärte sie mir, dass Karl frühreif sei. Bei ihren Worten wand ich mich innerlich geradezu, versuchte ich doch genau zu diesem Zeitpunkt, das Wachstum meiner Brüste zu ignorieren. Ich war nun dreizehn Jahre alt. Angela Steinbach erzählte mir von frühreifen Frauen, denen es oft schlimm erging, aber frühreife Herren entsandte der Teufel höchstpersönlich! Sie und ihr böser, heißer Trieb seien es, woran diese Welt leide. Weshalb auch zu viele Kinder geboren und zu viele Menschen nicht mehr satt werden würden, warum der Hunger die Menschen zum Arbeiten in die Fabriken trieb und zu Dieben und Verbrechern machte. Damals wusste ich bereits, dass Angela regelmäßig im Wirtshaus in der Glockenstraße verschwand. Und dass meine beiden Schwüre, Karl betreffend, ewig halten würden. Ich schrieb auf die hinterste, freie Seite meines Goethe-Buchs:

Was ich niemals tun werde:

1. *Niemals wieder mit dem düsteren Karl Kutsche fahren!*
2. *Niemals werde ich gegen Karl Schach spielen! Denn niemals werde ich mich jemandem offenbaren, der auf mich herabsieht.*

Weitere Schwüre, die sich auf Karl Marx bezogen, würde ich sicher bald ergänzen können. Für mindestens zehn weitere war noch Platz auf dem Papier.

Im Jahr 1834 wurde der Baron wegen seiner wehen Hand von der Bezirksverwaltung in Pension geschickt, sodass ihm noch mehr Zeit zum Schachspielen blieb. Das freute mich sehr.

Ein weiteres Jahr später machte ich mir ernsthaft Sorgen um

Fräulein Jenny. Es begann damit, dass sich die Vierergruppe, die aus ihr selbst, dem jungen Herrn Edgar, Fräulein Sophia und Karl bestand, auflöste, weil Karl zum Studieren nach Bonn ging, um wie sein Vater Jurist zu werden. Seitdem fragte mich Fräulein Jenny andauernd, ob der Postbote schon da gewesen sei, und sprang bei jedem Klingeln selbst zur Tür. Eigentlich war es meine Aufgabe, die Eingangstür zu öffnen. Nicht einmal die eifrig vorgetragenen Berichte des jungen Herrn Edgar über die Jungfernfahrt der Eisenbahn konnten das Fräulein auf andere Gedanken bringen. Ich hingegen lauschte seinem Bericht fasziniert. Schon auf der Treppe ins erste Geschoss hinauf hatte der Sohn des Hauses davon erzählt.

Im Speisezimmer hatten der Baron, die Baronin und der junge Herr Edgar bereits Platz genommen, ich wollte gerade die Speisen auftragen. Entsprechend der Anleitung in der *Kunst des Tafeldeckens* hatte ich zuvor auf dem weißen Tischtuch für jeden einen Teller, Besteck und eine gebrochene Serviette platziert. Das Trinkgeschirr war wohl gespült und akkurat rechts, oberhalb der Teller angeordnet. In der Mitte des Tisches stand der Schüsselring bereit, um die Schüssel mit dem Braunkohl aufzunehmen und zu halten.

»Stellt euch vor, der furiose Drache hat seine Jungfernfahrt bestens überstanden!«, verkündete der junge Herr Edgar, das Gesicht hinter einer Zeitung verborgen. Vor geraumer Zeit hatte er das Abiturienten-Examen bestanden, mit gerade einmal sechzehn Jahren. Da er aber zuletzt oft krank gewesen war, hatte er nicht gleich im Anschluss daran mit dem Universitätsstudium begonnen.

Der Baron schaute auf. »Furioser Drache? Jungfernfahrt?«

Ich sah sofort ein Feuer speiendes Ungetier vor mir.

»Die Ludwigseisenbahn, Vater! Von Nürnberg nach Fürth ist sie gefahren, sechsmal schneller als eine Postkutsche«, schwärmte der junge Herr Edgar. »Und es soll sich so sanft wie Schlittenfahren anfühlen.«

Mit der Weinflasche in der Hand hielt ich inne. Sechsmal schneller als jene Postkutsche, in der ich mit Karl nach unserer ersten Begegnung am Friedhof durch das Trierer Umland gefahren war? Unvorstellbar. Fräulein Jenny stand am Fenster und schaute verträumt in die Ferne. Immerhin hatte ich sie wenigstens dazu überreden können, überhaupt zum Essen zu kommen. An den vorangegangenen Tagen hatte sie darauf bestanden, traurig wartend in ihrem Zimmer zu verharren.

»Es ist gut, dass das Eisenerz nicht für Kriege und Gewehre verwendet wird, sondern für friedliche Zwecke. Vielleicht werdet ihr es noch erleben, dass …«, der Baron nickte mir zum Zeichen dafür, dass ihm ein halbes Glas Wein genüge, zu, dann schaute er zu seiner Tochter am Fenster, »dass die Pferde außer Mode kommen und die Menschen mehrheitlich mit Dampf fahren.«

Nur noch mit der Eisenbahn fahren? *Sie hat doch Angst, was bringt das?,* erinnerte ich mich wieder an Karls Worte bei der zweiten Kutschfahrt. Wieder Karl. Er war selbst dann noch präsent, wenn er nicht da war. Beklommen goss ich der Baronin ein Glas Wein ein.

»Mit der Bahn können wir nicht nur schneller reisen, sondern auch viel längere Strecken zurücklegen«, war der junge Herr Edgar überzeugt.

Lange Strecken, die uns sogar bis ans Meer brachten? Herr Goethe beschrieb in meinem Gedicht-Buch die ungeheure Weite des Meeres, das ich so gerne einmal sehen wollte. Nur Wasser, so weit das Auge reichte, und die Welt um einen herum konnte totenstill sein?

Vorsichtiger fügte der junge Herr Edgar an: »Und die Gehirnkrankheit? Haben Sie Angst davor, Vater?«

Ich stellte den Wein auf mein Tablett mit dem Trageriemen zurück. Der junge Herr Edgar und Fräulein Jenny bekamen ein Glas Limonade. Wider allen Anstands griff das Fräulein danach und führte das Glas im Stehen zum Mund. »Sie schreiben von einer Art Delirium furiosum«, sagte sie nach einem Nippen, den Blick weiterhin nach draußen, in die Ferne gerichtet. »Eine Geisteserkrankung, die von der schnellen Bewegung des Dampfrosses hervorgerufen wird. Zuerst macht es das Gehirn der Reisenden krank, und danach springt es auf die Zuschauer über, die die vorbeirasende Eisenbahn beobachten.«

Der junge Herr Edgar deutete auf seine Zeitung. »Der Redakteur hier fordert sogar, dass man deswegen Dörfer und Städte durch hohe Zäune vor der Eisenbahn schützen soll.«

Der Baron rieb sich nachdenklich das Kinn. »Ich denke, dass es noch zu früh ist, um jetzt schon mit Sicherheit sagen zu können, welche Krankheiten die Geschwindigkeit verursacht.«

Vielleicht war das Delirium furiosum ja eine Erklärung dafür, warum Karl so war, wie er war? Die Krankheit könnte ihn befallen haben. Nie konnte es ihm schnell genug gehen. In der Kutsche, beim Schach …

»Ich will trotzdem eines Tages Bahn fahren!«, war Edgar überzeugt. »Und mich würde es wundern, wenn Jenny da nicht mitkäme.«

»Vielleicht«, erwiderte Fräulein Jenny geistesabwesend und nahm endlich am Tisch Platz. Damit durfte ich die Hauptspeise servieren. Es gab Braunkohl mit grobem Fleisch und Schinken.

Als die Baronin das Tischgespräch auf den anstehenden Handarbeits-Basar lenkte, verfolgte ich es nicht länger. Ich grübelte über Karls Krankheit. Was gegen einen Befall sprach, war, dass er studierte. Eine Gehirnkrankheit, obwohl er völlig klar im Kopfe war? Ich verwarf den Gedanken und ärgerte mich gleichzeitig, dass ich immer noch an ihn denken musste, obwohl er nicht einmal mehr in Trier war! Ich sollte mich besser darauf konzentrieren, Fräulein Jenny zu trösten, wenn sie traurig war. Am liebsten hätte ich sie ganz und gar von Karl abgebracht.

Als ich später dabei war, Angelas Spezialität, den Helenenkuchen, aufzutragen, klingelte es unten an der Tür. Fräulein Jenny sprang auf wie von einer Tarantel gestochen, lief an mir vorbei und die Treppen ins Erdgeschoss hinab. Die Baronin schüttelte hoffnungslos den Kopf.

Kurz darauf kam Fräulein Jenny mir freudestrahlend mit einem Brief in der Hand auf dem Flur entgegen. Ihre Augen flogen nur so über die Zeilen hinweg, immer wieder und wieder. Ihre Wangen glühten.

»Karl nennt mich süßes Herzens-Jennychen!«, schwärmte sie mit ebenso süßer Stimme.

So rührend schrieb jener Karl, der den klugen Baron eiskalt mattgesetzt hatte? Fräulein Jenny hielt mir einen mehrseitigen Brief entgegen. Die Blätter waren eng beschrieben und die Schrift für eine Anfängerin wie mich schwer lesbar. Dennoch verstand ich, dass dieser »andere« Karl sich darüber beklagte, dass sie ihm nicht häufiger schrieb. Er wollte wissen, mit wem sie sich in Trier traf, während er in der Ferne an sie dachte. Er klang verzweifelt, so als stünde er in Bonn kurz vor einem Zusammenbruch, genau wie Fräulein Jenny in den vergangenen Wochen. Aus den Briefen sprach ein ungeduldiger, aber sanfter Karl, der Karl aus dem Rosengarten.

Fräulein Jenny presste sich den Brief an die Brust und drehte sich lachend im Kreis. »Süßes Herzens-Jennychen, aus seinen Zeilen spricht so viel Sehnsucht!«, jubelte sie, während sich ihr grünes Kleid an den Beinen aufbauschte.

Sehnsucht?

Zwei Wochen später erhielt auch ich Post aus der Ferne. *Ein willkommener Trost!*, dachte ich mir, nachdem ich tags zuvor zum zweiten Mal zwischen den Beinen unangenehm geblutet hatte. Es war der erste Brief, den ich überhaupt empfing, und er war in Sankt Wendel aufgegeben worden. Endlich Nachricht von der Familie!

Ich zog mich in meine Dachkammer zurück, gerade eben hatte ich in der Küche noch ein paar Lederlappen mit warmem Salzwasser durchgewaschen, damit sie nicht verhärteten. Meine Hände begannen zu zittern. Ich war so aufgeregt, als sollte ich ein Tablett voller Geschirr vor der feinen Trierer Gesellschaft über ein gespanntes Seil tragen. Ich öffnete den Umschlag. Ein einfacher befleckter Zettel war darin, ein Erinnerungsblatt. Erinnerungsblätter wurden bei Todesfällen verteilt. Ich sackte auf mein Bett. Durch das Blatt erfuhr ich vom Hinscheiden der Barbara Fehr, ehemals geborene Demuth. Meine älteste Schwester war am einundzwanzigsten September im Jahr 1834 in Urweiler verstorben, das lag mehr als ein Jahr zurück. Auf dem Zettel stand außerdem geschrieben, dass sie ein Jahr vor ihrem Tod den Maurer Wenceslaus Fehr geheiratet hatte.

Barbara war oft streng, stets auf Mutters Seite und eine begabte Näherin gewesen. Ich wollte sie mit einem Lächeln in Erinnerung behalten. Gleichzeitig war ich traurig, dass Mutter mir kein einziges nettes Wort mitgeschickt hatte, wo sie doch schon seit mehreren Jahren Geld zur Unterstützung der Familie von mir erhielt. Auch wenn sie selbst nicht schreiben konnte, hätte doch Peter oder jemand anders aus dem Ort einige Zeilen für sie verfassen können. Ich wusste nicht einmal, ob Mutter überhaupt diejenige war, die mir den Zettel hatte zukommen lassen, denn das Erinnerungsblatt war nicht unterzeichnet. Und dennoch wollte ich sie und meine anderen Geschwister auch in Zukunft nicht im Stich lassen. Ich nahm mir vor, im Dom eine Kerze für Barbara anzuzünden. Wenn jemand starb, wuchs die Not.

* * *

Karls Schuld

»Fräulein Jenny isst nicht mehr, obwohl ich die Speisen genauso zubereite, wie sie es wünscht. Solch eine Verschwendung!«, sagte Angela Steinbach eines Tages, während ich vor dem Servieren des Frühstücks den Fußboden in der Küche schrubbte. »Ich werde mit dem Baron darüber reden müssen!« Sie sagte es in ihrem gewohnt barschen Ton, dem gleichen, in dem Karl bei mir immer seine Limonade bestellt hatte. Ich war gedanklich gerade einmal mehr bei den vergangenen Nächten gewesen, in denen ich zum wiederholten Male den Baron im Gedankenschach geschlagen hatte. Eingehüllt in wahre Pfeifenrauchschwaden hatte ich uns dabei im Herrenkabinett sitzen und die Messingfiguren über das Brett schieben sehen.

Angela wusste Bescheid: »Ungeduld, Fiebrigkeit, himmelhoch jauchzend und zu Tode betrübt …«

»… und alles andere ist ihr völlig gleichgültig, nicht einmal ihr Bruder zählt noch«, ergänzte ich meine Beobachtungen.

»Das sind deutliche Anzeichen für krankhaftes Verliebtsein!«, bestätigte Angela, was ich schon länger wusste als sie. Angela war gerade dabei, mit einem Schneebesen allerlei Zutaten zu einer Mayonnaise zu schlagen.

Mein Scheuerlappen klatschte auf den Boden. »Fräulein Jenny ist so klug, warum musste ihr das ausgerechnet mit dem düsteren Karl passieren? Sie könnte jeden netten Offizier haben, den sie will!«

Angela gab etwas Öl in die Eiermasse und bewegte den Schneebesen heftiger. Dabei rutschte ihr beinahe die Kräuselhaube vom Kopf. »Liebe ist wie eine Seuche, sie breitet sich schnell und unbemerkt aus«, erklärte sie. »Ist man erst einmal von ihr befallen, raubt sie einem den gesunden Menschenverstand und verursacht Blödheit im Geist.«

Ich beugte mich wieder über den Boden und bearbeitete ihn weiter, während mir Fräulein Jennys Bild vor Augen trat, die völlig verrückt auf mich wirkte, wenn sie Karls Zeilen las. Verrückt einerseits, aber überschwänglich glücklich andererseits. Fast so, wie wenn ich Tabak kaute und es mir dabei so vorkam, als läge ich auf Wolken und hätte diese warmen Gefühle. Seit meinem fünfzehnten Geburtstag im letzten Jahr besaß ich sogar eine Bürste für meine Zähne, die Fräulein Jenny mir mit den Worten geschenkt hatte, dass mir der Tabak sonst noch all meine Zähne schwarz färben würde.

Ich spülte den dreckigen Scheuerlappen im Wassereimer aus. Mit aller Kraft wrang ich ihn aus, so als könnte ich damit die Liebesseuche zum Verschwinden bringen, die sich schon viel zu lange ungehindert im Haus ausgebreitet hatte.

Fräulein Jenny wurde mit jedem Monat verrückter vor Liebe, sie war nicht mehr sie selbst. Als ich bereits den siebten Sommer bei den von Westphalens war, im Jahr 1836, dachte ich, ihr Zusammenbruch stünde kurz bevor. Es war am Abend eines sehr heißen Tages. Ich war gerade dabei, dem Fräulein beim Aufbinden des Kleides und beim Auskleiden zu helfen. Es war schon dunkel draußen. In meiner Kammer oben wartete noch ein Berg löchriger Strümpfe darauf, gestopft zu werden. Danach wollte ich in meinem neuen Buch »Die Harzreise« des Dichters Heinrich Heine weiterlesen.

»Mich umwogt ein ewig Drängen, Ew'ges Brausen, ew'ge Gluth …«, las Fräulein Jenny mir Karls Zeilen in ihrem Zimmer vor und drehte sich dabei immer wieder im Kreis. Wie im Rausch. Einmal musste ich sie dabei sogar auffangen, weil sie sonst vor lauter Schwindel zu Boden gestürzt wäre. Ich half ihr aus dem Kleid, doch als sie nur noch in Korsett und Unterrock dastand, winkelte sie plötzlich beide Arme an und tanzte erneut im Walzertakt durch den Raum. »Un, deux, trois. *Eins, zwei, drei.*« Sie drehte sich und summte eine Melodie dabei. »Man tanzt den französischen Walzer schnell und mit kleinen Schritten.«

Erneut wollte ich sie stützen, damit sie nicht stürzte, doch sie schob mich von sich weg und tanzte weiter. Leicht wie ein Vogel schwebte sie nun durchs Zimmer, wie von Geistern getragen. »Ich habe Karls Drängen nachgegeben«, summte sie. »Wir sind jetzt verlobt.«

Ich taumelte zur Frisierkommode und konnte mich gerade noch rechtzeitig auf den Stuhl setzen. »Es gab gar kein Verlobungsfest und keine Verkündung«, sagte ich verwirrt. Ich zog mir die Kräuselhaube vom Kopf und bearbeitete sie mit den Fingern so heftig wie Angela den wöchentlichen Brotteig.

Fräulein Jenny tanzte vor mir auf der Stelle. »Du bist eine der wenigen, die davon wissen, Lenchen. Nur Sophiechen habe ich es noch verraten.«

Sie vertraute mir, ihrem Dienstmädchen, ein Geheimnis an? Wie einer Freundin? Das fühlte sich noch schöner als Lesen an, noch schöner als Fliegen in meiner Vorstellung. Warum aber war die Verlobung geheim? Und warum hatte sie ausgerechnet Karl zu ihrem Verlobten erwählt? Meine Knie begannen zu pochen. Bestürzt bearbeitete ich meine Kräuselhaube weiter.

Fräulein Jenny zog mich vom Stuhl hoch, nahm mir meine Haube aus der Hand und legte sie auf das Fensterbrett. Dann griff sie nach meinen Händen und schaute mich aus ihren eng zusammenstehenden, braunen Augen an. »Ich spüre, dass ich eine leidenschaftliche, aufregende Zukunft mit Karl haben werde.«

Ich schluckte schwer. Er musste sie dazu gezwungen haben.

»Eine Zukunft jenseits der Vernunft«, sprach sie leise, »ganz nah bei der Liebe.«

»Sagte nicht Shakespeare, dass die Vernunft die Leidenschaft stets ausgleichen soll?«, fragte ich vorsichtig, da umarmte sie mich auch schon.

Eine erste Umarmung nach so vielen Jahren. Meine letzte Umarmung hatte Pabbi mir geschenkt. Ihr Vertrauen fühlte sich so wundervoll, so wärmend an, dass es meine zornigen Gedanken an Karl vertrieb wie das grüne Reinigungsmittel den Dreck im Flur – zumindest einige Atemzüge lang.

Fräulein Jenny benötigte Wochen, um ihren Eltern das Geheimnis zu offenbaren, und noch länger dafür, diese davon zu überzeugen, dass Karl der geeignete Ehemann für ihre Tochter war. Karl war noch Student in den ersten Semestern, am zweiten Studienort. Mit einem unfertigen Studium konnte kein Mann für eine Frau sorgen, und eigentlich hatten sich die von Westphalens einen Adligen für ihre Tochter gewünscht.

Erst als Fräulein Jenny lange Zeit krank und bettlägerig war und nicht vom Fieber genesen wollte, lenkte der Baron ein. Ich dachte schon, jetzt geht es mit ihr zu Ende. Einmal mehr verfluchte ich die Liebe, die sie geschwächt und für andere Krankheiten anfällig gemacht hatte. Ich widmete ihr sogar einen Eintrag in meiner Niemals-Liste, da war ich sechzehn Jahre alt.

Was ich niemals tun werde:

3. Niemals werde ich mich verlieben.

Die von Westphalens baten Gott um die Genesung ihrer Tochter und versprachen ihm, dass sie sogar in deren Ehe mit Karl einwilligen würden, sofern ihre Tochter überlebte. Und: Fräulein Jenny überlebte.

Damit stand fest, dass sobald Karl sein Studium in Bonn beendet hätte, er und Fräulein Jenny heiraten würden. Weitere vier qualvolle Jahre des Wartens sollten bis dahin noch ins Land gehen. Ich entfloh der Bedrückung, die Karl in das Haus der von Westphalens brachte, auf meine Weise. Jeden Abend, an dem es mir möglich war, las ich im Schein einer Öllampe eine viertel Seite der »Harzreise«, immer und immer wieder. Manche Zeilen wiederholte ich dabei auch laut, so wohlklingend waren sie formuliert. Ein paarmal kam Fräulein Jenny sogar zu mir in die Dachkammer hinauf und legte sich neben mich ins Bett. Es war fast so, als seien wir Freundinnen. Die gemeinsamen Abende in meiner Kammer wurden zur lieb gewonnenen Gepflogenheit.

Durch das Lesen lernte ich viele neue Wörter, zu manchen befragte ich sie, das ein oder andere erklärte ich mir selbst. Das Buch des Dichters Heine verzauberte mich. Von der ersten Seite der

»Harzreise« an fühlte ich mich, als säße ich auf dem Rücken eines riesigen Vogels. Mit Herrn Heine flog ich über die Stadt Göttingen, die berühmt für ihre Bierwurst war, stieg mit ihm Treppen aus Baumwurzeln hinauf und spazierte mit ihm auf den Brocken, von dem er schrieb, dass es auf ihm nie ganz dunkel werden würde. Eine wundervolle Vorstellung war es, dass es einen Ort gab, an dem man sicher vor schwarzen Wolken und dunklen Nächten war. Bestimmt gewitterte es dort auch seltener als anderswo.

An einem unserer gemeinsamen Abende brachte Fräulein Jenny das Buch eines gewissen Professor Hegel mit und las mir daraus vor. »Ich will mit Mohr über seinen Hegel reden, so wie er mit mir über meinen Shakespeare«, meinte sie, nachdem sie das Vorlesen beendet hatte.

»Mohr?«, fragte ich.

»Die Studenten in Berlin haben Karl so getauft. Wegen der dunklen Tönung seiner Haut.« Ich glaube, in ihrer Vorstellung fuhr Fräulein Jenny ihrem Liebsten gerade über jeden Zoll seiner Haut.

»Sie wollen mit Karl über seine Studien reden?«, fragte ich vorsichtig. Karl hatte inzwischen sein Studienfach gewechselt und in Philosophie und Geschichte die Doktorwürde verliehen bekommen. »Leutnant von Pannewitz hat Gespräche über seine Arbeit als Einmischung empfunden. Zukünftige Ehemänner mögen das nicht, glaube ich.«

»Karl ist anders!«, sagte sie nur. »Völlig anders als Pannewitz, diese militärische Marionette. Unterschiedlicher als Pannewitz und Karl können Männer kaum sein. Sie sind so gegensätzlich wie Professor Hegels These und Antithese.«

Die beiden Männer kommen wirklich aus zwei verschiedenen Welten, dachte ich, auch wenn ich nicht recht wusste, was sie mit These und Antithese meinte. Dass Karl jedoch ganz anders geartet war als der Leutnant, das stand fest! Er verlobte sich heimlich mit einer um vier Jähre älteren Frau, die er dann jahrelang warten ließ, und er ließ sich im Gegensatz zu Pannewitz nichts von anderen befehlen, er bestimmte selbst seinen Weg. Das hätte der Leutnant niemals gewagt.

»Was sind Gegensätze für dich, Lenchen?«, fragte sie mich nach den ersten Seiten Hegel. Wir lagen beide auf dem Rücken nebeneinander, die Bettdecke bis unter die Achseln gezogen.

Ich überlegte kurz. »Arme und reiche Menschen.« Also meine Familie in Sankt Wendel und ihre Familie hier in Trier. *Karl und ich*.

Fräulein Jenny drehte sich auf die Seite und schaute mich an. »Gegensätze beinhalten Widersprüche«, sagte sie zärtlich. »Hegel dachte viel über Widersprüche nach.«

»Also etwas, das oft zu Streit führt«, dachte ich laut.

»Irgendwann immer!« Sie nickte. »Der Philosoph Hegel sagt, dass der Widerspruch in einer Sache früher oder später zu Veränderungen der Sache führt und erst, wenn alle Widersprüche in einer Sache beseitigt sind, sei man am Ziel. Dann hat man eine Art Gleichgewicht, die beste Lösung für die Sache. Nichts, was einen Widerspruch in sich birgt, ist also für immer festgeschrieben.«

Ich verstand. »Dann ist dieses Gleichgewicht wie eine ausgewogene Soße, in der kein Gewürz unangenehm heraussticht, nichts sich beißt und es allen schmeckt.«

Fräulein Jenny kicherte, es war schön, sie wenigstens einen Augenblick lang so gelöst zu sehen. Dann fing sie wieder mit Karl an. »Karl beschäftigt sich in Bonn gerade mit Hegel. Er denkt darüber nach, welche Art von Zusammenleben alle Menschen zufriedenstellen könnte und nicht nur einige wenige.«

Ich wollte nicht länger über Karl reden. »Wie wäre es zum Einschlafen mit einem Goethe-Gedicht?«

Sie nickte und legte das Hegelbuch beiseite. Ich las ihr »Den Freunden« vor, und Karl verschwand endlich aus meinen Gedanken.

Seit längerer Zeit dachte ich bei diesem Gedicht immer an Dorothea aus Urweiler, weil ich von Anfang an eine Verbindung zu dem Dienstmädchen gespürt hatte. Aber an diesem Abend kam mir das erste Mal in den Sinn, dass Hilga vielleicht gelogen haben könnte und es das Mädchen aus Urweiler, das mir ein Antrieb gewesen war, Sankt Wendel zu verlassen, gar nicht gab. Ich war seit so vielen Jahren in Trier, aber noch nie waren ihr ich oder eines der anderen Dienstmädchen der Stadt begegnet.

Ich hatte Karl und sogar unsere Kutschfahrten fast vergessen, da stand er plötzlich eines Tages wieder vor der Tür. Fast kam es mir so vor, als wollte er von mir nicht vergessen werden.

»Ist Jenny zu sprechen?«

»Sie ist im …«, begann ich, da war er auch schon an mir vorbeigetreten. Ich folgte ihm in den großen Salon zur Herrschaft.

»Ich liebe Jenny!«, trug er dort vor. »Wir können ohne einander nicht mehr leben. Mit ihr scheint mir der Himmel offen, mit ihr komme ich den Sternen näher. Sie ist schöner als die Natur. Sie ist Schnee, Feuer und Blut in einem! Ich möchte sie so schnell wie möglich heiraten. Schon im nächsten Jahr kann ich die Arbeit in Bonn bei Bruno Bauer beginnen. Ich halte hiermit noch einmal persönlich um ihre Hand an.«

»Und wer ist dieser Bruno Bauer? Einer dieser Intellektuellen aus Berlin?«, wollte der Baron wissen. Es war schon eine lange Zeit her, dass Karl ihm versichert hatte, so schnell wie möglich eine Anstellung in preußischen Diensten anzutreten und gut zu verdienen.

»Bruno Bauer ist ein Theologe und Philosoph«, erklärte Fräulein Jenny. »Karl hat ihn über die Junghegelianer kennengelernt.«

Karl trat vor sie hin und küsste sie vor den Augen des Barons. Ich konnte nicht anders, als die meinen zu schließen.

Im Folgejahr kam heraus, dass Karl nun doch nicht in Bonn bei diesem Bruno Bauer arbeiten konnte. Das war die letzte Nachricht, die der im Sterben liegende Baron von ihm erhielt. Ludwig von Westphalen verließ die irdische Welt an einem der ersten Märztage im Jahr 1842 im Alter von zweiundsiebzig Jahren, auch sein jüngst gebrochenes Bein war an seinem Tod schuld. Im Haus standen alle Uhren still. Ich hatte den Baron gemocht. *Stirbt das Haupt der Familie, so sind die Erben nicht gehalten, den Dienstboten länger zu behalten.*

Am Folgetag der Beerdigung teilte Angela Steinbach mir mit, dass sie bei der Familie von Rockhofen als Köchin anfangen würde, gleich zum nächsten Ersten, weil die Witwenrente der Baronin nur noch für eine Angestellte reichte. Ich fühlte mich schlecht, denn Angela hatte lange vor mir bei der Familie gearbeitet, sie war die Geschicktere von uns beiden. Außerdem hatte sie viel mehr für die von Westphalens getan als ich: sie mit köstlichem Essen und leckerem Kuchen versorgt. Nicht einmal im Winter waren ihr jemals die Vorräte ausgegangen. Ich hingegen hatte es nie mit meiner Vorgängerin Ralfine aufnehmen können. Das leblose Gesicht der Baronin mir gegenüber bestätigte es mir.

Zum Abschied wollte Angela, dass ich mit ihr in die Glockenstraße ging. Jahrelang hatte ich sie dort das Wirtshaus »Zur Wilden Gans« betreten sehen. Vor den Eingangsstufen des *Etablissements,* wie der Baron es bestimmt genannt hätte, zögerte ich. Mir war unwohl, aber meine Hände zitterten nicht. Seitdem ich das Tablett mit dem Trageriemen benutzte, war nichts mehr zu Bruch gegangen. Dadurch wiederum hatten meine Hände immer seltener gezittert.

Angela stieg an mir vorbei die Eingangstreppe hinauf. »Jetzt komm endlich!«, sagte sie auf ihre eigentümlich harsche Art.

Ich gab mir einen Ruck, der Köchin zuliebe. Mein Weg die Stufen hinauf wurde von der Stimme des Dienstmädchens Elise Goldmann begleitet: *In Hinterkammern von Wirtsstuben lässt sich viel mehr Geld verdienen als in einer Stellung als Dienstmädchen.*

Im Gastraum ging es gesittet zu. Meine Augen suchten nach einer Tür, die zu den Hinterkammern führte. Ich sah aber nur die, die in die Küche ging, und aus dieser kam gerade ein Bursche mit einem Tablett voller Weingläser. Wir setzten uns an den Tisch in der Ecke.

»Und was willst du essen?« Angela winkte den Burschen zu uns an den Tisch. »Sie haben den besten Sauerbraten, den du entlang der Mosel essen kannst!«

Unter halb gesenkten Lidern heraus blickte ich mich um. »Wir essen?« Wir waren zwei Frauen ohne männliche Begleitung.

Angelas eine Augenbraue zog sich weit nach oben. »Was willst du denn sonst in einer Gastwirtschaft? Garn kaufen?«

Ich schmunzelte. Wir bestellten jede eine Portion Sauerbraten und Viez, vergorenen Apfelmost, dazu. Ich hatte noch nie in einem Gasthaus gegessen. Es kam mir seltsam vor, ein bisschen wie beim Lesen meines allerersten Wortes. Mit den Fingern fuhr ich über die gute Tischdecke, aus der irgendjemand anders als ich die Flecken geschrubbt hatte.

»Es ist gut, dass du diejenige von uns beiden bist, die bleibt!«, sagte Angela, während ich noch wundersam über die Tischdecke strich. »Die Arbeit als Alleinmädchen packst du schon. Bei den von Westphalens bist du gut aufgehoben.« Angelas kantige Züge waren nicht weicher, ihr streng am Hinterkopf zusammengenommenes Haar über die Jahre nicht lockerer geworden, und doch war sie netter als früher.

»Aber du musst ebenfalls gut aufgehoben sein!«, drängte ich. Sicher vor den Herrschaften, vor denen wir Dienstmädchen uns gegenseitig warnten – Herrschaften wie die Familie Kittel, Popellka und Brombach. Zuletzt waren noch die Mayers hinzugekommen, wo der Herr des Hauses das unterbezahlte zwölfjährige Dienstmädchen erst geschwängert und dann vor die Tür gesetzt hatte. Ich konnte nur hoffen, dass die Rockhofens gute Leute waren und Angelas Fähigkeiten zu schätzen wussten.

»Ich kann gut auf mich selbst aufpassen«, war Angela überzeugt und dann mehr als verwundert, als ich sie daraufhin über den Tisch hinweg umarmte und Danke sagte.

Angela war nicht zu kaufen, und sie stand zu ihren Überzeugungen. Und sie aß in Gasthäusern, anstatt in Hinterzimmern zu verschwinden. Ich war sehr erleichtert darüber.

Die Bedienung stellte zwei Teller und den Viez auf unserem Tisch ab, erst kurz davor hatte ich die große Köchin wieder losgelassen.

»Der Saucrbraten für die Damen.«

Erneut fand ich es als Dienstmädchen seltsam, dass ich plötzlich von jemandem bedient wurde. Angela schien darüber nicht weiter nachzudenken, sie hatte den ersten Bissen bereits hinuntergeschluckt. Dann langte auch ich hungrig zu. Die dunkle Soße schmeckte köstlich.

Nachdem wir unsere Teller geleert hatten, kam mir auf einmal mein letztes Gespräch mit Fräulein Jenny in den Sinn, und so murmelte ich vor mich hin: »Wenn Professor Hegel diese Soße hätte probieren können, wäre er überzeugt davon gewesen, dass sie im Gleichgewicht ist.«

»Professor Hegel?« Angela runzelte die Stirn. »Wer soll das denn bitte sein?«

»Ein Philosoph, über den Fräulein Jennys Verlobter grübelt«, sagte ich nur und taufte die braune Soße, die uns zum Sauerbraten serviert worden war, insgeheim »Hegel-Soße«.

Als wir das Wirtshaus gesättigt verließen, stellte die Köchin zufrieden fest: »Am liebsten esse ich immer noch das, was jemand anders für mich gekocht hat!«

Die Baronin hielt es nach dem Tod des Barons nicht länger in Trier aus und entschied, dass die Familie nach Kreuznach umziehen sollte. Fräulein Jenny schossen Tränen in die Augen, als sie den Fuß zum ersten Mal über die Schwelle ihres neuen Zuhauses setzte. Die Wohnung war nicht einmal so groß wie eine Etage des Hauses in Trier. Aber die kleinere Wohnung war leichter warm zu bekommen, was von Vorteil war. Die kürzeren Vorhänge verlangten keinen eleganten Faltenwurf, und die Steinböden waren schneller zu reinigen als die Holzböden und Teppiche. Mit etwas Zitronensäure im Wischwasser brachte ich sie wieder zum Glänzen. *Ein gutes Dienstmädchen sucht Ehre darin, alle ihre Pflichten und Arbeiten zur Zufriedenheit der Herrschaft pünktlich auszuführen, sich immer nützlich und brauchbar zu erweisen.*

Nachdem Angela nicht mehr bei uns war, war ich neben dem Reinemachen, Waschen sowie An- und Auskleiden auch fürs Kochen und Bevorraten verantwortlich. Vor dem Kochen graute es mir etwas. Angelas Künste würden auf ewig unübertroffen bleiben. Mainzer Torten, Weinschaumsoße … aber ich hatte nicht mehr die Zeit gehabt, mir die Zutaten für die wichtigsten Gerichte zu notieren.

Als Erstes probierte ich, eine einfache Fleischbrühe hinzubekommen. Nachdem das Wasser mit dem Gemüse, den Kräutern und dem Fleisch lange genug gekocht hatte, schäumte ich den Sud auf und schlussendlich presste ich die Brühe ohne das Fleisch noch durch ein Haarsieb. Niemand sagte etwas zu meinem ersten Kochversuch, vermutlich weil sie alle zu höflich dazu waren.

Erst als uns eine frohe Botschaft von Karl erreichte, hellte sich die Stimmung wieder etwas auf und ließ allen auch mein Essen besser schmecken. Auf einen lauten Jubelschrei hin liefen die Baronin und ich in den Flur, wo uns Fräulein Jenny auch schon entgegengestürmt kam. »Er verdient Geld!«, berichtete sie, den Brief von Karl in der Hand schwenkend. »Er verdient endlich Geld!«

Ich wagte nicht, mich für sie zu freuen, zu oft schon war ihren frohen Botschaften, Karl betreffend, eine Nachricht gefolgt, die alles wieder zurücknahm. Die Baronin reagierte ebenfalls zurückhaltend.

»So glaubt mir doch!«, verlangte Fräulein Jenny. »Mein Karlchen schreibt Artikel für die *Rheinische Zeitung* in Köln, und bald ernennen sie ihn sogar zu ihrem ersten Redakteur! Deswegen ist er bereits nach Köln gezogen.«

»Ein Redakteur? Kann er denn so schreiben, wie es für eine Zeitung notwendig ist?«, fragte die Baronin.

Ich lächelte in mich hinein. Karls Liebesbriefe an Fräulein Jenny lasen sich ganz anders als Zeitungsartikel.

»Karl ist sehr gut im journalistischen Schreiben, und ihm gefällt es in der Redaktion der *Rheinischen Zeitung*«, erklärte Fräulein Jenny.

Mit Zeitungen war es ähnlich wie mit Büchern, sie enthielten sehr viel Wissen. In Trier hatte ich mir einmal zwei Zeitungen von meinem monatlichen Restgeld gekauft, nachdem ich die Geldanweisung nach Sankt Wendel erledigt hatte: Das *Gemeinnützige Wochenblatt* und die *Trier'sche Zeitung*. Deren Inhalte und Art der Beschreibung waren eine ganz andere als die in meinen Büchern.

Zeitungsredakteure schrieben ausnahmslos mit strenger, gefühlloser Stimme. Das Strenge, das Erbarmungslose passte zu Karl. Vielleicht begann deswegen doch so etwas wie Hoffnung in mir aufzukeimen, dass Fräulein Jennys Leiden bald ein Ende finden würde.

In den nächsten Monaten sammelte sie sämtliche Artikel, die von Karl erschienen, wie einen Schatz. Meine Aufgabe war es, die Zeitungsblätter zu mangeln, bevor sie sorgsam gefaltet in einer Truhe verwahrt wurden. Karls Artikel handelten vom Holzdiebstahlgesetz, von Atheismus, von der preußischen Monarchie, von Pressefreiheit und von der Armut der Moselwinzer. Ich las sie, während sie zwischen Mangelbrett und Rolle lagen, verstand aber nicht alles, was in ihnen geschrieben stand. Manches erklärte das Fräulein mir. Karls Feindseligkeit gegenüber den Preußen fiel mir jedoch schon beim ersten Lesen auf.

Anstatt der preußischen Monarchie forderten er und die anderen Redakteure der *Rheinischen Zeitung* etwas Neues. Sie wollten keinen König, der alle Entscheidungen alleine traf, sondern forderten, dass die Bürger mitreden durften. Politik ist eine sehr komplizierte Sache, die anderen Kreuznacher Dienstmädchen hielten sich davon fern. Elli Butterschlegel, deren Herrschaft unweit der Pauluskirche wohnte, belächelte mich daher auch nur, wenn ich mir über solche Dinge wie den preußischen Staat und den König Gedanken machte. Und so redete ich nie wieder vor anderen Dienstboten darüber. Stattdessen zog ich mich immer öfter nach getaner Arbeit mit Zeitungsartikeln in meine Kammer zurück. Die Beiträge über Politik waren oft schwer verständlich, die Sätze sehr lang. Bei den Zeilen über die Bürger, die mitsprechen durften, vermisste ich eine Erklärung darüber, auf welche Weise diese Mitsprache stattfinden konnte. Denn es würden doch niemals alle Bürger an den Tisch des Königs im Palast passen. Dazu brauchte man Tausende und Abertausende Stühle. Von Abertausenden Dienstmädchen herangeschafft und aufgestellt.

Auf meine Frage hin erklärte Fräulein Jenny mir dann, dass dafür nicht alle Bürger an den Tisch des Königs kommen müssten, sondern nur einige Ausgewählte, und man diese Auswahl dann

Parlament nannte. Karl würde diese Form des Regierens mit einem Parlament, das vom König nicht überstimmt werden könnte, als eine parlamentarische Monarchie bezeichnen, und diese sei demokratisch. Mir gefiel der Gedanke, dass viele Menschen gemeinsam Entscheidungen trafen, so konnten unterschiedliche Einfälle besprochen und dadurch vielleicht Geschehnisse verhindert werden, die zwar nicht für den König, aber für die meisten anderen Menschen von Nachteil waren.

Je mehr Artikel ich von Karl las, desto stärker schlich sich ein Gedanke in meinen Kopf: Er war unbestritten mutig. Kein anderer Redakteur, von dem ich etwas gelesen hatte, sprach so ungezügelt wie er, kein anderer wagte, so offen gegen die Preußen aufzutreten. Insgeheim imponierte mir seine Haltung – ein Gedanke, den ich mit aller Macht zurückzudrängen versuchte.

Nur ein halbes Jahr nach Fräulein Jennys Freude über Karls finanzielle Aussichten wurde die *Rheinische Zeitung* von den Preußen verboten. Wir waren alle sehr aufgebracht und Fräulein Jenny zudem bitter enttäuscht! Wieder kein Einkommen, wieder Ungewissheit und keine Hochzeit. Ich war froh, dass der Baron den Rückschlag von Karls beruflicher Laufbahn bei der *Rheinischen Zeitung* nicht mehr hatte miterleben müssen.

In den Folgetagen nach der Schreckensbotschaft gab ich mir besondere Mühe, Fräulein Jenny und die Baronin auf andere Gedanken zu bringen. Ich versuchte mich sogar an einer Weinsuppe, die ich über Brot, das Milch enthielt, sogenannte Milchschnitten, anrichtete.

Bergauf, bergab, so ging es noch eine ganze Weile mit unseren Gefühlen weiter. Irgendwann stand Karl dann mit einem neuen Arbeitsvertrag vor unserer Haustür. Ihm war angeboten worden, Mitherausgeber der *Deutsch-Französischen Jahrbücher* zu werden. Dies war eine Zeitschrift von Redakteuren, die wie Karl gegen die preußische Monarchie, gegen den König schrieben.

»In Paris werde ich ein Jahresgehalt von fünfhundertfünfzig Talern bekommen, dazu noch Autorenhonorare für jeden von mir veröffentlichten Artikel«, erklärte er seiner Verlobten mit stolz geschwellter Brust. Mich beachtete er wie immer nicht, während ich mir fünfhundertfünfzig Taler auf einem Haufen vorzustellen versuchte.

Fräulein Jenny umarmte erst Karl und dann mich: »Lenchen, hilfst du mir beim Schneidern meines Brautkleides?« Karl ging bei diesen Worten in den Salon hinüber, wo die Baronin saß.

Aufgewühlt blickte ich ihm nach.

»Aber warum muss er dafür denn nach Paris?«, fragte ich Fräulein Jenny.

»In Paris gibt es keine preußische Zensur«, erklärte sie mir leichthin. »Dort kann Karl seine Gedanken frei äußern!« Es klang, als ob sie schon vorher davon gewusst hätte, dass Karl in die französische Hauptstadt gehen würde. Ich begab mich in die Küche zurück.

Mit dem Einverständnis der Baronin wurde kurz darauf der Ehevertrag aufgesetzt, und zu Beginn des Sommers 1843 wurde nach siebenjähriger Verlobungszeit geheiratet. Ich backte ihnen Angelas Mainzer Torte mit Früchten, einigen Löffeln Wein im Mürbeteig und einem Teiggitter obendrauf; es war Fräulein Jennys Wunsch gewesen.

Keine zwei Monate nach der Hochzeit in Kreuznach verkündete Fräulein Jenny, dass sie schwanger sei. Im Oktober dann verlor ich sie an Paris. »Ich schreibe dir von dort einen Brief«, waren ihre letzten Worte, gefolgt von einer innigen Umarmung, aus der ich sie lange nicht entlassen wollte.

Als sie fort war, fühlte ich mich wieder schrecklich allein. Und Karl war schuld daran!

* * *

Schatten aus Paris

Nach Fräulein Jennys Abreise war nicht mehr sie, sondern ich diejenige, die den Schritten des Postboten entgegenfieberte. Sechs Wochen lang eilte ich jeden Tag umsonst an die Tür. Nächtelang las ich im Goethe-Buch, weil ich sie nicht vergessen wollte. Dann endlich erreichte mich der erste Brief aus Paris von Frau Doktor Jenny Marx. Wie seltsam sich ihr neuer Name las. Ich hatte mich noch nicht daran gewöhnt, sie anders als »Fräulein Jenny« zu nennen, zumindest in meinem Kopf würde sie weiter Fräulein Jenny bleiben. *Gnädige Frau*, übte ich in Gedanken und mehrmals hintereinander die neue Anrede. Ich hoffte so sehr, dass wir uns bald wiedersehen würden.

Auch die Baronin hatte ein Schreiben ihrer Tochter erhalten, das ich ihr sofort überbrachte.

In ihrem Brief an mich berichtete das Fräulein von Karls guter Anstellung und vom ersten erschienenen Doppelband der *Deutsch-Französischen Jahrbücher*. Sie war sehr glücklich und malte sich ihre gemeinsame Zukunft mit Karl in den schönsten Farben aus. Die Monarchie der Franzosen sei wahrhaftig liberal, und in Paris befänden sich unter den deutschen Immigranten sogar einige von Karls einstigen Berliner Studienkollegen. Ihr Herzmännchen, wie sie Karl nannte, würde ganze Nächte hindurch grübeln, wie man am besten eine Demokratie aufbauen könnte, und dafür auch die Geschichte der politischen Ökonomie studieren. Paris wäre genau der richtige Ort für sie beide, meinte sie überzeugt. Aber Paris war so weit weg von Trier! Fräulein Jenny schwärmte vom großstädtischen Lebensstil im vornehmen Pariser Stadtteil Faubourg Saint-Germain. Ich konnte die französischen Worte wie Boulevard des Invalides, Hôtel Royal oder Palais des Tuileries nur schwer lesen, und wenn ich sie auszusprechen versuchte, klangen sie seltsam in meinen Ohren. Weiterhin erfuhr ich, dass in Paris nicht mehr aufgebauscht keulenförmige, sondern eng anliegende Kleiderärmel in Mode waren und sogar Männer ein Korsett trugen. Unvorstellbar, ob Karl sich ebenfalls schnüren ließ? Ihre Schwangerschaft verlief so weit ohne Komplikationen, schrieb sie, und Karl konnte die Geburt seines ersten Kindes kaum erwarten. Am Ende ihres Briefes kam mir noch die Frage in den Sinn, die ich aber sehr schnell wieder verdrängte, ob er in Paris vor lauter Redakteursarbeit überhaupt noch zum Schach spielen käme.

Erst ein Dreivierteljahr nach Fräulein Jennys Fortgang sahen wir uns endlich wieder. Da waren die Baronin und ich gerade zurück nach Trier in eine Wohnung in der Brückenstraße gezogen, nachdem sie wieder öfter das Grab des Barons besuchen wollte.

»Enfin! *Endlich!*«, rief das Fräulein und fiel der Baronin um den Hals. »Mein liebstes Mütterchen.« Die beiden Frauen hielten sich lange im Arm. Dann war ich an der Reihe. »Lenchen, schön, dich wiederzusehen.« Vor Freude bekam ich kein Wort heraus, fast hätte ich vor lauter Rührung zu weinen begonnen.

»Ganz und gar Mohrs Kind«, verkündete Fräulein Jenny stolz und hielt uns den Säuglingskorb hin. »Wir rufen sie nur Jennychen.«

Nach der Baronin warf ich einen Blick in den Korb hinein und zuckte beim ersten Anblick des Kindes zusammen. Mit ihrer dunklen Hautfarbe und den pechschwarzen Augen ähnelte Jennychen tatsächlich Karl und kein bisschen dem Fräulein.

»Wo ist er nun aber, dein Ehemann?«, wollte die Baronin wissen.

Fräulein Jenny streichelte ihrer Tochter die Wangen. »Karl ist wegen eines Treffens mit Herrn Engels unabkömmlich«, erklärte sie. »Aber beim nächsten Besuch in Trier wird er mit dabei sein. Das hat er mir versprochen.«

Zum Glück war sie ohne ihn gekommen. Aber ich war dennoch beunruhigt, weil etwas an Fräulein Jenny anders war als früher. Etwas, das ich nicht benennen konnte. Sie hatte noch einiges Gewicht von der Schwangerschaft am Leib, aber das war es nicht. Als wollte sie meine Sorgen verscheuchen, übergab sie mir den Säuglingskorb und drehte sich vor uns im Flur wie eine Tänzerin.

»Voilà! Hier ist sie. Die neueste Pariser Mode!«

Ihr Kleid war wirklich wunderschön, mit weißem Spitzenbesatz an den Armbündchen und am Dekolleté. Ein Kleid in der Farbe von dunkelroten Trauben am Tag der Lese.

Fräulein Jenny löste ihren blumenbesetzten Schutenhut. »Très chic, n'est-ce pas?« Unbekümmert lachte sie auf wie früher in ihren Mädchentagen. »*Sehr chic, nicht wahr?*«

»Meiner schönen Tochter geht es endlich wieder gut.« So wie die Baronin den Satz aussprach, klang es für mich eher so, als wäre dies mehr ihr sehnlichster Wunsch denn eine Feststellung.

»Paris ist eine unglaublich große Stadt, Mütterchen. Sogar oben vom Montmartre aus können Sie sie nicht überschauen. Sie ist unendlich literarisch und sehr modisch!«

Und vermutlich unendlich teuer, dachte ich. Meine Erfahrungen aus Sankt Wendel, Trier und Kreuznach sagten mir, dass je größer eine Stadt war, desto teurer auch der Kautabak und alle anderen Dinge beim Krämer. »Ich könnte zur Feier des Wiedersehens einen Helenenkuchen backen, gnädige Frau«, schlug ich vor und freute mich, dass wir Fräulein Jenny ganz für uns allein hatten.

»Lenchen, das wäre fantastisch!«, schwärmte sie. Die Baronin nickte nur, wir hatten die letzten Wochen in Kreuznach nur wenige Worte miteinander gesprochen. Ihre Hinweise an mich waren weniger geworden.

An den Folgetagen war Fräulein Jenny häufig in der Stadt unterwegs. Wenn sie ausging, half ich ihr in eines ihrer besten Pariser Kleider, das anzufassen ich mich zunächst gar nicht traute. Eines aus rotem Brokat mit goldenen Blümchen und einem in Falten gelegten Kragen, der über der Brust spitz zulief. Es war dem Fräulein wichtig, der Trierer Gesellschaft zu zeigen, dass aus ihr und Karl etwas geworden war. Denn nach der Verkündung ihrer Verlobung mit ihm hatten sich viele von ihr abgewandt.

Wenn ich nicht gerade kochte, Fräulein Jennys Berichten zuhörte, putzte oder stopfte, war ich am Säuglingskorb von Jennychen. Jennychen konnte wie meine kleine Maria in Sankt Wendel im Schlaf wie ein Engel lächeln. Sie war ein wunderniedliches Ding, und das, obwohl sie dem Aussehen nach ganz nach Karl kam.

Kurz vor ihrer Abreise zeigte mir Fräulein Jenny sogar, wie man in Paris die Haare zu Schleifen formte und Blüten sowie Federn darin befestigte und probierte es auch an mir aus. Die ganze Nacht über trug ich zusammengeknotete Stofftüchlein im Haar.

»Du bist schön, Lenchen«, stellte Fräulein Jenny fest, nachdem mir am Folgetag das Haar vor und über den Ohren in Locken hing und sie mir das nach wie vor glatte Haar am Hinterkopf zu einer riesigen Schleife auf dem Oberkopf gesteckt hatte. Mit der neuen Frisur versuchte ich, mich genauso um meine eigene Achse zu drehen, wie sie es immer tat. In diesen Momenten, in denen wir vor der marmornen Frisierkommode mit dem goldumrahmten Spiegel waren – eines der wenigen Möbelstücke, die die Baronin vor dem Umzug nicht weggegeben hatte –, fühlte ich mich so gut aufgehoben wie früher, als der Baron noch gelebt hatte und sie noch nicht in Karl verliebt gewesen war.

Am Abend vor ihrer Abreise saßen Mutter und Tochter wie schon all die Abende zuvor ein letztes Mal beieinander. Fräulein Jenny trug das weiße Kleid mit den blauen Karos und den engen Ärmeln; Karomuster standen ihr sehr gut. Im kleinen Salon hatte ich ihnen selbst gemachtes und mit Traubenmus gefülltes Gebäck zum Kleinberger-Wein gereicht.

Zu fortgeschrittener Stunde bat Fräulein Jenny mich dazu, dabei war ich mit dem Polieren der Türklinken und den Reisevorbereitungen noch gar nicht fertig. »Das kann dieses eine Mal warten, Lenchen«, meinte sie.

Ich knickste und ließ mich mit einem Becher Dünnbier im Sessel neben ihnen nieder. Jennychen lag in ihrem Korb neben dem Kanapee, zu Füßen der Baronin.

»Karl findet Antworten«, sagte Fräulein Jenny und zupfte sich Gebäckkrümel vom Kleid.

Ich nippte am Dünnbier, in Gedanken bei den Abreisevorbereitungen. Außerdem musste ich noch eine löchrige Unterhose stopfen, die ich aus den Tiefen von Fräulein Jennys Reisetasche gefischt hatte.

»Antworten worauf?« Die Baronin schaute auf, während sie Jennychen eine hölzerne Klapper in den Korb hielt, und ich sah, wie sich Kinderhändchen danach ausstreckten. Die Kleine lernte gerade das Greifen, und erst vor wenigen Tagen hatten wir einen ersten Zahn an ihrem Unterkiefer ertastet. Ich wünschte, Jennychen und das Fräulein würden für immer bei uns bleiben.

»Antworten darauf, wie sich die preußische Monarchie stürzen lässt und demokratisch regiert werden kann«, erklärte Fräulein Jenny so gelassen, als spräche sie über das Wetter.

Demokratisch, erinnerte ich mich, bedeutet, dass das Volk mitregiert. Dass gemacht wird, was das Volk will, auch wenn der König dagegen ist.

»Sprich doch leiser, Kind!«, verlangte die Baronin und spielte damit darauf an, dass die Preußen und ihre Anhänger überall in der Stadt waren und herumschnüffelten: in den Schulen, an den Stadttoren und sogar in den Häusern der Menschen.

Fräulein Jenny schaute zuerst die Baronin und dann mich an. Mit gesenkter Stimme fuhr sie fort: »Habt ihr vom Aufstand der Weber gehört?«

Beide schüttelten wir den Kopf. Die Baronin las kaum noch Zeitung, seitdem ihr Mann nicht mehr lebte. Auch die Perlenarbeiten für die Basare kamen zu kurz.

»Nun, die Weber verarmen immer mehr, sie fertigen ihre Stoffe seit Jahrzehnten mühsam in Heimarbeit an einfachen Webstühlen. In den Fabriken hingegen werden Tuche an mechanischen Webstühlen produziert, was schneller geht und die Herstellung der Stoffe deshalb viel billiger macht.« Fräulein Jenny pausierte betroffen. »Die in Fabriken erzeugten Stoffe können zu einem geringeren Preis verkauft werden als die der Weber, sodass niemand mehr deren teurer handgewebte Produkte will.«

Aus dem Korb neben der Baronin gluckste es zufrieden.

»Um ihre Familien überhaupt noch satt zu kriegen, müssen sie die Nächte durcharbeiten, Kinder wie Erwachsene. Vergangenen Juni haben sie darum im schlesischen Eulengebirge eine Fabrik gestürmt, sie wollten auf diese Weise auf ihre Not aufmerksam machen. Aber ihre Revolte wurde von den Preußen blutig niedergeschlagen.«

Der Bericht über die Not der Weber erinnerte mich an die Zeit nach Pabbis Tod, in der Elisabeth für die Familie Eier erbettelte, indem sie den Leuten Lieder vorsang, und Peter auf dem Acker gearbeitet hatte, anstatt in die Schule zu gehen und zu lernen.

Die Baronin musste bei ihren nächsten Worten die Tränen zurückhalten. »Dein Vater sagte zuletzt immer öfter, dass mit dem Einzug der Moderne auch Nachteile verbunden seien.«

Fräulein Jenny reichte der Baronin ein leinenes Taschentuch vom Tisch. Vornehm tupfte diese sich die Augenlider, während sie mit der anderen Hand weiter die Klapper in den Korb hielt. Jennychen griff danach.

»Die Maschinen in den Fabriken sind für die Armut verantwortlich?«, fragte ich. Armut veränderte das Leben von Menschen, das hatte ich in Sankt Wendel selbst erlebt. Maschinen veränderten das Leben von uns Menschen, auch das konnte ich nachvollziehen. Mir fiel sofort die Eisenbahn ein.

Fräulein Jenny drückte der Baronin tröstend die Hand mit dem Tüchlein, mit dem diese sich die Tränen getrocknet hatte. Bestimmt dachte sie noch sehr oft an den Baron und vermisste ihn. »Ja, die Maschinen machen das«, antwortete Fräulein Jenny und wandte sich wieder mir zu, »aber vor allem müssen die Besitzer der Maschinen und Fabriken zur Verantwortung gezogen werden. Denn sie sind diejenigen, die die Arbeitsbedingungen diktieren und die Preise festlegen, für die eine Ware verkauft wird.«

Das leuchtete mir ein. Wenn der Verkaufspreis der Fabrikwaren nicht unterhalb der Preise für handgewebte Produkte läge, würden die Weber auch wieder mehr verkaufen können.

Verheißungsvoll schaute Fräulein Jenny in die Runde. »Es wird bald eine große Veränderung geben!«

»Eine große Veränderung?« Der Baronin fiel die hölzerne Klapper aus der Hand und ihrer Enkelin ins Gesicht.

Als Jennychen aufschrie, sprang ich sofort auf, hob sie aus dem Korb und wiegte sie.

»Ich habe Angst um dich, Kind!«, gestand die Baronin, nachdem sie ihre Stimme wiedergefunden hatte.

»Könnt ihr euch vorstellen, dass alle Menschen am Reichtum teilhaben? Ohne Ausnahme?« Fräulein Jennys Frage hing länger unbeantwortet im Raum.

Kommunismus hatte Karl diese Umverteilung in seinen Artikeln für die *Rheinische Zeitung* genannt. Und Kommunisten waren Menschen, die sich dafür einsetzten, dass die, die nichts oder wenig besaßen, am Reichtum der anderen teilhatten. Jennychen wiegend ging ich im Raum umher, sie wollte einfach keine Ruhe geben.

Fräulein Jenny erhob sich und trat ans Fenster. Mir fiel auf, dass ihr Karokleid am Saum eingerissen war. »Wir gehen nicht mehr zur Messe«, sagte sie mit dem Rücken zu uns gewandt. »Religion ist nur dazu da, um uns über unser trostloses Dasein hinwegzutrösten, wie ein Betäubungsmittel, sie ist Opium fürs Volk.«

Ich spürte einen Kloß im Hals, aber mehr wegen der Baronin, die seit dem Tod des Barons sogar unter der Woche in die Kirche ging. Dann aber fragte ich mich, wann ich eigentlich das letzte Mal gebetet oder zum heiligen Wendelin gesprochen hatte? Es musste Jahre her sein.

Jennychen weinte weiter, obwohl sie sich sonst schnell beruhigte, wenn man sie wiegte. Die Baronin schaute gedankenversunken zu ihrer Tochter am Fenster. »Sie hat Hunger«, wandte sie sich dann an mich. »Die Amme soll sie nähren!«

Ich hatte wenig Erfahrung mit Säuglingen. »Wie Sie wünschen, gnädige Frau Baronin. Ich übergebe sie sofort Gretchen.« Nach einem Knicks verließ ich den Raum und ging zu der Frau, die die Baronin vor einigen Tagen ins Haus geholt hatte.

Jennychen beruhigte sich, sobald sie Milch saugen konnte.

Ihre Mutter saß an diesem Abend noch bis tief in die Nacht hinein mit ihrer Großmutter zusammen. Ich füllte derweil Fräulein Jennys Reisetruhe mit frischer Weißwäsche, und in den Morgenstunden nähte ich ihr noch den Riss in ihrem Karokleid zu. Für die lange Reise steckte ich ihr einen halben, kalten Rinderbraten zu.

»Du bist eine sehr gute Köchin geworden, Lenchen«, verkündete sie im Flur bei der Verabschiedung. »Danke, gnädige Frau.« Ich lächelte, es war das erste Lob, das ich überhaupt für meine Bemühungen in der Küche und meine Kochkünste erhielt.

»Ma salvatrice«, flüsterte Fräulein Jenny mir zu, während sie mich abschließend umarmte.

Bleiben Sie hier bei uns!, hätte ich ihr am liebsten gesagt, während ich an unser ungewöhnliches Kennenlernen auf dem Friedhof draußen vor der Porta Nigra denken musste, dann an unsere Gespräche vor der Frisierkommode und wie ich in den letzten Tagen immer wieder ihre Tochter im Arm gehalten hatte. Dieses wunderniedliche Mädchen, das nichts für seinen Vater konnte.

»Pass gut auf mein Mütterchen auf, ja?« Fräulein Jenny steckte mir etwas in die Tasche meiner Flügelschürze. »Rien que pour toi, *nur für dich*. Und bleibt mir beide unbedingt gesund.«

»Passen auch Sie gut auf sich und Ihre Tochter auf, gnädige Frau …« Ich zögerte, weil es mir nicht leicht über die Lippen kam. »Gnädige Frau Doktor Marx.« Ich hoffte sehr, sie könnte Jennychen vor dem Bösen in dieser Welt beschützen, vor schwarzen Gewitterwolken und vor schlechten Menschen. Aber wer würde sie selbst in der Ferne beschützen? Fräulein Jenny nahm zwar die Amme mit nach Paris, aber beschützen konnte Gretchen sie nicht. Und Karl? Mutig hatte er die Preußen mit Worten angegriffen, aber war er auch mutig genug, um seine Frau zu verteidigen? Es war ungewöhnlich, nahezu fast undenkbar für mich, Karl und das Wort »Hoffnung« in ein und demselben Satz oder auch nur in Gedanken zusammenzubringen. Aber er stellte tatsächlich meine letzte Hoffnung für Fräulein Jenny dar.

»Ich werde Karl von dir und Mütterchen Grüße ausrichten, ja?«

Ich nickte verzagt, weil das die Höflichkeit verlangte.

»Aber natürlich, Kind«, sagte die Baronin.

Als Fräulein Jenny mich draußen auf der Straße noch einmal anlächelte, wusste ich plötzlich, dass es ein auf ihrem Gesicht liegender Schatten war, der mich, seitdem sie in Trier weilte, irritiert hatte und der immer noch nicht verschwunden war. Darüber konnte nicht einmal die neueste Pariser Mode hinwegtäuschen.

Der Abschied tat weh. Am Abend von Fräulein Jennys Abreise

probierte ich meinen ersten Kautabak aus Paris, das Geschenk des Fräuleins. Er war vornehm in Wachspapier eingeschlagen und in die Form eines Hufeisens gepresst, ein besonders feuchter Kautabak, ordentlich gesoßt. Er roch nach Pfefferminz. Ich legte mir ein gutes Stück davon in den Mund und kaute darauf. Sein Geschmack breitete sich rasch aus und biss herrlich in meinem Rachen. Ich hob den Kopf, genoss den Kau in der Backe und schwelgte in Erinnerungen an die gemeinsame Zeit.

Es dauerte zwei Wochen, bis ich das Zimmer wieder betreten konnte, in dem Fräulein Jenny während ihres Besuches geschlafen hatte. Der Baronin erging es ähnlich. Am frühen Morgen fühlte ich mich am stärksten, und so zwang ich mich, das Zimmer gleich nach dem Aufstehen zu putzen. Ich öffnete die Tür und tat zuerst das, was ich immer tat, wenn ich die Räume der Herrschaft betrat. Mit den Augen und der Kuppe meines Zeigefingers fuhr ich über Möbel, Boden und Stoffe auf der Suche nach Flecken und Staub. Die dunklen Vorhänge rochen schlecht, nach zwei Wochen kein Wunder. Die Kommode links im Raum war von dem Blütenstaub und den abgefallenen vertrockneten Blättern der Hortensien, die ich zu Fräulein Jennys Begrüßung abgeschnitten und in einer Vase arrangiert hatte, ganz verschmutzt. Ich sammelte sie auf, dann wischte ich den Staub von der Kommode und von Jennychens Wiege.

Als ich das Bettleinen abzog, fiel dabei etwas auf den Boden. Es war ein zusammengefaltetes Blatt Papier. Ich öffnete es, um herauszufinden, wem es gehörte. Es war bedruckt und hatte eine Überschrift, die da lautete: »Die armen Weber«. Darunter prangte ein Stempel des königlich preußischen Gerichts mit dem Wort VERBOTEN.

Mir zitterten die Hände, als ich zu lesen begann:

Im düstern Auge keine Träne,
Sie sitzen am Webstuhl und fletschen die Zähne:
Deutschland, wir weben dein Leichentuch,
Wir weben hinein den dreifachen Fluch –
Wir weben, wir weben!

Deutschlands Leichentuch? Lange starrte ich auf die Buchstaben. In Gedanken sah ich mich, Fräulein Jenny und alle anderen Menschen, die mir bisher begegnet waren, dicht nebeneinander in einen Sarg gezwängt.

»Wir weben, wir weben!« Wie ich es so vor mich hin sprach, klang es wie ein Hämmern. Laut und dröhnend, so, wie ich es mir in einer Fabrik vorstellte.

Selbst an meinem vierundzwanzigsten Geburtstag, Wochen später, spukten mir die Worte des Flugblattes immer noch durch den Kopf. Da die Baronin wie so häufig früh zu Bett gegangen war, lief ich am Abend nach getaner Arbeit in den Dom und zündete dort eine Kerze an, damit ich mich nicht mehr ganz so allein fühlte. Wenn es hell war, ging es mir etwas besser. Aber die Sorgen um Fräulein Jenny mit den dunklen Schatten im Gesicht und wegen der bevorstehenden großen Veränderung kehrten zurück, sobald die Kerze heruntergebrannt war.

Gewöhnlich klingelte die Baronin nach mir, wenn sie einen Wunsch hatte, aber an diesem Mittwoch im März des Jahres 1845 war alles anders. Noch nie war sie zu mir gekommen, wenn sie etwas wollte. Ich war gerade dabei, eine Spinatsuppe vorzubereiten. Mehl, Eier, Spinat und Brot lagen schon bereit, und sogar etwas Muskat hatten wir uns wieder leisten können. Die Baronin erschien in der Küche, sie trug einen Koffer in der Hand. Wenn sie verreisen wollte, warum hatte sie mich dann um eine Suppe gebeten? Außerdem trug sie das hochgeschlossene, dunkelblaue Kleid, das eher unbequem für eine Reise war.

»Du musst weg!«, sagte sie.

Mir fiel ein Ei aus der Hand und zerplatzte auf dem Boden. »Ich? Weg?«

»Du musst Trier verlassen!«, drängte sie, als sei jemand hinter ihr her. Sie sagte ein paar Worte, die wie »Der lange Arm der Preußen« klangen, aber sie kamen so schnell und aufgeregt aus ihrem Mund, dass ich nicht sicher war, sie richtig verstanden zu haben.

Ich war verwirrt, und sie schien es auch zu sein. »Sie kündigen mir?« All die Jahre hatte ich mir Mühe gegeben, alle Aufträge und Arbeiten zu ihrer Zufriedenheit gut und gründlich zu erledigen. Ich wollte nicht fort aus Trier. Ich kannte hier fast jede Straße und wusste, wo es den besten Kautabak gab.

Mit einer fahrigen Bewegung stellte sie mir zur Antwort den Koffer vor die Füße. Neben dessen Tragegriff war das Familienwappen mit dem gelben Adler gestickt.

»Aber wohin …?« Wohin sollte ich gehen?

»Nach Brüssel!«, sagte sie.

»Brüssel, aber wieso … was soll ich denn in einem fremden Land?« Ich schob den Koffer mit dem Fuß von mir weg. Wenn sie mir schon kündigte, wollte ich wenigstens selbst bestimmen, wohin ich ging.

»Ich kündige dir nicht, ich schicke dich fort. Es geht um meine Tochter, und du darfst keine Zeit verlieren!« Es klang, als wäre sie in großer Sorge.

Verwirrt sah ich zu, wie die Baronin den Koffer öffnete, er hatte früher dem Baron gehört. Darin lagen zwei Röcke, eine reinweiße Flügelschürze, eine leinene Schürze sowie mein Häubchen, ein halbes Dutzend Kleider, Wäsche für darunter, Nachthemden sowie ein Cape. Dann noch ein Beutel, in dem sich, wie ich später feststellen sollte, etwas Brot, Käse und getrocknete Früchte befanden.

»Rue de l'Alliance 5 lautet ihre Adresse. Das liegt im Bezirk Saint-Josse-ten-Noode.« Die Baronin übergab mir einen Brief für ihre Tochter, auf dessen Kuvert meine Zieladresse noch einmal geschrieben stand.

Überrumpelt nickte ich. Meine Gedanken waren bei Fräulein Jenny, die sich in Not befand. Nur langsam wurde mir bewusst, was das bedeutete. Ich sollte Fräulein Jenny in Brüssel also den Haushalt führen, für einen längeren Zeitraum. Ich brauchte eine gute Strategie, wie im Schach, um es in Karls Haus unter seinen erbarmungslosen Blicken Tag für Tag auszuhalten.

Wie betäubt holte ich mein Steckschachspiel, meine Chemisen, die Zahnbürste, die Tabakdose und das Erinnerungsblättchen aus

Sankt Wendel aus meinem Zimmer. Und beinahe hätte ich meine beiden Bücher vergessen.

Wie um die Sache zu besiegeln, übergab mir die Baronin noch einen Geldbeutel. »Die Taler müssen reichen, um den Postkutscher, die Unterkünfte während der Fahrt sowie den Zugfahrschein zu bezahlen.«

Zittrig steckte ich den Beutel ein. »Zugfahrschein?« Meine Kehle wurde eng. Ich sollte in den eisernen Drachen steigen, der sechs Mal schneller als eine Postkutsche fuhr? Fräulein Jenny, warum nur hat Karl Sie nicht beschützt, so, wie es seine Pflicht als Ehemann gewesen wäre?

* * *

TEIL 3

London, 14. September 1850

Mein schwarzer König,

endlich wieder Glut und Eisregen! Endlich konnten wir uns wiedersehen. Am liebsten trage ich – wenn ich bei Dir bin – den Rock und das Miederjäckchen, das Du einst für mich aussuchtest. Und am liebsten würde ich unsere gemeinsame Zeit auf die gesamte Länge meines Lebens ausdehnen! Allein schon Deinen schweren Atem zu hören bringt mich um den Verstand.

Du und ich, wir geben uns Richtung und sind uns Wegweiser. Aber gehen wir auch den richtigen Weg? Meine Sehnsucht nach Dir verdrängte Jenny aus meinen Gedanken, fast so, als existierte sie nicht. Nun aber sehe ich meine beste Freundin wieder, und es fühlt sich anders an als früher. Sie hat mich in Brüssel zum Teil Deiner Familie gemacht.

Brüssel, die Stadt, in der wir uns das erste Mal berührten. Brüssel, wo ich unachtsam und lernwillig war, an Dir wuchs. Dabei war ich allein wegen Jenny nach Belgien gereist, ihr wollte ich eine Stütze sein. Das will ich heute auch noch. Wenn Vernunft nur so einfach wäre.

Mit der Unvernunft der Verliebten wünsche ich mir, nie wieder die Tür des Abschieds ins Schloss fallen zu hören. Die plötzliche Leere, die das Geräusch einleitet, kann ich körperlich spüren. Meine Kopfhaut sticht dann, meine Finger scheinen für immer erstarrt.

Küss mich so drängend wie zuletzt in der Macclesfield Street. Jetzt.

Helena, Deine Richtungsweisende

Delirium furiosum

Auf dem Weg nach Brüssel, im März 1845

Anders als in den samtausgeschlagenen Kutschen, mit denen die von Westphalens für gewöhnlich unterwegs gewesen waren, saß ich auf meinem Weg nach Lüttich auf einer harten Holzbank. Postfahren war anstrengender, als die große Wäsche zu erledigen. Die Postkutsche schaukelte schrecklich, und immer wieder musste ich Halt am Türgriff suchen, um nicht von der Bank zu rutschen. Ich spürte jeden grundfesten Feldstein und jede Wurzel, über die die Räder hinwegholperten. Das Steckschach, meine Bücher und mein Tabak durften nicht verloren gehen, und so prüfte ich, wann immer es in den Reisepausen möglich war, ob mein Koffer mit dem Adlerwappen noch gut befestigt auf dem Dach war. Einzig meine »Harzreise« hatte ich zu Beginn herausgeholt und in den Händen behalten. Etwas Vertrautes. Es war ein ungewohntes Gefühl für mich, unterwegs zu sein, zusammen mit wildfremden Menschen, die mir mit nur einer Armlänge Abstand tagelang gegenüber oder neben mir saßen und jede Regung der anderen bemerkten, jedes Blinzeln und jede Bewegung. Es war fast wie am Abendbrottisch bei den von Westphalens, als der Baron noch gelebt hatte. Die unkorrekte Position einer Vorlegeschale und eines Nachspeiselöffels war den Familienmitgliedern sofort aufgefallen, nun allerdings geschahen mir die Peinlichkeiten in der Kutsche vor völlig Fremden.

Die meiste Zeit fuhren wir auf unbefestigten Sandpisten. Bald fühlte es sich so an, als säße ich mit den blanken Knochen auf der Sitzbank, und mein Rücken war so steif, dass ich keine bequeme Sitzposition mehr fand. Mein Nacken verhärtete sich mit jeder Reisemeile mehr, weil ich bei jedem Ruckeln meine Schultern anspannte. Immer wieder sanken wir in vom Regen aufgeweichten

Spurrinnen ein, sodass wir mit einem Vorspann aus dem Schlamm herausgezogen werden mussten. Das verlängerte die Reisezeit ebenso wie die vielen Unterbrechungen, die wir einlegen mussten, um Wegegelder an Zöllner und Mautner zu bezahlen. Dabei wollte ich doch so schnell als möglich bei Fräulein Jenny und Jennychen sein!

Mittags rasteten wir an Schenken und Poststationen, um eine Stärkung zu uns zu nehmen, und abends zum Übernachten. Wenn wir in Städte einfuhren, blies der Postillon auf seinem Horn einen Marsch. Mit einer guten Portion Tabak im Mund schlief ich in den Reisenächten irgendwann ein. An jedem Morgen prüfte ich, ob mein Koffer wieder gut befestigt auf dem Kutschendach war. Kurz nach der Stadt Bitburg schleuderte es mich wegen einer quer über den Weg gewachsenen Wurzel sogar von der Bank auf den Kutschboden. Der Postillon nannte mich »das Mädchen«, dabei war ich im Jahr 1845 schon vierundzwanzig Jahre alt.

Ich vertrieb mir die Zeit mit Gedankenschach, wobei ich dieses Mal die Seite des Barons einnahm und gegen Karl spielte. Ich sah ihn mir gegenübersitzen und zu Beginn des Spiels mit zusammengekniffenen Augen auf das Brett mit den Messingfiguren starren. Er eröffnete die Partie mit seinen Bauern so geschwind, dass seine Figuren auf der Grundlinie – seine Türme, die Pferde und die Läufer – bald vielerlei Zugmöglichkeiten besaßen. Tatsächlich gelang mir im Verlauf des Spiels meine allererste Bauernumwandlung. Vermutlich war Karl nur kurzzeitig unaufmerksam gewesen, sodass mein Bauer die gegnerische Grundlinie erreichte und ich ihn gegen meine bereits verlorene Königin eintauschen durfte. Trotz der Bauernumwandlung verlor ich das Spiel, nahm es aber während der Kutschfahrt noch zwei weitere Male mit Karl auf, weil ich seine Art zu spielen verstehen lernen wollte. Das, so hoffte ich, würde mich für die bevorstehende gemeinsame Zeit wappnen.

Am siebten Reisetag erlitten wir einen Achsbruch, weswegen wir erst am achten Tag Lüttich erreichten. Das Horn des Postillons dröhnte mir in den Ohren. Lüttich war eingehüllt von dunklen Rauchwolken, die fast bis in den Himmel wuchsen. Überall qualmte es aus Fabrikschloten, was mich an ein mehrköpfiges Ungeheuer denken ließ. Ich hustete. Qualm und Dampf, waren das die Zeichen der neuen Zeit? Glaubte man der *Trier'schen Zeitung*, entstanden immer noch mehr dieser Fabriken, die ihre Maschinen Dampf und Rauch husten ließen, und es würde noch viele Jahre lang so weitergehen.

Die Postkutsche stoppte vor dem Bahnhofsgebäude. Es war ein schlichter Bau aus Holz, und wären da nicht all die Menschen gewesen, hätte ich nicht geglaubt, dass hier der furiose Drache wohnte. Der Postillon holte meinen Koffer vom Dach und verabschiedete mich höflich. Ich musste eine Weile reglos zum Bahnhof gestarrt haben, denn schließlich schob er mich ein Stück von der Kutsche weg. Der Strom der zielstrebig hin- und hereilenden Menschen erfasste mich und trug mich in das Bahnhofsgebäude hinein. Über mir in der Halle spannte sich eine riesige Deckenkonstruktion wie ein Schirm auf, die links und rechts von mir nur von Pfeilern gestützt wurde. Ich drehte mich, weil sich die Menschen um mich herum so geschwind bewegten. Einige umarmten und küssten sich, Tränen flossen. Wie anders die Sprache hier doch klang, und es war voller als in der geschäftigsten Straße von Trier. Damit ich nicht die Orientierung verlor, hielt ich mich an einem der Pfeiler fest.

Es dauerte eine Weile, bis ich einen Mann fand, der mir in Bezug auf meine Weiterreise nach Brüssel weiterhelfen konnte. Er saß hinter einer Fensterscheibe, über der in großen Buchstaben BILLETS geschrieben stand, und trug eine Uniform. Seine Mütze hatte einen breiten Schirm wie die der Preußen, weswegen ich bei ihm auf jedes Wort achtete, das ich sagte. Er redete sehr schnell mit mir und das auch noch in einer fremden Sprache. Der Herr hinter mir in der Schlange war so freundlich, seine Worte zu übersetzen, die restlichen Wartenden drängelten bereits. Es gab drei Klassen, also drei Arten von Reisewagen. Man reiste in der Klasse, die man bezahlen konnte. Das Geld der Baronin reichte für einen Fahrschein in der zweiten Klasse. Einige Münzen behielt ich zurück, um in Brüssel noch vom Bahnhof zu Fräulein Jenny zu kommen.

Meinen Koffer durfte ich dieses Mal mit ins Abteil nehmen, was mir die Drängelei und das Warten am Gepäckschalter ersparte. Zu meinem Glück teilte mir der Beamte mit, dass mein Zug schon in drei Stunden abfuhr. Ich würde den zweiten Teil der Reise mit der sechsfachen Geschwindigkeit einer Postkutsche zurücklegen. *Delirium furiosum!*

»Bis zu der Schranke vor dem Bahnsteig müssen Sie laufen, Fräulein!«, rief der nette Herr, der für mich übersetzt hatte, mir noch hinterher. Ich trug den Koffer des Barons mit beiden Armen vor die Brust gepresst. Vor der Schranke drängelten sich die Menschen an mir vorbei, die meisten waren vornehm angezogen. Ihre Fahrscheine hielten sie einem Mann entgegen, der mit einer Zange in jedes der ihm gezeigten Billets zwickte und die Reisenden dann passieren ließ.

Als ich an der Reihe war, hatte ich es noch immer nicht gewagt, einen Blick auf den Bahnsteig zu werfen. Es kam mir so vor, als verrate ich dem Beamten, indem ich ihm meine Fahrkarte mit dem Fahrtziel reiche, etwas Geheimnisvolles. Als brächte ich Fräulein Jenny dadurch noch mehr in Gefahr. *Der Arm der Preußen ist erschreckend lang,* hatte die Baronin mir vor unserem Abschied gesagt. Es verhielt sich anscheinend so, dass die Preußen Karl selbst in Paris noch überwacht und verfolgt hatten. Wegen seiner mutigen Artikel war er zum Feind des preußischen Staates erklärt und sogar festgenommen worden. Man hatte ihm auferlegt, Frankreich innerhalb einer Woche zu verlassen. Fräulein Jenny war noch so lange mit Jennychen in Paris zurückgeblieben, bis sie die Verhältnisse für den Umzug geordnet hatte. Inzwischen sollte sie sich aber bereits wieder bei Karl in Brüssel befinden. Ohne Amme, ohne Kindermädchen, und das alles mit einem zweiten Kind unter dem Herzen. Sie brauchte dringend Hilfe. Deshalb wollte ich all das hier auch unbedingt für sie durchstehen.

Bedächtig setzte ich auf dem Bahnsteig einen Fuß vor den anderen. Dann ließ mich ein lautes Pfeifen zusammenzucken. Ich schaute auf und sah das Ungeheuer vor mir. Die Lokomotive wirkte riesig, obwohl ich sie aus zwanzig Fuß Entfernung, von kurz hinter der Schranke, betrachtete. Die Räder der Wagen umfassten die Schienen wie eiserne Hände. Sechsfache Geschwindigkeit. *Delirium furiosum!*, hämmerte es in meinem Kopf.

Ein Beamter auf der gegenüberliegenden Seite des Bahnsteigs rief die Fahrgäste dazu auf, in den Zug nach Aachen einzusteigen. Mein eigener Zug sollte erst in drei Stunden abfahren, was mir die Zeit gab, den Drachen noch etwas genauer zu betrachten. Mit beiden Händen umfasste ich den ledernen Griff meines Koffers und ging den Bahnsteig weiter hinauf. An der Lok hingen mehrere Wagen wie die Glieder einer Kette. Immer wieder hörte ich lautes Pfeifen und Zischen, Dampfwolken hüllten die Menschen ein, die sogar auf dem Bahnsteig in Eile waren. Eile war modern geworden. Einmal stieß ich gegen einen Koffer, der so groß wie ein Fass war. Ob die Räder die Schienen wirklich fest genug umfassten, sodass sie nicht abgleiten konnten? Plötzlich fragte ich mich vollkommen unerwartet, was Mutter wohl zum Dampfdrachen sagen würde und wie ich wohl am besten Geld aus Brüssel nach Sankt Wendel schicken könnte.

In den folgenden Stunden ging ich den Bahnsteig bestimmt zehnmal auf und ab, tief in Gedanken an meine Familie versunken, die immer noch nicht auf meine Geldsendungen reagiert hatte. Ich konnte nur hoffen, dass Pabbis Grab inzwischen ein wunderschöner Stein zierte.

Irgendwann rief der Schaffner zum Einstieg nach Brüssel auf. Edel gekleidete Leute strömten an mir vorbei in die Wagen.

In einem Wagen der zweiten Klasse mit vornehm gepolsterten Bänken samt Rückenlehne nahm ich auf einem der freien Sitze am Fenster Platz. Neben mir saßen noch einige Familien mit Kindern und jede Menge ältere Herren im Abteil, die in einer Mischung aus Deutsch und Französisch untereinander sprachen. Meinen Koffer hielt ich fest umklammert auf dem Schoß. Ein letztes Mal wurde zum Einstieg gerufen. Dann ertönte ein langer hoher Pfiff.

Jetzt gab es kein Zurück mehr. Mit einem Ruck, der mich zusammenfahren und eine Weile steif verharren ließ, ging es los, und ich sah, dass es auch den meisten anderen Mitreisenden so erging wie mir. Eine sanfte Erschütterung folgte, dann fuhr der Zug schnaubend an. *Nicht zu viel denken!*, mahnte ich mich stumm, damit mein Hirn mit der Geschwindigkeit fertigwerden würde. Ich schloss meine Augen. Die Eisenbahn fuhr immer schneller. Das gleichmäßige, schlagende Geräusch, das wohl von den Rädern auf den Schienen herrührte, erfolgte in immer kürzeren Abständen.

Als ich die Augen wieder öffnete, fuhr der Zug gerade ins freie Land hinaus. Die Herren im Abteil wagten zu diesem Zeitpunkt, die steifen Schultern zu senken und ihre Zeitungen zu entfalten.

Den Rücken an die Banklehne gepresst, stellte ich fest, dass sich die Bewegung der Lokomotive – wenn sie einmal in Fahrt war – tatsächlich so sanft anfühlte wie in einem Schlitten. Ein Wunder war es, dass diese Bewegung allein vom Dampf bewirkt wurde. Einer der Familienväter im Abteil, ein Herr mit Zylinder, lobte seiner Frau gegenüber das Eisen als das wohl feinste Material unserer Zivilisation. *Nicht darüber nachdenken, Lenchen! Schone dein Hirn.*

Nachdem wir einige kleinere Städte passiert hatten, betrat der Schaffner unser Abteil. Für mich war er ein Artist in Uniform, weil ich zuvor beobachtet hatte, wie er während der Fahrt auf den eisernen Stegen, die sich hinter jedem der Wagen befanden, von Abteil zu Abteil geklettert war. Er war ein höflicher Mann und, wie schon die Beamten im Bahnhof in Lüttich, in eine Gehrock-Uniform mit Schirmmütze gekleidet. Eine Tasche hing ihm um den Leib. Er knipste meinen Fahrschein mit einem freundlichen Nicken.

Noch immer glitten wir rasend schnell auf den Schienen dahin. Beim Vorbeifahren erschienen mir die Häuser viel enger beieinanderzustehen als sonst – ob das das nahende Delirium furiosum bewirkte? Immer wieder tauchten Zuschauer in unmittelbarer Nähe der Gleise auf. Ich sah Kinder weinen, aber auch winken. Nur wenige Momente, dann waren sie ruckzuck schon wieder meinem Blickfeld entschwunden. Männer saßen auf Bäumen und starrten auf die Eisenbahn, während sich andere schnell von dem schnaubenden Ungetüm abwandten. Wenn wir Waldstücke durchquerten, war es, als stünden die Bäume Spalier. Es war unglaublich, wie mühelos die Eisenbahn Täler, Hügel und Flüsse überwand.

Als wir endlich in Brüssel, die Stadt im Sumpf, einfuhren und ich den Wagen verlassen konnte, war ich erleichtert, meine erste Eisenbahnfahrt gut überstanden zu haben. Der Bahnhof in Brüssel, Allée-Verte genannt, war selbst um diese späte Tageszeit noch voller Menschen. Für mich war es unvorstellbar, dass sich so viele Leute zu so später Stunde noch auf die Straßen wagten.

Es dauerte eine Weile, bis ich mich durch die Menge hindurchgekämpft hatte und vor dem Bahnhofsgebäude nach einem Kutscher suchen konnte. Damit er wusste, wohin er mich bringen sollte, zeigte ich ihm den Brief der Baronin mit Fräulein Jennys Adresse darauf. Der Abschied von der Baronin war kurz und schmerzlos gewesen, erinnerte ich mich beim Anblick des Briefes. Sie hatte mir die Hand gereicht und mich ein letztes Mal mit ihrem ausdruckslosen Blick betrachtet. Ich glaube, sie war nicht traurig darüber, dass ich weg war. Als ich schon ein Dutzend Schritte vom Haus entfernt gewesen war, ging die Tür aber doch noch einmal auf. Ich dachte schon, die Baronin wollte mir vielleicht ein paar nette Abschiedsworte auf den Weg mitgeben, stattdessen erinnerte sie mich nur daran, dass ich ab Lüttich mit der Eisenbahn weiterfahren solle. »Ich danke Ihnen für das Reisegeld, gnädige Frau Baronin«, waren meine letzten Worte an sie, bevor ich enttäuscht zur Porta Nigra eilte. Nun war ich in Brüssel angekommen und schaute auf den Brief, den sie mir auf die Reise mitgegeben hatte.

Am Kutschfenster zog ein Häusermeer an mir vorüber, ich atmete feuchte Abendluft ein. Viele Straßen wurden von Laternen erleuchtet. So viel Licht auf den Straßen! Brüssel musste wahrlich eine wohlhabende Stadt sein. Dafür sprachen nicht nur die Anschaffung der vielen Laternen, sondern auch die Aufwendungen für Docht, Öl, Pflege und die Laternenwächter, die allesamt zu bezahlen waren. Kurz vor Mitternacht erreichte ich die Rue de l'Alliance 5. Fräulein Jennys Heim war ein Haus mit vier Geschossen.

Ein Herr mit schmalem Gesicht und aufgerichteter Haarpracht öffnete mir die Tür. Hinter ihm war etwas Licht. »Madame, vous désirez?«, fragte er mit einer hohen und sanften Stimme, wie ich sie noch nie zuvor bei einem Mann gehört hatte.

Ich verstand ihn nicht und redete vor Aufregung einfach drauflos. »Ich bin Fräulein Demuth, angereist aus Trier, und …«

Ich hielt ihm den Brief der Baronin unter die Nase.

»Ich schmeiß dich vom Brett, Moses, wenn du nicht sofort zurückkommst!«, hörte ich es in diesem Moment aus dem Obergeschoss rufen und fuhr zusammen. Das war Karls Stimme! *In der ehelichen Gesellschaft kommt es dem Manne zu, die nötigen Dienstboten zum Gebrauch der Familie zu mieten. Weibliche Dienstboten kann die Frau annehmen, ohne dass es dazu der ausdrücklichen Einwilligung des Mannes bedarf.*

Der sanfte Herr winkte mich in den Flur. »Immer diese leeren Drohungen!«, amüsierte er sich nunmehr auf Deutsch und nahm mir den Koffer ab. »Ich bin ein Freund der Marxens und wohne nebenan. Mein Name ist Moses Hess.«

Herr Hess führte mich über schmale Stufen ins zweite Obergeschoss. Dort schritt er durch einen karg möblierten Salon auf das dahinterliegende Zimmer zu. Von dort stieg mir bereits ein angenehmer Duft nach Tabak in die Nase, und im nächsten Moment fragte ich mich, wo ich wohl in Brüssel meinen Kautabak herbekäme. Mein Bürstchen für saubere Zähne hatte ich im Koffer dabei.

Herr Hess betrat ein Zimmer, das voller Bücher, Schriften und Zeitungen war, die auf Hockern, in Regalen und auf dem Boden verteilt lagen. In der Mitte saß Karl über ein Schachbrett gebeugt und von einer Rauchwolke umgeben. Herrn Hess hatte er wohl den Hocker auf der anderen Seite des Tisches zugewiesen. Mit Zeigefinger und Daumen streichelte Karl die Zinnen eines erbeuteten Turms, während er über die Situation auf dem Brett nachzudenken schien. Seine dichte, gelockte Mähne trug er länger und ungebändigter als zuletzt in Trier. Ein Bart bedeckte Kinn und Wangen. Auch in Trier hatten die Herren begonnen, Bärte zu tragen, weil sie wie Filter gegen schlechte Luft und Krankheiten wirkten. In Karls Bart verfing sich der Rauch wie Nebel im Wald zwischen Bäumen. Trotz der Dunkelheit – zwei schwache Öllampen standen links und rechts auf dem Schreibtisch – konnte ich das Schachbett mit seinen vierundsechzig Feldern gut erkennen. Es war einfacher und kleiner als das kostbare Spiel des Barons, was meine Fingerspitzen, die längst zu summen begonnen hatten, aber nicht weiter interessierte.

Karl stellte den Turm ab. »Moses, du bist leider …«, begann er und schaute auf. In der rechten Hand hielt er eine halb aufgerauchte Zigarre. Als er mich hinter Herrn Hess entdeckte, blieben ihm die Worte im Hals stecken.

* * *

Dieser Herr Engels

Am Morgen nach meiner Ankunft sah ich endlich Fräulein Jenny wieder. Ich hatte bereits meine Kräuselhaube aufgesetzt, die Putzschürze umgebunden und mir einen Überblick über die Aufgaben im Haushalt verschafft. Vom Wasserholen war ich auch schon zurück. Der nächstgelegene Brunnen befand sich gleich an der Straßenecke, und ich hatte die schweren Eimer gerade noch im Hausflur abstellen können, bevor das Fräulein auf mich zugestürmt war und mich umarmt hatte. Sie zeigte sich sehr erfreut über meine Anwesenheit und bat mich um Entschuldigung dafür, dass sie zur Zeit meiner gestrigen Ankunft gegen Mitternacht schon im Bett gewesen war. Auf ihrem Arm saß Jennychen, die hatte ich gleich mit umarmt. »Hätte ich gewusst, dass du anreist, wäre ich aber um jeden Preis wach geblieben«, versicherte sie mir. Ich war wohl eine Überraschung für alle.

»Ma salvatrice, du bist bei uns, und du bleibst doch, oder?«

Ich nickte zaghaft. Nach Karls kühler Begrüßung tat mir ihre Freude unendlich gut. Außerdem war ich erleichtert, sie wohlbehalten vorzufinden. *Der lange Arm der Preußen* hätte auch bedeuten können, dass man ihnen Gewalt angetan hatte. Karl war mir gleichgültig, aber Fräulein Jenny nicht.

»Schön, dass Sie gesund und unbehelligt aus Frankreich rausgekommen sind, gnädige Frau«, sagte ich und schaute das Fräulein genauer an. Ließ man die Wiedersehensfreude einmal beiseite, wirkte sie erschöpft und müde, aber dafür war ich jetzt hier. Nicht auszudenken, was ein Gefängnisaufenthalt ihr angetan hätte!

»Lenchen, warst du etwa beim Brunnen?«, fragte Fräulein Jenny beim Anblick der gefüllten Eimer. »In Brüssel gibt es Wasserträgerinnen, die unsere Straße mit Wasser beliefern. Jeden Tag ganz frisch, außer sonntags!«

»Trägerinnen?«

»Du brauchst das Wasser nicht mehr holen zu gehen. Mir war es bei unserer Ankunft ein paar Münzen wert, diese Plackerei nicht auf uns nehmen zu müssen.« Sie zog mich aus dem Flur und die enge Treppe hinauf in den Salon im zweiten Obergeschoss. Ich lugte in das Studierzimmer dahinter, die Tür stand weit offen. Die Männer mussten bis in die frühen Morgenstunden gespielt haben. Und Karl, der, wie das Fräulein berichtete, noch schlief, schien gegen den netten Herrn Hess verloren zu haben, denn einige Bauern und der König lagen über den ganzen Boden hinweg verstreut, das Brett ebenso.

Es würde schwierig werden für Karl und mich, gemeinsam in einem Haus. Am Abend meiner Ankunft hatte er nur noch gesagt, dass Jenny bereits schlafe und ich die Kammer hinter der Küche haben könne. Er hatte nur kurz mit dem Finger nach unten, ins Erdgeschoss, gedeutet und sich daraufhin gleich wieder dem Spiel zugewandt.

Am liebsten hätte ich das Schachbrett und die Figuren sofort aufgehoben, aber Fräulein Jenny verlangte meine Aufmerksamkeit. »Wie geht es Mütterchen?«, wollte sie wissen.

Ich übergab ihr den Brief der Baronin, den sie aufmerksam las. Zwischendurch schaute sie mich immer wieder einmal an und lächelte, während Jennychen neugierig nach dem Papier griff.

»Ihre Mutter ist sehr in Sorge um Sie«, berichtete ich, mit meinen Gedanken wieder bei der Verabschiedung von der Baronin mit ihrem schlaffen, wenig graziösen Händedruck.

»Mütterchen braucht sich keine Sorgen zu machen. Hier in Brüssel sind wir außer Gefahr.« Das Fräulein übergab mir Jennychen, das zufriedenste Kind, das ich jemals gesehen hatte. Ich setzte sie mir auf die Hüfte und strich ihr über das schon dichte, blauschwarze Haar.

»Und jetzt, wo du wieder bei mir bist, Lenchen, wird alles nicht nur besser, sondern auch ordentlicher. Bis das zweite Kindchen im Oktober kommt, bleiben uns noch sechs Monate.« Fräulein Jenny strich sich über ihren Bauch, der von ihrer Schwangerschaft noch nichts erkennen ließ.

»Sehr wohl, gnädige Frau.« Ich knickste, um ihr zu zeigen, dass ich es nicht verlernt hatte.

Sie schien erst noch einmal zu überlegen, bevor sie sagte: »Nenn mich von heute an Jenny und sag Du zu mir, ja?«

»Ich soll Sie …?« Wenn das andere Herrschaften hörten, könnte sie zum Gespött von ganz Brüssel werden! Und was würde Karl dazu sagen?

»Lenchen, das ist ein Befehl!«, fügte sie gespielt ernst hinzu. »Ich bin ab heute nur noch Jenny für dich.«

Überrumpelt nickte ich. Dabei spürte ich Jennychens kleine dicke Finger auf meiner Wange. Sie schaute mich aus ihren großen pechschwarzen Augen aufmerksam an.

»Ist sie nicht die schönste Prinzessin von Belgien und Preußen zusammen mit ihren Guckäugelchen und dem schwarzen Naturhäubchen?«, schwärmte Fräulein Jenny.

»Das ist sie ganz bestimmt«, bestätigte ich. Lilien aus winzigen Perlen rahmten den Saum ihres Kleidchens.

»Lenchen«, sagte sie und zeigte, während sie ihre Tochter anschaute, mit großer Geste auf mich. »Das ist unser LENCHEN.«

»Enchen«, wiederholte die nicht einmal Einjährige, dann machte sie daraus »Enny, Enny, Nenny, Nimmy«.

Nimmy? Fräulein Jenny und ich lachten auf, und Jennychen gackerte mit.

Nur widerwillig gab ich die Kleine her, doch bei den dicken Staubflocken, die das erste Sonnenlicht des Frühjahrs im Haus aufwirbelte, konnte ich nicht anders. »Dann fange ich am besten gleich im Salon an, gnädige Frau.«

»Mein Name ist Jenny!«, korrigierte sie mich, während Jennychen auf ihrem Arm das Wort »Nimmy« vor sich hin brabbelte.

»Zu Befehl, gnädige …«, ich zögerte, »Fräulein … nein … nur Jenny.«

»Alle Reinigungsmittel stehen unterm Küchentisch«, schob sie amüsiert über meine Mühen hinterher.

»Sehr wohl … Jenny.« Sie mit ihrem Vornamen anzusprechen war ungewohnt und fremd für mich, es war, als gäbe ich ihr einen neuen Namen, aber Frau Doktor Marx war mir auch nicht leichter über die Lippen gekommen.

»Und … danke, dass du dich hergewagt hast, Lenchen.« Jenny lächelte mich an, und einmal mehr spürte ich, warum ich die Reise hierher und in ein neues Leben angetreten hatte. *Für Jenny!* Es war mir eine Herzensangelegenheit, ihr zur Hand zu gehen – keine Befolgung eines Gesindegebotes. *Der Dienstbote ist schuldig, seine Dienste treu, fleißig und aufmerksam zu verrichten.*

»Ach ja … hat dich Karl eigentlich schon gebührend begrüßt?«, fragte sie mich und stellte Jennychen, die sie an beiden Händen festhielt, auf den Boden.

Ich straffte die Schultern. Wir hatten nie darüber gesprochen, all die Jahre lang nicht, aber natürlich spürte Jenny, dass Karl und ich uns nicht grün waren. Ein Seufzer entrang sich meiner Kehle.

»Insgeheim ist er froh über jede Unterstützung im Haus, damit er ungestört arbeiten kann«, sagte sie.

Um Jenny diese Hoffnung nicht zu nehmen, nickte ich. Überzeugt war ich jedoch mitnichten davon, dass Karl meine Anwesenheit hier in Brüssel gewollt hatte oder gar schätzte.

Jenny legte ihre Hände auf meine Schultern. »Hab keine Angst vor ihm und geh ihm auch nicht aus dem Weg. Wir drei Erwachsenen müssen uns miteinander arrangieren, sonst werden auch die Kinder unglücklich.« Sie ließ mich los und strich sich über den Bauch.

»Niemand wird unglücklich«, versprach ich, und wir umarmten uns kurz.

Nach diesem Gespräch kümmerte ich mich um den Haushalt und die Mahlzeiten, am liebsten aber um Jennychen. Sie lief für ihre zehn Monate schon überraschend gut an der Hand ihrer Mutter, außerdem kannte sie einige deutsche, französische und flämische Wörter. Sie sprach nach, was sie im Haus und auf der Straße hörte, wenn auch nicht vollkommen verständlich. »Gaat u eens opzij alstublieft!«, war einer ihrer Lieblingssätze, was so viel wie *Gehen Sie bitte beiseite!* bedeutete.

Bereits in der Nacht meiner Ankunft war mir aufgefallen, dass das Haus nicht fertig möbliert und ausgestattet war. Die Marxens mussten erst vor wenigen Tagen eingezogen und noch nicht dazu gekommen sein, sich wohnlich darin einzurichten. Das Schlafzimmer und Jennychens Kinderzimmer lagen im ersten Obergeschoss des Hauses mit der schmalen Treppe, die ich täglich wienern wollte. Ich schlief im Erdgeschoss in der Kammer hinter der Küche, den Koffer des Barons zu meinen Füßen. Ein Fenster in den Hof erhellte den Raum. Im zweiten Obergeschoss befanden sich der Salon und Karls Studierzimmer, wo ich ihm am Abend meiner Ankunft begegnet war.

Das Studierzimmer war der einzige Raum im Haus, der vollständig eingerichtet war. Dort stand das Schachspiel, und anders als bei den von Westphalens wurde es nie in einer Kommode verstaut. Jedes Mal, wenn ich die Tür des Zimmers öffnete, fiel mein Blick sogleich auf das Schachbrett, wie es da auf einem kleinen Holztisch neben dem Schreibtisch stand. Es war schön, so weit weg von Trier etwas Vertrautes zu sehen. Denn in einem fremden Land zu leben ist wie eine niemals enden wollende Reise. Jeden Tag passiert etwas Neues, jeden Tag lernt man dazu.

In Brüssel brauchte ich für viele Dinge länger als in Trier, besonders für die Besorgungen. Auch schaffte ich es eine ganze Weile nicht, Wäsche zu waschen, weil niemand wusste, wo ich Lauge und Wachs herbekommen konnte. Außerdem waren da noch die zwei mir unbekannten Sprachen: das Flämische und das Französische. Jenny hatte mir erklärt, dass die Flamen eine Sprachvariante des Niederländischen und die Wallonen Französisch mit einem eigenen Akzent sprachen. Aber in Wirklichkeit sprachen die feineren Leute allesamt Französisch. Metzger, Bäcker und der Gemüsehändler hingegen kehliges Flämisch, und ihnen musste ich oft mit »Ik versta u niet« antworten. *Ich verstehe Sie nicht.* Wer nicht mit sozialer Not und einem niederen Stand in Verbindung gebracht werden wollte, sprach Französisch. So hielten es auch Jenny und Karl. Sie versuchten sogar, Jennychen die wenigen flämischen Worte abzugewöhnen, die sie auf den Straßen im Viertel aufschnappte. Neben der Sprache waren auch das Geld und das Wirrwarr von Menschen in den unzähligen Straßen für mich neu. Anfangs verlief ich mich oft in den frühen Morgenstunden, wenn der weiße Nebel alle Straßen ähnlich aussehen ließ. Und nicht zuletzt waren die Menschen hier anders. Die Brüsseler tranken starkes Bier, kannten Goethe nicht. Dafür lachten sie häufig in der Öffentlichkeit. Das gefiel mir an ihnen ebenso gut wie ihr Sinn für Ordnung und Sauberkeit, sie hielten ihre Straßen rein, hell und beleuchtet.

Ob das viele Licht nachts die Geister fernhielt? Die Marxens hatten keine Angst vor Geistern. Ich hingegen schaute abends vor dem Einschlafen stets nach, ob alle meine Besitztümer noch da waren. Mein Schachkissen bewahrte ich weiterhin im Koffer, ganz nahe beim Goethe-Buch, auf. Schließlich konnte man nicht wissen, welche Seelen in der Brüsseler Mittelwelt unterwegs waren und durch die Kanäle irrten, in einer Stadt, die auf einem Sumpf errichtet worden war.

Als Jenny mich einmal den Bannspruch vor dem Schlafengehen aufsagen hörte, meinte sie nur, dass die einzige wirkliche Bedrohung für unser aller Leben die preußische Monarchie sei.

Bei all der Veränderung war ich froh, dass Jenny und ich eine alte Gewohnheit aus Trier wiederaufnahmen: Ich durfte ihr am Morgen und Abend beim An- und Entkleiden helfen. Der Spiegel, in dem sie sich dabei betrachtete, war neben dem Bett das einzige Möbelstück im Schlafzimmer. Jenny war selbst dann noch wunderschön, wenn ihre edlen Pariser Kleider lose Nähte und eingerissene Säume aufwiesen. Früher hätte sie dafür den Schneider ins Haus geholt, in Brüssel beauftragte sie mich mit den Ausbesserungsarbeiten. Wenn ich nach Mitternacht mit Nadel und Zwirn auf meinem Lager kniete, bereute ich, dass ich meiner Schwester Barbara früher nicht öfter beim Nähen über die Schulter geschaut hatte. Ich konnte zwar Stopfen, aber Risse im Volant unsichtbar auszubessern, hatte ich nie gelernt.

Und Karl? Er schlief bis Mittag und arbeitete bis spät in die Nacht hinein an verlegerischen Projekten, also Zeitungen, die er ins Leben rufen wollte, sowie an verschiedenen Schriften und Artikeln. Im Unterschied zu früher war er in Brüssel jedoch bei keiner Zeitung als Redakteur angestellt, sondern musste erst Abnehmer für seine Schreiberei finden. Während Karl seine Artikel zu verkaufen versuchte, wuchs Jennys Bauch kontinuierlich zu einem Bäuchlein heran. Irgendwie schafften Karl und ich es, uns zu arrangieren, indem wir einander tunlichst aus dem Weg gingen.

In meiner vierten Brüsseler Woche fand ich heraus, dass ich die Wäsche in einem Hinterzimmer des Seifenladens von Monsieur Abel mangeln konnte. Das war wichtig, damit ich eine anständig geplättete Tischdecke für das erste große Essen auflegen konnte. Der Besuch eines gewissen Herrn Engels stand bevor, eines Mannes, den Karl in seiner Pariser Zeit öfter getroffen hatte. Ich war neugierig auf ihn, weil Karl und Jenny zum ersten Mal unterschiedlich zu einer Person standen. Karl lobte so gut wie nie einen Menschen, außer wenn er von Herrn Engels sprach. Jenny hingegen wechselte gerne das Thema, wenn das Gespräch auf den Barmener Fabrikantensohn kam.

Für das große Essen bereitete ich Ochsenbraten, weil Herr Hess, der auch eingeladen war, kein Schwein aß. Unser Nachbar aus der Nummer drei war als orthodoxer Jude aufgewachsen. Wie ich es mir von Angela Steinbach abgeschaut hatte, warf ich Mehl in die Pfanne, damit das heiße Fett nicht spritzte. Den Ochsenbraten füllte ich *mit Speck, Zwiebeln und Pilzen.* Met spek, uien en paddenstoelen. Mit Thymian, etwas Knoblauch und frischer Petersilie verfeinert, kam er zum Garen auf den Herd. In Gedanken dankte ich Angela, deren Rezepte und Kniffe mir mit der Zeit wieder zunehmend in den Sinn kamen.

Schon vor der verabredeten Zeit klopfte es an der Tür. Ich richtete meine Kräuselhaube und legte mir noch schnell die reinweiße Flügelschürze an, dann öffnete ich. Vor mir stand ein schlanker, stattlicher Mann mit knabenhaft jungem Gesicht. Er wirkte vornehm in seiner hellgrauen Kleidung mit Gehstock und Zylinder. Letzteren lüftete er mit einer knappen Verbeugung und begrüßte mich mit den Worten: »Ist das Dîner gerichtet?«

»Oui«, entgegnete ich freundlich und knickste. *Ja.*

Mein Blick fiel auf die Holzkiste neben ihm. »In wenigen Minuten, gnädiger Herr Engels.« Gerade noch rechtzeitig konnte ich mich an die Wand drücken, als Karls Zögling, wie Jenny Herrn Engels nannte, auch schon steif wie ein preußischer Offizier an mir vorbeimarschierte. Das klackende Geräusch seines Gehstocks auf dem Boden begleitete ihn wie eine Marschanweisung. Ich fragte mich, wie Karl jemanden, der ein so offensichtlich preußisches Verhalten zeigte, mögen konnte.

»Die Kiste gehört zum Dîner«, sagte er, am Ende des Flurs angekommen, und ich war nicht sicher, ob der Satz an mich oder ihn selbst gerichtet war. Nur mit Mühe konnte ich die Kiste anheben. Ich beeilte mich, Herrn Engels zu folgen, um ihn bei der Herrschaft anzukündigen, aber da war er schon die Treppe hinaufgegangen. Er schien es zu bevorzugen, sich selbst anzukündigen.

Gerade als ich die Kiste in der Küche abgestellt hatte, klopfte es erneut an der Haustür. Ich ließ Herrn Hess und seine Begleitung Fräulein Sybille Pesch ein. Sie war in eine teure dunkelblaue Samtmantille, eine Art modernes Cape mit gerüschtem Kragen, gekleidet, die sie sehr vornehm aussehen ließ. Ich führte die Gäste in den Salon hinauf.

Jenny und Karl gingen gemeinsam mit ihnen und Herrn Engels zum Tisch. Ich schenkte Weißwein und Bier ein, dann zog ich mich in die Küche zurück. Es war Zeit, die Bratensoße anzudicken und nach der Vorspeise zu schauen. Jenny und ich hatten vereinbart, dass ich mit der Glocke klingelte, wenn die in Öl gebackenen Garnelen zum Servieren bereit waren. Die Hausherrin hatte auf Garnelen bestanden, obwohl sie diese ein Säckchen voller belgischer Münzen gekostet hatten.

»Und ratet, welcher Clou mir gelungen ist!«, verkündete Herr Engels, während ich die Vorspeise auftrug.

Zu den Meeresfrüchten reichte ich Pfefferbutter. Zwischendurch horchte ich immer wieder, ob Jennychen in ihrem Bettchen ruhig war. Die neuesten Wörter des kleinen Papageis lauteten: »Ma che cosa dici?« Einige Häuser weiter wohnten italienische Arbeiter bei der Familie Rossi aus Bologna, die mit fünf Kindern ins Brüsseler Exil gegangen waren.

»Welcher Clou? Hast du deinem Vater endlich reinen Wein eingeschenkt?« Karl trank durstig sein Glas Wein aus, obwohl er nach wie vor Limonade bevorzugte.

Herr Engels richtete seinen Gehstock, den er an den Tisch gelehnt hatte. Unauffällig betrachtete ich das faszinierende Stück, dessen silberner Knauf einem Pferdekopf mit langer Mähne nachempfunden war. Er sah den weißen Pferden meines Steckschachs ähnlich.

»Leider nein«, entgegnete Herr Engels, »den Alten muss ich mir auf jeden Fall gewogen halten. Wenn der erfährt, dass ich während der Dienstzeit in seiner Fabrik lieber Artikel für den *Vorwärts!* schreibe und mich regelmäßig zur Lektüre der Gesellschaftstheorien von David Ricardo und Adam Smith in die Hängematte auf dem Dachboden übers Kontor verziehe, jagt er mich in Schimpf und Schande davon!« Herr Engels wies mit seinem Stock auf die Holzkiste, die Herr Hess freundlicherweise für mich von der Küche in den Salon getragen hatte. »Der soll mir schön weiter den Bordeaux und noch einiges mehr bezahlen!«

Die Tischrunde lachte auf. Fräulein Sybille klatschte sogar begeistert in die Hände, als sei sie bei einer Vorstellung im Theater. Für die Vorspeise hatte ich neben Jenny Platz genommen, zu meiner anderen Seite saß der sanfte Herr Hess. Es schien ihm nichts auszumachen, dass er neben einem Dienstmädchen aß.

»Für den Hauptgang köpfen wir den Bordeaux!«, befahl Herr Engels, und ich fragte mich, ob er es wirklich so herablassend meinte, wie es klang, oder ob man es in seiner Gegend liebevoll meinte, wenn man von seinem Vater als »dem Alten« sprach.

»Lenchen hat einen ganz vorzüglichen Ochsenbraten zubereitet«, verkündete Jenny. »Du kochst anders als Angela«, meinte sie, an mich gerichtet, »aber auf keinen Fall schlechter!«

Fräulein Sybille beteuerte, wie sehr sie sich auf das besondere Mahl freue, und war voll umfänglicher Bewunderung für die akkurat gemangelte Tischdecke. Karl interessierte das alles überhaupt nicht, und auch Herrn Engels schien die Aussicht auf meinen Braten kaum zu erfreuen, auf jeden Fall sagte er nichts dazu, sondern nur: »Am Nachmittag habe ich den Vertrag unterschrieben und diesen Verbrecher von einem Vermieter sogar noch runterhandeln können. Ich ziehe in eure Straße, in die Nummer sieben. In wenigen Tagen sind wir zu dritt und somit komplett!«

In der Rue de l'Alliance wohnten wir in der Nummer fünf. Herr Hess und seine Partnerin bewohnten die drei, und jetzt kam also noch Herr Engels in die Nummer sieben. Er bedeutete mir mit seinen grauen Augen, dass ich ihm den Bordeaux einschenken solle.

Ich sprang auf, um eine Flasche zu öffnen. Da fiel mir auf, dass ich die Servietten bei der Vorbereitung des Tisches gar nicht gebrochen hatte. Sie lagen viereckig neben den Tellern, anstatt wie in Trierer Zeiten zu einer Blüte geformt. *Ich darf nicht nachlässiger werden,* mahnte ich mich selbst, *nur weil ich nun mit ihnen zusammen an einem Tisch sitze.*

»Du gehst also vorerst nicht zurück nach Barmen in die Textilfabrik deines Vaters oder nach Manchester in die Baumwollspinnerei?«, fragte Herr Hess, als ich gerade wieder mit dem Korkenzieher zurück war.

Jenny wartete gespannt auf eine Antwort, ich glaube, Fräulein Sybille hätte sich gerne mit ihr über Tand, Basare oder die neuesten Stickmuster ausgetauscht. So hatte es auch die Baronin gerne gehalten, und der letzte Schrei vor dem Tod des Barons waren mit Blattgold umwundene Fäden zum Sticken gewesen.

»Zu Hause in Barmen ist es scheußlich. Dahin gehe ich nicht zurück, never ever again!«, erwiderte Herr Engels. *Niemals wieder.* »Die Arbeit im Kontor der Textilfabrik meines Alten hat mich ja überhaupt erst dazu gebracht, nach Brüssel zu ziehen. Wand an Wand mit euch. Nur weg aus diesem Nest, weg von dem ganzen verwalterischen Papierkram!«

»Wand an Wand mit dem schwarzen Ungestüm aus Trier? Das wagst du wirklich, Friedrich?«, fragte Herr Hess schelmisch und schaute in Karls Richtung.

Das schwarze Ungestüm aus Trier? Ich hätte dem noch einige andere Namen hinzufügen können. Während ich mit der Gabel eine Garnele zerteilte und Zitronenpfeffer darüberstreute, beobachtete ich Karl vorsichtig.

»Immerhin bist du daran nicht ganz unschuldig, Moses!« Herr Engels erwiderte die Provokation mit einem stolzen Lächeln. Ich schaute von Karl zu Herrn Engels, der ein tadelloses Gebiss hatte: Jeder Zahn saß gerade neben dem anderen und war so weiß wie Schnee. »Du hast Karl und mich ja schließlich miteinander bekannt gemacht.«

»Erzählen Sie!«, forderte Jenny, und Fräulein Sybille fiel in Jennys Bitte mit ein: »Das will ich jetzt auch wissen, ach bitte, Herr Engels. Berichten Sie von Ihrem ersten Aufeinandertreffen.« Sie beugte sich Herrn Engels entgegen, sodass man sehr gut in ihren weit geschnittenen, gerafften Ausschnitt sehen konnte. Sie wollte am liebsten zeigen, was ich stets zu verbergen versuchte.

Herrn Engels Blick glitt über Fräulein Sybilles Ausschnitt. Jenny räusperte sich. »Nun?«

Herr Engels tupfte sich mit seiner Serviette die Mundwinkel, faltete sie formschön zusammen und legte sie neben seinem leeren Teller ab. Und obwohl er alle Augen auf sich gerichtet wusste, trank er erst noch genüsslich einen Schluck Rotwein.

Ich räumte die leeren Vorspeisenteller ab und prüfte den Braten in der Küche. Ein Schnitt ins Fleisch verriet mir, dass er fertig war. Zum Braten reichte ich Kartoffeln, die die Belgier jedem anderen Gemüse vorzogen, sogar noch dem Witlof, *Chicorée,* aus dessen Wurzeln auch ein kaffeeähnliches Getränk gemacht wurde.

Im Salon zurück, schob ich einen schmalen Tisch, den ich in Jennys Auftrag für diesen Abend beim Trödler erstanden hatte, neben den Hausherrn. Herr Engels begann zu erzählen, und ich hörte aufmerksam hin.

»Es war in Köln. Ich besuchte die Redaktion der *Rheinischen Zeitung*. Moses war damals noch Chefredakteur, und wir wollten meine weitere Mitarbeit besprechen.«

Herr Hess nahm sein Glas auf, und sie prosteten sich zu. Herr Engels trank zufrieden, und es sah so aus, als stieße er den Wein dabei im Mund mit der Zunge umher. »Du erzähltest mir damals von einem gewissen Doktor Marx, den ich unbedingt kennenlernen müsse. Du sagtest damals zu mir: ›Denke dir Rousseau,

Voltaire, Lessing, Heine und Hegel in einer Person vereinigt, ich sage vereinigt, nicht zusammengeschmissen – so hast du Doktor Marx vor dir.‹«Ganz offensichtlich hatte Herr Engels gerade Herrn Hess zitiert, unverkennbar an der höheren, sanften Stimmlage. Das amüsierte mich. »Meine Herren! Diesen Abgott, der neuer Chefredakteur der *Rheinischen Zeitung* wurde, musste ich unbedingt kennenlernen.«

»Bei unserer ersten Begegnung fand ich dich unreif und steif, Fritze«, erklärte Karl genauso trocken, wie er sonst zu mir sprach. »Damals hätte ich nicht geglaubt, dass ich dich je wiedersehen wollte. Du warst noch grün hinter den Ohren … und wie es aussieht, hat sich das immer noch nicht ganz ausgewachsen.«

Diese Anmerkung saß! Alle lachten, aber ich dachte an meine erste Kutschfahrt mit dem Ungestüm aus Trier zurück: *Sie hat doch Angst, was bringt das?* Erst als Herr Hess aufstand und einen Trinkspruch zum Besten gab, kam ich aus der Erinnerung wieder in die Gegenwart zurück. Sie prosteten erneut, während ich auf dem Beistelltisch das Fleisch in fingerdicke Scheiben schnitt und es zusammen mit den Kartoffeln auf zwei großen Vorlegeschalen anrichtete. Mit dem Auftragen begann ich bei Karl und Jenny, danach kam Herr Hess mit seiner Begleiterin an die Reihe und der eigentümliche Herr Engels. Ich goss alle Gläser halb voll mit Bordeaux. Zuletzt tat ich mir den Fleischanschnitt auf und nahm Platz.

Als ich saß, erhob Karl das Glas, und wir taten es ihm gleich. »Auf die Heimkehr von Fritze!«, prostete er, und Jenny fügte hinzu: »Und auf unsere gemeinsame Kraft!« Alle nickten.

Sie machten sich über das Ochsenfleisch her. Herr Engels nahm Fleisch und Kartoffeln gleichzeitig auf die Gabel und musterte mich so unverhohlen, während er kaute, als fiele ich ihm erst jetzt auf. Dass er sich dabei irgendetwas dachte, war ihm anzusehen. Karl war ebenfalls in Gedanken versunken. Ich glaube, er überlegte bereits, was die Herren mit Jenny zusammen wohl ausrichten könnten. Herr Hess und Karl trafen sich schon seit einiger Zeit mit Arbeitern, die in ihren Fabriken unzufrieden waren.

»Wie schlimm war es denn in Manchester, in der Baumwollspinnerei deines Vaters?«, fragte ihn Herr Hess auch prompt und erklärte Fräulein Sybille, dass Herr Engels dort auf Wunsch seines Vaters als Kommis gearbeitet hatte. Also als jemand, der den ganzen Papierkram im Kontor erledigte, und dass Ermen & Engels in der Grafschaft Lancashire bei Weitem nicht die einzige Baumwollspinnerei sei, sondern diese dort wie Pilze aus dem Boden schossen.

»Es war taubes Kommerzgeschäft! Die industrielle Revolution ist nicht aufzuhalten …«, erklärte Herr Engels seinerseits. Es klang bedrückend, so als verkündete er den Einzug der Cholera in die Stadt. »Mit der Kraft des Dampfes, die die Spinnmaschinen antreibt, kann ein Arbeiter in einer Fabrik so viel Garn herstellen, wie es in Heimarbeit und ohne Dampf zweihundertfünfzig Spinnerinnen schaffen.«

Mir sackte die Kinnlade herab. Sofort dachte ich an das Unbehagen während meiner Zugfahrt, aber auch an das leichte, schwebende Gefühl im Dampfdrachen.

»Die Arbeit von zweihundertneunundvierzig Heimarbeitern wird in diesem Falle durch Maschinen ersetzt, und nicht nur in der Textilindustrie vollzieht sich diese Entwicklung«, sagte Herr Engels, wobei er seltsamerweise mich anschaute. »Die Revolution der Industrie wird unser aller Leben verändern, nicht nur das der einstigen Heimarbeiter. In England ist sie nur am weitesten fortgeschritten.«

Ich dachte an die schlesischen Weber und an Jennys Flugblatt, das ich nach ihrem Besuch in Kreuznach unter ihrer Decke gefunden hatte. *Deutschland, wir weben dein Leichentuch, wir weben hinein den dreifachen Fluch. Wir weben. Wir weben.* Ob Mutter und Katharina ihre Bänder überhaupt noch losbekamen?

»Wir weben, wir weben«, sagte ich gedankenversunken.

Jenny nickte. »Viele Weber mussten ihre Heimarbeit inzwischen ganz aufgeben, weil die meisten Menschen nur noch die billigeren Industriewaren kaufen.«

Ich schaute auf, als Karl übernahm: »Sie wurden von Handwerkern zu lohnabhängigen Arbeitern, zu Proletariern, die nichts anderes besitzen als ihre Arbeitskraft.«

Herr Hess nickte bedrückt. Weil Karl eine lange Pause machte, fuhr Herr Engels fort, allerdings erst, nachdem Karl es ihm mit einem Nicken erlaubt hatte: »Die Arbeitsbedingungen in Englands Fabriken sind katastrophal. Frauen müssen schon einen Tag nach ihrer Niederkunft wieder in die Fabrik, in den Pausen stillen sie ihre Neugeborenen. Die Kleinkinder werden mit narkotischen Arzneien ruhiggestellt, damit ihre Mütter in Ruhe schuften können.« Herr Engels schaute Jenny dabei an, die nun betroffen dasaß und sich über das Bäuchlein strich.

Ich dachte an meine Mutter, die tagein, tagaus gearbeitet hatte, damit wir Kinder nicht nur Wasser in die Mägen bekamen. Ich fühlte mich schlecht bei dieser Erinnerung.

Jetzt legte auch Fräulein Sybille ihr Besteck beiseite. Herr Engels redete weiter, als wollte er sich all dies Elend von der Seele reden: »Die Arbeiter fühlen sich in den Fabriken wie lebendig begraben. Selten arbeiten sie weniger als sechzehn Stunden am Stück. Die meisten Männer sind mit vierzig arbeitsunfähig und sterben früh. In einem Spinnereisaal in Irwell waren die Mädchen allesamt klein gewachsen und hässlich, durch das Nassspinnen zudem chronisch erkältet. Diejenigen, die trocken Flachs spannen, bekamen immer schlechter Luft, weil die Staubfasern ihre Atemwege verstopften. Keine dieser Frauen wäre eine gute …« Herr Engels verstummte mit dem schiefen Lächeln eines Gauners.

Gott, was war ich froh, dass Sankt Wendel so weit von England und diesen Fabriken entfernt lag. Meine Schwestern an einer dieser Maschinen stehen zu sehen war eine grässliche Vorstellung. Meine kleine Maria musste inzwischen eine junge Dame sein, verschont von Fieberschüben und hoffentlich auch von besagten Fabriken.

»Gibt es für die Arbeiter in den Fabriken keine Ordnung, so wie für uns Dienstboten, die nicht nur Pflichten, sondern auch Rechte auflistet?«, fragte ich vorsichtig.

Nach dieser Frage spürte ich Karls Blick auf mir. »Gibt es nicht«, antwortete er nach einem Moment der Stille. »Zumindest keine Regeln von Bedeutung!«

»Wenn man sich ein paar Tage durch Londons üble Viertel gewühlt hat, dann sieht man, dass diese Stadt einen großen Teil ihrer Menschen der Industrie geopfert hat«, fuhr Herr Engels fort. »Ihre Gesichter sind völlig ausdruckslos und ihre Körper entkräftet. Es ist widerlich, wie ausgeliefert sie sind.«

»Hören Sie auf!«, verlangte Fräulein Sybille entsetzt.

Doch Karl gab wenig auf ihren Einwand, er wurde nur umso leidenschaftlicher, noch eifernder als früher im Rosengarten mit Jenny. »Die Arbeiter sterben innerlich ab. Ihre Körper, die sie tagtäglich in die Fabriken tragen, sind irgendwann nur noch leere, willenlose Hüllen!«

Fräulein Sybille hielt es nicht länger auf ihrem Platz. Sie erhob sich und ging nervös in der Stube auf und ab.

»Das alles hat mir Mary bestätigt!« Engels prostete in die Runde.

»Mary?« Jenny tauschte einen vielsagenden Blick mit Karl und ließ ihr Glas sinken.

Herr Engels tupfte sich vornehm die Mundwinkel. »Mary ist eine der irischen Arbeiterinnen, die zu Tausenden vor dem Hunger aus Irland nach Manchester oder London geflohen sind. Sie arbeitet in der Baumwollspinnerei meines Alten. Ihr habe ich viele Informationen über die Zustände in den Fabriken zu verdanken«, fügte Herr Engels an. »Soziale Ungerechtigkeit bringt Diebstähle, Schlägereien, Trunkenheit und sogar Seuchen hervor. Jeder kämpft um das eigene Überleben. Es ist ein Krieg aller gegen alle.«

Fräulein Sybille zitterte am ganzen Leib. Sie rieb sich die Oberarme, als fröre sie. Herr Engels war schnell zur Stelle und legte ihr fürsorglich ihre Samtmantille um. »Verzeihen Sie, wenn ich Ihnen Angst gemacht habe.«

Ich ging in die Küche und bereitete einen Beruhigungstee, Fräulein Sybille nahm ihn dankend an und setzte sich wieder neben Herrn Hess. Der legte auch gleich den Arm um seine Gefährtin, die sich im Gegenzug vor unser aller Augen eng an ihn schmiegte und doch Herrn Engels dabei anschaute.

Ich trank ebenfalls einen Becher Tee. Die anderen blieben beim Bordeaux.

»So schlimm es auch klingen mag, das Ganze hat auch etwas Gutes«, sagte der sanfte Herr Hess. »Erst die Industrialisierung hat die Arbeiter, das Proletariat, zu einer eigenen Klasse gemacht, die nun geschlossen für bessere Arbeitsbedingungen eintreten könnte. Die Klasse der Arbeiter hat sämtliche Nachteile der bestehenden sozialen Ordnung zu tragen, und es ist an der Zeit, sie aufzufordern, diese Umstände nicht länger zu akzeptieren!«

Die Herren und Jenny nickten einander wie bei einer Verschwörung zu. Im Überschwang der Gefühle nickte ich ebenfalls. Dabei spürte ich einmal mehr Herrn Engels Blick auf mir. Mit den Jahren hatte ich jeden noch so flüchtigen Blick auf mir zu spüren gelernt. Ich glaube, das lag daran, dass wir Dienstmädchen ständig vielen Blicken ausgesetzt sind. Deshalb entwickeln wir ein Gespür für diese Berührungen ohne Hände. Doch niemals dürfen wir eine Miene verziehen, wenn uns Gäste des Hauses mit Blicken bedrängen oder uns ihre Verachtung allein mit ihren Augen spüren lassen.

»Die schlimme Lage der arbeitenden Klasse wird der Ausgangspunkt für eine Revolution sein!«, sagte Karl entschlossen. »Von hier, von Brüssel aus, werden wir es in Angriff nehmen. Vereint und organisiert!«

Die Bauern sind die Seele dieses Spiels, hatte Pabbi gesagt. Und weil das Leben eines Schachbauern beschränkt sei, müsse er sich seine Züge besonders gut überlegen. *Gleiches gilt auch für die Arbeiter,* dachte ich in diesem Moment und sah vor meinem inneren Auge, wie sich eine Bauernkette auf meinem Steckschachkissen formierte.

»Ich hoffe, du veröffentlichst dein Buch über die unwürdigen Zustände in den Fabriken bald! Alle Welt soll endlich davon erfahren«, sagte Karl zu Herrn Engels. Es klang wie eine Anweisung.

»Schon im nächsten Monat könnt ihr es gedruckt in den Händen halten, Otto Wigand in Leipzig verlegt es.« Herr Engels trank vom Bordeaux. »Ich veröffentliche in deutscher Sprache, by the way!«

Ich war auch dann noch aufgeregt, als ich in der ruhigen Küche

Vanillesoße über dunkle, angedickte Beerenfrüchte goss. *Deutschland, wir weben dein Leichentuch.* Zur Sicherheit trug ich jede Dessertschale einzeln in den Salon, das Tablett mit dem Trageriemen war in Trier zurückgeblieben.

An diesem Abend trank Herr Engels allein noch eine weitere Flasche Wein. Er rühmte sich, unabhängig davon, wo er gerade lebte, stets eine Flasche Bordeaux im Haus zu haben, und behauptete beim letzten Glas von sich »blau wie eine Haubitze« zu sein. Und dennoch waren seine Bewegungen immer noch sicher und elegant. Friedrich Engels war der eitelste Betrunkene, der mir je untergekommen ist.

Nachdem auch er aus dem Haus war, machte ich mich an die Aufräumarbeiten. Die Pfannen und Töpfe weichte ich in Salzwasser ein, so bekam ich die Verkrustungen einfacher gelöst, und meine letzte Tat in der Küche war es, den Herd zu scheuern. Das half, die vielen Gedanken des Abends und die Schwere der Worte aufzulösen wie angebackene Speisereste an Herdringen. *Leidende Arbeiter, industrielle Revolution …*

Erst in den frühen Morgenstunden fiel ich ins Bett. Zum ersten Mal stopfte ich mir in Brüssel ein Stück Kautabak in die Backe. In Brüssel verkauften sie welchen, der wie Medizin schmeckte. »Lakritz-gesoßt« stand auf dem Papier. Es dauerte nicht lange, bis ich in meinem Bett wie auf Wolken lag und von angenehmem Rauschen umgeben war. Ich entfloh den Nöten der Arbeiter auf Pabbis Weise. Übergangslos fiel ich in einen unruhigen Schlaf und träumte von London, wie Herr Engels es beschrieben hatte. In meinem Traum liefen die Menschen dort wie Maschinen herum: mit Gehirnen voller Zahnräder, mit Armen aus Eisenstangen, die mit Scharnieren verbunden waren, und mit Herzen, die der Dampf antrieb.

Als ich am Morgen aufwachte, dachte ich als Erstes nicht an meine häuslichen Pflichten, sondern schon wieder an London und dass diese Stadt die Hölle auf Erden sein musste. Es konnte nur richtig sein, die schlimmen Zustände der Arbeiter ändern zu wollen. Zum ersten Mal stimmte ich Karl unumwunden zu.

Karl und Jenny hatten auch in den folgenden Wochen immer wieder Gäste, weshalb ich die Hälfte meiner Tage in der Küche verbrachte. Jennychen war am Herd bei mir. Sie schaute fasziniert in das Feuer und brabbelte »De volgende graag!« vor sich hin. Die flämischen Worte für *Der Nächste, bitte!* musste sie beim Bäcker oder Gemüsehändler aufgeschnappt haben. Wie gut, dass sie beim Metzger häufig schon schlafend in meinem Arm lag. Beim Metzger nämlich musste ich inzwischen anschreiben lassen.

Eine der Nachbarinnen zeigte mir, wie man Pommes frites zubereitete, und bald konnte ich es auch. Ich schnitt rohe Kartoffeln in Rübchen, machte viel Fett schreiend heiß und ließ sie darin schön gelb backen. Jennychen liebte Pommes frites genauso sehr wie ich, sie hielt jedes Kartoffel-Rübchen beim Essen wie eine Blume in der Hand und brabbelte dazu in drei Sprachen. Sie lernte so viel schneller als wir Erwachsenen. Und ihr gelang, was selbst Jenny noch nicht geschafft hatte.

Es war an einem Nachmittag, Jenny war beim Schneider, Karl und ich waren im Obergeschoss alleine. Ich putzte gerade die Fenster im Salon, als ich aus dem Studierzimmer ein Weinen hörte. Jenny hatte ihre Tochter anscheinend nicht mitgenommen, und die Kleine schien mit irgendetwas unzufrieden zu sein. Ihr Weinen zerriss mir immer wieder das Herz, obwohl es doch eigentlich normal war, dass Kinder in ihrem Alter Tränen vergossen. Ich legte schon den Lappen beiseite, um zu ihr zu eilen, hielt dann aber inne, als ich eine tiefe Stimme vernahm, die Jennychen augenblicklich beruhigte. »Junge Dame, bist du mal wieder zu schnell gelaufen?«

Es dauerte einen Moment, bis mir klar wurde, dass das tatsächlich Karl war. Ich ging in Richtung der geschlossenen Tür, um ihn besser zu verstehen. »Eins, zwei, drei …«, zählte er.

Karl leise und liebevoll? Durch das Schlüsselloch hindurch sah ich Jennychen auf seinem Schoß sitzen, und gemeinsam zählten sie die Finger an ihren Händen ab. Dazu tippte er mit der Fingerkuppe seines Zeigefingers auf ihre kurzen Fingerchen. Als er bei zehn angekommen war, gluckste sie begeistert, und er küsste ihr die Tränen von den Bäckchen. Dennoch beobachtete ich die beiden weiterhin durchs Schlüsselloch. Jennychen gelang es, Karl für den Moment ihrer Zweisamkeit zu zähmen. Er wirkte auf einmal gar nicht mehr düster und einschüchternd.

»Schau mich an, Jennychen«, sagte er nun. »Du bist die schönste junge Dame, die mir jemals untergekommen ist.« Er küsste ihre Fingerspitzen. »Aber sage das ja nicht deiner Mutter!« Karl lachte unbekümmert, und ich konnte nicht anders, als vor dem Schlüsselloch mitzulächeln.

Als Nächstes vernahm ich das schnaufende Geräusch einer anfahrenden Eisenbahn. Mit einem »Alle einsteigen, bitte!« setzte er sich seine Tochter auf die Schultern und lief um den voll bepackten Schreibtisch. Ein herzergreifendes Bild. Zum ersten Mal war es Karl gelungen, mich zu rühren.

Die Rue de l'Alliance zog Revolutionäre magisch an. Viele Deutsche waren unter ihnen, die meinen Schweinebraten in Kräuterkruste besonders gern mochten. Im Salon fanden Sitzungen und Besprechungen statt. Politischen Freunden oder Bedürftigen gewährten Karl und Jenny in den Dachkammern tageweise Unterschlupf. Nicht einmal in den Nächten war die Familie Marx mehr allein, nicht einmal in den Nächten verstummten die Diskussionen darüber, wie man die Revolution der Arbeiter organisieren könnte. Wegen der vielen Gäste und meiner Essenseinkäufe wurde das Geld immer knapper. Wenn wir alleine waren, gab es auch so manches Mal nur Käsebrote. Bei Herrn Engels im Nebenhaus ging es genauso geschäftig zu, und auch er begnügte sich an manchen Tagen mit einfacher Kost.

An meinem ersten freien Sonntag führte Jenny mich durch die Stadt. Zum Ausgleich für die viele Arbeit in den ersten Wochen hatte ich vier Tage am Stück frei bekommen. Auf unserem Spaziergang schlenderten wir durch den vornehmen Parc de Bruxelles und irgendwann über den Sand, einen beachtlichen Hügel, in die alte Bürgerstadt hinab. Brüssel war die Stadt der Türme, es gab unzählige davon, und sie wuchsen wie emporgereckte Finger aus dem Häusermeer. Ich mochte die feuchte, windige Luft und die weißen Nebel über den Kanälen. Solange es hell war, erschien es mir friedlich und nett, und es dauerte lange, bis ich in Brüssel mein erstes Gewitter miterlebte.

Als wir die Grande Place im Zentrum Brüssels erreichten, dämmerte es bereits. »Die erste Siedlung wurde dort, wo heute das Rathaus steht, gebaut. In ein Sumpfgebiet hinein, das man dafür trockenlegte.« Jennys Feder an der Schute wehte kühn im Abendwind. »Brüssel ist wie eine robuste, alte Pflanze, die mit der Zeit immer neue Blätter und Blüten bekommen hat, neue Quartiers.« Jenny zeigte zum herrschaftlichen Rathaus mit dem in den Himmel wachsenden Turm. »Kannst du dort oben den Erzengel Michael erkennen, Lenchen?«

Er war mir sofort aufgefallen, wie er auf der Turmspitze des Rathauses das Schwert in die Luft reckte und zu uns hinabschaute, als fordere er uns ebenfalls zu furchtlosen Taten auf. Ich konnte mir Jenny durchaus gut mit einem nach oben gereckten Schwert in der Hand vorstellen.

»Am Abend ist es hier auf der Grande Place am schönsten«, sagte sie sehnsüchtig. Ich war sicher, sie wünschte sich Karl an ihre Seite, der zur selben Zeit jedoch mit Herrn Engels über dicken Büchern brütete.

»Siehst du, wie das Abendlicht die spitzen Giebel schleift?«, fragte Jenny. »Brüssel ist mein kleineres, behaglicheres Paris, ebenso elegant und voller Genüsse, aber überschaubarer und persönlicher.«

Mein Blick glitt über die schönen Giebel der Zunft- und Gildehäuser, die gemeinsam mit dem Haus des Königs den Platz rahmten und sich nun mit dem Abendhimmel verbanden.

Ich fragte mich, ob ich mich hier jemals so heimisch fühlen würde wie zuletzt in Trier. Sehr wahrscheinlich starb ich eines Tages in Brüssel und würde hier beerdigt werden. Ob es im Himmel über Saint-Josse-ten-Noode anders zuginge? Ich dachte an die Eiche an der Blies und den Dreier-Turm der Wendelinus-Basilika in Sankt Wendel. Brüssel wirkte in den Dämmerstunden so friedlich wie ein kleiner Ort nach der Ernte, und doch sammelten sich Dutzende Revolutionäre hier.

»Welches Haus gefällt dir am besten?«, fragte Jenny.

Wir drehten uns gemeinsam, um jedes Gebäude ausgiebig zu betrachten. Mit den vielen kunstvoll gerahmten Fenstern und dem filigranen Fassadenschmuck war eines schöner als das andere.

»Ich kann es mir schon denken!« Jenny zog mich vor das erste Zunfthaus rechts außen an der Nordwestseite des Platzes. »Schau dir die Büste über der gewölbten Tür genauer an, erkennst du sie?«

Ich trat zurück. Die Mitra verriet mir, dass die vergoldete Büste einen Bischof zeigte, aber mehr wusste ich nicht.

»Das ist Bischof Aubert, der Beschützer der Bäcker.« Jenny übersetzte für mich den lateinischen Schriftzug im Türbogen: »Dieser Heilige hat sich während seines Lebens durch seine bewundernswerte Barmherzigkeit für die Armen ausgezeichnet.«

Ich lächelte, was für ein schöner Gedanke. »Mein Vater war Bäcker. Unter der Eiche an der Blies, gar nicht lange vor seinem Tod, hat er mir verraten, dass er am liebsten den Acker wieder gegen die Backstube eintauschen würde.« Ich musste Jenny bereits davon erzählt haben, denn sie nickte wissend.

In diesem Moment vor dem Zunfthaus der Bäcker sandte ich in Erinnerung an Pabbi kein Gebet zu Gott, sondern mit geschlossenen Augen einen Gruß an meinen Vater in den Himmel. Was er wohl gesagt hätte, wenn er jetzt hier bei mir gewesen wäre? Ich glaube, er hätte sich nach Vögeln und Käfern umgeschaut, er liebte die Natur.

Als ich die Augen wieder öffnete, spazierte gerade ein Uniformierter hinter uns drein. Mit seinem aufwärts gedrehten Schnauzbart war er mir neulich schon in der Nähe unseres Hauses aufgefallen. Doch ich erwähnte es nicht gegenüber Jenny, nichts sollte den schönen Tag und seine wohltuende Ruhe zerstören.

Als ich das Studierzimmer nach meinen freien Tagen zum Staubwischen betrat, fiel mir als Erstes der Tabakgeruch auf. Er war am intensivsten in diesem Raum. Jenny nannte das Zimmer »den stinkendsten Ort im ganzen Haus«, und doch war es vor allem ein Ort voller Gedanken, Wissen und Möglichkeiten.

Meine Hände strichen über das Schachbrett. Ich glaube, ich konnte mein Herz bis in die Fingerspitzen hinein pochen fühlen, als ich den weißen Bauer vor der Königin, den Königinbauer, aufnahm und ihn streichelte. Er und all die anderen Bauern des Spiels hatten eine kleine runde Erhöhung auf dem Kopf, die an den Bommel einer Strickmütze erinnerte. Plötzlich kamen Geräusche vom Flur her. Sofort stellte ich den Bauer wieder zurück auf das Brett und begann, das mitgebrachte Schutztuch sorgfältig über dem Schreibtisch auszubreiten, der voller Papiere und Schreibgeräte war. Danach machte ich mich ans Staubwischen. In Gedanken allerdings stand ich weiter vor dem Brett und streichelte eine Figur nach der anderen. Ich hatte mir ihre Formen ganz genau eingeprägt, auch wenn ich sie nur kurz gesehen hatte. Die schlanken, hochgewachsenen Königinnen, die grazilen Pferde … Als Nächstes wischte ich mit dem Lappen das Bücherregal ab. Karls vollgeschriebene Bögen und Folianten wuchsen neben dem Regal auf Hockern zu Türmen heran, und ich musste aufpassen, sie nicht versehentlich umzustoßen. Ich war in Gedanken beim Schachbrett, und außerdem wollte ich Karl nicht die Genugtuung verschaffen, feststellen zu können, dass ich meinen häuslichen Aufgaben nicht gewachsen war.

Ich sah mehr Bücher in diesem Raum als freie Wandflächen, und viele standen auf dem Kopf oder waren gestapelt wie Ziegelsteine. Ich nahm ein jedes vom Stapel oder aus dem Regal heraus und entstaubte es, über die mit Ledereinband fuhr ich vorsichtig mit einem feuchten Lappen. Goldene Lettern, verblichene Titel und Eselsohren schauten mich an, gerade wegen ihrer Abnutzung schienen mir die Bücher unendlich kostbar. Wie oft waren sie wohl schon aufgeschlagen worden, wie viele Nächte war jemand über ihnen eingeschlafen, und wie oft hatte jemand freudig in ihnen gelernt oder sie verflucht? Ich stellte jedes einzelne Exemplar genauso in das Regal zurück, wie ich es vorgefunden hatte: auf den Kopf gestellt, schief, ein Stück herausgezogen oder an seinen Platz im Stapel. Ich wollte in Karls Reich so wenig Spuren wie möglich hinterlassen.

Als ich in der Mitte des Regals angekommen war, fiel ein sehr dickes Buch, als ich nach ihm griff, aus seiner Bindung heraus und mir entgegen. In Gedanken hatte ich am Schachbrett gerade den schwarzen Turm aufgenommen. Ich konnte die Buchseiten gerade noch auffangen, bevor sie auf dem Boden aufkamen. Behutsam hob ich den dazugehörigen Einband von den Dielen auf. Das Buch hatte einen ungewöhnlich langen Titel, der mit winzigen Buchstaben in das abgegriffene Leder eingeprägt war: »Der Wohlstand der Nationen: eine Untersuchung seiner Natur und seiner Ursachen«. Der Autor war ein gewisser Adam Smith. Ich legte die vielen Hundert Seiten wieder in den Einband zurück. Schwer vorstellbar, dass ein einziges Leben ausreichte, um so viele Buchseiten zu füllen.

Ich schlug das Buch mittig auf, und da fiel mir ein handgeschriebener Zettel entgegen. »Fabriken verordnen Tod auf Raten!«, las ich versunken und musste sofort an die Spinnerinnen denken, von denen Herr Engels berichtet hatte.

»Es ist der Kapitalismus, den ich dafür verantwortlich mache.« Das war Karls Stimme, ertappt hielt ich inne. Ich wollte den Vorfall besser erklären, bevor er zornig wurde. »Mir ist beim Saubermachen …«

Karl griff nach dem Buch in meiner Hand. »Smith glaubt, dass der Kapitalismus zum Wohlstand für alle führt, wenn die Kapitalisten nicht nur egoistisch immer mehr und mehr Geld verdienen wollen, sondern ihren Arbeitern gegenüber auch Sympathie und Mitgefühl zeigen.« Kurz pausierte er. »Ich bin da anderer Meinung.«

Hab keine Angst vor ihm und geh ihm auch nicht aus dem Weg, erinnerte ich mich in diesem Moment wieder an Jennys Worte.

»Im Kapitalismus geht es einzig darum, möglichst billige Waren zu produzieren«, sprach Karl weiter. »Im Kapitalismus sollen möglichst viele Produkte möglichst schnell verkauft werden. Er belohnt einzig die Kapitalvermehrung und die Kapitalisten. Sonst nichts und niemanden, erst recht kein Mitgefühl und keine Sympathie!«

Einzig die Kapitalisten, wiederholte ich gedanklich. Das Bild meines Bruders Peter erschien mir vor Augen, der einst mit den älteren Jungen aus Sankt Wendel zum Kirschenstehlen gegangen war. Von einem Zaun verdeckt, war einer auf die Schultern der anderen geklettert. Nur der zuoberst Stehende, für gewöhnlich der Geselle des Schmieds, erreichte die Früchte auf der anderen Seite des Zauns und stopfte sich eine nach der anderen in den Mund, ohne sie gleichermaßen mit den anderen zu teilen. Dabei war er doch nur an die Früchte rangekommen, weil er auf den Schultern von zwei Jungen unter sich stand, und diese wiederum auf den Schultern von jeweils zwei weiteren Burschen. Die vier untersten trugen die schwerste Last, bekamen aber am Ende nur eine Handvoll der leckeren Kirschen, den Rest von dem, was die drei oberen nicht schon verspeist hatten.

»Im Verhältnis zur ungerechten Armut vieler steigt der Reichtum der Fabrikbesitzer ins Unermessliche«, übernahm Karl. »Die wachsende Verelendung noch länger zu ertragen, werden immer weniger Menschen gewillt und fähig sein. Und sowieso birgt der Kapitalismus immanente Widersprüche zwischen dem industriellen Kapital und der Warenproduktion durch Arbeit in sich, die keinesfalls ewig bestehen werden. Die Gesellschaft wird sich deswegen weg vom Kapitalismus und hin zu einer neuen Ordnung entwickeln!«

»Bis ein Gleichgewicht entsteht«, fügte ich gedankenversunken an. »Keinerlei Widersprüche mehr.«

Zu meiner Erleichterung machte ich in Karls Gesicht keine Geringschätzung, sondern Überraschung aus.

Er hatte von Hegel gesprochen, der mir bei dem Wort »Widerspruch« sofort in den Sinn gekommen war. Ich dachte an die braune Soße zum Sauerbraten, die ich mit Angela Steinbach vertilgt hatte: die Hegel-Soße. Bei Hegel ging es um Widersprüche, und wo Widersprüche bestanden, stand die beste Lösung noch aus, so hatte es Jenny mich in Trier in meiner Dachkammer gelehrt. Auch im Kapitalismus, wo Arbeiter ausgebeutet wurden, stand die beste Lösung noch aus. Konnte es denn vernünftig sein, dass die, die am härtesten arbeiteten und die größte Last auf ihren Schultern trugen, das kleinste Stück vom Kuchen abbekamen? Karl und Jenny hatten schon bei vielen Mahlzeiten, die wir zusammen eingenommen hatten, von einer Massenverarmung der Arbeiter gesprochen. Sie glaubten, dass erst dann ein Gleichgewicht erreicht wäre, wenn alle Menschen am Reichtum teilhaben würden. Diese Vorstellung einer Welt ohne Hunger und ohne Betteln war ein schöner Moment an diesem Tag, der schönste überhaupt.

Karl betrachtete mich aufmerksam und sagte: »Und anders als meine Philosophie-Kollegen werden wir diesen Widerspruch durch Kampf lösen, nicht nur durch Denken und Erkennen.« Er ging mit dem Buch zum Schreibtisch und blätterte darin.

Meine Knie begannen zu pochen, als er sich vor dem Schreibtisch wieder zu mir umdrehte. »Welchen Abschnitt hast du gelesen?«, wollte er wissen.

Ich schüttelte den Kopf und hob mein Staubtuch.

»Ich weiß, du wolltest wieder mal nur Staub wischen …«, sagte er nach einer Weile.

Spielte er tatsächlich darauf an, dass er mich damals in Trier nach seinem ersten Schachsieg gegen den Baron im Vorzimmer beim Spitzeln ertappt hatte? Konnte es sein, dass er sich nach so langer Zeit wirklich noch daran erinnerte?

Karl schaute jetzt ernst, aber nicht herablassend. »Wie lange brauchst du hier noch?«

»Ich kann morgen früh weitermachen«, schlug ich vor und nahm das Schutztuch über seinem Schreibtisch zusammen. Nicht dass er doch noch zornig wurde.

Er gab mir das Buch zurück. »Kannst du es neu binden lassen?«

Ich nahm es vorsichtig entgegen. »Natürlich, zu Befehl«, entgegnete ich, knickste und verließ mit Herrn Smith vor der Brust das Studierzimmer.

Ich schaute nicht einmal mehr zum Schachbrett zurück, so erstaunt war ich darüber, dass Karl und ich gerade zum ersten Mal normal miteinander geredet hatten.

In unserem ersten Brüsseler Jahr reiste Jenny für den Sommer mit Jennychen und einem mächtig angewachsenen Bauch zur Baronin nach Trier. Ich musste zurückbleiben, um den Brüsseler Haushalt, die Gäste im kleineren Kreis und an den Versammlungsabenden zu versorgen. Zu dieser Zeit hatte ich bereits einen guten Buchbinder gefunden, der sich des »Wohlstands der Nationen« annahm. Ich dachte noch viele Nächte über den Kapitalismus und die Ausbeutung der Arbeiter nach. Ein bisschen schmerzte es mich, nicht nach Trier mitzudürfen, aber ich respektierte, dass die Baronin ihre Tochter sehr wahrscheinlich gebeten hatte, die Reise ohne mich anzutreten.

Die ersten Tage ohne Jenny lenkte mich die Arbeit vom Heimweh ab, und Karl schloss sich lange in seinem Studierzimmer ein und studierte Herrn Engels Buch über »Die Lage der arbeitenden Klasse in England«, das mittlerweile erschienen war. Das Schachspiel auf dem kleinen Tisch beachtete er kaum noch. Über Herrn Engels Buch gebeugt, vergaß er sogar das Essen.

Mit jedem Tag ihrer Abwesenheit vermisste ich Jenny und Jennychen mehr. Mir fehlten ihre »Nimmy«-Rufe und mit welcher Neugier das Kind die Welt entdeckte. Immer häufiger rief ich mir Bilder der beiden vors innere Auge: Jenny und ich, wie wir im Sonnenuntergang eingehakt auf der Grande Place wie zwei Freundinnen spazieren gingen. Und Jennychen sah ich in der Badewanne strampeln, wie sie ihre kleinen Finger in das Badewasser tunkte und sie danach ableckte, als klebte süßer Sirup daran. In meine Erinnerung stahlen sich auch Karls schnaubende Eisenbahngeräusche, als er mit Jennychen auf den Schultern um den Schreibtisch gedampft war.

»Mütterchens sich neigendes Leben und ihre Vereinsamung verwunden mich aufs Innigste«, berichtete Jenny nach ihrer Rückkehr aus Trier. Ich war gerade bei der Hausarbeit gewesen, als es an der Haustür klopfte. Wie ich es erst vorgestern bei dem Dienstmädchen zwei Häuser weiter beobachtet hatte, hatte ich die Fensterscheiben mit einer halbierten Zwiebel abgerieben, was selbst den allerschlimmsten Dreck zu lösen half.

Noch in der Tür berichtete Jenny, dass die Baronin an einer Nervenkrankheit litt, wegen der sie Hände und Arme immer weniger bewegen konnte. Vielleicht war das ja auch der Grund für den schlaffen, wenig graziösen Händedruck, mit dem sich Jennys Mutter bei meiner Abreise aus Trier von mir verabschiedet hatte.

Jenny bat mich, ihre Koffer nach oben zu tragen, ihr Bauch wölbte sich inzwischen deutlich unter der Kleidung. Mit Jennychen auf der Hüfte lief sie hinter mir drein ins Obergeschoss. Oben stieß sie auf einen lebhaften Karl, der erst vier Tage zuvor von einer Kurzreise aus Manchester zurückgekommen war. »Stell dir vor, in Manchester konnte ich so viele gute Bücher einsehen.«

»Und die Zustände in den Fabriken?«, wollte sie wissen, ihre Augenringe waren so groß wie belgische Franken.

Karl schüttelte den Kopf. »Es ist noch schlimmer, als wir gedacht haben, Liebes.«

Seitdem er aus Manchester zurück war, schrieb er die Nächte hindurch, selbst am Esstisch murmelte er noch revolutionäres Gedankengut vor sich hin. Mit Feuereifer hatte er sich zusammen mit Herrn Engels der Revolution verschrieben, gemeinsam wollten sie die Welt verändern, ihre Gegner niedermachen … ja, davon sprachen sie. Und sie entwickelten eine seltsame Vertrautheit im Umgang miteinander. Der eine fing einen Satz an, der andere beendete ihn. Karl lehrte Herr Engels die Philosophie von Hegel und Feuerbach, und Herr Engels erzählte ihm im Gegenzug alles, was er über Wirtschaftsökonomie und die herrschenden Zustände in den Fabriken in Manchester wusste.

Karls nächtelange Schufterei, seine Besessenheit, die Revolution und den Sturz der preußischen Monarchie einzuleiten, wurden nur von seinen Schwächeanfällen und schrecklichen Zahnschmerzen unterbrochen. Mir machte es Sorgen, wie gallicht und gereizt Karl immer öfter auch in gesunder Verfassung war, unter anderem wenn Jenny die Sprache auf unseren akuten Geldmangel brachte. Ein Thema, das wir am liebsten verdrängten. Karl bekam nur wenige Artikel verkauft, und mit seinen verlegerischen Projekten ging es ebenfalls nicht voran. Hinzu kam noch, dass die Bauern in diesem Jahr viel weniger Kartoffeln und Weizen ernteten, die Preise für Lebensmittel sich dadurch beinahe verdoppelten. Zuletzt hatte Karl etwas Geld von Herrn Engels bekommen. Fast fühlte ich mich schlecht, dass Jenny mir von dem wenigen Geld, das sie besaßen, auch noch meinen Lohn abgeben musste. Die Hälfte meines Lohnes tauschte ich nach wie vor in heimische Währung um und schickte sie nach Sankt Wendel. Meinem Brief legte ich einen einzigen belgischen Franken bei. Die Familie sollte die große weite Welt auch berühren können.

Im Herbst des Jahres 1845 gebar Jenny die kleine Jenny Laura. Ich hatte Jenny bei der Geburt die Hand gehalten, während Karl in der Stadt neues Geld für uns besorgte. Bald schon grünäugig und mit rosiger Gesichtsfarbe entzückte das kleine Mädchen uns alle, wir riefen sie nur Laura. Laura hatte Jennys früh verstorbene Schwester geheißen. Aus bunten Stoffresten nähte ich dem neuen Familienmitglied eine Kasperlefigur in dem Wunsch, dass Laura wie diese Puppe ihr breites Lächeln ein Leben lang behalten würde. Von Anfang an war Laura mutiger und weniger zurückhaltend als ihre ältere Schwester, stets hatte sie das Kasperle im Arm. Sobald sich Laura etwas zu tun traute, wagte es auch Jennychen. Wenn Laura weinte, wurde Jennychen auch traurig. Und beide waren sie damit zu beruhigen, dass man ihnen die Blümchen an der Tapete zeigte und dazu etwas erzählte.

Am letzten Tag des Jahres stellten die Marxens mir eine Kerze zum Geburtstag auf den Herd. Ihre Geste rührte mich sehr, und als Geschenk durfte ich mir ein Buch aus ihrem Fundus aussuchen. Weil ich beobachtet hatte, wie betroffen Karl es gelesen hatte, entschied ich mich zu Jennys Verwunderung für »Die Lage der arbeitenden Klasse in England« von Herrn Engels.

Karl überreichte es mir mit den Worten: »Eine gute Wahl«, wobei er fast so liebevoll mit mir sprach wie einst mit Jennychen.

Ich spürte, wie mir das Blut in die Wangen schoss.

Zu Beginn des Jahres 1846 gründeten Karl und Herr Engels das *Kommunistische Korrespondenz-Komitee*, das alle Kommunisten in Europa miteinander verbinden sollte. Sie wollten damit auch die kommende Revolution organisieren. Herr Edgar, Jennys Bruder, war auch dabei. Für seine politischen Träume hatte er die Heimat ohne guten Abschluss in der Jurisprudenz und ohne seine Verlobte verlassen. In gewisser Weise war er immer noch der junge Herr Edgar mit dem Globus unter dem Arm geblieben, ein Mann mit eigenen, unabhängigen Plänen. Er erzählte mir von zu Hause. Seitdem dachte ich wieder an Dorothea aus Urweiler, auch unter den Immigranten in Brüssel hatte niemand von ihr gehört. Ich war mir inzwischen ziemlich sicher, damals einem Schwindel aufgesessen zu sein. Edgar überbrachte Briefe an Komiteemitglieder, die Karl nicht der Post anvertrauen wollte. Karl war vorsichtiger geworden.

Er war gerade zur Tür herein, als ich ihn aus der Küche heraus ansprach. *Hab keine Angst vor ihm!* Und mir war viel zu sehr an der Sicherheit der Familie gelegen, als dass ich meine Bedenken noch länger herunterschlucken wollte. Jenny hatte vor Tagen, als ich sie gewarnt hatte, mit der Begründung, dass ihnen in Brüssel nichts passieren könne, abgewunken.

Nun versuchte ich mein Glück bei Karl und berichtete ihm von dem seltsamen Mann mit dem aufwärts gedrehten Schnauzbart, den ich ungewöhnlich oft in der Nähe unseres Hauses sah, ja sogar beim Spazierengehen mit Jenny auf der Grande Place. Niemand in der Nachbarschaft kannte ihn.

»Bist du dir sicher?« Karl tippte nachdenklich die Fingerkuppen beider Hände aneinander.

Wir standen nun beide in der Küche, ich war gerade dabei, die abgebrannten Dochte der Lampen einzukürzen. »Ich bin ganz sicher. Diesen Schnauzbart und diesen stechenden Blick gibt es nur einmal in Brüssel.«

Karl ging grübelnd in den Flur zurück. »Der Kapitalismus wird in absehbarer Zeit sein Ende finden. Die Revolution werden auch die verdammten Preußen nicht verhindern können!«

Ich folgte ihm mit der Dochtschere in der Hand: »Die Revolution steht kurz bevor?«

»Nicht nur eine, sondern zwei«, entgegnete er, die Schere in meiner Hand fixierend. »Die Bourgeoisie, mit ihrem Wunsch nach Mitsprache und Demokratie, wird dem Kommunismus den Weg bahnen. Erst kommt die Revolution der Bourgeoisie, dann die der Arbeiter.« Er übergab mir Gehrock und Zylinder. »Wir lassen die Bourgeoisie für uns die Monarchie entmachten.«

Ich musste mir das alles erst einmal durch den Kopf gehen lassen, obwohl ich eigentlich gar keine Zeit dafür hatte. Der Salon musste noch gewischt und entstaubt, die Teppiche vom Wein gesäubert und sämtliche Lampen mit Öl befüllt werden. Außerdem hatte ich Monsieur Vendacht, dem Bäcker, versprochen, endlich unsere Außenstände bei ihm zu begleichen. Und dennoch wollte ich unbedingt mehr wissen: »Wenn die Bourgeoisie die Monarchie entmachtet hat und die Demokratie eingeführt wurde, ist dann eine zweite Revolution überhaupt noch notwendig?«, fragte ich, obwohl Karl schon am Ende des Flurs angekommen war. Ich wollte schon meine Kräuselhaube richten, um meine Nervosität in den Griff zu bekommen, als mir einfiel, dass ich sie schon länger nicht mehr trug, weil die Kinder sie mir immer wieder vom Kopf gerissen hatten.

»Oh, ja! Denn den Millionen von Arbeitern nützt eine Demokratie nichts, wenn sie nicht auch wählen dürfen«, sagte er, bereits auf dem Sprung die Treppe hinauf. »Ohne Wahlrecht können sie keinen Einfluss darauf nehmen, wer im Parlament ihre Sorgen vertritt und dass ihre sozialen Nöte überhaupt zur Sprache kommen. Eine Demokratie ohne Wahlrecht für Arbeiter, für Handwerkergesellen, für Tagelöhner und für Dienstboten wie dich kann niemals zu allgemeiner Gerechtigkeit führen.«

Mit pochenden Knien schaute ich ihm nach, bis er oben verschwunden war.

Als ich gerade ein Jahr in Brüssel lebte, musste ich in Karls Auftrag Jennys Erbsilber und einen guten Teil des Weißzeugs ins Pfandhaus bringen. Der Grund dafür war, dass Karl nach wie vor kaum Artikel verkaufte und dass das Buch, das er zusammen mit Herrn Engels geschrieben hatte, »Die deutsche Ideologie«, niemand verlegen wollte. Wir mussten das Haus in der Rue de l'Alliance verlassen und erst einmal im Hotel »Au Bois Sauvage« günstigere, möblierte Zimmer beziehen: eine schmale Küche, eine Stube und hintan ein Schlafzimmer nahe bei der Kirche St. Michel et Gudule, deren Stundenschläge uns wach hielten.

Erst am Ende meines zweiten Brüsseler Jahres verließen wir das »Sauvage« wieder. Mit neuem Geld, das uns die Baronin gesandt hatte und das wohl umständlich von den Preußen hinterfragt worden war, konnten wir ein Häuschen beziehen. Jenny wollte ihr drittes Kind in einem anständigen Heim zur Welt bringen. »Das Kind einer Baronesse hat etwas Besseres als ein schäbiges Hotel verdient!« Unsere neue Bleibe befand sich in der schmalen Rue d'Orléans in der Gemeinde Ixelles, hinter dem Sand gelegen.

Kaum zwei Wochen nach dem Umzug kam an einem eiskalten Februartag Karl Ludwig Heinrich Edgar zur Welt, den wir nur Musch nannten, was von dem französischen Wort »mouche«, *Fliege,* herrührte. Muschs Gliedmaßen waren so zart wie die einer Fliege, er besaß eine Hautfarbe wie Milchsuppe und guckte meist grimmig drein. Weil er vom ersten Tag an kränkelte, wurde er von Jenny besonders umsorgt.

Zur Feier der Geburt hatte sie sich von mir die Zubereitung eines Tête de veau en tortue gewünscht, den die Brüsseler Gesellschaft in den Restaurants an der Grande Place am liebsten aß. Monsieur Nervure, der neue hilfsbereite Metzger aus der Rue de Livourne, erklärte mir das Rezept und gab mir alles Notwendige – darunter Kalbskopf, Zunge, Hirn und Hühnerkämme – mit. Ich zahlte es von dem Teil meines Lohnes, der ansonsten nach Sankt Wendel gegangen wäre. Das Tête de veau en tortue ließ uns für einen Abend alle Geldsorgen vergessen. Musch schleckte eine Kostprobe der feinen Soße von Karls Fingerkuppe.

Nur wenige Tage später erfuhren wir aus den Zeitungen, dass in Frankreich das Bürgertum inzwischen für politische Mitspracherechte auf die Straße ging. Gleichzeitig streikten die Arbeiter für bessere Arbeitsbedingungen in den Fabriken. In England ging es den Arbeitern dagegen nach wie vor besonders schlecht. Wegen missratener Ernten waren die Preise für Nahrungsmittel noch mehr als bei uns gestiegen. Wegen Hunger und schlechter Lebensmittel starben ganze Familien an Typhus oder an der Ruhr. In Brüssel brachen kurze Zeit später ebenfalls Tumulte aus, auch in der Stadt im Sumpf verlangte das Bürgertum politische Mitsprache- und Freiheitsrechte. Freiheit für die Presse, für Vereine, für jedes Individuum, damit es glauben durfte, was es wollte. Das Bürgertum war gut organisiert, wie es für eine Revolution notwendig war: Die Menschen waren mutig, besaßen Waffen, hatten sich auf gemeinsame Ziele geeinigt und auch darauf, wie sie diese durchsetzen wollten. Zudem konnten sie auf ein flächendeckendes Vereinsnetz mit vielen Mitgliedern zurückgreifen, lobte Karl in großer Runde. All das fehlte den Arbeitern noch, diese wussten lediglich, dass ihre Lebens- und Arbeitssituation unerträglich geworden war, und trafen sich hin und wieder, um vollkommen unkoordiniert den Widerstand zu organisieren. Monsieur Vendacht, der Bäcker, dem wir noch dreihundert Franken schuldeten, konnte nur noch halb so viel Brot backen. Ich verdünnte Speisen mit Starkbier, und lange schon hatte es keine Krebse in Tomatensoße, ein typisches Brüsseler Gericht, mehr gegeben.

Der Beginn der bürgerlichen Revolution war nun greifbar nah und damit auch die ersehnte Entmachtung der Monarchie. Karl näherte sich seinem Traum, über eine Demokratie den Kommunismus einzuführen. Immer öfter ertappte ich mich dabei, dass ich über die politische Situation sinnierte, am liebsten beim Schrubben des Herds. Zwei Revolutionen nacheinander – das wollte mir nicht mehr aus dem Kopf gehen. In der Revolution des Bürgertums ging es um die Entmachtung der Monarchie, um die politische Mitsprache der Bürger, um wirtschaftliche Freiheiten und um die Gründung des deutschen Nationalstaates. Die Revolution der Arbeiter wiederum wollte eine Umverteilung des Reichtums erreichen und damit die soziale Lage der Arbeiter und die Arbeitsbedingungen in den Fabriken verbessern. Soziale Gerechtigkeit für alle. Ich wusste nicht, ob ich mir das überhaupt vorstellen konnte.

Als die bürgerliche Revolution begann, verließ Edgar uns, um fortan im fernen Texas zu leben. Und obwohl Jenny ihn unter Tränen verabschiedete, feierten sie und Karl am Abend mit Gleichgesinnten im Zunfthaus der Metzger an der Grande Place. Ich hütete die Kinder zu Hause. Ihr Traum, dass die Arbeiter geschlossen für ihre Rechte auf die Straße gingen, schien sich schon bald zu erfüllen. Wie es wohl sein würde, zu erleben, wie ein Traum wahr wurde?

In Momenten der Hochstimmung fiel es Karl und Jenny unbeschreiblich leicht, die Geldtasche der Familie zu leeren. Sie gaben Münzen aus, die noch nicht einmal verdient waren.

Umso besser war es, dass Jenny kürzlich mir die Verantwortung für das Haushaltsgeld übertragen hatte. So konnte ich wenigstens dafür sorgen, dass täglich etwas zu essen im Haus war. Herr Engels reichte Geld weiter, sobald er etwas von seinem Vater aus Barmen erhielt. Er hatte Brüssel verlassen, um in Paris die Kommunisten »auf Linie zu bringen«, auf seine und Karls Linie. Karl indessen besuchte immer wieder Freunde aus unserem alten Viertel, die anzupumpen sich lohnte. Ich streckte derweil die Suppen und gab dafür mehr Kräuter hinein. So fiel die geringere Fleischzugabe weniger auf, und ich bekam mit weniger Geld mehr Mäuler satt.

Für den *Bund der Kommunisten* habe Karl einen besonders wichtigen Auftrag, den er schon vor mehreren Monaten übernommen hätte, erklärte Jenny mir. Damit die Arbeiter geschlossen unter dem Dach des *Bundes* auftreten könnten und bereit für ihre Revolution wären, sei es wichtig, die Ideen und Ziele des Bundes zu formulieren, genauso wie in einem Parteiprogramm die politischen Ziele, denen sich die Anhänger der Partei verschrieben, festgehalten wurden. Diese Ideen und Ziele sollte Karl formulieren.

Zu diesem Zeitpunkt spielte ich ausschließlich nur noch gegen ihn Gedankenschach. Seine Strategien wurden immer ausgeklügelter. Er war nicht zu besiegen, das stimmte mich, auch was Jennys Schutz und das Wohlergehen der Kinder betraf, hoffnungsvoll.

* * *

Ein Gespenst geht um in Europa

Nicht einmal einen Monat lag mein siebenundzwanzigster Geburtstag zurück, der im Lichtschein einer Kerze gefeiert worden war, als zu Beginn des Jahres 1848 ein Überraschungsbesuch eintraf. »Die Morgenröte zieht für das Proletariat auf!«, begrüßte mich Herr Engels mit einer formvollendeten Verbeugung. Jennychen und Laura liefen mir zwischen den Beinen herum, einen Ball werfend. »Nimmy, fang!«, rief Jennychen. Das Fangen bereitete Laura noch Probleme, denn sie war nicht gewillt, ihr lieb gewonnenes Kasperle mit dem breiten Lächeln dabei loszulassen. Eben noch hatte ich mich übergeben, nachdem ich stundenlang mit Magenschmerzen gekämpft hatte. Vielleicht weil der Witlof vom Gemüsehändler im Dreckwasser der Senne gewaschen worden war?

Herr Engels stach den Gehstock mit dem silbernen Pferdekopf in die Luft und marschierte in preußischer Manier an mir vorbei. Bevor er nach Paris gegangen war, hatte er seinen Gehstock noch im Brüsseler Pfandleihhaus ausgelöst. »Du siehst krank aus!«, merkte er noch an.

Jennychen, die in wenigen Monaten vier Jahre werden würde, schaute ängstlich zu mir auf. Ich allerdings starrte Herrn Engels überrascht hinterher, weil mir gar nicht aufgefallen war, dass er mich genauer angeschaut hatte. Eitle Leute wie er machten mir keine Angst mehr. Dazu hatte ich sie viel zu oft betrunken, überschwänglich oder erschüttert gesehen und unzusammenhängendes Zeug reden hören, weshalb ich auch wusste, dass sie gar nicht so viel anders waren als wir Dienstboten.

Laura zog mich zu sich hinab und kletterte auf meinen Rücken. »Hüh, Nimmy, hüh!« Sie strampelte mit ihren Beinen, um mich wie ein Pferd anzutreiben. Ohne das Kasperle loszulassen, zog sie an meinem Zopf, als wäre das ihr Zügel. Etwas schwerfällig ritt ich los, seit einigen Tagen schon fühlte ich mich schlapp. Dennoch ließ ich mich nicht davon abhalten, ihr Spiel mitzuspielen, denn nachdem wir in letzter Zeit beinahe jeden Abend Gäste im Haus hatten, blieb mir immer weniger Zeit für die Kinder. Jennychen lief uns hinterher.

»Sie haben mich aus Paris ausgewiesen!«, hörte ich Herrn Engels schimpfen, als ich ihm mit den Kindern nach oben folgte. »Diese ungepflegten Buckelkäuze von Beamten!« Bei diesen Worten war er schon vor der Tür zum Schlafraum von Karl und Jenny angelangt. Er betrat diesen intimen Ort so selbstverständlich, als befände sich dort ein öffentlicher Weinausschank.

Noch am gleichen Abend machten Karl und Herr Engels sich an das Parteiprogramm für den *Bund der Kommunisten*, das sie das »Manifest der Kommunistischen Partei« nannten. Wenn ich ihnen Getränke oder etwas zu essen brachte, bemerkten sie mich nicht einmal, so vertieft waren sie in ihre Arbeit. Karl wanderte in dem mit Büchern vollgestopften Studierzimmer auf und ab, einen qualmenden Stumpen in der Hand, denn Zigarren konnten wir uns nicht mehr leisten. Und Herr Engels tat es ihm gleich. In raschem Gang bewegten sie sich aufeinander zu und wieder voneinander weg. Dabei sprachen sie ihre Gedanken laut aus, bis einer von beiden abrupt anhielt. Der andere stoppte dann ebenfalls. Während ich sie dabei beobachtete, fiel mir auf, dass die Lackschuhe von Herrn Engels vorne an Kappe und Schaft nicht mehr glatt waren und sogar kleine Risse aufwiesen, was gar nicht zu ihm passte. Er war sonst immer tadellos gekleidet. Ich kannte sonst niemanden, der so lange dieselben Anzüge, Gehröcke und Hemden trug, ohne sie zu zerknittern oder gar aus der Form zu bringen.

»Ein Gespenst geht um in Europa«, sagte Herr Engels einen Tag nach seiner Ankunft, als ich den beiden doppelte Limonade brachte, und Karl fuhr fort: »Das Gespenst des Kommunismus!«

Der Gedanke, den Besitzlosen von ihrem Reichtum abzugeben, musste auf die Besitzenden tatsächlich wie ein Schreckgespenst wirken. Ich stellte die Limonade auf die einzige freie Stelle auf dem Schreibtisch.

»Unterdrücker und Unterdrückte standen von jeher in stetem Gegensatz zueinander. Sie führten einen ununterbrochenen, bald versteckten, bald offenen Kampf, der jedes Mal mit einer revolutionären Umgestaltung der Gesellschaft endete oder mit dem Untergang der kämpfenden Klassen.« Herrn Engels' Stimme wirkte so aufrüttelnd, als würde ein Festakt von jemandem mit einer Fanfare eingeleitet. »Ihr gnädigen Herren vom Kapital!« Auch diese Worte notierten sie.

Am zweiten Morgen nach Herrn Engels Besuch wachte ich vor allen anderen auf. Die Gewitter in der Nacht hatten sich verzogen. Ich holte Wasser vom Brunnen und erhitzte es auf dem Herd. Für die Wasserträgerinnen war gerade kein Geld mehr da.

Da stand Karl plötzlich hinter mir. Er gähnte und sagte mit müder Stimme: »Wir brauchen Kaffee, Lenchen. Für vier!«

Ich knickste, obwohl Jenny das nicht mehr von mir verlangte. Bei Karl war ich mir jedoch nicht sicher, was diese Demutsbezeugung betraf. »Sehr wohl, zu Befehl«, sagte ich, damit beschäftigt, das noch schwache Feuer im Herd zu schüren. Wenn er vier sagte, meinte er damit zwei Tassen mit Kaffee, der so stark war, dass er vier Leute wach hielt. Aber hatte er etwa gerade Lenchen zu mir gesagt? Ich hielt vor dem Herd inne. Ein Lächeln huschte über mein Gesicht, und ich war froh, dass ich mit dem Rücken zu ihm stand und er es nicht sehen konnte.

Jenny und die Kinder schliefen noch, als ich mit dem Witlof-Kaffee den Salon betrat. Auf drei Hockern und zwei Stühlen, die zu einer Liegefläche zusammengestellt waren, lag Herr Engels und schlief. Dabei sah er gar nicht mehr so elegant aus. Der Mund stand ihm halb offen, seine Arme hingen wie bei einem Toten hinab, und seine Halsschleife baumelte liederlich aus der Weste heraus. Auf dem Boden um ihn herum lagen Bücher, Papiere und Notizen verstreut. So war mir Herr Engels schon sympathischer. Ein zweites Mal an diesem Morgen musste ich lächeln.

Karl saß hinter seinem Schreibtisch vor dem Fenster und war in ein Buch vertieft. Ich stellte das Tablett mit den zwei Tassen wie immer auf die einzig freie Stelle auf dem Tisch und wandte mich zum Gehen. Ich kann nicht sagen, warum ich beim Berühren des Türknaufs dann doch noch zu sprechen begann. »Die Revolution macht mir Angst«, sagte ich und schalt mich kurz darauf, in Karls

Gegenwart von Angst zu sprechen. *Sie hat doch Angst, was bringt das?* Am besten, ich huschte schnell zur Tür hinaus.

»Angst? Vor der Revolution?«, trafen mich seine Worte von hinten. Ich spürte seinen Blick in meinem Rücken. Einen Atemzug später drehte ich mich zu ihm um.

Karl zündete sich einen Stumpen an, zog daran und sagte dann: »Ängste sind dazu da, dass man sie überwindet.«

Es klang so einfach.

Mein Herz drängte heftig gegen meine Brust. »Wieso bedarf es erst einer Revolution mit schlimmen Kämpfen, damit Veränderung möglich ist?«

Zwischen dem Schnarchen von Herrn Engels hörte ich Karls Rauchwerk. Ein feines Knistern, das zudem angenehm roch und mich an das Herrenkabinett des Barons in Trier erinnerte. Mein Blick sprang von seinen Fingern zum Schachbrett. Das Spiel ruhte unangetastet und aufgeräumt auf dem Tisch.

»Nur einer gewaltvollen Revolution kann es gelingen, die Kapitalisten zu entmachten«, erklärte Karl mir. Es knisterte, und da war auch noch ein leises Zischen, als er am Stumpen zog. Es klang wie eine ganz besondere Musik oder geflüsterte Worte, die nicht jeder hören konnte.

»Das ist der Preis, den die Menschheit für ihre Weiterentwicklung zahlen muss!«, kam es von den Stühlen her. Herr Engels richtete sich auf und griff nach seiner Tasse Witlof-Kaffee.

»Mit Kämpfen riskieren wir Schmerz und Verlust«, sagte ich.

Herr Engels schickte einen eindeutigen Blick zu Karl. *Was wusste denn schon ein Dienstmädchen?*

»Es gibt keinen anderen Weg in unserem Fall, verhungernde Menschen sind nicht weniger schlimm als seelisch erschütterte, meinst du nicht?«, fragte Karl ruhig. Er fragte es mich und nicht Herrn Engels.

Weil ich eine Weile keine Antwort wusste, sprach er weiter: »Unsere Revolution wird zwar mit Gewalt einhergehen, aber was sie erreichen wird, ist Menschlichkeit. Die Arbeiter in den Fabriken haben keine Zeit mehr für ihre Familien, und das zerstört deren Zusammengehörigkeit und damit die der gesamten Gesellschaft.«

Ich musste daran denken, wie meine Familie nach Pabbis Tod vor lauter Arbeit nicht einmal mehr gemeinsam gegessen hatte.

»Diese Zusammengehörigkeit können wir zurückerobern. Verzichten wir dagegen auf Gewalt, verurteilen wir uns zur Ohnmacht. Gewalt ist die mächtigste Geburtshelferin der Geschichte, Lenchen.«

Ich schaute auf. Wieder ein Lenchen aus Karls Mund.

»Dies sollten wir auch in unserem Manifest niederschreiben!«, sagte Herr Engels, während er seine Schleife band und sie in die Weste zurücksteckte.

Ich konzentrierte mich wieder auf Karl, auf sein dunkles Antlitz mit den pechschwarzen Augen, Jennychens Züge, und landete doch wieder bei seinen Händen, die die Figuren beim Schach gekonnt führten.

»Können wir nun weitermachen?«, fragte Herr Engels in meine Richtung. »We have to go on!« Er machte diese typische Handbewegung von Herrschaften, als müsste er lästiges Viehzeug vertreiben. Er war jetzt auch wieder akkurat angezogen.

Mein Blick blieb an seinen Lackschuhen hängen. »Herr Engels«, sagte ich noch, bevor ich ging. »Ich würde Ihnen empfehlen, etwas Öl auf Ihre Schuhe zu geben, damit sich die Risse wieder zusammenziehen.« Nach diesen Worten griff ich nach meinem Tablett, drehte mich um und verließ den Raum.

Im Flur musste ich erst einmal tief Luft holen. Ich war vorlaut gegenüber Herrn Engels gewesen.

»Fritze«, hörte ich Karls Stimme aus dem Raum mit der halb offenen Tür. »Sie hat uns auf etwas Wichtiges hingewiesen: Wir müssen den Menschen die Angst vor der Revolution nehmen. Ihnen verständlich machen, wofür wir kämpfen. Nur so gewinnen wir sie als Anhänger!«

Ich glaube, Herr Engels starrte da immer noch auf die Tür, durch die ich gerade entschwunden war.

Pünktlich am ersten Februar schickte Karl das Manuskript des Parteiprogramms mit der Post nach London und Herrn Engels mit dankenden Worten aus dem Haus. Noch am selben Tag brach ich vor dem Waschkessel zusammen.

»Lenchen!« Jenny klopfte mir auf die Wange, sodass ich langsam wieder zu mir kam. Aufgeregt suchte sie mich auf eine äußere Verletzung ab. »Bist du gestürzt?«

Ich wusste nicht mehr, was geschehen war, außer dass ich Wäsche aus dem Laugenbottich hatte fischen wollen.

»Kannst du aufstehen?« Jenny stützte mich und betastete meine Stirn. »Du fieberst ja, mein Gott!«

Da stand auch Karl in der Tür. »Soll ich Doktor Breyer kommen lassen?«

»Das ist nicht notwendig«, sagte ich. Wir brauchten das Geld für andere Sachen dringender. Jennychen hatte sich zum vierten Geburtstag eine Torte gewünscht. Genauso eine, wie sie Konditor Laverge in der Rue au Beurre verkaufte, mit Fruchtsternen obendrauf und gefüllt mit dunkler Creme.

»Ich schicke jemanden, der den Doktor holt!«, ordnete Karl an und verschwand. *Die Herrschaft ist zur Vorsorge für kranke Dienstboten nur dann verpflichtet, wenn dieselben keine Verwandten in der Nähe haben, die sich ihrer anzunehmen vermögen.*

Ich fühlte mich schlecht, als Doktor Breyer eintraf. Ich war gerade über die Waschschüssel gebeugt und erbrach das Frühstück. Der Doktor wies Jenny an, die Kinder von mir fernzuhalten, die neugierig in der Tür standen.

»Nimmy?«, fragte Laura und knetete das Kasperle in ihren Händen. »Musst du sterben?« Jennychen neben ihr weinte still.

Laura war inzwischen ebenso schwarzhaarig wie ihre ältere Schwester und dennoch kein Mohr wie Karl, sondern ähnelte mehr Jenny. Ihre Augen waren grün und ihr Blick weicher, ihre Gesichtszüge weniger kantig.

»Ich sterbe bestimmt nicht.« So gut es ging, schüttelte ich den schmerzenden Kopf.

»Welche Beschwerden haben Sie, Fräulein?«, fragte Doktor Breyer mich in meiner Kammer, als wir alleine waren. Er war wie wir vor der preußischen Polizei hierher nach Brüssel geflohen.

Ich sagte ihm, als der Schwindel wieder nachließ, dass mein Bauch zuletzt gedrückt und ich auch immer wieder Hitzewallungen gehabt hätte. Husten und blutigen Auswurf – die untrüglichen Anzeichen der weißen Pest, der Tuberkulose – verneinte ich.

Es pochte schwach gegen die Tür, Kinderhände, aber der Doktor reagierte nicht darauf.

»Gleich ist alles wieder gut!«, rief ich laut, um die Mädchen zu beruhigen.

»Hatten Sie zuletzt mit Cholerapatienten Kontakt?«, fragte der Doktor ernst.

Ich schluckte. »Cholera?« Soweit ich wusste, hatte diese Krankheit beim Philosophen Hegel mit Bauchschmerzen angefangen und mit seinem Tod geendet. Man starb an ihr, weil man innerlich vertrocknete. »Nicht dass ich wüsste«, murmelte ich verstört.

Doktor Breyer untersuchte meine Haut an den Armen und Beinen und studierte mein Gesicht gründlich. Ich musste ihm währenddessen das Aussehen meiner Ausscheidungen beschreiben, was mir unangenehm war. »Seit wann haben Sie denn diese Beschwerden, Fräulein Helena?«, wollte er als Nächstes wissen.

Kraftlos hatte ich mich schon in den Tagen vor Herrn Engels Besuch gefühlt. »Seit ungefähr zehn Tagen«, sagte ich ihm.

Nach einem Nicken erhob er sich und griff nach seiner Tasche. Ich deutete auf meine letzten Münzen, die ich neben meiner Tabakdose für ihn bereitgelegt hatte. Doktor Breyer nahm sie und packte seine Sachen zusammen.

»Die Cholera kann es dann nicht sein, sonst hätten Sie keine zehn Tage überlebt. Sie benötigen jetzt unbedingt Ruhe, um wieder zu Kräften zu kommen!«

Der Doktor verabschiedete sich, und sofort stürmten Jennychen und Laura an mein Bett. Jenny blieb mit Musch auf dem Arm im Türrahmen stehen. Die Kammer war zu schmal für vier Menschen.

Karl wandte sich an Jenny. »Und?«, fragte er.

»Sie braucht jetzt Ruhe!«, klärte Jenny ihn auf. »Doktor Breyer sagt, dass Lenchen an akuter Erschöpfung leidet.«

Zum Glück war es nicht die Cholera!

Die kommenden Tage verbrachte ich halb wach, halb schlafend. Ich vernahm Karls Stimme und seine Schritte aus dem Nebenzimmer. Jenny flößte mir stärkende Hühnerbrühe ein und las mir vor. »Du musst sie gehörig aufkochen vor dem Abschäumen«, riet ich ihr, während sie Shakespeare, Goethe und ihren Mann rezitierte.

»Ein Gespenst geht um in Europa – das Gespenst des Kommunismus.« Jenny hielt einen Druck von Karls jüngster Arbeit in den Händen.

Immer wieder dämmerte ich weg, während sie las, sodass ich nur Fetzen des fertigen Parteiprogramms mitbekam: »Das Bedürfnis nach einem stets ausgedehnten Absatz für ihre Produkte jagt die Bourgeoisie über die ganze Erdkugel.«

Ich sah Familien vor mir, die auseinandergerissen worden waren, und meine kleine Maria mit ihren blonden Haaren und den abstehenden Ohren erschöpft in einer Fabrik an einer Maschine stehen. Jede Schwächung durch eine Krankheit macht uns Menschen empfänglich für Überirdisches. Kranke Menschen können deswegen am ehesten hellsehen und Geisterbotschaften empfangen. Ich hoffte, dass ich nicht Marias Zukunft vorhergesehen hatte.

Jennys kraftvolle Stimme übertönte das Dröhnen der Maschine mit Maria davor: »Die proletarische Bewegung ist die selbstständige Bewegung der ungeheuren Mehrzahl … Das Proletariat, die unterste Schicht der jetzigen Gesellschaft, kann sich nicht erheben, nicht aufrichten, ohne dass der ganze Überbau der Schichten, die die offizielle Gesellschaft bilden, in die Luft gesprengt wird.«

»Nimmy!«, ließ mich eine Kinderstimme aufhorchen. Mit aller Macht hielt ich meine Lider geöffnet. Laura balancierte eine volle Tasse mit heißem Tee auf mein Bett zu. Jenny bedeutete ihr, indem sie sich den Finger auf den Mund legte, sich ruhig zu verhalten. Dann zog sie die Kleine auf ihren Schoß und sprach weiter: »Mögen die herrschenden Klassen vor einer kommunistischen Revolution zittern … die Proletarier haben nichts in ihr zu verlieren als ihre Ketten. Sie haben eine Welt zu gewinnen. Proletarier aller Länder, vereinigt euch!«

Irgendwann später spürte ich Jennys kühle Hände auf meinen heißen Wangen und hörte, wie sie ein nasses Tuch auswrang. Es plätscherte so laut, wie wenn ein Sturm über die Brüsseler Kanäle fegen und das Wasser gegen die Mauern schlagen würde.

Jenny nahm mich in den Arm. »Es wird alles gut, Lenchen.« Sie wiegte mich wie ein Kind. »Zum Glück ist es nicht die Cholera.«

Von diesem Tag an ging es mir stündlich besser. Gut drei Wochen nach meinem Zusammenbruch am Waschkessel entschieden Jenny und Doktor Breyer, dass ich wieder vollkommen von meiner Erschöpfungskrankheit genesen war und mein Bett verlassen durfte.

Als ich meinen ersten Rundgang durch das Haus machte, war ich erschrocken, wie verdreckt und unordentlich alles war. Die Möbel standen kreuz und quer, waren staubig und hatten ihren Glanz verloren. Die Vorhänge waren zerknittert, der Boden voller Flecken. An der Decke hingen Spinnweben so dick wie Wollnetze.

Aber all der Schmutz hielt Karl nicht davon ab, im Salon eine Konferenz abzuhalten. Unter den Zuhörern waren viele mir bekannte Gesichter. Karl sprach zu ihnen, ohne Luft zu holen: »Nichts Vergleichbares, nichts Größeres wird jemals in der Menschheitsgeschichte stattfinden als eine Revolution für die Freiheit aller!« Dolche und Revolver wurden ausgeteilt.

Es herrschte Aufregung und Gedränge im Haus, und erst jetzt begriff ich, dass ich den Ausbruch der Revolution verschlafen hatte. Wir waren mittendrin. Während ich drei Wochen lang das Krankenbett gehütet hatte, war das Bürgertum also erfolgreich gewesen. Der französische Monarch Louis Philippe hatte abgedankt und sein Land verlassen. Die Zweite Französische Republik war ausgerufen worden.

Die wohl mehr als dreißig Menschen in unserem kleinen Salon waren voller Übermut. Herr Freiligrath reichte mir, was alle anderen schon in den Händen hielten: ein Büchlein mit dreiundzwanzig bedruckten Seiten. Auf dem Einband waren Titel und Impressum von einem Zierrahmen umgeben, die Verfasser wurden nicht genannt. Ich schaute wieder zu Karl. Er stand erhöht auf dem Serviertisch und war umringt von seinen Zuhörern. Von Stunde zu Stunde trafen neue Gäste, neue Nachrichten und neue Gerüchte ein. *Alles ist möglich,* dachte ich in diesem Moment. Sogar dass Karl Marx und ich anfingen, uns eines Tages doch noch zu mögen.

* * *

Seine Hände

Karl fand, dass wir unseren Aufenthaltsort unbedingt wechseln müssten. Bis alles organisiert war, wohnten wir wieder im Sauvage-Hotel in drei Zimmern. Viele Menschen waren an den Revolutionstagen auf den Straßen unterwegs, mehr Militär als gewöhnlich, berittene Colonels der Gendarmerie. Von irgendwoher kam immer Geschrei, Flugblätter flatterten durch die Luft. »Vive la République!« Um kühne Redner gruppierte sich Volk. »Tod den Aristokraten!«, rief jemand in der Sprache meiner Heimat. Die Menschen wirkten unruhig, der Sturm war in die Zeit gefahren. Es herrschte eine hingebungsvolle und begeisterte Stimmung. Die Abschaffung der absoluten Monarchie wurde mit Hoffnung und Triumphgefühlen verkündet. *Alles ist möglich.*

Die bürgerliche Revolution war in vollem Gange, während die Revolution der Arbeiter, unsere Revolution, noch nicht begonnen hatte. Karl rechnete damit, dass sie gleichzeitig in England, wo Hungersnöte unter den Arbeitern besonders viele Opfer gefordert hatten, wie auch in unserer Heimat anfangen würde. Wenn die Organisation der Tausende von Arbeitern doch nur recht bald gelänge!

Anders als Kriege oder Putsche brachen Revolutionen nicht einfach so aus oder wurden herbeigezwungen, sie wuchsen, sagte man in Kommunistenkreisen. Revolutionen benötigten Geduld und vor allem Organisation für die Mobilisierung der Arbeiter, auf die Karl und Herr Engels viel Zeit verwendeten. In Brüssel waren Polizei und Militär zuhauf auf den Straßen.

Das Proletariat mit Karl an der Spitze verkündete die Leitsätze des Kommunistischen Manifests. *Proletarier aller Länder, vereinigt euch!* Das Bürgertum in Belgien demonstrierte nun und schrie seine allererste Forderung nach einem Parlament heraus. Viele verlangten die Abdankung des Königs. König Leopold I. von Belgien wollte aber nicht so einfach gehen und bot den bürgerlichen Revolutionären Verhandlungen an. Er sprach von Zugeständnissen, und es sah ganz danach aus, als würde er sich sogar darauf einlassen, seine Regierungsmacht zukünftig mit einem Parlament zu teilen, also eine parlamentarische Monarchie zuzulassen. *Alles ist möglich.*

Während einer Revolution öffnen sich die Menschen. Mir war, als ob selbst die steifsten, hochnäsigsten Menschen ihre Masken ablegen und ihre Hoffnungen ungeniert mit anderen teilen würden. Sie waren bereit, alles zu geben, sie waren sogar bereit zu sterben.

Vor dem Einschlafen las ich in den Revolutionstagen ebenso eifrig im Manifest wie meine Großmutter früher in der Bibel. Familienlosigkeit war eines der emotionalsten Wörter aus Karls Feder, eines, das mich im Innersten berührte. Ich wollte den Kommunismus.

Etwas Unerwartetes, Kühnes geschah an einem der Abende im »Sauvage« noch vor Karls geplanter Reise nach Paris, während der ersten Märztage des Jahres 1848. Musch und Jennychen schliefen schon, während Karl in der Stube noch mit Jenny sprach. Laura lag auf meiner Pritsche in der Küche, und wie schon die vergangenen Tage über schmiegte sie sich – sobald ich neben ihr lag – zusammen mit dem lächelnden Kasperle an mich. Die Kinder waren unruhiger in diesen Tagen und brauchten mehr körperliche Zuwendung. Auch sie hatte der Sturm der Zeit erfasst.

Als Laura neben mir endlich tief und gleichmäßig atmete, ging ich noch einmal vor die Tür des Hotels. Ich wollte den Essiggeruch des Wischwassers aus der Nase bekommen, mit dem ich bis kurz vor dem Zubettgehen noch den Boden in der Küche geschrubbt hatte.

Draußen atmete ich ein paarmal tief durch. Vom Sand her erklangen Lieder und Ausrufe, die ich jedoch nicht verstand. Während einer Revolution schliefen die Menschen nicht, sie versammelten sich und beschworen in den Nächten den bevorstehenden Sieg herauf. Die Stadt war unruhig, der Anbruch der neuen Zeit war zu spüren. Nur vom Licht des Mondes beschienen, griff ich in die Tasche meiner Flügelschürze, die ich mir übergeworfen hatte.

Ich schob mir ein Stück vom Lakritz-gesoßten Kautabak in die Wange und hob das Kinn an. Würzig, rau und scharf zugleich. Ich lehnte mich gegen die Hauswand und genoss den Tabak. Wegen meiner Krankheit lag mein letzter Rausch mehrere Wochen zurück.

Als ich nach oben zurückkehrte, war es dort überraschend still. In der halbdunklen Stube saß einzig noch Karl. Auf dem Boden neben ihm stand eine Öllampe, deren langer Docht schwarz rußte. Karl brütete versunken über seiner Grundlinie mit den schwarzen Figuren. Wie ich so im Türrahmen stand, wanderte mein Blick zu dem glühenden Stumpen in seiner Hand. Mit der anderen schob er gerade mit der schwarzen Königin einen weißen Bauern vom Feld. Zum ersten Mal fiel mir auf, wie behaart sein Handrücken war. Die Haare wuchsen dort beinahe so dicht wie auf seinem Kopf oder am Kinn und waren drahtig. Karl griff nach dem erbeuteten Bauern.

Ich sog den Geruch seines Stumpens ein und erfasste die Aufstellung der schwarzen Figuren. Die Königin war allen anderen vorangestürmt bis weit über die Mittellinie. Der König stand noch immer auf der Grundlinie und ungewöhnlich frei, einzig die Türme und Bauern an den Seitenrändern des Bretts waren noch nicht groß bewegt worden. Es sah ganz so aus, als sei der schwarze König wie der belgische König Leopold I. in diesen Wochen zum Kompromiss bereit. Schwarz baute das Spiel von der Mitte her auf. Weiß agierte etwas vorsichtiger. Bis auf die mittleren drei weißen Bauern, die schon neben dem Brett standen, waren die restlichen noch nicht bewegt worden. Läufer und Pferd fochten nebeneinander den Kampf aus. Der König stand geschützt vom Turm und gleich drei Bauern in der Ecke auf der Grundlinie. Der Weiße handelte abwehrend und verschlossen, wie der Preuße Friedrich Wilhelm IV. Er lehnte die Forderungen nach einer parlamentarischen Verfassung ab. Die weiße Königin stand auf ihrer Ausgangsposition, aber frei, sie konnte jeden Moment loslaufen. Ich schaute auf den weißen Bauern zwischen Karls Fingern, fast sah es so aus, als streichelte er ihn. *Die Bauern sind die Seele dieses Spiels!*

Die Revolution hatte mich kühn gemacht, sogar Karl gegenüber.

Ich näherte mich dem Schachbrett, den Blick konzentriert auf die weißen Figuren gerichtet. Wäre ich Karls Gegner, hätte ich mich auf den Raub seiner Königin konzentriert. Ich fixierte den weißen Läufer, der provokativ vor Karls schwarzer Königin stand. Wie ein freches Dienstmädchen vor der Herrschaft. Im Kopf ging ich meine Strategie Zug um Zug durch. Weil ich schon einige Jahre Übung im Gedankenschach hatte, konnte ich mir die verschiedensten Situationen auf dem Brett in schneller Abfolge sehr gut vorstellen. Ich konnte mir die Aufstellungen bildhaft merken, wie zu den Zeiten, in der der Baron mit den Herren der Trierer Gesellschaft oder mit Karl über seinem Brett mit den Messingfiguren gebrütet hatte, während ich durch den Türschlitz hindurch heimlich Zeugin ihrer Rochaden, Bauerngabeln und anderen taktischen Manöver geworden war.

Karl sah mich plötzlich an. »Kannst du spielen?«

Ich betrachtete den weißen erbeuteten Bauern zwischen seinen Fingern, während ich überlegte. In den zurückliegenden Jahren hatte ich viele Schachfiguren entstaubt, vom Boden aufgelesen, sie sorgsam verwahrt und auch manchmal mit kribbelnden Fingerspitzen gestreichelt. Seit Pabbis Tod war ich aber nie wieder gegen einen Gegner aus Fleisch und Blut angetreten.

»Du schaust, als verstündest du das Spiel«, bemerkte er.

»Ein bisschen«, gestand ich und nahm ihm gegenüber hinter der weißen Grundlinie Platz. Im Rachen brannte der Tabak noch nach. Ich wusste, dass ich – täte ich jetzt auch nur einen Zug – einen meiner Schwüre brechen würde.

Karl verfolgte, wie ich einen der weißen Läufer ergriff. Ich berührte ihn ganz vorsichtig, und da war es sofort wieder, dieses Kribbeln in den Fingerspitzen. Die Schachfigur war kein totes Holz, sie lebte und berührte mich ihrerseits. Ich schob den Läufer auf g6 der gegnerischen Bauernlinie und sagte langsam und betont: »Schach.«

Erst jetzt nahm Karl den Blick von mir. Er stellte den Bauern ab, zog an seinem Stumpen und blies den Rauch über das Brett, sodass unser Kampf wie in einer weißen Nebellandschaft stattfand. Ich hoffte, dass ihm mein Ablenkungsmanöver nicht auffiel, und verfolgte genau, wo er hinschaute. Wie geplant bemerkte er rasch, dass sich unsere Königinnen nun direkt gegenüberstanden, er aber gleichzeitig das »Schach« aufheben musste. Das tat er, indem er meinen Läufer auf g6 mit seinem Bauern auf h7 schlug.

Ich jubelte innerlich auf. Mit meiner rechten, kribbelnden Hand schob ich meine weiße Königin von der Grundlinie zu der seinen auf d4, nahm seine schwarze Frau auf und stellte sie mit einem Lächeln neben das Brett. Damit hatte ich seine stärkste Figur erobert!

Karl war dran, und er zog so schnell, dass er bereits fertig war, während ich innerlich noch über meinen letzten Zug jubelte. Er setzte seinen Läufer auf h2, sodass dieser Nase an Nase mit meinem König auf g1 stand. »Schach!« Seine Stimme war heiser von den vielen Gesprächen und Demonstrationen der letzten Tage. Fast wirkte er dadurch verwundet. Auch Jennys Stimme hatte gelitten. Immer wieder hatte sie »Vive la République!« gerufen und war nicht müde geworden, an Karls Seite die Vorzüge des Kommunismus zu preisen.

Ich horchte aufmerksam, ob sie und die Kinder im Schlafzimmer nebenan tief schliefen, Karls Blick folgte dem meinen. Nachdem alles ruhig blieb, konzentrierten wir uns wieder auf das Spiel. Meinem weißen König blieb nur die Flucht, ein Feld weiter nach rechts, die um ihn herum stehenden Figuren erstickten ihn fast. Wie hatte ich den Durchmarsch von Karls Läufer nur übersehen können? *Ein Schachspiel ist voller Ereignisse und überraschender Wendungen!*

Karl zog seinen Läufer zurück auf die Mitte des Brettes direkt vor meine Königin, die eben noch die seine geschlagen hatte. Aber zuallererst gehörte mein König in Sicherheit zurückgebracht, weswegen ich ihn wieder auf g1 schob – um den Preis meiner Königin. Karl nahm sie sich mit den Worten: »So ist es recht!« Seine Figuren waren in der Überzahl, mit zwei Bauern und jenem Läufer, den ich zu wenig beachtet hatte. Nach drei weiteren Zügen war ich matt.

»Ein netter Versuch für eine Anfängerin«, sagte er und hielt mir seinen Stumpen hin. »Die sind kräftiger als dein Zeug zum Kauen.«

Woher wusste Karl … ich hatte meinen Tabak stets vor der Familie verborgen, nur Jenny wusste davon. Auch hatte ich mir nach dem Kauen immer regelmäßig die Zähne gebürstet.

Als ich den Stumpen von ihm entgegennahm, berührte ich dabei seine Fingerspitzen. Es durchfuhr mich wohlig. *Sie fühlen sich rau an*, dachte ich, während ich an seinem Stumpen zog, lang und tief. Der Rauch breitete sich in meiner Mundhöhle aus und schmeckte derb. Das Süße, Scharfe fehlte darin, und anders als mein Kautabak zog er nicht so schnell in den Rachen. Schließlich blies ich den Rauch wieder aus, Karl lehnte sich in seinem Stuhl zurück.

Ich dachte an mein Spiel von gerade eben und daran, dass der belgische König gewonnen hatte, weil ich vor Aufregung einen der dümmsten Fehler begangen hatte, die man begehen konnte. Ich hatte mich zu sehr auf Materialgewinne konzentriert, auf Karls Königin.

Trotz des Matts war es ein außergewöhnliches Gefühl, gegen einen echten Gegner anzutreten. Das Kribbeln war von meinen Fingerspitzen ausgehend durch meinen ganzen Körper geströmt. Während des Spiels hatte ich nicht ein einziges Mal an den Schachgeist gedacht. Vielleicht hatte Karl uns beide vor ihm beschützt. Und etwas Neues hatte ich außerdem noch erfahren. Unter Schachspielern kann eine besondere, eine für viele Augen unsichtbare Verbindung entstehen, unabhängig davon, wer der Gegner ist. Ich spürte, wie der Zauber des Spiels uns umgab, wie die Wände einen Raum umgeben.

Ich zog ein weiteres Mal am Stumpen, dann reichte ich ihn Karl zurück. Noch eine Weile saßen wir einfach nur so da und lauschten der Stille, die so selten während dieser Revolutionstage war.

Am Folgetag war unsere Hotelstube voll mit Herren, die allesamt Karl sprechen wollten. Der Strom der Besucher riss auch in den nächsten Tagen nicht ab, sodass Jenny und Karl kaum dazu kamen, über einen neuen Wohnort zu sprechen. Zurück nach Trier wäre schön. Ich träumte sogar schon von der Porta Nigra und sah vor meinen Augen, wie Jenny die Kinder zu den Römischen Bädern führte. In diese Traumvorstellung mischten sich klammheimlich Bilder hinein, in denen ich mich mit Karl am Schachbrett sitzen sah und seine behaarten Finger betrachtete.

Ein Pochen riss mich aus meinen Träumereien. Ich erhob mich, aber da wurde die Haustür auch schon aufgetreten. Zwei bewaffnete Männer in Uniform stießen mich zur Seite und stürzten auf die Stube zu. Einer von ihnen nannte seinen Namen: »Gommaire Marie Daxbek, Commissaire adjoint de police de la Première Division de la Ville de Bruxelles!«

Ich war mit dem Kopf unsanft gegen die Wand gestoßen, rappelte mich aber auf. Der aufwärts gedrehte Schnauzbart des Herrn Daxbek verschwamm vor meinen Augen. »Karl Marx, vos papiers!«, vernahm ich seine Stimme aus der Stube. *Karl Marx, Ihre Papiere!*

Benommen verfolgte ich, wie Karl diesem Herrn Daxbek die Aufenthaltsgenehmigung zeigte. Karl trug einen Anzug, er hatte noch gearbeitet. Ich trat hinter ihn.

»Pas d'actions politiques!«, schrie der Mann und warf die ihm gereichten Papiere mit einer wilden Handbewegung durch den gesamten Raum. *Keine politischen Aktionen!* Das war eine der Bedingungen für die Aufnahme der Marxens in Brüssel gewesen.

Ich begann, die Papiere aufzusammeln, während der zweite Commissaire die Hotelstube durchsuchte. Jenny kam mit dem weinenden Musch auf dem Arm ins Zimmer. Es war schrecklich, wie sie mitten in der Nacht in Räubermanier unsere Zimmer auf den Kopf stellten. »Dürfen die das überhaupt?«, fragte ich Jenny. Ich spürte etwas Warmes meine linke Schläfe hinablaufen und tastete danach.

Jenny schüttelte nur den Kopf. »Hören Sie auf damit!«, rief sie dann und trat vor Herrn Daxbek wie eine Baronesse vor einen Untergebenen. Ich sah Karl im Schlafzimmer verschwinden, von dem das Zimmer abging, in dem wir noch einiges Mobiliar und seine Bücher aufbewahrten.

Wir mussten Zeit für ihn gewinnen. Daxbek war gerade dabei, den Inhalt des Schrankes neben dem Esstisch zu durchwühlen, sein zweiter Mann fingerte unter dem Esstisch herum und suchte dort wohl nach Geheimschubladen. Als Nächstes würden sie sich bestimmt das Schlafzimmer und den Raum dahinter vornehmen.

Panisch lief ich daher nach draußen, wo ich mich mit weit ausgebreiteten Armen vor die Kommode im Flur stellte, so als wären in ihr sämtliche geheime Organisationspläne der Revolution versteckt. »Die hier rühren Sie nicht an!«, sagte ich den Eindringlingen auf Französisch, als sie vor mich hintraten.

Daxbeks Augen weiteten sich sofort.

Jenny verstand, was ich vorhatte, kam mit dem weinenden Musch neben mich, und wir pressten uns gemeinsam gegen die Kommode. Jennychen und Laura waren noch im Schlafzimmer.

»Treten Sie zur Seite!«, verlangte Daxbek ungeduldig.

Ich schüttelte heftig den Kopf.

»Niemals!«, sagte Jenny und straffte sich. Musch wimmerte.

Kurz schaute ich zur Tür des Schlafzimmers. Es war ruhig dahinter. *Beeile dich, Karl!*

Daxbek wandte sich daraufhin an seinen zweiten Mann und sagte nur: »Coustaux!«

Ich hielt mich an den Griffen der Kommode fest, als wären sie mein einziger Halt. Jenny und ich schauten uns verschwörerisch an.

Coustaux verstand sofort. Er war nicht zimperlich, er griff nach meinem Arm und zerrte daran, bis ich meine Finger vom Griff der Kommode lösen musste. Plötzlich hörte ich ein Weinen aus dem Schlafzimmer, die Tür wurde geöffnet, und Jennychen kam zu uns gelaufen. Jetzt ließ auch Jenny von der Kommode ab und nahm zusätzlich zu Musch auch noch ihre Tochter auf den Arm.

Daxbek nutzte die Gelegenheit, stieß mich zur Seite, riss nun jede einzelne Schublade der Kommode auf und warf deren Inhalt achtlos auf den Boden. Er zerrte unsere beste Tischdecke heraus, gute Stofftaschentücher mit Karls und Jennys Initialen wirbelten durch die Luft, genau wie vorhin die Papiere. Ich glaube, als er bei der letzten Schublade angekommen war, durchschaute er unser Ablenkungsmanöver. Wütend baute sich Daxbek vor mir auf, weil Jenny damit beschäftigt war, die Kinder zu trösten. Ich konnte nur hoffen, dass Karl genug Zeit gehabt hatte, um seine wichtigsten Sachen in Sicherheit zu bringen.

»Sie führen die Polizei von Brüssel in die Irre!«, warf Daxbek mir vor und schickte Coustaux ins Schlafzimmer.

Ich schüttelte den Kopf. »In der Kommode verwahre ich unsere beste Weißwäsche auf. Alles Erbstücke!«, sagte ich auf Französisch. »Die würde ich mit meinem Leben verteidigen!« Das war eine Lüge.

Wütend stürmte nun auch Daxbek ins Schlafzimmer. Er riss die Tür so heftig auf, dass sie gegen die Wand schlug, und Jenny und ich verfolgten, wie Karl mit Laura auf dem Arm aus dem Zimmer kam, uns kaum merklich zunickte und die Herren dort und im Raum dahinter suchen ließ. Er übergab mir Laura mit ihrem Kasperle im Arm, kurz blieb sein Blick dabei an meiner blutenden Kopfwunde hängen, und seine Augen verengten sich. Er wollte etwas sagen, wurde dann aber von Jenny angesprochen. »Ist es gut?«, fragte sie. *Ist alles, wonach sie suchen, in Sicherheit?*, wollte sie mit ihrer Frage wohl wissen, woraufhin Karl erneut vorsichtig nickte.

Bald war auch noch die letzte Schublade in unserer Hotel-Bleibe durchwühlt, in der Küche hatten sie sogar in den Herd geschaut. Doch alles, was sie im hinteren Zimmer fanden, waren lediglich einige Druckausgaben des Manifests und ein paar von Karls Exzerpten. Mehr zum Glück nicht.

»Wer hat den Artikel über Herrn Hauptmann Uttenhoven geschrieben?«, verlangte dieser Coustaux zu wissen. »Wo sind die Unterlagen dafür?«

»Ich habe keine Unterlagen über Hauptmann Uttenhoven«, brummte Karl.

»Nun gut, es spielt keine Rolle, ob Sie sie noch besitzen oder nicht. Wir haben den Befehl, Sie zu einer polizeilichen Untersuchung mitzunehmen!« Daxbek zwirbelte sich überlegen den Schnauzbart.

Mit den Worten: »Sa Majesté, le Roi l'a ordonné!«, wurde Karl mit Knüppeln aus der Wohnung getrieben. *Seine Majestät, der König, hat es befohlen.* »Sie haben es ja nicht anders gewollt!«, zischte Daxbek, als er schon auf der Treppe des Hotelflurs war. Noch nie war mir der Klang der französischen Sprache so hart erschienen wie aus dem Munde dieses Mannes.

»Karl, das lassen wir nicht mit uns machen!«, rief Jenny hinterher und setzte Musch auf den Boden.

»Ich bin bald wieder da. Sie haben nichts gegen mich in der Hand«, antwortete Karl noch. Zum ersten Mal hatte ich Angst um ihn. Denn es ging das Gerücht um, dass Revolutionäre nicht nur befragt, sondern auch gefoltert würden.

Laura auf meinem Arm starrte mit offenem Mund zur Tür, durch die Karl eben wie ein Stück Vieh hinausgetrieben worden war. Musch weinte wieder lauthals, aus seinem runden Mündlein tropfte es, und er reckte beide Arme zur Tür.

»Lenchen, bitte beruhige die Kinder!«, bat Jenny mich und rannte ohne eine weitere Erklärung aus dem Haus.

Ich nahm den weinenden Musch auf und ging mit ihm, Jennychen und Laura ans Fenster. Von Karl und den zwei Kommissaren war keine Spur mehr zu entdecken, so als hätten sie sich in Luft aufgelöst. Einzig Jenny sah ich die Straße hinaufirren. Ich hatte Angst um sie. In diesen Zeiten, mitten in der Nacht und dann noch ohne jede Begleitung. Noch nie hatte ich sie so vernachlässigt in die Öffentlichkeit treten sehen. Aber uns war auch noch nie zuvor Karl genommen worden.

Erst jetzt wurde mir bewusst, wie gefährlich das Leben als Dienstmädchen einer Revolutionärsfamilie war. *Das erste Mal habe ich es am eigenen Leib erfahren,* schoss es mir durch den Kopf, dann versorgte ich meine Wunde.

Bis in die frühen Morgenstunden hinein war ich damit beschäftigt, Musch zu beruhigen. Letztendlich schlief er vor Erschöpfung ein. Jennychen und Laura weinten leise vor sich hin. »Nimmy, jetzt hat der König uns unseren Mohr genommen.« In Jennychens pechschwarzen Augen stand nackte Angst.

Ich verneinte und strich den Mädchen zur Beruhigung über die Wangen. »Euer Mohr wird bald wieder zurück sein.«

Alles ist möglich, dachte ich, als die Kinder endlich ruhig waren. Ich hoffte so sehr, dass der König ein Herz besaß, Karl nicht verurteilte und den Kindern den Vater ließ, obwohl Karl gegen die Auflagen verstoßen hatte. *Keine politischen Aktionen!* Kurz, und obwohl ich es nicht guthieß, kam mir der Gedanke, dass ich vielleicht nie wieder gegen ihn Schach spielen würde, wenn sie ihn inhaftierten.

Gegen Abend klopfte es an der Zimmereingangstür, ich hatte den Kindern gerade zur Ablenkung vorlesen wollen. Hoffnungsvoll stürzte ich zur Tür, die Mädchen hingen mir am Rockzipfel. Musch war auch sofort wach und krabbelte uns hinterher.

Jenny war zurück!

Ihr Kleid war schmutzig, und ihr Haar stand wirr vom Kopf ab. So fest ich konnte, nahm ich sie in den Arm. Die Kinder umarmten mit. Jenny ließ es kurz zu, dann brach die Wut, wie sie behandelt worden war, aus ihr heraus. Sie lief, wie es sonst nur Karl tat, mit großen Schritten in der Hotelstube auf und ab. »Sie haben mich festgenommen wegen nächtlicher Unruhestiftung, mich zu Huren und Bettlern ins Stadtgefängnis gesteckt und dann verhört! Was ist das nur für ein Land, was für eine Regierung? Pfui, kann ich da nur sagen! Pfui, pfui und noch mal pfui!« Sie wollte in die Küche laufen, vermutlich um sich am Wassereimer zu reinigen, machte aber unter der Tür halt, als sie in der Küche meine Pritsche erblickte, die dort nun schon seit zwei Tagen fast den ganzen freien Platz einnahm. Ich war noch nicht dazu gekommen, sie beiseitezustellen. Seit dem Vorfall mit den zwei Beamten hatte immer eines der Kinder geweint und meine Aufmerksamkeit verlangt.

»Ich schwöre, dass ich von heute an meine letzte Kraft dafür einsetzen werde, diese elende Monarchie abzuschaffen!« Jenny sprach genauso fiebrig wie Karl, wenn er über die Einführung des Kommunismus sprach.

Ich nickte bestätigend. »Und ich will meine letzte Kraft für dich, Karl und die Kinder geben«, sagte ich und nahm mir vor, die Marxens niemals im Stich zu lassen. Dieses Versprechen sollte das vierte auf meiner Niemals-Liste werden.

Jenny lächelte müde. »Ohne dich ginge das hier alles nicht.«

Wieder klopfte es an der Tür. Noch einmal Kommissar Schnauzbart?

Doch es war Karl, und die Kinder waren als Erste bei ihm. Wie erleichtert ich war.

»Bist du verletzt?«, wollte Jenny wissen, noch bevor sie ihn in die Arme schloss.

Karl wich ihr aus. »Wir müssen Brüssel innerhalb der nächsten vierundzwanzig Stunden verlassen!« Aufgeregt ging er vor der Kommode auf und ab. »Ich werde mit dem nächsten Nachtzug nach Paris fahren. Jenny, die Kinder und du, Lenchen, ihr folgt mir mit dem notwendigsten Gepäck einige Stunden später«, wies er schließlich an. »Wir sollten in keinem Fall zusammen fahren.«

Mir blieb nicht einmal mehr die Zeit, mich vom Bäcker und dem Gemüsehändler zu verabschieden. Gerne hätte ich mich bei ihnen dafür bedankt, dass sie oftmals so große Geduld mit unserem klammen Geldbeutel bewiesen hatten.

Wir kamen in einem verwüsteten Paris an. Steinregen, Kanonendonner und Geschrei waren der Atem der Stadt. Doch Karl näherte sich seinem Traum weiterhin an. Die bürgerliche Revolution hatte neben Paris auch Preußen, Österreich und viele andere Mitgliedstaaten des Deutschen Bundes erfasst. Die Zeitungen titelten mit den Forderungen nach einem Nationalparlament, nach Menschen- und Freiheitsrechten, Presse- und Versammlungsfreiheit, welche das Bürgertum überall im Deutschen Bund in den sogenannten *Märzforderungen* geltend gemacht hatte. Eingeschüchterte Monarchen versprachen, endlich einem solchen Parlament stattzugeben, mit dem sie gemeinsam regieren würden. Ein wichtiger Schritt auf dem Weg zum Kommunismus.

Wir blieben nicht lange in Paris. Denn Karl wollte dort weiterkämpfen, wo sein Widerstand gegen die preußische Monarchie begonnen hatte. Während er nach Köln fuhr, reisten Jenny, die Kinder und ich nach Trier. Die Stadt kam mir nach Paris und Brüssel wie geschrumpft vor, und meine Rückkehr fühlte sich anders als erwartet an. Vielleicht weil die Revolution auch Trier verändert hatte, vielleicht aber auch, weil ich während der zurückliegenden Jahre eine andere geworden war. Die königlichen Wappen waren von den öffentlichen Gebäuden entfernt worden, die Leute trugen schwarz-rot-goldene Kokarden, Tumulte brachen ganz urplötzlich aus. Von einem Moment auf den anderen. Wie Gewitter. Schüsse fielen, und Geschrei hallte durch die Gassen. Die Preußen trugen seltsame Hauben mit spitzen Enden, die wie Hörner aussahen.

Wir kamen bei der Baronin unter. Die Nervenkrankheit und die Einsamkeit hatten sie stark verändert, sie roch nicht einmal mehr nach schweren Rosen. Die Baronin sei völlig emotionslos geworden, beklagte Jenny zu Recht, denn zumindest ihr gegenüber hatte sich die Baronin früher stets sehr liebevoll verhalten. Mich erinnerte sie an meine Mutter kurz vor meinem Weggang, die am Ende nicht einmal mehr ihrer Lieblingstochter Barbara ein Lächeln geschenkt hatte.

In manchen Nächten rauchte ich neuerdings immer wieder einmal einen Stumpen, anstatt Tabak zu kauen. Auch der Stumpen ließ mich in meinem Bett wie auf Wolken schweben. Ich schloss dann die Augen und dachte über eine Schachstrategie nach, die weitsichtiger war als meine letzte. Beim Gedanken an das Spiel wurde mir warm. Ich musste es noch durchdachter angehen. Bei all den politischen Entwicklungen kam ich aber kaum zum Üben, gerade einmal zum Lesen blieb mir noch etwas Zeit. Während unserer Tage in Trier war eine Nationalversammlung, wie sie das Parlament nun nannten, gewählt worden, die als Erstes eine Verfassung für den deutschen Nationalstaat erarbeiten sollte. Die Revolution begann zwar tumultartig, aber vielversprechend. Genau wie mein Schachspiel mit Karl. Mit den Gedanken bei meinem schnellen Angriff auf seine schwarze Königin war ich mit meinen Erinnerungen auch unmittelbar wieder bei Karl angelangt.

Von Trier aus ging es weiter nach Köln. In Köln wohnten wir unweit der Redaktion von Karls neuer Zeitung. Zum Glück hatte Karl in der Stadt am Rhein nicht nur eine Wohnung, sondern auch ein Auskommen gefunden. Mit dem Erbteil, das seine Mutter ihm ausgezahlt hatte, finanzierte er die *Neue Rheinische Zeitung. Organ der Demokratie,* deren Chefredakteur und Herausgeber er war. Als Herausgeber bestimmte er nicht nur, was geschrieben wurde, sondern beschäftigte sich auch mit der Finanzierung des Blattes und den so wichtigen Abonnentenzahlen und Auflagen. Unterstützt wurde Karl von seinen kommunistischen Mitstreitern, die schon in Brüssel regelmäßig bei uns gewesen waren: die Herren Wolff, Weerth, Freiligrath und natürlich Herr Engels. Mit dem sanften Herrn Hess war es leider zum Zerwürfnis gekommen, auch wegen Herrn Engels, weil der sich heimlich mit Fräulein Sybille getroffen hatte.

Jenny begleitete Karl zu vielen Terminen, wurde seine Sekretärin und schrieb einen Teil seiner Korrespondenz. Nächtelang diskutierten die beiden auch über das sich dahinschleppende Zustandekommen der Verfassung, ein Umstand, der die Revolution im Spätsommer 1848 schließlich zum Erliegen brachte. Die Mitglieder der Nationalversammlung hatten einfach zu viele unterschiedliche Meinungen und zu wenig Einigungswillen. Karl sah die bürgerliche Revolution im Sande verlaufen, sofern man sich nicht bald auf eine Verfassung einigte. Er redete öffentlich vor Hunderten von Leuten. Einmal war ich dabei und erlebte, wie die Menschen ihm zujubelten, er war einzigartig: stürmisch und mitreißend zugleich. »Jede Verzögerung verschafft den Königen Europas und ihren Anhängern mehr Zeit, um wieder zu erstarken und Militär um sich zu sammeln!«, mahnte er.

Karl rief die Menschen zu den Waffen und forderte sie auf, fortan keine Steuern mehr an die alte Regierung zu zahlen, allen voran an den preußischen König. Fabriken wurden gestürmt und zerstört. Zeitungen und Vereine sprossen wie Pilze aus dem Boden, an jeder Straßenecke gab es ein anderes politisches Blatt zu kaufen. Karl wurde wegen Anstiftung zum Aufstand und wegen Widerstandes gegen die Staatsgewalt angeklagt, befragt und doch wieder freigelassen. Er war einfach zu klug für sie, und ich war deshalb stolz auf ihn.

Immer wieder träumte ich davon, wie wir an einem stillen Ort Schach spielten und ich meinen Läufer geschickter als beim ersten Spiel einsetzte. An manchen Tagen war ich in Gedanken sogar noch mehr beim Schachspielen als bei der aktuellen Politik und meinen häuslichen Pflichten. Und das, obwohl inzwischen sogar Dienstboten und Fabrikarbeiter auf den Straßen über die politischen Ereignisse diskutierten. Bei so mancher Besorgung stellte ich mich zu ihnen und kam mit ihnen ins Gespräch. Aber am schönsten war es, die Entwicklungen aus Karls Mund zu hören. Er war so froh, als zu Beginn des Frühjahrs 1849 endlich eine Verfassung von der Nationalversammlung verabschiedet wurde. »Eine, die von Meinungs- und Presse-, von Glaubens- und Gewissens- sowie Vereinigungs- und Versammlungsfreiheit spricht«, erklärte er den Kindern und mir am Abendbrottisch. »Grundrechte« wurden diese Freiheiten genannt. »Grundrechte«, sprach ich abends im Bett vor mich hin.

Die Verfassung sah für den neuen deutschen Nationalstaat eine parlamentarische Monarchie vor, in der Parlament und Monarch gemeinsam regierten, wobei der Monarch die Gesetzesentwürfe des Parlaments nie verhindern, sondern nur kritisieren und aufschieben konnte, wie mir Jenny erklärte.

Dem deutschen Nationalstaat sollte ein Kaiser vorstehen, der das Reich zusammenhielt. Angeboten wurde die Kaiserkrone dem preußischen König Friedrich Wilhelm IV., der unter uns Dienstboten verschrien war, weil er sich seinem Dienstpersonal angeblich oft aufbrausend und cholerisch näherte und man es ihm nie recht machen konnte. Die Herrschaften, denen man es nie recht machen konnte, waren die schlimmsten, denn sie waren, wie wir wussten, selbst dann noch wütend und ungerecht, wenn alles glänzte und blitzeblank war.

Und unser schlechtes Gefühl, was den König betraf, bewahrheitete sich. Friedrich Wilhelm bereitete den Hoffnungen auf eine Revolution ein jähes Ende, indem er die ihm angebotene Kaiserkrone ablehnte und stattdessen die Aufständischen in Berlin mit seiner Armee niederrang. Der preußische König hatte die Krone abgelehnt, weil er ihm unerwünschte Gesetze nicht nur aufschieben, sondern komplett verhindern können wollte, was man ihm nicht zugestand. Nach wie vor wünschte er, mächtiger als das Parlament zu sein und dass sein Stimmrecht mehr wog als das seines Volkes.

Auch andere Monarchen in Europa, darunter König Leopold I. von Belgien, zogen nun ihre bereits gegebene Zusicherung zu einer Verfassung zurück. Damit war die Einführung der parlamentarischen Monarchie gescheitert und die bürgerliche Revolution ohne weitere Erfolgsaussichten. Die Revolution der Arbeiter wiederum war noch nicht einmal über ein Parteiprogramm, vereinzelte Tumulte und Organisationsbestrebungen sowie einige Demonstrationen hier und da hinausgekommen.

Auf diese Botschaft hin erlosch die Illumination in Köln für mehrere Stunden. Kein einziges Licht brannte mehr, weder in den Wohnungen noch auf der Straße. Die Stadt versank in Trauer. In dieser Nacht stahl ich mich aus dem Bett. Es war mucksmäuschenstill in der Wohnung, nicht einmal Musch weinte. Am Esstisch entzündete ich eine Kerze, wohl das einzige Licht in ganz Köln. Dann holte ich mein Goethe-Buch, in dem ich schon so lange nicht mehr gelesen hatte. Plötzlich quietschte eine Tür. Sofort schlug ich das Buch zu, als könnte ich bei etwas Verbotenem erwischt werden. Ich saß mit dem Rücken zur Tür und wandte mich um. Die Kerze spendete nur wenig Licht, weshalb die Tür im Dunkeln lag. »Jenny?«, flüsterte ich.

Niemand antwortete, und niemand erschien. Ein Revolutionsgeist? Als es weiterhin still blieb, öffnete ich das Buch erneut, und sofort war sie wieder da, die seltsame Nervosität. Zur Beruhigung las ich eine Strophe von »Willkommen und Abschied« und konnte es doch nicht erwarten weiterzublättern. Goethe war ein Meister der Worte, wie Karl.

Auf den vorletzten Seiten überflog ich »Frühling übers Jahr«. Dann blätterte ich zu meiner Niemals-Liste und las:

Was ich niemals tun werde:

1. *Niemals wieder mit dem düsteren Karl Kutsche fahren!*
2. *Niemals werde ich gegen Karl Schach spielen! Denn niemals werde ich mich jemandem offenbaren, der auf mich herabsieht.*
3. *Niemals werde ich mich verlieben.*
4. *Niemals werde ich Jenny, die Kinder oder Karl im Stich lassen.*

Es kam mir unendlich lange her vor, dass ich die Liste angelegt hatte. Mit Ausnahme des letzten Eintrags war ich damals fast noch ein Kind gewesen, dreizehn in etwa bei den ersten beiden Versprechen. Seitdem hatte sich viel verändert.

Ich wusste, was ich zu tun hatte. Ich hatte es schon gewusst, als ich die Kerze angezündet hatte. Ich erhob mich und ging zur Fensternische, wo Jenny ihr Schreibzeug aufbewahrte.

Ich griff nach Feder und Tintenglas und ging damit zum Tisch zurück. Einmal mehr horchte ich zum Schlafzimmer hin, es war und blieb still. Nicht einmal die Revolutionsgeister summten oder surrten noch. Ich schraubte den Deckel vom Tintenglas ab und legte ihn beiseite. Sorgfältig rückte ich mein Goethe-Buch zurecht und tauchte die Feder ins Tintenglas. Meine Schreibhand zitterte, als hätte ich kostbares Geschirr über ein hohes Hindernis zu tragen. Dann setzte ich die Feder vor den zweiten Schwur und strich ihn mit einer breiten, alles andere als geraden Linie einschließlich des abschließenden Satzpunktes durch.

Ich atmete mehrmals tief durch und betrachtete mein Werk im schwachen Licht der Kerze. Meine Liste erinnerte mich nun fast an Karl. Der korrigierte seine Exzerpte auch oft, strich etwas durch, schrieb dann in winziger Schrift wieder etwas darüber, und gerade Linien konnte er auch nicht ziehen. Ich lächelte unwillkürlich, und mir wurde warm ums Herz, obwohl meine nackten Füße den kalten Boden berührten.

Die größte Aufgabe in dieser Nacht stand mir jedoch noch bevor. Die Ergänzung der Liste. Ich wollte meine Wünsche dazuschreiben. Wieder tauchte ich die Feder in das Glas, wieder zitterte meine Hand. Ich zögerte. Was geschrieben steht, überdauert die Zeit! Gesprochene Worte können leicht vergessen werden. Geschriebene dagegen nicht.

Ich setzte den Federkiel ein Stück unterhalb der Schwüre aufs Papier. Ganz leise sprach ich die Worte, die ich schrieb, mit:

Meine Wünsche für das Leben:

Es war ein euphorisches Gefühl, Wünsche an das Leben haben zu dürfen, unabhängig davon, wie viel Geld man besaß. Am liebsten hätte ich sie sogar laut aus dem Fenster gerufen, so wunderbar fühlte es sich an.

1. *Bald wieder gegen Karl Schach spielen.*

Ich legte die Feder ab und schaute die von der nassen Tinte verheißungsvoll schimmernden Buchstaben an. Sie waren mein Geheimnis und genau das Gegenteil von dem zweiten Schwur, den ich gerade gestrichen hatte. Nicht einmal Jenny gedachte ich, von meinem Wunsch zu erzählen. Sie wollte, dass Karl Geld verdiente und nicht Schach spielte. Ich saß lange da, während die Tinte trocknete, und las den Wunsch immer wieder und säuselte ihn vor mich hin wie meine Großmutter früher den Rosenkranz. Ich fühlte mich glücklich trotz der gescheiterten Revolution, trotz des lichterlosen Kölns. Bevor ich zu Bett ging, versteckte ich mein Goethe-Buch unter meinen Schürzen im Koffer des Barons.

Ein Jahr nachdem wir nach Köln gekommen waren, wurde Karl erneut aus Preußen ausgewiesen. Die *Neue Rheinische Zeitung* durfte ihre letzte, mit roter Schriftfarbe gedruckte Ausgabe im Mai 1849 verkaufen. Da war Jenny gerade erneut schwanger. Ich wünschte mir, ich hätte Jenny und auch Karl auf irgendeine Weise trösten können. Ich glaube, es war das erste Mal, dass ich das auch bei Karl wollte.

An den folgenden Tagen war er selten zu Hause und wenn, dann war er unruhig. Viele Revolutionäre verließen nun den Kontinent und wanderten wie Edgar in die Vereinigten Staaten von Amerika aus. Unser neues Zuhause sollte auf jeden Fall in einer Stadt sein, in der Karl frei schreiben konnte, ohne Zensur und hoffentlich mit mehr Ruhe. Schon bald fand sich eine Lösung. Und wenn Herr Engels recht behielt, würde es die Hölle auf Erden werden.

* * *

Teil
4

London, 10. Dezember 1850

Mein schwarzer König,

Du bist ein Revolutionär, und es schmerzt mich, Dich überfordert zu sehen. Aber auch ich kämpfe gerade – sogar gegen zwei Gegner. Gegen die Sehnsucht und gegen die Stimme, mein Gewissen, in mir. Sie säuselt immer öfter, dass die Liebe mich egoistisch und undankbar macht.

Ich habe große Angst, Jenny wehzutun. Manchmal erkenne ich mich selbst nicht mehr wieder, wenn ich ihr aus dem Weg gehe oder mich von ihr abwende.

Wie lange werde ich die Stimme meines Gewissens noch unterdrücken können? Die Liebe zu meiner Freundin zerrt vor allem tagsüber an mir. In der Nacht kommst Du in meine Träume und wischst die Zweifel fort.

Letzte Nacht träumte ich, dass ich Dich mit an den hellsten Ort von ganz London nahm, ins »Peterson's«, und wir sangen und tanzten dort ungezwungen mit meinen deutschen Freunden.

Ebenso warst Du in meiner Vorstellung mit dabei, als Gordon mir sein Geheimnis offenbarte, und küsstest mir die Tränen der Rührung von den Wangen, als ich sprachlos neben ihm stand.

Ich hatte bei unserer ersten Begegnung schon gespürt, dass zwischen Gordon und mir eine besondere Verbindung besteht. Ich würde Dir gerne davon erzählen.

Helena, Deine Frau im Flur

Komme, was wolle!

Über das Meer nach London, September 1849

London war das Zentrum des Kapitalismus und doch auch die Hauptstadt des freiesten Landes in Europa. Ein jeder konnte dort sagen, was er dachte, und unzensiert schreiben – ohne von Männern mit kunstvollen Bärten beobachtet zu werden. Karl war uns vorausgereist, und nun machten auch wir uns auf den Weg: die schwangere Jenny, die Kinder und ich. Den Weg übers Wasser traten wir an einem warmen Septembertag an. Das Wetter war ein gutes Zeichen für unsere Zukunft, denn weder stürmte noch regnete es, so wie es hier meist der Fall war. Am Vortag waren wir nach Boulogne-sur-Mer gereist, von wo aus uns das Schiff nach England bringen sollte. Der Koffer des Barons stand vor uns, in ihm hatte ich mein Hab und Gut verstaut, auch meine persönliche Ausgabe des Manifests, die Karl mir geschenkt hatte. Obwohl die Revolution vorerst gescheitert war, las ich oft darin, manche Abschnitte kannte ich inzwischen sogar auswendig. *Die Geschichte der ganzen bisherigen Gesellschaft bewegte sich in Klassengegensätzen, die in den verschiedenen Epochen verschieden gestaltet waren*, zitierte ich stumm. *Welche Form sie aber auch immer angenommen, die Ausbeutung des eines Teils der Gesellschaft durch den anderen ist eine allen vergangenen Jahrhunderten gemeinsame Tatsache*. Ich hörte Karls Stimme diese Sätze vorlesen, und manchmal kam noch das Knistern seines Stumpens wie Hintergrundmusik dazu.

Mit den drei Kindern und der bleichen Jenny an meiner Seite blickte ich durch den Qualm des Schornsteins auf die Schaufelräder, die durch das Wasser pflügten. Wir entfernten uns immer weiter vom Festland. Boulogne-sur-Mer schrumpfte. Mit uns wurden fünfzig weitere Reisende an Deck des Dampfschiffs durchgeschaukelt. Es gab wohl noch Räume unter Deck, aber die waren voller Kohlen. Kohlen waren das Futter für die Dampfmaschine im Schiffsbauch. Ein Mitreisender hinter uns schimpfte das Schiff einen Dampfsarg, es war wohl schon etwas älter. Doch es gab zu wenig Wind, um unter Segeln zu fahren, deswegen musste die Dampfmaschine das Schiff antreiben. Jennychen und Laura standen dicht an mich gedrängt, und Musch hielt ich auf dem Arm, er zitterte, weil ihn der Rauch ängstigte.

Nach gut fünf Stunden kam England endlich in Sicht, und wir glitten vom Meer in die Mündung der Themse. Es wurde diesiger, und wir dampften vorbei an efeuumsponnenen Kirchen, moosbewachsenen Steinmauern und knorrigen Bäumen den Fluss hinauf. Als wir die Außenbezirke von London passierten, fielen sowohl Jenny als auch mir fast die Augen aus dem Kopf. »Nimmy, die Häuser sind so klein wie unser Puppenhaus!«, staunte auch Jennychen und zeigte auf die Uferzone, hinter der sich schmale Wohnhäuser aneinanderreihten.

»Poppenhuis, Poppenhuis«, wiederholte Laura begeistert in der Sprache der Flamen. *Es ist wirklich viel, was ihre Köpfe so alles aufzunehmen haben,* dachte ich und strich Musch auf meinem Arm einmal mehr über den Kopf. Er hatte ebenfalls verwundert die Wohnhäuser betrachtet. Trier, Brüssel, Köln, Paris und nun also London. Und hier am Ufer des River Thames standen wirklich viele Puppenhäuser, Wand an Wand.

Als wir in London einfuhren, verstummten selbst die Passagiere, die sonst ständig am Reden waren. Vor uns tat sich ein Wald von Schiffsmasten und rauchenden Schornsteinen auf, der bis an den Horizont reichte. Noch eindrucksvoller als Herr Heine in meinem Buch den Brocken beschrieben hatte. Nur eine schmale Fahrrinne war auf dem Fluss noch frei. Selbst die erschöpfte Jenny betrachtete das Panorama, das sich vor uns auftat, fasziniert.

»Die Docks«, murmelte ich vor mich hin. Das mussten sie sein, die Hafenbecken, die sich wie Beulen vom Fluss aus in die Stadt hineinwölbten.

Nachdem wir angelegt hatten, drängte Jenny mit neuer Energie vom Schiff. Ich hatte Mühe, mit den Kindern hinterherzukommen. Am unteren Ende des Steges, der uns vom Schiff aufs Festland führte, zeigten wir unsere Pässe und wurden ohne weitere Fragen an Land gelassen.

Wir gingen einige Schritte bis zu einer breiten Straße, dort bemühte sich die schwangere Jenny um eine Kutsche. Ich war entsetzt, wie viel Unrat hier auch an Land herumlag. Die Gosse quoll über und verteilte ihren Inhalt über die gesamte Breite der Straße. Essensreste, der Inhalt von Nachttöpfen, Spülwasser und sogar Tierkadaver faulten und stanken vor sich hin. Und überall wimmelte es von Menschen, sogar in den Seitengassen. Weil die Kinder husteten, reichte ich ihnen Leinentücher, die sie sich vor Mund und Nase hielten.

»Es dämmert sehr früh auf der Insel!«, rief ich Jenny zu und hätte sie am liebsten festgehalten.

Jenny winkte einen Kutscher heran. »Das ist der Schmutz aus den Fabriken, nicht die Nacht, Lenchen!«

In Londons Zentrum wurde es besser, die Straßen waren ordentlich gepflastert, besaßen zu beiden Seiten sogar Gehwege. Die Stadt war voller Schuhputzer, Zeitungsverkäufer und Musikanten, die in der grauen, wie gepfefferten Luft arbeiteten. In Brüssel hatten wir in unserer Straße mit Italienern und Franzosen gelebt, allerdings in einem Viertel mit vorwiegend deutschen Immigranten. Hier sah ich Menschen mit so dunkler Haut, dass ihre Zähne und Augäpfel weiß aus ihren Gesichtern herausstachen. Auch tauchten immer mehr vornehme Herren auf, die mich mit ihren Gehstöcken und Zylindern an Herrn Engels erinnerten. Sie benutzten diese modernen Gefährte, die ich schon in Paris bewundert hatte: Pferdeomnibusse. Sie ähnelten einer Postkutsche, waren aber viel länger – fast so groß wie Zugwaggons. Selbst auf ihrem Dach, das man über eine Leiter erreichte, waren Sitzbänke befestigt. Vermutlich lebten in London viele Menschen sogar in Kellergeschossen, so voll, wie es hier war. Tatsächlich stachen mir wenig später Kellerwohnungen mit Fensterluken beim Vorbeifahren ins Auge.

Je weiter wir uns in Richtung Westen wieder vom Zentrum entfernten, desto schlechter wurden die Straßen und desto mehr ähnelten sich die Häuser. Es war unglaublich, dass sogar ganze Viertel aus völlig gleichen Häuserreihen bestanden. Sie verschwammen im Dunstnebel der Industrieschornsteine.

In Chelsea, unserem Stadtviertel, wurde alles wieder ordentlicher. Als Musch schon eine Weile auf meinem Arm schlief, erreichten wir die Anderson Street, eine Seitenstraße der breiten King's Road. Mit ihrem kugelrunden Bauch sprang Jenny von der Kutsche und stürzte sich in Karls Arme.

Jennychen ruckelte an meinem Arm. »Nimmy, komm schon!«, verlangte sie, und erst da löste ich meinen Blick von Karl, der in der Eingangstür stand. Verwirrt bezahlte ich den Kutscher, richtete die Capes der Kinder, nahm ihnen die Leinentüchlein ab, und dann gingen auch wir in dic Wohnung. Karl wies mir den Weg, damit ich Musch ins Bett legen konnte. Ich glaube, er lächelte mich sogar an. Das war bei meiner Ankunft in Brüssel noch anders gewesen.

In Chelsea bewohnten wir fünf Zimmer. Die unglaubliche Mietsumme von sechs Pfund bestritt die Familie von dem Geld, das die Baronin uns schickte. Ich war fasziniert von der Moderne in Chelsea. Unser Haus besaß nicht nur einen Abort direkt im Haus, es war auch eine Leitung ins Erdreich verlegt worden, die uns stundenweise mit fließendem Wasser versorgte. Weder mussten wir von nun an Wasserträgerinnen bezahlen noch allmorgendlich selbst mit den Eimern zum Brunnen gehen, um dort Wasser zu schöpfen. Noch am Abend unserer Ankunft drehte ich meinen ersten Wasserhahn auf und sah mit Staunen das kühle Nass fließen. Eine unglaubliche Erleichterung für mich, damit gewann ich mehr Zeit für die Kinder.

Am Folgetag unserer Ankunft führte mich einer meiner ersten Gänge zu »Peterson's Coffeehouse«, südlich von Charing Cross. Karl ließ sich gefährliche Briefe aus Preußen nicht nach Hause liefern, sondern an einen fremden Namen in »Peterson's Coffeehouse«, und ich sollte sie von dort unter meinen Einkäufen im Korb versteckt in die Anderson Street tragen. Eine Vorsichtsmaßnahme, nachdem wir am eigenen Leib erfahren hatten, dass der lange Arm der Preußen bis nach Frankreich und Belgien reichte. Karl vermutete, dass jede Sendung, die aus Preußen abgeschickt und an ihn adressiert war, auch geöffnet wurde.

Auf dem Weg zum Coffeehouse verlief ich mich und landete irgendwo im südlichen East End, wo ich den dreckigen Fluss riechen konnte. Das East End lag östlich des Stadtkerns und wurde vor allem von Iren und Chinesen bewohnt. Wo die eigenen Landsleute unterkamen, erfuhr man als Immigrant oft als Erstes. Die meisten Deutschen schufteten in den Zuckerraffinerien von Whitechapel, das auch zum verrufenen East End gehörte. Mit ihnen wollte Karl sich treffen, von ihnen wollte er mehr über die Arbeitsbedingungen des Londoner Proletariats erfahren.

Irgendwann stand ich dann doch noch vor einem mittleren Reihenhaus, das durch seine reinweiße Fassade freundlicher wirkte als die anderen Häuser dieses Viertels. Auf einem hölzernen Schild über der Tür stand »Peterson's Coffeehouse« geschrieben. Das war also der Ort, von dem Karl erwähnt hatte, dass deutsche Immigranten hier gerne hingingen, um sich untereinander auszutauschen. Ich hörte Klaviermusik von drinnen, die viel fröhlicher klang als die Stücke, die Jenny in Trier hatte üben müssen. Meinen Korb mit Äpfeln und Gurken unter dem Arm trat ich ein und schaute mich um.

Inselreisenden wurde empfohlen, jede auch nur halbwegs dunkle und unbekannte Ecke Londons tunlichst zu meiden – aber dieser Ort hier war alles andere als dunkel. Der Kaffeeraum wirkte durch die weiße Holzverkleidung an den Wänden so hell, als befände man sich an einem Sommertag im Freien. Den Duft von frisch gebrühtem Kaffee in der Nase, ließ ich mich an dem einzig freien Tisch rechts an der Seite, in der Nähe des Klavierspielers nieder. Die Gäste unterhielten sich miteinander. Zwei nickten mir zu, ich sah ihre Beine im Takt des Liedes mitwippen.

Mit einem Mal trat ein hochgewachsener, breitschultriger Mann in mein Blickfeld. Bestimmt war er einen Kopf größer als Karl. Sein Haar war feuerrot und hing ihm wild gelockt bis auf die Brust. Er trug ein grobes, ungefärbtes Hemd aus Schafwolle. »I'm Gordon«, stellte sich mir der Hüne mit einem Lächeln vor und entzündete die Kerze auf meinem Tisch.

»Ich bin Lenchen«, entgegnete ich auf Deutsch, weil ich es noch nicht gewohnt war, in der mir neuen Sprache zu antworten.

»Lencken?« Der hünenhafte Mister Gordon zog das erste »e« in meinem Namen in die Länge und konnte unser weiches »ch« nicht aussprechen.

Ich nickte. »Einen Kaffee, please.« Erst deutete ich auf die Tassen auf dem Nachbartisch, dann tastete ich in meinem Korb nach dem Geld. »Mein, mein … Geld«, murmelte ich, fand aber selbst im hellen Licht der Kerze das Münzsäckchen nicht, »es ist verschwunden. No money!« Ich war verwirrt, weil ich meinen Korb doch auf dem Weg durch London fortwährend am Arm getragen hatte.

Ungeachtet meiner Geldnot ging Mister Gordon zum kupfernen Kaffeekessel, der in der Farbe seiner Haare glänzte, hinter den Tresen und kam kurz darauf mit einer Tasse Kaffee und sogar einem Stück Kuchen zurück. Der Teller wirkte wie eine kleine Untertasse in seinen riesigen Händen. »Für neue Germans«, entgegnete er und fuhr sich durch die roten wilden Locken.

»Danke … thank you, Mister!«, konnte ich nur erwidern. »Sehr freundlich.«

Er schaute nachdenklich auf die Tischplatte. So als hallte meine Stimme in ihm nach, was gar nicht so recht zu seinem rauen Äußeren passte. Nach einer Weile sagte er dann: »Ich sprecken nur little Deutsch. Leider.« Mit einem Nicken entschuldigte er sich und bediente zwei Männer in der Mitte des Raumes. Es war ungewöhnlich, jemanden mit seiner Statur in einem Coffeehouse arbeiten zu sehen, wo er lediglich leichte Gegenstände wie Besteck, Teller und Tassen zu den Tischen bringen musste. Rein äußerlich betrachtet hätte ich ihn eher auf den Feldern mit einer schweren Egge oder sonst irgendwo in der freien Natur vermutet, wo es kräftig anzupacken galt. Er erinnerte mich an den hochgewachsenen Schäfer aus Sankt Wendel, den alle nur den »Riesen« genannt hatten.

»Vom Wasser haben wir's gelernt, vom Wasser!«, sang eine

Frauenstimme zur beschwingten Klaviermusik. War das aus »Das Wandern ist des Müllers Lust«? Der erste Happen vom Bienenstich ließ mich alles vergessen, sogar den freundlichen Ort um mich herum. Während ich kaute, wippte mein Bein im Takt der Musik mit. Und immer mal wieder lief der beeindruckend große Mister Gordon an mir vorbei.

»Wie schmeckt dir der Kaffee?«, fragte mich ein Herr vom Nachbartisch auf Deutsch. Er trug die graue fleckige Kleidung der Bergleute.

»Er ist sehr kräftig, so, wie er auch in Trier getrunken wurde«, erinnerte ich mich mit einem Anflug von Sehnsucht.

Er kam an meinen Tisch. »Der Kaffee hier ist jut, einer der besten in janz London, aber früher warer noch besser. Den hätteste mal probieren sollen!«

Ich nickte, den Mund voller Bienenstich. Nie zuvor hatte ich so saftigen, weichen Kuchen mit einer so luftigen Pudding-Sahnecreme gegessen.

»Sie tanzen mit den muntern Reihn und wollen gar noch schneller sein«, sang der Bergmann das Wanderlied vor sich hin, den Blick über die Schulter auf den Klavierspieler gerichtet, bis er sagte: »Übrijens, das Mister bei Gordon kannste jetrost weglassen. Er ist zwar der Besitzer vom Kaffeehaus, aber für uns alle hier ist er einfach nur Gordon.« Mit einem Finger, unter dessen Nagel tiefschwarzer Schmutz saß, deutete er zum Tresen. Dort kümmerte sich Mister Gordon gerade um den Kaffeekessel, dabei warf er sein wildes Haar mehrmals mit einer eigentümlichen Kopfbewegung auf den Rücken zurück.

»Und ich bin Gerd! Wir duzen uns hier alle.«

Ich mochte Gerds Dialekt, er klang so unverblümt. »Lenchen, angenehm.« Ich schüttelte seine schwielige Hand.

Im Folgenden erfuhr ich, dass Gerd tatsächlich als Bergmann arbeitete und vor zehn Jahren aus einem gewissen Staßfurt nach London gekommen war. Er holte Erze »ausm Berg«, aus denen Bahnschienen gemacht wurden. Ob ich in Whitechapel arbeitete, wollte er wissen. In einer der Zuckerfabriken.

»Nein«, antwortete ich, »ich bin als Dienstmädchen, Köchin und Kinderfrau angestellt. Alles in einem. In Chelsea.« *Und ich darf die Freundin meiner Dienstherrin sein und war einmal sogar die Schachpartnerin meines Dienstherren*, fügte ich in Gedanken hinzu.

»In Chelsea?« Er lehnte sich zurück. »Da haste dir aber 'n feines Pflaster ausgesucht. Da bist du auch vor der Cholera sicher, die wütet schon seit Monaten im East End.«

Ich verschluckte mich fast: »Die Cholera ist in London?«

Gerd nickte so selbstverständlich, als gehörte die schlimme Krankheit zu London einfach dazu. »Ist deine Herrschaft jut zu dir?«, wollte er viel lieber wissen. »Man hört ja die schlimmsten Jeschichten. Von aufdringlichen Hausherren und Schlägen, gerade bei den feinen Leuten.« Er blickte sich suchend um. Ich folgte seinem Blick und begegnete dem Gordons. Er hatte uns wohl beobachtet. Ich wandte mich wieder dem Bergmann zu. »Meine Herrschaft ist sehr gut zu mir.« Karl und Jenny als Herrschaft zu bezeichnen, passte schon lange nicht mehr zu dem Verhältnis, in dem wir miteinander standen. Sie waren so viel mehr für mich, und auf jeden Fall durfte ich auf dem Weg zurück nach Chelsea nicht durch das Cholera-infizierte East End gehen!

»Auch in Trier war meine Herrschaft eine feine und stets fair zu mir«, antwortete ich ihm. Mit der Kuppe meines Zeigefingers tupfte ich die letzten Krümel vom Bienenstich auf. Und aufdringliche Herren? Ich begann zu grübeln, als Gerd auch schon weitersprach: »Dann biste 'n echter Glückspilz, Lenchen. Solltest mal mit Johanna reden, sie hat es nicht so jut wie du. Sie ist heute aber nicht da, wie's aussieht, beim letzten Mal hat se schon so schrecklich jehustet.« Gerd schlürfte seinen Kaffee.

Es war ungewohnt für mich, so schnell so viel Persönliches von jemandem erzählt zu bekommen. »Das tut mir leid«, gestand ich. »Ich würde sie gerne kennenlernen.« Für einen Augenblick dachte ich an die Cholera und den kurzen Moment in Brüssel, in dem ich geglaubt hatte, von der schlimmen Krankheit befallen zu sein.

Gerd nickte. »Du wirst se kennenlernen!« Er erhob sich mit seiner Kaffeetasse, wohl um Nachschub zu besorgen.

Ich schenkte Gerd noch ein Lächeln und ging auf den Tresen zu. Mein Auftrag war es ja eigentlich, Briefe hier abzuholen, und nicht, Bienenstich zu essen. »Thank you, Gordon«, sagte ich vorne am Tresen, nachdem Gordon die Tasse des Bergarbeiters wieder gefüllt hatte.

Er lächelte versunken.

Kaum hörbar wegen der Musik fügte ich noch hinzu: »Letters for George Tempelton, please.« Der Satz war eine geheime Absprache zwischen Gordon und Karl, ich hatte ihn mir am Morgen eingeprägt.

Nach einem wissenden Nicken führte Gordon mich an der Theke vorbei in einen Nebenraum, wo ich stehen blieb und wartete, während er einige Treppenstufen in den Keller hinabstieg. Er musste den Kopf einziehen, um im Treppenabgang nicht an die Decke zu stoßen. Hinter mir lagerten Jutesäcke, aus denen es nach Kaffee duftete.

Zurück kam er mit drei Briefen, die ich unter den Gurken versteckte. »You better keep your money close.« Er deutete vermutlich auf seinen Gürtel, den er unter dem langen Schafwollhemd trug. Ich verstand ihn nicht, aber es klang wie ein gut gemeinter Ratschlag, weswegen ich nickte. Mit einem »Goodbye« verabschiedete ich mich.

»Lencken wiederkommen?«, fragte der Kaffeewirt mit den wilden roten Locken zum Abschied noch und schaute mich mit einem fragenden Blick beinahe schüchtern an.

Ich nickte in der Hoffnung, dass Karls Briefverkehr mich bald wieder ins »Peterson's« führen würde. Vielleicht konnte ich Gordon bei meinem nächsten Besuch schon auf Englisch sagen, dass mir der Kaffee geschmeckt hatte. Es war ein schönes Gefühl, so nett in London aufgenommen zu werden, wo uns Herr Engels doch vor dieser Hölle auf Erden gewarnt hatte. »Herr Meister und Frau Meisterin, lasst mich in Frieden weiterziehn«, sang eine ganze Gruppe von Gästen am Tisch neben dem Tresen, »lasst mich in Frieden weiterziehn und wandern.« Mit dem Geschmack karamellisierter Mandeln und Sahnepudding auf der Zunge verließ ich

»Peterson's Coffeehouse«. Es war ein besonderer Ort, mitten in London und doch ganz weit weg.

Gerade noch rechtzeitig zum Sonnenuntergang erreichte ich die Anderson Street wieder. Dieses Mal auf direkterem Weg, ohne mich ins East End zu verlaufen.

»Lenchen, da bist du ja!«, empfing mich Jenny in der Tür. Sie war ganz offenkundig froh, dass ich unversehrt zurück war.

Noch bevor ich meinen Korb mit den Einkäufen absetzte und die Briefe unter den Gurken hervorholte, bestand ich darauf, dass Jenny mir das gestohlene Geld vom Lohn abzog. Sie weigerte sich partout und übersetzte mir Gordons Ratschlag »You better keep your money close.« Das nächste Mal würde ich das Geld also eng bei mir tragen.

In unseren ersten Tagen in London ordneten Jenny und ich das Familienleben neu. Ich kümmerte mich darum, dass dreimal am Tag Essen auf den Tisch kam, was nicht ganz einfach war. Denn was das Essen angeht, sind die Engländer wirklich seltsam und ganz anders als die Belgier und Franzosen. Ihre Suppe ist nicht mehr als eine einfache Fleischbrühe, und auch sonst legen sie wenig Wert auf ausgeklügelte Gerichte. Ich schleppte Steinkohle, weil man in England *Coal Fires* zum Erwärmen der Räume entzündete und auf *Coal Burning Stoves* kochte. Und heimlich schaute ich immer wieder in Karls Studierzimmer. Es glich dem in Brüssel sehr, kein einziges Buch fehlte, die Regale und Stapel waren voll mit Wissen, und hier stand auch das Schachspiel. Immer öfter schlief ich, mein Goethe-Buch mit der Wunschliste an die Brust gepresst, ein.

Als es sich in Chelsea herumsprach, dass ein Revolutionär in der Anderson Street wohnte, schien uns die Nachbarschaft hinter zugezogenen Vorhängen kaum mehr aus den Augen zu lassen. Und beim Bäcker sollte ich im zweiten Monat sogar plötzlich mehr für das Brot bezahlen. In England gab es keine revolutionäre Stimmung, niemand wollte damit etwas zu tun haben.

Doch trotz der distanzierten Nachbarn fühlten wir uns nie einsam. Vom ersten Tag an läutete es oft an der Tür. Altbekannte Gesichter, ebenfalls Revolutionäre und Karls Wegbegleiter, tauchten auf, darunter die Herren Freiligrath, Wolff und Weydemeyer. Wöchentlich kamen mehr dazu, vor allem politische Immigranten, die Karl um Geld, Empfehlungsschreiben oder ein Bett für die Nacht baten. Für sie gab er viel vom Geld der Baronin aus. Es wurde so schnell weniger, dass ich mir allmählich Sorgen machte. Karl ging so großzügig mit dem Geld um, als besäßen wir einen nie versiegenden Münzquell. Wenn Jenny ihn darauf ansprach, versicherte er ihr, dass sein neues Projekt, die Fortsetzung der *Neuen Rheinischen Zeitung* mit dem Untertitel *Politisch-ökonomische Revue,* bald ein regelmäßiges Einkommen einbrächte. Ein paarmal schaute er dabei auch zu mir, als ob diese Nachricht auch an mich gerichtet wäre. Ob er wusste, dass andere Dienstmädchen in London weit besser bezahlt wurden als ich?

In mir reifte die Entscheidung, dass ich etwas gegen die vielen Ausgaben unternehmen musste. Denn wenn es so weiterging, würden wir bald auf der Straße leben müssen. Wie aber konnte ich einen so selbstsicheren Menschen wie Karl Marx in die Schranken weisen? Wie ihn lenken, was bisher nur Jenny gelang, und das auch nur teilweise? Karl wollte das Sagen haben, außer seine Kinder verlangten zu bestimmen.

Ich grübelte einige Tage wie einst vor Jennys erster Verlobungsfeier wegen des Zitterns meiner Hände. Mit der Befestigung des Riemens am Tablett hatte ich es damals in den Griff bekommen.

»Es ist so bunt geworden«, staunte Jennychen, und Laura klatschte aufgeregt in die Hände. »Meine Blumen, meine Blumen.«

»Ihr habt das wirklich gut gemacht«, lobte ich die beiden. Musch stand dabei und wusste, glaube ich, noch nicht, was er von der ganzen Sache halten sollte.

Ich begann, einen Nagel in die Wand zu schlagen. Bindfaden und Kreide lagen neben mir bereit. »Ob es ihm gefällt?«, fragte Jennychen zweifelnd. Zu Hause sprachen wir ausschließlich Deutsch, darauf bestand Karl. Er brauchte von uns allen am längsten, um mit der neuen Sprache vertraut zu werden.

Kurz darauf stand er vor uns, einen Stumpen zwischen den Zähnen. »Geht das nicht leiser?« Er schien noch in Gedanken versunken zu sein und raufte sich das ungekämmte, krause Haar.

»Die Störung tut mir leid«, sagte ich, während ich mich zu Jenychen hinabbeugte. »Würdest du Maman bitte dazuholen?«

Das Mädchen rannte los und kam aufgeregt mit Jenny an der Hand zurück.

Karl wurde ungeduldig. »Ich muss arbeiten!«

»Du hängst ein Gemälde in der Küche auf, Lenchen?«, fragte Jenny beim Anblick des Nagels. Er ragte aus der Wand heraus wie ein Finger, der auf uns zeigte.

»Nein, nicht wirklich ein Gemälde.« Bei den von Westphalens hätte ich mich nie getraut, so eigenmächtig zu handeln.

Jenny strich sich schwer atmend über den Bauch. Wie schon seit einigen Wochen standen ihre dunklen Augenringe in auffälligem Kontrast zu ihrer Haut. In weniger als vier Wochen sollte das vierte Marx-Kind zur Welt kommen.

»Nimmy, ich!«, forderte Musch, als ich die Tafel – ein altes Brett aus dunklem Holz, das ich beim Trödler in der King's Road erstanden hatte – anhob, um sie an den Nagel zu hängen. Die Mädchen hatten sie an den Rändern mit roten, blauen und grünen Blumen bemalt. Gemeinsam hängten wir sie auf. Wie bei einem formalen Akt überreichte ich Musch dann ein Stück Kreide und bat ihn, dieses an ein Ende des Bindfadens zu knoten. Er war zwar erst zweieinhalb Jahre, aber schon dabei zu lernen, wie man einen Knoten knüpfte. Karl half ihm dabei.

Es dauerte eine Weile, bis die Kreide am Faden baumelte und ich dessen loses Ende um den Nagel binden konnte. *Schuldenbrett*, schrieb ich mit der weißen Kreide auf das dunkle Holz. Jennychen las es Buchstabe für Buchstabe vor. Mit ihren knapp fünfeinhalb Jahren konnte sie schon viele Wörter lesen. Ihr gefiel mein Vergleich, dass Lesen wie Fliegen sei und man das Buchstabieren mit geschlossenen Augen besser lernte, weil man dann nämlich die Buchstaben um sich herum schweben sah und sich nur die richtigen herausgreifen musste.

»Es ist wichtig«, sagte ich, »dass wir fortan einen besseren Überblick über unsere Schulden haben. Ich hatte das Brett in der Küche und nicht im Flur aufgehängt, damit es den Gästen verborgen blieb. Schulden waren in London noch ein viel größerer Makel als in Brüssel, Paris oder Trier. Besonders in Chelsea hatte ich das Gefühl, dass man Armut als eine ansteckende Krankheit betrachtete, der man am besten aus dem Weg ging.

Karl verschränkte die Arme vor der Brust. Kurz blieb mein Blick an seinen behaarten Händen hängen. Ich stellte mir vor, wie sie die Schachfiguren hielten und drehten.

»Haushaltsgeld sollte fortan Haushaltsgeld bleiben, sonst haben wir bald nichts mehr zu essen«, sagte ich. In Brüssel und Paris war es regelmäßig vorgekommen, dass Karl oder Jenny Geld aus der Haushaltskasse, die ich verwaltet hatte, für Kleider, Nachmittage in Kaffeehäusern oder Treffen mit politisch Gleichgesinnten ausgegeben hatten, obwohl ich kaum den Suppentopf für die Familie gefüllt bekam.

Jenny schaute zuerst Karl und dann mich mit einem vielsagenden Blick an. »Und wir haben es schön bemalt für euch«, platzte Laura heraus und schaute Karl lobheischend mit großen Augen an.

Karls Blick glitt zu mir, ich glaube, er hatte durchschaut, auf welche Weise ich die Beachtung des Schuldenbretts durchzusetzen versuchte.

»Das hast du ganz wunderbar gemacht, mein Engel!«, bestätigte er. Wie hätte er sich unter den Augen seiner Kinder, die es begeistert mit Blumen bemalt hatten, auch gegen das Brett verwehren können?

»Hier in England ist alles sehr teuer«, fuhr ich fort und dachte an Gordon mit den wilden roten Locken, die ihm bis auf die Brust reichten, und meinen letzten Kaffee bei ihm – Kaffee im »Peterson's« war das Einzige, was ich nicht teuer bezahlte. Auch die letzten beiden Male hatte Gordon darauf bestanden, mich auf eine Tasse starken Kaffee und ein Stück saftigen, weichen Bienenstich einzuladen, obwohl ich Geld dabeihatte. Das »Peterson's« zu betreten war, wie London in Richtung Heimat zu verlassen, ohne die Eisenbahn oder das Dampfschiff nehmen zu müssen. Der hünenhafte Gordon und ich konnten uns inzwischen so weit verständigen, dass ich nunmehr wusste, dass er nicht nur schottische, sondern auch deutsche Wurzeln besaß und das fantastische Kuchenrezept von seiner Hamburger Großmutter Elisabeth stammte. Ihn wiederum interessierte es, mehr über meine Heimat zu erfahren, ich sollte ihm auf Deutsch Sankt Wendel beschreiben, zwei deutsche Arbeiter aus Aachen gesellten sich bei dieser Gelegenheit zu uns und hörten zu: Hans und Otto. Gordon versuchte, meine deutschen Worte nachzusprechen, wurde dabei aber immer wieder unterbrochen, weil Kaffee verlangt wurde. Dann erhob er sich jedes Mal sofort, lächelte und erfüllte jeden Wunsch seiner Gäste. Einmal nur, als ich mitten im Erzählen war, glitt sein Blick melancholisch zum Kaffeekessel, und nur für diesen Moment wich ihm das Lächeln aus dem Gesicht.

Es war schön zu sehen, wie viel Aufmerksamkeit er allen seinen Gästen schenkte. Er war ein durch und durch perfekter Gastwirt, sogar mit Schafwollhemd.

Wenn ich das »Peterson's« verließ, wollte er jedes Mal, unterstrichen von einem erwartungsvollen Blick, wissen: »Lencken wiederkommen?« Und jedes Mal nickte ich. An Sankt Wendel, seinen Feldern und den umliegenden Orten war niemand so interessiert wie Gordon. Das tat mir gut in der großen, anonymen Stadt.

Ich konzentrierte mich wieder auf Karl und Jenny. Sie wussten beide, dass ich gerne ins »Peterson's« ging und dort für eine kurze Verschnaufpause Bienenstich aß. Sie ließen es zu, aber Jenny wollte mich nie dorthin begleiten.

»In dieser Stadt ist nicht nur alles teurer als in Brüssel und Trier, sondern als Immigrant auch viel schwieriger mit dem Anschreiben«, erklärte ich den Marxens nun weiter vor dem Schuldenbrett, wovon auch die Deutschen im »Peterson's« ein Lied zu singen wussten. Für die Familie eines Revolutionärs war das Anschreiben fast unmöglich.

»Die blaue Blume mit den roten Blättern, die ist von mir!«, verkündete Laura stolz und zeigte auf ihr Kunstwerk, das die obere linke Ecke der Holztafel zierte.

Karl streichelte ihr über die Zöpfe. »Du wirst mal eine große Malerin«, lobte er. »Und deine Schwester?«

»Von mir ist die grüne Rose«, sagte Jennychen zurückgenommen.

»Als Belohnung für die hübschen Blumen meiner begabten Töchter gibt es heute Abend einen langen Leseabend an meinem Schreibtisch. Was haltet ihr davon?«

Die Kinder liebten seinen Schreibtisch und wollten lieber dort als im Bett von ihm vorgelesen bekommen. Karl schickte die Mädchen vor. »Sucht euch schon mal ein Buch aus.«

Sie liefen jubelnd die Treppe hinauf. Musch aber klammerte sich an meine Beine. Der Junge besaß unendlich zarte Gesichtszüge, fast wie ein Mädchen, und sehnte sich nach der Nähe von uns Erwachsenen. Unsere kleine Fliege.

»Nur wenn wir einen Überblick über die Schulden haben, wissen wir, wann wir keine neuen mehr machen dürfen«, fuhr ich fort und gab Musch zur Ablenkung einen Kochlöffel, mit dem er in der Ecke der Küche auf zwei Eimern trommeln konnte. Er liebte Musik und wollte vor dem Einschlafen oft vorgesungen bekommen.

»Wenn die *Revue* erst einmal erschienen ist und viele Abonnenten findet, ist es mit den Schulden ein für alle Mal vorbei! Ich glaube nicht, dass wir so ein Holzbrett brauchen!«

Drohte ich doch noch an Karls Eigenwilligkeit zu scheitern?

Jenny schaute Karl sehnsüchtig an, obwohl sie sichtbar müde war. »Mein Schwarzwildchen, ich bewundere deinen Mut und deine Schaffenskraft so sehr«, flüsterte sie ihm zu und nahm ihm den Stumpen aus dem Mund. Sie küssten sich ungeniert, während Musch auf den Eimern herumtrommelte.

Ich wandte mich ab und hätte am liebsten den Raum verlassen, aber ich musste die Schuldensache erst noch zu Ende bringen.

Ich schrieb drei Worte auf das Schuldenbrett. *Nahrung, Miete, Sonstiges.* »Unter diesen Punkten möchte ich in Zukunft unsere jeweiligen Schulden auflisten und verfolgen, wann wir uns mehr zurücknehmen müssen«, sprach ich mehr zu mir als zu den beiden Marxens. »Zumindest bis die *Revue* dank vieler Abonnenten Geld abwirft.«

»Lenchen hat recht«, sagte Jenny, noch atemlos vom Kuss. Sie reichte Karl den Stumpen zurück. »Kein Geld mehr aus der Haushaltskasse für andere Dinge als für den Haushalt!« Sie deutete auf die Wörter »Nahrung« und »Miete« auf dem Brett. »Gleichgültig, wie gut die *Revue* läuft. Alles, was du mehr verdienst, Karl, können wir für den schönen Teil des Lebens ausgeben.«

Ich verbarg meine unruhigen Hände hinter dem Rücken, sie wollten nach dem Stumpen greifen.

»Die *Revue* wird erfolgreich werden!« Karl blies mir seinen Rauch entgegen. »Aber bis dahin … meinetwegen. Die Kinder wären sonst enttäuscht.«

An diesem Abend las Karl den dreien an seinem Schreibtisch vor.

Musch war neben Jenny eingeschlafen, aber Jennychen und Laura saßen auf seinen Oberschenkeln. Ich stand draußen vor der angelehnten Tür und saugte jedes seiner Worte auf, so wie früher die Schachregeln. Seine Stimme war friedlich und tief, sie ging mir unter die Haut. Ich glaube tatsächlich, ich konnte seine Worte spüren. Gerade noch rechtzeitig zog ich mich aus dem Flur zurück, als Karl die eingeschlafenen Mädchen in ihre Betten trug.

An diesem Abend borgte ich mir Jennys Schreibzeug aus. Als es vollkommen ruhig im Haus und auch Karl schlafen gegangen war, tapste ich barfuß und wie von einer fremden Hand geführt mit meinem Goethe-Buch und dem Schreibzeug in Karls Studierzimmer. Die Finger meiner freien linken Hand berührten das Schachspiel. Ich nahm den schwarzen König und stellte ihn auf einen hohen Bücherstapel auf dem Schreibtisch. Der Mond beschien ihn, so als wollte ihn jemand aus der Himmelswelt bei Licht betrachten.

Meine Knie begannen zu pochen, und mein Herz schlug schneller, als ich auf Karls Stuhl Platz nahm. Es war ein hölzerner Stuhl mit gepolsterter Sitzfläche und Armlehnen. Ich legte Schreibzeug und Buch auf der einzigen freien Stelle vor mir ab, dann schloss ich meine Augen. Der Zauber des Wissens hüllte mich ein wie eine warme Decke. Mit geschlossenen Augen öffnete ich mein Goethe-Buch. Dieses Mal hielt ich mich nicht erst mit den Gedichten auf, sondern blätterte direkt zur letzten Seite. Das Papier fühlte sich weich an, ich öffnete die Augen. In zittriger Schrift stand unter meiner Niemals-Liste geschrieben:

Meine Wünsche für das Leben:

1. *Bald wieder gegen Karl Schach spielen.*

Ich rutschte noch ein Stück weiter nach vorn auf die Stuhlkante, öffnete das Tintenglas und nässte den Schreibkiel. Drängender, noch intensiver als beim ersten Wunsch wollte ich meinen zweiten zu Papier bringen. Meine Gedanken kreisten um ein bestimmtes Wort, und ich hörte das Blut in meinen Ohren rauschen. Ich schaute vom Buch zum schwarzen König auf dem Bücherstapel vor mir. Eine Wolke schob sich vor den Mond, es wurde dunkler im Studierzimmer und der schwarze König undeutlicher. Ab jetzt waren er und ich unbeobachtet und nicht einmal vom Himmel aus zu sehen. Ich drückte den Kiel fester auf und musste ihn zweimal neu ansetzen, weil ich nicht die richtige Stelle traf. Ich notierte:

2. *Vorgelesen bekommen. Nur für mich allein.*

Es durfte Wünsche geben, die für immer Wünsche blieben, an denen man sich ein Leben lang berauschen konnte. Vielleicht war es sogar besser, wenn nicht alle Wünsche in Erfüllung gingen, weil Vorfreude und Eifer dann niemals versiegten.

Ich schaute lange die Buchstaben des Wortes »allein« an, dabei nahm ich den schwarzen König in meine Hand. Doch sofort stellte ich ihn wieder zurück, denn meine Hände waren feucht geschwitzt.

Ich musste mich abkühlen! Mir war schrecklich warm geworden.

* * *

Sterne über London

An einem nebeligen Novembertag, keine zwei Monate nach unserer Ankunft in London, gebar Jenny ihren zweiten Sohn Heinrich Edward Guy. Den Namen Guy wählte sie in Gedenken an Guy Fawkes, den einige Londoner wegen seines vor langer Zeit verübten Schießpulver-Anschlags auf das Parlament und König Jakob I. verehrten. Wir nannten das viertgeborene Kind Föxchen, unseren Pulververschwörer.

Die Geburt dauerte einen ganzen Tag, und weil das Geld knapp war, nährte Jenny den Jungen selbst. Föxchen schlief keine einzige Nacht durch und musste alle drei Stunden an die Brust gelegt werden. Das machte es Jenny fast unmöglich, Karl weiterhin zu seinen politischen Treffen zu begleiten. Karl wollte den *Bund der Kommunisten* neu beleben. Er bezeichnete die Niederlage der bürgerlichen Revolution als Leuchtfeuer, als Ansporn für eine erneute Revolution. Bald tauchte Herr Engels in der Anderson Street auf, und Karl überzeugte ihn, vorübergehend bei uns zu wohnen. Mit ihm zusammen war Karl gut gelaunt, und bald darauf eröffnete er uns beim Essen: »Ich plane, das größte ökonomische Buch überhaupt zu schreiben!«

Ich hatte gerade Sauces and Pickles serviert – eingelegtes Gemüse, das sauer, scharf und salzig zugleich war.

Karl verzog das Gesicht, als er in ein Stück Gurke biss. »Das schmeckt ja gar nicht nach Gemüse«, wunderte sich Laura ebenfalls und griff nach einem Stück süßen Brots.

»Das Buch wird ein ökonomisches Standardwerk über das Kapital, die Löhne und den Handel werden und darüber, wie diese die Gesellschaft beeinflussen. Ein Buch wider den Kapitalismus«, fuhr Karl fort.

Herr Engels zeigte sich wie immer begeistert von der Idee eines ökonomischen Standardwerks und ebenso von dem schwarzbraunen Stout Beer im Pub vorne an der King's Road. Aber ob das Buch Geld in die Haushaltskasse spülen würde? Davon sprach niemand.

Abends, wenn Herr Engels heimkehrte, werteten er und Karl bis in die Nacht hinein das Tagesgeschehen im Studierzimmer aus. Während Karl tagsüber für sein ökonomisches Standardwerk ein Buch nach dem anderen las und exzerpierte, klapperte Herr Engels seine Kontaktpersonen – Arbeiter, Sozialisten und Revolutionäre – ab, um diese für eine erneute Revolution zu gewinnen. Einen nicht unerheblichen Teil ihres allabendlichen Gesprächs machten die Neuigkeiten in den Zeitungen aus, die in London mehrmals täglich erschienen.

Bald jedoch verschlang der Kauf der vielen Zeitungen zu viel Haushaltsgeld, wie uns das Schuldenbrett zeigte, weswegen Karl zunehmend auch in Newsrooms ging, das waren Zimmer in Kaffeehäusern und Pubs, in denen Zeitungen auslagen. Manches Mal brachte er den Kindern von dort Jellies mit, weil sie enttäuscht waren, wenn er tagsüber so lange außer Haus war. Die Kleinen liebten das mit Zucker ummantelte Fruchtgelee, das in jeder erdenklichen Farbe zu haben war.

Seitdem Karl das meiste Geld der Baronin in die Finanzierung der *Revue* steckte, wuchsen auch die Summen auf dem Schuldenbrett kontinuierlich an.

An dem Tag, an dem ich Karl wegen des Teekrämers ansprach, zeigte ich ihm gleichzeitig auch die Namen Beastlittle und Cunningham, die in weißen kreidenen Buchstaben wie eine Anklage auf dem Brett prangten. Miss Beastlittle und Miss Cunningham waren die Lehrerinnen der Mädchen. Jenny hatte auf sie bestanden, obwohl eigentlich schon nach der zweiten Unterrichtsstunde kein Geld mehr für sie übrig gewesen war. Ich versuchte die beiden britischen Damen mit einer guten Tasse Tee und den Aussichten auf die bald erscheinende erste Ausgabe der *Revue* bei der Stange zu halten, aber es wurde mit jedem Mal schwieriger. Die Engländer beliebten ihren Tee so stark zu brühen, dass wir Deutsche ihn kaum trinken konnten, und es war eine Kunst, ihn richtig zuzubereiten. Kam zuerst die Milch oder zuerst der Tee in die Tasse? Der Tee durfte nicht mit kochendem Wasser aufgegossen werden, auch an die Teekanne und den Teefilter gab es besondere Anforderungen. Früher hatte ich getrocknete Kräuter arglos einfach nur mit kochendem Wasser übergossen und sie darin dann eine Weile ziehen lassen. Hier wäre das unmöglich.

»Wenn wir den Lehrerinnen der Mädchen keinen Tee mehr anbieten können, kommen sie gar nicht mehr«, sagte ich Karl. In England war man überzeugt, dass sich Armut am besten daran erkennen ließ, dass nicht einmal mehr Tee serviert wurde. Und Tee konnte ich nur anbieten, wenn der Teagrocer uns weiterhin damit versorgte, was er nur tun würde, wenn wir unsere Schulden bei ihm tilgten. Ich fühlte mich schlecht, Karl diese Nachricht überbringen zu müssen. Aber die Sache musste geklärt werden, damit die Mädchen weiter unterrichtet werden konnten. Wenn es etwas gab, an dem Karl unter gar keinen Umständen sparen wollte, dann war es die Erziehung seiner Kinder.

Karl schaute mich lange an, er dachte nach. »Ich hoffe, Fritze kann das übernehmen«, sagte er dann.

Zum ersten Mal fiel mir auf, dass in seinem schwarzen Haar, nicht aber im Bart, vereinzelt weiße Strähnen glitzerten wie früher das Garn der Baronin bei den Handarbeiten. Karl war erst einunddreißig, zwei Jahre älter als ich, und in meinem haselnussbraunen Haar war noch keine einzige graue Strähne zu sehen.

Mitten in diese Überlegung hinein meldete sich Jenny aus dem Schlafzimmer im Obergeschoss. »Karl?«

»Kannst du den Teekrämer noch so lange hinhalten, bis ich mit Fritze gesprochen habe?«, fragte er mich, ohne Jenny zu antworten.

»Ich will es versuchen.« In Brüssel hatte ich mit einem bittenden Gesicht so manchen Zahlungsaufschub erwirken können, aber hier in London waren die Regeln strenger. Umso bemühter war ich, durch das Lesen englischer Zeitungen vor dem Einschlafen die Sprache schneller zu lernen.

»Danke, Helena«, sagte Karl noch und lief die Treppe hinauf zu Jenny.

Ich erstarrte. Hatte er mich gerade Helena genannt? Woher wusste er überhaupt … Mutter und Barbara hatten mich stets dann Helena gerufen, wenn ich etwas nicht zu ihrer Zufriedenheit erledigt hatte. Mit Helena verband ich den zornigen Klang ihrer Stimmen, deswegen mochte ich Helena eigentlich nicht. Das konnte auch die Tatsache nicht wettmachen, dass Pabbi den Namen für mich ausgesucht hatte. Im alten Griechenland soll Helena die schönste und mutigste Frau ihrer Zeit gewesen sein. Davon hatte er mir unter der Eiche an der Blies erzählt, im Schatten ihrer Krone sitzend, den Rücken an ihren Stamm gelehnt. An einem der Tage, an dem der würzige Duft von Tabakblättern und Forsythienstaub in der Luft gelegen hatte. An einem Tag in meiner Heimat im unendlich fernen Sankt Wendel. London hingegen erschien mir grau und voll von gesprächsunwilligen, in sich gekehrten Menschen, die so viel ernster als die Brüsseler waren. Einzig in »Peterson's Coffeehouse« wurde viel gelächelt.

Ein einfaches Gespräch bekam ich im »Peterson's« bald hin, beim Waschen oder Putzen wiederholte ich neu gelernte Worte und deren Bedeutung, und oft auch half ein Lächeln über eine fehlende Vokabel hinweg. Das englische »th« kam mir noch schwer über die Lippen, und es gab viel mehr englische Worte, um sich auszudrücken, als deutsche.

Die Briefe an Karl, die ich im »Peterson's« abholte, wurden mit den Monaten weniger. Ob die Preußen den Trick mit dem falschen Adressaten durchschaut hatten?

Karl wurde ungeduldiger und aufbrausender, vor allem in Jennys Gegenwart. Ich glaube, das lag daran, dass Föxchen immerzu weinte. Am Silvestermorgen unseres ersten Londoner Jahres, am Tag meines neunundzwanzigsten Geburtstags, sah ich Herrn Engels vor dem Zaun am Ende unseres Grundstücks bei den zwei alten schmiedeeisernen Stühlen und dem Tisch mit der Platte aus Mosaiksteinchen stehen, wo ich morgens ab und an zwei frische Atemzüge tat. Heute musste ich jedoch früher dran sein als gewöhnlich, denn um diese Zeit machte er sonst seinen täglichen Erholungsspaziergang, den Constitutional, den die Engländer so sehr liebten.

Herr Engels stand beim Tisch ohne Gehstock und ohne Zylinder, die er sonst überall mit hinnahm. Erst zögerte ich, dann ging ich aber doch zu den schmiedeeisernen Stühlen. Nur von dort konnte ich einen Blick auf die Giebel des Royal Hospital erhaschen, ein ferner Fixpunkt, um meinen Gedanken freien Lauf zu lassen, den Brüsseler Häusern ähnlich.

Wie so oft in London ging feiner Nieselregen nieder. Ich nahm auf dem rechten Stuhl Platz, Herr Engels schien in Gedanken versunken zu sein. Ich heftete meinen Blick auf das Royal Hospital, in meiner Erinnerung schliff die untergehende Sonne gerade die spitzen Giebel der Gildehäuser an der Grande Place und ich war wieder in Brüssel, bei der Revolution und der Hoffnung, die sie erzeugt hatte. Und der Wunschliste, die ich dort begonnen hatte.

»Good morning«, hörte ich Herrn Engels Stimme nach einer Weile sagen. Nur zögerlich wandte ich mich ihm zu. Es kostete mich Überwindung, nicht vor dem steifen Mann zu knicksen. Den Flaschenhals eines Château Margaux vom Vorabend umfassend, setzte sich Herr Engels auf den zweiten Stuhl.

»Good morning«, erwiderte ich, und mein Blick fiel dabei auf seine Lackschuhe. Wir lebten nun schon eine Weile in Chelsea zusammen, aber ich hatte ihn lange nicht mehr genauer betrachtet. Mir fiel auf, dass die feinen kleinen Risse im Leder seiner Schuhe weniger geworden waren. Es war, als lese er meine Gedanken. »Ich habe sie, wie mir geraten wurde, mit Öl eingerieben«, sagte er.

»Wenn Sie Ihre Schuhe in Zukunft mit den Füßen anwärmen, bevor Sie nach draußen gehen, entstehen die Risse erst gar nicht. Lackleder verträgt keine Kälte«, riet ich ihm vorsichtig, was ich einst in Trier gelernt hatte.

Aus den Augenwinkeln sah ich, dass er schmunzelte. »Du weißt viel«, sagte er dann.

Meinte er das sarkastisch und mit jener Herablassung, mit der er auch seinen Vater als »den Alten« bezeichnete?

»Du solltest dir gut überlegen, wie lange du unter diesen Bedingungen bei ihnen bleiben willst«, unterbrach er meine Gedanken.

Ich war überrascht von seinem Ratschlag und musterte ihn genauer von der Seite. Den Bart und das Haupthaar trug er länger als zu Brüsseler Zeiten, ähnlich wie Karl. Nur zeigte sein dunkelblondes Haar noch keine einzige graue Strähne.

Karl musste ihm erzählt haben, dass ich kaum mehr Lohn erhielt, als zur Aufstockung meiner Tabakvorräte und einen Kaffee pro Woche bei »Peterson's Coffeehouse« nötig war. Auch wenn mich Gordon noch immer auf eine Tasse Kaffee einlud, hatte ich den dafür anfallenden Penny die letzten Male in der Trinkgelddose beim Tresen oder im Becher des Klavierspielers gelassen.

Ich schaute zum Haus, in dem die Familie Marx noch schlief, die gemiedenen Revolutionäre der Anderson Street.

»Deutschlehrer sind seit der Heirat von Königin Victoria und dem deutschen Prinz Albert sehr gefragt«, setzte Herr Engels nach. »In der gehobenen Schicht wird oft Deutsch gesprochen. Du könntest dort sorgenfrei als Gouvernante arbeiten.«

Ich schüttelte den Kopf. »Mit dem Erscheinen der *Revue* wird alles besser werden«, entgegnete ich und spürte gleichzeitig, dass meine Füße feucht wurden. Wasser drang durch die Nähte meiner Lederschuhe ein. »Und danach folgt das große ökonomische Standardwerk, das Karl plant. Es wird uns bestimmt aus den Schulden heraushelfen.« Ich glaube, mit diesen Worten wollte ich auch mich selbst überzeugen.

In gar nicht feiner Manier nahm Herr Engels einen Schluck aus der Weinflasche, sein Blick glitt über die leeren Nachbargärten. »Was ist, wenn es nicht besser wird?«, fragte er und führte seinen Blick zurück auf das Haus vor uns.

Ich schaute zu Herrn Engels, der selbst im Sitzen noch einen Kopf größer als ich war. Mit seinem wohl proportionierten Profil und der vornehmen Körperhaltung, die denen der Herren in Jennys Modemagazinen in nichts nachstand, war er das genaue Gegenteil von Karl.

»Und Sie?«, fragte ich, anstatt ihm zu antworten. »Wie lange wollen Sie noch bei den Marxens bleiben?« Die Frage stellte sich für ihn genauso.

Herr Engels wandte sich mir zu und lächelte. Jeder Zahn gerade neben dem anderen und so weiß wie gemalt. Er wollte damit wohl zum Ausdruck bringen, dass er die Marxens genauso wenig verlassen würde wie ich. Sie waren meine Familie. Und für sie blieb ich sogar in einer Stadt, in der die Luft so dreckig und der Nebel im Winter so dicht war, dass vor den Shops der besseren Viertel die Außenbeleuchtung den ganzen Tag angelassen werden musste.

Noch am selben Tag verreiste Herr Engels für eine Woche nach Paris, und Jenny fühlte sich sehr matt. Ich versorgte sie, die Kinder waren bei ihr, sie las im Bett. Sie schliefen früh ein, ich stand noch bis Mitternacht am Waschtrog. Es war schon dunkel, als ich vor dem Zubettgehen prüfte, ob auch alle Fenster verschlossen waren. Der Wind pfiff durch die Ritzen von Karls Studierzimmer. Ich öffnete die Tür, und da saß er noch am Schreibtisch. Hinter ihm blies der Wind die Vorhänge am halb offenen Fenster fast bis über seine Schultern. »Verzeihung, ich wollte nur nach dem Fenster schauen«, sagte ich erschöpft. Waschtage waren sehr anstrengend. Ich wandte mich zum Gehen, in Gedanken schon bei meinem Bett und der Leinendecke, unter die ich gleich kriechen wollte.

»Bleib hier!«, verlangte Karl da im strengen Tonfall der Herrschaft.

Ich zögerte. »Ich bin müde«, brachte ich dann entschuldigend hervor. Meine Arme brannten von der Lauge im Waschtrog und waren puterrot.

»Auch zu müde für ein Spiel?«, fragte er nun schon sanfter.

Ich wandte mich um, und Karl begann, sämtliche Papier- und Bücherstapel, sein Schreibzeug, Zeitungen und einen Becher, in dem ich ihm vorgestern doppelte Limonade gebracht hatte, von seinem Schreibtisch auf den Boden zu räumen.

Als Karl das Schachbrett auf den Schreibtisch stellte, war ich sofort hellwach und spürte meine Erschöpfung kaum noch. Zur Begrüßung ließ ich meinen Blick über die Figuren gleiten. Fast schien es, als lächelte mich die weiße Königin an.

Karl nahm wieder auf seinem Stuhl Platz und ich auf einem Hocker auf der anderen Seite des Tisches. Er zündete sich einen Stumpen an und zog daran. Knisternde Musik in meinen Ohren. Rauch stieg auf und formte sich zu Wolken.

»Weiß beginnt!«, sagte er.

Ich machte einen Doppelschritt mit meinem Königbauern, in meinen Fingerspitzen kribbelte es leicht. Karl stürmte mit seinem Königinbauern vor. Und er zog am Stumpen. Unsere ersten Züge taten wir ziemlich kühn und kühl. Karl war meisterlich darin, seine Truppen schnell und effizient ins Spiel zu bringen, und bei den ersten Zügen überlegte er nicht lange, so als führte ihm die Erfahrung von Hunderten von Spielen die Hand. So handelte jemand, der jemandem überlegen ist.

Lass dich nicht einschüchtern von seiner Selbstsicherheit, ermutigte ich mich stumm. Immerhin hatte ich nach dem ersten Dutzend Züge immer noch alle Bauern. Einzig mein Läufer und mein Pferd waren hinter Karls Grundlinie gewandert. Ich klügelte die Strategie aus, ihn dieses Mal mit meinen Bauern in die Enge zu treiben. Sie waren die Seele des Spiels. Bauern sind unentbehrlich für so manche Matt-Strategie. Sie sind die Dienstboten auf dem Schachbrett. In all meinen Spielen zuvor hatte ich sie eher als indirekte Helfer eingesetzt, als Fluchthelfer für die Königin oder als Deckung für meine Türme. An diesem Abend aber wollte ich mehr. Meine Bauern sollten den König mattsetzen, und ich musste die Vorbereitungen dafür so unbemerkt wie nur möglich treffen. Ich wollte Karl glauben machen, dass ich ihn mit Turm und Pferd zu Fall bringen wollte.

Nach drei weiteren Zügen überlegte er plötzlich ungewöhnlich lange. Mit dem Daumen streichelte er meinem weißen Pferd dabei so leicht die Mähne, dass ich gar glaubte, ich würde mich täuschen. Ich versuchte, nicht länger auf seine Hand zu starren. Abrupt schaute er mich an. »Du hast geübt seit unserem letzten Spiel.« Er deutete mit einer kreisenden Bewegung seines Zeigefingers zu meinem Turm auf a2 und auf das, was ich um ihn herum aufgebaut hatte.

»Ich spiele nur in Gedanken«, antwortete ich leise und freute mich, dass er sich auf meine Finte konzentrierte.

Er reichte mir seinen Stumpen. Wieder spürte ich seine Fingerspitzen, als ich den Stumpen entgegennahm, wie schon bei unserem ersten Spiel. Es flatterte leicht in meiner Bauchgegend. Wie gern hätte ich jetzt … ich zog am Stumpen und genoss den Rauch auf der Zunge. Er schmeckte herb und oberflächlicher als der billige, dunkel geräucherte Londoner Kautabak, der intensiv rußig, hart, dreckig und sparsam gesoßt war.

Während der folgenden Züge gab ich mich ganz der Magie des Spiels hin. Beim Schach, das lehrte mich Karl in dieser zweiten Partie, durfte man jemand anders sein. In dieser anderen Welt existierte nichts außer uns Schachspielern. Wir waren Generäle und besaßen Armeen, die wir auf dem Brett für uns kämpfen ließen. Wir starteten in der gleichen Position mit der gleichen Mannesstärke. Und wir durften uns einander offenbaren. Darin und nur in dieser zweiten Welt tat Karl es so selbstverständlich wie sonst nie: Er offenbarte sich mir. Mit Gesten, Blicken und kleinen Regungen. Ich konnte ihm ins Gesicht schauen und aus jeder seiner Bewegungen – wie er blinzelte, die Augen zusammenzog, die Lippen schürzte oder wie er die Figuren streichelte – etwas herauslesen. Je weiter das Spiel fortschritt, umso einfacher wurde es.

Normalerweise schauen wir Menschen uns einander in die Augen, in unseren Augen spiegelt sich die Seele, heißt es. Bei Karl war sie in jeder Faser seiner Hände. Unsicherheit anlässlich seines nächsten Zuges zeigte er, indem er den erbeuteten Figuren zärtlicher den Kopf streichelte und um ihre gedrechselten Körper fuhr. Wenn er erstürmen wollte und sich vielleicht sogar schon dem Sieg nahe fühlte, streichelte er sie heftiger. Das hatte ich schon beim ersten Spiel beobachtet.

»Lenchen?«, hörte ich ihn wie aus der Ferne sagen. »Du bist am Zug.«

Schnell ließ ich von seinen Händen ab und konzentrierte mich wieder auf die Situation auf dem Brett, wir waren bereits im Endspiel.

Karl besaß lediglich noch ein Pferd, einen Turm, natürlich den König und einen einzigen Bauern. Es sah gut für mich aus, ich hatte noch zwei Bauern mehr für mein Bauernmatt. Aus den Augenwinkeln heraus sah ich, dass Karl heftiger als zuvor am Kopf meines weißen Bauern rieb. Ich legte meine linke Hand auf mein Knie. Es pochte, als erwartete es im nächsten Moment einen heftigen Schmerz.

Ich zog mein Pferd in Richtung seines Königs und sicherte gleichzeitig damit meinen Turm auf a2 ab. Es war an der Zeit, mein Netz noch enger um ihn zu ziehen. Zum Glück schien meine kurze Ablenkung unbemerkt zu bleiben.

Karl atmete heftiger, er schaute mich an, dann wieder auf das Brett. Mehrmals. Seine Pupillen waren geweitet, und seine Nervosität ging auf mich über. In meinen Schläfen begann es zu klopfen.

Der Stumpen knisterte, als er daran zog. Fordernd setzte er seinen letzten verbleibenden Bauern von g5 auf g4, zum Berühren nah an meinen König auf h3. »Schach!«

Ich zog meinen König auf h4 und plante, ihn danach über g5 in Sicherheit zu bringen. Karl würde mich als Nächstes weiter einengen, vermutlich mit seinem König. Insgeheim verfluchte ich seinen schwarzen klugen Bauern! Karl hatte zuvor nie auf seine Bauern gesetzt, doch ausgerechnet jetzt brachte mich der letzte ihm noch verbliebene in Not.

Anstatt mit dem König zog er mit dem Turm. Weder gab er erneut Schach, noch schlug er eine meiner Figuren. Warum machte er auf einmal so einen belanglosen Zug? Ein Glück für mich, jetzt hatte ich wieder viel mehr Möglichkeiten. Ich wollte schon dankend lächeln, als mein Blick auf dem leeren Feld g5 hängen blieb. Mir lief ein eisiger Schauder über den Rücken. »Ein stiller Zug«, murmelte ich und begriff allmählich. Ein Zug, der weder schlägt noch Schach gibt, scheinbar unbedeutend. Scheinbar. Ich hatte selbst schon mehrere stille Züge getan, und in Gedanken hatten auch meine Gegner still gezogen, aber noch nie waren diese Züge der Todesstoß für mich gewesen, nie so nah am Matt. G5, mein Fluchtweg, war mit seinem letzten Zug für meinen König unmöglich geworden.

Schweiß glitzerte auf Karls Stirn, und er drückte den schmalen

Rest des Stumpens in das auf dem Boden stehende Limonadenglas. Sein Blick lag unruhig auf mir, das spürte ich, während ich weiter auf g5 starrte. Ich glaube, in diesem Moment im Studierzimmer konnte ich die verborgene Kraft und Tiefe seines stillen Zugs wie einen zärtlichen Todesstoß spüren. Er fuhr mir durch den ganzen Körper, in Beine und Arme, wie ein tiefer Ton, und vibrierte in meinem Kopf. Es war ein intensives, forderndes, überraschendes und zugleich vertrautes Gefühl. Genauso stellte ich mir einen Kuss vor.

In dieser Verfassung wagte ich es nicht, Karl anzuschauen. Nur seinen schnellen Atem vernahm ich. Ich musste unbedingt den passenden Zug, einen Ausweg aus meiner Lage finden und meine Empfindungen wieder unter Kontrolle bringen. Ich zwang mich dazu, konzentriert nachzudenken. Aber welches Szenario ich auch immer durchspielte – meinen Turm auf a5 oder mein Pferd auf d5 setzte, eine Bauernumwandlung vollzog oder … –, ich zögerte mein Ende nur hinaus, seine vier Figuren hatten mich fest im Griff. Und dennoch wollte ich die Galgenfrist zweier weiterer Züge, wollte einfach nicht aufhören zu spielen. Ich wrang meine feuchten Hände, fuhr mir übers Knie und durch das Haar. Es war unausweichlich.

»Schachmatt, Lenchen Demuth«, sagte er mit tiefer Stimme, nachdem die Galgenfrist abgelaufen war.

Es war zum Haareausraufen und gleichzeitig zum Jubeln, dass es ihm mit seinem einzigen verbliebenen Bauern gelungen war, mich zu schlagen.

»Das hatte eigentlich *ich* vorgehabt!«, hauchte ich.

»Ich weiß«, entgegnete er nach einer Weile, gar nicht jubelnd über seinen Sieg. »Es hat etwas gedauert, bis ich dahintergekommen bin. Deine nächtlichen Einsätze in Trier zahlen sich langsam aus.«

Sprach er etwa schon wieder vom Herrenkabinett der von Westphalens und dem Schachspiel mit den Messingfiguren? Ich war sprachlos.

»Ich habe damals sehr wohl bemerkt, dass du unsere Spiele nächtelang durch den Türspalt hindurch verfolgt hast.«

Ich erhob mich vom Hocker. »Aber warum hast du nie etwas gesagt? Weil du dich gut über das dumme Dienstmädchen amüsiert hast?« Ich erhob mich. *Es ist jetzt sowieso besser zu gehen,* riet mir die Vernunft.

»Bleib hier, Helena!«, verlangte er wie anfangs schon. »Ich hielt dich nicht für dumm. Eher für …«

Ich blieb stehen und hielt die Luft an.

»… für interessiert, für neugierig und mutig.«

Meine Kehle verengte sich, lange bekam ich keinen Ton heraus, und Karl betrachtete mich dabei.

»Du fandest mich mutig?«, fragte ich irgendwann kleinlaut. Der forderndste Mann, der mir je begegnet war, das schwarze Ungestüm aus Trier fand mich mutig!

Karl schmunzelte. »Wenn man Kutschfahrten außen vor lässt … dann bist du ganz schön mutig.«

»Heute hätte ich keine Angst mehr in einer Kutsche«, sagte ich im Überschwang der Situation. Es verwirrte mich, was er alles mit mir machte. Er machte mich vorlaut, kleinlaut, froh und rührte mich.

»Ach, nein?« Aus Versehen stieß er mit der Hand das Schachbrett um, die Figuren kullerten zu Boden. »Sicher?«

Ich nickte und ließ die Figuren, wo sie waren, so sehr zog er mich in seinen Bann.

»Beweis es!«, verlangte er.

Ohne eine Antwort abzuwarten, rannte er aus dem Studierzimmer und aus dem Haus. Atemlos folgte ich ihm bis zur King's Road. Dort hielt er einen Kutscher an und besprach etwas mit ihm, das ich nicht verstand, weil mir das Blut noch immer in den Ohren rauschte, oder war es das Trommeln meines Herzschlags?

Karl drängte sich vor mir in das Gefährt, dann zog er mich hinterher. Wir hatten die Tür kaum geschlossen, da fuhr die Kutsche auch schon los. Erst langsamer, dann schneller, über die Bond und die Sydney Street auf die Fulham Road Richtung Westen.

Karl schlug öfter gegen die vordere Wand, um dem Kutscher ein Zeichen zu geben, schneller zu fahren, einmal hörte ich draußen sogar Leute aufschreien. Ich öffnete das Fenster und streckte meinen Kopf hinaus. In London trauten sich viele Menschen auch nachts noch auf die Straßen. Frauen halb nackt und mit freigelegten Knöcheln, kleine Chinesen und Amüsiersüchtige. Hin und wieder auch gut gekleidete Herren wie Herr Engels. Im Rausch der Geschwindigkeit waren sie unwirklich. London bei Nacht kam mir gar nicht mehr so trostlos vor, es rauchten weit weniger Schlote, und die Luft war frischer als am Tag.

In dieser Nacht sah ich erstmals Sterne am Londoner Himmel stehen, sie funkelten verheißungsvoll, als wollten sie ankündigen, was in London noch alles vor mir lag. Der Herbstwind kühlte meinen heißen Kopf. In mir schwang die Erinnerung an Karls stillen Zug, den zärtlichen Todesstoß, nach. Wir fuhren gerade am West London Cemetery vorbei. »Es lebe das Spiel der Könige!«, rief ich im Überschwang aus dem Kutschfenster. Ich fühlte mich mutig und unverwundbar.

Die Kutsche bog nach Süden ab. Karl beugte sich aus dem Fenster gegenüber. »Es lebe Karl Marx!«, rief er in die Nacht hinaus, als wir wieder ostwärts auf die King's Road kamen.

Kurz nach dem Paultons Square in einer schmalen, schlammigen Seitenstraße hielten wir plötzlich an, Karl sprang aus der Kutsche und klopfte an die Tür mit der Nummer 18. Ein bärtiger Herr erschien, der auch schon einmal bei uns zu Hause gewesen war. Sie beredeten etwas, bis der Herr wieder verschwand und Karl kurz darauf mit einem Buch in der Hand zurückkam. »Für Jenny, sie wollte es unbedingt lesen.«

Vor Sonnenaufgang waren wir wieder in der Anderson Street zurück. Doch anstatt schlafen zu gehen, ging Karl ins Studierzimmer. Ich folgte ihm bis zur Tür. »Ich möchte eine Revanche«, hörte ich mich sagen. »Das nächste Mal könnten wir mit meinem Steckschach spielen.«

Karl schaute mich länger an. »Wenn du eine weitere Niederlage verkraften kannst – gerne!«, sagte er dann.

Ich lächelte verwegen. »Wir werden sehen«, entgegnete ich und zog mich zu meinem Goethe-Buch in meine Kammer zurück. Hinter den ersten Wunsch für mein Leben konnte ich bereits einen Haken setzen. 1. *Bald wieder gegen Karl Schach spielen.* Ich wollte mir einen neuen Wunsch dafür überlegen. Denn ich war überzeugt davon, dass es jedem Menschen guttut, immer mindestens zwei Wünsche für sein Leben zu haben.

Am Folgemorgen beim Frühstück überreichte Karl Jenny das Buch mit der Erklärung: »Lenchen und ich haben es dir über Nacht besorgt. Mit den besten Grüßen vom Schramm!«

Jenny ging es wieder besser, aber sie schien verwirrt. »In der Nacht … du und Lenchen … in London unterwegs?«

Karl entgegnete arglos: »Hätte ich sie alleine losschicken sollen? Du wolltest es doch so dringend!«

»Danke, Schwarzwildchen.« Sie umarmte Karl und schaute dann zu mir auf. »Und danke, Lenchen. Ihr seid einfach die besten!«

Jenny lächelte mich ermutigend an, so als wollte sie mir sagen: *Endlich geht es besser mit euch beiden.*

* * *

Nur ein bisschen Honig

Die erste Ausgabe der *Revue* verkaufte sich bei Weitem nicht so gut wie erhofft. »Zeitungen brauchen Zeit«, beteuerte Karl gegenüber Jenny, die mit Föxchen auf dem Arm vor ihm stand. Föxchen hatte seit der Geburt kaum an Gewicht zugelegt. Regelmäßig schüttelten Krämpfe seinen mageren Leib.

»Karl, das Geld meiner Mutter ist aufgebraucht, und du bist noch immer ohne Einkommen.« Ich wusste, dass Jenny vor Verzweiflung begonnen hatte, hinter Karls Rücken Bittbriefe an Verwandte zu schreiben.

Auch die Mädchen bemerkten die Not und waren weniger fröhlich als sonst. Jennychen guckte es sich wie immer bei Laura ab, aber Musch hielt dagegen. Mit jedem Tag wuchs er mehr zu einem kräftigen Jungen heran, der am liebsten sang, und das mit Pathos und zu jeder Tageszeit, sogar wenn ich das Essen servierte. Es klang lustig, seine kindliche, helle Stimme vom Vaterland, von Tyrannei oder dem Banner singen zu hören. Gerade lernte er »Rule, Britannia!«, die heimliche Hymne des Insellandes. Seine Lieder holten mich aus der Erinnerung an den zärtlichen Todesstoß zurück, den ich wieder und wieder durchlebte. Sogar beim Putzen und Waschen versuchte ich, das jüngste Spiel Zug um Zug in mein Gedächtnis zurückzuholen und meine Fehler auszumachen. Manchmal sah ich mich danach auch wieder in einer Kutsche durch London rasen, den Kopf aus dem Fenster gestreckt. Ich rief dann: »Es lebe das Spiel der Könige!«, und einmal rutschte mir der Satz sogar laut heraus, ich hatte gerade den Herd geschrubbt, und Laura schaute mich verwundert an.

In den Folgewochen ergab sich keine Möglichkeit, spätabends erneut zu einer Schachpartie mit Karl zusammenzukommen. Wenn Jenny ihn nicht brauchte, verlangte Herr Engels seine Aufmerksamkeit. Nächtelang debattierten sie. So manches Mal saß ich mit dem Rücken an der Wand im Bett und vernahm ihre Stimmen aus dem Salon. Karl war dann ganz anders als am Schachbrett mit mir. Seine Stimme klang nicht mehr tief und friedlich wie an jenem Abend.

»Auch bei der dritten Ausgabe der *Revue* hat Schuberth in Hamburg, dieser Esel, die Heftbündel völlig nach eigenem Gutdünken versendet«, sagte er erbost.

Kleider raschelten. Ich glaube, Herr Engels legte seinen Gehrock ab. Karl war nur in ein Hemd mit einer zerrupften Schleife um den Hals gekleidet, so hatte ich ihn vorhin im Zimmer verschwinden gesehen.

»Noch dazu, wann es ihm gerade gelegen kam, diese Kanaille!«, fügte Herr Engels hinzu.

»Alle Buchhändler sollten die *Revue* zeitgleich erhalten, sonst beschweren die sich noch, schreib das mit in den Brief!«, wies Karl an. Es klang genauso fordernd wie sein *Bleib hier!*, mit dem unser zweites Spiel begonnen hatte. Ich erinnerte mich noch an fast jedes Wort, jede Regung.

Jetzt herrschte Ruhe, Herr Engels schrieb vermutlich. Nach einer Weile sagte er, von einem amüsierten Lachen begleitet: »Vielleicht sollte Schuberth erst wieder einmal seine Haushälterin richtig durchvögeln, damit er das hinbekommt. Ist ein hübsches Ding!«

Das klang herablassend der Haushälterin gegenüber, fand ich. Ich war erleichtert, dass Karl nicht in Herrn Engels Lachen mit einfiel, sondern stattdessen sagte: »Apropos … was ist eigentlich mit Mary? Willst du sie nicht herholen?« Bestimmt zog er nun an seinem Stumpen, fast konnte ich es knistern hören.

Ich hörte Herrn Engels' Feder im Tintenglas klappern, und es dauerte eine Weile, bis er antwortete: »Ohne sie und ihre Schwester verlören die Arbeiterinnen in Manchester ihr Sprachrohr. Deswegen will sie von dort nicht weg.«

Dann wechselte Herr Engels das Thema. »Ich schreibe dem untervögelten Schuberth jetzt noch, dass wir umgehend die Abrechnung über die verkauften Hefte erhalten wollen und er seine Kosten dabei genauestens aufzulisten hat!«

Zwei Gläser stießen klirrend aneinander.

»Position für Position!«, stimmte Karl zu.

Wie so oft in solchen Nächten dauerte es noch lange, bis es endlich still im Haus wurde. Karls Stimme noch im Ohr, öffnete ich irgendwann später den Koffer des Barons, holte den Tabak heraus und stopfte mir ein Stück davon in meine Backe. Ich genoss das Brennen im Hals und streichelte dabei das Schachkissen auf meinem Schoß wie sonst die Köpfe der Marx-Kinder. Mit den Gedanken war ich schon beim nächsten Spiel und den vielen stillen Zügen, mit denen ich, unter Zuhilfenahme meiner Türme, den schwarzen König mattzusetzen versuchte, als Jenny an meinem Bett auftauchte: »Guten Morgen, Lenchen! Entschuldige, dass ich …« Mit schmerzverzerrtem Gesicht hielt sie Föxchen auf dem Arm. Auf ihrem Nachthemd befanden sich in Brusthöhe blutige Flecken.

»Was ist passiert?« Es dämmerte gerade erst, ich erhob mich und kleidete mich rasch an, da drohte Jenny vor meinem Bett auch schon zusammenzusacken. Ich konnte sie und das Kind gerade noch auffangen und aufs Bett gleiten lassen. Föxchen begann zu schreien, an seinen Lippen war ebenfalls Blut.

Im Liegen zitterte Jenny am ganzen Leib und schluchzte: »Ich kann nicht mehr.«

Ich schlug eine Decke über sie und sagte entschlossen: »Warte kurz!« Mit Föxchen auf dem Arm verschwand ich in der Küche. Honig war gut, um Kinder im Notfall zu beruhigen.

Aber das Glas war leer. »Auch das noch!«, murmelte ich vor mich hin. Die Mädchen mussten in den vergangenen Tagen davon genascht haben. Wo sollte ich jetzt nur den Honig für Föxchen herbekommen? Er schrie herzerweichend, obwohl ich ihn hin- und herwiegte. Beim Grocer konnten wir nichts mehr anschreiben lassen, erst vorgestern hatte ich es wieder versucht.

Mir kam ein Einfall, allerdings ein sehr unangenehmer. Ich band mir meine beste Flügelschürze um und verließ mit Föxchen auf dem Arm das Haus. Draußen war es kalt und feucht und die Anderson Street dank der Gossenspülung gestern so sauber, wie ich noch nie zuvor eine Straße gesehen hatte.

»A little bit honey for Föxchen, please«, bat ich Misses Wonderfield von nebenan um etwas Honig.

Unsere vornehme Nachbarin öffnete mir erst nach dreimaligem Läuten. Sie schaute mit einem Auge um die Tür herum und setzte schon an, um mich zu verscheuchen. Revolutionäre und Dienstmädchen waren für viele Leute nichts anderes als lästige Fliegen. Aber wir brauchten den Honig, und so ließ ich nicht locker. »We need honey, or he dies«, versuchte ich mich in meinem besten Englisch und hielt ihr das schreiende, strampelnde Föxchen entgegen. Sein Mündlein bebte, und sein Gesicht war rot angelaufen.

Misses Wonderfield griff sich erschrocken an ihre dicke Perlenkette, dann schloss sie wortlos die Tür.

Jetzt war auch mir zum Heulen zumute. Ich sackte auf Misses Wonderfields Eingangstreppe zusammen. Föxchen war in vielen Dingen kraftlos, aber was das Weinen anging, war er es nicht, vermutlich konnte man es bis vor zur King's Road hören. Im Haus gegenüber bewegten sich die Vorhänge. »Can you borrow honey, please?«, rief ich hinüber. Daraufhin versteiften sich die Gardinen sofort wieder.

Föxchens kleiner Körper zuckte plötzlich, der Kleine hatte einen Krampf wie so oft. Es war mir gleichgültig, was die Menschen in der Anderson Street hinter ihren Vorhängen von mir dachten, und so versuchte ich es mit einem Lied: »Es wird besser geh'n, es wird besser geh'n. Die Welt ist rund …«, sang ich mit feuchten Augen. Immer lauter und verzweifelter. Da wurde die Tür hinter mir wieder geöffnet. Mit langem Arm reichte Misses Wonderfield mir einen halb vollen Becher mit Honig heraus.

»Vielen Dank«, sagte ich berührt in meiner Muttersprache und hinter einem Tränenschleier hervor. Ich griff nach dem Honig und presste ihn mir wie ein goldenes Medaillon gegen die Brust.

»Don't you ever come back again!«, zischte Misses Wonderfield noch und zog die Tür wieder ins Schloss. Ich sollte mich nie wieder bei ihr blicken lassen!

Noch auf der Straße tauchte ich meinen Zeigefinger in den Becher und ließ dann das verkrampfte Föxchen an ihm saugen. Während er sog, wiegte ich ihn vorsichtig und summte. Langsam beruhigte er sich, und nach einiger Zeit entspannte sich sein kleiner steifer Körper wieder.

Bevor ich zurück ins Haus ging, wischte ich mir die Augen trocken. Föxchen brachte ich in das Zimmer der Mädchen und legte ihn zu Jennychen und Laura ins Bett. Den Becher mit dem Honig stellte ich daneben. Sie wussten, auch ohne dass ich etwas sagte, worum ich sie bat. Es war nicht das erste Mal, dass sie ihren Bruder beaufsichtigen sollten. Laura griff nach dem Kasperle, stülpte es über ihre rechte Hand und wackelte mit der Handpuppe vor Föxchens Gesicht. Jennychen strich dem Kleinen liebevoll über das Köpfchen, so, wie ich es früher mit ihr getan hatte, wenn sie nicht aufgehört hatte zu weinen.

Als Nächstes eilte ich zu Jenny. Die Flecken auf ihrem Nachtgewand waren größer geworden, sie fasste sich immer wieder an die Brüste. Die Wunden mussten vom vielen Stillen herrühren, Föxchen hatte ihr die Brüste blutig gesaugt. Ich holte zwei Leinentücher, tränkte sie mit Kamillentee und reichte sie Jenny, damit sie die offenen Stellen versorgen konnte. Die noch nicht getrockneten Blutflecken würde ich schon irgendwie mit kaltem Wasser aus dem Nachthemd herausbekommen.

Während ich am Wasserhahn stand, hörte ich Karls Schritte im Flur. Kurz darauf wurde die Haustür zugezogen. Wahrscheinlich hatte er sich auf den Weg in die Bibliothek oder auf die Suche nach Krediten in die Stadt gemacht. An seiner statt nahm ich Jenny daraufhin in den Arm, bis sie eingeschlafen war. Auch ich musste schließlich weggenickt sein, wachte aber von Föxchens Weinen bald wieder auf. Jennychen und Laura standen in der Tür und wussten nicht mehr weiter. Musch war nicht zu sehen.

»Er ist so heiß an der Stirn!« Jennychen hielt ihren kranken Bruder hilfesuchend in die Luft.

Ich wollte mit ihnen hinausgehen, da kam Jenny wieder zu sich.

»Gebt ihn her«, sagte sie noch schlaftrunken und blass im Gesicht. »Ich versuche es mit dem Stillen noch mal. Ein letztes Mal.« Schmerzerfüllt verzog sie das Gesicht.

Wir ließen Jenny und Föxchen in meiner Kammer allein. Hätte ich meinen Glauben an Gott nicht schon lange aufgegeben, wäre jetzt der Moment für ein Gebet gewesen. Ich wollte den Mädchen gerade beim Anziehen helfen, als es an der Tür klopfte.

»Ist Mohr zurück?«, fragte Laura und rannte ins Erdgeschoss hinab. Musch und Jennychen folgten ihr. Sollte Karl noch einmal umgedreht sein, weil er eines seiner Notizbücher vergessen hatte?

Mit den Kindern am Rockzipfel öffnete ich die Tür. Vor mir stand die Hauswirtin, die Arme in die Hüften gestemmt, zu beiden Seiten einen streng dreinschauenden Herrn mit lederner Tasche unter der Achsel. Das Einzige, was die Hauswirtin mit Karl gemein hatte, waren die Haare auf den Händen.

»Doctor Marx owes us the rent for the last four months!« Sie bedeutete dem Herren zu ihrer Linken etwas, der daraufhin ein Schreiben aus seiner Tasche holte.

Ich zuckte mit den Schultern. »Vier Monatsmieten will sie«, flüsterte Jennychen mir ängstlich zu.

»Doctor Marx is not at home«, erklärte ich der rundlichen Frau. In unseren sechs Monaten in Chelsea hatte ich die Hauswirtin nie anders als mit einem Schweißstreifen über der Oberlippe gesehen.

Die Hauswirtin begann daraufhin zu schimpfen und verwendete dabei auch mehrere Worte, die weder ich noch Jennychen kannten. Erneut hielt man uns Papiere vor die Nase. Es dauerte nicht lange, bis Föxchen wieder schrie. Ich wollte schon zu Jenny zurückeilen, da drängte sich die beleibte Frau an mir vorbei ins Haus. Die Herren mit den Ledertaschen und den Papieren folgten ihr.

»Was macht sie, Nimmy?«, fragte Laura und überreichte dem ängstlichen Jennychen ihre Handpuppe. Musch stand starr zwischen ihnen und starrte der Frau mit großen Augen hinterher.

Die Hauswirtin war mittlerweile in der Stube angelangt. Dort zeigte sie auf unser bestes Möbelstück und gab einem der beiden Männer, offenbar der Gerichtsvollzieher, einen Wink. »We'll start with the sofa«, verkündete er.

»No!«, entgegnete ich und setzte mich demonstrativ auf das Sofa. »Das können Sie nicht tun!«

Der Gerichtsvollzieher und sein Gehilfe wollten mich vom Sofa zerren, aber ich wehrte mich mit Händen und Füßen, sodass sie ihre Taschen nicht mehr festhalten konnten. Dann sagte die Hauswirtin übersetzt so etwas wie: »Sie kann sich ja schließlich nicht auf alles setzen!«, und die Sache nahm ihren ungerechten Lauf.

Die beiden Herren trugen zwar nicht das Sofa, aber dafür viele andere Möbel fort. Ich musste zusehen, wie Weißwäsche und sogar das Ehebett von Jenny und Karl aus unserer Wohnung hinausgetragen wurden.

»From now on you will pay your rent two months in advance! Tonight I'll definitely see money!«, verlangte die Hauswirtin.

Die Miete für die nächsten zwei Monate bis heute Abend im Voraus zu zahlen war ein Ding der Unmöglichkeit! Ich eilte zur Haustür. Die Nachbarn standen draußen auf der Straße und glotzten uns an wie Verbrecher, jetzt waren sie plötzlich da und hatten sich sogar aus ihren Häusern gewagt. Auch hinter mehreren Fensterscheiben sah ich sie zu uns herüberstarren, als würde gerade ein Theaterstück aufgeführt. Föxchens Wiege wurde an mir vorbeigetragen. Der Gerichtsvollzieher machte nicht einmal vor dem Puppenhaus der Mädchen halt, an das sich die mutige Laura bis auf die Straße hinaus klammerte. Erst als die Hauwirtin ihr eine Ohrfeige verpasste, ließ sie erschrocken davon ab.

Mit den Worten »Pay or leave!« schnappte sich die schwitzende Hauswirtin das Kasperle in Jennychens Händen und warf es zu den anderen Sachen, die bereits auf einen Karren geladen worden waren. Jennychen begann zu weinen, Musch fiel mit ein. Was waren das nur für gefühllose Menschen! Wie konnten sie einem Kind das liebste Spielzeug wegnehmen? Die Pferde vor ihrem Karren wollten gerade aus dem Stand antraben, da griff ich noch schnell nach dem Kasperle auf der Ladefläche. Schwer atmend und mit Kratzern an den Armen starrte ich dem Gefährt hinterher, das mit unserem Hausrat die saubere Anderson Street hinabfuhr. Die Kinder standen weinend hinter mir, Jennychen presste sich Lauras Kasperle vors Gesicht. Da erschien Jenny neben uns, taumelnd.

»Was ist hier los?«, wollte sie wissen und verfolgte, wie der voll beladene Karren am Ende der Anderson Street abbog. Jenny entgleisten die Züge. »Karl«, wimmerte sie, »warum bist du nicht hier?« An diesem Tag sackte Jenny zum zweiten Mal äußerlich zusammen. Jennychen und Laura sprangen zu ihrer Mutter und hielten sie fest im Arm.

Im Verlauf des Tages stellte sich heraus, dass wir um keinen Preis im Haus in der Anderson Street bleiben konnten. Zwei Monatsmieten bekamen wir nicht einmal zusammen, wenn Herr Engels mit uns zusammenlegte.

Ich bereitete allen einen beruhigenden schwarzen Tee zu. Mit einem Schuss Milch in der Tasse.

»Man vergisst oft, wie reich man ist, und glaubt, arm zu sein.« Karl hielt Jenny bei diesen Worten im Arm.

Am liebsten hätte ich sie beide festgehalten.

Tags darauf mussten wir die Anderson Street verlassen und zogen in das »German Hotel« am Leicester Square, das etwas weiter in Richtung Oststadt, East End, lag. Der Leicester Square war die Gegend des billigen Vergnügens und gleichgesetzt mit dem Wort, das im Haus Marx niemals offen ausgesprochen werden durfte: Armut. Während wir im Hotel wohnten und die Mädchen tagsüber selbst unterrichteten, lief Karl eine ganze Woche lang durch die Stadt, um eine neue Bleibe für uns zu finden. Schon nach wenigen Tagen im »German Hotel« waren uns die Rußpartikel der Sohoer Luft bis in die Unterwäsche gekrochen und verfärbten unser Weißzeug grau. Die Not verdrängte meine Erinnerung an unser zweites Schachspiel.

Nach fünf Tagen im Hotel zogen wir wieder um. Karl konnte eine Wohnung bei einem jüdischen Spitzenhändler in der Dean Street in Soho, nur wenige Schritte vom Hotel entfernt, mieten. Der Weg dorthin war für Jenny ein schwerer Gang. Soho unterschied sich sehr von Chelsea, dem Viertel, in dem die saubere Anderson Street lag. Anders als in Trier, Paris oder Brüssel wohnten in London die Wohlhabenden in den Vororten der Stadt und die Armen im Zentrum.

Die Dean Street war schmal und von drei- oder vierstöckigen

Häusern gesäumt, die vom Dreck der East-End-Fabriken dunkelgrau verfärbt waren, nur wenige hell gescheuerte Fensterrahmen fielen mir auf. Die Dean Street war ungepflastert, und anders als in Chelsea befanden sich vielerlei Shops in den Erdgeschossen der Häuser, wo sie für mächtig viel Lärm sorgten. Die letzte Gossenspülung schien schon lange zurückzuliegen. Vor sich hin faulender Unrat lag auf der Straße verstreut, in kleineren und größeren Bergen. Ein Straßenverkäufer mit eitrigen Blasen im Gesicht bot uns gebrauchte Hosen an, ein anderer belegte Brote mit Schinken, die die Engländer Ham Sandwiches nennen.

»Kinder, lasst einander nicht los!«, wies ich die Kleinen an. Ich hielt Jennychen an der rechten Hand, diese wiederum Laura und Laura Musch. Wie eine Kette. Jenny trug Föxchen vor der Brust, Karl seine Bücher und das Schachbrett. Das hatte die Hauswirtin uns immerhin gelassen. Das Sofa wollte Herr Engels morgen in die Wohnung bringen lassen.

Ich machte kohlenschwarze Raben in Scharen auf den Dachkanten der Häuser aus, sie krächzten hungrig.

»Und nehmt von niemandem etwas an!«, verlangte Jenny besorgt.

Ein Junge stürmte durch die Menge, und seine Verfolger drängten uns grob beiseite. Danach presste ich mir das Schuldenbrett und das uns noch verbliebene Weißzeug fester unter die Achsel und versicherte mich Jennychens Hand. Den Koffergriff hielt ich mit den Fingern so eisern umschlossen wie mit einer Zange, und mein neues, unbenutztes Tablett mit dem Trageriemen, mein jüngstes Geburtstagsgeschenk, hing mir auf dem Rücken. Das Zittern in meinen Händen hatte ich zwar besiegt, war aber dennoch froh, nach Brüssel erneut ein Tablett mit Trageriemen zu besitzen, weil es mich an meine Anfänge als Dienstmädchen erinnerte und mir zeigte, dass so vieles möglich war. Auch verlieh mir der Gedanke, es im Notfall parat zu haben, Sicherheit. Vor allem aber war es eine liebevolle Geste von Karl und Jenny, mir an meinem Ehrentag solch ein Geschenk gemacht zu haben, trotz aller Geldnot.

Wie wir so mit Sack und Pack die Dean Street hinauf auf unser neues Zuhause zumarschierten, dachte ich mir außerdem, dass es vielleicht gar nicht so schlecht war, nicht mehr in Chelsea zu leben. Denn in Soho war es kein Makel, knapp bei Kasse zu sein, seine Bewohner kannten nichts anderes.

»Kommt weiter!«, mahnte Karl und zeigte auf die linke Straßenseite. »64 Dean Street ist dort vorne in dem grauen Haus.« Er ging uns zielstrebig voran und erklärte Jenny aufmunternd: »Die Theater und Geschäftsstraßen sind auch nicht weit. Das Soho Theatre ist direkt in unserer Straße. Noch etwas weiter vorne.« Er deutete noch ein Stück die Straße hinauf.

Jenny lächelte müde. »Das ist schön.« Aber ihr Blick sagte etwas anderes. Auch ich hätte nicht zu sagen gewusst, von welchem Geld sie die Theaterbesuche und Einkäufe in Bekleidungsläden überhaupt hätten bezahlen können.

Wie sehr sehnte ich mich in diesem Moment nur für eine Stunde an die Blies zurück. Ich wollte Forsythien riechen und anderen Blütenstaub, sollte das nicht jeder im Frühjahr mindestens einmal tun?

»Hier riecht es nach Kaka«, erkannte Musch, als wir in Höhe eines Bartschneider-Shops angekommen waren. Der Gestank kam aus einer Traufgasse, die wir gerade passierten. Sie war voller dunkler, zähflüssiger Brühe, die auf uns zugeflossen kam. Ich beschleunigte meinen Schritt.

»Solche Worte möchte ich nicht hören, junger Mann!«, ermahnte ihn Jenny. Ich sah ihr an, wie viel Kraft es sie kostete, sich bei Karl nicht über das Viertel zu beschweren.

»Wie soll er es denn dann nennen?«, fragte Laura frech.

Ich musste mir ein Schmunzeln verkneifen.

»Dafür braucht man keine Worte, weil man darüber nicht redet!«, belehrte Jenny ihre Kinder.

»Jawohl, Maman«, erwiderten sie vereint kleinlaut.

Laura blieb stehen, weswegen auch Jennychen und ich stoppten. »Wann dürfen wir eigentlich wieder zurück nach Hause, Maman?«

Wir drohten Karl in der Menschenmenge aus den Augen zu verlieren. Ich beobachtete, wie sich gleich ein halbes Dutzend Raben auf den toten Körper eines Tieres in der Gosse stürzten wie Kinder auf ein Geburtstagspaket.

»Kommt weiter!«, rief Karl. »Euch wird es in der Dean Street schon gefallen.« Wir holten auf.

»In unserer neuen Bleibe habe ich eine kleine Überraschung für euch«, versuchte Karl, die Stimmung zu heben.

»Eine Überraschung?« Muschs Gesicht hellte sich sofort auf. »Ein Doggie?«, fragte er mit leuchtenden Augen, und auch Lauras Aufmerksamkeit war sofort auf Karl gerichtet. Auf dem Weg zum Teagrocer waren wir regelmäßig an einem tanzenden Hund vorbeigekommen, von dem vor allem Musch nicht mehr fortzubekommen gewesen war.

»Du wirst es gleich sehen, Musch! Gedulde dich noch«, sagte Karl, drückte Musch eines seiner Bücher vor die Brust und nahm seinen Sohn dann samt Buch auf den Arm.

Sein Gesicht wirkte düster, trotz der bemüht frohen Worte.

»Wie schön, wir bekommen einen Hund!«, stimmte Jennychen in Muschs freudige Erwartung mit ein. Und auch Laura hüpfte froh gestimmt von einem Bein aufs andere.

64 Dean Street lag gleich neben einem Gin Shop. Kein einziger hell gesäuberter Fensterrahmen war am gesamten Haus zu sehen.

»Don't you ever come back here again!« Eine kräftige, laute Stimme lenkte unsere Aufmerksamkeit auf das Haus gegenüber. *Komm ja niemals wieder hierher zurück!*

Ich wandte den Kopf und blickte auf die andere Straßenseite. Im ersten Obergeschoss beugte sich eine Frau aus dem Fenster, die jemandem auf Englisch so etwas wie: »Du bist ein schlechter Mensch, verdorben und unehrlich«, hinterherschrie. Ihre Worte sprangen von Hauswand zu Hauswand, von Shop zu Shop, aber kaum jemand hörte hin.

»Schaut weg von diesem liederlichen Frauenzimmer, Kinder!« Jenny presste Laura eine Hand vor die Augen.

Ich drehte Jennychen beiseite, konnte aber selbst nicht von dem Anblick der ungewöhnlichen Frau am Fenster lassen. Sie war von dunkler Hautfarbe und fast nackt – ein guter Teil ihrer Brüste, ihre

Schlüsselbeine und ihr schwanenhaft langer Hals waren zu sehen. Ihr gekräuseltes Haar stand ihr wie ein großer schwarzer Heiligenschein vom Kopf ab. Der Blick der Frau glitt über das geschäftige Treiben auf der Dean Street. Bevor er uns erfasste und sich unsere Blicke trafen, folgte ich Karl mit den Kindern zur Eingangstür. Wir stiegen viele Stufen zur Wohnung hinauf. Zum Glück war es im Hausflur trotz all des Straßenlärms ruhiger als draußen.

»Nennen wir unseren neuen Hund Oliver?«, fragte Jennychen ihre Geschwister. »Wie Oliver Twist?« Auch ihre Mutter liebte die Geschichte des Waisenjungen Oliver, der ein kaum erträgliches Leben in London gemeistert hatte.

»Ein schöner Name«, sagte Musch und nickte Jennychen zu. Die Kinder stürmten an Karl vorbei die letzten Stufen hinauf, um Oliver zu begrüßen.

Zwei Zimmer, für sieben Personen … und dann noch ein Hund?

Insgeheim war ich erleichtert, als mir in der Wohnung kein Vierbeiner entgegenkam. Ich trat als Letzte auf den Tisch zu. Er war das einzige Möbelstück und stand in der Mitte des Raumes. An diesem runden Tisch, wo Karl in den nächsten Monaten seine ersten Gedanken für das große ökonomische Standardwerk notieren wollte, würde ich auch die Windeln und Leibeswäsche waschen müssen. Es war ein schöner Gedanke, ihm beim Arbeiten zusehen zu können.

Auf dem Tisch stand ein runder Käfig. Darin befand sich ein Kanarienvogel mit leuchtendem, gelbem Gefieder, schwarzen Augen und einem aufgeplusterten Bäuchlein. Er saß auf einer Holzstange und freute sich seines Lebens.

»Das ist ja gar kein Hund.« Musch begann zu schluchzen, und Laura zog einen Flunsch.

»Wenn wir wieder ein Haus mit Garten haben, dann bekommt ihr einen Hund«, versprach Karl. »Hier haben wir nicht genug Platz für ihn.«

»In Trier«, fügte Jenny sehnsüchtig an und strich Föxchen den

Kopf. »Wenn wir wieder nach Trier ziehen, dann gibt es sogar für jeden von euch einen Hund.«

»Aber ich will jetzt einen Hund!« Musch sackte in die Knie und begann zu weinen. Seine älteste Schwester war gleich bei ihm und tröstete ihn.

Laura schaute zu Jenny auf und fragte: »Wenn wir nach Trier zurückziehen, könnten wir Großmama endlich wiedersehen. Wann wird das sein, Maman?«

Jenny hatte die Frage nicht gehört, sie blickte stattdessen verloren über die rußgeschwärzten Wände und dann fragend zu Karl. Der konnte nur mit den Schultern zucken.

Ich stellte Sack und Pack ab und öffnete, um frische Luft in die Wohnung zu lassen, eines der Fenster zur Straße hin. Das würde ich in den Folgemonaten wohl häufiger tun müssen, denn der Qualm des Kohlenfeuers und von Karls Stumpen würde die zwei kleinen Zimmer im Handumdrehen einnebeln.

»Was haltet ihr davon, wenn wir unserem Oliver zum Willkommen den Bauch streicheln?«, fragte ich die Kinder.

Musch weinte immer noch, aber Jennychen nickte. Ihr Mut überraschte mich, für gewöhnlich schickte sie ihre jüngere Schwester vor.

»Kanarienvögel haben ganz weiche Bäuche, und wir müssen es sehr vorsichtig tun«, erklärte ich. »Wusstet ihr, dass Kanarienvögel sehr gut singen können?« Und in diesem Moment begann Oliver, als wäre er mein Verbündeter, zu zwitschern. Zuerst leise, dann aber immer lauter, bis ein Lied aus vielerlei unterschiedlichen Tönen daraus erwuchs. Jennychen und Laura standen mit offenen Mündern am Tisch.

Auch Musch nahm jetzt seine Fäuste von den Augen, Tränen glitzerten in seinen langen Wimpern, und er blinzelte ein paarmal.

Ich nahm ihn auf den Arm, weil er kaum über die Tischkante gucken konnte. »Er ist ein Sänger so wie du«, flüsterte ich und drückte den Jungen an mich.

Als Oliver geendet hatte, öffnete ich die Käfigtür, und langsam führte Jennychen ihre Hand hinein, um dem Kanarienvogel das gefiederte Bäuchlein zu streicheln. »Er sieht so weich aus.«

»Wusstet ihr, dass Kanarienvögel, wenn sie sich lieb haben, ihre Schnäbel aneinanderreiben?«, fragte ich sie.

Im nächsten Moment drückte Musch auch schon seine Nase auf meine. »So, Nimmy?« Ich schnäbelte mit meiner Nase zurück.

»Vielleicht können wir mit Oliver ja auch Gassi gehen«, fiel Jennychen jetzt ein. »Wenn wir ihm ganz vorsichtig einen von deinen Zwirnen um den Hals legen.«

Musch war begeistert. »Oh, ja! Das will ich.«

»Wir müssen ihm immer frisches Wasser zum Trinken hinstellen und ihn füttern«, erklärte ich. Dabei konnten mir die Kinder helfen und gleichzeitig lernen, Verantwortung zu übernehmen. Aber das interessierte sie gerade weniger, sie wollten dem Tier lieber den Bauch streicheln.

Während ich mit den Kindern am Vogelkäfig beschäftigt war, führte Karl Jenny mit Föxchen vor der Brust in die Küche und in das hintere Zimmer, in dem sie mit den Kindern schlafen würden. Ich hörte, wie Jenny sich über den Straßenlärm und die nackte Frau von gegenüber aufregte. Auch ich schaute mich um. Einen Abort im Haus, wie in der sauberen Anderson Street, gab es in der neuen Bleibe nicht. Wir würden in den Hof müssen. Ohne dass ich es wollte, suchten meine Augen nach einer passenden Ecke für Karls Schachspiel.

Bald hatte jedes der Kinder dem Vogel mehr als einmal über den Bauch gestreichelt. Ich schloss das Fenster, und bei offener Käfigtür ermutigten wir ihn nun, eine Runde im Raum zu fliegen. Aber Oliver bewegte sich nicht von seiner Stange weg.

»Wie wäre es, wenn ihr ihm vormacht, wie man fliegt?«, fragte ich die Kinder und schlug andeutungsweise mit meinen Armen, als wären sie Flügel.

»Nimmy, ein Kanarienvogel schlägt viel schneller mit den Flügeln«, korrigierte Laura mich, und Jennychen nickte bestärkend.

Ich ließ meine Arme gespielt hilflos sinken. »Wie schneller?«

»Ich will Oliver zeigen, wie es geht!«, verlangte Musch.

Laura ließ ihren jüngeren Bruder gewähren. Er setzte zum Flug um den Esstisch herum an. Ich lächelte beim Anblick der Kinder und dem leuchtend gelben Oliver mittendrin. Was für eine wunderbare, liebenswerte Familie ich doch hatte. Das war ein großes Glück im dunklen Soho.

* * *

Da nannten sie mir Knotenpelz

Ich war wieder einmal Post holen im »Peterson's«. Gerd, der Bergmann, erklärte mir ausführlich, wo es gutes, aber billiges Schweinefleisch in London zu kaufen gab, während ich luftigen Bienenstich vertilgte und mich für eine Weile von den Anstrengungen im Haushalt erholte. Viele der Gesichter im »Peterson's« kannte ich inzwischen. Wir nickten uns zu und wechselten ab und an ein paar Worte miteinander. Da war Hartmut aus Leipzig, der immer am Tisch beim Eingang saß. Dörte, die verwitwete Frau eines Stahlarbeiters, fand ich immer am Tisch vor dem Tresen.

Keiner, der ins »Peterson's« kam, hatte in London ein leichtes Leben, aber hier im Gastraum, der so hell wie ein Sommertag war, blieben die schlimmsten Sorgen draußen vor der Tür. Uns allen ging es besser, wenn wir hier beieinandersaßen, ein Stück Bienenstich aßen und stark gebrühten Kaffee schlürften. Beim vorletzten Mal hatte ich endlich auch Johanna getroffen, das ehemalige Dienstmädchen aus München, von dem mir Gerd erzählt hatte. Sie arbeitete jetzt als Deutschlehrerin. So voll, wie es an jenem Tag war, an dem ich durch Gerd von dem guten deutschen Metzger erfuhr, war es noch nie zuvor gewesen – alle zwanzig Kerzen brannten, alle zwanzig Tische waren voll besetzt. Gordon und ich kamen an diesem Tag erst im Hinterzimmer miteinander ins Gespräch, obwohl er mich für gewöhnlich immer schon gleich nach dem Eintreten ansprach. »Länger bleiben heute, Lencken?«, fragte er, nachdem er mir zwei Briefe für Karl übergeben hatte.

Mir war, als tasteten seine Blicke jeden Zoll meines Gesichtes ab. Ich schüttelte den Kopf. »Es ist gerade schwierig zu Hause. Difficult at home.« In Gedanken an die traurigen Gesichter in der Dean Street schob ich die Briefe unter das Bündel Lauch und die Kohlrabis. Für den Abend wollte ich daraus eine mit Brot angedickte Suppe zubereiten.

»Only music or death makes you forget life«, sagte Gordon melancholisch und warf seinen Kopf mit den wilden Kupferlocken mit der ihm eigenen Kopfbewegung nach hinten. So traurig kannte ich ihn gar nicht, erinnerte mich im nächsten Moment aber an seinen schwermütigen Blick zum Kaffeekessel, bei dem ihm das bisher stets weiche Lächeln, das er auch so freigiebig an seine Gäste verschenkte, aus dem Gesicht gewichen war. Und auch noch zwei weitere Male, in denen er sich wohl unbeobachtet gefühlt hatte, hatte ich diesen verlorenen Gesichtsausdruck bei ihm gesehen.

Jemand rief nach ihm. Ich dachte immer noch über ihn nach, als er nach einem traurigen »Goodbye« wieder das altbekannte Lächeln aufsetzte, tief durchatmete und im Gastraum verschwand.

Only music or death makes you forget life – *nur Musik oder der Tod lassen dich das Leben vergessen.* Vergessen wollte ich, dass die einst so stolze Baronesse Jenny von Westphalen in einer Straße wohnen musste, in der Frauen ihren Körper wie Waren feilboten und Menschen nachts auf der Straße schliefen, weil eine Zwei-Zimmer-Wohnung mehr als ein ganzes Haus in Trier kostete. Nicht vergessen wollte ich hingegen den stillen Zug, die Freude, das Erzittern und Erschaudern beim Schach mit dem schwarzen König.

Um Jenny das schmutzige, lärmende Soho wenn auch nur für einen Abend vergessen zu lassen, hatte ich etwas Besonderes vor. Dafür brauchte ich die Hilfe von jemandem, der sich auskannte mit dem Theater, der in London lebte und der den Marxens nicht fremd war. Die Möglichkeiten waren überschaubar, eigentlich kam nur eine einzige Person infrage: Herr Engels.

Zuerst wollte er wissen, was genau ich denn plane und welche Aufgabe er dabei übernehmen solle, aber sobald er wusste, dass es um das Wohl der Marxens ging, sagte er mir zu. Es sollte eine Überraschung für Jenny werden. Seitdem uns in der Anderson Street der Gerichtsvollzieher besucht hatte, war sie teilnahms- und antriebslos geworden. Föxchen hatte nächtelang Durchfall, weswegen sie tagsüber kaum noch die Augen offen halten konnte.

Die anderen drei Kinder waren Teil der Überraschung, und sie schworen mir hoch und heilig, nichts ihrer Mutter zu verraten.

Eigentlich konnten wir uns die ganze Sache gar nicht leisten, aber Herr Engels schaffte es, noch etwas Geld beim Flüchtlingskomitee zu erbitten. Und zum Glück mussten wir nicht mehr heizen, sodass ich unsere sparsamen Münzen nicht für Steinkohle, sondern für Nahrungsmittel und meine kleine Überraschung einplanen konnte. Herr Engels war es auch, der dafür sorgte, dass Karl an diesem Julitag nicht zu spät von der Bibliothek nach Hause zurückkam. Während Jenny die Auslagen in den Schaufenstern des Soho-Basars bestaunte, trafen die Gäste in der Dean Street ein. Gemeinsam mit Herrn Engels räumte ich die wenigen Möbel, darunter das Sofa, beiseite, die wir noch besaßen. Auf den Fensterbrettern verteilte ich mit Nelken gespickte Orangenschalen, die ich dem Gemüsehändler abgeschwatzt hatte. Lucinda von nebenan hatte mir erzählt, dass dies ein probates Mittel sei, den Gestank Sohos aus der Wohnung zu vertreiben. Sie war das Dienstmädchen der Millers und wollte wie ich, dass es wenigstens einmal im Jahr in der Wohnung angenehm roch. Schließlich nahm ich noch das Schuldenbrett ab und versteckte es hinter den Wassereimern.

Als Jenny mit Föxchen vom Spaziergang zurückkam, waren schon mehr als dreißig Leute im vorderen der beiden Zimmer versammelt, und es sah wirklich sauber aus. Die Zeitungen lagen ordentlich gestapelt in einer Ecke, der gestern noch dreibeinige Stuhl war wieder vierbeinig, und der Qualm vom Rauchen hatte sich durch das Fenster verzogen. Wir verhielten uns alle mucksmäuschenstill, während Jenny gedankenversunken und mit einem Tüchlein vor der Nase die Wohnung betrat und sich am Eingang träge den Dreck von den Schuhen abstreifte. Föxchen hustete. Sie bemerkte uns gar nicht, dabei stand die Tür vom Flur zum Vorderzimmer offen. Erst als sie aufschaute, fiel ihr der ungewöhnliche Andrang in unserer Wohnung auf, der in Brüssel Alltag gewesen war und den wir uns in Chelsea immer weniger hatten leisten können.

»Überraschung!«, rief Laura laut aus und sprang aufgeregt zu ihrer Mutter.

Jenny war sprachlos, und in diesem Moment gab sogar Föxchen einmal keinen einzigen Laut von sich.

»Überraschung«, wiederholte nun auch Jennychen etwas zaghafter. »Überraschung!«, rief ich verstärkend, und die anderen Gäste fielen mit ein. Damit war das Fest eröffnet, und ich war stolz, dass die Kinder dichtgehalten hatten.

Herr Engels nahm Jenny das Cape ab und ich ihr Föxchen. Ich hatte die Tochter des Spitzenhändlers überzeugen können, für diesen einen Abend unseren Jüngsten zu versorgen, dorthin brachte ich ihn rasch. Rebecca war ein gutes Mädchen, und trotz aller Armut hielten die Menschen in Soho zusammen und kümmerten sich umeinander. Und guckten nicht nur hinter Gardinen hervor.

Als ich zurück war, war Jenny umringt von Karl, den Herren Wolff, Weydemeyer, Schramm und Blanc. Etwas später kam der junge Herr Liebknecht dazu. Noch bevor das Programm begann, schenkte ich Getränke an alle aus. Herr Engels hatte Stout und Bordeaux in Kisten mitgebracht. Wir wässerten beides, damit es für alle reichte. Dann war es so weit. Herr Engels nahm den aufgeregten Musch bei der Hand, und sie gingen in das hintere Zimmer, das Schlafzimmer. Für den heutigen Abend sollte es unsere Bühne sein. Die Decken, die unsere abtransportierten Betten notdürftig ersetzten, lagen ordentlich gefaltet hinter der Tür.

»Meine Herren und Damen, ich darf um Ihre Aufmerksamkeit bitten«, verlangte Herr Engels wie ein Theaterdirektor und in gewohnt faltenfreiem Aufzug. Er schob Musch vor sich. Der Kleine sah hinreißend aus, wie eine winzige Kopie von Karl. Ich liebte ihn. Musch trug eine der braunen Anzugjacken seines Vaters, die ihm hinab bis zu den Waden ging, und eine viel zu große Schleife um den Hals, darunter seine eigentlich schon zu klein gewordene Kinderweste aus besseren Tagen. Die Gäste sowie Karl und Jenny standen in einem Halbkreis um die beiden herum.

»Sie hören jetzt ›Das Lied vom Knotenpelz und von dem flotten Besen‹«, verkündete Herr Engels. »Vorgetragen von dem großartigen Karl Louis Heinrich Edgar Marx.« Er nickte Musch zu, der noch einmal aufgeregt zu mir herüberschaute.

Ich zwinkerte ihm zu, woraufhin er wie ein Erwachsener vor einem Vortrag seine Schleife am Hals richtete. Dann holte er tief Luft und begann mit dem Lied, das Herr Engels heimlich mit ihm für den Überraschungsabend einstudiert hatte:

Gott grüß dir Bruder Straubinger,
freut mir, dass ich dich sehe,
es ist dir ja wohl längst bekannt,
dass ich aus London gehe,
der Meister und Frau Meisterin,
da konnt ich just nicht klagen,
doch mit die Aquademici
konnt ich mir nicht vertragen.

Bei dem Wort »Aquademici«, das studierte Herren bezeichnete, hatte Musch etwas Mühe, ansonsten klang seine kindliche Stimme fröhlich und rein, der Knilch hatte sichtlich Freude am Vortrag.

Jüngst kauft ich auf dem Jahrmarkt
mir ein schwarz roth golden Bandel;
da hängt ich meine Sackuhr an,
dass sie nicht kunte fallen.

Die Runde klatschte begeistert im Takt mit, Jenny wischte sich Tränen der Rührung aus den Augen und lehnte sich an Karl. Auch ich staunte darüber, dass sich ein Dreijähriger diesen langen Text merken konnte.

Jetzt kamen Jennychen und Laura ins Spiel. Sie traten neben Musch und hoben den Jungen auf ihre Schultern. Musch breitete so weit oben die Arme aus, als stünde er auf einer großen Opernbühne und sänge vor einem tausendfachen Publikum. Karls übergroße Schleife stand ihm wirklich gut, und fröhlich schmetterte er im Rhythmus weiter:

Da kam ein Studio wie ein Gaul,
als wollt er mir schier hetzen,
schlug mich die Sackuhr um das Maul,
das Band riss er in Fetzen.

Ich war sehr stolz auf den kleinen Mann und die Mädchen, immer wieder schauten sie ihre Eltern an und lachten. Sie waren die Musik im Leben von Karl und Jenny. Und auch in meinem.

Die letzte Strophe sang dann noch Herr Engels mit, aber nur so laut, dass wir Musch noch immer gut verstanden. Ich glaube, Herr Engels mochte es, die zweite Geige zu spielen. Karl lachte amüsiert, als er seinen Partner und Freund so kindlich singen sah.

Jüngst bin ich auf dem Faulenpelz
mit meinem Schatz gewesen;
da nannten sie mir Knotenpelz
und ihr den flotten Besen.
Und als ich an zu tanzen fing,
da scharrten sie mit Füßen,
der Senius streckt ein Bein herfür,
dass ich hab fallen müssen.

Applaus brandete auf. Herr Engels hob Musch von den Schultern seiner Schwestern, und alle vier verbeugten sich elegant. das war ihm bei den Proben mit den Kindern wichtig gewesen: dass sie sich am Ende auch formvollendet verbeugten. Während der Applaus anhielt, rannte Musch zu Jenny und sprang ihr in der Arme. Sie herzte ihren kleinen Sänger inniglich.

Ich zog mich zurück in die Küche, wo auf dem Herd Roastbeef garte. Wie vereinbart kamen die Mädchen zu mir. Laura bekam mit einem Kohlenstück einen Vollbart angemalt. Jennychen erhielt als Erkennungszeichen eine Rose. Das kleine Theaterstück, der zweite Höhepunkt des Abends, hatte ich mit den Mädchen einstudiert.

Herr Engels kündigte unsere Aufführung mit dem Titel »Shakespeare in Trier« an. Ich betrat den Bühnenraum hinter den Mädchen. »Es begab sich an einem sonnigen Tag in Trier«, erklärte ich dem Publikum. Ich war nicht nur die Erzählerin, sondern spielte gleichzeitig auch mich selbst, Lenchen, fügte nun als Erzählerin aber noch hinzu: »Es duftete wunderbar nach Rosen.«

Das war Jennychens Stichwort. Unter den Augen der Gäste schritt sie auf ein imaginäres Fenster zu und drehte die Rose zwischen ihren Fingern. Wir hatten geübt, wie sie aus dem imaginären Fenster schauen sollte, damit das Publikum die Ungeduld erkannte, mit der ihre Mutter damals zu kämpfen hatte, als sie Karl und den Baron zusammen im Garten ins Gespräch vertieft gesehen hatte. Ich musste schmunzeln, als ich Jennychen von einem Fuß auf den anderen treten sah, den Hals neugierig in Richtung Fenster gereckt. Bei diesem Schmunzeln spürte ich Karls Blick länger auf mir. Ich war seit London auch ungeduldiger geworden.

»Väterchen redet mit Karl über Shakespeare?«, verkündete Jennychen fragend und so laut, dass ein jeder im Zimmer sie gut verstand.

Ich, in meiner Rolle als Lenchen, nickte mit großer Geste. Spätestens zu diesem Zeitpunkt wusste Jenny, was nun kam, denn auf ihre Wangen hatte sich Röte geschlichen. An ihrer Seite stand Herr Wolff, der sie anstrahlte.

Jennychen stürmte nun in den vorderen Raum, die Hände in die Hüften gestemmt. Das Publikum folgte, Jenny und Karl voran. Dort stand Laura mit dem Kohlebart, neben ihr kniete Herr Engels, damit sich sein Kopf auf gleicher Höhe mit ihrem befand.

»Väterchen!«, verlangte Jennychen wunderbar erbost. »Das Theater ist unser Thema, unseres ganz allein!!« Bei dem Wort »unseres« zeigte sie mit erschüttertem Blick auf sich und Herrn Engels in der Rolle des Barons.

Herr Engels schmunzelte amüsiert und lugte zu Karl, bevor er formal zu Jennychen sprach: »Was tust du hier unten im Garten? Dir wurde strikte Bettruhe verordnet!«

Jennychen schüttelte heftig den Kopf, sodass Herr Engels zur nächsten Maßnahme greifen musste, genauso wie der Baron vor so vielen Jahren. »Lenchen!«, sagte Herr Engels ernst. »Bitte geleite Jenny zurück in ihr Bett!«

Jennychen alias Jenny ignorierte auch diese Worte und wandte sich ihrer jüngeren Schwester alias Karl zu. »Wie kannst du behaupten, dass Vernunft die Leidenschaft besiegt?!«

Laura wollte gerade zu einer Antwort ansetzen, als Jennychen genau im richtigen Zeitpunkt dazwischenfuhr. Diese Stelle und die galanten Verbeugungen nach dem Lied hatten wir am häufigsten geübt. »Nur durch Leidenschaft ist der Mensch erst zu Großem fähig«, trug sie wie eine Erwachsene vor. »Was wären wir Menschen denn, wenn unsere Vernunft unsere Leidenschaft immerzu unterdrücken würde? Was wären wir ohne Eifersucht, ohne Stolz, Jähzorn oder Ehrgeiz? Alles Leidenschaften!« Jennychen besaß das gleiche Talent wie Musch, sich Texte merken zu können. Sie war fabelhaft in der Rolle ihrer selbstsicheren Mutter.

Als Nächstes zog sie Jenny zu sich. Hand in Hand trugen sie nun vor:

Du polsterst deinen Handschuh mit Vernunft?
Hier ist, was du vernünftig findest:
Du weißt, der Gegner trachtet dir zu schaden,
Und die Vernunft flieht jegliche Gefahr.

Jenny war nun ganz in ihrem Element und den Versen Shakespeares hingegeben. Überraschenderweise war sie zudem auch nach all den Jahren noch genauso textsicher wie ihre Tochter. Ich versank in den Erinnerungen an die damalige unbeschwerte Zeit in Trier. Jenny war eine bewundernswerte Frau.

Als ich wieder zu mir kam, deklarierten Jenny und Jennychen gerade die letzten Zeilen:

Vernünftige Gründe? Männlichkeit und Ehre,
wenn sie von Gründen sich ernährten, hätten
nur Hasenherzen; was die Vernunft euch sagt,
macht bleich die Leber und den Mut verzagt.

Sie ernteten den gleichen tosenden Applaus wie Musch zuvor für »Das Lied vom Knotenpelz und von dem flotten Besen«.

Als es wieder ruhig in der Wohnung war, wandte sich Jennychen zufrieden ab – genauso, wie ich Jennys damaligen Abgang im Rosengarten noch in Erinnerung gehabt hatte – und wollte den Garten verlassen. Zweimal musste sie ihrer jüngeren Schwester kräftig zunicken, bis diese ihre Stimme erhob:

Hätte die Waage unsres Lebens nicht eine Schale mit Vernunft ...

Laura stockte und suchte hilflos unter der Menge von Gästen nach mir. Ich flüsterte ihr die richtigen Worte zu, und sie fuhr fort:

... um die der Sinnlichkeit auszutarieren, dann führten unser Blut und unsre niedrige Natur uns zu den schlimmsten Folgen.

Laura versuchte, ihre Stimme möglichst tief klingen zu lassen, dieses Mädchen war so herzallerliebst, und Karl hätte sie in diesem Moment, das sah ich am glühenden Blick seiner pechschwarzen Augen, wohl am liebsten geherzt und an seine Brust gedrückt. So warf er Laura lediglich eine Kusshand zu und trat dann mit gespielt ernstem Blick neben sie wie Jenny vorhin neben Jennychen.

Gemeinsam sprachen Vater und Tochter: »Und ich wollte nur sagen, dass die Vernunft die Leidenschaft kontrollieren, sie aber nicht im Keim ersticken sollte.« Karl streichelte seiner Frau über die Wange wie zuletzt einem meiner weißen Schachbauern: »Dann sind wir uns also einig, Johanna Bertha Julie!« Sie küssten sich, und das Publikum war nicht mehr zu halten.

Mein Magen grummelte. Ob ich vielleicht den verdünnten Bordeaux nicht vertrug?

Im weiteren Verlauf des Abends sangen wir gemeinsam Lieder, Herr Weydemeyer lobte mein Roastbeef, und sogar Herr Engels ließ sich zu einem Kompliment über meinen Pudding hinreißen, den ich für die Kinder vorbereitet hatte. Jenny trug in Erinnerung an unsere Pariser Abende Gedichte von Herrn Heine vor.

Erst weit nach Mitternacht verließen die meisten Gäste die Wohnung. Jenny und die Kinder lagen erschöpft auf ihren Decken, die ich im hinteren Zimmer wieder ausgebreitet hatte. Einzig Herr Engels war noch da. Karl war im Hof auf dem Abort. Ein Glas mit Bordeaux in der Hand, schaute Herr Engels mir beim Reinigen des schmutzigen Geschirrs in der Küche zu. »Dieser Abend war eine schöne Idee. Ich habe Karl und Jenny schon lange nicht mehr so lachen gesehen.«

»Danke«, entgegnete ich und lächelte. »Die Kinder und Sie sind reif für die große Bühne.«

»Bist du nie müde?«, fragte er, den Blick auf den großen Stapel verdreckter Teller gerichtet, die ich versprochen hatte, den Millers gleich am Folgemorgen wieder blitzblank zurückzugeben. Der kleine John Miller spielte gerne mit Laura, und erst vor wenigen Wochen hatte er einige Tage bei uns übernachtet, weil seine Mutter krank gewesen war und sein Vater hatte arbeiten müssen.

Ich hätte Herrn Engels sagen können, dass ich seit vielen Tagen erschöpft war, meine Knochen bereits morgens beim Wasserholen spürte und mir der Magen oft bis abends knurrte, weil ich tagsüber keine Zeit für eine stärkende Mahlzeit besaß, und es kaum eine Minute gab, in der ich mit den Augen oder Ohren nicht bei den Kindern war. Aber das musste er nicht wissen.

Herr Engels nahm einen Schluck Wein und schob ihn nachdenklich im Mund umher. »Lass uns in den Pub gehen«, schlug er vor und stellte sein Weinglas ab. *Wir? In einen Pub?*, dachte ich verdutzt.

»Etwas frische Luft wird dir guttun«, erklärte er unumwunden. »Außerdem kenne ich keine Frau, der das Red Ale dort nicht schmeckt!«

»Vielleicht haben Sie recht«, gestand ich und beeilte mich, das Geschirr fertig zu waschen.

Herr Engels schnappte sich Gehstock und Zylinder und strich sich mit den Händen die Kleidung glatt.

Als wir die Wohnung verließen, kam Karl gerade vom Abort zurück. »Lenchen, wohin …«, wollte er verdattert wissen, aber da war Herr Engels schon schnellen Schrittes an ihm vorbeigestürmt, und ich folgte ihm.

Die »Royal Virgin« war eine überfüllte Wirtschaft, dennoch dauerte es nicht lange, bis wir an einem Tisch saßen und zwei Bier vor uns stehen hatten. Während wir Red Ale und Stout tranken, stürzten die Engländer an den Nachbartischen Gin und Whisky hinunter.

»Damn it!«, ertönte es hinter uns. »You betrayed, you coyote!«

Herr Engels zog völlig unbeeindruckt davon eine Tonpfeife aus der Tasche seines Gehrocks und stopfte sie mit Tabak.

Ich hatte gerade mein erstes Pint geleert, als mir etwas über die Lippen kam: »Warum reden Sie eigentlich immer so abfällig über Ihren …«, ich zögerte, das Wort auszusprechen, »über Ihren Vater, indem Sie ihn ›den Alten‹ nennen?« Das hatte mich von Anfang an verwirrt.

Herr Engels schaute zuerst mein leeres Bierglas an und orderte Nachschub, der sogleich gebracht wurde. In einem Zinnkrug kam sein Stout, schwarz wie die Nacht, und mein Glas Red Ale war randvoll. Wir prosteten. Ich vermutete, dass er meine Frage bewusst überging. In der Ecke, wo ein Bildnis der gekrönten Queen Victoria an der Wand hing, wurde ein Lied angestimmt. Mit ihrer besonderen Ausstrahlung und dem stolzen Blick aus großen Augen ähnelte die Königin Jenny zu Trierer Zeiten. Die Queen hielt ein Zepter und trug eine prachtvolle Robe in Rot, Weiß und Gold. Warum eigentlich sah ich Karl nie mit Jenny Schach spielen?

»Weil er ein Kommerz-Affe ist und das Falsche für mich will«, antwortete Herr Engels nach einer Weile doch noch. »Ich soll unter engstirnigen Kaufleuten versauern, denen kein Profit groß genug ist. Und ständig wettert er über die Kommunisten.« Er schaute mich aus seinen grauen Augen eindringlich an, dann zog er ein paarmal an seiner Pfeife.

Genüsslich sog ich den Rauch ein. »Wie kann er ein Affe sein, wenn er Sie dennoch all die Jahre über versorgt? Ihnen immer wieder Geld zukommen lässt und so viel teuren Rotwein noch dazu?«

»Das ist der Einfluss meiner Mutter«, erwiderte Herr Engels. Seine aristokratischen Züge wurden weicher. »Sie akzeptiert, dass ich nicht seinen Weg, den Weg eines Kaufmanns, gehen möchte.«

Irgendwo zersprangen Gläser auf dem Boden, gefolgt von dem Ausruf: »Piss off!« *Verpiss dich!*

Ich drehte mich um und sah, dass der Streit, der zwischen zwei Männern ausgebrochen war, mit zwei Frauen zu tun hatte. Eine Flachsblonde saß mit zerrissenen Röcken auf dem Schoß eines jungen Mannes in Kniehosen. Eine zweite schmiegte sich unsittlich an den Herren neben ihm, der aber nach der Flachsblonden griff. Auch Herrn Engels Blick blieb länger an den Frauen haften. Frauen wie diese waren in London gewöhnlich immer zu zweit unterwegs.

»Ich kenne Ihren Herrn Vater nicht«, redete ich weiter, »aber mir scheint er ein geduldiger Mann zu sein. Obwohl er von Ihren Bemühungen um den Kommunismus weiß, unterstützt er Sie weiter.«

»Vielleicht hast du recht.« Herr Engels schob seinen Hocker näher an meinen. Ich roch den Moschus, der der Schleife um seinen Hals und seinem Bart entströmte. Eigentlich war es Muschs Schleife, oder vielmehr die Karls, die Herr Engels sich spaßeshalber gegen Ende des Abends noch umgebunden hatte. Auf irgendeine Weise war Karl immer bei ihm. Mein Blick wanderte zu Herrn Engels Hand am Zinnkrug. Anders als bei Karl wuchsen auf seinem Handrücken keine Härchen, und seine langen Finger mit den gepflegten Nägeln waren von glatter Haut umschlossen. In Gedanken sah ich an seiner statt Karl neben mir sitzen und lächelte in mich hinein.

»Aber nun Schluss mit dieser Gefühlsduselei!« Herr Engels nahm seinen Zylinder und den Gehstock. »Willst du zum Abschluss noch etwas Einmaliges erleben?«, fragte er und erhob sich.

Ohne mir überhaupt die Zeit für eine Antwort zu lassen, führte er mich hinaus in die Nacht.

* * *

Teil

5

London, 2. Juni 1851

Schwarzer König,

unser letztes Treffen am Ort des weichen Lichts hat mich verändert. Ich glaube, eine neue Richtung für mein Leben gefunden zu haben.

Meine erste Nacht, die ich nicht in 28 Dean Street verbrachte, und der Abstand zu Dir haben mir gutgetan.

Vermutlich werde ich Dir diesen Brief und all die anderen nie zeigen. Sie sind nie von mir geschrieben worden, um von Dir gelesen zu werden.

Allerdings überlege ich, Jenny meine Zeilen vorzulesen, damit sie versteht, was in mir vorgeht, und mir vielleicht vergibt. Das wäre unser beider Ende, ich weiß. Aber mir ist klar geworden, dass ich Dich Deiner Familie stehle. Vor allem den Kindern, die mir so sehr ans Herz gewachsen sind, als wären sie meine eigenen. Die Liebe hat Egoisten aus uns gemacht.

Ich liebe Dich, Karl Marx, und ich liebe unser Kind, obwohl es noch nicht einmal geboren ist.

Während ich diesen Brief schreibe, wird es ganz ruhig in mir. Keinen einzigen Stupser oder Tritt tut es noch gegen die Bauchdecke.
Vielleicht lauscht es gerade den Gedanken seiner Mutter.

Helena, die Mutter Deines Kindes

Nackte Haut

London, im August 1850

In London hat man die Wahl. Entweder man lässt sich vom Elend der Stadt in die Knie zwingen, oder man führt sich vor Augen, was man trotz alledem noch hat und was einen froh zu stimmen vermag. Anderen ging es viel schlechter als uns. Dem beinlosen Alten zum Beispiel, der täglich vor dem Barber-Shop in der Dean Street bettelte, den vielen Gin-Abhängigen in Soho, die keinen anderen Ausweg sahen, als ihre Sorgen im Wacholderschnaps zu ertränken. *Man vergisst oft, wie reich man ist, und glaubt, arm zu sein,* hatte Karl zu Jenny gesagt, nachdem unsere Wohnung in der Anderson Street fast vollkommen ausgeräumt worden war. Nach dem heiteren Abend hatte ich erst richtig verstanden, was Karl damals gemeint hatte: Solange Karl und Jenny einander hatten, ging die Welt nicht unter. *Und solange die Kinder liebende Eltern besitzen,* dachte ich mir. Auch ich war reich, weil ich mit ihnen leben durfte, weil sie mir unglaubliche Dinge zeigten. Die Sterne von London zum Beispiel und dass unser Leben gar nicht so stark vorgezeichnet ist, wie wir oft denken. Es ähnelt einem Schachspiel, weil ein jeder Zug das Geschehen ändern kann. Mit jeder Partie lerne ich dazu – so auch an jedem Tag meines Lebens. Jedes Spiel offenbart neue Möglichkeiten und hat das Potenzial, alte Strategien und alte Wahrheiten über den Haufen zu werfen.

Am Morgen nach der Nacht mit Herrn Engels in seiner Wohnung in der Macclesfield Street hatte ich meiner Wunschliste die Nummer vier hinzugefügt:

Meine Wünsche für das Leben:

1. *Bald wieder gegen Karl Schach spielen.*
2. *Vorgelesen bekommen. Nur für mich allein.*
3. *Geküsst zu werden, dass es mich schaudert wie beim stillen Zug.*
4. *Nach Sankt Wendel zurückkehren.*

Da erst fiel mir die Nummer drei auf, fast erinnerte ich mich gar nicht mehr, wann sie auf meine Liste gekommen war. Vermutlich nach dem Rausch des zweiten Schachspiels. Jetzt aber war mir der Wunsch etwas peinlich und ich überlegte schon, ihn vom Papier abzuschaben, ließ es dann aber doch bleiben. Einmal mehr dachte ich stattdessen an den heiteren Theaterabend zurück. Er hatte auch Jenny geholfen, es ging ihr allmählich besser. Weil es ihr guttat, der Enge der Wohnung zu entkommen, begleitete sie mich inzwischen regelmäßig bei meinen Besorgungen. Rebecca, die Tochter des Spitzenhändlers, übernahm dann die Beaufsichtigung der Kinder.

Es war an einem dieser typischen Londoner Sommertage. Gerade hatte sich ein Regenschauer gelegt, die Luft war frisch. Wir hatten die ersten Schritte auf der Dean Street getan, als wir angesprochen wurden: »Aren't we neighbours?« *Sind wir nicht Nachbarn?*

Es war die farbige Frau von gegenüber, die Schreifrau, wie Jenny sie mittlerweile nannte, weil wir sie immer wieder aus ihrem Fenster gebeugt die Straße hinab schreien hörten. An diesem Sommertag lehnte sie – beinahe vornehm, wie ich fand – an der Eingangstür des Hauses, in dem sie allem Anschein nach wohnte.

Ein Rabe flog haarscharf an unseren Köpfen vorbei und stürzte sich auf etwas Undefinierbares in der Gosse. Wir beachteten ihn nicht weiter. Jenny prüfte den Himmel und schien skeptisch, ob der nächste Regenschauer nicht bald folgen würde. »Es riecht nach faulem Fisch«, bemerkte sie und hatte Mühe, ihren Schirm zu öffnen.

Der Blick der farbigen Frau sprang zwischen uns und den Menschen, die die Dean Street entlangkamen, hin und her. Als sie eine Familie, die vor dem Gin Shop stoppte, länger fixierte, wagte ich es, die Frau mit dem schwarzen Heiligenschein genauer zu betrachten. Ihre schwarze Iris hob sich in auffallendem Kontrast unter einem dichten Wimpernkranz von dem reinweißen Augapfel ab. Sie trug einen Rock mit mehreren Lagen Volant, der ihre Knöchel frei ließ. Ein Spitzenmieder presste ihre Brüste zusammen und ließ großzügig ihre dunkle Haut durch den Stoff hindurchschimmern. In Trier wären Frauen für solche Freizügigkeit im Arresthaus gelandet. Wahrscheinlich stach sie für mich aus der Londoner Masse deshalb so heraus, weil sie den Menschen um sie herum unverhohlen ins Gesicht schaute.

»Sind wir nicht Nachbarn?«, wiederholte sie, als Jenny den Schirm endlich geöffnet hatte. Wenn sie nicht gerade schrie, klang ihre Stimme wie die einer anderen Person, fast weich.

»Das denke ich nicht!« Jenny straffte sich, hakte sich bei mir unter und zog mich mit sich fort. Ich schaute noch einmal kurz zurück, aber der Blick der farbigen Frau wanderte da schon wieder über die Gesichter der Passanten.

Auf dem Rückweg von den Besorgungen mit halb vollem Korb brachten wir Hot Sausages von einem der Straßenverkäufer in der Rupert Street mit, das ersparte mir das Kochen, wofür ich besonders an Waschtagen dankbar war. Die Kinder liebten warme Würstchen, Laura legte sich gern noch Jellies obendrauf.

Dass wir uns derzeit das Essen von der Straße wieder leisten konnten, lag daran, dass ein Brief der Baronin aus Trier mit etwas Geld eingetroffen war. Vom Großteil des neuen Geldes wollten wir die nächsten zwei Monatsmieten, Essen und Jennys Reisekosten nach Zaltbommel – die erhoffte Quelle für noch mehr Geld – bezahlen. Der heitere Theaterabend hatte noch keine zwei Wochen zurückgelegen, als Jenny uns ihre diesbezüglichen Pläne erläutert hatte. Wir waren auf einem unserer sonntäglichen Spaziergänge im Hyde Park unterwegs gewesen.

Immer öfter hielten wir es wie echte Engländer, indem wir die heilige Sonntagsruhe nicht mit Problemen entweihten, den Haushalt einmal Haushalt sein ließen und uns mit kalter Küche begnügten. Zum Spaziergang wurden die besten Kleider herausgeholt. Die Mädchen trugen ihre blau-weiß karierten Sonntagskleider und ein jedes eine hübsche Schute, Jennychen mit einem hellblauen Band zum Binden und Laura mit einem weißen. Föxchen strampelte in seinem blauen Kleidchen. Musch war dem Kleideralter bereits entwachsen, weswegen ich ihm aus Jennys alten Unterröcken ein Hemd und eine Hose genäht hatte. Ich folgte der Familie mit einem mit Brot, kaltem Gemüse und Roastbeef gefüllten Korb. Ich hatte das saftige, feine Rindfleisch schätzen gelernt, am liebsten rosa gegart. Roastbeef schmeckte noch besser als die Hegel-Soße.

»Ich werde zu deinem Onkel Lion nach Zaltbommel reisen, Karl. Onkel Lion ist Bankier, noch dazu stolz auf deine schriftstellerische Begabung«, begründete Jenny ihre Hoffnung, aus der holländischen Stadt mit einem größeren Geldbetrag heimzukehren. »Er verwaltet das Erbe deines Vaters, er soll uns noch einmal einen Vorschuss darauf geben. Zu Pariser Zeiten hat er uns auch schon ausgeholfen. Erinnerst du dich?«

Karl hatte sich ein Bündel Zeitungen unter den Arm geklemmt. »Wir werden bald nicht mehr auf Vorschüsse angewiesen sein!«, brummte er.

An einem schattigen Platz mit Blick auf den See, der sich durch den Hyde Park zog, breitete ich eine Decke für uns alle aus. Um uns herum saßen bereits mehrere andere Familien und tranken Tee. Wir Erwachsenen ließen uns nieder, die Kinder sprangen einem Ball hinterher. Die Mädchen waren schneller als Musch, der beim Laufen wie ein Vogel mit den Armen schlug. Musch hatte als Einziger die Hoffnung noch nicht aufgegeben, Oliver zum Fliegen zu bringen. Unser gelber Kanarienvogel hatte bisher noch keinen einzigen Flügelschlag getan, war in seinem Käfig stattdessen aber lebhaft von einer Stange auf die andere gehüpft. Oliver war ein Springvogel, waren die Mädchen und ich überzeugt, und sie liebten ihn dafür umso mehr.

Jenny setzte Föxchen, der seit einigen Tagen wieder an Durchfall litt, auf die Decke und begann, uns ihren ganzen Plan zu offenbaren. »Ich werde Onkel Lion sagen, dass dir eine Professur in New York angeboten worden ist und uns für diesen großen, einträglichen Befreiungsschlag nur noch das Reisegeld fehlt.«

Karl entfaltete die *Times of London*. »Die *Revue* wird ihren Weg ganz sicher noch gehen, wenn erst Fritzes Artikel über den deutschen Bauernkrieg die große Runde macht.«

»Dann ist es umso besser, wenn zum Geld der *Revue* auch noch das von Onkel Lion dazukommt«, war Jenny überzeugt. So leicht ließ sie sich nicht abspeisen, von niemandem. Seit einer Woche stand sie wieder so unermüdlich an Karls Seite wie früher. Sie machte seine Artikel druckfertig, verhandelte mit Druckern und Verlegern auf dem Kontinent und vertrat ihn sogar zusammen mit Friedrich, wie ich Herrn Engels seit unserer Nacht in der Macclesfield Street nannte, bei den Treffen mit anderen Kommunisten, wenn Karl, der dieser Tage mit seinen Artikeln nur langsam vorankam, unter Zeitdruck stand.

Mit Mitgliedern des *Bundes* und politisch gleichgesinnten Flüchtlingen besprachen sie in dem Raum über einer Bar in der Great Windmill Street, wie die Arbeiterrevolution in ganz Europa anzugehen sei. Die Zeit rannte ihnen davon, denn die Monarchen auf dem Festland waren wieder an der Macht. Mit der bürgerlichen Revolution hatte es sich fast so wie mit dem zärtlichen Todesstoß auf dem Schachbrett entwickelt – als hätte es beides nie gegeben. Die Gegenwart löschte die Vergangenheit aus, nur die Gefühle von einst und die Hoffnung auf die Revolution waren geblieben.

»Bist du einverstanden mit der Reise, mein Herzens-Karl?«, wollte Jenny wissen, drehte ihren Sonnenschirm flink und schaute ihn aus ihren großen, eng zusammenliegenden Augen an.

Flüchtig nickte Karl über die *Times* hinweg, was Jenny ganz offensichtlich nicht genügte. Sie beugte sich zu ihm hinüber, nahm ihm die Zeitung weg und legte Karls Hand auf ihren leicht gewölbten Bauch. »Schwarzwildchen, ich bekomme noch so ein wundervolles Abbild von dir, noch einen Engel.«

Sie war erneut schwanger? Ich freute mich für Jenny, denn ihre

Augen leuchteten bei dieser Botschaft so lebhaft wie in ihren Jugendtagen.

Karl indes zögerte, bevor er sagte: »Das ist wunderbar.«

Jenny schaute sich kurz um, und als sie meinte, dass niemand herschaute, küsste sie Karl innig, der gar nicht recht wusste, wie ihm geschah. Ich erhob mich und lief Föxchen hinterher, der von der Decke gekrabbelt war und sich gerade ein Büschel Gras in den Mund stecken wollte. Da sah ich Misses Wonderfield mit ihrem Ehemann nur wenige Meter von uns entfernt im Park flanieren. Die Wonderfields hatten in Chelsea neben uns gewohnt, und ich wollte ihr für den Honig von damals zulächeln, aber als sie mich erkannte, schaute sie sofort weg.

Am Dienstag der Folgewoche begannen die Vorbereitungen für die Reise. Um einen guten Eindruck bei Onkel Lion zu machen, hatte Jenny auf einem neuen Kleid bestanden, das wir nicht wie zuletzt aus alten Tageskleidern und Röcken selbst nähten, sondern bei »Harding Howell & Company's Grand Fashionable Magazine« auf der Pall Mall kauften. Das war ein vornehmes Geschäft, in dem die Bewohner der Vorstädte verkehrten und Waren hinter riesigen Schaufenstern wie kunstvolle Bildnisse arrangiert wurden. Karl begleitete Jenny zum Shopping. Über Shopping schrieb man neuerdings in den Zeitungen wie über ein Hobby, das Menschen haben konnten, die nicht jeden Tag von morgens bis abends arbeiten mussten. Ich sah die zwei Monatsmieten, die wir eigentlich vom Geld der Baronin hatten bezahlen wollen, bereits wie Eis in der Sonne dahinschmelzen. Andererseits konnte die Abwechslung Karl von seiner momentanen Schreibkrise ablenken.

Zurück vom Shopping, berichtete Jenny ausführlich, dass Karl ein Kleid nach der neuesten Mode für sie erstanden habe. Es war aus weicher, grüner Baumwolle gemacht, hochgeschlossen mit großem, aufliegendem Kragen und einem Rosenmuster. Stolz führte Jenny es der Familie vor, ich half ihr beim umständlichen Ankleiden. Anstatt wie bisher mehrere Unterröcke zu tragen, die für die gewünschte voluminöse Eleganz sorgten, gehörte zum neuen Kleid eine Krinoline. Ein kuppelförmiger, durch Rosshaar versteifter Unterrock, der weder allein an- noch abgelegt und deswegen, so hatte es in der *London Gazette* gestanden, zu einer Gefahr für Leib und Leben werden konnte. Zumindest wenn der Rock unbemerkt einen Kamin streifte, dabei Feuer fing und seine Besitzerin nicht schnell genug von ihm befreit werden konnte.

Jenny schwebte in ihrem neuen Krinolinenkleid unbeschwert durch unsere zwei Zimmer, über Zeitungen, Bücher und Kinderspielzeug hinweg und drehte sich dabei wie eine Prinzessin. »Für dich haben wir auch etwas!« Sie überreichte mir ein kornblumenblaues Miederjäckchen, das an den Schultern gerüscht und sehr sauber vernäht war. Noch nie zuvor hatte ich ein so teures Kleidungsstück besessen.

»Da sind ja Stäbe eingenäht«, stellte ich fest, als ich es sorgsam abtastete. Ich probierte es an, Karl verließ dafür das Zimmer. Jenny half mir mit den Ösen, die das Mieder vorne an der Brust zusammenhielten. Als auch die letzte geschlossen war, schnappte ich erst einmal nach Luft.

»Jetzt siehst du wie eine Dame aus, Nimmy«, sagte Jennychen, als ich damit vor die Mädchen und Jenny trat. »Like a lady.«

Das Miederjäckchen gefiel mir ausgesprochen gut. Ich wünschte, meine Familie in Sankt Wendel hätte mich damit sehen können.

»Im Alltag brauchst du es nicht so fest zu schnüren, dann trägt es sich wirklich bequem. Es ist aus weicher Baumwolle gemacht, auch innen.« Jenny lockerte meine Schnürung am Rücken. Etwas lockerer geschnürt fühlte es sich an, als umschlängen mich warme Arme.

»Karl hat es ausgesucht«, erzählte mir Jenny, während sie sich an mir zu schaffen machte. »Und ich finde, für einen Mann hat er das gut gemacht!« Sie lächelte.

»Danke«, bekam ich vor Überraschung nur hervor und dachte an Karl. Schade, dass er nicht zurückgekommen war.

»Nimmy ist schön«, sagte Laura.

Jenny nickte, während ihr Blick gedankenversunken an mir auf und ab glitt. »Du trägst die alte Jacke und die grauen zusammengeflickten Röcke schon viel zu lange, wie eine alte Jungfer! Dabei wirst du in fünf Monaten gerade einmal dreißig Jahre alt.« Jenny hielt mir ein weiteres Kleidungsstück hin, einen Überrock. Ich probierte auch ihn an und drehte mich wie Jenny vorhin in ihrem neuen Krinolinenkleid.

Musch bekam ein kleines Samtsakko mit Weste und die Mädchen neue, blank polierte Schuhe. Nach all den Ausgaben war ich verwundert, dass das Geld der Baronin überhaupt noch für eine Fahrt mit dem Schiff zu Onkel Lion reichte.

Am Vorabend ihrer Abreise kämmte ich Jenny das Haar, so, wie ich es früher am marmornen Frisiertisch vor dem mächtigen goldgerahmten Spiegel in Trier getan hatte. Nur dass sie heute an einem kleinen runden Tisch mit einem Vogelkäfig darauf saß und ein Handspiegel genügen musste. Im blassen Schein eines rußenden Unschlittlichts las Jenny in der *London Gazette*.

Den üblen Geruch des Rindertalgs in der Nase, bürstete ich Haarsträhne um Haarsträhne und ließ sie durch meine Hand gleiten.

Jenny schaute von der *Gazette* auf. »Ich bin so froh, dich in meiner Abwesenheit hier bei Karl und den Kindern zu wissen. Pass gut auf sie auf! Das möchte ich ungern Herrn Engels überlassen.«

Ich sollte auf Karl aufpassen? Ich weiß nicht, ob Jenny bemerkte, dass ich bei ihren Worten zur Salzsäule erstarrte.

Am Tag nach Jennys Abreise wischte ich die Wohnung, wusch die Vorhänge und begann damit, die rußgeschwärzten Wände wieder heller zu schrubben. Jennychen und Laura kümmerten sich währenddessen um Föxchen, und alle strengten wir uns an, möglichst leise zu sein, damit Karl ungestört am Tisch im vorderen Zimmer arbeiten konnte. Oft fluchte er, weil er nicht vorankam. Selbst Oliver schien sein Temperament zu zügeln, er sang lückenlos aneinandergereihte, weiche, zarte Töne.

An den Nachmittagen nahm ich die Kinder zu den Besorgungen mit und trug mein kornblumenblaues Miederjäckchen durch Sohos Straßen. Musch sang dabei »Das Lied vom Knotenpelz und von dem flotten Besen«. Daraufhin zuckten sogar einmal die Mundwinkel unseres Grocers, was bei den Londonern einem Lächeln gleichkam. Jennychen nahm stolz das Brot vom Bäcker entgegen, die Kinder halfen gerne. Durch ihre kindlichen Augen sah ich das Viertel aus einer anderen Warte, von einer bunteren Seite, in der die schlechten Gerüche und sonstigen Scheußlichkeiten in den Hintergrund traten. Die Kinder liebten es, vor den hell erleuchteten Theatern stehen zu bleiben, der Verheißung einer farbenfrohen Welt, und auch die Schausteller betrachteten sie, besonders wenn diese in ihrem Alter waren: tanzende, singende oder balancierende Kinder. Manchmal ließen wir uns einfach durch die Straßen treiben.

Auf dem Heimweg, wir waren nur wenige Schritte von der Wohnung entfernt, rannte Laura plötzlich voran und auf die falsche Seite der Straße.

»Warte!«, rief ich ihr noch hinterher, aber im Gewimmel der Dean Street ging mein Ruf unter. Allein die Raben antworteten mir mit einem Krächzen.

Als ich Laura wiederfand, stand sie mit offenem Mund vor unserer farbigen Nachbarin. Die trug wie immer ihren üppigen Volantrock und das freizügige Spitzenmieder. Jennychen war hinter ihre jüngere Schwester getreten. Die Nachbarin bemerkte die Kinder erst gar nicht, weil sie in eines der Londoner Tageblätter versunken war. Sie konnte also lesen? Unter dem dichten Wimpernkranz sprangen ihre lebendigen schwarzen Augen von Zeile zu Zeile.

»Verzeihung, Miss.« Laura trat ungeduldig von einem Bein aufs andere. »Darf ich dein Haar berühren?«, fragte sie in Englisch. Musch reckte seine Hände nun ebenfalls nach dem Haar der Frau.

Die farbige Frau schaute mich an, ich hatte mich ihr bis auf fünf Schritte genähert. Nachdem ich mich eine Weile nicht zu dem Ansinnen der Kinder äußerte, legte sie die *Morning Post* beiseite, ging in die Hocke und nickte den Kindern ermutigend zu. Ihr graziler Hals war so lang wie zwei Kinderhände.

Laura fasste als Erste zu, Musch machte es ihr kurz darauf nach. Jennychen klammerte sich an die Bäckerware vor ihrer Brust.

Laura beschrieb mir das schwarze krause Haar später als »so weich wie Mamans bestes Kleid«. Ich glaube, Friedrich hörte es und lachte darüber.

Während Jenny weg war, ungefähr zwanzig Tage sollte die Reise dauern, kam Friedrich jeden Abend vorbei, um Karl mit in die »Royal Virgin« zu nehmen. Während die Männer dort bis spät in die Nacht hinein englisches Bier genossen, säuberte ich die Küche, widmete mich liegen gebliebenen Näharbeiten und spielte Gedankenschach. Ich glaube, Karl mied mich. Vielleicht war es ihm unangenehm, gegen sein Dienstmädchen Schach gespielt zu haben? Wenn er arbeitete, war er neuerdings ausschließlich auf das leere Blatt vor sich fixiert, dem Schachbrett in der Ecke schenkte er keinerlei Beachtung. Lediglich beim Abendessen mit den Kindern taute er etwas auf und wirkte doch müde und erschöpft. In den Nächten legte ich mir Föxchen eng vor die Brust, weil er das von seiner Mutter her kannte, er atmete schnell und flach.

Am sechzehnten Tag nach Jennys Abreise traf ein Brief von ihr ein. Wir wollten gerade zu Abend essen, als Musch darauf bestand, Oliver noch neues Wasser hinzustellen. »Körner sind noch genug da«, erklärte Laura, die diese Woche Körnerdienst hatte. Nachdem Olivers Trinknapf randvoll war, versammelten wir uns um den runden Tisch herum. Friedrich aß mit uns, er versuchte, den matten Karl mit spöttelnden Gerüchten aus dem Zimmer über der Bar in der Great Windmill aufzuheitern.

Ich hatte Kartoffelpüree, Karotten und Fisch aus der Pfanne serviert, als Karl mir resigniert den Brief aus Zaltbommel reichte. Er selbst schien ihn nur überflogen zu haben. Ich las, dass Onkel Lions eigene Geschäfte schlecht liefen. *Ich glaube, teurer Karl, ich kehre ganz resultatlos, ganz enttäuscht, zerrissen, in Todesangst gefoltert, wieder zu dir heim,* schrieb Jenny weiterhin, *du Stütze meines Lebens.*

»Nimmy, erzähl, was Maman schreibt!«, verlangte Laura.

Meine Augen überflogen die Zeilen auf der Suche nach etwas Fröhlichem für die Kinder. »Wenn du wüsstest, wie sehr ich mich nach dir und den kleinen Köpfchen sehne«, fand ich.

»Kökkchen?«, nuschelte Musch. Gerade hatte er sich einen Löffel voll mit Karottenstücken in sein kleines rundes Mündlein geschoben.

»Mit Köpfchen meint Maman uns, Musch«, erklärte Jennychen ihrem Bruder und wuschelte ihm durch das dunkle Haar.

»Ich kann nicht von den Kindern schreiben – die Augenlider werden mir schwer, und ich muss mich hier tapfer halten«, fuhr ich mit Jennys Briefzeilen fort. »Also küsse sie, die kleinen Engel, tausendmal von mir.« Nach diesen Worten faltete ich den Brief zusammen und legte ihn oberhalb meines Tellers ab.

»Ich vermisse Maman ganz schrecklich«, sagte Laura und stocherte mit der Gabel im Fisch.

»Und ich noch viel mehr schrecklich«, überbot Musch sie.

»Da ich die Älteste bin, darf ich sie am meisten vermissen«, war Jennychen überzeugt und schickte zarte Kusshände in die Luft, so, wie Jenny sie ihren Kindern bei Verabschiedungen immer zuwarf. »Und du, Mohr?«, wollte Laura wissen.

Karl zerteilte abwesend seinen Fisch, hielt dann aber inne: »Wir sind alle froh, wenn Maman wieder zurück ist. Und die Küsse von Maman gebe ich euch gleich beim Zubettgehen.«

Das hatte er auch schon überzeugender angekündigt, fiel mir auf.

»Liebst du Maman oder uns mehr?«, wollte Laura jetzt wissen.

»Komm her.« Karl klopfte sich auf den Schenkel, auf den Laura umgehend kletterte. Jennychen kam zu mir, und Musch sprang zu Friedrich. »Ihr seid mir alle die Liebsten. Maman, Jennychen, Musch, Föxchen und du.«

Wenn Karl so wie jetzt in den zuletzt immer seltener gewordenen Momenten liebevoll mit den Kindern sprach, erkannte ich in ihm wieder den Mann am Schachbrett. Zuletzt hatte er oft Bücher und Schreibzeug angebrummt, um den Kindern seine Niedergeschlagenheit zu ersparen.

Jennychen strahlte und legte dabei ihre Zahnlücke frei, wie konnte man dieses Mädchen nicht lieb haben. »Und Nimmy?«, bohrte sie weiter. »Ich habe Nimmy auch sehr lieb.« Sie schmiegte sich an mich. Gleichzeitig sprangen Laura und Musch auf mich zu und umarmten mich fest. »Wir auch!«

»Und du, Mohr? Hast du Nimmy auch so lieb wie wir?«, fragte Laura mit ihren kugelrunden grünen Augen.

Blut schoss mir in den Kopf. Ich glaube, ich errötete.

Schmunzelnd lenkte Friedrich ab: »Noch Wein, Karl?«

»Oder noch etwas Porridge vom Frühstück?«, ergänzte ich hastig in Richtung der Kinder, die dann, wie ich hoffte, nicht weiter auf eine Antwort drängen würden. Aber ich hoffte vergebens.

»Nun sag schon«, insistierte Laura, die seit jeher ihren eigenen Kopf besaß. »Ich schenke dir dann auch ein paar von Naomis Erdbeerbonbons.«

Karl änderte nachdrücklich das Thema. »Wer ist denn eigentlich diese Naomi?«

Musch rief dazwischen: »Ich will Erdbeerbonbons!«

Jennychen erhob sich und nahm Musch mit ins hintere Zimmer, wo ich das müde Föxchen zuvor schlafen gelegt hatte. »Es wird Zeit fürs Bett.«

Ich wusste sofort, dass dies ein Ablenkungsmanöver war. Nur wovon? Und Naomi, überlegte ich, könnte das Mädchen der Schauspielerin drei Häuser weiter sein, das ich oft Bonbons lutschen sah. Irgendetwas verheimlichten die Kinder.

»Wer sucht heute die Geschichte fürs Reading aus?«, fragte Karl mit dem Blick auf Jennychen, die im hinteren Zimmer vor dem Stapel mit den Kinderbüchern niedergekniet war.

»Lies uns aus ›Oliver Twist‹ vor«, bat Jennychen. Laura lief zu ihr. »Mit Maman sind wir an der Stelle stehen geblieben, wo Oliver seiner neuen Familie und Freunden seine einstige Heimatstadt zeigt und den Weg, über den er nach London gelangte. Da geht es Oliver richtig gut.« Auch Laura hatte einen Wunsch: »Ich will die ›Story of the Three Bears‹ hören!«

»Erst singen!«, rief Musch. »Bitte. Und dann Erdbeerbonbons.«

Mit einem kaum hörbaren Seufzen ging Karl zu den Kindern ins hintere Zimmer, schloss die Tür aber nicht hinter sich, sondern lehnte sie nur an.

Ich machte mich daran, den Tisch abzuräumen und das Geschirr zu spülen. Friedrich blieb derweil sitzen und rauchte. Ich spürte seinen Blick auf mir, während ich die Pfanne mit heißem Wasser übergoss. Nebenan sang Musch »God Save the Queen«.

»Karl wollte unbedingt wissen, was wir damals nach dem Pub-Besuch noch gemacht haben«, sagte Friedrich mit der für ihn typischen Spitzzüngigkeit. Aus den Augenwinkeln sah ich, dass seine freie Hand auf dem silbernen Pferdekopf seines Gehstocks ruhte.

»Was willst du damit sagen?«, fragte ich zurück.

Friedrich überlegte länger.

Eine Mischung aus Brüllen und Fauchen drang aus dem Zimmer nebenan. Kurz darauf verkündete Karl den Kindern: »Hier kommt der Kusslöwe!«

Die Kinder liebten den Kusslöwen. Sie versteckten sich dann unter den Bettdecken, bis Kusslöwe Karl sie fand und herzte. Für die Kinder war Karl immer stark.

»Uns findet der Kusslöwe nicht!«, vernahm ich Laura überzeugt.

»Karl sorgt sich mehr um dich als früher«, erklärte Friedrich schließlich.

Ich dachte an das Miederjäckchen und wandte mich um. »Aber nun Schluss mit dieser Gefühlsduselei!«, wiederholte ich Friedrichs Worte von damals im Pub, und Karl kam mir zur rechten Zeit zu Hilfe. Die Kinder waren nebenan eingeschlafen, und er nahm Friedrich mit in die »Royal Virgin«.

Ich kümmerte mich um Föxchen, der gerade zu greinen begonnen hatte. Seit Jennys Abreise schwächten ihn trockene Hustenanfälle und eine Erkältung.

Nachdem das Klopfen von Friedrichs Gehstock im Hausflur verklungen war, flößte ich Föxchen einen Aufguss aus Fenchel und Spitzwegerich ein. Ich legte mich mit ihm in mein Bett neben den Herd. *Früher mochte ich Karl nicht. Und heute?*

Mein Goethe-Buch mit der Wunschliste an die Brust gepresst, schlief ich auf meiner Decke hinter einer tragbaren Faltwand am

Herd ein. Das kornblumenblaue Miederjäckchen wärmte mich, ich hatte es mir über die Schultern gelegt.

Mitten in der Nacht wachte ich von einer Berührung auf. Föxchen?

»Lust auf ein Spiel?«, hörte ich.

Ich öffnete die Augen, Föxchen lag schlafend neben mir.

Träumte ich, dass mich eine starke Hand aus dem Bett und an den Esstisch zog?

Mein Haar hing mir offen über die Brust, und ich trug lediglich noch mein einfaches Tageskleid, darüber das Miederjäckchen um meine Schultern.

Karl nahm mir gegenüber Platz. »Weiß beginnt.«

Ich eröffnete das Spiel genauso wie beim letzten Mal mit einem Doppelschritt des Bauern, der vor meiner Königin stand. Karl stürmte mir mit seinem Königinbauern entgegen bis vor die bäuerliche Heugabel sozusagen, womit der Weg meines Bauern erst einmal gestoppt war.

Karl war im Schach wie im echten Leben ein Husar, ein Ritter. Er setzte immer auf Angriff. Ich erinnerte mich, wie harsch er Andersdenkende anfahren konnte und die Leidenschaft für seine *Revue* und die Hoffnung auf eine bessere Welt ihn an manchen Tagen fast zerrissen. Trotzdem blieb er für seine Familie standhaft. Ein Fels in der Brandung.

»Interessant«, kommentierte er, als ich ihm ein Gambit – meinen Läuferbauern als Opfer – anbot, damit ich ins Zentrum kam. Ob er noch wusste, dass ich mir mit Bauernopfern schwertat?

Denke stets zwei Schritte im Voraus, Lenchen!, ermahnte ich mich. *Erstürme nicht ziellos das Mittelfeld. Sichere dich vor seinem nächsten Zug ab.* Mit meinem Pferd von g1 auf h3 verhinderte ich, dass Karl meinen Vormarsch stoppen konnte.

Vielleicht als Anerkennung für diesen Zug reichte er mir seinen Stumpen. Unsere Hände berührten sich flüchtig, unsere Blicke kreuzten sich. Meine Fingerspitzen kribbelten. Karl baute eine Bauernkette im Mittelfeld auf.

Ich weiß nicht, ob ich meine nächsten Züge wirklich gründlich überlegte, so beschäftigt war ich damit, ein wohliges Erschauern in mir zu verbergen und nicht aufzulachen vor Glück. Das Spiel fühlte sich so intensiv an wie keines zuvor. Ich spürte den harten Holzstuhl unter meinen Schenkeln und wie das Blut durch meine Adern rauschte. Und dann war da noch die Musik: das Knistern des Stumpens.

Ich reichte Karl den Stumpen zurück. *Seine Hände mit den Haaren darauf sind schön,* dachte ich. Wieder schauten wir uns dabei an. Für das weitere Spiel mahnte ich mich zur Konzentration und zog in Mustern, an die ich mich aus Zeitungen und den jüngsten Runden Gedankenschach erinnerte. Schach ist so komplex wie das Leben, auch beim Schach verlassen wir uns oft auf die Intuition, weil wir es nicht vermögen, alle Stellungen und alle Strategien klar vor Augen zu haben und zu bewerten. Das war auch in diesem Spiel so.

Während Karl mein Heer auf dem Brett erstürmte und zuschlug, sobald sich die Möglichkeit dazu bot, verhielt ich mich wie ein Londoner Taschendieb. Intuitiv und unauffällig brachte ich meine Pferde, meine Königin und vor allem meine Türme ins Spiel. Mir genügten kleine Vorteile, die ich unbemerkt zu sammeln versuchte, wie andere Menschen Briefmarken oder wie Gordon brisante Briefe im Keller seines Kaffeehauses.

»Schach!«, verkündete Karl bald, aber weniger überlegen als die Male zuvor. Vielleicht lag das an seiner derzeitigen Mattigkeit. Es war ein Schach durch seinen Turm, und ich hatte es nicht kommen sehen. Eigentlich war es eine Standardsituation. Der Nachklang seiner Stimme ließ mich erneut angenehm erschauern.

»Schach«, wiederholte er nun vehementer. Sein Blick lag auf meinen Händen, die wurden ganz heiß, ich sah, dass sein Bein zitterte.

Ich hatte Mühe, mich auf meine weitere Strategie zu konzentrieren, deswegen dauerte es eine Weile, bis ich meinen Turm vor seinen König schob. »Schach!«, hauchte ich und senkte meine Lider, als würde dieses Wort aus dem Munde eines Dienstmädchens einer Entschuldigung bedürfen.

Karl zog immer schneller und kürzer am Stumpen, ohne seine Figuren zu bewegen. »Du bist anders«, sagte er. »Anders als Jenny.« Sein Blick fuhr mein loses Haar hinab.

»Sie ist die Tochter eines Barons«, sagte ich und steckte mein ungekämmtes Haar unter das Miederjäckchen.

Er verfolgte, was ich tat, dann erlegte er meinen Turm auf a7 mit seiner Königin. Damit war sein König aus dem Schach und unsere Königinnen standen sich auf a6 und a7 von Angesicht zu Angesicht gegenüber.

»Das meinte ich nicht«, sagte er, und sein Blick sprang vom Spielbrett zu mir. Karl Marx war sonst immer auf das Spiel konzentriert! Wer unkonzentriert ist, begeht Fehler. Wieder zog er mehrmals und kurz hintereinander am Stumpen.

Ich deutete mit dem Kopf auf das Brett, es verunsicherte mich, dass er mich so lange anschaute. Ich schob meinen Turm von f5 auf a5 hinter meine Königin, ein stiller Zug hoffentlich. In Gedanken war ich schon bei Karls übernächster Reaktion.

Karl konnte nicht anders, als nun seine Königin gegen meine einzutauschen, damit die meine ihn nicht mattsetzte. Seine Ohrläppchen färbten sich feuerrot und stellten seine Überlegenheit infrage.

Er ließ mich nicht aus den Augen, als ich mit meinem Turm von a5 seine Königin von a6 nahm. Ich atmete zweimal tief durch. »Schach«, brachte ich vorsichtig heraus, fast taten mir die folgenden Worte, gesprochen von einer Gedankenschachspielerin leid: »Schachmatt, Karl Marx.«

Sein Blick empfing mich. Er schaute mich an, als hätte er meinen letzten Satz überhört. Ich konnte kaum atmen, so sehr fürchtete ich, zu weit gegangen zu sein. Karl war seit jeher ein schlechter Verlierer. Wie oft hatte ich in Brüssel die Figuren und das Brett am frühen Morgen vom Boden auflesen müssen, wenn er gegen seinen Schachpartner verloren hatte. Mit gesenktem Blick erhob ich mich, besser ich zog mich jetzt zurück.

Da legte Karl seinen Stumpen beiseite, trat um den Tisch herum und versperrte mir den Weg. Wir standen uns so nah gegenüber, dass ich mich in seinen Augen sehen konnte. Karls Kopfhaar und inzwischen auch die linke Hälfte seines Kinnbartes waren von einigen Silberfäden durchzogen.

Er berührte mich am Hals, so gar nicht zornig. Ich glaube, mein Herz hörte für einen Moment auf zu schlagen. Ohne nachzudenken, hob ich das Kinn etwas an wie beim Tabakkauen. Angenehme Wärme durchflutete meinen Körper.

Vorsichtig zog Karl mein Haar aus dem Miederjäckchen, sodass es mir wieder über die Brust hing. Dabei spürte ich seinen heißen Atem auf meinem Gesicht. Fast wurde mir schwindelig, als Karls Lippen die meinen berührten. Sie waren warm und fordernd und sein Kuss noch schöner als ein zärtlicher Todesstoß beim Schach. Er war Glut, Überraschung und Eisregen in einem. Ich weiß nicht, wie lange ich ihn einfach gewähren ließ. Als ich es nicht mehr aushielt, erwiderte ich seinen Kuss. Ich war nie weicher und verlangender zugleich berührt worden. Sein Barthaar kitzelte meine Haut, ich taumelte vor Freude und trat einen Schritt zurück, aber Karl zog mich gleich wieder an sich.

Küssend schob er mich vom Esstisch hinter die Faltwand in der Küche. Mit beiden Händen streifte er mir das Miederjäckchen von den Schultern und öffnete die obersten Knöpfe meines Tageskleides.

»Ich, ich …« Noch nie hatte mich jemand so berührt und überhaupt oder gar meine Brüste nackt gesehen.

»Ich weiß, du wolltest nur sauber machen.« Wir lächelten uns aus verschwitzten Gesichtern an.

»Du bist wunderbar anders, Helena«, raunte er mir ins Ohr.

Er zog meinen Kopf leicht an den Haaren zurück. »Es ist so unbeschwert mit dir, du bist meine Erlöserin.«

»Und du bist das Ungestüm aus Trier und der erbarmungsloseste junge Mann, der mir jemals untergekommen ist«, sagte ich unter seinen Liebkosungen, und eigentlich hatte es ernst klingen sollen. Das nämlich hatte ich Karl Marx schon immer einmal ins Gesicht sagen wollen!

Er knöpfte mir das Kleid über der Brust weiter auf und zog es mir über die Schultern hinab. Es war, als führten wir das Schachspiel, die unausgesprochenen Gefühle nun mit unseren Körpern fort. Mit jeder weiteren Berührung verlor ich mehr Scham. Ich griff nach Karl und ließ meine kribbelnden Fingerspitzen über seine Schultern und seine Lippen gleiten. Wo er mich küsste, vereinten sich Glut und Eisregen. Karl strich mir über die Brüste, als seien sie aus feinstem Porzellan, und dennoch fühlte es sich so an, als würden seine Berührungen meine Haut verbrennen. Mein Kleid rutschte mir dabei bis auf die Hüfte.

Karl hatte, so ungeduldig, wie er war, Mühe, aus seiner Hose herauszukommen. Ich half ihm mit dem Hemd. Sein Atem ging schnell, aber unregelmäßig. In den Wochen nach unserem zweiten Schachspiel hatte ich versucht, mir vorzustellen, wie es sein könnte, sich einem Mann hinzugeben. Ich hatte überlegt, was ich vielleicht zu beachten hätte, und mich gefragt, nach welchen Regeln körperliche Zusammenkünfte wohl stattfanden. Doch diese Frage war nun völlig überflüssig, alles geschah intuitiv, ohne Regeln, ohne Strategie und Vorausdenken. So ungewohnt, so überraschend und erschütternd intensiv. Angela Steinbach, wie hattest du mir bei unserem Gespräch über die Liebe diese Gefühle nur vorenthalten können?

Karl zog mich auf meine Decke hinter der Faltwand. Er legte sich auf mich, ohne dass wir aufhörten, uns zu küssen. Ich hatte noch nie zuvor etwas Ergreifenderes erlebt, als mit allen Sinnen gewollt, begehrt und geliebt zu werden.

Als wir erschöpft aufeinanderlagen, unser Atem ging noch heftig, lächelten wir. Noch eine ganze Weile hielten wir uns fest, ohne zu reden. Irgendwann rollte Karl sich zur Seite. Geräuschlos erhob ich mich vom Lager und holte etwas zu schreiben. Feder und Tintenglas lagen unter dem Fenster. Im Zimmer mit den Kindern war es noch ruhig.

Ich zog ein leeres Papier, das zwischen Buchseiten steckte, heraus und setzte mich dann zurück ans Lager hinter den Schutz der Faltwand. Dort legte ich mir das Goethe-Buch als Unterlage auf die nackten Oberschenkel und schrieb meinen ersten Liebesbrief im

Leben. Der Brief sollte eine Erinnerung werden, ich würde ihn immer wieder lesen und damit meine Gefühle in dieser Nacht für alle Zeit festhalten können. Dabei schaute ich immer wieder zu Karl, der hinter mir auf der Decke lag. Kaum dass ich den Brief beendet hatte, zog er mich auch schon wieder zu sich hinab. Ich hatte den Brief mit »Helena, Deine Erlöserin« unterschrieben.

Während seine Lippen erneut die meinen trafen, dachte ich nur, wie sehr das Spiel der Könige doch mein Leben beeinflusste.

Als ich am nächsten Morgen aufwachte, hörte ich Kinderstimmen auf der anderen Seite der Faltwand. Ich fuhr sofort herum, aber Karl lag nicht mehr neben mir. Mein Blick glitt meinen Körper hinab. Ich war noch immer nackt unter der Decke.

»Nun macht schon, Rebecca wartet nicht ewig!«, hörte ich Karls Stimme. Sie kam aus dem Zimmer mit dem Esstisch.

Karl verließ die Wohnung mit den Kindern, aber kurz darauf war er wieder zurück und kam zu mir hinter die Faltwand. »Die drei üben mit Rebecca Lesen, und die Millers versorgen Föxchen für ein paar Stunden«, flüsterte Karl. Er wirkte weniger erschöpft als die Tage zuvor. »Die Kinder könnten – bis auf Föxchen – auch bei den Millers übernachten. Sie verstehen sich gut mit deren Nachwuchs, der junge John will mit ihnen gemeinsam seine Miniatur-Eisenbahn zusammenbauen.« Karl zog mich hoch und an den Tisch. Ich genierte mich etwas, so unverhüllt, wie ich war. Er selbst trug einen zerschlissenen Morgenmantel. »Ich dachte, ich lasse heute einmal die Arbeit Arbeit sein.« Er strich über meinen Oberschenkel, dass ich erschauerte und mein Nacktsein vergaß.

Ohne meine Antwort abzuwarten, küsste er mich, und ich konnte nicht anders, als seine Zärtlichkeiten zu erwidern. Ich küsste seinen Hals, seinen Nacken, seinen Mund. Karl war noch ungeduldiger als am Vorabend.

Am Nachmittag kamen die Kinder kurz zurück, und auch Friedrich erschien wie gewohnt zum Abendessen. Als ich ihm die Tür öffnete, fixierte er mein Gesicht länger als gewohnt. »Du hast Farbe bekommen«, stellte er fest.

Ich wandte mich ohne eine Erklärung ab, und Karl konnte seinen Freund an diesem Abend dazu überreden, ohne ihn in den Pub zu gehen, indem er ihm von Verdauungsschmerzen, die ihn tatsächlich regelmäßig heimsuchten, sprach. An diesem Abend konnten Karl und ich dennoch nicht zusammen sein, weil Jennychen – anders als Laura und Musch – nicht bei den Millers, sondern unbedingt bei mir schlafen wollte. Erst am Folgeabend fanden Karl und ich wieder zusammen. Nachdem Jennychen von ihren Geschwistern begeistert berichtet bekommen hatte, wie der Lock der Miniatur-Eisenbahn die Räder angeklebt worden und inzwischen auch bereits die Abteile in Arbeit waren, wollte sie am Nachmittag wieder zu den Millers rüber. Um diese zu entlasten, verabredeten wir, dass ich die gesamte Kinderschar vom Frühstück bis zum Nachmittag beaufsichtigte und Misses Miller sie dann nach der Teatime wieder übernahm.

Nach der Teatime begannen Karls und meine Stunden. Sie veränderten mich. Ich sah die Farben anders als bisher, Oliver leuchtete noch mehr. Wenn ich aus dem Fenster schaute, erschien der Himmel mir blau anstatt grau, und Karls Augen waren fast bernsteinfarben, sie wurden mit jeder Stunde Zweisamkeit heller. Ich schmeckte, was ich früher nie geschmeckt hatte, und sah Details, die mir bisher nie aufgefallen waren. Meisen zwischen Londons Raben, einen wunderschönen Ersatzknopf aus Perlmutt an der Innenseite meines Miederjäckchens und Wolken, die sich zu Gesichtern formten.

In unserer vierten gemeinsamen Nacht berührte er mich so intensiv, dass ich meinen Plan, eine ewige Jungfer zu bleiben, laut belachte. Erst liebten wir uns, als wäre es das letzte Mal, dann lagen wir einfach nebeneinander und hörten dem anderen beim Atmen zu.

»Mit dir fühlt sich das Leben ungewohnt unbeschwert an«, sagte Karl, als er wieder ruhiger atmete.

Das Gleiche dachte ich auch. Wir lagen hinter der Faltwand nebeneinander. Die älteren Kinder schliefen wieder bei den Millers, Föxchen war im Schlafzimmer ruhig.

»Es tut gut, ein paar Tage mal durchzuatmen.« Er fuhr sich durchs verschwitzte Haar.

»Und die Sorgen einmal zu vergessen«, ergänzte ich.

»Das wenige Geld, die erfolglose Revolution, Jennys Drängen. Die Kinder brauchen Aufmerksamkeit. Die Scheiße mit den Verlegern, die Dummköpfe in den Redaktionen. Alle zerren sie an mir«, sagte er und fixierte dabei einen unsichtbaren Punkt in der Luft. »Das halte ich nicht mehr lange aus. Es ist, als zerstörten sie vereint das Magnetfeld des Kompasses in mir, der mir die Richtung weist.«

Ich musste mich dazu zwingen, ihn in seiner mich anrührenden Verletzlichkeit nicht die ganze Zeit anzustarren. »Das ist bestimmt nicht ihre Absicht«, sagte ich nach einer Weile. Zumindest was Jenny und die Kinder betraf, war ich mir da ganz sicher.

»Alle zerren an mir, nur du nicht«, führte er seinen vorherigen Satz fort. Dann küsste er mich so heftig, dass es fast wehtat.

Danach ging er zum Esstisch. »Ich will dir was zeigen.«

»Ich dir auch.« In der Dunkelheit tastete ich im Koffer des Barons herum, die Decke um die Hüften geschlungen.

Karl kam mit einer Kerze und einigen Sachen ans Bett zurück.

Er hielt mir ein halb beschriebenes Blatt hin, auf dem unverkennbar seine kryptische Handschrift zu sehen war. »Lies es. Und sag mir dann, was du davon hältst.«

Ich las von der Zweiten Französischen Republik und von Staatsstreichen in Frankreich. Der Text war anders verfasst als die einfach verständlichen Botschaften des Manifests.

»Ich will die Revolutionen der Vergangenheit analysieren und herausfinden, was dabei falsch lief, um eine Theorie für das Gelingen einer Revolution aufzustellen. Aber der Einstieg fällt mir schwerer als sonst.«

»Warum Frankreich?«, fragte ich und schaute auf. Das Kerzenlicht spiegelte sich in seinen Augen. Wie hatte ich ihren Blick jemals als erbarmungslos bezeichnen können?

»Die Geschichte der Klassenkämpfe und der Revolutionen ist in Frankreich am schärfsten ausgeprägt, sie sollen mir Lehrvorlage sein«, sagte er.

Ich küsste ihn, wie er so nachdenklich vor mir saß. »Lies es mir vor«, bat ich.

Karl begann erst, nachdem er mich zurückgeküsst hatte. Aber anstatt es wie bei den Kindern laut und ausdrucksvoll zu tun, flüsterte er mir die Worte seines Entwurfs ins Ohr. Ich erfuhr von der Finanzaristokratie, weltgeschichtlicher Totenschreibung, und mehrfach tauchte das Wort »Staatsstreich« auf. Von ihm vorgelesen zu bekommen war beinahe genauso schön, wie von ihm berührt zu werden.

»Mir scheint es ein bisschen engstirnig«, flüsterte ich, als wir wieder still nebeneinanderlagen. »Verzeih, wenn ich das so offen sage.« Karl Marx war immer noch Karl Marx, kaum Kritik gewohnt und schnell gekränkt.

Zu meiner Überraschung begann er, mir mit den Fingerkuppen über die Schlüsselbeine zu streichen, dass ich erneut vor Wohlgefühl erschauderte. Karl drehte sich auf die Seite, sodass er mich besser anschauen konnte, und stützte seinen Kopf in die Hand wie ein Junge. Ich lag weiter auf dem Rücken und genoss seine Fingerspitzen auf meinen Schlüsselbeinen.

»Es gibt einige Menschen, die fühlen sich keiner der von dir beschriebenen Klassen zugehörig«, erklärte ich ihm meine Gedanken. »Sie zählen sich weder zum Proletariat noch zur Bourgeoisie. In das ›Peterson's‹ kommen ab und zu Bauern, die ein gutes Beispiel dafür sind. Doch beeinflussen sie das Gelingen einer Revolution nicht ebenso?«

»Noch andere Klassen außer Proletariat und Bourgeoisie?« Karl dachte darüber nach.

Ich fuhr fort, meine Gedanken unverblümt vor ihm auszubreiten. »Nimm die Ärmsten der Armen, denen geht es vermutlich ebenso wie den Bauern. Aber sie haben niemanden, der sich für sie einsetzt, so, wie sich jemand für die Klasse der Arbeiter oder des Bürgertums einsetzt.«

Karl nahm seine Hand von meinen Schlüsselbeinen. »Du meinst also, dass auch sie sich nach einer loyalen Autorität sehnen, die für sie eintritt. Wolltest du mir das mit deinem Beispiel sagen?«

»Ich meine, dass sie eine Autorität brauchen und gleichzeitig jemanden, der ihnen Hoffnung gibt.«

Karl legte sich auf mich, küsste mich erneut, aber nur kurz, und rollte sich dann wieder neben mich, wo das Schreibzeug lag. Er nässte die Feder mit Tinte, dann notierte er etwas. »Damit ein Staatsstreich oder eine Revolution gelingt«, sprach er mit, was er auf das Papier schrieb, »müssen nicht nur die Bourgeoisie und die Arbeiter analysiert werden.«

Er fügte weitere Sätze hinzu und rutschte dabei immer mehr vom Lager, sodass er schließlich mein Goethe-Buch mit dem Ellbogen berührte. Mein Blick glitt über seinen entblößten Körper.

»Goethes Gedichte, ist es das, was du mir zeigen wolltest?«, fragte er, schrieb noch schnell den Satz zu Ende und noch einen und legte dann das Schreibgerät beiseite. Er hatte wohl gesehen, wie ich das Buch vorhin im Halbdunkel aus dem Koffer des Barons gezogen hatte.

»Kein Gedicht für dich«, erwiderte ich geheimnisvoll.

Sein Blick ruhte fragend auf mir, als ich mich im Bett aufsetzte. Karl umschlang mich von hinten mit den Beinen. Das Haar auf seiner Brust war fast so dicht wie sein Barthaar, ebenfalls von Silbersträhnen durchzogen und kitzelte mich am Rücken. Über meine Schulter hinweg beobachtete er, was ich tat. Ich tat es langsam. Ich öffnete das Buch und blätterte genüsslich durch die Seiten voller Gedichte, um schließlich bei meinen geheimen Listen, der Niemals- und der Wunschliste, anzukommen. Ich hielt sie ihm hin.

Er las sie und lachte lauthals auf. »Hast du den an dem Tag geschrieben, als du deinen Trick mit dem Hund vorgeführt hast?« Karl zeigte auf meinen allerersten Schwur, das allererste Versprechen an mich selbst.

Was ich niemals tun werde:

1. *Niemals wieder mit dem düsteren Karl Kutsche fahren!*

»Den Trick mit dem Hund?«, fragte ich fassungslos. »Er hätte euch gebissen, wenn ihr weiter so vor ihm herumgefuchtelt hättet!«

»Ich, von einem Hund gebissen? Das hätte sich das Tier im Leben nicht getraut.« Karl lachte ungeniert und überheblich. »Im Leben nicht und auch nicht im Tod!«

Ich machte mich von ihm frei, drehte mich zu ihm herum, aber mit Abstand, damit er mich nicht sofort wieder im Griff hatte. »Du hast mich damals angeschaut, als hätte ich dich beleidigt!«

»Du hast mich verwirrt, das war alles«, sagte er nunmehr zärtlich, und aus dem lachenden Gesicht wurde ein versonnenes.

»Wenn du also verwirrt bist, schaust du herablassend?«, konterte ich.

Karl sprach leiser: »Du hast mich von Anfang an verwirrt. Du und dein Mut, deine ganze Art. So ein einfaches Mädchen und dann so neugierig.«

Sein Blick war zum Steinerweichen. »Du warst immer nur harsch und stolz mir gegenüber«, erwiderte ich verunsichert.

»So begegnet man Dingen, die unerklärlich für einen sind, Helena.«

Sein brennender Blick traf mich mitten ins Herz. Darauf wusste ich keine Erwiderung. Ich nahm den Schreibkiel und setzte Haken hinter meinen zweiten und dritten Wunsch:

Meine Wünsche für das Leben:

1. *Bald wieder gegen Karl Schach spielen.*
2. *Vorgelesen bekommen. Nur für mich allein.*
3. *Geküsst zu werden, dass es mich schaudert wie beim stillen Zug.*
4. *Nach Sankt Wendel zurückkehren.*

Gerade als ich damit fertig war, nahm Karl mir das Schreibgerät aus der Hand und setzte seinerseits bei der Niemals-Liste an. Ohne auch nur ein einziges Mal abzusetzen, strich er die Nummer drei von der Liste und reichte mir das Buch – als sei seine Streichung das Normalste von der Welt – zurück. Streichen bedeutete wie schon bei Nummer zwei, dass ich das Versprechen zurücknahm.

3. *Niemals werde ich mich verlieben.*

Es donnerte draußen, als ich wiederholt las, was er gestrichen hatte. Das Leben ist voller Wendungen. Ich fügte meiner Wunschliste Nummer fünf an:

5. *Für immer in der zweiten Welt leben.*

Wenige Augenblicke später blitzte es, und der Sturm pfiff durch alle Ritzen der Wohnung. Beim Gewitter kämpfen die schwarzen Seelen auf der Himmelsleiter miteinander und mit ihren Sünden. Von Kindheit an hatte ich Angst vor Gewittern gehabt. Jetzt glaubte ich gar zu spüren, wie die Wände wackelten. Während schwarze Wolken über Soho heftige Kämpfe austrugen, liebten Karl Marx und ich uns, als ginge mit den Wettern die Welt unter. Karl war meine Rettung, mein Schutz und meine Liebe.

In den frühen Morgenstunden spielten wir im Schein einer Kerze eine Partie Schach, diesmal mit meinem Steckschach aus Sankt Wendel. Karl betrachtete das Kissen und die Figuren auf den Zahnstochern zuerst verwundert, fand aber Gefallen daran, sie bei jedem Zug durch den Stoff zu stecken. Nach all den Jahren fand ich es ganz wunderbar, wieder auf dem Steckschach zu spielen, obwohl die Partie in einem Remis endete. Vielleicht, weil ich nur Augen für Karls rot anlaufende Ohrläppchen gehabt hatte. Sie waren das Zeichen dafür, dass ich ihn überraschte.

Ich nutzte die letzten Augenblicke, bevor es wieder ans Tagewerk ging, um heimlich meinen zweiten Liebesbrief zu schreiben. In meinem Glückstaumel unterschrieb ich ihn mit »Helena, Deine Unerklärliche«.

* * *

Zerrissen

»Ich bin zurück!« Jenny fiel Karl um den Hals. Die Kinder kamen angerannt und hängten sich an ihre Mutter, bis sie Karl losließ. Um sie zu begrüßen, hatten sie sogar vom Spiel mit der Miniatur-Eisenbahn abgelassen.

»Ich hatte solche Sehnsucht nach meinen kleinen Engeln!« Jenny drückte die Kinder an sich und lächelte mir zu.

Ich versuchte zurückzulächeln. Ihre Schritte die Treppe hinauf hatten mich in meiner Arbeit innehalten lassen. Ich war dabei gewesen, Föxchens Windeln über das Waschbrett im Laugenwasser zu ziehen. Der Kleine lag auf dem Boden zwischen Büchern auf einer Decke neben mir und wimmerte, in den Händen ein zerrupftes Knäuel aus Resten der *Times*. Gerade wurde ich von einer Welt in eine andere geschleudert.

»Nur weil ich wusste, dass du für meine Engel sorgst«, sagte Jenny und stupste Jennychen, Laura und Musch dabei nacheinander auf die Nase, »zersprang mein Herz nicht vor Sorge. Und wie hell die Wände wieder sind! Der ganze Ruß ist weg. Lenchen, du bist die Beste!« Jenny legte ihre Schute ab, kam zu mir an die Waschwanne und umarmte mich innig. Dabei flüsterte sie mir ein »Danke« zu.

Ich ließ es geschehen, konnte aber kein Wort darauf erwidern.

Karl war nervös, er beobachtete uns. »Ruh dich erst einmal aus«, schlug er Jenny vor und führte sie in das hintere Zimmer. Die Kinder folgten ihrer Mutter, und schon begann Laura begeistert, von den Eisenbahn-Tagen bei den Millers zu erzählen. Musch stimmte ein heiteres Lied an.

»Ich muss kurz zu Fritze!«, sagte Karl. »Wenn ich zurück bin, kannst du mir in Ruhe alles von der Reise erzählen.«

Als er zur Tür trat, schaute ich ihm nach. Da begann Föxchen, neben mir zu weinen. Sofort nahm ich ihn auf.

Karl wandte sich noch einmal um. Er lächelte mich genauso an wie in den Nächten, in denen er berauscht und nackt bei mir gelegen hatte. Mit diesem Gesichtsausdruck verließ er die Wohnung. Selbst als seine Schritte im Treppenhaus verklungen waren, sah ich ihn noch immer vor mir. Es war ein so wunderbares Gefühl gewesen, gewollt zu werden. Mit allen Fehlern, Ängsten und Schwächen. So fühlte es sich also an, einen Traum zu berühren.

»Lenchen, was ist los mit dir?«

Ich zuckte zusammen.

Jenny war wieder bei mir und nahm mir das weinende Föxchen ab.

»Ist Nimmy krank?«, wollte Musch wissen, weil mir an den Folgetagen wie früher beim Servieren das Geschirr aus den zitternden Händen rutschte. Ich bedauerte jede zerbrochene Schüssel, zumal Onkel Lion aus Zaltbommel nicht einen einzigen Gulden herausgerückt hatte. »Mir geht es sehr gut«, entgegnete ich, um niemanden zu beunruhigen. Aber das stimmte nicht.

Früher hatte ich abends nach getaner Arbeit gelesen. Jetzt schloss ich meine Augen und schrieb mein eigenes, unsichtbares Buch, das nur ich lesen konnte. Mein »Buch der Liebe«, über die Momente und Zärtlichkeiten mit Karl. Ein bisschen fühlte ich mich dabei wie Herr Heine, aber nur ein bisschen. Die Nacht wurde zur schönsten Zeit des Tages für mich. In meinen Gedanken gab es dann nur Karl und Helena. In der Nacht und in meinen Gedanken fand die geheime Fortführung unserer Begegnungen statt.

»Ich muss wieder bei dir sein«, flüsterte Karl mir zwei Wochen nach Jennys Rückkehr an meinem Lager ins Ohr. Er war vor allen anderen aufgestanden, um zu schreiben.

Allein schon wegen seiner sehnsüchtigen, ungeduldigen Worte meinte ich, Glut und Eisregen auf meinen Lippen zu spüren.

Dann knarzte die Tür des hinteren Zimmers. »Wir dürfen das nicht mehr«, entgegnete ich hastig.

»Doch, es geht!« Keinen Lidschlag später war Karl am Tisch zurück, und kurz darauf schob sich Jennychen zum Kuscheln unter meine Decke. Wir legten uns mit den Köpfen dorthin, wo sich normalerweise meine Füße befanden. Während Jennychen einschlief, beobachtete ich Karl um die Faltwand herum im vorderen Zimmer. Er saß am Tisch, schrieb einige Worte und raufte sich das Haar. *Wie soll es denn jetzt noch gehen?*, fragte ich mich insgeheim.

Als Jenny an den Tisch kam, verabschiedete sich Karl bald. Auch ich erhob mich, holte Wasser und verließ für Besorgungen das Haus. Tagsüber war ich froh, aus der Wohnung zu kommen.

An dem Tag, an dem ich die Ungewissheit nicht länger aushielt, entschied ich mich, auch ohne Postauftrag in »Peterson's Coffeehouse« zu gehen und danach erst meine Einkäufe zu erledigen. Ich hatte ja auch immer noch das kleine Geschenk für den großen Gordon, das ich vor Zaltbommel bei einem Trödler erstanden hatte, weil es mich sofort an ihn erinnert hatte.

Auf dem Weg die Dean Street hinab kam mir unsere farbige Nachbarin entgegen, den Volantrock weit gebauscht. Und obwohl der Herbst feucht und kalt war, trug sie nur ihr Spitzenmieder. Am liebsten hätte ich ihr mein Miederjäckchen um die Schultern gelegt, so, wie Karl es oft bei mir gemacht hatte. Im Vergleich zu mir schritt sie die Straße in formvollendeter Haltung dahin, was für eine käufliche Frau eher ungewohnt war. Doch gleichgültig, ob ich sie oder die Shops in der Dean Street anschaute, ich konnte immer nur das eine denken: *Karl, allein mit dir empfinde ich Glück im Leben!*

Als ich mit der farbigen Frau auf einer Höhe war, nickte sie mir genauso aufmunternd zu wie zuletzt den Kindern, als sie vor ihnen in die Hocke gegangen war. Meine Sehnsucht musste mir auf der Stirn geschrieben stehen.

Auf dem weiteren Weg ins »Peterson's« nahm ich mir vor, mich noch mehr zusammenzureißen. Als ich das Coffeehouse betrat, verließen gerade zwei Arbeiter, anscheinend Neulinge, den Raum. Sie schienen die einzigen Gäste gewesen zu sein, am Klavier saß auch niemand. Der Kaffeewirt bemerkte mich sofort. »Lencken, nice dich zu sehen.«

Ich nahm an dem Tisch beim Tresen Platz. »Is a piece of cake left?«, fragte ich so unbeschwert, wie ich konnte. *Ist noch ein Stück Kuchen übrig?* »And coffee, please.«

Kurz darauf stellte Gordon mir einen Kaffee und ein halbes Stück Bienenstich hin. Mehr sei nicht mehr übrig, weil er gestern nicht zum Backen gekommen sei. Wegen … er führte den Satz nicht weiter aus, aber etwas schien ihm heute mehr als sonst auf der Seele zu liegen. Auch verlor er, als er erneut zum Kaffeekessel schaute, für einen kurzen Moment ein weiteres Mal sein Lächeln.

Um ihn aufzumuntern, überreichte ich ihm das Geschenk, das mir der Trödler in der James Street für einen Spottpreis überlassen hatte. Überrascht nahm Gordon das kleine Taschenwörterbuch entgegen. Kurz presste er es sich mit einem Dankeschön vor das Schafwollhemd.

»Darin kannst du jedes deutsche Wort nachschlagen, das dir nicht einfällt«, erklärte ich ihm. »Die erste Hälfte des Buches übersetzt die englischen Worte in alphabetischer Reihenfolge ins Deutsche, der zweite Teil die deutschen ins Englische.«

»Danke, Lencken.« Dennoch schien er unschlüssig und nervös, er lächelte nicht wie sonst immer. Gordon fuhr mit dem Finger über eine Seite im hinteren Teil des Buches. »Es ist incredible, dass ihr Wörters wie«, er führte sich das kleine Taschenbuch ganz nah vors Gesicht, »wie Dampfschifffahrtsgesellschaft in eure Spracke habt.«

Ich kaute den Kuchen, er war fester gebacken als gewöhnlich. *Karl, wie kann es denn jetzt noch gehen?*

»Lencken?«, hörte ich nur. Ich musste unaufmerksam gewesen sein. »Du bist wie sie!«, sagte er und ließ das Büchlein unter seinem rauen Hemd verschwinden. Nervös fuhr er sich durch die roten Locken. »Ich dürfen Lencken etwas zeigen?«

Kurz tauchte Jennys fröhliches Gesicht bei ihrer Rückkunft vor mir auf. Doch ich wischte es beiseite und erhob mich. Ich war nicht ganz bei der Sache und wollte mich nun ganz auf Gordons Anliegen konzentrieren. »Zeig es mir«, bat ich ihn, froh über jede Ablenkung. Zum ersten Mal ließ ich im »Peterson's« meine Tasse halb voll und ein paar Bissen des Kuchens zurück.

Gordon löschte das Feuer unter dem kupfernen Kaffeekessel und führte mich aus dem Coffeehouse, schloss die Tür hinter sich ab, und wir tauchten im Gewimmel der Londoner Straßen unter. Es dauerte lange, bis wir einen Friedhof erreichten. Mein Blick glitt über grob behauene Steine und satten grünen Rasen mit einigen braunen Laubblättern darauf. Die Engländer bepflanzten ihre Gräber nicht, sie legten Steinplatten darauf. Auf dem Hammersmith Cemetery lagen die Gräber nicht in einer Reihe eins neben dem anderen, sondern überall in die Rasenfläche eingelassen. Wie flüchtig hingeworfen wirkten sie. Eichen und Ahornbäume wuchsen mal hier, mal da, einige Steine standen schief, andere waren von Moos überzogen. Mein Blick glitt zu einer Kapelle aus Naturstein, und ich meinte, Jenny in ihrem himmelblauen Kleid aus dem Eingang treten zu sehen, mit Karl daneben. *So begegnet man Dingen, die unerklärlich für einen sind, Helena,* hörte ich Karl wieder sagen, und die Erinnerung an seinen brennenden Blick bei diesen Worten traf mich mitten ins Herz. Für wenige Tage hatten wir das Paradies miteinander teilen dürfen.

Gordon führte mich in eine Ecke des Friedhofs, vor einen frei stehenden Grabstein unter eine Eiche. Ich glaube, seine Augen waren schon feucht geworden, als wir den Friedhof betreten hatten. Er zeigte auf die Lettern auf dem Stein.

Die Worte waren auf Deutsch, ein seltener Anblick in London. Große, feuchte Laubblätter verdeckten die Buchstaben in der untersten Reihe. Doch oben am Stein stand geschrieben:

Denkmal der Liebe und Dankbarkeit
In ewiger Erinnerung an
meine geliebte Ehefrau
Geboren am 17. April 1817
Verstorben am 1. September 1848

Vor mehr als einem Monat war ihr Todestag gewesen, das fiel mir sofort auf. Gordon wischte sich Tränen aus den Augen. »Deine Art zu sprecken, mich erinnert sehr an sie.«

Im Folgenden erzählte er mir mehr über sein »Sweetheart«, wie er seine Ehefrau liebevoll nannte. Ich erfuhr, dass Gordon und seine Frau sich im »Peterson's« kennengelernt hatten. Als Immigrantin war sie schon bald nach ihrer Ankunft auf der Insel bei ihm im Kaffee gewesen, um dort mit anderen Deutschen in Kontakt zu kommen. Sie war gekommen und bei ihm und im »Peterson's« geblieben, dem Ort voller Helligkeit und Heimat. Wenige Monate später heirateten die beiden. Bis die Cholera im Jahr 1848 London heimsuchte, hatten sie stürmische, glückliche Jahre zusammen verlebt.

»Die Liebe, die wirklich deep in deine Seele reingeht, die trifft man nur einmal im Leben, und dann man muss sie wirklich festhalten«, sagte er unendlich sehnsüchtig und nicht lächelnd, sein Blick ruhte auf dem Grabstein vor uns.

Am liebsten hätte ich mich nach diesen Worten umgedreht, um auf schnellstem Weg nach Hause zu laufen und mich in Karls Arme zu werfen. So lehnte ich mich gegen Gordons starken, rechten Oberarm, fast um zwei Köpfe war er größer als ich. Er war in den Anblick des Grabsteins versunken und ließ es zu.

Irgendwann ging ich neben dem Grabstein in die Hocke. Das Laub verdeckte noch immer die Buchstaben der untersten Schriftreihe, wo ich ihren Namen vermutete. Ich wischte es beiseite und las:

Dorothea Price, geborene Fechtmann aus Urweiler.

Jetzt verstand ich, warum meine Art zu sprechen Gordon an seine geliebte Frau erinnert hatte! Für einen kurzen Moment existierten Karl und auch mein »Buch der Liebe« nicht mehr. Für einen kurzen Moment war ich einfach nur froh, dass es Dorothea aus Urweiler doch gegeben hatte.

Doktor Rooper, ein Londoner Arzt, der es wagte, sich der Revolutionäre und der Ärmsten der Armen anzunehmen, hatte bei Föxchen eine schlimme Krankheit festgestellt. Doktor Rooper war kein Mann großer Worte. Während er durch die winzigen Gläser seiner Brille hindurch unseren Jüngsten untersuchte, redete er nur das

Nötigste, in diesem Fall nur ein Wort, das übersetzt »Lungenentzündung« lautete. Föxchen hustete grünen Auswurf, litt an Schüttelfrost und atmete so verzweifelt, dass seine Nasenflügel zu platzen drohten. Ich fühlte mich schuldig, nicht schon beim ersten Anzeichen der Krankheit den zurückgenommenen, höflichen Doktor gerufen zu haben. Föxchens flache Atmung war mir bereits nach Jennys Abreise nach Zaltbommel aufgefallen.

Karl wurde wieder so unruhig und unkonzentriert wie vor unserer gemeinsamen Zeit. Wenn ich ihn aus den Augenwinkeln beobachtete, sah ich einen Kompass, dessen Nadel wirr in alle Richtungen zitterte.

Es wunderte mich nicht, dass ich bald darauf in meinem Goethe-Buch, ganz hinten bei den Listen, einen Zettel fand. Unbestritten zeigte er Karls schwer leserliche Linkshänderschrift, ich hätte sie unter Tausenden unterschiedlichster Handschriften heraus erkannt. Auf dem abgerissenen Zettel stand:

Sonntagnachmittag, Macclesfield Street

Die Worte waren in aller Eile geschrieben, ich konnte den Straßennamen gerade noch so entziffern. Vor freudiger Erwartung blieb mir das Herz fast stehen, die Leidenschaft überrannte meine Vernunft. Das erkannte ich immerhin noch, und doch konnte ich mich nicht dagegen wehren. Es war so ein unglaublich schönes Gefühl, begehrt und gewollt zu werden. Karl hatte gesagt, dass es mit uns auch jetzt noch ginge, vielleicht nur dieses eine Mal noch.

Hätte ich doch nur gewusst, wie ich die Ewigkeit von drei Tagen bis dahin überleben sollte. Tagsüber versuchte ich, mich von den Kindern ablenken zu lassen. Musch war wirklich lustig, wenn er mir vormachte, mit welchem Verhalten unser Kanarienvogel Oliver seinen Hunger zeigte. Der Kleine spreizte die Arme vom Körper ab und sprang mit weit geöffnetem Mund in die Luft. Laura spielte eine Artistin, und Jennychen hielt ihr die imaginäre Schleppe dabei. Ja, Laura wollte gleichzeitig Prinzessin und Artistin sein.

Eine zweite Sache, die mich kurzzeitig auf andere Gedanken

brachte, war natürlich Dorothea aus Urweiler. Zuletzt hatte ich Hilgas Bericht über das Mädchen aus dem Nachbarort als Märchen abgetan. Nun war ich froh, dass es sie doch gegeben hatte, denn über all die Jahre als Dienstmädchen hinweg hatte ich mich ihr unerklärlicherweise verbunden gefühlt, bis mir die ersten Zweifel gekommen waren. Denn wären Dorothea und auch Hilga nicht gewesen, würde ich heute vermutlich noch immer in Sankt Wendel leben. Dann wäre ich Karl nie begegnet.

Die Folgetage bis zum Treffen schleppten sich dahin, in der Nacht schwebten Bilder von Karl um mich herum. Dann endlich war der Sonntag da, mein freier Tag. Ich trug den Rock und das Miederjäckchen, das Karl für mich ausgesucht hatte. Außerdem hatte ich mein Haar lange gebürstet und sorgsam über den Ohren zu Schnecken gedreht und festgesteckt.

Ich verließ die Wohnung am frühen Nachmittag. Zuerst ging ich in normalem Schritttempo die Dean Street hinab, auf Höhe der Old Compton eilte ich schon, und wo die King's Street die Dean Street kreuzte, rannte ich bereits, immer weiter geradeaus bis zur Macclesfield Street, sodass sich meine Haarschnecken an den Ohren lösten.

Karl empfing mich im Türrahmen von Friedrichs Wohnung und zog mich hinein. »Gut, dass du gekommen bist.« Er küsste mich stürmisch.

Endlich wieder Glut und Eisregen.

»Schachmatt, Karl Marx«, sagte ich nur atemlos zwischen zwei Küssen. Das Spiel der Könige war unsere Verbindung.

»Du bringst mich um den Verstand«, raunte er und zog mich auf das Sofa. Dann hörte ich nichts mehr außer seinem schweren Atem.

Es waren schöne Stunden, und viel zu schnell wurde es draußen dunkel. Irgendwann lagen wir genauso erschöpft und verschwitzt in Friedrichs Bett nebeneinander, wie ich Karl in meinem »Buch der Liebe« in Erinnerung behalten hatte.

»Am liebsten«, sagte ich, »am liebsten würde ich unsere gemeinsame Zeit auf die Länge meines ganzen Lebens ausdehnen.«

Karl antwortete nicht, er schien in Gedanken versunken zu sein.

Ich erhob mich, kramte in der Tasche meines Rockes, den ich im Flur fand, und holte mein kleines Geschenk heraus.

Nackt wie Eva setzte ich mich auf die Bettkante und ließ es über seinem Kopf baumeln. Ich hatte die kleine Überraschung von meinem allerletzten Notgroschen beim selben Trödler wie Gordons Wörterbuch erstanden.

Karls Gesichtsausdruck hellte sich auf. Er griff danach. »Ein Kompass.«

»Einer mit funktionierendem Magnetfeld.« Das Gehäuse war aus Bronze, und er war ungewöhnlich klein, wodurch er in jede Westentasche passte. Das Glas über dem Ziffernblatt war etwas verkratzt, aber ansonsten war er voll funktionsfähig. Die Kette war aus Eisen. Die Nadel war rot bemalt und zuckte bei jeder Bewegung. »Falls du mal wieder das Gefühl hast, dass dein innerer Kompass versagt …«, fügte ich mit einem Lächeln hinzu.

Karl umschloss den Kompass mit seiner großen, haarigen Hand und kam neben mich auf die Bettkante. Wieder küsste er mich. Dann stand er auf, zog sich an und ging auf die Tür zu. Den Kompass hatte ich in die Tasche seines Gehrocks gleiten sehen. »Danke, Helena. Und: Ich finde eine Lösung für uns.«

Ich schaute auf, gerade war ich dabei gewesen, die Ösen meines kornblumenblauen Mieders zu schließen. *Eine Lösung, die niemandem wehtut?*, fragte ich mich.

»Fritze kommt erst morgen zurück. Lass dir Zeit«, sagte Karl noch und zog die Tür hinter sich zu.

So schnell war er entschwunden, ich ging ein paar orientierungslose Schritte in Richtung Tür. Das Geräusch des einrastenden Schlosses werde ich nie vergessen. Die plötzliche Leere, die das Geräusch hinterließ, konnte ich körperlich spüren. Meine Kopfhaut stach, und meine Finger fühlten sich wie erstarrt an. In Gedanken formulierte ich meinen dritten Liebesbrief und unterschrieb ihn mit: »Helena, Deine Richtungsweisende«.

An meinem nächsten freien Sonntag lief ich ziellos durch die Gegend. Wieder trug ich den Rock und das Miederjäckchen, das Karl für mich ausgesucht hatte. Mich trieb es weiter nach Osten, wo sich die Gin-Shop-Dichte merklich erhöhte, wo Kinder mit Blechschüsseln um den Hals zur Arbeit liefen. Bald stand ich vor St. Giles in the Fields, einer Backsteinkirche, die von einem eingezäunten – für London ungewöhnlich großen – Kirchhof umgeben war. Der Kirchturm war ebenfalls riesig und überragte alle Häuser weit und breit, es schien mir fast, als wäre das Gotteshaus nur gebaut worden, um dem Turm Halt und Rahmung zu geben. Ähnlich imposant hatte ich als Kind die Kirchtürme der Wendelinus-Basilika empfunden, weswegen mir der Bau wohl auch so vertraut vorkam.

Ich betrat St. Giles mit vorsichtigen Schritten, weiches Licht umfing mich. Die Kirchenwände waren großzügig durchfenstert, und eine Empore lief wie ein zweiter Rang im Theater um den gesamten Raum bis vor zum Chor. Die Kirche war leer, sie besaß nicht einmal ein Kirchengestühl, nur vorne unweit des Altars stand ein Tisch mit brennenden Kerzen, ein Lichtertisch. Ich drehte mich um mich selbst, um die besondere Architektur des Innenraums aufzunehmen. Schwere, nahezu schmucklose Pfeiler trennten das Mittelschiff von den Seitenschiffen, und die Decke über mir war nur leicht konkav gewölbt. Ich fühlte weder Unbehagen noch Angst, obwohl nur eine Straße weiter das ärmste Viertel von London mit den Rookerys, begann. Das lag an dem weichen Licht in St. Giles, das von den bunten Bleiglasfenstern erzeugt wurde. So viele Farben umgaben mich wie Pinselstriche auf einem Gemälde. Plötzlich erinnerte ich mich wieder, warum Menschen sich in Kirchen aufgehoben fühlten, warum sie hier Zuflucht suchten. Mich hatte heute der Herbstwind hergeblasen und mich meinen Schmerz für einen Moment vergessen lassen. Ich vermisste Karl, ich vermisste unsere Zweisamkeit. Diese Kirche zeigte mir, dass es dennoch helle, hoffnungsvolle Orte gab, wenn man nur nach ihnen suchte und sie sehen wollte.

Ein ebenso heller Ort war das »Peterson's«, in das ich mich am folgenden Sonntag flüchtete. Statt Klaviermusik begrüßte mich dort an diesem Tag jedoch lautes Gejohle. In zwei Gruppen standen meine deutschen Freunde um einen Tisch in der Mitte des Kaffeehauses herum. Sie riefen immer wieder die Namen von Otto und Hans, die sich wie zwei Kontrahenten am Tisch gegenübersaßen.

Gordon winkte mich zur linken Meute heran, und auch Dörte rief: »Lenchen, komm zu uns!« Offensichtlich gehörten sie zu der Gruppe, die Hans favorisierte.

»Nein, zu uns!«, versuchte mich Hartmut in die Gruppe zu lenken, die sich um Otto herum aufgebaut hatte. »Otto wird gewinnen. Er kann besser buchstabieren!« Otto, Hans und Gerd waren die einzigen Arbeiter, von denen ich wusste, dass sie schreiben und lesen konnten.

»They are spelling«, begann Gordon, mir zu erklären, »nein, warte …« Er schlug sich an die Stirn und sagte dann sehr konzentriert: »Sie buch-sta-bie-ren um die Wette. What a schlimmes Wort! Buch-sta-bieren.« Gordon rollte wild die Augen. So fröhlich gefiel er mir schon besser, auch wenn die Trauer ihren Platz im Leben eines Menschen haben musste. »Fast so schlimm wie fünfhundertfünfundfünfzig«, verkündete er. Unvermittelt musste ich lächeln.

»Das machen sie schon seit einer Stunde«, fügte er noch hinzu und lächelte zurück.

Ich nahm die Tasse mit duftendem Kaffee gerade noch rechtzeitig entgegen, bevor Dörte mich noch näher zur Gruppe mit Hans' Anhängerschaft zog. Ob mein Deutsch noch das war, was es zu Trierer Zeiten gewesen war, als noch keine fremde Sprache durch meinen Kopf gegeistert war? Bei dem Wort »Hyazinthe«, um das es am Tisch gerade ging, geriet ich ins Grübeln. Schrieb man es mit einem »h« nach dem »t« oder ohne? Die Worte »Revolution«, »Staatsstreich« und »parlamentarische Monarchie« hätte ich selbst im Halbschlaf hinbekommen, die Schreibweise der Blume aber bereitete mir Kopfzerbrechen. Wie die Sehnsucht.

Um mich herum johlten die Leute. »Seid mal ruhig!«, forderte Hans, der nun an der Reihe war. »Ich muss mich konzentrieren!« Die Leute verstummten und schauten wie gebannt auf Hans' Mund. Ich trank Kaffee und sah immer wieder Karl vor mir. Unvermittelt fasste ich an mein Kinn, wo die Haut nach unseren stürmischen Küssen von seinem Barthaar oft eine Weile brannte.

»Du schaffst es sowieso nicht!«, stichelte Hartmut, was die Gruppe um Otto erneut johlen ließ. »Dein Deutsch ist eingerosteter als die älteste Kellertür in Whitechapel!«

Hans holte daraufhin tief Luft und begann: »H-Y-A-Z-I-N-T-«, dann stoppte er kurz und sagte schließlich: »H-E!«

Wir schauten zu Gerd, der als Schiedsrichter fungierte und jenes Taschenbuch in der Hand hielt, das ich Gordon zum Deutschüben geschenkt hatte. Er schlug das Wort sogleich nach und nickte anerkennend, was die Gruppe um Hans, meine Gruppe, Beifall klatschen ließ. Ich stellte meinen Kaffee hinter mir ab und applaudierte ebenfalls.

Als die Eingangstür des Kaffeehauses ins Schloss fiel, zuckte ich trotz des herrschenden Lärms zusammen. In meiner Erinnerung sah ich Karl wieder die Wohnung in der Macclesfield Street verlassen. Ich spürte erneut die Leere, in der er mich zurückgelassen hatte. Meine Kopfhaut begann zu stechen, meine Finger erstarrten. Doch in Wirklichkeit war Anton eingetreten, ein Zuckersieder aus Kleindembach, der öfter einmal am Klavier saß.

Als nächstes Wort wurde »Rhythmusgefühl« ausgewählt, und ich zwang mich dazu, nicht mehr an Karl zu denken. *Schon wieder ein Wort mit einem stummen »h«*, dachte ich. *Oder zweien?* Hinter Otto riefen zwei Männer: »Los, konzentrier dich! Du weißt es doch!«

Otto wirkte unsicher. »Wenn er jetzt falsch buchstabiert, hat er den Wettbewerb verloren«, erklärte Dörte mir leise.

»Du musst buchstabieren, jetze los!«, forderte Gerd Otto mit Nachdruck in seinem charmanten Dialekt auf.

Da schoss es aus Otto heraus: »R-H-Y-T-M-U-S-G-E-F-Ü-H-L!«

Nach einem Blick in sein Buch schüttelte Gerd den Kopf: »Du hast das zweite ›h‹ vergessen, es kommt nach dem ›t‹.«

Otto schlug verärgert mit der Faust auf den Tisch, seine Mannschaft stöhnte wie aus einem Mund auf. Dann reichte er Hans anerkennend die Hand. »Gewährst du mir eine Revanche? An einem anderen Tag?«, fragte er, noch etwas geknickt.

Hans nickte. »Aber erst mal gibt's Kuchen für alle!« Hans ging zu den Blechen, die bereits auf dem Tresen standen, und reichte sie herum. Als ich mir ein Stück vom Blech nahm und es einfach so, ohne Teller, aus der Hand aß, saß Anton am Klavier und spielte auf.

Ich sang mit: »Kein schöner Land in dieser Zeit als hier das unsre weit und breit.« Anton spielte das Lied ungewohnt beschwingt, ich tippte mit dem Fuß den Rhythmus mit.

Ohne auf die Kuchenkrümel an ihren Fingern zu achten, schob Dörte zwei Tische beiseite, schnappte sich Otto und zog ihn auf die Tanzfläche. »Dass wir uns hier in diesem Tal, noch treffen so viel hundertmal«, sang sie mit.

Hartmut hielt auf Johanna zu, und noch bevor ich mich versehen konnte, hatte Gordon mich mit seiner großen Hand bereits ebenfalls zu den Tanzenden gezogen.

In den Folgewochen war Karl tagsüber oft außer Haus. Er studierte die Ökonomie weiter und sprach mit Friedrich über Wirtschaftskrisen und Staatsstreiche. Häufig kam er sogar erst nach dem Abendbrot heim. Um diese Zeit schliefen die Kinder schon, was gut war, denn er und Friedrich schimpften bisweilen heftig über die anderen politischen Flüchtlinge, über die Herren aus der Great Windmill und vom *Bund der Kommunisten*. Ich hatte es mir inzwischen abgewöhnt, mehrmals täglich in meinem Goethe-Buch nach einer Nachricht von Karl zu suchen. Es konnte keine Lösung geben, die Jenny nicht verletzte. Langsam wurde ich verrückt darüber!

»Wir brauchen keine Unterstützung von irgendeiner Partei. Auch nicht vom *Bund der Kommunisten*. Deren endlose Diskussionen halten uns nur auf. Ab heute machen wir nur noch das, was wir für richtig halten. Und vor allem keine Kompromisse mehr!«, war Karl überzeugt, und Jenny bestärkte ihn darin.

Sie übertrug seine Entwürfe in Reinschrift, beantwortete einen Teil seiner Briefe – bis tief in die Nacht hinein, trotz des wachsenden Babybauchs. Es gab kaum noch ein anderes Thema als das große ökonomische Standardwerk und die nächste *Revue*, deren Artikel Karl allesamt durchsah, kritisierte sowie verbesserte. Einmal beobachtete ich ihn dabei, wie er den kleinen bronzenen Kompass aus seiner Tasche zog und ihn selbstverloren betrachtete.

Viele Nächte hindurch suchten Karl und Friedrich am Esstisch nach einer Möglichkeit, Geld aufzutreiben. Geld für die Familie, für richtige Betten und vor allem für die Umsetzung ihrer Ideen und Träume von einer besseren Welt. Jenny und die Kinder lagen dann meist schon im hinteren Zimmer, ich werkelte noch in der Küche, stopfte oder nähte. Seit Tagen schon bekam ich kein Auge mehr für länger als eine Stunde zu.

Solange Karl in meiner Nähe war, kam ich nicht zur Ruhe. Mein Herz galoppierte, ohne dass ich es mit einem Ruck an den Zügeln besänftigen konnte. Es gibt Menschen, deren Präsenz man sogar dann spüren kann, wenn sie in einem Nebenzimmer sitzen. Karl war so ein Mensch.

»Wenn wir so weitermachen, versauern unsere Ideen in sinkenden Auflagen, gedruckt und vertrieben von unfähigen Leuten!«, ärgerte sich Friedrich auch in jener Novembernacht, die mich an meine Anfänge als Dienstmädchen bei den Marxens erinnerte. Oliver saß im Käfig, der auf dem Tisch bei den beiden Männern stand.

»Ich muss noch mehr schreiben, noch mehr lesen!«, entgegnete Karl energisch. »Der Kapitalismus steht kurz vor dem Zusammenbruch, und ich werde das in unserem ökonomischen Standardwerk endlich auch wissenschaftlich beweisen können. Mein Beweis, dass der Kapitalismus zwangsweise zusammenbrechen muss, wird noch mehr Leute für unsere Revolution begeistern. Das Standardwerk wird unser Schlachtruf in die ganze Welt hinaus sein, und alle werden ihn hören, Fritze.«

Ich trat an die Küchentür. Ich wollte Karl sehen, wenn er so leidenschaftlich sprach, und dachte gleichzeitig, dass *Immer noch mehr Kapital, noch mehr Profit machen!*, wie es im Manifest stand, in der Tat nicht gut ausgehen konnte. *Kein Baum, nicht einmal die Eiche an der Blies, rein gar nichts wächst unendlich*, sinnierte ich weiter. *Auch wir Menschen wachsen nicht unendlich. Wenn wir unsere Endgröße erreicht haben, gewinnen wir höchstens noch an Reife und Erfahrungen hinzu oder an Weisheit.* In meinem Fall waren es allerdings nur Sehnsucht, Ungeduld und ein schlechtes Gewissen Jenny gegenüber. Ich lugte durch den Türspalt von der Küche aus in die Stube, und sofort ging mein Puls schneller.

Friedrich überlegte eine Weile. »Wann wirst du mit dem Ding fertig sein?« Ich konnte den Rindertalg aus dem Unschlittlicht im Nebenraum riechen.

Karl zuckte mit den Schultern. Es war nahezu unmöglich, auf die Frage nach der Fertigstellung eines seiner Werke eine verbindliche Antwort von ihm zu erhalten. Ich lehnte mich gegen die Tür, und unbewusst strich meine Hand über das Holz, so als würde Karl vor mir stehen.

»Ich würde die ganze alte Klassen-Scheiße am liebsten sofort abgeschafft haben. Kommunismus gleich morgen. Dann würden endlich die Vorstellungen aller berücksichtigt werden!«, drängte Friedrich. *Die herrschenden Ideen einer Zeit waren stets nur die Ideen der herrschenden Klasse,* hieß es im Manifest.

»Und dieser Umschwung geht nur mit Geld vonstatten, nur mit Geld bekommen wir mehr Aufmerksamkeit!«, bekräftigte Friedrich erregt.

Ich hörte, dass Karl sich erhob. Heftig atmend stand ich hinter der Tür und wünschte, dass er mich entdeckte. Mir nur einen kurzen Blick oder eine flüchtige Berührung schenkte.

»Was schlägst du vor?«, fragte Karl. Ich hörte, wie er an seinem Stumpen zog, und sah in Gedanken, wie er mir sein Rauchwerk übergab. Dabei spürte ich seine Finger an meinen.

»Es gibt nur eine einzige Lösung!«, war Friedrich überzeugt.

Schritte näherten sich mir. Ich konnte Karl durch das Holz hindurch eine Armlänge von mir entfernt spüren, meine Hand strich erneut über die Tür.

»Nein!«, entgegnete er ungehalten, als läse er Friedrichs Gedanken.

Sie schwiegen beide lange, dann nahm Friedrich das Gespräch wieder auf. »Mein Alter hat gerade mächtigen Ärger mit seinem

Geschäftspartner in Manchester, der unsere Filiale dort leitet. Ich könnte ihm anbieten, mal nach dem Rechten zu schauen, ein paar langweilige Bücher zu prüfen. Natürlich nur für ein gutes monatliches Gehalt, versteht sich!«

Ich hielt inne. Friedrich wollte zurück in die väterliche Textilfabrik, die er so sehr verabscheute? Das war, als liefe er zum Feind über! Den Kapitalismus hatten sie im Manifest doch voller Verachtung beschrieben: *Die Bourgeoisie … hat kein anderes Band zwischen Mensch und Mensch übrig gelassen als das nackte Interesse, als die gefühllose bare Zahlung.*

»Tu das nicht, Friedrich«, flüsterte ich.

Ich hörte, wie ein Stuhl umfiel. »Du darfst dich der heiligen Sache nicht entfremden!«, forderte Karl. Schritte entfernten sich von meiner Tür.

»Ich tue es für unseren Schlachtruf in die Welt hinaus, für das Standardwerk«, rechtfertigte sich Friedrich. »Ohne Geld keine Fertigstellung. Bald nach meiner Ankunft in Manchester könnte ich euch regelmäßig Post Office Orders schicken.«

Post Office Orders waren Geldsendungen, wie ich sie ab und zu immer noch nach Sankt Wendel sandte, wenn ich mein Geld nicht gerade für Kompasse, Wörterbücher oder Tabak ausgab.

»Du hast dich also schon entschieden?«, fragte Karl.

»Ich reise ab, sobald du zugestimmt hast«, antwortete Friedrich.

Wieder Schweigen. Ein paarmal meinte ich, Karl an seinem Stumpen ziehen zu hören. »Gut, dann geh und verdiene Geld für uns«, sagte er schließlich. »Auf den *Bund der Zwei!*«

Während Gläser klirrten, zog ich mich erschüttert auf meine Schlafdecke zurück.

»Auf den *Bund der Zwei,* der bald die Welt verändern wird!«, erwiderte Friedrich mit gewohnt fester Stimme, als stünde er auf einer Bühne.

Ich lag auf dem Rücken neben dem Herd, Tränen liefen mir die Schläfen hinab, und ich dachte wehmütig an den verrückten Abend mit ihm zurück und daran wie wichtig er für Karl war.

Schon am nächsten Tag verabschiedete sich Friedrich von uns

allen. Erst von uns Erwachsenen, dann von den Kindern. Musch tippte er aufheiternd auf die Nase, weil der Junge jammerte, dass sie nun nicht mehr zusammen singen könnten. »Bye-bye, Onkel Angels!« Auch die Mädchen und ich umarmten ihn inniglich.

In den Tagen nach Friedrichs Abreise, kurz vor Winterbeginn im Jahr 1850, zog Karl sich immer mehr in seine Schreibhöhle zurück. Föxchen musste Tag und Nacht versorgt werden, weil er wieder öfter krampfte. Abwechselnd hüteten Jenny und ich ihn in seiner gewärmten Schlafdecke neben dem Herd, wo ich sonst mein Nachtquartier aufschlug, und nahmen ihn auf, wenn er grünen Schleim abhusten musste. Ich zerbrach weitere Schüsseln und begann wieder, das Serviertablett mit dem Trageriemen zu verwenden. Mein nächtliches »Buch der Liebe« wurde dicker als alle Bücher, die ich zuvor gelesen hatte. *Es kann keine Lösung geben, ansonsten hätten wir sie inzwischen gefunden.* Meine Verzweiflung wuchs. Alles war ein großes Durcheinander, und deswegen begriff ich es zuerst nicht recht.

In einer Novembernacht, es hagelte pflaumengroße Eisbrocken, legte ich Föxchen auf seine Decke zurück. Er lächelte mich an, weswegen ich dachte, dass er jetzt endgültig auf dem Weg zur Gesundung wäre, sogar die schlimme Lungenentzündung hatte er überstanden.

Da kam Jenny zu mir und dem Kleinen in die Küche und legte sich hinter mich auf die Decke, die ich nun ein Stück weiter weg vom Herd aufgeschlagen hatte. »Wie kann ich Karl nur helfen? Er entfernt sich von mir«, flüsterte sie und rieb ihre kalten Füße an meinen. Bei ihrer Berührung versteifte ich mich wie ein Brett. »Schläfst du schon, Lenchen?«, wollte Jenny wissen.

Am liebsten wäre ich aufgestanden und fortgelaufen, aber ich räusperte mich nur. Meine Stimme klang belegt, als ich sagte: »Es ist gerade für jeden von uns nicht einfach, und dann noch das volle Schuldenbrett.«

»Du meinst, wenn erst die Post Office Orders aus Manchester kommen, wird endlich alles besser?«, fragte Jenny.

Ich nickte, weil ich nicht wusste, wie ich sonst reagieren sollte.

Jenny kuschelte sich an mich. »Du verlierst nie den Mut, das tut gut. Du hast vor nichts Angst, nicht einmal vor gierigen Gerichtsvollziehern und belgischen Schnauzbart-Kommissaren.«

»Ich will für euch da sein, was auch immer auf uns zukommen mag«, sagte ich. Mich um sie und die Kinder zu kümmern war mir schon seit jeher eine Herzensangelegenheit gewesen. In diesem Moment der Vertrautheit und Nähe wurde mir bewusst, wie schlimm ich Jenny hinterging. *Du bist es nicht wert, ihre Freundin zu sein.*

Als Antwort schmiegte Jenny sich noch enger an mich und schlang ihre Hände um meinen Bauch. »Du hast etwas zugelegt, Lenchen«, stellte sie fest, während ich immer noch steif wie ein Brett vor ihr lag.

»Drüben in der Broad Street verkaufen sie das beste Gingerbread der Welt«, antwortete ich. Gingerbread schmeckte wie unsere Lebkuchen in Trier, nur dass man es in England nicht nur in der Weihnachtszeit, sondern auch im Sommer zum Tee aß.

»Edgar hat früher Äpfel und Pastetenstücke von Angela gemopst und unter seinem Bett versteckt, damals ist er auch in die Breite gegangen«, erinnerte sich Jenny. Sie tat so, als suche sie um mich herum nach etwas Essbarem, aber da stand nur der Koffer vom Baron mit den drei Liebesbriefen an Karl und meinen Büchern darin.

Jenny seufzte sehnsüchtig. »Ich hoffe, dass es Edgar in den Vereinigten Staaten besser ergeht als uns hier in London.«

»Bestimmt«, flüsterte ich. »Er ist ein von Westphalen. Er wird seinen Weg gehen.«

»Ich bin auch eine von Westphalen.«

»Du warst eine von Westphalen, jetzt bist du eine Marx«, erklärte ich ihr. *Sie gehört zu ihm!*, meldete sich die Stimme meines Gewissens. Mir wurde eiskalt.

»Du hast ja recht«, sagte Jenny und schlief bald darauf ein.

Mit ihr an meinem Rücken und Föxchen neben uns fand ich wieder keinen Schlaf.

Am nächsten Morgen brach Panik aus. Als Jenny Föxchen füttern wollte, hatte sein Herz aufgehört zu schlagen. Dem jüngsten Marx-Spross war alle Farbe aus dem Gesicht gewichen, seine Augen starrten ins Leere. Jenny rannte kreuz und quer durch die Wohnung, unfähig, auch nur einen klaren Gedanken zu fassen. »Es ist unsere Schuld, dass mein armes, kleines Schmerzenskind tot ist!«, war sie überzeugt. Ich kniete neben Föxchen und streichelte ihm die samtenen, erkalteten Wangen. Meine Hände waren noch voller Kohlenstaub.

»Es ist nicht unsere Schuld. Seine Konstitution war von Anfang an schwach«, versuchte Karl, sie zu besänftigen, und schaute zwischen mir und Jenny hin und her. Die Kinder standen verängstigt in einer Ecke des Zimmers und beobachteten das Geschehen. Oliver kreischte und schlug aufgeregt mit den Flügeln.

»Hätten wir mehr Geld, würde Föxchen noch leben«, behauptete Jenny felsenfest. »Diese dreckige Luft in Soho ist schuld!«

Ich verstand Jennys Schmerz und ihre Wut. Fast täglich hatte sie um Föxchens Leben gebangt, war ihm unter ständiger Erschöpfung und mit blutigen Brüsten eine aufopferungsvolle Mutter gewesen. Und nun sollte alles umsonst gewesen sein? Föxchens Tod war für mich der letzte Beweis dafür, dass es keinen Gott gab, denn ein gerechter Gott hätte es nie zugelassen, dass der Kleine starb.

Karl zog Jenny zu sich heran, während er mir zurief: »Kannst du die Kinder zu einem Spaziergang mitnehmen?«

»Natürlich«, murmelte ich und küsste Föxchen ein letztes Mal auf die Stirn. Ich holte die Mädchen und Musch. Wir kleideten uns an und verließen die Wohnung.

Draußen erklärte ich ihnen, was passiert war, und lenkte die verstörten Kinder zu St. Giles in the Fields, dem Ort des weichen Lichts, wo es vor allem eines gab – Helligkeit.

»Stimmt es, dass Föxchen jetzt ein Engel ist?«, fragte Jennychen mit Tränen in den Augen auf dem Weg dorthin. »Naomi sagt, wenn Brüder oder Schwestern sterben, werden sie zu Engeln und dass dann nur die Geschwister und Eltern noch mit ihnen reden können.«

»Naomi?«, fragte ich. Naomi war nicht die Tochter der Schauspielerin, denn die war vor wenigen Wochen unter einem Pferdeomnibus zu Tode gekommen. Naomi musste eines der Kinder von Jennychens gelegentlicher Lehrerin sein, bei der auch Laura seit einigen Wochen lernte. Immer dann, wenn es die Finanzen und die Teevorräte zuließen.

»Sie ist unsere Freundin«, erklärte Laura weinerlich.

Ich streichelte Jennychen durch das Haar. »Bestimmt ist Föxchen ein Engel.« Hoffentlich war es in dem grauen Londoner Himmel für den Kleinen schön, vielleicht fand er sogar einen Platz nahe bei einem der Sterne, die sich dem Auge nur in besonderen Nächten offenbarten.

»Darf ich ihm heute Abend etwas vorsingen?«, wollte Musch schniefend wissen. Sein Gesicht war vom vielen Weinen ganz verquollen.

»Über ein Lied freut er sich bestimmt«, bestärkte ich ihn, während wir die Kreuzung New Compton und Stacey Street überquerten. So konnten die Kinder langsam Abschied von ihrem Brüderchen nehmen. *Die Geschichte mit den Engeln ist ein kluger Einfall gewesen, danke Naomi.*

Wir betraten die Kirche schweigend. Den Kindern blieb der Mund offen stehen, als sie sahen, wie die Bleiglasfenster in der Kirche vom Außenlicht zum Strahlen gebracht wurden, heller als jedes erleuchtete Theater. Wir fassten uns an den Händen und gingen in dem menschenleeren Kirchenschiff bis zu dem Lichtertisch neben dem Altar. »Müssen wir ab heute an Gott glauben?«, fragte Jennychen leise.

Ich schüttelte den Kopf. »Jeder darf hierherkommen, dabei spielt es keine Rolle, woran er glaubt.« Jenny mochte die St.-Giles-Kirche nicht, weil im Viertel bekannt war, dass vor langer Zeit im Churchyard – kurz musste ich nach dem deutschen Wort dafür suchen: dem Kirchhof – Pesttote in Massengruben verscharrt worden waren und Hinrichtungen stattgefunden hatten. Sie behauptete, dass man das heute noch spüren könne. Ich sah nur den Lichtzauber im Inneren von St. Giles, den Raum, der jedermann freundlich aufnahm, den Ort des weichen Lichts.

Ich gab Laura eine Münze, die sie in den Bronzekasten neben dem Lichtertisch warf, und gemeinsam entzündeten wir eine Kerze für unser Föxchen. Im berauschenden Licht dieses mystischen Ortes schalt ich mich. Ich hatte in den vergangenen Wochen mehr an Karl als an Föxchen gedacht, obwohl der Kleine mich mehr gebraucht hätte. Meine innere Stimme wurde lauter. *Du bist es nicht wert, ihre Freundin zu sein.*

Nach unserem Besuch in St. Giles in the Fields sprachen die Mädchen öfter mit Föxchen im Himmel, und Musch sang auf seiner Decke: »Jüngst bin ich auf dem Faulenpelz mit meinem Schatz gewesen; da nannten sie mir Knotenpelz und ihr den flotten Besen …«

Für uns Erwachsene blieben die Tage traurig, und aus der Traurigkeit wurde Verzweiflung. »Was auch immer wir tun, keine Anstrengung wird uns vergolten! Ich will weg von hier, Karl«, verlangte Jenny. »Wenigstens unsere anderen Kinder sollen am Leben bleiben und nicht in Dreck und Krankheit aufwachsen.«

»Für eine Wohnung in einer besseren Gegend reicht das Geld von Fritze nicht. Versteh das doch!« Karl riss das Schuldenbrett von der Wand, und ich glaubte zu sehen, dass der bronzene Kompass ihm dabei aus der Tasche flog.

»Wenn ich schon nicht weg aus Soho kann, will ich wenigstens weg aus dieser Wohnung.« Jenny war den Tränen nah. »In ihr ist eines meiner Kinder gestorben, sie ist viel zu eng für uns, und wir schlafen wie Bettelvolk!«

»Föxchens Tod ist bitter, aber dein Gejammer ist fast genauso schlimm, bitte höre damit auf!«, verlangte Karl. »Ich habe noch tausend andere Sachen am Hals, mit denen ich zu kämpfen habe!«

Jenny flüchtete sich in meine Arme, und zur Beruhigung las ich ihr Shakespeares »Ein Sommernachtstraum« vor. Das wurde gerade im Theater in der Drury Lane gespielt.

Mein schlechtes Gewissen wuchs, aber die Sehnsucht nach Karl ging nicht weg. Mein Herz fühlte sich wie eine offene, unversorgte Wunde an, an der ich, wenn sich nichts änderte, verbluten würde.

Nach Föxchens Tod zog Karl sich noch weiter von der Familie zurück. Die Zeit, die er früher mit Jenny und den Kindern verbracht hatte, verwendete er jetzt fürs Briefeschreiben an seinen Fritze. Zweimal die Woche brachte ich welche zur Post, und genauso oft erhielt er Antwort. Wenn er mir die Briefe gab, zog ich meine Hand schnell zurück, damit wir uns nicht berührten. »Ich suche noch nach der Lösung«, raunte er mir zu.

Einmal, ich machte mich gerade auf den Weg zum Grocer, erschien Karl plötzlich mitten auf den schmalen Treppenstufen des Hausflurs. Kraftlos beugte er sich zu mir hinab und legte mir den Kopf auf die Schulter, hilflos wie ein Kind.

»Ein Kind ist tot, weil ich nicht genug Geld verdiene«, sagte er leise und mit rauer Stimme.

Ich streichelte ihm über den Rücken.

»Es ist wichtig, das Leben in seiner Gänze im Auge zu behalten«, sagte ich in Erinnerung an die Jahre, die ich nun schon mit Karl in einem Haus wohnte.

Karl schaute auf, ich bemerkte seine roten Ohrläppchen. Das unverkennbare Zeichen dafür, dass meine Worte ihn überrascht hatten.

»Ich kenne dich all die Jahre über nur fokussiert auf eine Sache: die Revolution.« Zu Beginn hatten die Zeitungsprojekte sein Leben bestimmt, jetzt war es das große Standardwerk, das neue Anhänger für die Revolution der Arbeiter gewinnen sollte. Für die Familie blieb wenig Zeit, ihre Bedürfnisse standen hintenan. Karl wusste genau, was ich ihm mit diesem Satz sagen wollte, das sah ich an seinem Blick, der sich klärte. »Das Leben ist wie ein Schachspiel«, ergänzte ich in Erinnerung an die vielen Partien, die ich schon gespielt hatte, »man kann nur gewinnen, wenn man alle Figuren gleichzeitig im Auge behält.«

Karl lächelte schwach, große dunkle Ringe lagen unter seinen Augen. »Das Leben ist eine größere Herausforderung als eine Partie Schach«, fand er. »Die Menschen um einen herum sind keine steifen Figuren, geschnitzt aus Holz und ohne Gefühle. Man kann sie nicht nach eigenem Gutdünken und Belieben übers Brett schieben. Sie reagieren zu oft völlig unerwartet, machen einem Vorwürfe.« Er sprach von Jenny.

»Eine Ehe ist wie ein Schiff, das auf eine lange Reise geht«, dachte ich laut und strich Karl nach wie vor beruhigend über den Rücken. Ich wollte seinen Herzschlag normalisieren, den ich viel zu heftig an meiner Brust spürte. »Eine Reise so lang wie vielleicht einmal quer über alle Ozeane«, fiel mir in diesem Moment ein. »Und je mehr sich die Besatzung an den Wettern und der rauen See erschöpft, desto weniger ist sie in der Lage, neuen Gefahren und Belastungen standzuhalten.«

Von oben kamen Geräusche. Karl löste sich von mir. »Danke«, flüsterte er und lief die Treppe hinab und auf die Dean Street hinaus. Wieder fiel die Tür hinter ihm krachend ins Schloss, und wieder ließ mich der Trennungsschmerz wanken.

Mein vierter Brief, den ich mit »Helena, Deine Frau im Flur« unterschrieb, handelte von meinem schlechten Gewissen. Auch diesen Brief verstaute ich ganz unten im Koffer. Ich wollte stark für Karl sein, wie hätte ich ihm da meine wachsende Zerrissenheit zu lesen geben sollen?

Wenige Tage darauf zogen wir die Dean Street ein Stück hinauf in die Nummer 28 und lebten fortan in drei Zimmern mit größeren Fenstern. Karl konnte im hintersten Zimmer nun einen eigenen Arbeitsplatz einrichten. Das zweite Zimmer war das Schlafzimmer. Das dritte Zimmer war unsere Stube und zugleich mein Schlafzimmer. Die Stimmung in der Familie besserte sich wieder, obwohl die Auflage der *Revue* weiterhin sank. Karl verließ nur noch selten sein Studierzimmer, während den Mahlzeiten sprach er immer öfter davon, dass es für den Beginn einer Revolution den richtigen Zeitpunkt gäbe. Er war mit jedem Tag überzeugter, dass die Revolution einzig und allein als Folge einer Wirtschaftskrise ausbrechen würde, wie sie im Kapitalismus immer wieder einmal auftrat.

Wenn ich über seine ökonomischen Begriffe nachdachte, fühlte ich mich ihm näher. Nächtelang las ich, was ich von ihm in die Finger bekam. Manche Papiere rochen nach seinen Stumpen, ich hielt sie mir ganz dicht vor die Nase. Ich lernte, was Wirtschaftskrisen waren, und stellte sie mir wie eine Krankheit vor, die sich vor dem Ausbruch durch verschiedene Symptome ankündigte. Aber von all den Krisensymptomen konnten wir keines beobachten, eine baldige Revolution war demzufolge nicht in Sicht.

Der Winter dauerte lang in diesem Jahr 1851, und wir sehnten die hellere Jahreszeit herbei. Seit einiger Zeit rauchte ich Stumpen, anstatt Tabak zu kauen. Karl und ich sprachen nicht mehr vertraut miteinander. An seinen Blicken sah ich zwar, dass er dies vermisste, ihm aber gerade die Kraft dafür fehlte. Trotzdem musste sich etwas ändern. Ich war überzeugter denn je, dass es keine gute Lösung für unsere Sache gab.

Zu Beginn des Frühlings gebar Jenny im Familienschlafzimmer ihr fünftes Kind: Jenny Eveline Frances, genannt Franziska. Von Friedrichs Geld hatten wir es uns sogar leisten können, Doktor Rooper zur Geburt zu holen und für jeden von uns ein Klappbett beim Trödler zu kaufen. Franziska wurde wie ihr Bruder Musch mit Atemproblemen geboren.

»Sie ist so hübsch wie du«, sagte Karl an Jennys Bett sitzend und schien für einen Moment sogar den Schmerz darüber zu vergessen, dass die *Revue* nicht mehr erschien. »Wir geben Franziska zu einer Amme«, entschied er und erhob sich auch schon wieder.

Doktor Rooper hatte das Neugeborene soeben durch die winzigen Gläser seiner Brille hindurch aufs Genaueste untersucht. Ich sah kleinste Flecken von eingetrocknetem Blut auf den Gläsern schimmern, was ihn bei seiner Arbeit aber offensichtlich nicht behinderte. Dann legte er Jenny das Neugeborene in die Arme. Ich half ihr, das Kind zu halten, obwohl ich mich seit Tagen schlapp fühlte. Hinzu kam, dass mir die Sehnsucht das Herz zerriss. *Du bist egoistisch und es nicht wert, ihre Freundin zu sein.* Aber meine Gefühle waren stärker als mein Verstand. Und so erledigte ich meine Pflichten mit den Gedanken bei Karl, obwohl mich kein noch so gesäubertes Zimmer, kein poliertes Besteck oder glänzender Fußboden zu erfreuen vermochte. Es war März und noch kalt in der Wohnung. Mit der wenigen Kohle, die wir noch besaßen, mussten wir sparsam umgehen. Es war sehr nett von Gordon gewesen, dass er mir zuletzt ein Wintercape aus brauner Wolle geschenkt hatte. Das

Kleidungsstück wurde am Hals durch eine metallene Brosche geschlossen und wärmte mich bis zu den Schenkeln hinab. Einst hatte es Dorothea gehört, und Gordon wollte, dass es weiterhin getragen wurde – von einer Frau aus Dorotheas Heimat.

Gordon und ich unterhielten uns mehr als zu Beginn unserer Bekanntschaft in einer Mischung aus Englisch und Deutsch, manchmal hatte er das kleine Taschenbuch bei sich und schlug Wörter nach. Zuletzt hatte ich ihm von Hilga Klempe erzählt und dass sie, die Tochter eines Bäckers, mir eines Tages von Dorothea erzählt hatte. Von Gordon hatte ich daraufhin mehr über Dorotheas Lebensweg erfahren. Nach ihrer Hochzeit hatte sie als Kaffeeköchin im »Peterson's« gearbeitet. Er schwor darauf, dass sie den besten Kaffee nach deutscher Manier kochen konnte. Vielleicht war es dieser Kaffee, von dem mir Gerd bei meinem ersten Besuch im »Peterson's« vorgeschwärmt hatte. Gordon und Dorothea hatten keine Kinder bekommen, aber sie waren auch ohne glücklich gewesen. Vor London und Gordon war sie anscheinend als freie Wäscherin in Koblenz tätig gewesen. Dorotheas Cape trug ich in den Winter- und ersten Frühlingstagen tagtäglich, sogar in der Wohnung beim Saubermachen.

Das Klirren von Metall holte mich zurück in die Gegenwart. Doktor Rooper reinigte seine eisernen Gerätschaften sorgfältig. Schweigend legte er sie in seine abgegriffene, braune Ledertasche zurück. Er schrieb Karl noch eine Liste mit Medikamenten für Franziska, die wir mit der nächsten Post Office Order erstehen konnten. »Die sind wichtig«, sagte er bei der Übergabe der Liste. Sein ruhiger und so gar nicht strenger Ton verriet mir, dass er ähnliche Situationen schon Dutzende Male zuvor erlebt hatte. Dass er viele Familien betreute, die sich das Gesundwerden nicht leisten konnten und lange dafür sparen mussten, um dringende Medikamente zu erstehen. Seinem mitfühlenden Blick entnahm ich, dass es ihm naheging. In Soho sagte man über ihn, dass er noch nie einen mittellosen Patienten weggeschickt hatte.

Jenny schwieg, was die Amme betraf. Apathisch wiegte sie ihr schmächtiges Mädchen im Arm.

»Wenn sie ein halbes Jahr alt ist, holen wir sie wieder zu uns ins Haus zurück«, hörte ich Karl noch sagen. Er brachte den Doktor zur Tür, als der sich plötzlich noch einmal umwandte und mich anschaute. »Du solltest dich auch mehr schonen«, sagte er in strengem Tonfall. »Oder willst du das Leben deines Kindes gefährden?«

»Meines Kindes?«, wiederholte ich ungläubig.

Doktor Rooper verabschiedete sich mit einem höflichen Nicken und verließ eilig unsere Wohnung, um den nächsten Kranken zu besuchen.

Benommen schaute Jenny zu mir auf. »Lenchen, du bist schwanger?«

»Das kann nicht sein«, stammelte ich. Meine Hand glitt unter mein Cape und über meinen Bauch, der sich tatsächlich wölbte. Mir wurde schwindelig.

* * *

Ein Kind der Liebe

Nach meinem Schwindelanfall kam ich erst in den frühen Morgenstunden wieder zu mir und war auch nicht mehr so müde wie die Tage zuvor. Ich lag im Schlafzimmer. Jemand hatte mir die grüne Decke mit den Blumen um den Leib gewickelt. Jenny lag neben mir, daneben schliefen die Kinder und dann Karl in ihren Klappbetten. War alles nur ein Traum gewesen? Sofort tastete ich nach meinem Bauch.

»Bis zur Niederkunft sind es noch mindestens drei Monate.« Jenny neben mir hielt Franziska im Arm, die flach und hastig atmete. Das Licht der Morgendämmerung fiel durchs Fenster ins Zimmer. »Du hast einen recht kleinen Bauch.«

Kein Wunder, dass er mir deshalb nicht aufgefallen war, noch dazu unter dem weiten Cape von Dorothea. Oder war es, weil ich mit den Gedanken ständig woanders gewesen war?

Jenny und ich lagen eine Weile schweigend nebeneinander, sie war noch geschwächt von der Geburt und hatte Probleme beim Gehen. Am liebsten hätte ich mit ihr über meine Gefühle, über meine Ohnmacht, das große Glück und die Leere gesprochen. Stets darüber schweigen zu müssen war oft so, als bekäme ich keine Luft mehr, als würde ich an meinen Gefühlen ersticken müssen.

Mein Blick suchte an den Balken der grauen Zimmerdecke Halt. *In mir wächst ein Kind der Liebe,* dachte ich und gleich danach: *Nur verheiratete Frauen sollten Kinder bekommen.*

»Lenchen?« Jenny ergriff meine Hand. »Mit welchem Mann hast du denn … und warum hast du mir nichts davon erzählt? Ich hätte dir Ratschläge geben können.«

Ich musste mich anstrengen, nicht über ihre Schulter hinweg zu Karl zu schauen. Meine Hand verkrampfte sich in ihrer. Ich bekam kein Wort heraus, und mein Mund war plötzlich ganz trocken. »Ich … ich …« Ich schloss meine verräterischen Augen.

Franziska greinte. Ich hörte nur noch, dass Jenny sich wegdrehte und beruhigend auf den Säugling einsprach.

Sag ihr alles und bitte sie um Verzeihung!, verlangte meine innere Stimme. Aber die Vorstellung, wie sehr mein Geständnis sie verletzen würde, hielt mich davon ab. Ich rappelte mich auf. »Ich muss Kohlen holen.«

Ich konnte Jennys enttäuschten Blick in meinem Rücken spüren, als ich in die Küche verschwand. Ich glaube, sie sagte noch so etwas wie: »Mein Lenchen hat sich verändert.« Als ich mit den Kohlen zurück war, hatte Karl die Wohnung schon verlassen. Vermutlich war er in der Bibliothek. Ich musste mit ihm reden. Ich bereitete den Mädchen und Musch einen Frühstücksbrei aus Haferflocken und stahl mich, als sie noch nicht einmal aufgegessen hatten, zum Koffer des Barons, wo ich mein Goethe-Buch herausholte und eine unbeschriebene Ecke meiner Wunschliste abriss. Darauf schrieb ich:

Sonntagnachmittag, St. Giles in the Fields.

In der Wohnung über uns zu reden oder einander zu berühren war tabu. Als die Kinder mit Olivers Körnern beschäftigt waren und Jenny außer Haus, steckte ich das Zettelchen im Studierzimmer in das Kästchen, in dem Karl seine Stumpen aufbewahrte. Fieberhaft überlegte ich, wie ich Karl gegenübertreten und welche Worte ich wählen sollte.

Der Ort des weichen Lichts empfing mich mit dem bunten Farbenreigen unzähliger Bleiglasfenster. Ich fühlte mich sicher in St. Giles in the Fields. Vorne neben dem Altar brannten Dutzende Kerzen auf dem Lichtertisch. Ich sah in meinen Gedanken Föxchen als Engel vor mir und musste unwillkürlich lächeln. *Halt dich an einem Londoner Stern fest, Kleiner.*

Ich bemerkte einen Mann mit Stoppelbart und Flasche in der Hand, der weiter links von mir im Seitenschiff an der Wand lehnte. Bei meinen zwei Besuchen zuvor hatte ich hier selten andere Menschen getroffen. Ich suchte mir einen ungestörten Platz weit weg von ihm. Mit pochendem Herzen verbarg ich mich hinter dem vordersten Pfeiler des rechten Seitenschiffs. Von dort aus konnte ich den Altarbereich einsehen. Eine Frau in speckigen Röcken tauchte auf und zündete eine Kerze an. Als sich feste Schritte näherten, wagte ich nicht, um den Pfeiler herumzuspähen.

Plötzlich stand Karl vor mir. Er trug seinen Zylinder tief in die Stirn gezogen. Das weiche Licht umhüllte ihn, wie anziehend er doch aussah.

Karl kam ganz nah vor mich. Es war seltsam für mich zu wissen, dass ich ihm mit seinem Kind im Bauch gegenüberstand. Ob das Kleine wohl spüren konnte, wie nahe ihm sein Vater gerade war?

»Es ist dein und mein Kind. In Liebe gezeugt«, flüsterte ich.

Karl wich meinem Blick aus und schaute stattdessen zum Altar. Dort kniete die Frau mit den speckigen Röcken gerade nieder und murmelte ein Gebet. Erst bei meinen nächsten Worten konzentrierte er sich wieder auf mich.

»Meine innere Stimme sagt mir, dass wir Jenny einweihen sollten«, schlug ich vorsichtig vor.

»Niemals!«, platzte es aus ihm heraus.

Ich presste ihm meine Hand auf den Mund, wir durften kein Aufsehen an diesem Ort erregen.

»Ist es denn so, wie es jetzt ist, besser?«, flüsterte ich und hatte Mühe, meine erregte Stimme in Zaum zu halten. Ich schaute an den Bleiglasfenstern der gegenüberliegenden Wand hinauf.

»Sie würde niemals ein Kind in ihrem Haus dulden, das ich mit einer anderen Frau gezeugt habe«, sagte Karl und folgte meinem Blick. »Ich will, dass wir uns weiterhin heimlich treffen, regelmäßig. Wir müssen dabei einfach sehr vorsichtig sein.«

Für immer und ewig Heimlichkeiten hüten und Jenny hintergehen?

»Schau mich an, Helena.« Karl nahm mein Gesicht zwischen seine Hände. »Wir haben doch beide gewusst, dass es irgendwann sehr schwer werden wird!«

In diesem Moment spürte ich zum ersten Mal, wie sich das Kind in meinem Bauch bewegte. »Es hat mir gerade gegen die Bauchdecke getreten«, sagte ich verzaubert, und unsere Meinungsverschiedenheit trat in den Hintergrund. Ich nahm Karls linke Hand und legte sie, ohne dabei den Blick von ihm zu lösen, ganz langsam auf meinen Bauch unter dem Cape. Er ließ es geschehen.

»Das ist dein Pabbi«, flüsterte ich. »Das wird nichts und niemand in der Welt ändern«, versprach ich meinem Kind schon jetzt.

»Du und ich wissen das«, erwiderte er, und ich glaube, seine Hand auf meinem Bauch zitterte. »Aber er selbst muss unser Geheimnis bleiben.«

Ich lächelte. »Ein Er? Wie kannst du das wissen?«

Gleichzeitig glaubte ich, den Herzschlag meines Kindes in mir ganz leicht spüren zu können.

»Eigentlich hätte Franziska schon ein Junge werden sollen«, sagte Karl und zog dann seine Hand zurück.

Ich streichelte erneut über meinen Bauch, das Kleine hatte sich gerade wieder beruhigt. Vielleicht wurde ich ja wirklich Mutter eines Jungen. Doch völlig unabhängig vom Geschlecht war es ein wundervolles Gefühl zu wissen, dass ein Menschlein in mir heranwuchs.

»Es bleibt unser Geheimnis. Versprich es!«, drängte Karl weiter.

Ich versprach es in der Hoffnung, Jenny dadurch Schmerz zu ersparen. Aber noch war längst nicht alles geklärt. »Und wenn es da ist, wo soll es dann unterkommen? Die Wohnung ist zu klein für noch ein Kind. Jenny würde wieder …« Schritte entfernten sich vom Altar. »Ihr zahlt mir zu wenig, als dass ich mir eine eigene Wohnung leisten könnte.« Selbst das dreckige Soho war für ein Dienstmädchen unerschwinglich.

»Wir müssen sehen«, sagte er, woraufhin ich seufzte, mich an den Pfeiler lehnte und die Augen schloss.

»Die Zeit wird Rat bringen, Helena. Wenn wir beide die Nerven behalten, wird alles gut.« Karl umarmte mich zum Abschied. Als er das Kirchenhaus verließ, war da sofort wieder die furchtbare Leere, die ich stets empfand, sobald er sich von mir abwandte und fortging. *In der Liebe die Nerven behalten? Unmöglich!*

Ich blieb noch. Ein Gedanke, so hell und farbig wie die Bleiglasfenster von St. Giles, nahm Gestalt an. Da wuchs ein Lebewesen in mir heran, das ganz auf meinen Schutz und meine Liebe angewiesen war, das ich lieben durfte, ohne irgendeine Regel zu verletzen.

In den Folgewochen ging ich wieder mit mehr Schwung an die Arbeit. Mein Kind in mir zu spüren hatte mich verändert und mir neue Kraft gegeben. Ich versorgte den Herd und die Öfen mit größter Sorgfalt und wusch die Wände der Wohnung rein, damit wir bald wieder Gäste empfangen konnten. Schon vor dem Schwindelanfall hatte ich mir vorgenommen, mich um den Fußboden zu kümmern. In die Ritzen zwischen den Dielen gab ich Schmierseife, damit sie weniger knarzten. Es blieb keine Minute, um müßig herumzusitzen, nicht einmal vor dem Zubettgehen. Abends stopfte ich ein Dutzend Löcher in Karls Strümpfen, für Jennychen nähte ich ein helles Haarband, das sie zu ihren karierten Kleidern tragen konnte, und Musch erhielt eine neue Schleife aus einem zerschlissenen Hemd von Karl. Mein Rücken schmerzte, und mein Bauch wuchs weiter.

Wenn ich alleine war, begann ich mit dem kleinen Jungen in mir zu reden. »Weißt du, dass ich dir als eines der ersten Dinge den Hyde Park zeigen will?«, fragte ich ihn einmal. Ein anderes Mal flüsterte ich beim Treppensteigen: »Tritt mich sanft, wenn es dir zu anstrengend wird. Dann pausiere ich wegen dir.«

Jenny fragte mich kein zweites Mal nach dem Vater meines Kindes. Sie fragte mich überhaupt kaum noch etwas, ein Umstand, der sich wie eine kleine, heiße Nadel in mein Herz bohrte. Dass ich ihr den Namen des Vaters meines Kindes nicht anvertraut hatte, musste sie schwer getroffen haben.

»Wollen wir zum Kristallpalast?«, schlug ich den Kindern vor, weil ich spürte, dass Jenny Ruhe brauchte, um ihre Korrespondenz zu erledigen. Es war ein wolkenverhangener Frühlingstag, und der Wind trieb den grauen Atem der Fabriken aus dem East End bis zu uns nach Soho. Die Kinder sprangen schon den ganzen Vormittag unausgelastet in der Stube umher. Oliver fiel trillernd in ihren Jubel mit ein. Seit Wochen schon existierte in Londons Zeitungen kein anderes Thema mehr als die große Welt-Industrie-Ausstellung im Hyde Park.

»Aber Karl verabscheut dieses Ereignis«, wandte Jenny gegen unser Vorhaben ein und setzte der Freude der Kinder damit ein Ende. »Auf der Ausstellung werden Maschinen, Produkte und ihre Macher, die Kapitalisten, wie Götter verehrt.«

»Wir schauen uns den Kristallpalast doch nur von außen an«, erklärte ich mit bittendem Blick, der jedoch an Jenny abprallte. »Etwas frische Luft tut den Kindern bestimmt gut.«

Laura sprang zu ihrer Mutter und umarmte sie fest. »Bitte, Maman, Möhmchen.« Möhmchen, so nannten sie Jenny seit einiger Zeit, wenn es etwas zu erbitten gab.

»Wirklich nur von außen«, versicherten Musch und Jennychen nochmals.

Schließlich gab Jenny nach und zog sich mit einem Stapel Briefe zurück. Ich servierte ihr noch einen starken schwarzen Tee, bevor ich mit den Kindern die Wohnung verließ.

Auf dem langen Weg durch Londons Straßen schwollen meine Beine und Hände an wie die in diesem Jahrhundert erfundenen Ballons mit Körben, in denen Menschen über der Erde flogen. Wir mussten immer wieder pausieren, weil mir entweder die Luft ausging, eines der Kinder plötzlich Durst oder Hunger bekam oder die Straßen so überfüllt waren, dass wir nur auf Umwegen zur Südseite des Parks zwischen der Rotten Row und der Knightsbridge gelangten, wo der Kristallpalast thronte. Mir kam es so vor, als starrten alle Londoner missbilligend auf meinen Bauch und meinen Finger ohne den dazugehörigen Ehering. Als wäre ich die erste Schwangere in London ohne einen Ehemann an ihrer Seite.

Es dauerte fast einen viertel Tag, bis wir vor dem Kristallpalast standen. Es war ein imponierender, einschüchternder Bau, der alles übertraf, was ich in Paris oder Brüssel an Moderne gesehen hatte. Ein Gebäude nur aus Glas und gusseisernen Säulen konstruiert. Hunderte von Säulen, mir schwindelte, auch weil das Kind in mir sich zu drehen schien. Selbst das Dach war gläsern, und jedes weitere Geschoss lag wie eine Treppenstufe zurückversetzt über dem anderen.

Den Kindern gefiel das Bauwerk, und sie überlegten und erzählten sich, wie sie in solch einem gläsernen Palast leben würden.

Jennychen richtete ihr Zimmer wie das einer Dame ein, am hitzigsten diskutierten sie über die Farbe der Vorhänge in den Räumen. Laura wollte unbedingt den Stoff von Jennys Krinolinenkleid – grüne Baumwolle mit einem rosafarbenen Rosenmuster. Musch bestand auf kanarienvogelgelb. »Ich wünschte, wir hätten mehr Geld«, sagte Laura traurig.

Ich hoffte so sehr, dass Karl, nachdem die *Revue* offiziell eingestellt worden war, bald einige neue Artikel bei Zeitschriften unterbekäme, damit sich dieser Wunsch vielleicht doch noch erfüllte. Es gab für mich kaum etwas Schöneres, als die Kinder lachen zu sehen. Ihre Freude ist so rein, so leuchtend. Ihre Träume sind am größten. Welche Träume mein kleiner Mann in seinem Leben wohl haben würde?

Wir liefen vor der Palastfront ein paarmal auf und ab, aber dann schmerzten meine Beine so sehr, dass wir nach Soho zurückmussten. Ich hielt Musch und Laura fest an der Hand, Jennychen ging direkt vor mir her. So hatte ich die drei im Blick und wusste, dass sie auf der überfüllten Piccadilly nicht verloren gingen. Kurz nach Devonshire House bogen wir von der Hauptstraße ab. Das Ungeborene drückte auf meine Blase, ich biss die Zähne fest zusammen. Ich war so sehr damit beschäftigt, die Schritte bis zu unserem Abort zu zählen, dass ich Musch erst gar nicht hörte. Er machte sich von mir los, das war am Ende der Brewer Street, bald hatte ich es geschafft. Musch schaute zu mir auf. »Nimmy, nun sag schon. Was ist eine Schande?«

Ich stoppte abrupt. »Eine Schande? Das ist eher ein Erwachsenen-Wort«, antwortete ich und wollte mich schon ans Weitergehen machen.

»Erklär es mir trotzdem!«, verlangte Musch. Er konnte genauso vehement sein wie Karl.

Ich erinnerte mich daran, dass meine Schwester Barbara mir den Begriff einmal erklärt hatte. Ich glaube, damals war ich vier Jahre gewesen, genauso alt wie Musch heute. »Für jeden Menschen ist es wichtig, dass er sich im Leben, in der Familie, beim Spielen und beim Arbeiten an bestimmte Regeln hält.«

Ein Straßenhändler bot uns Tischdecken an.

»Du meinst Bravsein?«, fragte Laura.

Ich zog die Kinder vor eine Hauswand, damit wir von den Passanten nicht auf die Straße gestoßen wurden. »Ja, jeder Mensch sollte brav sein, sagte meine Schwester mir. Dann hat er ein gutes Ansehen, und dann mögen ihn die anderen. Wenn er aber nicht brav ist, verliert er sein Ansehen.«

»Bedeutet Schande dann ...«, Jennychen grübelte mit dem Finger am Kinn, wie sie es wohl bei Karl beobachtet hatte, »dass jemand weniger liebenswert ist?«

Musch weinte mit einem Mal. Er versteifte seinen kleinen Körper und presste ihn gegen die Scheibe der Werkstatt. Jennychen umarmte ihn daraufhin und versuchte, ihn zu beruhigen. »Wir sind ja da, du brauchst keine Angst zu haben«, sagte sie und streichelte ihrem Bruder die tränennassen Wangen. Laura beobachtete die beiden und bohrte dabei mit einem Taschentüchlein in der Nase.

Ich konnte sehen, dass Musch sich einmachte, obwohl er seine Hände vor den Schritt hielt, wo sich seine Hose dunkel verfärbte. Mit einem Stöhnen ging ich vor ihm in die Hocke, mein Bauch war mir im Weg. Ich nahm sein Gesichtchen mit den feinen Zügen und dem runden Mündlein zwischen meine Hände. »Aber du bist ein sehr braver Junge, und wir lieben dich alle.«

»Aber bevor Mohr zu Onkel Angels gefahren ist ...«, schluchzte er.

»... hat er da gesagt, dass du kein Ansehen hast?«, führte ich seinen Satz zu Ende. Das konnte ich mir selbst bei dem zeitweise reizbaren Karl nicht vorstellen, dass er Musch, seinen Liebling, derart beschimpfte. In den letzten Wochen suchte Musch immer öfter Karls anstatt Jennys Nähe.

Musch schüttelte den hängenden Kopf. »Maman sagte, dass die Nachbarn sagen, dass dein dicker Bauch eine Schande für die Familie ist. Ich habe es an der Tür zum Studierzimmer gehört.«

Erschrocken schlug sich Laura die Hand vor den Mund. »Du hast gelauscht? Aber das dürfen wir nicht!« Ihr Taschentüchlein landete auf der Straße, und im nächsten Moment wurde es auch schon aufgehoben, ein zerlumpter Junge rannte damit weg.

Mir blieb die Luft weg, und ich schwankte wie ein Dampfer bei Unwetter. Musch hatte nicht geweint, weil er selbst eine Schande sein könnte, sondern weil ich eine war.

»Nimmy, fühlst du dich dizzy?« Jennychen stützte mich.

Ich fühlte mich nicht nur schwindelig, sondern mit einem Mal, nur durch einen einzigen Satz, gering und unwürdig – als hätte die Nachbarschaft mir mit der Faust ins Gesicht geschlagen.

»Dürfen wir dich jetzt nicht mehr lieb haben?«, wollte Laura mit dem blanken Finger in der Nase wissen. »Weil, wenn jemand eine Schande ist … du hast doch gesagt …«

Ich weiß es nicht, dachte ich, unfähig, einen klaren Gedanken zu fassen. »Wir sollten besser schauen, dass wir nach Hause kommen«, sagte ich, nahm Musch und Laura an die Hand, und wir gingen weiter. Jennychen schritt vor uns.

Unendliche Traurigkeit überkam mich, aber auch Zorn auf mich selbst. Bis zur Dean Street sprachen wir kein weiteres Wort mehr, ich dachte auch nicht länger an meine drückende Blase.

Nie war mir das Treppensteigen in die Wohnung hinauf schwerer gefallen. Gedankenlos wie eine der Maschinen in Londons Fabriken richtete ich das Abendessen: Brot und Pies von der Straße, wir tranken Wasser dazu.

Nach dem späten Abendbrot hielt ich es nicht länger in der Wohnung aus. Kautabak und ein Stumpen verschwanden in der Tasche meiner Schürze. »Ich gehe kurz frische Luft schnappen«, sagte ich, was in Soho ein Ding der Unmöglichkeit war, und schob mich aus der Tür. Sobald ich im Hausflur war, steckte ich mir Kautabak in die Wange und ging dann auf die Straße. Zu dieser späten Stunde waren nicht mehr viele Menschen unterwegs. Nur in der Ferne machte ich die Umrisse einiger Nachtgestalten aus. Jemand grölte irgendwo hinter der nächsten Häuserreihe, und Nebel umfing mich. Behäbig setzte ich auf dem Schlamm der regennassen Straße einen Fuß vor den anderen.

Mit einem Mal trat jemand vor mich hin und sagte im Tonfall

eines Wachmanns auf Englisch: »Auf den Straßen ist es gefährlich um diese Zeit!«

Ich blickte auf viel nackte Haut und Spitze. Beides gehörte zu unserer Nachbarin, deren buschiges Haar im Licht der Straßenlaternen wie ein strahlender Heiligenschein aussah.

»Ich gehe nicht weit«, erwiderte ich und machte Anstalten, sie stehen zu lassen, aber da trat mir die schlanke Frau erneut in den Weg. Sie stellte sich breitbeinig wie ein Mann vor mich hin.

»Du bist nicht nur für dich selbst verantwortlich, sondern auch für dein Baby!« Sie kam näher, und ihre Stimme wurde mitfühlender. »Du siehst blass aus.«

»Ich brauche nur etwas frische Luft, dann geht es schon wieder«, spielte ich meine schlechte Verfassung herunter, geriet aber schon beim nächsten Atemzug ins Wanken.

Sie stützte mich und klang ziemlich ungehalten beim nächsten Satz: »Willst du das Leben deines Kindes riskieren?«

Heftig schüttelte ich den Kopf. Das Kind war das Beste, was ich hatte.

»Ein Melissentee würde dich besser entspannen als die Luft in unserem Viertel. Komm, ich lade dich auf einen ein.«

Ich zögerte, ich kannte ja nicht einmal ihren Namen.

»Ich bin Naomi«, sagte sie keinen Atemzug später.

Die Naomi, die den Kindern Erdbeerbonbons schenkte und ihnen mit ihrem Ratschlag geholfen hatte, den Verlust von Föxchen besser zu verkraften?

»Ein Melissentee wäre gut«, willigte ich nun ein.

Wir liefen ein paar Schritte die Dean Street hinab, in Gedanken war ich bei meiner Schandhaftigkeit und bei Jenny. Naomi nahm mich mit in das Haus gegenüber der Nummer 64. Ich folgte ihr einen schmalen Aufgang ins erste Obergeschoss hinauf.

In ihrer Wohnung war es angenehm still. Wann war es das letzte Mal um mich herum so still gewesen? Ich fand ein einziges Zimmer und eine Küche vor, in der Naomi verschwand. Ich zog meine Schuhe an der Tür aus und wagte zwei Schritte in die behagliche Wärme hinein, zwei Schritte in das einzige Zimmer. Ich sah weißes

Leinen als Bettzeug, saubere Wände und einen Ofen. Selbst der Holzschrank war staubfrei.

Naomi kam mit zwei Tassen Tee zurück. »Setz dich erst mal und dann trinke einen Schluck.«

Zögerlich griff ich nach einer der Tassen, der Tee duftete angenehm. »Ich bin Helena Demuth.« Die Tassen waren dünnwandig und mit weißen floralen Motiven rundherum verziert.

Naomi entzündete ein Licht auf dem Tisch, und ich begann, in aller Ruhe ihren Tee zu trinken. Dabei fiel mir ein Bücherstapel hinter der Lampe auf, und sofort dachte ich wieder an Jenny. *Du bist egoistisch und es nicht wert, ihre Freundin zu sein.*

Ich nahm auf Naomis Bett Platz, nachdem sie darauf gewiesen hatte. Zuerst nippte ich nur am Tee, als ich aber merkte, wie gut er mir tat, trank ich größere Schlucke. Ich hatte noch nie zuvor so guten Kräutertee getrunken und merkte, dass sich das Ungeborene in mir wieder beruhigte.

Naomi setzte sich neben mich auf die Matratze. »Wo wirst du gebären?«, wollte sie wissen.

Ich zuckte mit den Schultern. »Bis dahin sind es noch ein paar Tage.«

»Auf keinen Fall solltest du im Magdalenen-Stift niederkommen.«

»Das Stift in der Blackfriars Road?« Langsam entspannte sich mein steifer Körper.

Naomi nickte. »Dort gehen dubiose Dinge vor sich, du würdest dein Glück und das deines Kindes aufs Spiel setzen.« Sie sprach ein sehr gutes Englisch, ich verstand sie hervorragend.

»Woher weißt du das?«

Naomi drehte nachdenklich die Teetasse in ihren Händen. »Ich bekomme viele Dinge erzählt.«

Mein Blick verlor sich im flackernden, hellen Licht auf dem Tisch. »Gerüchte und Klatsch gibt es immer«, sagte ich. Gerade unter Dienstboten war das Tratschen beliebt. In Trier, Brüssel und London nahmen sich die Dienstboten diesbezüglich nichts. »Darauf sollte man nicht allzu viel geben.« Ein Ratschlag, an den ich mich – was das Gerede über meine Schande betraf – gerade selbst nicht hielt.

»Grundsätzlich hast du recht.« Naomi stellte ihren Tee neben ihre nackten Füße und schaute mich unter ihrem dichten Wimpernkranz heraus an. »In meinem Geschäft verhält es sich anders. Da gibt es keine Worte, die nicht ausgesprochen werden dürfen. So erfahre ich viel, viel Wahres. Die Menschen sind nun einmal am ehrlichsten, wenn sie sich dir in ihrer ganzen verletzlichen Nacktheit offenbart haben.«

Karl war in der Tat am vertrauensseligsten gewesen, dachte ich sofort, *als wir Haut an Haut nebeneinanderlagen. Noch vertrauter als beim Schach.*

Naomi schenkte mir Tee nach. Die erste Tasse Melissentee wärmte bereits wohltuend meine Glieder.

»Und von welchen dubiosen Dingen berichten denn nun deine …«, ich überlegte, wie ich sie am besten bezeichnen könnte, »… deine Herren?«

Naomi fuhr sich durch das krause Haar. »Ich traf Herren, die mir davon erzählten, dass in den Magdalenen-Stiften ärmeren Müttern vorgegaukelt werden würde, dass sie eine Totgeburt gehabt hätten, nur um das noch lebende Kind an wohlhabende Kinderlose verkaufen zu können. An Herren, die auf diese Weise Vater werden.« Ihre Züge verhärteten sich.

»Sie stehlen den Müttern ihre Kinder?« Ich griff sofort an meinen Bauch, als müssste ich mich versichern, dass mein Kind noch da war. »Dagegen muss die Stadt doch etwas tun!«

»Es ist besser, wenn du dich nicht aufregst. Vergiss das Magdalenen-Stift!« Naomi breitete eine Decke über uns aus, langsam wurde es kühler im Raum. Fast war es, als ob wir uns schon länger kennen würden.

»Eigentlich wollte ich zu Hause gebären, aber unter Jennys Augen … ich weiß nicht mehr«, dachte ich laut, und dann, ohne dass ich es recht mitbekam, streckte ich mich auf dem Bett aus.

Kurz darauf schlief ich erschöpft ein.

Als ich aufwachte, war es Morgen. Ich hörte den Regen gegen das

Fenster prasseln, Geräusche drangen aus der Küche zu mir herein sowie ein anziehender zitroniger Duft, eine Mischung aus frischen Blumen und Wildkräutern. Ich ging in die Küche. Naomi war gerade dabei, Tee zuzubereiten, so schnell und geschickt, als machte sie jeden Handgriff schon zum tausendsten Mal. Sie trug ein einfaches dunkelgrünes Kleid und hatte sich ein Tuch um den Hals gelegt.

Sie war so vertieft in ihr Ritual, dass sie mich anfangs gar nicht bemerkte. Naomi gab zunächst etwas heißes Wasser in die Teekanne und wärmte sie damit vor, bevor der Tee hineinkam. Dann hängte sie ein Leinensäckchen mit den Teeblättern in die Teekanne und goss danach das nicht mehr kochende Wasser darüber. Es roch nach teurem Earl Grey im Raum, der bei den besseren Schichten noch nicht allzu lang in Mode war. Er verströmte den Geruch weiter Ferne und exotischer Landschaften, wo es viele Pflanzen gab und keine Fabriken. Ich glaube, Friedrich hatte mir kurz vor seinem Weggang von diesem besonderen Tee erzählt und dessen feinen Geschmack in den höchsten Tönen gelobt. Naomi bereitete den Tee ohne Klappern und Klirren, nahezu ohne jedes Geräusch zu. Und ich begann mich zu fragen, wie das hier alles, eingeschlossen der schönen Tassen, Bücher und Sauberkeit der Wohnung, zu dem Leben passte, das sie führte.

Als die Teeblätter in der Kanne zogen und immer mehr Bergamotten-Duft verströmten, wandte sich Naomi an mich: »Du kannst hier niederkommen«, sagte sie, als sei es die normalste Sache der Welt. »Ich könnte den Doktor holen, sobald deine Wehen einsetzen. Doktor Rooper ist ein guter Arzt. Ich habe ihn auch bei euch ein und aus gehen sehen.«

Ich verschluckte mich fast. »Hier gebären?« Und sie kannte unseren Hausarzt Doktor Rooper, der mich dem äußeren Erscheinungsbild und seinem Wesen nach an den bedachten und ruhigen Herrn Wolff erinnerte, der früher oft Gast bei den Marxens gewesen war?

Sie antwortete nicht, sondern trug die Teekanne und zwei Tassen in den Wohnraum. Dort stellte sie alles auf den Tisch mit dem Bücherstapel und goss uns ein. »Das ist eine schonende Sorte Earl Grey, sie tut deinem Kind nichts.«

Anders als ich, die Marxens, unsere Lehrerinnen – und Queen Victoria nicht zu vergessen – gehörte Naomi zu den »Tea in first«-Trinkern. Also zu jenen Menschen, die nicht zuerst die Milch, sondern den Tee in die Tasse gaben.

Ich goss etwas Milch nach und nippte dann. Es schmeckte anders und sah auch anders aus als bei mir, wenn ich zuerst die Milch in die Tasse gab. Gerade sank die weiße in die sanft braune Flüssigkeit, als würden Wolken auf den Boden der Tasse schweben.

Naomi trank ihren Tee in kleinen, vornehmen Schlucken. Ich passte mich ihr an und musste bei dieser Art des Teetrinkens an Friedrich denken.

»Hier hast du deine Ruhe, mehr als irgendwo sonst«, sagte sie, nachdem sie die Blätter in der Kanne erneut aufgegossen hatte. Naomi deutete mit der Hand in Richtung der Marx-Wohnung.

Ich lächelte und sog den Duft der Bergamotte ein. »Das ist sehr nett von dir.«

Plötzlich schlug jemand heftig gegen die Wohnungstür. »Öffnen Sie!«, drang eine fordernde Stimme bis zu uns in die Küche. Als Nächstes hörte ich sie fragen: »Helena, bist du da drinnen?«

Ich stellte die Teetasse beiseite und sprang vom Bett auf. »Karl?«

Naomi öffnete die Tür nur eine Handbreit. Eine Kette zwischen Rahmen und Tür verhinderte Karls Eindringen. Durch den Spalt hindurch konnte ich sehen, dass er völlig durchnässt war. Auch sein Mantel war feucht und schwer vom Regen, und sein sonst krauses Haar hing ihm nass am Kopf. Seine Augen waren vor Müdigkeit gerötet.

»Was tust du hier?«, fragte Karl durch den Türschlitz. »Ich konnte dich nirgendwo finden. Ich war die ganze Nacht auf der Suche nach dir. Zum Glück hat dich der Besitzer des Gin Shops gegenüber in dieses Haus gehen sehen.«

»Ich wollte nur einen Tee trinken und bin dann eingeschlafen«, sagte ich leise. Es war so angenehm ruhig und friedlich bei Naomi, und ihre Tees hatten mir so gutgetan wie teure Medizin.

»Willst du uns etwa verlassen?«, fragte Karl mit gebrochener Stimme. »Komm jetzt wieder mit. Ich befehle es dir!«

Naomi drückte die Tür zu. »In diesem Ton darfst du nicht mit dir reden lassen!«, sagte sie erregt. Eben beim Tee war sie mir noch besonnen und ruhig erschienen. »Und außerdem finde ich es unverantwortlich, dass sie dich in deinem fortgeschrittenen Zustand immer noch so hart arbeiten lassen. Ich habe dich tagein, tagaus auf den Beinen gesehen. Mit den Kindern und den Einkäufen. Das ist Ausbeutung!«

»Ich hatte darauf bestanden, weiterzuarbeiten. Es war mein ausdrücklicher Wunsch. Dafür haben sie mir nach der Geburt mehrere freie Tage zugesagt«, verteidigte ich die Marxens. Wir standen nur zwei Schritt von der Tür entfernt. Und ausgebeutet hatten sie mich auch nicht. Ausbeutung würde bedeuten, dass sie sich auf meine Kosten bereicherten, was aber nicht zutraf. Denn sobald Geld im Haus war, teilten es die Marxens mit mir und beschenkten mich großzügig. Gemeinsam durchlitten wir sowohl die Armut, wie wir auch den Geldsegen gemeinsam genossen. Mein Miederjäckchen war der beste Beweis dafür.

»Wir brauchen dich!«, ließ sich Karls Stimme nun wieder auf der anderen Seite der Tür vernehmen. »Auch die Kinder wären sterbensunglücklich, wenn du länger fortbliebest!«

Ich erklärte Naomi, dass Karl ganz gewiss keine Bedrohung für mich darstellte. Dennoch schüttelte sie den Kopf, als ich die Kette löste und die Tür öffnete.

»Wir alle brauchen dich. Die Kinder fragen schon nach dir.« Durch die geöffnete Tür streckte mir Karl seine Hand entgegen. »Komm bitte mit.«

Eigentlich hatte ich niemals vorgehabt, die Marxens zu verlassen, doch jetzt stellte dieser Gedanke tatsächlich eine Option für mich dar. »Ich will für niemanden eine Last oder gar eine Schande sein.«

»Das mit der Schande«, wandte Karl daraufhin sofort ein, »ist doch nur dummes Geschwätz der Nachbarn!« Die Kinder mussten ihm davon erzählt haben.

»Sie brauchen Helena viel mehr, als sie Sie braucht«, fauchte Naomi Karl an. »Sie sind auf sie angewiesen!«

»Das stimmt«, antwortete er nach einer Weile kraftlos wie nach einer Niederlage.

Ich bedankte mich bei Naomi für ihre Hilfe in den zurückliegenden Stunden, für den Tee und auch für ihre Offenheit. Ich umarmte die Frau mit dem Haar, das so weich war wie Jennys bestes Kleid. »Wir sehen uns, Nachbarin.«

»Wir sehen uns, Helena«, entgegnete Naomi und zog die Tür weiter auf.

Noch immer etwas mitgenommen, aber auch froh verließ ich die Wohnung einer Frau, die ich viel zu lange Zeit nur voreingenommen und oberflächlich betrachtet hatte.

»Sie hat recht«, wiederholte Karl die Dean Street hinauf. »Ohne dich steht bei uns alles Kopf, ohne dich bricht bei uns das Chaos aus.«

In meinem Bauch tobte es, in Gedanken formulierte ich meinen fünften Brief, den ich noch am gleichen Tag zu Papier zu bringen gedachte. Ich wollte ihn mit »Helena, die Mutter Deines Kindes« unterschreiben.

Bis vor unsere Haustür spürte ich Karls verunsicherten Blick auf mir.

* * *

Teil
6

London, 30. März 1855

Lieber, werter Friedrich,

noch regelmäßig erinnere ich mich an unseren Abend in der Macclesfield Street. Und wenn ich daran denke, lächele ich. Du hattest mir den in London erstandenen Marschall-Tabak aus Sankt Wendel gezeigt, den es inzwischen weltweit zu kaufen gibt.

Was für eine Überraschung und schöne Verbindung zu meiner fernen Heimat, über die wir herzlich lachten, während wir die restliche Nacht hindurch über Tabak, die Revolution und das Leben sinnierten.

Danke für Deine oft klaren, auch aufmunternden Worte. Gerade brauchten wir sie dringend. Es ist kaum noch auszuhalten. Wir alle existieren mit diesem ständig drückenden Gefühl in der Brust. Sogar die Kinder.

Eine der liebsten Personen auf der Welt ringt mit dem Tod, und wir anderen können nur zuschauen. Sie darf uns nicht verlassen!

Es ist wie ein schwarzes Loch, das uns, die wir hier in der Dean Street kauern, zu verschlingen droht.

Ich kenne Karl, es könnte ihn und all sein Tun zu Fall bringen.

Ich bete dafür, dass Du herkommen kannst.

Helena

Ein Niesen

London, im Juni 1851

»Nimmy ist wieder da! Nimmy ist wieder da!«, riefen die Kinder froh. Musch hätte mir am liebsten bis in die Nacht hinein Lieder vorgesungen. Ich hatte die Kinder schon vermisst.

Die nächsten Tage achtete Karl darauf, dass ich mich schonte.

Drei Wochen nach der Nacht bei Naomi ging das Fruchtwasser bei mir ab. Kurz darauf setzten die Wehen ein, und ich wurde ins Studierzimmer verfrachtet, wo mein Bett vor den Schreibtisch kam. Jenny wollte nicht, dass ich in ihrem Schlafzimmer niederkam. Bald erschien Doktor Rooper mit einer Gehilfin, die ihn noch nie zuvor begleitet hatte und ähnlich abgetragene Kleidung wie er trug. Nach einer kurzen Untersuchung sagte er mir mit wenigen Worten, dass mein Kind ganz eifrig auf die Welt dränge. Dabei schaute er mir durch seine winzigen, von Regentropfen übersäten Brillengläser in die Augen.

Die Gehilfin hielt meine Hand, während ich unter Qualen gebar. Mir wurde immer wieder schwindelig, die Bücher in den Regalen um mich herum verschwammen vor meinen Augen. Jede Wehe begann mit einem Ziehen im Unterleib, wurde schnell zu einem immer heftiger schmerzenden Krampf, der genau in dem Moment abebbte, in dem ich aufgeben wollte. Es half mir, an das kleine Herz zu denken, das in mir schlug, um immer wieder neue Kraft zu schöpfen. Ich war schweißgebadet und hatte Angst, weil ich auf keinen Fall etwas falsch machen wollte. Doktor Roopers Anwesenheit stärkte mich. Seine wenigen, aber dennoch aufmunternden Worte im Kampf gegen den Schmerz wirkten wahre Wunder.

Am Mittag war es geschafft, und sie legten mir das Kind auf die Brust. Alles Wissen, alle Ideen, die mir das Studierzimmer mit seinen Büchern vor Augen führte, waren nichts gegen das Gefühl, ein

Menschlein geboren zu haben, das einen Teil von meiner und seines Vaters Seele in sich trug. Ein Menschlein, das seine Größe unglaublicherweise einmal vervierfachen und vielleicht klug und hoffentlich zufrieden werden würde.

Ich fühlte mich trunken vor Mutterglück, und dennoch wagte ich kaum zu atmen, um den Winzling nicht zu erschrecken. Sein erster Laut, ein Niesen, klang wie ein »Ischi«. Ich lächelte versunken. Behutsam zog ich die Decke bis an sein Köpfchen nach oben.

Jenny saß am Fußende des Lagers bei der Wasserschüssel, in der Tücher angewärmt und notdürftig vom Blut ausgespült worden waren. Nicht einen einzigen Moment hatte sie meine Hand gehalten. Mein Kind war noch voller heller Schmiere und Blut, ich konnte sein Gesichtchen gar nicht richtig erkennen. Was ich aber von Anfang an sah, war, dass es Pabbis abstehende Ohren besaß.

Es fiel mir schwer, es wieder aus den Händen zu geben. Die Gehilfin von Doktor Rooper wusch es, Jenny brachte derweil die Wasserschüssel aus dem Zimmer.

Karl wurde ins Studierzimmer gelassen, die Kinder drängten sich neben ihm herein. »Sie ist viel größer als Franziska«, staunte Laura sofort. Ich war froh, dass Jenny gerade draußen war und es nicht hören musste.

Knapp verkündete Doktor Rooper: »Ein starker und gesunder Junge.« Beim Anblick des neuen Lebens meinte ich sogar, ein kleines Lächeln über das niedliche Gesicht meines Kindes huschen zu sehen.

»Wirklich ein Junge?« Ich war überwältigt, Karl hatte es von Anfang an gespürt. Endlich gab mir die Gehilfin mein Kind gesäubert zurück. Überwältigt betrachtete ich ihn. Der Kleine hatte noch keine Haare auf dem Kopf. Ein wunderschönes Kerlchen mit milchweißer Haut, unter der es rosa schimmerte.

Als Jenny das Studierzimmer wieder betrat, war mir der gesunde Junge fast unangenehm. Bis auf Jennychen und Laura waren alle ihre Kinder schwächlich geboren worden. Sie blieb an der Tür stehen und beobachtete das ganze Geschehen mit Abstand.

Ich hielt meinen kleinen, in Leinen gepackten Jungen fest gegen die Brust gepresst. Wieder nieste er. »Ischi.« Seine »Ischis« berührten mein Herz wie früher Karls geflüsterte Worte.

Ich legte ihn in die ungeduldig ausgestreckten Arme von Laura, die ihn stolz Jennychen zeigte. Hoffentlich ließen sie ihn nicht fallen.

Doktor Rooper holte ein Formular hervor und fragte: »Der Name des Vaters?«

Eine Pause entstand, die mir unangenehm war, weil gewiss schon die nächsten Patienten auf den freundlichen Doktor warteten.

»Es gibt keinen«, antwortete ich nach einer Weile beklommen. Diese Antwort hatte ich Karl versprechen müssen. Nicht ein einziges Mal, seitdem mein Sohn da war, hatte ich seinen Vater angeschaut. Ich bekam mit, dass Jenny sich jetzt den Mädchen mit meinem Kind näherte. Ihr Blick war unruhig.

Doktor Rooper nickte, so als verstünde er. »Der Name des Jungen?«, wollte er noch wissen.

»Henry Frederick«, entgegnete ich zärtlich. Henry Frederick war die englische Namensvariante von Heinrich Friedrich.

Konzentriert füllte Doktor Rooper das Formular zu Ende aus. Kurz warf Karl noch einen weiteren Blick auf Henry Frederick, dann begleitete er den Doktor zur Tür. Vermutlich wollte er draußen noch mit ihm über die Bezahlung sprechen.

»Bringt meine Bücher zum Pfänder!«, rief ich ihnen nach, heiser von den Anstrengungen der zurückliegenden Stunden. Ich kannte den Stand auf dem Schuldenbrett, und sofern in den vergangenen Tagen nicht Geld vom Himmel gefallen war, überstiegen Doktor Roopers Honorarforderungen unseren Kassenbestand bei Weitem. Und das, obwohl der Doktor sowieso schon geringere Honorare als seine Kollegen im Stadtteil Mayfair und nördlich der Oxford Street nahm.

Laura übergab den kleinen Henry Frederick an Jennychen. Der Junge war brav und ruhig, nicht einmal Hunger schien er zu haben.

Jenny stand mit erstarrten Gesichtszügen stocksteif neben den

Mädchen. Ich konnte die Sehnen an ihrem Hals hervortreten sehen.

»Kinder, verlasst das Studierzimmer!«, befahl sie streng.

Die Kinder gehorchten umgehend und reichten mir meinen Sohn zurück. Laura schlug ihren Geschwistern im Hinausgehen noch vor: »Ich finde, wir sollten unseren neuen Bruder einfach nur Freddy rufen.«

Fast hätte ich gelächelt, doch Jennys böser Blick hielt mich gefangen. »Du hast mich hintergangen!«, fauchte sie mich an, als sie die Tür hinter den Kindern geschlossen hatte, trat dabei aber nicht näher zu mir heran.

»Dieser Bastard ist von Karl!« Sie zeigte auf Freddy, als sei er Abschaum.

Ich drückte mein Kind fester an meine Brust.

»Wie konnte ich nur so dumm sein!«, sagte Jenny und schüttelte wieder und wieder den Kopf. »Ich hätte es wissen müssen, als du mir den Vater nicht nennen wolltest, obwohl wir uns einander vorher so viel anvertraut haben!« Tränen traten ihr in die Augen, aber sie hielt sie mit aller Macht zurück. Ihre Hände ballte sie zu Fäusten. Ihr Blick war noch finsterer als der Karls damals auf dem Friedhof in Trier.

Es tut mir leid!, dachte ich still. Die Geburt lag nicht einmal eine Stunde zurück. So richtig konnte ich noch nicht wieder klar denken, geschweige denn vernünftig abwägen. Was seit einer Stunde zählte, war vor allem mein Sohn.

»Karl?«, rief Jenny, ohne den Blick von mir zu lassen. Ich fuhr beim harten Klang ihrer Stimme zusammen.

Als Karl darauf weder antwortete noch ins Zimmer zurückkam, schnaubte sie: »Nur weil die Kinder so sehr an dir hängen, werfe ich dich nicht hinaus!«, zischte sie. Am ganzen Leib zitternd, verließ sie das Studierzimmer.

Ich erstarrte. Mich und das Kind auf die Straße setzen, und das am Tag seiner Geburt?

»Karl, verdammt!«, hörte ich sie nebenan noch einmal rufen. »Wir haben zu reden!«

Völlig kraftlos drehte ich mich auf meinem Lager zur Seite, konnte aber keinen klaren Gedanken fassen. Die Geburt hatte mir alle Kraft abverlangt, und erst jetzt spürte ich meinen Unterleib wieder. Er brannte höllisch.

Nach einer Weile legte ich Freddy an meine Brust, er nuckelte genüsslich, obwohl mir noch keine Muttermilch eingeschossen war. Sein Nuckeln beruhigte mich etwas und machte den Schmerz erträglich. Gemeinsam schliefen wir in Karls Studierzimmer ein.

In den nächsten Tagen sah ich Karl und Jenny kein einziges Mal. Die Gehilfin von Doktor Rooper kam für eine Stunde vorbei, um mir mit dem Kind zu helfen und um nach meinen Geburtswunden zu schauen. Das Kindbettfieber befiel mich, eine Entzündung meiner Geburtsorgane. Ich fieberte, schlief und schwitzte. Ich hatte Schmerzen im Unterleib, und mehrmals täglich erbrach ich mich. Der Mohnsaft, den sie mir dagegen verabreichte, machte mich sehr müde. Ich konnte nicht mehr klar denken, selbst wenn die Schmerzen und das Fieber zurückgingen. Wie in einen Kokon gewickelt lag ich da. Vereinzelt drangen Kinderstimmen aus den anderen Zimmern zu mir durch, auch die Schreie und Worte eines Streits. Doch ich verstand nicht wirklich, worum es dabei ging.

Am fünften Tag nach der Geburt stand Doktor Rooper wieder vor mir, und ich war froh darüber, auch wenn er so aussah, als hätte er die vergangenen Nächte durchgearbeitet. Wo Doktor Rooper hinkam, ging es den Menschen oftmals sofort besser. Er vermochte selbst dann noch zu heilen, wenn die Lage längst aussichtslos schien. Wegen meiner schlimmen Unterleibsschmerzen hatte ich gerade die doppelte Menge Mohnsaft genommen, jetzt hievte ich mich in eine sitzende Position. Das ruhige Wesen des Doktors strahlte stets Zuversicht aus. Erst nach einer Weile sah ich, dass Karl hinter dem freundlichen Doktor stand. Ich erkannte ihn nur verschwommen, auch klangen seine und des Doktors Stimme verzerrt.

»Wir können es möglich machen«, sagte Karl zuversichtlich, und Doktor Rooper nickte zurückhaltend, so, wie es seine Art war.

Möglich machen, möglich machen, klang es in mir nach. Ich wurde müde, die Augen fielen mir immer wieder zu.

Karl trat an dem Arzt vorbei und sprach zärtlich und einnehmend zu mir, fast als wären wir unter uns: »Der Doktor kennt eine nette Familie, die sich deines Kindes annehmen würde.«

Das Begreifen sickerte so langsam zu mir durch wie dicke Soße durch ein engmaschiges Sieb. Tropfen für Tropfen. *Mein Kind in eine andere Familie? Andere Familie, andere Familie.* Und Doktor Rooper hatte damit zu tun? Träge schaute ich zu ihm auf, mit seinem zerschlissenen Mantel und den kleinen Brillengläsern verschwamm er vor meinen Augen.

»Es sind ehrliche, gute Leute.« Karl trat an mein Bett und ergriff meine Hände. »Die Familie Lewis kann dem Kleinen eine bessere Zukunft bieten.«

»Ich soll Freddy weggeben?« Ich merkte, dass ich wegen des Mohnsaftes so lallend sprach, als sei ich betrunken, meine Lider fühlten sich immer schwerer an. Ich konnte sie kaum noch offen halten.

»Du bist mittellos, kannst ihm nichts bieten. Jenny und ich können es auch nicht«, fuhr Karl nun eindringlicher fort.

Dass das Essen an manchen Tagen kaum für die anderen Kinder reichte, wusste ich selbst nur zu gut. Sogar mit der doppelten Dosis Schmerzmittel in mir. Ich dachte an Jenny und mit was für kalten, abweisenden Blicken sie meinen Sohn nach seiner Geburt angeschaut hatte.

»Ansonsten wird er eines Tages in einer der Fabriken in Whitechapel enden«, riss mich Karl aus meinen Gedanken. »Willst du das?«

Ich schaute zu Freddy, der neben mir im Bett lag und friedlich schlief. Langsam schob sich mir das Bild ausgemergelter Fabrikkinder, die ich oft um St. Giles herumlaufen sah, vor Augen. Ich merkte, wie mir die Lider zufielen. »Ich habe ihm viel Liebe zu bieten«, entgegnete ich erschöpft. *War das so wenig wert?*

Doch unerwartet wortreich mischte sich nun Doktor Rooper ein: »Bei den Lewis bekommt Ihr Sohn eine echte Chance im Leben, Fräulein Helena, die Sie ihm wahrscheinlich nicht geben können«, sprach er eindringlicher als je zuvor.

Angestrengt dachte ich nach, obwohl sich mein Kopf fast noch schwerer anfühlte als meine Augenlider, die ich mühsam einen Schlitz weit offen halten konnte. *Doktor Rooper hat viel Elend gesehen, gewiss,* sagte ich mir. Er war der Arzt der Armen in Soho, er kannte das Leben und vielleicht zum Teil auch die Zukunft, der die Bewohner unseres Viertels nicht entgehen konnten.

»Das sollte eine liebende Mutter auch bedenken!«, übernahm Karl, und mir schien beinahe, als hätten er und Doktor Rooper sich gegen mich verschworen und würden nun vereint gegen mich antreten, denn der Doktor nickte zustimmend bei Karls nachfolgenden Worten: »Stell deinen Schmerz zurück und wirf einen Blick in die Zukunft deines Sohnes. Von dem Geld der Lewis' wird er zur Schule gehen können. Stell dir vor, wie dein Sohn Bücher lesen lernt, vielleicht eines Tages sogar studiert. Die Lewis sind durch eine Erbschaft zu viel Geld gekommen.«

Mit viel Kraft öffnete ich meine Augen weiter und streichelte Freddy die rosigen Wangen, er atmete ruhig. »Freddy, ein Student?« Das war mehr, als ich ihm jemals ermöglichen könnte, mit allen Mitteln kämpfte ich gegen die Müdigkeit in diesem wichtigen Moment meines Lebens an. *Egoistisch! Du bist egoistisch,* sagte meine innere Stimme zu mir. Bei Jenny war ich egoistisch gewesen und hatte unsere Freundschaft damit zerstört. Jetzt stand Freddys Zukunft auf dem Spiel, und ich durfte den gleichen Fehler nicht noch einmal begehen. Mit feuchten Augen nickte ich Karl zu, woraufhin er erleichtert aufatmete. Ich konnte fühlen, wie das Fieber wieder nach meinem Körper griff und meine eh schon müden Glieder zu lähmen begann. Doktor Rooper trat um das Bett herum zu Freddy.

Mit zitternden Händen windelte ich mein schlafendes Kind ein letztes Mal, diese letzte mütterliche Zuwendung gestattete Karl mir noch.

Unter meinen Berührungen lächelte Freddy mit geschlossenen Augen. Ich ließ mir von Karls Schreibtisch das Schreibzeug reichen und schob dann ein Zettelchen zwischen Freddys Leinen, auf dem ich mit einer halb eingetrockneten Feder hastig notiert hatte:

Habt Henry Frederick genauso lieb, wie ich ihn habe.

Dann nahm Doktor Rooper mir meinen Sohn ab.

»Mit dem heutigen Tag musst du ihn vergessen!«, verlangte Karl.

Wie könnte ich solch ein friedliches Lächeln jemals wieder vergessen? Hilflos griff ich in die Luft nach meinem Kind, sein winziges Herz hatte so lange in meinem Leib geschlagen. Doktor Rooper schaute mich noch einmal durch seine kleinen Brillengläser hindurch an, dann ging er mit Freddy vor der Brust aus dem Raum. Karl folgte ihm wenige Lidschläge später.

Lange noch lag ich wie betäubt auf meinem Lager. Meine Lider drückten schwer wie Blei auf meine Augen. Schweiß lief mir die Stirn hinab, und mein Nachthemd klebte mir verschwitzt am Leib.

Ich weiß nicht mehr, wie viel Zeit vergangen war, doch irgendwann stand ich auf und öffnete mit kraftlosen Armen das Fenster zum Hinterhof. Ein Windstoß kam mir entgegen und ließ Papier von den Stapeln auf Karls Schreibtisch auffliegen.

Am liebsten hätte ich meinen Schmerz über den schlimmsten Verlust meines Lebens herausschreien mögen, aber ich brachte vor Erschöpfung und Ohnmacht keinen einzigen Laut heraus.

* * *

Vergessen

Das Kindbettfieber war nach zehn Tagen abgeklungen, der Schmerz über Freddys Verlust hingegen nicht – trotz der Zukunftsaussichten, die ich meinem Sohn durch seine Weggabe ermöglicht hatte. *Stell dir vor, wie dein Sohn Bücher lesen lernt, vielleicht eines Tages sogar studiert.*

Seitdem Freddy nicht mehr bei mir war, konnte ich den Anblick von Gegenständen, die mit Säuglingen zu tun hatten, nicht mehr ertragen. Franziskas Wiege, wenn die Amme mit der Kleinen bei uns zu Hause war, die kleinen Hemdchen für unters Kleid und die Holzklapper.

Wenn Karl die Weggabe seines Sohnes bedauerte, gelang es ihm auf jeden Fall, dies geschickt zu verbergen. Fast überschwänglich berichtete er am Abendbrottisch, als ich wieder ganz genesen war, dass Friedrich und er sich darauf geeinigt hätten, das große ökonomische Standardwerk als Mehr-Bänder anzulegen. Er sprach von nichts anderem mehr als dem kapitalistischen Produktionsprozess und den Gebrauchswerten von Waren. Karl war davon überzeugt, dass sein großes Werk die politische Ökonomie revolutionieren würde und dass das Einkommen aus sechs Bänden natürlich auch ein Sechsfaches wäre.

»Dann könntet ihr mir mehr Geld bezahlen. Geld, mit dem ich Freddy hier bei mir etwas bieten könnte«, erklärte ich ihm kurz darauf, während er am Schreibtisch saß und ich den Fußboden davor wischte. Jenny war mit den Mädchen in der Küche.

Karl zog mich an die Wand neben der offenen Tür, wo man uns nicht sehen konnte. »Bis das Standardwerk fertig ist, werden noch ein paar Jahre vergehen«, sagte er. »Du musst ihn vergessen. Er hat jetzt eine andere Familie. Sei so stark wie früher, als ich mich in dich …« Er reichte mir den kleinen bronzenen Kompass zurück, den ich ihm einst geschenkt hatte. »Du brauchst ihn gerade nötiger als ich.«

Ich umschloss das kleine Wunderwerk mit der Hand und ließ es in meine Schürzentasche gleiten. Tränen rannen mir die Wangen hinab.

»Ich habe Jenny gesagt, dass die Sache mit uns ein einmaliger Ausrutscher war. Nur so konnte ich sie beruhigen.«

Seine Worte trafen mich wie eine schallende Ohrfeige. Das war ich für ihn, ein Ausrutscher?

Er strich mir eine Strähne, die sich aus meinem Knoten am Hinterkopf gelöst hatte, aus der Stirn. Ich wusste nicht, wie mir geschah. Unsere letzte Berührung lag Monate zurück. Es hatte sich etwas verändert zwischen uns.

»Ich muss jetzt weiterputzen«, sagte ich nur, machte mich von ihm los, nahm Wischeimer und Scheuerlappen und verließ das Studierzimmer.

Auch viele Monate nach Freddys Weggabe fühlte ich mich noch immer wie betäubt. Bis auf den Schmerz erstickte das Verlustgefühl alle anderen Empfindungen in mir. Am liebsten wollte ich niemanden sehen und hören. In diese Stimmung hinein platzte Gordon. An meinem Geburtstag im Jahr 1851, dem letzten Tag des Jahres, stand er urplötzlich vor unserer Tür. Die Marxens waren im Park, es war Sonntag. Erst gratulierte Gordon mir, ich musste das Datum einmal ihm gegenüber erwähnt haben, dann zog er einen Teller voller Kuchenstücke hinter seinem Rücken hervor. Eine kleine Kerze brannte in ihrer Mitte. »Du warst lange nicht im Coffeehouse. Ich haben neues Rezept von Großmutter Elisabeth ausprobiert, mit Äpfeln und Streuseln, und ich wollten deine Meinung hören.«

Ich bat ihn in die Küche, fast stieß er sich den Kopf am niedrigen Türstock.

»Gerd hat beim Probieren gleich fünf Stücken gegessen und Hartmut drei«, berichtete er mir beinahe übermütig.

Doch heute steckte mich sein Lächeln nicht an. Stumm aß ich meinen Kuchen, bis ich es nicht mehr länger aushielt und Gordon knapp erklärte, dass ich ein Kind geboren hatte und warum es nicht bei mir war. Er war überrascht, ließ mich aber – anders als so manche

Nachbarn, zu denen auch die Millers zählten – keinerlei Verachtung spüren. Ich sagte ihm auch, dass Freddy bei seinen neuen Eltern Lesen lernen würde und eines Tages studieren könnte. Kurz musste ich dabei nach draußen gehen, um mir die Tränen zu trocknen.

Als ich wieder zurück war, fragte ich: »Wie geht es den anderen?«

»Sie haben nach dir gefragt, Lencken.« Gordon biss nun selbst in ein Stück Apfelkuchen. Heute, vielleicht weil es Sonntag war, hatte er seine wilde rote Haarmähne beinahe ordentlich zu einem Zopf zusammengebunden.

Ich nickte gedankenversunken auf seine Auskunft hin. Wären die Dinge anders gelaufen, hätte ich ihm Freddy jetzt zum Halten in den Arm gedrückt, und wahrscheinlich hätten die anderen im Coffeehouse den Kleinen eine Menge Finger voller Bienenstich-Creme oder Apfelsoße abschlecken lassen.

Gordon tat mir noch ein Stück auf. »Du musst die Candle ausblasen«, verlangte er mit jenem weichen Lächeln, mit dem er jeden Gast im »Peterson's« empfing. »Und wünsche dir dabei was Schönes.« Manchmal hilft es tatsächlich, sich zu einem Lächeln zu zwingen, um sich dann etwas besser als zuvor zu fühlen. Aber Wünsche? Seit einem halben Jahr hatte ich Abend für Abend nur einen Wunsch vor mich hin gesprochen, aber der Schmerz ließ dennoch nicht nach. Ich zögerte.

»Dann ich wünschen mir was für dich!«, entschied Gordon. »Ich wünschen, während du bläst.«

Ich blies, und Gordon schloss die Augen. Als er sie wieder aufschlug, qualmte die Kerze auf dem halb leeren Teller. Er lächelte mich verschwörerisch an und legte seine Hand auf meine. Warm auf kalt. Es war angenehm, dass er mich nicht nach Details fragte, denn jeder Gedanke an meinen Sohn verschlimmerte meinen Schmerz. »Danke«, sagte ich deshalb leise und erhob mich.

Auf dem Herd brachte ich Wasser zum Kochen und goss es in zwei Tassen mit Kaffeepulver. »Seitdem wir uns kennen, hast immer nur du für mich Kaffee gemacht«, sagte ich. »Jetzt kann ich mich endlich einmal revanchieren.«

Gordon zwinkerte mir zu, das hatte der Schäfer aus Sankt Wendel früher auch immer getan, wenn er uns Kindern begegnet war. »Das Angebot nehme ich gerne an!«, verkündete er.

Ich lächelte und servierte.

»Möchtest du mir noch ein bisschen von Dorothea erzählen?«, fragte ich ihn, als wir auf den Hockern an dem kleinen Tisch neben dem Herd saßen, wo ich sonst Gemüse schnitt. Der große Gordon wirkte auf dem niederen Sitzmöbel wie ein Riese, der Tisch vor ihm dagegen wie ein Exemplar aus dem Puppenhaus der Kinder. »Aus der Zeit, bevor sie als Wäscherin in Koblenz tätig war?«

»Vor Koblenz ist sie in Trier gewesen«, berichtete Gordon. »Sie arbeitete als Housemaid … wie sagt man?«

»Dienstmädchen«, übersetzte ich. Im weiteren Gespräch erfuhr ich Dinge, die mir sehr ans Herz gingen. Ich fühlte endlich wieder etwas anderes als nur den eigenen Schmerz und Trauer. Mitleid und so etwas wie Wut. Gordon erzählte tief berührt und mit gebrochener Stimme, wie sehr Dorothea in Trier unter ihrer Herrschaft gelitten habe. Sie habe hart geschuftet, aber die Herrschaft warf ihr immer wieder vor, schlampig zu arbeiten. Damals hätte sie ihrer Herrschaft am liebsten gesagt, wie ungerecht sie war, aber letztendlich habe ihr der Mut dazu gefehlt. Um ihre Familie in Urweiler nicht zu beunruhigen, tischte sie ihr eine Geschichte von ihrem unbeschwerten Leben als Dienstmädchen auf. Die Realität sah leider anders aus.

Gordon beugte sich mir ein Stück entgegen, so nahe waren wir uns außer an Dorotheas Grab nie zuvor gekommen. »›Gib deine Träume nicht auf‹, hast du Dörte einmal geraten. Ich haben es damals vom Tresen aus gehört. Du hast very energisch gesprochen.«

»Das waren andere Zeiten«, erwiderte ich und rückte mit dem Oberkörper unwillkürlich ein Stück weit zurück.

Gordon hob seine Kaffeetasse an, als sei sie ein Weinglas. »Auf die Träume!«, sagte er.

»Auf die Träume«, erwiderte ich kaum hörbar, und wir prosteten.

Ich nahm einen Schluck, der mich jedoch heftig husten ließ. Was zum Teufel hatte ich da gekocht? Der Kaffee war so bitter und stark, dass er ungenießbar war. Ich musste beim Einfüllen des Pulvers mit meinen Gedanken woanders und nicht bei der Sache gewesen sein.

Gordon versuchte, sich nichts anmerken zu lassen. Dann hielt auch er es nicht länger aus und kniff die Augen zusammen. Wir mussten beide lächeln, wie wir uns so mit unseren Kaffee-Grimassen gegenübersaßen.

Bevor Gordon die Küche in der Dean Street wieder verließ, musste ich ihm noch versichern, niemals mehr irgendjemand diese Art von Kaffee anzubieten. Stattdessen sollte ich mich wieder einmal im »Peterson's« blicken lassen. Eine Tasse guter Kaffee und Apfelkuchen mit Streuseln warteten dort auf mich.

All die Monate nach Henry Fredericks Weggabe über verhielt sich Jenny mir gegenüber weiterhin kühl. Nicht einmal beim An- und Auskleiden durfte ich ihr noch behilflich sein, Jennychen übernahm diese Aufgabe an meiner Stelle. Mit dieser Art des Verhaltens erinnerte sie mich an ihre Mutter, die Baronin, mit ihrem ausdruckslosen Gesicht, die mir nie ein Lächeln geschenkt hatte, obwohl sie ihren Kindern gegenüber herzlich gewesen war. Der Kinder nahm Jenny sich mit ungebrochener Wärme und Liebe an und lauschte jeder ihrer Gesangsstunden. Allabendlich wünschte sie Musch um sich, der Junge war ihr Augapfel, und doch verlangte der Kleine immer öfter auch nach Karl. Seit einigen Tagen nannte Musch seinen Vater »Charley«, die Koseform der englischen Namensvariante Charles. Immer öfter schlief Musch an seinen Charley gekuschelt ein. Ich stellte mir vor, wie es wohl wäre, wenn Freddy sich ebenfalls an seinen Vater hätte kuscheln dürfen. Fast war ich neidisch auf Musch.

»Das Gerede hört nicht auf, Karl! Wir müssen etwas dagegen unternehmen«, vernahm ich eines Abends Jennys Stimme. Sie sprach leise, aber ich verstand sie gut, weil eines der Kinder die Schlafzimmertür auf dem Weg zum Abort hatte offen stehen lassen. Ich lag mit Laura in meinem Klappbett in der Stube, der Rest der Familie war im Schlafzimmer.

Jennys Flüstern wurde lauter. »Wir müssen den Gerüchten um ihr Kind endlich ein Ende machen, niemand darf jemals die Wahrheit erfahren!«

Laura neben mir stöhnte im Schlaf.

Jenny dämpfte ihre Stimme nun wieder, sodass ich genau hinhören musste: »Hat Herr Engels dir endlich seine Zustimmung gegeben, ihn in der Öffentlichkeit offiziell als Vater des Kindes ausgeben zu dürfen?«

»Das hat er, gestern, brieflich.« Karls Worte waren kaum zu hören.

Das hatte Friedrich getan? An Karls Stelle den Kopf hingehalten?

»Es ist gut, dass Fritze weit weg in Manchester ist«, brummte Karl. »Damit ist er aus der Schusslinie.«

»Dann fange ich morgen an, vorsichtig zu verbreiten, dass Herr Engels unser Hausmädchen geschwängert hat«, schlug Jenny vor, als ginge es um nichts Besonderes. »In der Great Windmill und unter den befreundeten Deutschen hier.«

Ihr Hausmädchen? Etwas anderes war ich für Jenny nicht mehr?

Karl schwieg lange, und ich dachte schon, dass er eingeschlafen wäre, als er doch noch sagte: »Ich denke, Fritze wird auch damit einverstanden sein, dass ich es wie nebenbei in ein paar Briefen an Freunde erwähne.«

»Wenn das nicht gelingt, sind dein Ruf und die nächste Revolution in Gefahr«, flüsterte Jenny. »Dann waren all meine Anstrengungen mit den Lewis umsonst.«

Meinen Jungen zu den Lewis zu geben war ihre Idee gewesen? Ich stand auf, um zu ihr zu gehen und es von Angesicht zu Angesicht aus ihrem Mund zu hören. Als ich schon die Hand auf dem Türknauf zum Schlafzimmer hatte, zögerte ich jedoch im letzten Moment. Was änderte es schon, dass nicht Karl, sondern Jenny hinter der Adoption steckte? Freddy ging es bei der Familie Lewis besser als bei mir, darauf kam es an!

Ich schaute zum Kohleofen in der Stube, und mein Blick fiel auf die letzte Glut des Tages. Baren Fußes ging ich an meinen Koffer und holte mein Goethe-Buch heraus. Als ich es hinten bei der Liste aufschlug, fiel mir ein Zettel mit Karls Handschrift entgegen:

Nächsten Sonntag, St. Giles in the Fields

Ich zerknüllte den Zettel, riss meine Niemals- und auch die Wunschliste aus dem Buch heraus und schob beide unter die Kohlenglut.

* * *

Lebenszeichen

Hatte ich früher die Nacht hindurch Gedankenschach gespielt, mein »Buch der Liebe« geschrieben oder über Politik nachgedacht, so träumte ich nun von meinem Sohn. Inzwischen war er dreizehn Monate alt. Ich sah mich Freddy versorgen, mit ihm spielen und ihm das Gehen beibringen. Aber diese schönen Bilder wurden immer wieder von Karls Stimme unterbrochen: *Mit dem heutigen Tag musst du ihn vergessen!*

Ein Melissentee in Naomis ruhiger Wohnung hätte mir bestimmt gutgetan, aber sie beachtete mich nicht mehr, seitdem sie von der Adoption wusste. Sie ging mir aus dem Weg und öffnete nicht einmal mehr ihre Tür für mich, was ich sehr bedauerte.

Um mich abzulenken, stürzte ich mich in die Arbeit. Karl hatte darauf bestanden, dass ich die großen Wäschestücke nicht mehr selbst wusch, sondern sie zu einer Wäscherin brachte.

Als ich mit dem fertigen Wäschekorb von der New Bond Street in die Conduit Street einbog, passierte es. Ein Stück vor mir verließ eine Mutter mit einem Kinderwagen ihr Haus, und auf der gegenüberliegenden Seite der Straße lag hinter einem Fenster eine Puppe im Fenster, die Lauras Kasperle ähnelte. Mit dem Wäschekorb vor dem Bauch hielt ich inne und starrte es an. Womit Freddy wohl spielte? Mir war bei diesem Gedanken, als stäche mir eine unsichtbare Hand mit einem Dolch mitten ins Herz, dennoch ging ich weiter. Als Nächstes versuchte ich, mir meinen Sohn mit Pabbis blondem Haar vorzustellen, schließlich hatte Freddy auch die Ohren von ihm. Ob mein Sohn immer noch so stark und gesund war, wie Doktor Rooper es bei seiner Geburt festgestellt hatte? Ich schaute mich um, so als ob die Lewis in dieser Straße wohnten und mit meinem Sohn jeden Moment in einer der Haustüren auftauchen könnten. Vielleicht in der braunen mit dem silbernen Klopfgriff?

Doktor Rooper!, durchfuhr es mich. Er hatte meinen Sohn zu den Lewis gebracht. Er konnte mir sagen, in welcher Straße ich tatsächlich auf ein heimliches Wiedersehen hoffen dürfte, allen

Regeln einer Adoption zum Trotz. Ich stellte den Wäschekorb ab und überlegte. Karl hatte zu Beginn unserer Londoner Zeit einmal erwähnt, dass der Arzt in der Moor Street in Soho wohnte, sollten wir ihn einmal wegen eines Notfalls holen müssen. Ich nahm den Wäschekorb wieder auf, änderte meine Richtung und fragte mich durch.

Doktor Roopers Haus war das vorletzte auf der rechten Seite der Moor Street, die einstmals roten Ziegel waren mittlerweile so schwarz wie Kohlen. Ich schlug mit der Faust gegen die Tür, weil der Türklopfer nur noch mit einem einzigen Nagel im Holz befestigt war.

Bald wurde geöffnet. »Ja, bitte?«, verlangte ein Dienstmädchen zu wissen.

»Ich muss zu Doktor Rooper!«, antwortete ich und stellte den schweren Wäschekorb ab. *Mit dem heutigen Tag musst du ihn vergessen!*, verlangte Karl in meinen Gedanken immer vehementer.

»Es ist Samstag. Da ist Doktor Rooper nur in medizinischen Notfällen zu sprechen«, sagte das Dienstmädchen mit spanischem Akzent.

»Es ist ein Notfall!«, insistierte ich und rief aufgeregt an dem Mädchen vorbei in den Flur, ohne das Haus jedoch zu betreten: »Doktor Rooper?« Er war stets für die Marxens und mich da gewesen, er verstand die einfacheren Menschen, ihre Sorgen und Nöte. Er war meine letzte Hoffnung. Er war der Einzige von den bei meiner Niederkunft anwesenden Erwachsenen, der meinen kleinen Freddy angelächelt hatte.

Der Doktor erschien eilenden Schrittes, das Dienstmädchen trat beiseite. »Ein Notfall? Hat Doktor Marx wieder Blähungen?«

Schon bückte er sich, um nach seiner abgegriffenen braunen Ledertasche mit den Instrumenten und dem Verbandszeug zu greifen, die im Flur bereitstand, als ich ihm sagte, worin der Notfall wirklich bestand. »Ich muss wissen, wo die Familie Lewis wohnt.«

Er hielt mitten in der Bewegung inne, antwortete aber nicht.

»Bitte geben Sie mir die Adresse«, bat ich. »Ich möchte meinen Sohn nur einmal sehen, und sei es auch nur aus der Ferne.«

Er richtete sich wieder auf, dann nahm er sich die fleckige Brille von der Nase und rieb sich die müden Augen.

»Bitte, Doktor«, flehte ich ihn an, wie er so im Türstock stand. »Sie sind meine letzte Hoffnung.«

Der Doktor biss sich auf die Lippen, er rang sichtlich mit sich. Plötzlich bat er sein Dienstmädchen: »Consuela. Bring mir bitte die blaue Mappe.«

Ob Gordon sich beim Ausblasen der Kerze wohl für mich gewünscht hat, dass ich meinen Sohn noch einmal sehen kann?, fragte ich mich, während sich Consuelas Schritte im Flur entfernten. Vielleicht hatten seine Wünsche ja mehr Gewicht als meine, denn gerade fühlte ich, wie neue Zuversicht in mir aufkam.

Bald war das Dienstmädchen mit einer blauen Mappe zurück. Bald würde ich die Adresse der Lewis' erfahren und meinen Sohn noch einmal sehen können. Doktor Rooper setzte sich die Brille mit den winzigen Gläsern wieder auf, öffnete die Mappe, holte ein Papier heraus und hielt es mir vors Gesicht. Auf der Suche nach dem Namen Lewis sprang mein Blick über jede Zeile.

»Hier steht, dass ich das Studium der Medizin an der Saint George's Hospital Medical School erfolgreich abgeschlossen habe.« Er deutete auf das Papier. In der Mitte stand der Name Ernest Rooper in geschwungenen Buchstaben. Darunter weitere Worte, einige auch in Latein. »Mit dem hippokratischen Eid habe ich geschworen, den Beruf des Arztes stets zum Wohle meiner Patienten auszuüben. An diesen Eid habe ich mich seit siebzehn Jahren gehalten, und dieses Versprechen werde ich nicht brechen. Schweigezusagen breche ich grundsätzlich nicht, auch nicht im Fall von Adoptionen. Es tut mir sehr leid, Fräulein Helena.« Tröstend legte er mir eine Hand auf die Schulter.

In der Vergangenheit hatte ich mir von dem höflichen Mann oftmals mehr Worte gewünscht, doch jetzt, wo es so weit war, verfluchte ich jedes einzelne. Mir war, als setzte mein Herzschlag aus, ich barg das Gesicht in meinen Händen. »Ich weiß, dass ich Freddy nicht zurückhaben kann. Aber ich will ihn doch nur noch einmal sehen. Nur um zu sehen, ob es ihm gut geht.« Ich brach innerlich zusammen.

Doktor Rooper legte mir nun auch noch die andere Hand auf die Schulter, so als wollte er mir damit sagen, dass es anderen Müttern, die ihr Kind weggegeben hatten, ähnlich ging wie mir.

Ich schaute auf. Das Gespräch war ihm unangenehm, das merkte ich ihm deutlich an. Für mich unerwartet, führte er nach einer längeren Pause, in der ich keine Anstalten zu gehen gemacht hatte, aus: »Den Schmerz zu überkommen ist möglich.« Er trat in den Flur zurück und griff nach dem rostigen Knauf, um im nächsten Moment die Tür zu schließen.

»Sagen Sie mir wenigstens, ob er noch lebt!« In London war es keine Seltenheit, dass Kinder früh starben, das wusste der Doktor besser als ich. Insbesondere den Jüngsten machte die schmutzige, rauchgeschwängerte Luft der Stadt zu schaffen. »Würden Sie das von Ihren Kindern nicht auch wissen wollen?«, schob ich aufgebracht hinterher und wäre ihm am liebsten ins Haus gefolgt.

Doktor Rooper schien erneut heftig mit sich zu ringen. »Er lebt«, sagte er dann doch noch und schloss nach diesen Worten die Tür.

Mein Sohn lebte! Unwillkürlich musste ich lächeln, auch wenn ich von nun an bei der Suche nach Freddy ganz auf mich allein gestellt war.

An diesem Tag kam ich erst spät am Nachmittag nach Hause. Niemand fragte, wo ich so lange gewesen sei.

»Werden wir auch bald weggeschickt?«, wollte Laura wissen. »Ins Arbeitshaus wie Oliver Twist?«

Ich war gerade dabei, die Wäsche aus dem Korb zu sortieren. Karl war in der Bibliothek und Jenny mit ihrer Ältesten auf einem Spaziergang in der Oxford Street.

»Wie kommst du denn darauf?«, fragte ich, in Gedanken noch immer bei der Begegnung mit Doktor Rooper, die zumindest in einer Hinsicht erfolgreich gewesen war. Ich wusste jetzt, dass Freddy noch lebte!

»Freddy durfte auch nicht bei uns bleiben, weil wir so wenig Geld haben«, erklärte Laura. Ich glaube, Jenny hatte den Kindern von Anfang an verboten, über Freddy zu sprechen, weswegen er nach der Adoption bei den Kindern auch nie wieder ein Thema gewesen war. Bis jetzt.

Musch trat hinzu, das Thema Armut beschäftigte auch ihn. »Ist Franziska nicht bei uns, sondern bei der Amme, weil wir arm sind?«

»Ganz im Gegenteil«, versuchte ich, die beiden zu beruhigen, und wiederholte einen von Jennys Sätzen, der seit Franziskas Geburt oft in der Familie gesagt wurde: »Wer wie wir eine Amme für ihre Dienste entlohnen kann, der ist nicht arm.« In Trier hatte bereits als arm gegolten, wer sich nicht einmal ein Alleinmädchen leisten konnte. Wenigstens etwas Tee hatten wir noch im Haus.

Die Kinder standen mit großen Augen vor mir. Laura war einen Kopf größer als Musch, sie war verunsichert. »Oliver Twist bekam im Arbeitshaus nur Haferbrei zu essen, aus einer Schüssel, die kaum größer als ein Suppenlöffel war. Als er einmal nach mehr Essen fragte, wollte die Vor… Vor…standschaft«, Laura hatte nach wie vor Probleme mit langen, komplizierten Wörtern, »… die Vorstandschaft demjenigen, der Oliver Twist bei sich aufnehmen würde, fünf Pfund schenken. Danach traute sich lange niemand mehr, nach einer Extraportion Haferbrei zu fragen.«

Die Geschichte von Oliver Twist war eine grausame, auch wenn sie letztlich einen guten Ausgang nahm. Und sowieso waren Kinder keine Waren, die man für Geld weggab oder für die man Geld empfing. Sie bestanden aus Fleisch und Blut, in ihnen schlummerte viel Fantasie und pochten aufgeregte kleine Herzen, die geliebt werden wollten.

»Mein Magen knurrt etwas«, gestand Laura.

Ich faltete die grüne Decke mit den Blumen zusammen, legte sie beiseite und holte zwei Äpfel aus dem Vorratsschrank, die zwei letzten. Sonst waren lediglich noch Brot und Butter im Haus. Ich wusste, dass wenn man Brotrinde lange genug kaute, dies auch den Hunger vertrieb.

Die Kinder rieben sich die Äpfel am Oberteil sauber, dann bissen sie herzhaft hinein. Lange hatte ich sie nicht mehr so genussvoll essen sehen. Ich zog sie auf meine Oberschenkel. »Ihr werdet nicht weggeschickt.« Anders als Freddy. Denn er besaß keinen Vater, der für ihn aufkommen konnte. Oder wollte?

Laura erholte sich als Erste wieder von dem Schreckgespenst, weggeschickt zu werden. »Wann kommt Franziska denn nun endlich wieder von der Amme zu uns nach Hause?«

»Bald«, wusste ich nur zu sagen.

»Oliver und ich«, begann Musch aufgeregt zu erklären, »wir studieren ein Lied für unsere kleine Schwester ein, wenn sie dann für immer herkommt.« Den angebissenen Apfel in der linken Hand, kletterte er von meinem Oberschenkel und hüpfte zum Käfig, der unterhalb des Fensters auf dem Boden stand. Dort legte er sich bäuchlings hin und steckte ein Stück Apfel zwischen zwei Gitterstäbe. »Oliver, zeig Nimmy und Laura mal, was wir Franziska vorsingen wollen.« Kinder waren ein wahres Wunder, bestehend aus Unbekümmertheit und Neugier.

Laura hatte ihren Apfel schon fast vertilgt. Sie hielt sich an mir fest, schaute aber gebannt zum Käfig. Niemand aus der Familie entlockte dem leuchtend gelben Kanarienvogel so eindrucksvolle Töne, ja ganze Melodien, wie unser Musch. Musch setzte zu einem hohen Ton an. Und zu noch einem. Dann sang er viele schnelle Töne hintereinander, und Oliver stimmte tatsächlich mit ein. Aus den hellen Tönen wurde eine weiche melodische Tonfolge. Laura schaute ihren Bruder fasziniert an, ich nahm ihr das Kerngehäuse des Apfels ab.

Was für wunderbare, fürsorgliche Geschwister und kluge, liebenswerte Persönchen die Marxkinder doch sind, dachte ich in diesem Moment gerührt. Bestimmt würde das der kleinen, schwächlichen Franziska helfen, groß und stark zu werden. Bestimmt hätte es auch Freddy geholfen.

Zum Jahresanfang 1852 quoll das Schuldenbrett trotz regelmäßiger Post Office Orders aus Manchester über. Weil das Geld für die Amme nicht mehr reichte, kam Franziska früher als geplant wieder zu uns zurück. Sie verstarb an Ostern an den Folgen einer Bronchitis. Föxchens Tod lag da eineinhalb Jahre zurück. Drei Tage lang hatte Franziska gegen den Tod angehustet. Ihren kleinen entseelten Körper mussten wir einige Tage lange im Studierzimmer ruhen lassen, weil wir kein Geld für einen Sarg und für die Beerdigung hatten.

Karl, Jenny und ich liefen die Dean Street auf und ab, um uns Geld zusammenzuborgen. Wir hatten anderen Immigranten in der Nachbarschaft stets geholfen, wenn wir Geld von der Baronin oder aus Manchester bekommen hatten, und die Immigranten zeigten sich nun wiederum mildtätig mit uns.

Später beim Zählen der Münzen berichtete Jenny Karl, dass auch die »Schreifrau«, unsere ehemalige Nachbarin von gegenüber, womit sie Naomi meinte, ein Viertel Pfund beigesteuert hätte. Mehr sagte sie nicht dazu, aber ich sah, dass es sie beschäftigte.

In den Monaten nach Franziskas Tod wuchs unsere Geldnot weiter, der Beweis dafür, dass ich Freddy nichts als Armut hätte bieten können. *Er lebt, das war die gute Nachricht, und darauf solltest du es beruhen lassen!*, sagte mein Verstand, mein Herz konnte ihn jedoch nicht loslassen. Und unsere Armut wurde noch schlimmer.

Bald nannten wir Karls Studierzimmer »das Fluchtzimmer«, denn wenn die Gläubiger an die Wohnungstür hämmerten, flüchteten sich Jenny und Karl dorthin. Sie verharrten dann mucksmäuschenstill hinter dem Schreibtisch, während ich die Geldgeber mit immer sanfteren Worten zu vertrösten suchte. Sie abzuwimmeln wurde immer schwieriger.

Karl konnte keine Artikel mehr schreiben, weil er dafür die Presse studieren musste, Zeitungen aber Geld kosteten, das wir nicht mehr hatten. Der Fleischer drohte mit dem Gerichtsvollzieher, weswegen wir uns nicht mehr bei ihm blicken ließen. Wir aßen Brot und Kartoffeln, die billigsten Nahrungsmittel in London. Aus geriebenen Kartoffeln, Zucker und Eiern machte ich Kartoffelkuchen für die Kinder. Ich kochte Kartoffeln in Essigbrühe und Kartoffeln in der Schale. In alle Suppen wie Wasser-, Brot- und Kräutersuppe gab ich Kartoffeln hinzu, weil diese am billigsten waren und satt machten. Kartoffeln tagein, tagaus. Eine Zeit lang konnte Karl nicht einmal mehr auf die Straße, weil ich seine Schuhe und den Mantel für die Kartoffeln des nächsten Tages ins Pfandhaus hatte bringen müssen.

In dieser Zeit und auch die ganzen nächsten Monate gingen Karl und ich sehr höflich miteinander um, wechselten aber kein persönliches Wort.

»Wir könnten Oliver auf der Straße Kunststücke vorführen und singen lassen und damit Geld verdienen«, schlug Musch vor und sprang schon in die Ecke, wo ich die Kiste mit meinem Zwirn aufbewahrte.

»Der springende Oliver Marx, welche Sensation!«, verkündete Laura, als stünde sie schon in der Dean Street und müsste die Aufmerksamkeit der Passanten gewinnen.

Karl beendete das Thema, indem er ungehalten sagte: »In unserem Haus verdienen nicht die Kinder, sondern die Eltern das Geld!«

»Aber dann könnten wir uns mal wieder Jellies kaufen wie John und Paxley von nebenan«, wagte Laura hustend noch einmal einen Vorstoß, und ich sah, wie Musch sich in Vorfreude auf die zuckrigen Köstlichkeiten bereits die Lippen leckte. »Und vielleicht auch so eine Miniatur-Eisenbahn«, flüsterte Jennychen.

»Keine weitere Diskussion!«, sagte Karl streng, und die Kinder verstummten sofort.

Jeden Morgen stellte sich erneut die Frage, wovon wir die Kartoffeln und das Brot für den nächsten Tag bezahlen sollten und wer wohl heute wütend gegen unsere Wohnungstür treten würde. In ihren Träumen riefen die Kinder nach Buttermilch und Durchgeseihtem. Und immer öfter sprachen wir am Abendbrottisch offen über Armut. »Armut ist von uns Menschen gemacht«, konnte Jennychen bald aufsagen, »denn Armut wird von einem Teil der Gesellschaft über einen anderen Teil gebracht. Wenige, nämlich die, die das Geld besitzen, die Kapitalisten, bringen sie über viele.«

»Viele Menschen«, wusste Laura mit ihren acht Jahren zu ergänzen, »lassen Armut und Ausbeutung zu, weil sie an Gott glauben und denken, er hat es so für sie vorgesehen.«

»Und weil sie Angst vor einer Revolution haben«, ergänzte ich, wenn ich die Kinder so reden hörte. Ich wollte die nächste Revolution, kein Kind sollte mehr aus Gründen der Armut sterben. Kein Kind sollte mehr wegen finanzieller Not von seiner Mutter weggegeben werden müssen. Der Kapitalismus führte zu Ausbeutung und brachte Armut, Elend und Knechtschaft. Gut zu wissen, dass der Kapitalismus auf jeden Fall sein Ende finden würde. Nämlich dann, wenn die Menschen die wachsende Ausbeutung und Armut nicht länger aushielten und sich vereint und organisiert gegen die Kapitalisten erhoben. Niemand erträgt Not und Elend unendlich, niemand kann ewiglich nur die Nachteile eines gesellschaftlichen Systems aushalten. Zum Glück war das Ende des Kapitalismus nur noch eine Frage der Zeit und nicht mehr eine Frage des Ob.

Karl konnte an nichts anderes mehr als an das große, inzwischen auf drei Bände geschrumpfte Standardwerk denken. Umso überraschter war ich, als er mir: »Morgen Vormittag in den Feldern, es ist wichtig«, zuraunte, während Jenny gerade mit den Mädchen beschäftigt war. Mit den Feldern meinte Karl St. Giles in the Fields, den Ort des weichen Lichts. Ich war unsicher, ob ich mich mit ihm treffen wollte. Hatte er Neuigkeiten von Freddy?

Dieses Mal war Karl vor mir in der Kirche und ohne schützenden Zylinder. Der lag im Pfandhaus. Er wartete an unserem Ort, neben dem vordersten Pfeiler des rechten Seitenschiffs. Zur Begrüßung zog er mich hinter den Pfeiler und umarmte mich. Doch unsere Umarmung war eine andere als früher, wenigstens für mich. Vielleicht weil es heute so düster draußen war und das Farbspiel der Glasfenster blasser als sonst. Oder lag es daran, dass es mich immer öfter beschäftigte, wie abweisend sich Karl nach der Geburt unserem Sohn gegenüber verhalten hatte, und dass er seine Vaterschaft leugnete? Ich löste mich aus seiner Umarmung und schaute zum Lichtertisch neben dem Altar. Dort brannte nur eine einzige Kerze.

Karl holte unter seinem Mantel eine Blattsammlung hervor. »Das ist für dich. Die erste Hälfte des Manuskriptes. Ich muss Frankreich noch etwas studieren, dann finalisiere ich es.«

»Der achtzehnte Brumaire des Louis Bonaparte« stand auf dem

Deckblatt, und oberhalb des Titels war mit kindlich unsicheren Kohlestrichen Karls Gesicht gezeichnet worden, umrahmt von dichtem Kopfhaar und einem buschigen Bart, zwei dunkle Augen in der Mitte. Die Zeichnung brachte mich unwillkürlich zum Lächeln.

Karl beobachtete mich, während ich sie betrachtete. »Muschs erstes Porträt.« Er war stolz auf seinen Sohn, das merkte ich deutlich, stolz auf alles, was Musch tat, und wann immer er den Namen seines Sohnes in den Mund nahm. Wie das wohl bei Freddy war? War sein Adoptivvater auch stolz auf ihn? Nahm er ihn in die Arme und gab ihm all die Liebe, die so stark in meinem Herzen brannte?

»Ich möchte, dass du es als Erste liest«, holte mich Karl aus meinen Gedanken zurück. »Du hast mir den Blick dafür geöffnet.«

Sein Geschenk rührte mich, und aufgrund der französischen Worte ahnte ich, wovon das Manuskript handelte. *Die Geschichte der Klassenkämpfe und der Revolutionen ist in Frankreich am schärfsten ausgeprägt!* Während Jenny in Zaltbommel gewesen war, hatten wir darüber geredet. Von Staatsstreichen und einer Analyse der Klassen hatte er vermutlich geschrieben. Vielleicht auch von anderen Klassen als der Bourgeoisie und den Arbeitern. In meiner Erinnerung sah ich uns wieder halb auf dem Lager und halb auf dem Fußboden neben dem Tintenglas liegen und schreiben.

Ich schlug die erste Seite auf. Aus den Augenwinkeln heraus sah ich die Kerze vorne auf dem Lichtertisch aufflackern und las still:

> *Hegel bemerkt irgendwo, dass alle großen weltgeschichtlichen Tatsachen und Personen sich sozusagen zweimal ereignen. Er hat vergessen hinzuzufügen: das eine Mal als Tragödie, das andere Mal als lumpige Farce.*

Mit Hegel hatte ich angefangen, Karls Welt zu betreten. »Danke«, erwiderte ich verlegen, konnte aber nicht anders, als das Papier gleich darauf sinken zu lassen und ihn ganz direkt zu fragen:

»Kannst du mir die Adresse der Familie Lewis besorgen? Hast du Neuigkeiten von Freddy?«

Karl verdrehte seine pechschwarzen Augen. »Das wäre gegenüber seinen neuen Eltern falsch!«

»Und was ist mit seinen richtigen Eltern? Muss man an die nicht auch denken?«, wollte ich aufgebracht wissen. »Interessiert es dich denn gar nicht, wie es deinem Sohn geht?«

Karl legte mir zärtlich die Hand auf den Mund. »Meinem Sohn?«, fragte er dann nachdenklich, wobei er das erste Wort betonte.

»Ja, er ist dein Sohn und nicht Friedrichs! Hast du das vergessen?«, wisperte ich zwischen seinen Fingern hindurch. Immer mehr fühlte ich mich an eine Theateraufführung erinnert. Nur dass ich keine unbeteiligte Zuschauerin, sondern ein Teil der Inszenierung, ein Teil der Tragödie war, in der Karl mir gegenüber, der Mutter, seinen Sohn verleugnete.

»Es ist weitaus komplizierter«, sagte er und packte mich an den Schultern. »Helena, du bist nicht mehr für ihn verantwortlich!«

»Ruhe dahinten!«, donnerte es vom Eingang her. »Das ist ein Gotteshaus und kein Pub!«

Ich schaute Karl aus aufgerissenen Augen an.

»Vergiss den Jungen«, bat er nun wieder versöhnlicher. »Es geht nicht anders.« Er sprach leise und vertraut, so als säßen wir uns am Schachbrett gegenüber. Fast glaubte ich, seinen Stumpen riechen zu können. Fast sah ich uns wieder hinter der Faltwand beieinanderliegen. Ich war hin- und hergerissen, niemand anders war jemals so tief in meine Seele vorgedrungen wie Karl Marx. »Kannst du jemals Föxchen oder Franziska vergessen?«

»Das ist etwas anderes«, entgegnete er.

»Ich denke, dass keine Mutterschaft oder Vaterschaft über einer anderen steht!«, widersprach ich, machte mich von ihm los und rannte aus St. Giles.

Meine Beine trugen mich ziellos durch die Stadt. Mein Herz schmerzte, in den Lungen brannte es. Ich ging weiß Gott welche Straßen entlang, wahllos bog ich in sie ein, lief wieder geradeaus, dann rechts oder links. Ich war schneller als alle anderen Passanten. Ich sah niemanden an. Irgendwann stand ich vor einem Park. Dessen Gras war braun und die Bäume ohne Blätter. Eine Gruppe Kinder in Lauras Alter spielte Fangen um die Bäume herum, und zwei ältere Damen hatten es sich auf einer Bank bequem gemacht. Vormittags gingen viele Dienstmädchen mit ihren Zöglingen in den Londoner Parks spazieren. Vielleicht war auch Freddy darunter. Die Chance, hier auf meinen Sohn zu treffen, war aberwitzig gering, aber immer noch größer, als wenn ich weiterhin tatenlos vor Karl stand und ihn gar nicht suchte. Ich lief durch den gesamten Park, sah in jede Ecke, aber vergeblich.

Der Blickfang des nächsten Parks, eine längliche Grünanlage, war ein kleiner Teich in der Mitte. Vielleicht hielt Freddy hier mit Misses Lewis ja nach Enten Ausschau? »Henry Frederick!«, rief ich, während ich hinter jeden Baum schaute. Die seltsamen Blicke der anderen Parkbesucher ignorierte ich. »Freddy?«

Ich war wie in einem Wahn gefangen und lief weiter.

Einige Zeit später, ich war völlig außer Atem, stieg mir der Geruch von fauligem Wasser in die Nase, die Themse konnte nicht weit sein. In der Mitte des nächsten Parks sah ich eine Gruppe von Jungen durch die Pfützen hüpfen. Sie freuten sich, wenn das Wasser aufspritzte und die Hose eines der anderen Jungen nässte. Schließlich steuerte ich auf die Straße auf der anderen Seite des Parks zu, weil sie breiter und geschäftiger war und es Mütter mit Kindern, die unterwegs waren, um Besorgungen zu erledigen, vielleicht eher in diese Richtung verschlug. Als ich die Straße erreichte, ging gerade eine junge Frau mit einem Kind in Freddys Alter an mir vorüber, das zudem auch noch blondes Haar und abstehende Ohren besaß. Ich stoppte abrupt. »Misses«, rief ich, »bitte warten Sie!« Doch sie fühlte sich offenbar nicht angesprochen. »Misses, es geht um Ihr Kind!«

Sie stoppte und wandte sich um. Als ich schwitzend bei ihr angelangt war, schaute sie mich ängstlich an. »Entschuldigen Sie«, begann ich, brachte den Satz aber nicht zu Ende, denn ich sah, dass das Kind auf ihrem Arm ein Mädchen war. Ich entschuldigte mich bei ihr, meinte, ich habe sie für jemand anders gehalten, und ging ernüchtert in den Park zurück. Jetzt war es also schon so weit, dass ich fremden Menschen Angst einjagte.

Erst im Folgejahr, in unserem vierten Londoner Jahr 1853, entspannte sich unsere finanzielle Situation endlich etwas. Karl durfte Artikel für die *New York Daily Tribune*, eine der angesehensten Zeitungen der Vereinigten Staaten von Amerika, schreiben. Jennychen bekam ein nagelneues Cribbage-Kartenspiel, Laura eine Flöte und Musch die Mütze, die er sich so sehr gewünscht hatte: eine große Schirmmütze mit einem Knopf obendrauf, deren Stoff aus grünen und gelben Fäden gewebt war. Musch hatte sie auf der Straße auf den Köpfen der Zeitungsjungen entdeckt und unbedingt so eine haben wollen. Die Kinder freuten sich sehr über die Geschenke, und die Hungertage schienen vergessen. Mir hatte Karl eigenes Schreibzeug gekauft, eine Feder, ein Tintenglas und Papier dazu.

Die Zeit heilt viele Wunden, heißt es, bei Weitem aber nicht alle. Was Jenny und mich betraf, arbeitete die Zeit eher gegen uns. Obwohl sie mit jedem Tag abweisender mir gegenüber wurde, versuchte ich eine Annäherung. Viele Monate hatten mich meine Sorgen um Freddy und der Schmerz über seinen Verlust so sehr beschäftigt, dass ich keine Kraft mehr für den Konflikt mit Jenny gehabt hatte. Sie war die stärkste Frau, die mir in meinem Leben jemals begegnet ist.

Karl hatte sich schon schlafen gelegt, während Jenny sich das Gesicht über einer Schüssel mit Wasser wusch. Ich stand vor einem Unschlittlicht am Tisch und plättete Wäsche.

Als Jenny sich das Gesicht trocken rieb, schlug ich wie nebenbei vor: »Ich könnte dir das Haar morgen Abend zurechtmachen.« Sie und Karl wollten endlich wieder einmal in die Oper gehen. »Auf dem Porträt in der ›Royal Virgin‹ trägt Queen Victoria ihr Haar so hübsch arrangiert, das würde dir ebenfalls gut stehen.«

»Queen Victoria?« Jenny trug schon ihr Nachtgewand, ein bodenlanges, tailliertes Leinenhemd, dessen Rückennaht bereits aufging.

»Zwei geflochtene Zöpfe winden sich an jeder Kopfseite um die Ohren der Queen.« Ich sagte es sehr zurückgenommen, weil ich sie nicht bedrängen wollte, und plättete weiter.

Jenny hängte ihr Handtuch über den Henkel der Wasserschüssel und drehte sich zu mir um, es war der erste, vertraulichere Gesprächsversuch seit Freddys Geburt, also seit fast zwei Jahren.

Sie schaute mich lange an, woraufhin ich scheu lächelte. Auf dem Weg ins Schlafzimmer sagte sie dann: »Geflochtene Zöpfe sind nicht mein Stil.«

Es war der Moment, in dem ich mir dachte, dass die Zeit gekommen war, etwas mehr Abstand zwischen mich und die Marxens zu bringen. Vielleicht bestand darin unsere einzige Rettung. Wenn ich all mein zuletzt Erspartes zusammenlegte und noch ein paar weitere Monate sparte, würde es für eine Überfahrt aufs Festland reichen.

* * *

Schmetterlinge

Von London aus wollte ich ein Schiff nach Antwerpen nehmen. Für die Reise trug ich mein kornblumenblaues Miederjäckchen und den braunen Überrock. Außerdem hatte ich Dorotheas Cape dabei. Jenny war mit meiner Abwesenheit einverstanden gewesen und hatte auch nicht verlangt, dass ich der Familie einen Ersatz für mich anbot. *Wenn der Dienstbote in eigenen Angelegenheiten eine weite Reise zu unternehmen genötigt wird, so kann er zwar seine Entlassung fordern, muss aber alsdann einen anderen tauglichen Dienstboten an seiner statt stellen.* Karl hatte dazu geschwiegen, eigentlich war er seit unserem letzten Treffen in St. Giles in the Fields schon sehr wortkarg mir gegenüber gewesen. Er wurde nicht gerne stehen gelassen.

Auf dem Weg zu den Docks machte ich im »Peterson's« halt. Einige Gäste nickten mir freundlich zu und erkundigten sich nach meinem Befinden. Darunter Gerd, Hartmut und Dörte. Ich nahm an einem freien Tisch in der Mitte Platz. Wegen des Koffers zu meiner Rechten ahnten sie wohl, was ich vorhatte. Ich bemerkte sehnsüchtige Blicke und nahm Glückwünsche für die Reise entgegen.

Gordon lächelte mich an, während er mir Kaffee und Apfelkuchen hinstellte und die Kerze auf meinem Tisch anzündete. Genauso wie bei unserer ersten Begegnung. Seine roten Locken leuchteten um die Wette mit dem Kupferkessel. Er übergab mir ein schmales Päckchen mit den Worten: »Es ist ein Brief mit wichtige Worten von Dorothea. Ich haben sie aufgeschrieben, denn sie dürfen nicht vergessen werden. Geben du ihn in Deutschland ab, please? Die Adresse steht auf dem Briefumschlag.« Gordons sonst so starke Hand zitterte. »Habe es wegen dem Regen gut eingepackt.«

Mir war klar, in welcher Stadt der Brief übergeben werden sollte und dass es Worte waren, die Dorothea bis kurz vor ihrem Tod mit sich herumgetragen hatte. Ich verstaute das Päckchen im Koffer, aß den Apfelkuchen und trank meinen vorerst letzten, deutschen Kaffee auf britischem Boden. Wenn Dorotheas Kaffee wirklich noch besser gewesen war als der Gordons, war er in der Tat der beste von ganz England. Einmal mehr versank Gordon melancholisch in den Anblick des Kaffeekessels, der einst Dorotheas Arbeitsplatz gewesen war.

Beim Hinausgehen sagte er mir noch: »Danke, Lencken. Dorothea hätte dich auch geloved.«

Geloved? Mit einem kleinen, weichen Lächeln verließ ich das »Peterson's«, einen der angenehmsten Orte der Welt.

Das Schiff hatte noch nicht einmal das offene Meer erreicht, da spürte ich schon, wie gut es mir tat, Abstand zwischen mich und die Marxens gebracht zu haben. Die Überfahrt verlief ruhig und angenehm, zeitweise konnte das Schiff sogar unter Segeln fahren, ganz ohne Dampf. Ich wusste nicht mehr, wann ich den letzten Tag in London ohne Nebel oder Dampf verbracht hatte, es musste schon Jahre her sein. Hier und jetzt auf dem Schiff fühlte es sich jedenfalls befreiend an. Ich atmete tief durch und roch Algen und das Wasser. Auf dem Meer wurde mir bewusst, wie sehr ich den Geruch frischer Luft vermisst hatte und wie stark er war. Fast fand ich es schade, dass schon bald darauf das Festland mit seinen rauchenden Schloten und seinen zerstückelten Agrarflächen, quadriert wie gesteppte Decken, in Sicht kam.

Das Dampfschiff legte in Antwerpen an. Die ersten Schritte auf flandrischem Boden wankte ich noch leicht. Eine Kutsche brachte mich vom Hafen zum Bahnhof, diesem einzigartigen Ort der Moderne. Als ich durch den Eingang ins Bahnhofsinnere trat, erinnerte ich mich an meine erste Bahnfahrt. Von Lüttich nach Brüssel hatte sie mich geführt, das lag mittlerweile neun Jahre zurück. Allein schon der Lütticher Bahnhof hatte mich damals eingeschüchtert, dann die vielen Menschen, das Gedränge, und ich mittendrin wie ein Kreisel, den andere antrieben. Heute machten mir Menschenmassen wie hier auf dem Bahnhof keine Angst mehr. In London herrschte ein weit größeres Gedränge auf den Straßen, erst recht, wenn die Armenspeisung anstand.

Zwischen den Köpfen der Reisewilligen hindurch entdeckte ich den Billetschalter und hielt, den Koffer des Barons fest in der Hand, zielstrebig auf ihn zu. Nach einigem Warten in der langen Schlange erstand ich das letzte Ticket für den Nachtzug nach Lüttich, das mich zu einer Fahrt in der dritten Klasse berechtigte. Meine erste Nachtfahrt. Ich hatte mit meiner Weiterreise nicht bis zum nächsten Morgen warten wollen. Schließlich befand ich mich nach all den Jahren auf der Heimreise zu meiner Familie! Ich wollte meine kleine Maria in den Arm nehmen, ihren Ehemann und ihre Kinder kennenlernen, und Gleiches galt für meine anderen Geschwister Peter, Katharina und Elisabeth. Ich hatte Geschenke für sie dabei und Jellies für meine Nichten und Neffen. Früher war ich diejenige gewesen, die zwei linke Hände besessen und der sie Nadelarbeiten nicht zugetraut hatten. Jetzt hatte ich hübsche Spitzentüchlein im Gepäck, die ich beim Trödler erstanden und in den Nächten vor der Abreise mit den Vornamen meiner Schwestern bestickt hatte. Einmal mehr bedauerte ich Barbaras Tod. Sie war die Älteste von uns Geschwistern, hatte abendelang neben Mutter gestickt und genäht und war ihr dabei näher als wir anderen gewesen.

Ob Mutter noch lebte? Sie musste dann mindestens sechzig Jahre alt sein. Ich versuchte, sie mir mit dünnem, schlohweißem Haar, faltigem Gesicht und vornübergebeugt an einem Stock gehend vorzustellen.

Ich bestieg den vorletzten Wagen des Dampfrosses. Ein Wagen mit geschlossenem Dach, aber offenen Seiten, kaum mehr als ein fahrbarer Unterstand. Bald nach meinem Einstieg spürte ich den typischen Ruck: Wir fuhren an. Ich hatte mir vorausschauend Dorotheas Cape umgelegt und das Haar fest zu einem Knoten am Hinterkopf zusammengebunden, damit der Wind es nicht zu sehr zerzausen konnte.

Obwohl man die Wärme des Sommers tagsüber noch spürte, wurde es eine eiskalte Fahrt. Der Wind pfiff uns, die wir in der dritten Klasse auf harten Holzbänken saßen, mit der sechsfachen Geschwindigkeit einer Postkutsche um die Ohren. Und wieder glitten wir auf den Schienen so leicht wie auf den Kufen eines

Schlittens im Schnee dahin. Nach einer Stunde Fahrtzeit hatte ich mich an die Geschwindigkeit gewöhnt.

Ob wir Menschen dazu gemacht sind, unsere Ängste zu überwinden? Sei es unsere Angst vor dem Dampfdrachen, sei es die Angst vor anderen Veränderungen? Was käme wohl nach der Schienenfahrt, würde der eiserne Drache vielleicht gar noch fliegen lernen? In Gedanken malte ich mir aus, wie die Eisenbahn mit ihren Wagen von den Schienen abhob und sich wie ein Vogel in die Lüfte schwang. Ein Wagen nach dem anderen. Es war eine faszinierende und unheimliche Vorstellung zugleich.

Zur Zeit der Morgendämmerung fuhren wir in Lüttich ein. Einige neue Schlote waren zu den alten hinzugekommen, auch hier schien die Arbeiterschaft zu wachsen. Aus unzähligen Schornsteinen stieg Rauch auf: Industrienebel, wenn auch nicht ganz so dunkel wie in London. Während ich in Lüttich auf eine freie Postkutsche nach Trier wartete, erstand ich die *Times*.

Am Nachmittag trat ich in Lüttich endlich den letzten Abschnitt der Reise in meine alte Heimat an. Mit dem Koffer in der Hand und der Zeitung unterm Arm bestieg ich die Postkutsche nach Trier. Zu meiner Erleichterung waren meine Reisegefährten höflich und manierlich. Sie stellten sich als Herr Kupfernuss junior und senior vor, von Beruf Advokaten in der fünften und sechsten Generation. Beide glichen einander wie ein Ei dem anderen, nur dass der eine eben jünger und der andere älter war. Beide trugen sie den Bart an Wangen und Kinn gut gestutzt. Ihr seitlich akkurat gescheiteltes und pomadisiertes Haupthaar glänzte wie schwarzer Lack.

»Ich bin Helena Demuth, ein … Hausmädchen aus London«, sagte ich und nahm ihnen gegenüber Platz. *Dann fange ich morgen an, vorsichtig zu verbreiten, dass Herr Engels unser Hausmädchen geschwängert hat.* Als Hausmädchen hatte mich Jenny in jener Nacht in der Dean Street bezeichnet und Karl vorgeschlagen, Friedrich als Freddys Vater auszugeben. Und Karl hatte zugestimmt. Er wollte nichts von seinem Sohn wissen und sogar noch seinen Freund Fritze mit in die Sache hineinziehen. Ich musste kurz auflachen, so absurd kam mir das Ganze rückblickend vor. Die Geschehnisse in meinem Leben waren denen der Weltgeschichte gar nicht so unähnlich. Zumindest nicht, wenn man Karls Worten in »Der achtzehnte Brumaire des Louis Bonaparte« Glauben schenkte. *Hegel bemerkt irgendwo, dass alle großen weltgeschichtlichen Tatsachen und Personen sich sozusagen zweimal ereignen. Er hat vergessen hinzuzufügen: das eine Mal als Tragödie, das andere Mal als lumpige Farce.* Auf die Tragödie von Freddys Adoption und Karls Verweigerung, seinen Sohn anzuerkennen, war in der Tat eine Farce, ein wahres Possenspiel gefolgt, in das sich sogar Friedrich hatte mit hineinziehen lassen.

»Sie reisen ohne den Schutz eines männlichen Begleiters?«, erkundigte sich Herr Kupfernuss senior.

»Es ist eine Reise, die ich allein antreten muss«, erklärte ich ihm. »Außerdem bin ich unterwegs sehr vorsichtig und schaue mir genau an, zu wem ich in die Kutsche steige.«

Die Herren lächelten höflich. Dabei fiel mir auf, dass sie sich immerhin in der Farbe ihrer um den Hals gebundenen Seidenschleifen unterschieden. Der eine trug eine blaue, der andere eine rote.

Ich gab mein Bestes, um während der holprigen Fahrt Haltung gegenüber den vornehmen Herren zu bewahren. Die meiste Zeit über unterhielten sie sich miteinander. Dabei hatte Herr Kupfernuss senior die Angewohnheit, immerzu seine Taschenuhr aus der Weste zu ziehen und auf das Ziffernblatt zu starren. So als prüfe er die Zeit, die wir mithilfe von Uhren endlich unter unsere Kontrolle gebracht hatten, damit sie nach unserem Willen schneller oder langsamer vergeht. Nach einer Weile begann ich, in meiner *Times* zu lesen, und der Blick, den mir die Herren beim Entfalten der Zeitung zuwarfen, war ein ausgesprochen verwunderter. Vielleicht beschäftigten sie aber einfach nur kein Dienstmädchen, das nachts stundenlang las und die Herren am Schachbrett herausforderte.

Am zweiten Tag in der Kutsche unterhielten sie sich über Advokatengeschäfte und über die neue Vermündlichung von Prozessen, wovon ich nichts verstand. Ich schloss meine Augen, lehnte mich gegen die Kutschwand und hörte ihnen zu, meine *Times* hatte ich schon ausgelesen.

Am dritten Reisetag kamen die Herren Kupfernuss auf den öffentlichen Prozess zu sprechen, der vor zwei Jahren gegen mehrere Mitglieder des *Bundes der Kommunisten* in Köln geführt worden war. Einige auch mir bekannte Herren, darunter Herr Freiligrath, waren angeklagt gewesen, einer geheimen Verschwörergruppe anzugehören. Im Gegensatz zu mir sagte meinen Reisegefährten die am Prozessende verkündete Festungshaft für mehrere Mitglieder eindeutig zu. Nach einem mittäglichen Zwischenstopp hielt ich es nicht länger aus und fragte die beiden höflich: »Warum soll es nicht möglich sein, sozial und kommunistisch zu denken? Muss man dafür wirklich ins Gefängnis kommen?«

Irritiert schauten die Herren einander aus ihren kleinen Augen an. »Wer Gesetze missachtet und einen Bürgerkrieg heraufbeschwören will, gehört ins Gefängnis! Solche Menschen sind Verbrecher«, belehrte mich Herr Kupfernuss junior wie ein Lehrer seine Schülerin. Er trug die blaue Schleife um den Hals.

»Wenn nun aber ein Großteil der Menschen den Kommunismus befürworten würde«, entgegnete ich ruhig, »sollte man dann nicht die Gesetze ändern? Sollte es dem Staat nicht darum gehen, dass der Großteil der Menschen zufrieden ist?«

»Wir sind zufrieden!«, fuhr Herr Kupfernuss senior auf. »Den Menschen in Europa ging es nie besser als jetzt!«

Das ließ ich ein paar Atemzüge lang stehen, während Herr Kupfernuss senior die Zeit auf seiner Taschenuhr prüfte. Als er wieder aufsah, fing ich seinen Blick ein und fragte: »Glauben Sie, dass wir freie Menschen sind?« Schon in absehbarer Zeit würden wir uns auf preußischem Gebiet befinden, wo die Presse- und die Versammlungsfreiheit nicht existierten.

Der Junior reagierte schnell und selbstsicher: »Wir sind freie Menschen, davon bin ich überzeugt, Lehensherrschaft und Sklaverei gibt es nicht mehr!« Sein Vater wollte ihn zurückhalten, indem er seine Hand auf den Arm seines Sohnes legte, der aber führte davon ungerührt weiter aus: »Auch ohne Grundrechte und ohne Verfassung sind wir frei. Wer fleißig ist, kann es gerade in diesen Zeiten des industriellen Aufschwungs zu etwas bringen und in der Gesellschaft aufsteigen. Das ist wahre Freiheit! Ein jeder ist seines Glückes Schmied!« Die Herren nickten zur Bekräftigung, nun wieder vereint, mit dem Kopf und wandten sich dann erneut einander zu.

Ich schaute aus dem Fenster und überlegte, ob es besser sei, die Sache auf sich beruhen zu lassen. Dann aber entschied ich mich anders.

Wir fuhren gerade über einen holprigen Weg, der zu beiden Seiten von Wiesen gesäumt wurde. Der Horizont schien meilenweit entfernt zu sein, als ich mir ein Herz fasste und einfach aussprach, was ich dachte: »Verzeihen Sie, aber ich sehe das anders. Kaum ein Arbeiter hat das Gefühl, frei zu sein, denn er kann nur zwischen der Fabrik oder dem Hungertod wählen. Und wenn die einen so viel nehmen, dass den anderen fast nichts mehr bleibt, dann ist das doch nach wie vor Herrschaft und Knechtschaft und kein freies Leben.«

»Die Arbeiter verdienen doch aber Geld in den Fabriken und können sich davon etwas leisten!« Die Herren antworteten fast zeitgleich. »Die vielen neuen Waren, die es überall zu kaufen gibt, lassen doch keinen Wunsch offen!« Sie sagten es in einem Tonfall, als hätten sie gerne noch hinzugefügt: *Was können Sie daran denn nur nicht verstehen!*

»Den Arbeitern bleibt von ihrem Lohn aber zu wenig übrig, um sich diese vielen neuen Waren kaufen zu können. Mein Freund Gerd, ein fleißiger Bergarbeiter, hat für sein neues Hemd aus maschinell gewebter Baumwolle ganze sechs Monate sparen müssen.« Ich dachte an den Tag zurück, an dem uns Gerd das Hemd stolz im »Peterson's« vorgeführt hatte. Es war gleich nach dem Buchstabierwettbewerb und dem anschließenden Tanz, und er war glücklich gewesen, denn für einen Moment hatte er sein hartes Leben unter Tage vergessen können – auch ohne Apfelkuchen und deutschen Kaffee. Und so wie ihm war es auch den anderen ergangen, wenn sie sich von ihrem kargen Lohn etwas Besonderes geleistet und sich dadurch bis zum nächsten Schichtbeginn besser gefühlt hatten. Länger hatte es selten angehalten. »Vielleicht«, sagte ich nachdenklich, »dienen die vielen neuen Waren vor allem dazu, die Arbeiter den Verlust ihrer Freiheit nicht wahrnehmen zu lassen. Es ist ein vorgetäuschtes Glück.«

Den Herren Kupfernuss standen die Münder offen.

»Die Kapitalisten wollen die Menschen mit ihren Waren nicht zufrieden machen, sie wollen nur viel verkaufen«, führte ich weiter aus. »Wie kann ein System, in dem es vor allem darum geht, das Geld einiger weniger zu vermehren, anstatt die Menschen zufrieden zu machen, gut für die Menschen sein?«

»Frauen bringen diese Dinge schnell durcheinander.« Herr Kupfernuss senior hatte sich als Erster wieder gefangen. »Und ein Hausmädchen sollte sich sowieso nicht mit Politik beschäftigen. Also lassen Sie es gut sein!« Er winkte ab.

Seine Ignoranz machte mich wütend. Ich versuchte es auf eine versöhnlichere Weise: »Wäre es nicht schön, einen Weg zu finden, der die Pflichten und Lasten in der Arbeit sowie den Reichtum und den Wohlstand im Leben gleichermaßen und damit gerechter auf alle Menschen verteilt? Eine Welt, in der es allen gut geht, weil es keine Klassen mehr gibt? Die Menschen wären glücklicher, glaube ich.« Ich schaute beide Herren eindringlich an. Der junge Herr Kupfernuss wippte nervös mit dem Bein auf und ab. Sein Vater erwiderte meinen Blick, ohne mit der Wimper zu zucken, und sagte dann streng: »In Ökonomie und Politik geht es nicht um Glauben, sondern um Wissen. Und damit erkläre ich dieses Gespräch für beendet!« Es klang wie sein allerletztes Wort.

»Der Kapitalismus fördert Konkurrenz, es geht zu wie in einer Arena unter Gladiatoren. Auch in der Juristerei. Ich wünsche Ihnen, dass Sie den Konkurrenzkampf überleben und nicht von einer größeren Kanzlei bezwungen werden!«, waren meine letzten Worte. Ohne die Reaktion der beiden Herren darauf abzuwarten, schloss ich meine Augen und lehnte mich an die Kutschwand zurück. Ich hatte mich in Rage geredet und konnte meine Gedanken selbst jetzt in keine andere Richtung bringen. Doch immerhin sprach ich sie nicht mehr aus.

Der Profit war das eigentliche Problem des Kapitalismus. Damit der Profit nicht nachließ und der Kapitalist weiter bestehen konnte, war jeder Fabrikbesitzer wegen der Konkurrenz dazu gezwungen, immer effizienter zu arbeiten und die Löhne zu drücken. Damit sein Profit nicht weniger wurde, musste die Ausbeutung der Arbeiter mehr werden. Erst die Vorstellung, dass die beiden stolzen Herren Advokaten dies alles früher oder später in Karls großem ökonomischem Standardwerk schwarz auf weiß würden nachlesen können, beruhigte mich wieder.

Mit den Herren Kupfernuss wechselte ich fortan nur noch Reisefloskeln, wie sie beim Ein- und Aussteigen oder während der Pausen notwendig waren.

Nach sechs Tagen in der Kutsche erreichten wir Trier. Mit knappen Worten verabschiedete ich mich von den beiden Herren, die mir noch eine Weile nachschauten, das konnte ich spüren.

Bevor ich nach Sankt Wendel weiterfuhr, führte mich mein Gang auf den Friedhof. Ich erkannte ihn kaum wieder. Wo waren die Silberlinden und Buchen auf dem Weg zur Kapelle geblieben? Der Prachtweg, auf dem ich Jenny kennengelernt hatte? Er war viel schmaler als früher, und zu den gewaltigen Grabsteinen mit ihren lebensgroßen Figuren, kunstvoll verzierten Sockeln und umständlichen Inschriften schienen Hunderte von frischen Gräbern hinzugekommen zu sein. Hier hatte mein Leben in Trier seinen Anfang genommen, hier war ich das erste Mal auf Karl getroffen, den düsteren Jungen mit dem unbarmherzigen Blick.

Ganz in der Nähe hörte ich ein Bellen. Ein schwarzer, riesiger Hund? Ich drehte mich um und sah, wie ein älterer Herr mit Gehstock und einem Jagdhund neben sich in der Kapelle verschwand. Eine Weile schlenderte ich noch über den Friedhof, wie friedlich hier doch alles wirkte, viel friedlicher als in London. Noch bevor es dunkel wurde, eilte ich in die Stadt, um dort ein Zimmer für die Nacht zu finden. Die Preußen ließen mich ohne viele Fragen ein.

Ich kam in einer Pension gegenüber der »Wilden Gans« unter. Die Gastwirtschaft gab es tatsächlich noch! Ich konnte es fast nicht glauben und warf einen Blick in die Gaststube hinein, vielleicht wäre ja sogar Angela Steinbach da und äße mit dem größten Genuss eine Mahlzeit, die sie nicht selbst zubereitet hatte. Heute verstand ich ihren Leitsatz nur zu gut. Aber Angela war leider nicht anwesend, und als ich nach ihr fragte, konnte mir niemand etwas über sie sagen.

Beim Abendspaziergang, ich war viel zu aufgeregt, um früh zu Bett zu gehen, ging ich noch zur Wohnung der Baronin. Jenny hatte mir zwar nicht aufgetragen, nach ihrer Mutter zu sehen, aber ich wusste, dass ihr das Wohlergehen der Baronin sehr am Herzen lag. Deswegen nahm ich den Umweg in Kauf.

Doch niemand öffnete mir, also ging ich zurück in meine Pension, reinigte mir gründlich mit dem Bürstchen die Zähne und ging zu Bett. Zum Frühstück am nächsten Morgen bekam ich von der Pensionswirtin einen Brei vorgesetzt, und derart gestärkt verließ ich meine Übernachtungsstätte.

Bis nach Sankt Wendel benötigte ich zweieinhalb Tage. Schon eine halbe Meile vor der Stadt verließ ich die Kutsche. Ich wollte mich meiner alten Heimat bedächtig nähern. *Immer nur dem Geruch nachgehen,* hörte ich Pabbi in meiner Erinnerung sagen. Dem Geruch von Forsythien und braunen Tabakblättern. Die Gegenwart verschmolz mit der Vergangenheit. Mein Blick schweifte über die Ortschaft. Auch in Sankt Wendel qualmte es neuerdings aus Schloten. Die Moderne zog nicht nur in den großen Städten ein, sie kam auch auf das Land in die vielen kleinen Städte und Dörfer. Ich atmete tief ein, die Luft war schlechter geworden.

Bevor ich den Friedhof und unser Haus in der Obergasse aufsuchte, zog es mich zur Eiche an die Blies, unter der ich mit Pabbi in den wenigen entspannten Momenten gesessen hatte, im Schatten ihrer Krone, den Rücken an ihren Stamm gelehnt. Mit dem Koffer des Barons in der Hand lief ich unterhalb des Steilhangs beim Bosenbach entlang.

Doch anstatt der Eiche fand ich nun ein großes Gebäude aus Ziegelsteinen am Ufer der Blies vor, welches von Fabriktürmen umgeben war. Aus deren steinernen Hälsen stieg eine Mischung aus verbrannter Steinkohle und Wasserdampf auf. Meine Zeit in

London hatte mich die unterschiedlichen Industrienebel voneinander unterscheiden gelehrt. Traurig verlangsamte ich meinen Schritt. Wo einst meine Eiche gestanden hatte, befand sich nun ein schmiedeeisernes Tor. MARSCHALL stand mit großen Buchstaben über ihm geschrieben: eine Tabak-Fabrik.

Ich wandte mich ab und hielt auf das untere Stadttor zu. Vor mir auf dem Weg zogen Ackerer ihre Karren in die Stadt. Die Luisenstraße führte mich zum Rathaus und zur Wendelinus-Basilika. Wenigstens die stand noch unverändert da. Den Koffer des Barons fest in der Hand schaute ich die Türme hinauf, sie schienen mir weniger hoch als früher zu sein. Dann ging ich an einigen Marktfrauen vorbei die Obergasse hinauf, vorbei an weiteren Häusern und Höfen. Es war kaum jemand unterwegs.

Das Tor zum Hof meines Elternhauses war offen. Wo früher unser Erntekarren gestanden hatte, rostete eine Egge vor sich hin. Kalktünche blätterte von den Außenwänden des Hauses ab. Die Scheune war noch da, und das Aborthäuschen konnte ich auch schon riechen. Bedächtig wie früher die Kirche betrat ich nun den Ort meiner Kindheit. Es war wie eine Reise zurück in jene Zeit, in der ich von den zu Boden gefallenen Kartoffelstückchen in den Dielenritzen satt geworden war. Ich wollte alles dafür tun, um Jenychen, Laura und Musch dies zu ersparen. Ich vermisste die Kinder mit ihrer überwältigenden Fröhlichkeit und Wärme. Wie es Freddy wohl erging?

Ich folgte einem Brummen, das aus der Scheune kam. Ein schwarz-weiß gefleckter Ochse stand dort und schaute mich aus großen Augen an. Die Viehversorgung war früher meine Aufgabe gewesen. Ich strich dem Tier über die Blesse. Da tauchte ein Kopf hinter dem Tier auf. »Hey, was tun Sie da?« Ein Junge in einem dreckigen Hemd humpelte um den Ochsen herum. Er war zehn oder elf Jahre alt und hatte strohblondes Haar wie Maria.

Ich zog meine Hand zurück. War es möglich, dass meine kleine Maria einen Sohn geboren und den Hof nach Mutters Tod übernommen hatte? Nun drang auch das Weinen eines Kleinkindes aus dem Haus zu mir, ich fuhr herum. Ein Mann, gekleidet in eine feine grüne Weste, trat in die Tür und musterte mich. *Das ist ganz sicher kein Demuth*, dachte ich und ging auf ihn zu.

»Sie hat unseren Ochsen angefasst!«, rief der Junge und beäugte mich dabei so misstrauisch, als stünde das Streicheln von Tieren in Sankt Wendel unter Strafe.

»Ich bin Helena Demuth und auf der Suche nach der Familie der Maria Demuth. Sie ist meine jüngste Schwester und wohnte früher mit mir und meiner Familie hier.«

Das Kinderweinen erstarb, der Junge aus dem Stall humpelte an mir vorbei ins Haus.

»Maria Demuth?« Dem Mann in der Tür stand der Argwohn ins Gesicht geschrieben.

»Lenchen?«, kam da eine ungläubige Stimme aus dem Haus.

Auch wenn sie früher kraftvoller gewesen war, wusste ich sie sofort zuzuordnen. »Katharina!« Übermütig stürmte ich an dem sprachlosen Mann vorbei ins Haus. Katharina besaß das gleiche haselnussfarbene Haar wie ich, und ebenfalls trug sie es zu einem Zopf geflochten, der unter ihrer einfachen, leinenen Haube heraushing. Ich stellte meinen Koffer ab und umarmte sie und das Kind, das sie mit einem Tuch vor die Brust gebunden trug. Sie ließ es zu, ohne meine Geste jedoch zu erwidern. »Endlich sehe ich euch wieder«, sagte ich. Ich fühlte Glück in mir aufsteigen wie unter Karls Händen.

Die Haustür wurde mit einem Krachen ins Schloss gezogen.

Katharina machte sich von mir frei und deutete auf den übellaunigen Mann. »Das ist Peter, Peter Riefer. Mein Ehemann. Wir haben vor zwei Jahren geheiratet.«

Ich nickte zu Peter Riefer hin, hatte aber nur Augen für Katharina.

»Vergiss das Essen nicht«, mahnte er meine Schwester.

Mit bitterer Miene musterte er mein Miederjäckchen unter dem Cape. Katharina ging pflichtschuldig zur Herdstelle. »Peter ist Schneider, der beste im Ort.« Der humpelnde Junge legte Holz nach, sie strich ihm flüchtig durchs Haar.

»Das freut mich für euch«, antwortete ich bewusst mit aufmunternden Worten. Der bröckelnde Putz an der Außenwand wie überhaupt der gesamte Zustand des Hauses sagten mir, dass es den Schneidern und Nähern in Sankt Wendel ähnlich erging wie denen in London, Paris und Brüssel. Die Fabriken raubten den kleinen Leuten die Kunden mit ihren billigeren Produkten, die deshalb kaum noch von ihrer Hände Arbeit überleben konnten. Auch wenn sie die besten im Ort waren.

»Wie ist es dir ergangen in all den Jahren?«, wollte ich wissen. Ich war so aufgeregt, alles zu erfahren. Auch über meine anderen Geschwister, über die kleine Maria. Und über Mutter. Es war schön, zurück zu sein.

»Was gibt es zum Abendbrot?«, wollte Peter Riefer wissen, bevor mir meine Schwester antworten konnte.

»Es gibt Kartoffelsuppe.« Katharina senkte entschuldigend die Lider. »Wir haben nichts anderes da. Die Brandstätters haben den letzten Gehrock immer noch nicht bezahlt.«

Peter Riefer ging die Treppe hinauf. »Steht das Essen in einer Stunde auf dem Tisch?«

Katharina nickte. »Natürlich.«

Die Stube kam mir nunmehr sehr eng vor. War sie es damals schon gewesen?

»Und du, Jacob, holst mir noch die Schere vom Schleifer, bevor wir essen«, befahl Peter Riefer von oben, woraufhin Jacob loshumpelte.

Ich war froh, endlich mit Katharina allein zu sein.

Wir hatten uns so viel zu erzählen, aber sie rührte erst einmal nur im Suppentopf auf der offenen Herdstelle.

»Und Mutter? Wie geht es ihr?« Ich ging zum Tisch, über dem an der Wand noch immer das Bild vom heiligen Wendelin hing. So wenig hatte sich hier verändert.

»Sie starb schon vor einigen Jahren«, sagte Katharina irgendwann, »und liegt draußen vor dem Tor auf dem neuen Friedhof.«

Mein Blick glitt über den Holzboden zur Vorratskammer, und ich dachte an Mutter, die früher so oft zwischen der Kammer und dem Tisch hin- und hergeschlurft war. Wie gern hätte ich ihr noch einmal gegenübergestanden und ihr gesagt: »Ich verzeihe dir, dass du für uns Kinder so wenig Liebe übrighattest. Denn ich weiß jetzt, dass es die Armut war, die dies mit dir gemacht hat.«

Das Kind vor Katharinas Brust begann zu weinen. Ich bot meiner Schwester an, es zu beruhigen. Sie übergab es mir mit den Worten: »Adolf ist im April ein Jahr geworden, aber er wächst viel zu langsam.«

Ich wiegte Adolf und sang ihm eines der Lieder vor, das die Kinder in der Dean Street besonders gerne hatten:

Ring-a-ring-a-roses,
A pocket full of posies

Auch Musch mochte dieses Lied, er nahm dann immer seine Geschwister bei den Händen und ging mit ihnen im Kreis herum.

Ashes! Ashes!
We all fall down.

Adolf wurde ruhiger. Es war schon etwas Besonderes für mich, das Fleisch und Blut meiner Schwester auf dem Arm zu halten. Ich sang leise weiter, bis Adolf eingeschlafen war. »Hat Mutter jemals wieder geheiratet?«

»Nein.« Katharina rührte gleichmäßig im Topf weiter.

Ich legte das schlafende Kind auf die Bank, dann trat ich neben sie an die Herdstelle. »Mit etwas Bohnenkraut und Knoblauch schmeckt jede Kartoffelsuppe gut«, empfahl ich. »Oder mach ein Püree daraus. Die Engländer lieben Mashed Potatoes. Kartoffeln, die sie mit einem Schneebesen zu fluffigem Brei schlagen. Das schmeckt wie Wolken.«

Katharina lächelte zaghaft. »Wie Wolken?«

Ich umarmte sie noch einmal. Und als ich sie wieder losließ, begann sie, leise zu berichten. Davon, dass Mutter noch einmal ein Kind geboren hatte, das inzwischen in Trier diente, Marianne, und dass der Schneider der einzige Mann gewesen wäre, der eine Frau mit drei unehelichen Kindern genommen hätte. Davon, dass die humpelnden Zwillinge Gottes Strafe für ihr unkeusches Verhalten gewesen seien, und von ihrer ersten Tochter, die in Saarbrücken diente.

»Wie können Kinder eine Strafe sein?«, widersprach ich ihr. »Bitte glaube solchen Unsinn nicht. Kinder sind eine Belohnung, sie sind ein Vorschuss aufs Glück.« *Stell dir vor, wie dein Sohn Bücher lesen lernt, vielleicht eines Tages sogar studiert.*

Katharina schaute von der Suppe auf. »Peter ist aber davon überzeugt. Und der Pfarrer auch.«

Vielleicht derselbe Pfarrer, der den Menschen einredete, dass Armut gottgegeben wäre und die Menschheit sie auf ewig aushalten müsste? »Du bist müde«, sagte ich zu ihr und legte ihr fürsorglich meinen Arm auf die Schulter. Müde wie Mutter einst.

Katharina machte sich frei. »Es geht schon. Peter ist ein rechtschaffener Ehemann.«

»Ist er gut zu dir?«

»Er sorgt dafür, dass die Kinder und ich nicht verhungern.« Katharina hielt den Holzlöffel so verkrampft in ihrer Hand, dass ich das Thema änderte. Ich fragte sie nach unserem einzigen Bruder.

»Peter ist mit dem großen Schiff über den Ozean gefahren, mit seiner Ehefrau, einem Mädchen aus Tholey.«

»Wie Edgar, Jennys Bruder«, sagte ich wehmütig. »Schreibt er dir Briefe? Geht es ihm gut dort drüben?« Erst im nächsten Moment erinnerte ich mich, dass Peter das einzige von uns Kindern war, das Lesen gelernt hatte.

Katharina zuckte mit den Schultern. »Ich weiß nicht einmal, ob er überhaupt heil in New York angekommen ist.«

»Und Maria?« Meine ständig fiebernde Schwester mit dem strohblonden Haar und den abstehenden Ohren, die leibhaftige Erinnerung an Pabbi.

»Unsere kleine Maria, meinst du?«, fragte Katharina zurück. Traurig senkte sie den Blick.

Ich nickte begierig. »Mit wem ist sie verheiratet? Wie viele Kinder hat sie geboren?« Meine Ungeduld war ähnlich groß wie die

Lauras, wenn es hieß, dass wir Jellies kaufen gingen. »Ist sie zu einem kräftigen Mädchen herangewachsen? Hast du sie mal lederne Stiefel tragen sehen?«

Katharina legte den Holzlöffel ab. »Maria ist gestorben. Nur wenige Wochen nach deinem Weggang. An einem ihrer Fieberschübe.«

»Nein, sag, dass das nicht wahr ist!«, entfuhr es mir. Ich ging zum Tisch, Marias Tod traf mich bitter. Ich setzte mich neben Adolf auf die Bank und strich ihm über die mageren Wangen. Es dauerte eine Weile, bis ich wieder sprechen konnte. »Was hältst du von einem gemeinsamen Spaziergang durch die Stadt oder zum Friedhof, Katharina?« Adolf schlief weiter friedlich.

»Das würde Peter nicht erlauben«, entgegnete sie leise, als der soeben Genannte auch schon die Treppen herabkam. »Ist das Essen fertig?«

Ich stand auf, um Katharina beim Tischdecken zu helfen.

»Darf Lenchen mitessen?«, fragte sie.

Seine zusammengekniffenen Augen standen im Gegensatz zu dem, was er sagte: »Ich will ja kein Unmensch sein.«

Ich bedankte mich höflich, und im nächsten Moment humpelte auch schon der zweite Zwilling in die Stube. Er stellte sich mir als Josef war.

»Wo bleibt Jacob?«, wollte Katharina von ihm wissen.

»Der ist noch beim Schleifer, die Schere holen«, antwortete der Junge.

»Wir fangen an!«, entschied Peter Riefer.

Wir aßen schweigend. Jacob kam erst spät am Abend, Katharina hatte gerade noch ein Schüsselchen Suppe für ihn retten können. Die beiden Brüder sahen sich wirklich zum Verwechseln ähnlich, ich hatte Mühe, sie auseinanderzuhalten.

Peter Riefers Blick glitt erneut über mein kornblumenblaues Miederjäckchen. »Eine Nacht kannst du bleiben«, sagte er, während Katharina mit Adolf vor der Brust den Tisch abräumte. »Für fünf Pfennige.«

»Aber Lenchen ist meine Schwester«, begehrte Katharina zaghaft auf. »Müssen wir wirklich Geld von ihr …« Ein wenig brannte das frühere Feuer also doch noch in ihr. Ich stellte mich neben sie.

»Das Leben ist teuer geworden. Nur weil sie deine Schwester ist, beschmutzt sie unsere Bettwäsche nicht weniger«, meinte Peter Riefer.

Die Anstrengungen des Lebens vertreiben Großzügigkeit, Freundschaft und Liebe aus den Herzen der Menschen, dachte ich einmal mehr. *Wer darum kämpfen muss, nicht zu verhungern, kann sich diese Gefühle nicht mehr erlauben, er muss erst einmal überleben.* Peter Riefer war nicht böse, nur arm.

Nach dem Essen bezogen Katharina und ich das Bett oben in der kleinen Kammer, die ich früher mit Peter und Elisabeth geteilt hatte. Heimlich, ich sah es an Katharinas Blick, holte sie eine Schale mit Weihwasser unter ihrem Ehebett hervor und schmuggelte sie zu mir herüber. Sie schob sie unter mein Bett und murmelte dabei: »Luft, Wasser, Feuer, Erde und alle Klopfgeister. Ich, Katharina Riefer, verbiete euch im Namen Gottes, Lenchens Bett, mein Haus und meinen Stall. Ich verbiete euch unsere Leiber, unser Blut und unsere Seelen. Ich verbiete euch jedes Nagellöchlein an der Wand, bis der liebe Tag kommt, an dem die heilige Maria Mutter Gottes ihren zweiten Sohn gebärt. Amen.«

Das war sehr lieb von ihr. Bevor wir uns jedoch auf dem Bett niederlassen und uns weiter unterhalten konnten, rief Peter Riefer nach ihr. Ich wünschte, Katharina hätte für diese eine Nacht bei mir bleiben dürfen, aber ihr Ehemann war dagegen.

Als ich alleine war, setzte ich mich aufs Bett und dachte an das *Gespenst des Kommunismus*. Ich überlegte, ob Katharina und Peter wohl Gefallen an einer Welt finden könnten, in der jeder am Reichtum teilhaben durfte. Der beste Schneider im Ort und die aufopferndste Mutter. Bestimmt!

Ich zog mich aus, löste mir das Haar und schlüpfte in mein Nachthemd. Das Trommeln der Regentropfen auf dem Hausdach begleitete mich in einen unruhigen Schlaf. Immer wieder wachte ich auf und musste an meine kleine Maria denken. Sie hatte ihr

Leben noch nicht einmal richtig begonnen. Nur kurz war ich mit meinen Gedanken bei Karl, Jenny und Freddy.

Am nächsten Morgen umarmte ich Katharina noch einmal. Erst erwiderte sie meine Umarmung nur zögerlich, dann immer fester, und am Ende schien sie mich gar nicht mehr loslassen zu wollen. Ihre Tränen nässten meinen Hals. Ich hoffte, dass es nicht allzu lange dauern würde, bis sie oben in der Kammer mein Bett machte und unter der Decke mein Exemplar des Manifests fand. Das Papier war von den vielen Nächten unter meinem Kopfkissen in London schon ganz zerknittert, die Buchstaben darauf aber noch gut zu lesen. Sie könnte es sich von Peter Riefer vorlesen lassen. *Proletarier aller Länder vereinigt euch!*

Zur Erinnerung an unsere Begegnung steckte ich Katharina das mit ihrem Vornamen bestickte Tüchlein, das ich aus London mitgebracht hatte, in einem Moment zu, in dem Peter Riefer es nicht sah. Das war sprechenderweise, als er mein Kostgeld vom Tisch auflas und nachzählte. Bevor er die Tür hinter mir schloss, konnte Katharina mir gerade noch zurufen, dass unsere jüngere Schwester Elisabeth bei der Familie Scheuerhals im Kirchgässchen diente.

Ob die alte Futterkiste noch in der Scheune stand? Pabbi hatte damals seinen Tabak darin aufbewahrt. Diesen einen letzten Blick in die Vergangenheit wollte ich noch wagen. Und ja, ich fand die Kiste wieder, gleich neben der Leiter zum Heuboden hinauf. Der Deckel knarzte, als ich ihn anhob. Es waren allerlei kindliche Dinge darin, geschnitzte Äste, ein Kanten Brot und ein mit einem lachenden Gesicht bemalter Stein. Es musste Josefs und Jacobs Geheimkiste sein. Ich legte ihnen die Londoner Jellies hinein.

Dann verließ ich die Scheune und schaute ein letztes Mal an meinem Elternhaus hinauf. In diesem Moment trat Katharina ans Dachfenster. Mit dem Tüchlein aus London in der Hand winkte sie mir zu, und Adolf war bei ihr. Ich bedeutete ihr mit Gesten, dass ich ihr schreiben würde, dass ich den Kontakt zu ihr nicht verlieren wollte. Sie lächelte und nickte mir zu.

Wehmütig ging ich ins Kirchgässchen. *Katharina, du hast es wahrlich nicht leicht, aber gib dennoch nicht auf!*

Das Haus der Familie Scheuerhals war gepflegt, besaß drei Etagen und grün umrahmte Fenster. Ich griff nach dem Klingelzug.

Ein beschürztes Mädchen mit braunem Haar und Kräuselhäubchen öffnete die Tür. »Sie wünschen?

»Bist du Elisabeth?«, fragte ich geradeheraus. »Die Tochter von Michael Demuth?«

Sie nickte. »Was kann ich für Sie tun?«

Es war wirklich Elisabeth! Ich glaube, ich starrte sie regelrecht an. Sie hatte noch immer diese langen, dichten Wimpern und die weiche Stimme, mit der sie damals für uns Eier ersungen hatte. Sie war eine gut aussehende Frau, und wenn ich richtig rechnete inzwischen einunddreißig Jahre. Keine drei Jahre jünger als ich. Ich reichte ihr meine Hand zum Gruß, vielleicht war ich bei Katharina zu forsch gewesen. »Ich bin's, Lenchen.«

Sie ergriff meine Hand, überlegte aber eine Weile. Eine ältere Frau, ebenfalls mit Haube – wohl eine Hausdame –, drängelte sich derweil an ihr vorbei. »Was stehst du so lange an der Tür, Mädchen?«, fragte sie.

Ich grüßte die Frau höflich, widmete mich aber gleich wieder meiner jüngeren Schwester. »Es ist lange her, du warst sieben Jahre, als ich die Familie verließ.«

Elisabeth brachte nur zwei Worte heraus. »Unser Lenchen?«

»Es gibt keine Zeit zu vertrödeln!« Die Hausdame klatschte mehrmals in die Hände, um meine Schwester zur Arbeit anzutreiben. »Die Teppiche reinigen sich nicht von selbst! Und wenn die Herrschaft dich hier plaudern sieht ...«

»Dienstboten sind nicht neugierig«, begann Elisabeth, »sie plaudern nicht aus, was innerhalb des Hauses geschieht ...«

»... äußern sich niemals nachteilig über ihre Herrschaft, denn die Ehre der Herrschaft ist auch ihre eigene«, übernahm ich unter den erstaunten Blicken der Hausdame. Die letzten Worte hatten meine Schwester und ich gemeinsam gesprochen.

»Ich diene auch«, erklärte ich der Hausdame. »Und wenn Elisabeth feuchten Kaffeesatz auf die schmutzigen Stellen der Teppiche gibt und einwirken lässt und diese später kräftig mit einem Besen abbürstet, werden die Flecken verschwunden sein. Ich bin übrigens Elisabeths ältere Schwester Helena und aus London angereist. Aber alle meine Geschwister nannten mich überwiegend Lenchen.«

»DAS Lenchen?«, fragte die Hausdame und betrachtete mich nun von oben bis unten, obwohl die Herrschaft gerade nach ihr und Elisabeth klingelte. Ob mir mein Ruf als Zitterhand immer noch vorauseilte?

»Wenn das mit dem Kaffeesatz wirklich stimmt, gestehe ich Elisabeth am Nachmittag eine freie Stunde zu«, sagte die Hausdame.

»Um drei Uhr an der Basilika?«, fragte ich Elisabeth.

Wir nickten beide verschwörerisch.

Kurz nach drei und im Schatten der Türme der Wendelinus-Basilika hielt ich meine jüngere Schwester Elisabeth endlich im Arm. Sie war einverstanden, mich auf den neuen Friedhof zu begleiten. Und weil wir uns so viel zu erzählen hatten, stoppten wir immer wieder auf dem Weg dorthin und kamen nur langsam voran. Meine Schwester mochte ihre Arbeit, und die Herrschaft war gut zu ihr. Sie hatte mehr Glück als Dorothea in ihren ersten Jahren. Elisabeth fragte mir ein Loch in den Bauch über meine Anstellung, über Brüssel und London.

Als wir nach einer halben Stunde am Friedhofstor ankamen, kannte Elisabeth bereits die Straßen Sohos, das Fluchtzimmer unserer Wohnung und Angela Steinbachs Rezept von der Hammelsuppe. Ich war gerührt, als sie mir erzählte, dass meine Familie gleich am Morgen nach meinem Verschwinden lange nach mir gesucht hatte.

Elisabeth führte mich zuerst zu Marias Grab. Ein schmuckloses Kreuz steckte im Boden. Ich schluckte vor Beklemmung, während Elisabeth erzählte, dass ihnen damals selbst das Geld für einen kleinen Sarg gefehlt hatte. Deswegen hatte man den Kindsleichnam nur in ein Tuch gewickelt und unter die Erde gebracht. Und das wäre jenes Schultertuch gewesen, an das sich Maria nach meinem Weggang unentwegt geklammert hatte. Mein Schultertuch, unsere Verbindung auch nach ihrem viel zu frühen Tod. Ich sandte Maria liebe Grüße in den Himmel und eine lange Umarmung. Elisabeth half mir aus der Hocke hoch. Es wurde Zeit, zu Vaters und Mutters Grab zu gehen.

Auch dort fand ich nur zwei Holzkreuze vor. Auf dem linken stand Mutters Name Maria Katharina Demuth, geborene Kreutz. Pabbis Kreuz steckte schief im Boden. Beide Gräber hätten anders aussehen müssen! »Warum hat Mutter von meinem Geld keinen Grabstein gekauft? Ich wollte so gerne Schmetterlinge für ihn.« Schmetterlinge symbolisierten die unsterbliche Seele, und Pabbi war so gerne in der Natur gewesen. Mit der Hand strich ich über die vom Regen noch klebrigen Erdklumpen auf seinem Grab.

»Dass Geld von dir aus Trier kam, sprach sich schnell im Ort herum«, begann Elisabeth, mir zu berichten. »Zuerst kaufte Mutter uns einen Hasen, von dem wir einen köstlichen Braten zubereitet haben. Wir saßen gemeinsam am Esstisch, aßen Mohrrüben und Klöße dazu, und Mutter lächelte bei jedem Bissen. Sie wirkte während des Hasenessens viel jünger und fast so schön wie du. Ihr seht euch sehr ähnlich.«

»Ich wäre gern dabei gewesen«, sprach ich, während ich Mutter zum ersten Mal in meiner Erinnerung lächeln sah. Ich prägte mir das Bild fest ein.

»Wir stopften uns so voll, dass wir tagelang Bauchschmerzen hatten«, fuhr Elisabeth fort, kicherte dabei, wurde aber gleich wieder ernster. »Bald darauf allerdings stand Onkel Klaus vor der Tür und wollte Pabbis Anteil vom Sarg zurückhaben.«

Ich kam vom Grab hoch. »Aber über die Jahre habt ihr doch viel mehr Geld von mir erhalten als nur für einen halben Holzsarg und einen Hasenbraten.«

»Mutter gab ihm das Geld, um Ruhe vor ihm zu haben, er konnte sehr laut und einschüchternd werden. Kurze Zeit später stand er wieder vor der Tür. Mit aufgehaltener Hand redete er von Schulden, die Pabbi vor seinem Tod bei ihm gemacht habe und die es noch zu begleichen galt. Angeblich hatte Pabbi ihn jahrelang um Geld für Alkohol und Tabak angepumpt und dabei sei ein beträchtliches Sümmchen zusammengekommen.« Elisabeth rieb ihren Daumen an Zeige- und Mittelfinger, um zu unterstreichen, dass sie über Geld sprach.

Ich konnte nicht glauben, dass unser Vater heimlich Schulden gemacht und Mutter darüber belogen haben sollte. Ihm war es immer wichtig gewesen, nur das zu kaufen, was der Geldbeutel hergab. Er hatte mich Ehrlichkeit gelehrt. Lügen, sagte er, seien wie böses Gewürm, das uns von innen auffrisst. Kurz erschien mir Jennys Bild vor Augen. Ihr gegenüber war ich unehrlich gewesen, hinter ihrem Rücken hatte ich Karl getroffen. Der Gedanke, ihr wehgetan zu haben, schmerzte an Pabbis Grab noch schlimmer als sonst.

»Nach acht Jahren, als Mutter noch immer so gut wie nichts von deinem Geld übrig blieb«, berichtete meine Schwester weiter, »wagte sie erstmals, Onkel Klaus Widerworte zu geben. Zusammen mit Peter, der inzwischen groß und stark geworden war. Denn nach all der Zeit vermuteten wir, dass Onkel Klaus die immer neuen Schulden nur erfand«, fuhr Elisabeth fort.

Ich ballte meine Hände zu Fäusten. »Dieses … dieses Untier!«

»An dem besagten Tag ließen sie den Onkel nicht ein. Mutter rief ihm durchs Fenster zu, dass sie sich kein Geld mehr stehlen ließe und schon gar nicht, wenn es ihre Tochter in der Ferne hart erarbeitet hätte! Peter vertrieb den gierigen Onkel mit der Heugabel vom Hof.«

Mein Blick glitt über Mutters Grabkreuz, um das der Herbstwind pfiff. »Das hat sie gesagt?«

Elisabeth nickte und griff nach meinen Fäusten, um sie mit ihren rauen, aber warmen Fingern zu umfassen. »Mutter war stolz auf deine Anstellung in Trier.«

Mutter war stolz? Auf mich? Meine Hände öffneten sich, und Elisabeth drückte sie sanft. »Ich weiß nicht, was an diesem Tag sonst noch passierte, jedenfalls hat sich Onkel Klaus seitdem nicht mehr in der Obergasse blicken lassen.«

Mir war es ein Rätsel, wie zwei Brüder so gegensätzlich sein konnten. Pabbi war warmherzig und liebevoll, Onkel Klaus kühl und berechnend gewesen.

Vor der Kapelle begannen zwei Totengräber mit ihrer Arbeit. Sie hoben ein Loch aus und riefen sich Worte zu, die der Wind verwehte.

»Dann blieb dein Geld eine Weile aus, und Mutter beschloss, in der neuen Tabakfabrik unten an der Blies zu arbeiten, damit sie Barbaras Hochzeit bezahlen konnte. Nach den ersten Wochen Fabrikarbeit war Mutter oft krank und der Doktor teuer«, führte Elisabeth weiter aus, eine aufgesteckte haselnussbraune Haarsträhne entwand sich ihrer Kräuselhaube. »Aber den Doktor konnte sie sich als eine der wenigen Arbeiterinnen dank deines Geldes noch leisten.«

Ich war froh, dass meine Münzen wenigstens Mutters Leben um einige Jahre verlängert hatten, wenn sie schon Maria nicht gerettet hatten.

Elisabeth ließ meine Hand los, hockte sich hin und begann, Unkraut aus der Erde vor Mutters Kreuz zu zupfen. »Lenchen, wegen dir wollte ich Dienstmädchen werden.« Sie schaute auf, ein Bündel Löwenzahn samt Wurzeln in der Hand. »Eine Zeit lang gab es auf dem Marktplatz keine andere Geschichte als die DES Lenchens, das sich nach Trier und später nach Brüssel, Paris, Köln und London gewagt hatte, mit dem fauchenden Dampfross und dem Dampfschiff. Das Lenchen, das bei einem Doktor arbeitete und schreiben konnte.«

In Sankt Wendel wurde über mich anders als von der Zitterhand gesprochen? Was wohl wäre, wenn die Leute hier wüssten, dass ich das Zittern noch immer nicht im Griff hatte? Ich atmete tief durch. Vielleicht würde ich ihnen dann sagen, dass ich fern von Sankt Wendel meine Schwäche zu akzeptieren gelernt hatte und damit umzugehen wusste. Eine Schwäche erscheint anderen groß, wenn man sie selbst wichtig nimmt. Karl und Jenny hatten aus meinem Zittern nie eine große Sache gemacht.

Elisabeth kam wieder aus der Hocke hoch. »Und Hilga wurde auf dem Marktplatz nicht müde zu betonen, dass sie dich kennt und ihr beide Freundinnen wart.«

Erst lächelte ich, als jedoch das Wort »Freundin« fiel, war mir alles andere als zum Lachen zumute. »Meine einzige Freundin ist … war Jenny«, entgegnete ich melancholisch. *Und ich darf sie nicht endgültig verlieren!*, dachte ich.

Elisabeth löste die Bänder meiner Schute, wir tauschten die Kopfbedeckungen. Ich bekam ihre Kräuselhaube.

»Dein Weg hat noch andere Mädchen außer mir in Sankt Wendel ermutigt, wusstest du das?«, fragte Elisabeth. Bei den nächsten Worten senkte sie die Stimme: »Mutter sagte, es sei schade, dass Vater dies alles nicht mehr erleben durfte.«

Ich spürte Tränen auf meinen Wangen. Wir gingen um das Grab herum zu Pabbis Kreuz, es war das rechte von den beiden. Dort sank ich auf die Knie. »Er ist viel zu früh gestorben.«

Elisabeths Hand streichelte meine Schulter. »In seiner Familie gab es viele Männer, auch Onkel Klaus, die an Kopfkrankheiten starben.«

»Kopfkrankheiten?«, wiederholte ich und erhob mich.

Elisabeth nickte. »Bei meiner Herrschaft gibt es auch eine Krankheit, die von Generation zu Generation weitergegeben wird. Allen männlichen Nachkommen fehlen die Fingernägel, und außerdem haben sie Probleme mit den Gelenken, keiner der Herren Scheuerhals kann richtig schnell laufen. Sie haben gesagt, dass ihre Krankheit erblich sei.«

»Also war Pabbi sein früher Tod vorherbestimmt?«

Elisabeth nickte. Ich schaute zum Himmel hinauf, erst blendete mich die Sonne, aber dann stellte ich mich ein Stück weiter nach rechts in den Schatten, wo ich besser hinaufsehen konnte. Ich sah unseren Vater von dort oben mit seinen dunkel verfärbten Zähnen hinablächeln, seine Züge formten sich aus weißen Wolken und wurden vom Herbstwind über uns hinweggetrieben. Auch nach all den Jahren lächelte mich niemand liebevoller an als Pabbi.

Ich trat wieder neben Elisabeth. Gemeinsam knieten wir uns nun vor dem Grab unserer Eltern nieder. Sie mit meiner Schute und ich mit ihrem Kräuselhäubchen auf dem Kopf. Während Elisabeth ein Gebet sprach, dachte ich, dass Mutter auch wegen uns Kindern so viel gearbeitet hatte, damit wir überlebten. Denn tief in ihr war auch Liebe gewesen. So wie in Peter Riefer.

Ich holte das Steckschach aus meinem Koffer. Elisabeth betrachtete das Kissen, ihre braunen Augen waren die unserer Mutter. Wenn ein Ausdruck der Freude in sie trat, oder Elisabeth mich so wie jetzt fragend anschaute, waren sie so schön, dass ich gar nicht mehr wegschauen wollte.

»Das Spiel gehörte Pabbi«, erklärte ich ihr, meine Fingerspitzen begannen zu summen.

Fasziniert verfolgte meine jüngere Schwester, wie ich die auf Zahnstocher steckenden Figuren aus dem Kissen zog. »Darf ich es dir beibringen, das Spiel der Könige?« *Die zwei Türme gehen nur entlang der Geraden. Die Königin wandert geradeaus in alle vier Richtungen und auch diagonal.*

»Ich würde es gerne lernen.« Elisabeth strahlte bis über beide Ohren. »Morgen ist Sonntag, da habe ich nach dem Kirchgang frei.«

Ich schaute noch einmal zu Pabbis Kreuz, und es war, als könne meine Schwester Gedanken lesen. Sie holte ein Messer unter ihrer Schürze hervor. »Du sprachst von Schmetterlingen für Pabbi?«

Während ich noch irritiert nickte, fing sie schon an, mit dem Messer das Holz zu bearbeiten. Auf dem linken Arm des Kreuzes entstand ein Schmetterling, der sich im Flug zu befinden schien. Als er fertig war, reichte sie mir das Messer. »Und jetzt du!«

Ich ritzte meinen Schmetterling in den rechten Arm des Kreuzes und gab dem Tier starke Vorderflügel und einen schmalen Körper, auf dass es kraftvoll fliegen konnte. Wir waren längst über die Zeit, als ich endlich fertig war. Denn ich hatte mich dazu entschieden, meinem Schmetterling noch ein Muster in die Hinterflügel einzukerben, das die Vögel abschrecken sollte, ihn zu fressen – wie im wahren Leben. »Falls dir die Hausdame als Strafe für deine Verspätung den Ausgang morgen nach der Kirche verbieten will, sag ihr, mit meinen besten Empfehlungen, dass sie Fliegenschmutz vom Kronleuchter sehr gut mit Salmiakgeist entfernt bekommt.«

Wir kicherten wie zwei junge Mädchen und konnten es kaum erwarten, uns am Sonntag erneut zu treffen. Hand in Hand verließen wir den Friedhof.

»Und bring Pabbis Schachspiel mit!«, rief mir Elisabeth noch hinterher, als ich auf das Haus der alten Frau Kostmüller in der Marienstraße zusteuerte. Die Frau bot saubere Fremdenzimmer für einen günstigen Preis an.

Als mich Elisabeth am letzten Tag vor der Kutsche auf dem Marktplatz verabschiedete, hatten wir mindestens ein Dutzend Partien hinter uns gebracht, und Elisabeth stellte sich geschickt an. Zwischendurch sprachen wir immer wieder über die Vergangenheit, die Gegenwart und die Zukunft. Sie wusste bald nicht nur von meiner Liebe zu Karl und meiner verlorenen Freundschaft mit Jenny, sondern auch von meiner Sehnsucht nach Freddy und von Dorothea aus Urweiler. Als ich ihr von Gordons Ehefrau erzählte, fiel mir auch wieder Gordons Brief ein. Ich holte ihn aus meinem Koffer. Die Schrift darauf war kantig und krakelig wie die der meisten Männer. *Gordons Schrift*, dachte ich und strich in Erinnerung an die vielen schönen Stunden im »Peterson's« über das Kuvert. Die Adresse sagte mir nichts, aber der Name, der dahinter stand, schon: Familie Kittel.

»Die Kittels waren es, die neben einer gewissen Familie Brombach am Kornmarkt und den Herrschaften Popellka in der Brotstraße als grausamste Herrschaft unter den Trierer Dienstmädchen gegolten haben«, erklärte ich meiner Schwester. »Angeblich halten sie ihr Gesinde wie Tiere in kalten, düsteren Kellern.«

Den Koffer in der Linken, den Brief in der Rechten, begab ich mich nach einer festen Umarmung zur Kutsche. Aus dem Kutschfenster schaute ich so lange zu der winkenden Elisabeth zurück, bis ich sie nach einer Kurve nicht mehr sehen konnte.

Die Fahrt verging langsam, und ich war froh, als ich in Trier endlich über den Marktplatz und durch die Brotstraße in die Hosenstraße gehen konnte. Mein Ziel war das Eckhaus mit der Nummer 202. In ihm war Dorothea so vieles passiert, was weit von dem entfernt war, was uns Hilga auf dem Marktplatz in Sankt Wendel einst berichtet hatte. Das weiche Federbett und die gute Bezahlung hatte es nie gegeben. Nicht nur Hilga, sondern auch Dorotheas Familie hatte nie die Wahrheit erfahren. Ich straffte die Schultern und stieg die breiten Stufen zur Haustür hinauf. Oben betätigte ich die Türglocke.

Kurz darauf erschien ein Dienstmädchen mit Kräuselhaube und Flügelschürze. Es öffnete die Tür allerdings nur einen Spalt weit und fragte: »Sie wünschen?«

»Ich möchte Frau Kittel sprechen, bitte sehr«, trug ich vor.

Das junge Dienstmädchen beäugte mich misstrauisch, ihre Augen glitten nervös über mein Miederjäckchen und den guten Rock. Dann fragte sie noch leiser als zuvor: »Wen darf ich melden?«

»Bitte melden Sie Helena Demuth«, sagte ich. »Ich komme aus London, um …«

»Besuch aus London?«, unterbrach mich eine selbstbewusste Stimme, die aus dem hinteren Flur kam und das Dienstmädchen zusammenzucken ließ.

Die Stimme hatte einen tiefen, harten Klang. Schritte näherten sich, und ich konnte das Rascheln mehrerer Stofflagen übereinander hören.

»Gnädige Frau.« Das Dienstmädchen verbeugte sich lange und hielt die Lider dabei gesenkt.

Kurz darauf stand sie in der nun weit geöffneten Tür vor mir: Frau Kittel. Die Frau, die jungen Dienstmädchen wie Dorothea ihre Träume stahl. Der Flur hinter ihr, der sich als prächtige Eingangshalle herausstellte, war größer als unsere erste Wohnung in der Dean Street. Vor den Wänden standen Dutzende von grellen Lichtern auf kleinen Tischen. Fast blendete mich das Lichtermeer. Das Kleid der Hausherrin war mit unzähligen gerüschten Stoffblumen verziert.

Ich hätte eigentlich vor Frau Kittel knicksen sollen, aber ich stand nur da, mit dem Koffer des Barons in der einen und dem Brief in der anderen Hand. Frau Kittel schaute mich abfällig an, sie erkannte wohl, welches Metier ich ausübte. Denn wir Dienstboten eignen uns über die Jahre hinweg beim Dienen gleichartige Gesten, Blicke und vielleicht sogar die Art zu reden an. »Guten Morgen, gnädige Frau. Ich habe eine Nachricht für Sie zu überbringen«, sagte ich und reichte ihr den Brief. »Sie ist von einer gemeinsamen Bekannten. Sie sollten sie …«

Sie unterbrach mich mit den Worten: »Ich denke nicht, dass wir gemeinsame Bekannte haben.« Dennoch warf sie einen Blick auf den Absender auf der Rückseite des Umschlags. Ihr Haar musste sehr lang sein, denn sie trug es zu einem Zopf geflochten in einem hochaufragenden aufgesteckten Knoten am Hinterkopf, während das Vorderhaar in einem Dreieckscheitel bis zu ihrer Ohrenpartie glatt am Kopf anlag und dann in kleine Löckchen gelegt war.

Dorothea Fechtmann aus Urweiler, formten ihre Lippen still. Sie schaute auf. »Das war die Kleine, die vor vielen Jahren meinen Haushalt und die anderen Dienstboten im Stich ließ!« Ihre Worte hallten in mir nach. Mit ausgestrecktem Arm hielt sie mir den Brief hin. Das Dienstmädchen stand immer noch neben ihr, wenn auch ein Stück nach hinten versetzt, und hielt den Blick gesenkt.

»Dorothea war …«, wollte ich erneut ansetzen, kam aber wieder nicht zu Wort.

»Sie ist feige davongelaufen! Sie war sogar so feige, dass sie anderem Gesinde in Trier verbot, jemals wieder ihren Namen zu nennen!«, herrschte sie mich an und deutete mit den Augen auf den Brief in ihrer immer noch ausgestreckten Hand. Jetzt verstand ich, warum niemand Dorothea während meiner Trierer Zeit gekannt hatte. Aber feige? Vermutlich hatte sie nur nie wieder in einem Atemzug mit den Kittels genannt werden wollen.

Und vermutlich war fehlender Mut nicht der einzige Grund gewesen, warum Dorothea ohne Abschied davongelaufen war. Sicher hatte sie auch befürchtet, dass man ihr, so wie gerade mir, bei jedem Satz über den Mund fahren würde.

Als ich den Brief nicht entgegennahm, ließ Frau Kittel ihn mit erhobenem Kinn einfach fallen. Er landete vor meinen Fußspitzen. »Von einer wie ihr lese ich keine Briefe, das ist Zeitverschwendung.« Sie drehte sich um und befahl ihrem Dienstmädchen, die Tür zu schließen.

Unvermittelt stellte ich meinen Fuß in die Tür und rief in die Eingangshalle: »Wussten Sie, dass Sie es einer wie Dorothea vielleicht sehr bald zu verdanken haben, dass Sie Ihr ganzes Vermögen weggeben müssen?«

Frau Kittel blieb stehen, drehte sich aber nicht zu mir um. Über ihr hing ein riesiger Leuchter an der Decke und beschien ihren Haarturm, sie wirkte fast so unwirklich wie ein Geist. »Was reden Sie da für einen Unsinn?«, fuhr sie mich über ihre in Brokat gehüllte Schulter an. »Was könnte eine vom Gesinde schon ausrichten! Ihnen ist der Dreck in London wohl zu Kopf gestiegen. Jetzt verlassen Sie meine Treppe, oder ich lasse nach den Preußen schicken! Im Arresthaus sind gerade wieder ein paar Plätze frei.«

Das Dienstmädchen gab mir mit einem bittenden Blick zu verstehen, dass es tatsächlich besser wäre, wenn ich ginge, dass Gefahr drohte.

»Nicht in London, sondern in Brüssel«, erwiderte ich ruhig, »habe ich eine Revolution miterlebt. Viele unzufriedene Menschen haben sich dort zusammengeschlossen, und beinahe wäre der Umschwung geglückt. Das hat mich gelehrt, dass je größer die Unzufriedenheit unter den Menschen ist, umso schneller die nächste Revolution kommen wird. Und die nächste wird zu einer Umverteilung führen.« Ich war verwundert, dass sie mich dieses Mal nicht unterbrach. Fast geräuschlos wandte sie sich zu mir um. Ohne den Blick von ihr zu nehmen oder auch nur ein einziges Mal zu blinzeln, sprach ich weiter: »Umverteilung bedeutet, dass all die, die nichts haben, so wie Dorothea einst, am Vermögen der Reichen teilhaben werden. Ist das nicht ein gerechter Gedanke?«

Mir war, als würde sie während meiner Rede für einen winzigen Moment die Fassung verlieren, als würde sie begreifen, dass an meinen Worten etwas Wahres dran war. Vielleicht ging ihr das Gleiche durch den Kopf wie mir: Ein Gespenst geht um in Europa, das Gespenst des Kommunismus.

Dann aber straffte sich Frau Kittel in der ihr eigenen vornehmen Art. »Sie glauben doch nicht ernsthaft, dass so ein kleines, nichtswissendes Ding wie Dorothea eine Revolution anzetteln kann!« Frau Kittel lachte so tief aus der Kehle heraus, dass es mir eiskalt durch alle Glieder fuhr.

»Wenn die Not groß genug ist, ist ein Mensch zu allem fähig. Wenn Ausbeutung und ständige Bevormundung«, kurz sprang mein Blick zum Kittel'schen Dienstmädchen, »nicht mehr auszuhalten sind, dann können auch Dienstboten wie Dorothea eine Revolution beginnen. Wenn sie sie aber nicht beginnen, werden sie sich ihr ganz sicher anschließen. Und je ungerechter Sie, verehrte Frau Kittel und andere Herrschaften, zu Ihren Dienstboten sind, desto eher wird das geschehen.«

Mit flatterndem Blick schaute das Dienstmädchen vorsichtig zu mir auf.

»Alles ist möglich, wenn es einen starken Führer gibt und vor allem Hoffnung auf ein besseres Leben besteht.« Kurz kam mir Karls »Der achtzehnte Brumaire des Louis Bonaparte« in den Sinn, jenes Manuskript, das er mir in St. Giles in the Fields geschenkt hatte. Er hatte seine Analyse der vergangenen Revolutionen um die Ärmsten der Armen, er nannte sie das Lumpenproletariat – die unterste Schicht der Gesellschaft –, und um die Bauern erweitert und davon ausgehend eine Theorie für eine erfolgreiche Revolution aufstellen können.

Meine Stimme blieb auch bei den folgenden Worten ruhig, ich hatte keine Angst, weder vor der berüchtigten Familie Kittel noch vor den Preußen: »Lesen Sie ihren Brief, das wäre schon einmal ein Anfang.« Ich hob das Schreiben auf und hielt es ihr erneut hin.

Kurz sah ich unter den nur noch halb gesenkten Lidern den Blick des Dienstmädchens aufflammen.

Frau Kittel zögerte. »Ich betrachte das Gespräch hiermit für beendet«, entgegnete sie kühl und schritt auf das Ende der Eingangshalle zu. Das Dienstmädchen schloss zögerlich die Tür.

Ich blieb regungslos stehen und brauchte eine Weile, um mich zu beruhigen. Dann ging ich in die Hocke und schob Gordons Schreiben durch den Türschlitz hindurch.

Als ich vom Eckhaus zurück auf die Straße ging, spürte ich, dass mich ein Blick verfolgte. Er kam aus dem schmalen Fenster, das eindeutig zu den Kellerräumen der Dienstboten gehörte.

Ich ging zum Dom und zündete eine Kerze für Dorothea an. Das Mädchen aus Urweiler war mir ans Herz gewachsen, obwohl wir uns nie begegnet waren.

Als ich auf dem Rückweg wieder am Eckhaus mit der Nummer 202 in der Hosenstraße vorbeikam, sah ich im obersten, dem lichtreichsten Geschoss des Hauses Frau Kittel neben einer Lampe am Fenster stehen und einen Brief lesen. Ihre Gesichtszüge waren verkniffen, das konnte ich sogar von hier unten erkennen. Sie erfuhr gerade, was sich Dorothea als Mädchen in ihren Diensten niemals zu sagen getraut hatte. Dorothea war »die Kleine« bei den Kittels gewesen und hatte sehr unter der Bevormundung und der Verachtung ihrer Herrschaft gelitten, das wusste ich von Gordon. Nie war ihre Arbeit gut genug gewesen, nie war ihr auch nur einmal Danke gesagt worden. Im feuchten Keller der Kittels hatte Dorothea erwachsen werden müssen und ihre Träume vom Leben fast beerdigt. Gordon hatte mir auch erzählt, dass Dorothea nach der Zeit bei den Kittels nie wieder, nicht einmal im Spaß, von jemandem »die Kleine« genannt werden wollte. *Vielleicht*, dachte ich mir, *kannst du in diesem Moment in die Hosenstraße schauen, Schwester im Herzen*. Die Vorstellung, dass Dorothea gerade lächelte, war eine wunderschöne. Zärtlich strich ich über mein Cape, Dorotheas Cape. Jetzt konnte ich weiterziehen.

Vor der Porta Nigra standen Kutschen. Bevor ich eine nach Lüttich erfragte, schaute ich erneut nach der Baronin. Und wieder öffnete niemand die Tür. Nicht einmal eine Hausangestellte.

Wollte sie mich nicht wiedersehen? Ich bedauerte, dass ich mich vor meinem Weggang aus Trier nicht mit ihr ausgesprochen hatte. Dann hätte sie mir sagen können, was ihr an mir missfiel. Einmal mehr dachte ich, dass es im Leben wie auf dem Schachbrett zugeht. Man kann eine scheinbar schwierige Stellung ignorieren, aber entgehen kann man ihr nicht. Und Gleiches galt für Jenny, Karl und mich. Wir mussten miteinander reden, wenn wir uns nicht für immer verlieren wollten.

* * *

Einsamkeit

Am fünften November des Jahres 1854 betrat ich wieder Londoner Boden. Die Reise über Trier und Lüttich war ohne große Zwischenfälle verlaufen. Von den London Docks aus begab ich mich auf direktem Weg in die Dean Street. Die Raben auf den Hausdächern empfingen mich mit hungrigem Krächzen.

Ich hatte die Tür zur Wohnung noch nicht ganz geöffnet, da stürzten die Kinder schon auf mich zu. Ich stellte den Koffer des Barons ab, zog den erstbesten Stuhl zu mir heran und nahm Laura und Musch auf den Schoß, Jennychen umarmte meinen Hals. Ich erzählte ihnen von meiner Familie in Sankt Wendel, von der fleißigen Katharina und der lebenslustigen Elisabeth, die uns beide hoffentlich einmal besuchen kämen. Und von den Schmetterlingen erfuhren sie.

»Lässt du uns jetzt öfter wegen deiner zweiten Familie allein?«, wollte Laura wissen.

Man kann nie sagen, wo einen das Leben noch hinführt, dachte ich, antwortete aber: »Das nächste Mal kommt ihr einfach mit!«

Ich schaute mich nach Karl und Jenny um. Karl schrieb im Studierzimmer, und kurz leuchteten seine dunklen Augen auf, als er mich erblickte. Jenny fand ich im Bett vor. Sie litt an Rückenschmerzen, und Laura wusste zu berichten, dass sie an manchen Tagen, während sie sprach, mitten im Satz eingeschlafen war.

Nicht nur das Schlafzimmer, sondern die gesamte Wohnung war während meiner Abwesenheit im Chaos versunken. Die sechste Schwangerschaft schien Jenny zuzusetzen wie keine andere zuvor. Ich nahm mir vor, sie in den Folgetagen mit Aufgüssen zu versorgen und ihr Kissen stündlich aufzuklopfen – sofern sie die Nähe zwischen uns zuließ.

»Ich möchte nach Hause!«, hörte ich Jenny immer häufiger stöhnen, wenn Karl bei ihr war. »Das Kind in meinem Bauch ist schwach, das kann ich spüren. In Trier hat es bessere Chancen zu überleben.«

Ich dachte bei diesen Worten, dass wir meist dann unter Heimweh leiden, wenn sich uns der Tod nähert, und sofort wurde mir übel, als ich mir vorstellte, dass wir Jenny beerdigen müssten. Ich hob mir die Nachricht, die Baronin nicht angetroffen zu haben, für später auf, wenn es ihr wieder besserging. Und auch das Gespräch, das ich mir vorgenommen hatte, mit ihr über uns zu führen, musste warten, bis sie wieder zu Kräften gekommen war.

»Das ökonomische Standardwerk kann ich nicht in Trier schreiben, sondern nur hier im Herzen des Kapitalismus!«, beharrte Karl in diesen Tagen. »Unser Kind wird leben! Und mit ihm werden wir den Ausbruch der nächsten Wirtschaftskrise feiern.« Karl klang so euphorisch, dass es mir fast wehtat. Wie sehr hätte ich mir nur einen Bruchteil dieser Euphorie auch für unseren gemeinsamen Sohn gewünscht.

»Und eine Amme wird es nähren, damit du wieder zu Kräften kommst. Du wirst sehen, alles wird gut!« Kurz streifte dabei sein Blick auch mich, als gälte das Gleiche ebenso für mich.

Wie sie so über die Amme sprachen, fragte ich mich zum ersten Mal, ob es einem Kind wohl schadete, wenn es nicht bei seiner leiblichen Mutter aufwuchs. *Vergiss den Jungen. Es geht nicht anders,* versuchte Karl in meinen Gedanken mit zärtlicher Stimme meine Grübelei zu beenden.

Jenny hievte sich hoch und stützte sich auf den Ellbogen auf. »Wann wirst du es beendet haben, dein ökonomisches Standardwerk? Wann wird die nächste Krise kommen?«

Karl erhob sich und richtete sich den Kragen seines Gehrocks. Er war auf dem Sprung in die Bibliothek. Diese Frage hatte er schon im zurückliegenden Jahr sehr oft gehört. »Beides braucht seine Zeit. Aber wenn es dann da ist, wird beides groß. Größer als alles zuvor!«

In diesen schwierigen Tagen bot sich keine Gelegenheit für eine Aussprache. Meinen bald darauffolgenden vierunddreißigsten Geburtstag verbrachte ich mit Jennychen und Laura im Bett. Die Kinder schenkten mir ein selbst gemaltes Bild, auf dem wir alle, auch meine Familie in Sankt Wendel, in einem Kreis standen und uns an den Händen hielten. Sogar Freddy war ein Teil des Kreises. Sie hatten ihn als Neugeborenes, eingewickelt in Leinentücher, gemalt, so, wie sie ihn nach der Geburt kennengelernt hatten. Mein Junge war inzwischen über drei Jahre alt, konnte sprechen und laufen. Ich hoffte so sehr, dass es ihm gutging. An meinem Geburtstag, am Silvesterabend, waren die Marxens eigentlich zu einer Gesellschaft eingeladen, aber Karl verbrachte die Nacht über seinen Büchern. Jenny war zwar schon im Bett, aber Musch schaute Karl mit seiner grün-gelben Tweedkappe auf dem Kopf und im Nachthemd zu. Er saß auf einem Höckerchen vor dem Schreibtisch.

»Mein Charley«, murmelte er, ganz angetan davon, einfach nur in Karls Nähe sein zu dürfen.

Seit meiner Rückkehr aus Sankt Wendel wich Musch kaum mehr von Karls Seite. Ich konnte ihn nicht einmal für eine Partie Cribbage von seinem Vater weglocken. Jennychen war eine wahre Meisterin in diesem britischen Kartenspiel geworden. Cribbage erforderte Klugheit, man musste geistesgegenwärtig Kombinationen erkennen und Punkte zusammenrechnen können. Ein passender Ersatz für das Spiel der Könige, das ich bei Elisabeth in Sankt Wendel zurückgelassen hatte. Jennychen erklärte mir die Regeln so geduldig, wie ich es meinerseits bei Elisabeth getan hatte.

Ich vermisste meine Schwestern, und immer öfter dachte ich darüber nach, was eine Familie eigentlich ausmachte und formte. Als ich in der Silvesternacht mit Jennychen und Laura auf meinem Bett lag, kam ich schließlich zu der Überzeugung, dass sich eine Familie in ihrer Gänze erst im Laufe vieler Jahre zusammenfindet. Neben meiner eigenen Familie in Sankt Wendel zählte ich dazu auch Menschen, mit denen mich zeitlebens etwas Besonderes verbunden hatte. Zum Beispiel Gordon aus dem »Peterson's« sowie Karl, Jenny und die Kinder. Auch wenn es gerade so aussah, als wollten sie mich nicht mehr in ihrer Familie haben.

Und Freddy? Er war meine besondere Verbindung mit Karl, und sie war anders als die Gefühle, die mein Herz an die Marx-Kinder banden. Es war reine Mutterliebe.

In den ersten Morgenstunden des neuen Jahres 1855, nachdem die Mädchen eingeschlafen waren, ging ich die Dean Street hinunter. Ich brauchte Rat! Es war noch dunkel, die Laternen waren um Mitternacht gelöscht worden. Zwei Gassenjungen kreuzten meinen Weg, der Nebel stand kniehoch wie Schnee in den Bergen, und Raben flogen darüber hinweg auf der Suche nach Abfall aus der Gosse.

Naomi öffnete mir auf mein Klingeln hin nicht, wie schon die Male zuvor, obwohl ich Licht hinter ihrem Fenster sah. Erst als ich hinaufrief: »Es geht um meinen Sohn!«, tat sich etwas.

Wortlos schloss Naomi die Haustür auf und führte mich in ihre Wohnung hinauf. Sie trug das Haar in einem perfekten Knoten am Hinterkopf zusammengesteckt, fast hätte ich sie nicht erkannt, weil sie zudem auch ihr Spitzenmieder und den Volantrock nicht mehr trug. Nach einem einzigen intensiven Blick in mein Gesicht öffnete sie eine Flasche London Dry Gin, aus der sofort der Duft von Fichtennadeln strömte. Ich hatte eher an einen Tee gedacht, zubereitet ohne Geräusche und mit sicheren, eingeübten Handgriffen, ein Ritual, das zusammen mit dem Tee bei meinem letzten Besuch eine unendlich beruhigende Wirkung auf mich gehabt hatte. Doch einmal mehr verblüffte mich Naomi. Sie kam mit zwei kleineren Teefiltern zum Tisch zurück, auf dem sonst immer Bücher anstatt eines festen weißen Tischtuchs gelegen hatten. Ich konnte Earl Grey riechen. Naomi goss Gin in die Gläser und gab dann die gefüllten Teefilter hinein. Gin in first! Während der Tee im Gin genauso lange zog wie sonst in heißem Wasser, glitten meine Finger nervös über das Tischtuch.

Es wurde mein erster Gin-Tea im Leben. An diesem Neujahrsmorgen brannte mir der Alkohol schmerzend auf der Zunge. »Ich vermisse Freddy und mache mir Sorgen um ihn«, gestand ich ihr schließlich unvermittelt. »Ich würde ihn gerne sehen, obwohl ich versprochen habe, ihn niemals zu suchen und Kontakt zu ihm aufzunehmen. Was soll ich nur tun?«

Naomi schaute mich mitleidlos an. »Dein Kind wegzugeben war der leichteste Weg. Für dich und deine Herrschaft.« Sie klang kühl, so als wäre es mir leichtgefallen.

Karl und Jenny sind mehr als meine Herrschaft, dachte ich, sagte aber: »Wir machen gerade eine schwierige Zeit durch.«

»Haben wir in diesem Viertel nicht alle ständig schwierige Zeiten?« Ungehalten trat Naomi ans Fenster und deutete die Dean Street hinauf. »Der verkrüppelte Nick, der nie im Trockenen schläft, die Frau des Maurers aus der Nummer 42, mit ihrem geschändeten Gesicht, oder die Cholera-Toten von der Broad Street …«

»Ja, aber …«, setzte ich an, doch Naomi drehte sich ruckartig zu mir um, was mich verstummen ließ. »Doktor Marx ist dir wichtiger als dein Kind, das ist dein Problem!«, sagte sie.

Das saß, als hätte sie mir eine Ohrfeige verpasst.

Ich benötigte eine Weile, um wieder zu mir zu kommen. Ich trank einen langen Schluck Gin-Tea und spürte, wie er brennend meine Kehle hinablief.

»Du hast deinem Kind für alle Zeit Schaden zugefügt«, sagte Naomi leise und schüttelte verständnislos den Kopf.

Ich sprang auf und trat neben sie ans Fenster. »Ich hatte ihn nur so wenige Tage bei mir, wie kann ich ihm da Schaden zugefügt haben?«

Naomi schaute auf und sah mir direkt und forsch in die Augen. Sie trank erst einen Schluck, bevor sie sagte: »Dein Sohn hat sein Leben mit einem NEIN begonnen. Dem NEIN, nicht von seinen leiblichen Eltern gewollt zu werden. Hast du dir das schon mal überlegt? Er wird sich einsam fühlen bis ins hohe Alter. Und Einsamkeit kann zur Krankheit werden.«

»Das ist niemals meine Absicht gewesen. Ich … ich glaubte, dass er es … bei, bei den Lewis besser haben würde«, stotterte ich wie vor den Kopf geschlagen. »Es ging alles so schnell. Da waren Doktor Rooper und Karl, beide redeten sie auf mich ein.«

Ich glaube, Naomi nahm mich da schon gar nicht mehr wahr. Sie stellte ihren Gin-Tea ab, schob das Fenster auf und streckte den Oberkörper hinaus wie damals bei unserer Ankunft in der Dean Street. »Wo bist du?«, schrie sie auf die nächtliche Straße hinaus.

Ich zog sie vom Fenster zurück und zu mir heran. Erst wehrte sie sich, gab ihren Widerstand dann aber doch auf und ließ sich von mir festhalten.

»Es macht mich verrückt«, flüsterte sie, »diese Ungewissheit, wer meine leibliche Mutter ist.«

»Du wurdest auch weggegeben?«, fragte ich verwundert. Sie war die erste Erwachsene mit diesem Schicksal, die mir begegnet war. Ich drückte sie noch fester an mich.

»Es geht mir immer dann richtig dreckig, wenn ich von ähnlichen Schicksalen höre.«

»Hast du sie jemals getroffen?«, fragte ich vorsichtig, und wir lösten uns voneinander. »Deine Mutter?«

»Nein, noch nicht.« Naomi setzte sich aufs Bett, ich ging zum Teemachen in die Küche. Die aufgebrühte Melisse tat uns beiden gut.

Lange sprachen wir kein Wort, sondern tranken nur Tee in kleinen Schlucken.

»Ich wuchs bei einer wohlhabenden Familie auf«, begann Naomi bei der zweiten Tasse zu erzählen. »Erst als ich sechzehn Jahre war, ahnte ich, dass ich adoptiert worden war. Ich war einfach anders als die Turners, nicht nur äußerlich, sondern auch dem Wesen nach. Heimlich suchte ich nach Dokumenten, die mir etwas über meine Herkunft sagen konnten, und fand heraus, dass ich im Magdalenen-Stift in der Blackfriars Road geboren worden war. Name von Vater und Mutter unbekannt.«

Ich schluckte schwer.

»Außerdem fand ich den Beleg einer Geldübergabe, datiert auf wenige Tage nach meiner Geburt. Die Summe betrug dreihundert Pfund und war an die Oberin des Stifts gegangen.«

Ich fröstelte über die Machenschaften des Stifts, in dem ich Freddy womöglich entbunden hätte.

»Ich stellte meine Eltern zur Rede, und sie gestanden mir, dass sie mich adoptiert hatten«, fuhr sie fort, ihre Hände umklammerten die warme Teetasse. »Mein Vater wusste noch von einer armen Frau, die wohl meine Mutter gewesen sei, aber mehr nicht. Was die dreihundert Pfund anging, kam er in Erklärungsnot. Sie hatten mir meine Herkunft jahrelang verheimlicht, mich vielleicht sogar gekauft und einer Mutter ihr Kind entrissen. Sie waren Verbrecher, bei denen ich nicht länger bleiben wollte. Deswegen rannte ich bei Nacht und Nebel aus Canterbury weg.« Tränen hingen in ihren dichten Wimpernkränzen. »Das ist inzwischen zehn Jahre her. Es war schwierig, als Frau Geld zu verdienen, aber niemals wollte ich mehr zu den Menschen zurück, die mich meiner leiblichen Mutter abgekauft hatten. Ich wollte meine Mutter kennenlernen. Ich wollte wenigstens eine Erinnerung an sie haben, nur eine einzige.«

»Du suchst sie noch immer?«

Naomi nickte, und ich begriff auf einmal, warum sie jedem, der ihr auf der Straße begegnete, so intensiv ins Gesicht schaute.

»Gib die Suche nicht auf!«, riet ich ihr. »Ich habe schon einmal erfahren, dass es eine seltsam geheime Kraft gibt, die Menschen zusammenbringt, die zusammengehören. Dorothea und Gordon zum Beispiel.« Und vielleicht galt das ja auch für Jenny, Karl und mich. Wenn nicht, wäre unsere gemeinsame Zeit abgelaufen. Wie die Zeit, die mir mit Freddy vergönnt gewesen war. »Wenn ich meinen Sohn doch nur ein einziges Mal sehen dürfte!«

Gedankenverloren stand ich mit der weißen, kunstvoll verzierten Teetasse in der Hand an den Tisch gelehnt. Freddy.

Nach einer Weile straffte sich Naomi wieder. »Ich kann eine einzige Sache für dich tun. Doktor Rooper war doch derjenige, der dein Kind an die neue Familie vermittelt hat, sagtest du?«

Ich blickte auf und sah nun anstelle von Naomi den Doktor wieder vor mir stehen, der gleich darauf mit Freddy vor der Brust den Raum verließ, in dem ich vom Kindbettfieber geschwächt darniederlag. »Ja, er hat meinen Sohn wohl dorthin gebracht.«

»Sehr wahrscheinlich weiß er, wo sie wohnen. Ich könnte versuchen, über ihn an die Adresse zu kommen«, schlug Naomi vor.

»Der Doktor gibt sie nicht heraus!«, erwiderte ich hoffnungslos. »Ich war bereits bei ihm und habe es versucht.«

»Ich habe da so meine eigene Methode«, entgegnete Naomi, und an dem Flackern in ihren Augen erkannte ich, dass sie von ihrem

Plan überzeugt war. »Aber gib mir etwas Zeit, Ernest kommt nur unregelmäßig zu mir. Manchmal liegen Monate zwischen seinen Besuchen.«

Mein Herz schlug schneller, denn plötzlich sah es so aus, als würden sich meine Probleme doch noch lösen lassen. Die Hoffnung, meinen Sohn wiederzusehen, war eine genauso starke Kraft wie die Liebe. Obwohl ich Misses Rooper nicht kannte, wünschte ich mir gerade nichts sehnlicher, als dass ihr Mann am besten gleich morgen zu Naomi in die Dean Street gehen würde.

* * *

Mein Charley

In der dritten Woche des neuen Jahres 1855 gebar Jenny ihre vierte Tochter: Jenny Julia Eleanor, Ellen genannt. Ellen kam mit dem gleichen blauschwarzen Haar wie Laura und Jennychen auf die Welt, vor allem aber war Ellen schmächtig, und sie atmete ebenso zaghaft wie Franziska. Karl war enttäuscht über das Geschlecht des Kindes, er hätte lieber einen Jungen gehabt.

Dies schmerzte mich umso mehr, als er Freddy nach seiner Geburt kaum eines Blickes gewürdigt hatte. Jenny war seit meiner Rückkehr aus Sankt Wendel nicht mehr richtig genesen. Ich konnte nur hoffen, dass sie vom Kindbettfieber verschont blieb.

Karl besorgte für Ellen eine Amme, und einmal wollte er mir im Flur wieder vertraut über die Wange streicheln, aber ich ließ es nicht zu. An diesem Tag brachte er Misses O'Flaherty, eine Irin, mit nach Hause. Sie war eine lustige, unkomplizierte Frau mit dünnem, schwarzem Haar und wachen hellblauen Augen. Die Kinder bestanden darauf, ihr Geschwisterchen bei sich haben zu wollen, und so versorgte Misses O'Flaherty Ellen bei uns in der Wohnung. Sie schlief mir gegenüber in der Stube. Deswegen wusste ich, dass Misses O'Flaherty nachts schnarchte, was Ellen an ihrer Brust aber nicht störte.

Tagsüber spielten Musch und die Mädchen mit Ellen, sie brachten das schwächliche Geschöpf zum Lachen und beruhigten es mit Honigfingern. Sie waren unendlich fürsorglich mit ihrem zerbrechlichen Geschwisterchen, ich schaute ihnen sehnsüchtig dabei zu. Freddy war inzwischen dreieinhalb Jahre und hätte sich sicher über die Honigfinger gefreut. *Doktor Rooper, lassen Sie sich möglichst bald wieder bei Naomi blicken!*, dachte ich verzweifelt. Öfter spürte ich auch Karls Blicke wieder auf mir.

Auch wenn Musch »Das Lied vom Knotenpelz und von dem flotten Besen« noch immer am meisten mochte, studierte er mit Oliver für Ellen neue Lieder ein. Seit einiger Zeit liebte er irische und schottische Volkslieder, die er sich auf der Straße von Bettelkindern abgelauscht hatte. Misses O'Flaherty kannte viele dieser Texte und stimmte hin und wieder mit ein, wenn Musch sang, was ihn nur noch mehr beflügelte. »Sweet Alice with Eyes Hazel Brown« war Ellens Lieblingslied. *Süße Alice mit den haselnussbraunen Augen.* Sobald Musch etwas trällerte, begann Ellen ganz hinreißend die zu Fäustchen geballten Hände zu bewegen, auf und ab, hin und her, und auch mit den Füßen zu strampeln, so als wolle sie tanzen. Jenny wich mir auch nach der Geburt weiterhin aus und unterband jede Gelegenheit für eine Unterredung. *Sie braucht nur noch etwas Zeit,* versuchte ich mir einzureden.

Ellen war nach drei Wochen so weit, dass wir sie kalten, stärkenden Bädern aussetzen konnten. Laura, Jenny und Musch standen dabei ganz verzückt um die Waschschüssel auf dem Esstisch herum und schauten ihrem Schwesterchen bei der ersten Planscherei zu. Musch war blass, aber er wollte dennoch keinen Augenblick des Bades verpassen, er saß auf seinem Hocker neben dem Badekübel, Oliver hockte im Käfig auf seiner Stange an Muschs Seite. Die Kümmernisse, erst die um sein Möhmchen während der Schwangerschaft und nun die um das gebrechliche Geschwisterchen, setzten dem Siebenjährigen zu. Und dann auch noch seine Geburtstagsfeier vor zwei Tagen mit den Nachbarskindern aus der Dean Street. Bis Mitternacht hatte Karl den Jungen und seine Gäste mit einem Tuch um die Augen Blinde Kuh spielen lassen. An dem Abend von Ellens erster ausgiebiger Planscherei musste Karl seinen Sohn auf den Arm nehmen und ins Schlafzimmer hinübertragen, damit er vor lauter Erschöpfung nicht noch vom Hocker fiel.

Nachdem ich geholfen hatte, auch die anderen Kinder bettfertig zu machen, begab ich mich auf die Suche nach Jenny. Ich fand sie in Karls Studierzimmer. Im Licht einer Kerze schrieb sie einen Brief, es war ruhig bei ihr im Raum, in dem der Geruch von Karls Stumpen hing. Sie arbeitete konzentriert. Es war ungewohnt, sie und nicht Karl an diesem Tisch sitzen zu sehen.

»Jenny, ich würde gerne mit euch beiden reden«, trug ich vor und hätte fast geknickst, so, wie es früher im Hause des Barons in Trier Pflicht gewesen war.

Jenny schien kurz zu überlegen, dann schaute sie auf. Nicht zum ersten Mal erinnerte mich ihr regloses Gesicht an das ihrer Mutter. »Wir haben nichts zu besprechen, Helena«, sagte sie dann.

Zum ersten Mal, seitdem wir uns kannten, nannte sie mich Helena. Aus ihrem Mund klang mein Name förmlich und distanziert, was mich schmerzte.

»Es kann nicht so weitergehen, dass wir uns ständig nur anschweigen …«

»Ich brauche gerade all meine Kraft für die Kinder«, unterbrach sie mich. »Für alles andere habe ich keinen Nerv«, wich sie einem klärenden Gespräch aus. Jenny Marx hatte früher nie einen Konflikt gescheut. Ganz im Gegenteil, normalerweise stürmte sie direkt auf ihn zu und trug ihre Position mit wehenden Fahnen vor.

»Ich wünschte, es könnte annähernd wieder so werden wie früher«, sagte ich leise. Das war ich auch den Kindern schuldig.

Jenny senkte ihren Kopf wieder über den Brief und schrieb weiter. »Das hast du unmöglich gemacht!«, war das Einzige, was sie abschließend noch zu mir sagte.

Am nächsten Morgen stand Naomi in Spitzenmieder und Volantrock vor unserer Tür. Ich war gerade dabei, für den geschwächten Musch eine Hühnersuppe aufzusetzen. Jenny und Karl waren außer Haus.

»Hast du …?«, hätte ich am liebsten noch im Türrahmen von ihr gewusst.

»Darf ich kurz?«, fragte sie.

»Verzeih.« Ich bat sie hinein, und die Mädchen fielen freudig über Naomi her.

Wir konnten uns erst zurückziehen, nachdem Naomi eine Runde Cribbage mit den Kindern absolviert hatte. Sie war eine hervorragende Spielerin, und ich glaube, sie verlor mit Absicht gegen Jennychen, die bisher sogar unter den Nachbarn ungeschlagen war.

In der Küche machte ich Tee für uns, der von der Qualität wie von der Art der Zubereitung lange nicht an Naomis zeremonielle Künste heranreichte. Ganz wie sie es mochte, gab ich den Tee zuerst in die Tasse, danach die Milch. Tea in first. Bei einer Tasse einfachen schwarzen Yorkshire-Tees erfuhr ich dann, wonach ich so lange gedürstet hatte.

78 *Water Lane, Hackney*

»Sie wohnen im East End?«, fragte ich wie vor den Kopf geschlagen. Im East End war die Luft am ungesündesten in ganz London, dort arbeiteten Kinder sechs Tage die Woche in Fabriken.

Naomi nickte. »So lauteten Ernests Worte. Und bis er mir die Adresse preisgab, war es ein hartes Stück Arbeit.«

Ich wollte mir lieber nicht vorstellen, was sie dafür hatte tun müssen.

»Zwei Gläser Gin-Tea und eine halbe Nacht in meinen Armen haben ihn plaudern lassen«, erklärte Naomi leiser, obwohl wir alleine waren.

»Ich ließ Ernest wissen, dass ein Mann namens Lewis ein Kunde von mir sei, der mir noch Geld schulde und der mir im Vertrauen einmal von seinem adoptierten Sohn erzählt hatte. Dann fragte ich ihn, ob er diesen Mann vielleicht kenne und mir weiterhelfen könne, damit ich auf diesem Umweg vielleicht doch noch zu meinem Geld komme.«

Unbestritten war Naomi klug und meine Retterin. »Hab Dank dafür. Wenn ich nur wüsste, wie ich mich dafür bei dir revanchieren kann.«

»Ich will nichts dafür.« Naomi winkte ab. »Die Lewis sind Fuhrleute«, eröffnete sie mir noch und trank den letzten kleinen Schluck Tee in der Tasse.

Fuhrleute aus dem East End, das klang nicht nach Menschen, die ihre Kinder auf Schulen und vielleicht sogar auf Universitäten schickten. Ich bekam eine Gänsehaut, weil es jetzt konkreter wurde, fast erhielten Freddys Ersatzeltern vor meinem inneren Auge schon Gesichter. Zumindest aber einmal Fuhrmannskleidung, und ich sah Mister und Misses Lewis vor einem hölzernen Karren, der mit Fässern beladen war, stehen.

»Damals sagten mir Karl und der Doktor, die Lewis hätten eine große Erbschaft gemacht, mit der sie Freddy viel ermöglichen könnten.« Jetzt begann ich daran zu zweifeln, auch wenn ich mir nicht vorstellen konnte, dass Karl mich derart belogen hatte.

»Nimmy?«, fragte mich Musch an einem der Folgeabende beim Schlafengehen. Draußen war es bereits dunkel, und ich hatte ihn und die Mädchen gerade zu Bett gebracht und zugedeckt. Misses O'Flaherty schnarchte schon, Ellen schlief neben ihr. »Was ist in Finsbury und Islington?«

Mein Herzschlag beschleunigte sich. Finsbury und Islington waren Stadtteile von London, die es auf dem Weg nach Hackney zu durchqueren galt. Danach kam noch Canonbury. »Wo hast du das her?«, wollte ich wissen.

»Na, von dir!« Musch hievte sich in eine Sitzposition. »Du hast es vorhin gemurmelt, als du die Teller vom Abendessen gewaschen hast.«

»Und gestern auch«, ergänzte Jennychen, die sich an Laura kuschelte. »Da war es beim Schrubben der Böden.«

Zwei Stunden würde ich brauchen, um zu Fuß von der Dean Street nach Hackney in die Water Lane zu gelangen. Und morgen, an meinem freien Tag, sollte es so weit sein.

»Ich bin auch manchmal in Gedanken«, gestand Jennychen schüchtern. »Ich auch!«, meldete Laura sich gleich hinterher. »Als ich Möhmchen heute zeigen sollte, wie gut ich meinen Namen schon schreiben kann, war ich in Gedanken bei den Erdbeer-Jellies gewesen«, gestand sie. *In der Nähe der Kinder ist es in der Wohnung noch am besten auszuhalten*, dachte ich in diesem Moment.

Musch erzählte, dass er sich gestern, als er Olivers Käfig säuberte, gefragt habe, was wohl mit den Bären aus der Geschichte »The Story of the Three Bears« passiert wäre, wenn die alte böse Frau aus dem Haus der Bären nicht so schnell davongelaufen wäre. Es war schon eine Weile her, dass ich ihnen aus diesem Buch vorgelesen hatte, aber ich erinnerte mich, dass es von einem großen, einem mittleren und einem kleinen Bären handelte. Die drei lebten friedlich in einem Haus im Wald, bis eines Tages eine alte, böse Frau in es einbrach und den Bären ihre Suppe weglöffelte. Am Ende siegte das Gute. »Die Bären sind klug. Sie hätten die böse Frau sicher überlistet, wenn sie nicht so schnell von allein weggerannt wäre«, beruhigte ich Musch und strich ihm dabei über das Haar. »Darf ich mir das Buch mit der Geschichte der drei Bären mal ausborgen?«

Musch sprang auf, holte es aus dem Regal und reichte es mir. Dann kroch er wieder unter die Decke, ganz nah an seine Schwestern. Eine Schweißperle glitzerte an seiner linken Schläfe.

Mit den Worten: »Schlaft gut. Ich habe euch lieb«, umarmte ich die Kinder eines nach dem anderen.

»Wir haben dich auch lieb, Nimmy«, antworteten sie nacheinander wie drei der sieben Zwerge.

Ich blies das Licht neben ihrem Bett aus und ging mit dem Buch unter dem Arm Richtung Küche. Auf dem Stubentisch lag noch mein Schreibzeug und Papier, ich nahm es mit. In der Küche entzündete ich eine Kerze und ließ mich an dem kleinen Tisch nieder, an dem ich schon mit Gordon und Naomi gesessen hatte.

Auf dem Umschlag des Buches stand in großen, goldfunkelnden Buchstaben »The Story of the Three Bears« geschrieben. Darunter waren die Umrisse von drei unterschiedlich großen Bären zu sehen: ein kleiner, ein mittlerer und ein großer. Dieses Motiv übertrug ich auf das erste Blatt Papier. Es würde das Deckblatt werden. Für den Text auf den nächsten zwei Seiten, die eigentliche Geschichte, verwendete ich ebenfalls schwarze Tinte. *Mein großer Junge,* dachte ich und seufzte. Bestimmt konnte Freddy sich schon alleine anziehen. Die Zeit der unkoordinierten Bewegungen war vorbei, ebenso die Zeit der ersten Sätze – und ich hatte beides verpasst. Das machte mich tieftraurig.

Die erste Seite war rasch vollgeschrieben. In der Geschichte war ich an jener Stelle angelangt, wo die drei Bären aus dem Wald wiederkamen und überrascht feststellten, dass jemand Fremdes in ihr Haus eingedrungen war und von ihrer Suppe gegessen hatte. An den unteren Seitenrand hatte ich ein Haus mitten im Wald gezeichnet, auf das die drei Bären zuliefen: der kleine, der mittlere und der große.

Das zweite Bild kam auf die Folgeseite, ans Ende der Geschichte. Darauf sah man die böse, alte Frau aus dem Fenster des Hauses springen und in den Wald hineinlaufen. Das Bild gab jenen Moment in der Geschichte wieder, wo sie nach einem Nickerchen in einem der Betten erwachte und beim Anblick der drei Bären erschrak. Musch hatte an dieser Stelle immer herzhaft gelacht, und ich hoffte, Freddy würde das auch tun. Vielleicht durfte ich ihm die Geschichte sogar selbst vorlesen? Und vielleicht sogar schon morgen?

Entschlossen band ich die Papierseiten mit Garn zusammen und schob sie unter mein Kopfkissen, wo früher das Manifest gelegen hatte.

Ich fand keinen Schlaf, gelangte aber zu der Gewissheit, dass jedes Kind das Recht besaß, seine leibliche Mutter wenigstens einmal in seinem Leben zu treffen und mit ihr zu sprechen.

Bei Anbruch der Morgendämmerung verließ ich mein Bett. Dieser Sonntag fühlte sich anders an als alle anderen zuvor. In Windeseile wusch ich mich, reinigte meine Zähne, griff nach meinen Sachen und verließ auf Zehenspitzen die Wohnung.

Über der Dean Street ging gerade die Sonne auf. Es war ein frischer Morgen. Ich zog Dorotheas Cape fester um meine Schultern. Das Geschenk für meinen Sohn hielt ich darunter fest gegen meine Brust gepresst.

Nach etwa der Hälfte der Strecke, am Rande von Islington, hielt ich das erste Mal inne, um mich zu versichern, ob ich »The Story of the Three Bears« auch tatsächlich bei mir hatte. Während ich Canonbury durchquerte, stoppte ich ein weiteres Mal, um zu kontrollieren, dass die drei Blätter noch da waren. Fast verlor ich vor lauter Nervosität den Verstand, so wie einst vor Liebe. Je näher ich Hackney kam, desto deutlicher hörte ich Naomis Worte in meiner Erinnerung, desto mehr schwitzte ich vor Aufregung. Ich verlangsamte meinen Schritt. Freddys Leben hatte mit einem NEIN begonnen, mit dem NEIN, von seinen leiblichen Eltern nicht gewollt zu werden.

In Hackney war es grau und dreckig, in dem Viertel fehlten die Farben der Läden und Theater von Soho. Dafür war die Dichte der Gin Shops erschreckend hoch. Meine Gedanken kreisten erneut um die Gefühle meines Sohnes. Wenn er begriff, dass nicht Misses Lewis, sondern ich seine leibliche Mutter war, stünde er fortan zwischen zwei Müttern.

An der Ecke Retreat Place und Water Lane stoppte ich und atmete tief durch. Die Water Lane war eine schmale Gasse, umgeben von Fabriken. Dem Verlauf der Nummerierung nach lag Freddys Zuhause, die Nummer 78, ganz am Ende.

Wenn ich mich Freddy und den Lewis jetzt offenbarte, tat ich ihm Schlimmes an. Ein Wiedersehen würde meinen Schmerz lindern, aber ihn verstören oder ihm gar wehtun. Vielleicht würde er sich später, wenn er älter wäre und alles noch besser verstünde, dann sogar fragen, warum er nicht bei mir hatte bleiben dürfen und ob es an ihm lag, vermutlich gar, ob er einen Makel besaß, mit dem ich nicht hatte leben können.

Ich holte »Die Geschichte der drei kleinen Bären« heraus. Im wirklichen Leben gab es nicht immer ein gutes Ende. Tränen liefen mir die Wangen hinab, als ich zuerst das Deckblatt und dann die zwei folgenden Seiten zerriss. Da hatte ich der Water Lane schon wieder den Rücken gekehrt. Die Schnipsel rieselten neben meinen Füßen in die Gosse.

In diesen ersten Monaten des Jahres 1855, unserem sechsten Londoner Jahr, versuchte ich, die kühle Beziehung zwischen Jenny und mir ein weiteres Mal zu verbessern. Um sie zu überraschen, präsentierte ich ihr eine Mainzer Torte. Sie aß kein einziges Stück davon, die Mädchen waren umso erpichter darauf.

In dieser Zeit waren wir alle so sehr auf Ellens Wohlergehen und ich zusätzlich noch auf das von Freddy und Jenny fixiert, dass wir Erwachsenen unverzeihlicherweise andere Dinge übersahen. Musch war weiterhin unwohl, was er aber vor uns verbarg, weil er stark sein wollte, nachdem die kränkelnde Franziska und die schmale Ellen sein Möhmchen schon so traurig gemacht hatten.

Erst nachdem ich Musch mitten in der Nacht über den Nachttopf gebeugt vorfand, welk wie eine eingehende Pflanze, schaute ich genauer hin. Er sah noch matter aus als die Kinder, die mir in Hackney auf dem Weg in die Fabriken entgegengekommen waren. Inzwischen schalt ich mich dafür, das Haus mit der Nummer 78 nicht wenigstens einmal von außen beschaut zu haben.

»Mein Bauch drückt etwas«, gestand Musch niedergeschlagen – nicht wegen des Bauchdrückens, sondern weil ich ihn erwischt hatte. »Und manchmal muss ich würgen.«

Ich bettete den Jungen auf mein Bett und machte mich daran, den Herd anzuschüren. Zum Glück hatten wir das Nötigste gegen Bauchschmerzen im Haus. Während Misses O'Flaherty die ganze Dean Street mit ihrem Schnarchen aufweckte, massierte ich Muschs Bauchdecke mit kreisenden Bewegungen. Das Zusammensein und mein Umgang mit dem Jungen der Marxens hatten sich verändert, manchmal schob sich dann Freddys Babygesicht über Muschs Züge.

»Das tut gut, Nimmy. Morgen kann ich wieder bei Ellen …« Ein erneuter Brechanfall schnitt ihm den Satz ab.

»Erst mal ruhst du dich aus. Ellen spürt auch so, dass du für sie da bist.« Ich reinigte mein Bett und kleidete Musch in ein frisches Hemd, dann bekam er einen Kümmeltee zu trinken. Für den Fall, dass er noch einmal brechen musste, stellte ich ihm einen Topf vor das Bett. Es war schwierig, den Geruch von saurem Erbrochenem aus der Wohnung zu bekommen.

Als die in Kamillensud getränkten Leinentücher auf seinem Bauch aufkamen, schloss er die Augen. »Morgen wieder bei Ellen«, stammelte er. »Morgen wieder singen.«

Als Ellen bei Sonnenaufgang schreiend nach Milch verlangte, schlief Musch tief und fest. Ich kochte eine Gemüsesuppe, so, wie sie Angela Steinbach früher auch der kranken Jenny zubereitet hatte. Zur Mittagszeit flößte ich sie ihm ein, erst kurz zuvor war er wieder aufgewacht. Dabei dachte ich an Freddy und sah die Schnipsel meines Buches wieder in die Gosse rieseln.

Als Karl am Abend aus der Bibliothek heimkehrte und von Jenny erfuhr, dass sein Sohn noch immer bettlägerig war, eilte er nicht zuerst in sein Studierzimmer, sondern an Muschs Krankenbett. Ich war gerade dabei, dem Jungen neue Kamillenumschläge aufzulegen. Musch lächelte Karl an, seine Äuglein leuchteten vor Freude auf. »Bleib an meinem Bett, Charley«, bat er seinen Vater.

Karl legte seine Hände auf Muschs Kopf mit dem zarten braunen Haar und der Tweedkappe darauf, von der er sich selbst jetzt nicht trennen wollte. »Bauchschmerzen muss jeder Mann mal durchmachen, hörst du?«, sagte Karl.

Musch nickte brav. »Ja, Charley. Jeder Mann.«

Karl legte seinen Zylinder, den er wieder aus dem Pfandhaus ausgelöst hatte, beiseite. »Ich bin immer für dich da, mein Junge.« Karl blieb die Nacht hindurch bei seinem ältesten Sohn.

Zu den Bauchschmerzen kamen in den nächsten Tagen hohes Fieber und Gliederschmerzen hinzu. Deswegen fuhr ich fort, ihn mit kalten, anstatt mit warmen Kamillenumschlägen zu behandeln, aber das Fieber war hartnäckig. Wir flößten Musch Hühnerbrühe und Lebertran ein, und Misses O'Flaherty wurde zur Sicherheit mit Ellen in ihre Bleibe geschickt. Einen kurzen Fußmarsch von uns entfernt, hinter Charing Cross wohnte sie. Mit unserer Jüngsten durften wir nicht das kleinste Risiko eingehen. Mein Klappbett in der Stube wurde zu Muschs dauerhaftem Krankenlager, weil es am nächsten zum wärmenden Ofen stand. Ich schlief fortan in Misses O'Flahertys Bett, das vor der gegenüberliegenden Wand in der Stube stand.

Doktor Rooper diagnostizierte, nachdem er Muschs Ausscheidungen lange konzentriert begutachtet hatte, ein gastritisches Fieber. Eine leichte Art von Typhus, bei der Durchfall und Erbrechen überstanden werden mussten. Er empfahl Ruhe und gute Pflege mit leichter, fettarmer Nahrung, und Musch sollte viel und regelmäßig etwas trinken. Zum Schluss ruhte der Blick des Doktors länger fragend auf mir. Vielleicht wollte er wissen, ob ich meinen Schmerz wegen Freddy mittlerweile überwunden hatte. *Den Schmerz zu überkommen ist möglich.* Ich tat so, als hätte ich seine stumme Frage nicht bemerkt, und eilte in die Küche, um Fencheltee für Musch zuzubereiten.

In diesen Wochen war es mir unmöglich, meinen Haushaltspflichten wie gewohnt nachzukommen. Die Wäsche blieb liegen, ebenso einige Näharbeiten, und die Wände waren schwarz vom Ruß der Heizkohle, deren Asche die Wintermonate hindurch durch die gesamte Wohnung gezogen war. Vor Sorge vergaß ich sogar die Eintragungen auf dem Schuldenbrett.

Um Muschs Krankenpflege zu gewährleisten, redeten Karl und ich sachlich miteinander: wer, wann, wo und wie den Jungen versorgte und ihm Mut zusprach. Karl verließ Muschs Krankenlager nur, wenn ich, Jennychen oder Laura bei ihm waren, und dann gerade einmal für eine Stunde, in der er einzig die wichtigste Post erledigte. Täglich brachte ich einen Brief an Friedrich in Manchester zum Postamt.

»Charley, mein Charley, bist du bei mir?«, säuselte Musch, nicht wach, nicht schlafend. Die Mundwinkel seines runden Mündleins waren eingerissen und seine Lippen spröde. Die einst so hellen Gesichtszüge wirkten eingefallen und düster. Je schlechter es ihm ging, umso mehr mied Jenny seinen Anblick, sie wurde mit ihm schwächer. Nur für eine Abendgeschichte wagte sie sich noch zu ihm.

In den Folgetagen ging es Musch einmal besser, dann wieder schlechter. Das Fieber war von wechselnder Form. Mal höher, mal niedriger.

Obwohl er kaum noch aß, schwoll sein Bauch an. Karl und ich wechselten zweimal nächtlich seine Betthemden, so schlimm litt der Junge an Nachtschweiß.

Obwohl Musch mit jedem Tag kraftloser wurde, versuchte er, sich seiner Familie gegenüber weiterhin heiter zu geben. Er verlangte, mit seinen Schwestern Cribbage zu spielen, obwohl er nicht einmal mehr zwei Karten in der Hand halten konnte.

Nach drei Wochen im Bett konnte Musch vor lauter Schwäche nur noch flüstern. Den Körnerdienst für Oliver hatte er an seine Schwestern übertragen. Sie schauten auch danach, dass der Kanarienvogel immer sauberes Wasser zum Trinken hatte.

Als Laura Muschs Leiden nicht mehr aushielt, stürzte sie aus der Wohnung und zum Grocer, ich rannte ihr hinterher. »Wenigstens Jellies kann er doch noch essen!« Sie weinte vor Angst und Verzweiflung.

»Ich weiß es nicht«, gestand ich ratlos.

Laura wischte sich Tränen aus den Augen, dann stapfte sie entschlossen in den Grocer Shop. Ich folgte ihr. Vom angesparten Wochengeld, das Karl und Jenny den Mädchen seit Anfang des Jahres auszahlten, erstand sie eine Tüte voll wabbeliger, roter Jellies. Sie gab das ganze Geld, das sie besaß, für diese eine Tüte aus und stürmte damit zurück ans Lager ihres kranken Bruders, als sei sie lebensrettende Medizin. Karl war bei Musch, seine Hand ruhte auf der grün-gelben Tweedkappe.

»Ich habe Jellies, Musch.« Laura nahm einen Würfel aus der Tüte und hielt ihn ihrem Bruder vor die Augen.

Angestrengt öffnete Musch den Mund etwas, aber Laura bekam den Jelly-Würfel nicht durch den schmalen Spalt hindurch. »Das sind die aus Erdbeersaft, die magst du doch am liebsten!«

Musch blinzelte nur, obwohl er sich so mühte, seine Freude zu zeigen. Laura traten erneut Tränen in die Augen. »Dann hebe ich sie für dich auf, bis du wieder gesund bist«, schwor sie mit zitternder Stimme. »Ich werde nicht ein einziges Würfelchen selbst essen. Du musst gesund werden, damit du wieder Erdbeer-Jellies essen kannst, hörst du?«

Musch nickte kläglich. »Gesund werden. Versprochen.« Jennychen nahm Laura in den Arm. Es war schlimm, die Kinder so leiden zu sehen.

»Bitte decke meine Hände zu, Schwesterlein«, flüsterte Musch am nächsten Tag. Kalter Schweiß stand ihm auf der Stirn. Jennychen und ich saßen an seinem Lager. Karl schrieb hinten einen Brief an Friedrich, als ich kurz in sein Zimmer trat.

Erst bemerkte er mich gar nicht, dann schaute er mit geschwollenen Augen auf. »Er wird doch wieder gesund, oder?«, fragte er mich. Er klang so vertraut und wollte so dringend etwas Tröstendes von mir hören. Ich ging zu meinem Koffer und holte den kleinen bronzenen Kompass heraus. Nachdem ich Karl den Kompass in die Hand gedrückt hatte, wollte ich die meine wieder zurückziehen, aber er ließ sie nicht los.

»Er ist ein starkes Kind«, sagte ich ihm mit belegter Stimme. »Er wird es schaffen.«

Karls Gesicht hellte sich daraufhin etwas auf. Nachdenklich schaute er an mir vorbei zum Schlafzimmer, wo Jenny lag. »Du bist die Stärkste von uns, ich hoffe, Musch hat sich etwas von dir abgeschaut.«

Mit einem lächelnden und einem weinenden Auge ging ich zurück zu Musch. Vielleicht half ja das von mir vererbte Durchhaltevermögen Freddy dabei, in Hackney zu überleben.

»Ist dir kalt, soll ich noch ein Hemd für dich holen?«, fragte Jennychen ihren Bruder, obwohl sie Musch gerade bis unter das Kinn zugedeckt hatte.

Musch schüttelte kaum sichtbar den Kopf, auf dem sich noch immer die schief sitzende Tweedkappe befand. »Aber ziehe die Decke auch gut über meine Hände. Möhmchen soll nicht sehen, wie abgemagert sie sind.« Er hustete. »Sie sorgt sich sonst noch mehr und wird noch schwächer.«

Umständlich richtete ich den Brechtopf neben dem Lager, damit Musch meine feuchten Augen nicht sehen konnte. Ich presste meine Zunge fest an den Gaumen. Das half mir dabei, die Tränen zurückzuhalten.

»Charley, mein Charley, bist du bei mir?«, fragte der Kranke.

Musch war eingeschlafen, noch bevor ich Karl aus dem Studierzimmer geholt hatte und noch bevor sein Möhmchen ihm an diesem Abend das Kapitel von der Genesung Oliver Twists bei dem gütigen Mister Brownlow mit zittriger Stimme hatte vorlesen können.

Die Erlösung kam fünf Wochen später in Person von Doktor Rooper. Er untersuchte Musch erneut, der Bauch unseres Jungen war aufgegangen wie ein Hefeteig und der Bereich um den Nabel herum gerötet und vorgewölbt. Doktor Rooper machte Musch einen Einlauf und zeigte mir, wie ich diesen an den Folgetagen wiederholen sollte. Über meinen Schmerz sprachen wir nie wieder.

Bald, so trug er vor, würde es Musch mit den Einläufen wieder bessergehen. Seine winzigen Brillengläser waren vom Heißwasserdampf der Einläufe beschlagen.

Die Kinder waren so froh, dass sie in unserer kleinen Stube umhertanzten. Musch schob sich daraufhin vor Lauras Augen stolz zwei Erdbeer-Jellies in den Mund. Drei Tage waren wir alle außer uns vor Erleichterung. Karl lächelte endlich wieder einmal so, wie er es früher getan hatte, wenn er die Kinder miteinander spielen sah.

Dann sank Muschs Temperatur plötzlich, es war, als kühle er aus.

Mit betretenem Blick erläuterte der emsig herbeigeeilte Doktor uns dieses Mal, dass Muschs Krankheit nun doch den Charakter einer Unterleibsauszehrung angenommen habe. Unzweifelhaft bewiesen dies die knotigen Verwachsungen um den Bauchnabel herum, die er kommentarlos ertastet hatte. Doktor Rooper sprach leise und mitfühlend von einer Tuberkulose im Bauch. Er brauchte nicht auszusprechen, was das bedeutete, denn das wusste jeder, der in London lebte: je jugendlicher das Kind, umso geringer waren seine Überlebenschancen.

»Unser Musch wird kämpfen!«, war Karl überzeugt. Bis auf Jenny nickten wir auf diese Aussage hin alle verzweifelt lange.

Jenny versank von da an in Schweigen. Karl schrieb seinen vorerst letzten Brief an Friedrich, dann wich er keinen Moment mehr von Muschs Seite. Nicht einmal mehr für das große ökonomische Standardwerk. Keine Krise, keine Revolution spielte jetzt noch eine Rolle. Auch ich schrieb einen Brief an Friedrich, ich legte ihn Karls Brief bei und unterschrieb ihn einfach nur mit »Helena«.

»Charley, mein Charley, bist du bei mir?«, fragte Musch immer wieder.

Charley oder ich, einer von uns weilte immer an seinem Lager. Einer von uns schlief neben ihm, und die Mädchen kamen oft hinzu, sofern Jenny es zuließ, weil auch sie nicht allein sein wollte. Karl las Musch vom Gladiatoren Spartakus vor, und der Junge wollte fortan so stark sein wie der mutige Anführer der aufständischen Sklaven. Karls Gesichtsausdruck veränderte sich über diese Tage hinweg, weil Musch sich veränderte. Er schaute besorgt aus und wirkte unendlich verletzlich. Musch hatte wundervolle, liebende Eltern. Er war so ein begabter Junge, für den die Zeit zu gehen noch längst nicht gekommen war.

In diesen Tagen hatte ich begonnen, wieder zu beten. Ich ging zu St. Giles in the Fields und flehte Gott und den heiligen Wendelin um Muschs Heilung an. Gleich zwei Kerzen entzündete ich auf dem Lichtertisch. Ich hatte keinen Blick für das weiche Licht.

Aber Muschs Bauch schwoll weiter an, während sein restlicher Körper zunehmend verfiel. Den Anblick seines ausgezehrten Gesichts mit den einst so großen leuchtenden Augen werde ich nie vergessen. Aus seinem runden feuchten Mündlein, das selten stillstand, waren zwei strichförmige, vertrocknete Lippen geworden.

An Karfreitag, weit nach Mitternacht, bat Musch seinen Charley: »Sing mit mir.« Er hatte Mühe, dafür seinen Kopf anzuheben.

Karl und ich schauten uns an. Ich saß bei Musch, Karl hatte gerade den Brechtopf gereinigt. Ich bin mir sicher, dass wir in diesem Moment das Gleiche dachten, Tränen schossen Karl in die Augen. Er zeigte sie mir.

Bevor er jedoch mit Musch sprach, wischte er sich die Tränen weg. Er stützte Musch, indem er sich hinter ihn auf das Lager setzte und seinen Sohn zwischen die Beine nahm. Der Kleine lehnte sich an seinen Oberkörper und ließ seinen Kopf an Karls Schulter sinken. Da war er schon zu kraftlos, um sich seine Kappe, die ihm vom Kopf gerutscht war, wieder aufzusetzen. Stattdessen lagen seine Hände kraftlos auf der Decke.

Karl setzte an, bekam aber zuerst keinen Ton heraus, sodass er sich räuspern musste.

Musch versuchte es: »Gott grüß dir Bruder Straubinger …« Er hustete.

Karl fiel tief und heiser mit ein: »… freut mir, dass ich dich sehe …«

Ich verließ das Zimmer und die Wohnung und rannte die Dean Street hinab, bog in die Old Compton und lief eine Weile weiter

Richtung Osten, bis ich die Castle Street erreichte, wo Misses O'Flaherty wohnte. Ich glaube, einige Raben folgten mir.

Bald darauf war ich mit Ellen im Arm in der Wohnung zurück.

Am Krankenlager in der Stube waren sie noch nicht weiter als bis zur dritten Strophe gekommen. Ich roch frisch Erbrochenes. Karl sang langsam, denn Musch brachte nur noch wenige Töne am Stück heraus, für mehr reichte die Atemluft nicht mehr:

Und als ich an zu tanzen fing,
da scharrten sie mit Füßen,
der Senius streckt ein Bein herfür,
dass ich hab fallen müssen.

Ich holte Jenny, die mit den Mädchen im Schlafzimmer schlief, und führte sie ans Krankenlager. Sie ging nur langsam vorwärts, ihr Körper sträubte sich. Als wir an das Bett traten, wiegte Karl Musch bedächtig hin und her, den Kopf des Kranken an seiner Schulter und eine Hand auf seinem Haar. Musch hatte die Augen geschlossen.

»Nein«, flüsterte Jenny, sie wankte.

Mit geschlossenen Augen versuchte Musch zu lächeln.

Ich lenkte Jenny vor Muschs Bett, sie nahm linker Hand von Karl Platz und griff nach der schlaffen Hand ihres Sohnes, seine Kappe lag auf der Bettdecke. Die Mädchen setzten sich an Muschs rechte Seite. Ich sank mit Ellen auf dem Arm am Fußende nieder.

»Wir wollen gemeinsam singen«, sagte Karl leise und verletzt in die Runde, woraufhin Musch mit dem Kopf an der Schulter seines Vaters nickte. Karl begann, und Musch flüsterte immer wieder einmal ein Wort mit, so schwach war er:

Jüngst kauft ich auf dem Jahrmarkt
mir ein schwarz roth golden Bandel;
da hängt ich meine Sackuhr an,
dass sie nicht kunte fallen.

Laura ging aus dem Zimmer, und ich dachte schon, sie wäre weggelaufen, aber kurz darauf kam sie mit Oliver im Käfig zurück und stellte ihn zwischen sich und Jennychen. Jetzt waren wir komplett. Karl und Musch sangen weiter:

Da kam ein Studio wie ein Gaul,
als wollt er mir schier hetzen,
schlug mich die Sackuhr um das Maul,
das Band riss er in Fetzen.

Als Musch Olivers Zwitschern hörte, öffnete er die Augen, nur einen Spalt breit. Beim Anblick des grellgelben Kanarienvogels lächelte er. Wie sehr ich diesen Jungen doch liebte, der sich nicht einmal von der Tuberkulose die Fröhlichkeit nehmen ließ. Jetzt versuchte er auch noch, zum Gesang seine Arme auszubreiten, so als befände er sich auf einer Bühne. Wie damals, als er das Lied zum ersten Mal vorgetragen und Friedrich dabei hinter ihm gestanden hatte. Karl half ihm bei dieser Geste.

Jenny senkte den Kopf, dieser Anblick zerriss ihr das Herz, aber sie wollte es Musch nicht zeigen, weil er uns doch so gerne so fröhlich machen wollte. Muschs Wangen waren eingefallen, die Haut unter seinen Augen dunkelbraun verfärbt. Am Kinn, an den Händen und auf der Stirn schimmerten seine Adern durch die dünne, wächserne Haut hindurch. Ich stimmte in das Lied mit ein und wusste den Text auf Anhieb. Kein Wunder, so oft, wie Musch es uns schon vorgesungen hatte. Es war das Lied, das ich für immer mit London, den Marxens und auch mit Friedrich verbinden würde.

Jüngst bin ich auf dem Faulenpelz
mit meinem Schatz gewesen;
da nannten sie mir Knotenpelz
und ihr den flotten Besen.

Laura und Jennychen sangen jetzt auch mit, was Musch bemerkte. Einmal mehr lächelte er schwach.

Jüngst ging ich auf die Promenad'
mit meinem Schatz spazieren,
und als sie da so zärtlich that,
da kunnt sie mir schier rühren;
da kam ein Studio angerannt:
»Herr Geißbock wolln's erlauben«;
riss mich das Mädel aus die Hand
und führt es in der Lauben.

Ich legte Ellen vor mich auf die Decke. Wir anderen nahmen uns der Reihe nach bei den Händen: Jennychen, Laura, ich, Jenny, Karl sowie Musch. Bei den folgenden Worten schloss Musch seine Augen wieder, sein Mündlein, trocken und rissig, lächelte weiter:

Und wiederum ein andersmal
des Nachts um halber zweie
stand ich vor ihrer Kammertür
und schwur ihr ewge Treue.

Oliver schaute Musch dabei mit geneigtem Kopf an. Jenny wollte aufspringen, aber Laura hielt ihr Möhmchen fest.

Bei den nächsten Zeilen kam Jennys zarte, gebrochene Stimme hinzu:

Da sah ein Studio oben raus
und eh ich's konnt verspüren,
goss er den Nachttopf auf mir aus,
da stank ich zum Krepieren.

Todtraurig lachten wir über den Nachttopf und die lustige Szene. Eisern sangen wir Strophe für Strophe, während Karl seinen kranken Sohn wiegte. Es war mehr ein gemeinsames Flüstern als ein Singen:

Nun reis' ich über Zürich nach Trier,
um dort ganz zu verbleiben,
und sollt das Mädchen schwanger wer'n,
Herr Bruder wird mir's schreiben.
Da müsst ich doch ein Esel sein,
ein Kerl als wie ein Rinde,
wenn ich der Vater sollte sein
von das Studentenkinde.

Die Sonne ging gerade auf, als Musch am sechsten April des Jahres 1855 in den Armen von Karl seinen letzten Atemzug tat und ihm das Lächeln für immer aus den nunmehr wieder weichen Zügen glitt.

* * *

Schuldig

Früher war das Schreiben für ihn wie Atmen gewesen, er brauchte es zum Leben, zum Denken und zum Glücklichsein. Aber seit Muschs Krankheit hatte Karl weder an den Artikeln für die *New York Daily Tribune* noch am großen ökonomischen Standardwerk, in das er alle Hoffnung auf ein besseres Leben setzte, weitergearbeitet. Das Standardwerk, das »ewig unfertige Ding«, war gescheitert. Gescheitert wegen des Todes eines der fröhlichsten und liebevollsten Menschen auf Erden.

Seitdem gestern der Sarg an uns vorbei aus dem Haus getragen worden war, hatten wir kein Wort mehr miteinander gewechselt: Jenny, Karl, die Kinder und ich. Nicht einmal unsere Jüngste schrie noch nach Milch. In anderen Zeiten hatten wir uns gegenseitig Trost und Zuspruch gespendet, zum Beispiel als Föxchen gestorben war. Heute aber hatten wir keinen Blick füreinander und schwiegen uns an, anstatt miteinander zu reden.

Um zwei Uhr mussten wir zur Beerdigung auf dem Friedhof sein. Es war Ostersonntag, der Tag der Auferstehung. Ich glaubte nicht mehr an Wunder. Jennys Hände zitterten, als sie sich das Haar mit dem Papilloteisen lockte und über den Ohren feststeckte. Wir anderen legten derweil schwarze Kleidung an, ich band meine Schute nur lose.

Der Friedhof von Whitefield's Tabernacle befand sich zwischen der Tottenham und der Howland Street. Obwohl er nur einen kurzen Fußmarsch von unserer Wohnung entfernt lag, kam mir der Weg dorthin unendlich lang vor. Der Nebel war so dicht, dass er das Licht der Straßenlaternen verschluckte. Rechts zu meinen Füßen quoll die Gosse vor Unrat über, ich roch Brackwasser und Kot ganz nah bei mir. Heute schwiegen selbst die ewig krächzenden Raben auf den Dächern Londons.

Karl und Jenny hielten die Mädchen an den Händen, ich ging einige Schritte hinter ihnen. Laura drehte sich immer wieder zu mir um, als hätte sie Angst, dass ich verloren ging. Auf ihrem Kopf saß Muschs grün-gelbe Tweedkappe. Mit jedem Schritt entfernten sich die Marxens mehr von mir. Es war, als lösten sie sich in den Nebelschwaden auf, die bedrückend wie Leichentücher auf der Stadt lagen. Als würde ganz London an diesem Ostersonntag zu Grabe getragen.

Der Friedhof von Whitefield's Tabernacle schälte sich trügerisch malerisch aus dem Nebel. Durch das geschwungene schmiedeeiserne Tor hindurch sah ich von Efeu umwundene Grabsteine und erste Frühblüher ihre weißen Köpfe dem Himmel entgegenstrecken. Jenny zögerte, durch das Tor zu treten, Karl ging an ihr vorbei hinein.

Ich vernahm einen Gesang, hell und rein. *Sweet Alice with eyes hazel brown.* Der Zwei-Uhr-Schlag der Friedhofskirche holte mich in die Realität zurück.

Wir folgten den Herren Bestattern mit dem Sarg bis vor ein Erdloch, das einen Klafter tief ausgehoben worden war. Langsam wurde der Sarg an Seilen hinabgelassen, und alle verneigten wir uns vor dem Grab. Eines der Mädchen summte eine traurige Melodie. Als Nächstes holte der Bestatter ein Buch hervor und wollte zu einer Trauerrede ansetzen, aber Karl gab ihm mit einer Armbewegung zu verstehen, dass Schweigen geboten sei.

Jenny trat als Erste vor das Loch und warf feuchte Erdklumpen von einem Haufen daneben ins Grab, wobei ihr die Handschaufel aus den schlaffen Fingern glitt. Sosehr sie auch um Haltung bemüht war, so wenig gelang es ihr. Mit verweinten Augen trat sie zurück zu den Kindern.

Im Schlamm vor dem Grab kniete Karl nieder. »Ich habe allerlei Pech durchgemacht, aber erst jetzt weiß ich, was ein wirkliches Unglück ist.« Weinend barg er das Gesicht in seinen Händen, dann beugte er sich über das Loch. Seit den Morgenstunden des sechsten Aprils 1855 war Karl Marx ein anderer.

Nur weil die Herren Bestatter zu ihm traten und ihn festhielten, sackte er nicht in das Grabloch. Ich wäre am liebsten auch an seine Seite gesprungen, um ihn festzuhalten.

Mit hängenden Schultern und verquollenen Gesichtern traten

nun die Kinder zu Karl. Sie nahmen Erde mit den bloßen Fingern auf und streuten sie in das Loch, so langsam und bedächtig, als wären es Blüten. Dann holten sie den toten Oliver aus einem Beutel. Er war in Leinen gewickelt, und gemeinsam warfen sie ihn in die Grube. An einer Stelle des Bündels meinte ich, sein gelbes Gefieder noch ein letztes Mal aufblitzen zu sehen. Der Vogel war am Karfreitag, am Tag von Muschs Tod, leblos von der Stange gefallen.

Dann war ich an der Reihe. Bis vor das Grab ging es noch gut, dann wankte ich. »Ich vermisse dich schon jetzt«, wisperte ich, das Schluchzen der Kinder hinter mir in den Ohren. »Und wenn es möglich gewesen wäre«, flüsterte ich in die Grube hinein, »hätte ich mit dir getauscht. Der Tod hätte besser mich, die Rabenmutter, holen sollen!«

Eine Weile war es still auf dem Friedhof, nicht einmal Hufgeklapper von den umliegenden Straßen drang zu uns. London schwieg. Die Herren Bestatter waren bereits gegangen.

Der Zorn in den folgenden Worten stach mir dafür umso heftiger ins Herz: »Ich wünschte, er hätte es!« Es war Jennys Stimme. »Du bist an unserem Unglück schuld!«, setzte sie nach und klang dabei gar nicht mehr schwach. »Du hast uns die Kraft genommen, die wir gebraucht hätten, um diesen sinnlosen Tod zu verhindern!«

»Ich, ich …«, hob ich zu meiner Verteidigung an, dann gehorchte mir meine Stimme nicht mehr.

»Ja, du! In der Zeit, wo ich meinen Mann am meisten gebraucht hätte, hast du ihn mir genommen!«, entrüstete sich Jenny weiter. Schlamm schmatzte, vermutlich trat Karl zu ihr. Er räusperte sich rau.

Noch immer stand ich mit dem Gesicht zum Grab gewandt und starrte die braunen Erdkrumen auf dem Fichtenholzsarg an. Meine Hände begannen zu zittern, und ich wollte sie zwingen, still zu halten, aber auch sie gehorchten mir nicht.

»Nicht jetzt, Jenny«, verlangte Karl. »Das ist der falsche Ort und der falsche Zeitpunkt!«

Erst jetzt drehte ich mich zu den Marxens um und sah, wie Jenny zusammensackte, als hätten Karls Worte ihr die letzte Kraft geraubt. Karl konnte sie gerade noch auffangen. Ich sprang ihm bei, um sie zu stützen. Aber als sie meine Hände auf ihrem Körper spürte, machte sie sich sofort frei. Die Kinder schauten mich aus rot verweinten Augen an, sie verstanden nicht, was gerade vor sich ging.

Karl nahm Jenny am Arm. »Wir gehen jetzt besser.«

Die Familie Marx verließ den Friedhof und ließ mich allein am Grab zurück.

Ziellos strauchelte ich zwischen den Gräbern umher und gelangte schließlich zu einer halb verrotteten Bank, die an der Rückseite von Whitefield's Tabernacle stand. Ich sank darauf nieder und konnte einzig und allein nur noch daran denken, dass sich der Kreis meines Lebens gerade schloss. Genauso schuldig wie in den letzten Momenten hatte ich mich vor fast dreißig Jahren in Sankt Wendel gefühlt. Ich schloss die Augen und sah mich wieder als Achteinhalbjährige in der Stube unseres kleinen Hauses, in dem inzwischen Katharina mit Peter Riefer wohnte. Es war bereits Abend, und mir war aufgetragen worden, die Schüssel mit der Kartoffelsuppe vom Herd zum Esstisch hinüberzutragen. Die Schüssel war mir aus den Fingern geglitten und in viele Stücke zersprungen.

Ich trug damals wie heute die Schuld an dem, was geschehen war. Jenny hatte recht. Mit steifen Armen zog ich mir die Schute vom Kopf. Es begann zu regnen, aber ich blieb sitzen. Es war einer dieser Londoner Regenschauer, der überraschend kam und schnell wieder ging. Auch der Tod kommt häufig ohne Ankündigung. Drei Kinder hatte Gevatter Tod in London Jenny genommen. Mit jedem toten Kind hatte sie auch ein Stück Lebensfreude verloren. Auch aus meinem Herzen waren die Kleinen gerissen worden: Föxchen, Franziska und Musch. Ich konnte Jennys Schmerz spüren, und ich dachte an Karl und wie er voller Liebe seinen Sohn in den Tod gewiegt hatte.

Ich erhob mich von der Bank und verließ Whitefield's Tabernacle. Meine Füße führten mich Richtung Nordosten. Ich umging die

City und kam dieses Mal durch Clerkenwell und Canonbury ins East End, wo Ruß und Asche sich an den Fensterscheiben wie Insekten sammelten. Gegen fünf Uhr erreichte ich Hackney. Gruppen von Arbeitern waren unterwegs und verlotterte, traurige Kinder.

Mein Herz schlug heftiger beim ersten Schritt in die schmale Water Lane. Das Haus am Ende der Gasse mit der Nummer 78 sah wie alle anderen in der Straße aus. Es war dreistöckig, mit Fenstern auch im Keller und bröckelnden Ziegelsteinen. Schräg gegenüber befand sich ein Barber Shop, vor dem ich erst einmal warten wollte. Mit meinen nassen schwarzen Kleidern und ungewaschen sah ich gewiss liederlich aus. Aber die Sonne war auf meiner Seite, sie kam bald hinter einer dicken Wolke hervor. Ich konnte beobachten, wie daraufhin mehr und mehr Menschen auf die Straße strömten. Mehrere Mütter mit Kindern waren darunter. Die Sonne war ein selten gesehener Gast in London. Eine Weile tat sich vor dem Haus mit der blassgrünen Tür nichts.

Ich wollte gerade umkehren, als ein Mädchen, keine zwanzig Jahre alt, aus Nummer 78 trat. Sie trug eine gebläute und gestärkte Schürze unter dem Cape, mein Blick blieb länger daran hängen. Eine solch feine Schürze war der Stolz eines jeden Dienstmädchens, und die Vorstellung, in einem besseren Leben eine solche gebläute und gestärkte Schürze tragen zu können, hatte mich einst aus Sankt Wendel weggelockt.

Das Mädchen vor Nummer 78 musste das Dienstmädchen der Lewis' sein, gerade streckte sie die Hand in die Luft und prüfte das Wetter. Ein Dienstmädchen! *Dann geht es Freddy vielleicht nicht ganz so schlecht wie befürchtet,* dachte ich sofort. Obwohl … auch die Marxens hatten ein Dienstmädchen beschäftigt und dennoch kein Geld gehabt, um ihre Kinder zur Genesung an die See schicken zu können.

Dann trat ein kleiner Junge aus der Tür, und ich vergaß die Marxens schlagartig. »Freddy«, hauchte ich und konnte meinen Blick nicht mehr von ihm abwenden. Er besaß Vaters abstehende Ohren, ohne Zweifel ein Demuth, und kräftiges Haar, wo er doch bei der Geburt ein Glatzkopf gewesen war. Jetzt war er fast vier Jahre alt, und ich verfolgte genau, was er tat. Freddy griff nach der Hand des Dienstmädchens und lief neben ihr die Treppe des Hauses hinab und auf den Gehweg zu. Mein Sohn lebte, er ging wie ein gesunder Junge, und seine Gesichtsfarbe war rosig. Mein Herz pochte abermals schneller.

»Ischi! Ischi!«, konnte ich trotz all der Straßengeräusche vernehmen. Das Gehör einer Mutter für ihr Kind. Es war genau jenes Niesen, das ich von seiner Geburt kannte.

Intuitiv löste ich mich von der gegenüberliegenden Straßenseite und ging auf die beiden zu. Freddy schaute in meine Richtung, während das Mädchen abgelenkt in seiner Rocktasche kramte.

Hallo, mein kleiner Freddy!, sagte ich mit den Augen, nur noch vier Schritte von ihm entfernt. Mein Mund war trocken, und mein Magen knurrte. Ich beugte mich zu ihm hinab und reichte ihm zaghaft meine Hand. Er roch süßlich und sauber.

Das Dienstmädchen hatte mittlerweile sein Schnäuztüchlein gefunden und starrte nun auf meine hingehaltene Hand. »Was wollen Sie von uns?«

»Er ist so ein braver, hübscher Junge«, sagte ich überwältigt, ohne auf ihre Frage einzugehen.

Freddy ergriff meine Hand. Die seine war warm und weich und gesund. Am liebsten hätte ich sie nie mehr losgelassen. Mit dem Daumen strich ich sanft über jeden seiner kleinen Finger. Er lächelte mich an.

»Das ist er«, bestätigte das Dienstmädchen zögerlich. »Sogar einer Fremden reicht er die Hand. Nun ist es aber gut, Frederick«, verlangte sie und zog seine Hand aus meiner, was gar nicht so leicht war. Dann schnäuzte sie ihm die Nase.

Der Kleine war immer noch auf mich konzentriert, seine abstehenden Ohren waren wirklich groß, er war ein wunderschöner Junge. Sein widerspenstiges Haar erinnerte mich sehr an das seines Vaters.

»Sogar einer Fremden …«, wiederholte ich wehmütig. Aber: Mein Sohn war wohl genährt und schien bei den Lewis gut aufgehoben zu sein. Und er hatte das schönste Lächeln der Welt.

»Ich wünsche Ihnen einen guten Tag, Miss«, sagte das Dienstmädchen noch. »Wir wollen in den Park, solange es nicht regnet.« Mit diesen Worten nahm sie Freddys Hand und zog ihn endgültig von mir fort.

Freddy begann zu weinen. Für das Dienstmädchen weinte vielleicht nur ein Kind, aber für mich klang es, als würde die ganze Welt auseinanderbrechen. Noch einmal drehte er sich um, und zwischen den Tränen erschien abermals das schönste von allen Kinderlächeln auf seinem Gesicht.

»Wir sehen uns wieder, kleiner Freddy«, sagte ich leise und winkte ihm nach, »eines Tages, wenn du es zulässt. Dann erzähle ich dir von deinen Wurzeln, von Karl und deiner Familie in Sankt Wendel.«

In nicht allzu ferner Zeit würde ich den Lewis einen Brief schreiben und ihnen meine Adresse nennen, entschloss ich mich in diesem Moment. Sie allein konnten beurteilen, ob ihr Ziehsohn die Wahrheit ertrug. Und dann hätte Freddy die Wahl, zu mir zu kommen. Er würde entscheiden, nicht ich. Ich aber würde immer auf ihn warten.

Am Abend stand ich wieder vor der Marx-Wohnung in der Dean Street. Es war still hinter der Tür. Ich hob meine Hand, um zu klopfen, hielt im letzten Moment aber inne. Ich wusste nicht, ob ich diesen Ort auch weiterhin mein Zuhause nennen durfte, oder ob Jenny mich nach dem, was sie auf dem Friedhof zu mir gesagt hatte, für immer wegschicken würde. Menschen waren dazu fähig, viele schreckliche Ereignisse in ihrem Leben zu überkommen, aber eben nicht alle.

Ich glaube, Gordon gelang dieses anstrengende Kunststück jeden Tag ein Stück mehr nach Dorotheas Tod. Und wenn nun bald Naomi auch noch an seiner Seite wäre, würde das zusätzlich noch helfen. Wenn sie so gut Kaffeekochen lernte, wie sie Tee zubereitete, würde vielleicht in nicht allzu langer Zeit wieder Londons bester Coffee im »Peterson's« ausgeschenkt werden. Zumindest hatte Gordon meinem Vorschlag zugestimmt, dass Naomi nach den Osterfeiertagen bei ihm ihren ersten deutschen Kaffee kochen durfte. Ich klopfte.

Schritte näherten sich. Jennychen öffnete, und ohne ein einziges Wort zog sie mich herein und zum Esstisch. Das entsprach so gar nicht ihrer sonstigen Art.

Kurz darauf verschwand sie im hinteren Zimmer. Ich schaute mich um. In der Küche auf dem Tisch neben dem Herd lagen die Zwiebeln und Kartoffeln noch immer da, wo ich sie nach meinem letzten Einkauf hingelegt hatte. Briefe sah ich im Flur hinter dem Einwurfschlitz der Tür auf dem Boden und auch Manuskripte. Der Ofen heizte spärlich, ich rieb mir die ausgekühlten Hände, die dennoch nass von kaltem Schweiß waren, an meinem Rock ab.

Jennychen kam mit ihren Eltern zurück, jedes Elternteil an einer Hand. Jenny und Karl wirkten beide so steif wie Marionetten. Karl hatte nie schrecklicher ausgesehen. Seine Züge wirkten so düster wie noch nie, gleichzeitig war sein Gesicht so bleich wie eine frisch gekalkte Wand. Seine Augen waren rot unterlaufen. Sein Haar und der Bart zerrauft. Laura folgte ihren Eltern. Noch immer trug sie Muschs grün-gelbe Tweedkappe. Mir wurde fast schwindelig vor Schmerz.

»Bitte setzt euch zusammen an den Tisch!«, wies Jennychen uns Erwachsene an. Sie zeigte auf den Stuhl für mich. Jenny ließ sich neben Karl mir gegenüber nieder. Sie trug noch das Beerdigungskleid, ihr Haar war nachlässig am Hinterkopf zusammengefasst.

Jennychen griff sich eines der Bücher vom Fensterbrett. Aber anstatt uns vorlesen, zog sie sich mit dem Buch und ihrer Schwester Laura ins Schlafzimmer zurück und überließ uns Erwachsene uns selbst.

Die ersten Minuten saßen wir nur stumm am Stubentisch. Karl rieb sich die Fingerspitzen, sein Blick irrte im Raum umher, und Jenny starrte auf die Stelle der Tischplatte, wo früher Olivers Käfig gestanden hatte.

Ich wagte den ersten Schritt: »Ich weiß, dass ich dich enttäuscht habe, Jenny. Deswegen bitte ich dich von ganzem Herzen um Verzeihung. Wir hatten so viel gemeinsam durchgestanden und waren Freundinnen geworden, so fühlte es sich jedenfalls für mich an. Ich möchte weiter an deiner Seite sein und dich und die Kinder unterstützen.«

Jenny reagierte nicht, und Karl schaute nervös zum Fenster, von dort auf den Tisch, den Fußboden und dann zur Küche. Seine Augen waren ständig in Bewegung. Er hatte Mühe, sich zu konzentrieren. »Am besten vergessen wir den Streit auf dem Friedhof«, sagte er schließlich nach einer Weile. Seine Stimme war brüchig, mit Muschs Tod und Beerdigung war auch ein Teil von ihm zu Grabe getragen worden.

Ich schüttelte den Kopf. »Wenn wir ihn vergessen, leugnen wir ihn. Dann sind wir keinen Schritt vorangekommen und machen nur da weiter, wo wir aufgehört haben. Und an dem Punkt, wo wir aufgehört haben, haben wir uns nur noch angeschwiegen. Wir sollten endlich reden.« Ich schob meine Hand über den Tisch zu Jenny hin.

Jenny zeigte auch weiterhin keine Regung, Karl dagegen führte seinen Blick vom Fenster zu mir. Da war kein Feuer, keine Leidenschaft, keinerlei Leben mehr in seinen Augen, was mir im Herzen brannte. Doch auf eine ganz andere Weise wie früher zu der Zeit, als ich meine niemals abgesandten Liebesbriefe an ihn geschrieben hatte.

Ich holte tief Luft, dann sagte ich: »Jenny, ich habe mich schuldig gemacht, deinen Mann begehrt zu haben. Ich habe lange Zeit verdrängt, dass ich dir damit wehtue, und als ich es begriff, konnte ich es nicht mehr ungeschehen machen.«

Karl erhob sich, sein Stuhl fiel krachend zu Boden. »Aber es war …«, setzte er an. Er schlurfte zum Fenster, als wollte er das alles gar nicht hören. Ich ging zum Koffer des Barons neben meinem Bett, öffnete ihn und fand schnell, wonach ich suchte. Dann nahm ich wieder Platz.

»Ja?«, fragte ich nervös in Karls Richtung, meine Hand mit den Briefen begann zu zittern. »Was war es?«

Eine Weile suchte Karl nach den passenden Worten, um die er doch sonst nie verlegen war und um die er auch beim Schreiben nicht ringen musste. Müde trat er zum Ofen und zündete sich einen Stumpen an. Einige Male zog er am Rauchwerk, er zitterte am ganzen Körper und machte einige Schritte Richtung Fenster.

»Ich war einsam«, sagte er schließlich, ohne mich oder Jenny dabei anzuschauen. »Der finanzielle und private Druck zu groß! Ich vermisse Musch.« Er presste sich die Finger der freien Hand gegen die Stirn.

Jenny erhob sich und trat vor ihren Mann, sie beachtete weder mich noch die Briefe auf dem Tisch zwischen uns. »Liebst du mich?«, verlangte sie von Karl zu wissen.

Ich hielt die Luft an und schaute zu Karl. Auch Jennys Blick lag auf ihm, als er mit rauer Stimme sagte: »Ich liebe dich und kann nicht ohne dich leben. Du bist die Mutter meines toten Sohnes, den ich ewig vermissen werde. Du bist die Wichtigste für mich.«

Ich betrachtete meine Finger vor Verlegenheit. Karls Worte taten mir weh, aber anders als in den vielen sehnsüchtigen Momenten der Vergangenheit verteufelte ich das Wehtun nicht. Schmerz führt wie das Ausbrennen einer Wunde zur Heilung.

Ein lautes Klatschen ließ mich aufschauen. »Das war für das uneheliche Kind!«, sagte Jenny. Sie hatte Karl eine schallende Ohrfeige verpasst, sodass ihm der Stumpen aus dem Mund flog. »Für die Lügen, die versteckten Blicke und Begehrlichkeiten. Wie konntest du nur denken, dass mir das nicht aufgefallen ist!«

Karl erwiderte nichts, er stand mit gesenktem Kopf wie ein reuiger Sünder vor dem Fenster. Er war ein gebrochener Mann.

Anstatt einer zweiten Ohrfeige oder weiterer Worte an ihren Ehemann trat Jenny nun vor mich. Auf wachsweichen Beinen erhob ich mich vom Stuhl.

»Wie konntest du mir das antun? Du warst meine engste Freundin! Und es geschah in der schlimmsten Zeit meines Lebens, während mir meine Kinder unter den Händen wegstarben.«

»Ich bin nie zuvor begehrt worden«, entgegnete ich leise. Es war überwältigend gewesen, hatte mich alles andere vergessen lassen. Ich hatte mich so stark, geliebt und schön gefühlt wie niemals zuvor. Bis mir irgendwann bewusst wurde, was ich tat. »Die Liebe hat mir den Verstand geraubt.«

Jenny presste die Lippen zusammen. Die Fältchen um ihre Augen waren tiefer geworden in den letzten Wochen. Karl stand abwesend weiter am Fenster und zitterte noch immer am ganzen Körper. »Nichts macht Musch wieder lebendig!«, murmelte er wieder und wieder.

»Ich wünsche mir, dass wir drei neu miteinander anfangen. Wir gehören zusammen!«, sagte ich, schritt vor den Ofen und öffnete die Luke. Einen nach dem anderen warf ich meine Liebesbriefe auf die glühenden Kohlen. »Wir und die Kinder gegen den Rest der Welt«, bekräftigte ich meinen Wunsch.

Jenny schaute mir seit der Entdeckung meines Betrugs zum ersten Mal wieder in die Augen. Auch sie hatte Mühe, ihre Augen offen zu halten. Ich wollte sie mit Blicken ermutigen, aber da verschwand sie auch schon kommentarlos im Schlafzimmer.

Kurz darauf war sie mit einem Schreiben in der Hand wieder bei mir. Sie reichte mir ein abgegriffenes Kuvert, das mir seltsamerweise bekannt vorkam. Darauf stand geschrieben:

Rue de l'Alliance 5, Saint-Josse-ten-Noode

Sofort sah ich die Baronin am Tag meiner Verabschiedung wieder in ihrem hochgeschlossenen, dunkelblauen Kleid vor mir stehen und mir diesen Brief für ihre Tochter übergeben, was konnte in ihm jetzt noch ans Tageslicht kommen? Vor zehn Jahren hatte das Schreiben mich auf meinem Weg nach Brüssel begleitet.

»Lies ihn!«, verlangte Jenny.

Ich zog den Brief aus dem Umschlag und entfaltete ihn, er war auf einem hälftig abgerissenen Bogen geschrieben worden.

»Nach der Geburt von Henry Frederick wollte ich den Brief mehr als einmal zerreißen«, gestand Jenny, »weil ich Mütterchens Worten einfach keinen Glauben mehr schenken konnte!«

Mit *Meine liebe Jenny* begann das Schreiben. Meine Augen sprangen über die Zeilen. Der Großteil des Briefes beschrieb die Sorgen, die sich die Baronin um ihre schwangere Tochter in Brüssel machte. Und dann war da dieser eine Satz, der mich tief in meinem Herzen berührte. Er stand ganz am Ende. Ich las ihn einmal, zweimal und sogar ein drittes Mal:

Ich schicke Dir das treue liebe Lenchen, als das Beste, was ich Dir schicken kann.

Ich war so gerührt, wo ich doch immer geglaubt hatte, die Baronin mit meiner Arbeit nie zufriedengestellt zu haben. Und mit welch kargen Worten sie mich aus Trier fortgeschickt hatte!

»Warum aber ist sie mir dann niemals freundlich begegnet oder hat mir kein einziges Mal ein Lächeln geschenkt?«, murmelte ich vor mich hin.

»Ralfines Vorgängerin hatte einen silbernen Teller mit einem Adler gestohlen, seitdem verschloss sich Mütterchen den Dienstboten gegenüber«, sagte Jenny.

Das erklärte das Misstrauen der Baronin. »Und warum hat sie mir zuletzt in Trier nicht einmal die Tür öffnen lassen?«, fragte ich verwirrt.

»Sie war im Urlaub in Kreuznach«, erklärte Jenny kühl, »und ich wusste davon.«

Jenny hatte gewollt, dass ich mir auf der Suche nach der Baronin die Haare raufe, so, wie sie sich seit Freddys Geburt die Haare gerauft hatte – wegen mir und Karl und unserem Sohn. »Ich wollte nie etwas anderes, als dass es dir und den Kindern gutgeht«, sagte ich.

Karl starrte verwirrt auf die Glut im Ofen, die gerade meinen letzten Brief in Asche verwandelte. Jenny regte sich nicht. Ein eiserner Ring zog sich um meine Brust, als ich merkte, dass sie mir nicht verzeihen konnte. Ich schaute mich noch einmal in meinem Zuhause um. Mein Blick glitt über das Schwarz an den Wänden, das auch Hunderte von gerauchten Stumpen hinterlassen hatten. Ich hatte mich bereits abgewandt, und meine Hand lag auf dem kalten Eisen des Türknaufs, als ich sie sagen hörte: »Bleib bei uns.« Es kam so leise, dass ich unsicher war, ob ich es mir nicht nur einbildete. Ich drehte mich zu Jenny um.

»Ich verzeihe euch beiden, wenn die Sache unter uns bleibt und es nie wieder passiert«, flüsterte sie unter Tränen und kam zu mir. Es war eine noch verhaltene Umarmung ihrerseits, aber es war ein Anfang und mehr, als ich überhaupt erwartet hatte.

Es klopfte an der Wohnungseingangstür. Gläubiger? Jenny und Karl schauten beide zum Fluchtzimmer, ich hingegen war bereit, es mit wem auch immer aufzunehmen. Auf das Klopfen folgte auf der anderen Seite der Eingangstür bald ein ungeduldiges Pochen. Es kam von einem Gehstock, und die kraftvolle Vehemenz erinnerte mich an … ich öffnete die Tür.

Friedrich begrüßte mich mit einem charmanten Handkuss, dann streckte er seinen Stock mit dem silbernen Pferdekopfknauf wie einen preußischen Degen vor sich aus und marschierte in die Stube. Der sprachlose Karl starrte seinen Freund wie eine Erscheinung an. Der sah nicht anders aus als sonst. Er trug einen feinen, schwarz-braun karierten Anzug mit Weste, welche oben im Ausschnitt eine auffällig rote Schleife aufnahm, und passend dazu den Zylinder mit einem schwarzen Band, einem Trauerflor.

Friedrich war der Bitte in meinem Brief also doch nachgekommen!

Zuerst umarmte er Karl fest und lange, bei Jenny wählte er vornehme Worte, um sein Beileid zu bekunden. Nach wie vor besaß er ein Talent für den richtigen Moment und gelungene Auftritte.

»Ich habe geplant, euch hier mal rauszuholen!«, erklärte er den Anlass seines Besuches. »Wenigstens für ein paar Tage.«

»Aber Herr Engels …« Unschlüssig schaute Jenny zu Karl und dann zu mir, Tränen glitzerten in ihren Augen. »Wir können Musch noch nicht allein lassen«, fügte Karl an.

Friedrich überging den Einwand. »Auf dem Land in der Nähe von Manchester lassen sich wunderbare Spaziergänge unternehmen. Und der Portwein erst …« Er presste den rechten Zeigefinger auf den Daumen und führte die Finger an seine gespitzten Lippen. »Formidable, kann ich dazu nur sagen und ihn weiterempfehlen.«

Laura spähte durch den Türschlitz der Schlafzimmertür: »Onkel Angels, bist du das?«

»Onkel Angels is back!«, rief er dem Mädchen zu. *Onkel Engels ist zurück.*

Laura öffnete daraufhin die Tür, flüsterte Jennychen etwas zu, dann kamen beide Mädchen ins Esszimmer und drückten Friedrich zur Begrüßung. Er ging in die Knie und fasste Laura an den Hüften, während Karl verfolgte, was geschah. »Habt ihr Lust, mit der Eisenbahn nach Manchester zu fahren?«

Laura wollte schon jubeln, aber da erinnerte sie sich wieder. »Wegen der Trauerzeit dürfen wir solche Sachen noch nicht machen.« Verunsichert, aber mit einem Schimmer Hoffnung schaute sie zu ihrer Mutter.

»Gibt es dort auch ein Theater?«, fragte Jenny, nach wie vor nicht überzeugt von Friedrichs Vorschlag. »Und Musch?«, schob Karl hinterher und wollte schon abwinken. »Er wurde gerade erst beerdigt!«

»Wir können jeden Abend mit Musch im Himmel reden«, erklärte Jennychen ihrem Vater. »So halten wir es schon seit Jahren mit Föxchen und Franziska. Wenn du willst«, sie fasste Karl bei der Hand, »singen wir ihm heute Abend gemeinsam etwas vor. Ganz sicher kann er uns hören.« Jennychen lächelte Karl an, und ich glaube, Karl lächelte ein klein wenig zurück.

»Und selbstverständlich gibt es ein Theater, sonst würde ich es dort gar nicht aushalten!«, versicherte Friedrich. »Gerade spielen sie in einer wirklich heiteren Inszenierung ›Viel Lärm um nichts‹.«

»Das kenne ich«, freute sich Jennychen unter sittsam gesenkten Lidern, wie es für die Trauerzeit angemessen war. »Da werden Beatrice und Benedikt in eine Liebesfalle gelockt. Das ist von Shakespeare.«

»Möhmchen, dürfen wir?«, fragte Laura vorfreudig mit Muschs Kappe auf dem Kopf. »Mohr, bitte!«

Alle Blicke lagen jetzt auf Jenny und Karl, die sichtlich mit sich rangen.

Ich kam schnell zu dem Schluss, dass etwas Zeit an Englands Westküste uns allen helfen könnte, Abstand von London und den Geschehnissen hier zu gewinnen. *Freddy, ich hab dich lieb. Musch, ich werde dich nie vergessen.* In Gedanken stimmte ich »Das Lied vom Knotenpelz und von dem flotten Besen« an.

So, wie ich Friedrich kannte, würde er Karl spätestens an seinem letzten Urlaubstag zu verstehen geben, dass sie zusammen noch etwas Vernünftiges in der Welt zu tun hatten und dass er unter keinen Umständen aufgeben dürfe. Und wie ich Karl kannte, würde er sich daraufhin wieder an die Arbeit setzen und weiter über Lohnarbeit, Warenzirkulation und Mehrwert schreiben. Für das große ökonomische Standardwerk, das sie »Das Kapital« nennen wollten. Sie beide, Karl und Friedrich. Friedrich und Karl. Und ich würde ihnen den Bordeaux dazu servieren. Damit bestünde wieder Hoffnung, dass wir vielleicht doch noch einen Weg des Wirtschaftens und Lebens beschreiten könnten, auf dem nicht Ausbeutung und Profitgier, sondern Solidarität und Gemeinschaftsgeist vorherrschten: Hoffnung auf wirkliche Freiheit.

Jenny nahm Karls Hand, zögerte aber noch eine Weile, bis sie verkündete: »Erst holen wir Ellen von der Amme ab, dann geht's auf nach Manchester!«

Als wir mit gepackten Koffern die Wohnung verließen, schaute Karl zu mir und strich sich über den Kompass, dessen Kette ihm aus der Hosentasche hing. Wenn auch aus müden, geröteten Augen sagte er mir mit nur einem einzigen Blick, dass wir auf eine besondere Weise, wenn auch auf eine andere als bisher, für immer verbunden bleiben würden.

* * *

Nachwort

Helena Demuth aus Sankt Wendel war neben Jenny Marx am längsten an Karl Marx' Seite, fast ein Leben lang. In Trier begegnete sie ihm als Dienstmädchen im Haus des Barons von Westphalen, folgte ihm und Jenny nach Brüssel, Paris, Köln und schließlich nach London. Sie gebar Karls Sohn, der alle anderen Marx-Kinder überlebte, und war als Einzige im Sterbemoment an seiner Seite. Wer, wenn nicht Helena Demuth, kann daher einen **privaten Einblick in das Leben des großen Karl Marx** geben?

Eine der ersten Beschreibungen von Lenchen, die uns sofort für sie einnahm, stammt von Wilhelm Liebknecht, einem Marx-Zögling in Deutschland. Er schilderte die Verhältnisse im Hause Marx folgendermaßen:

Lenchen hatte die Diktatur im Hause Marx, Frau Marx die Herrschaft. Und Marx fügte sich wie ein Lamm dieser Diktatur. Man hat gesagt: vor seinem Kammerdiener ist niemand ein großer Mann. Vor Lenchen war Marx es ganz gewiss nicht. Sie hätte sich für ihn geopfert … Sie kannte ihn mit seinen Launen und Schwächen, und sie wickelte ihn um den Finger.

Uns inspirierte die Vorstellung, dass die Tochter eines Ackerers, **ein einfaches Mädchen,** einen der größten deutschen Denker um den Finger wickelte. Lenchen war den Worten von Zeitzeugen nach klug und machte sich über politische Geschehnisse Gedanken. Friedrich Engels würdigte sie nach ihrem Tod:

Lenchen und ich waren die zwei Letzten der alten Garde von vor 1848. Wenn während langer Jahre Marx und ich Ruhe zum Arbeiten fanden, so war das wesentlich ihr Werk. Ihren wunderbar taktvollen Rat in Parteisachen werde ich schmerzlich entbehren.

Unser Roman beginnt in **Sankt Wendel,** einer Kleinstadt im heutigen Saarland, die nach dem heiligen Wendelin benannt wurde. Die Familie Demuth hat nachweislich in Sankt Wendel gelebt, dort verbrachte Lenchen gemeinsam mit ihren Geschwistern die Kindheit. Die im Roman erwähnte Tabakfabrik der Marschalls ist genauso wenig eine Erfindung wie die Stadtarchitektur. Die ärmlichen Verhältnisse, in denen die Familie lebte, sind ebenso belegt wie der Familienstammbaum. Dass Lenchen ihren Vater *Pabbi* nennt, ist der Mundart der Region geschuldet. Gewiss war es für eine kinderreiche Familie ein großer Einschnitt, wenn der Ernährer starb – so auch für Lenchen, als ihr Vater nachweislich 1826 verschied. Sehr wahrscheinlich hat auch die daraus resultierende finanzielle Not der Familie Lenchen 1830 zum Dienen in die Stadt geführt. Um den historisch belegten Weggang Lenchens aus Sankt Wendel im Jahr 1830 dicht folgend auf den Tod des Vaters erzählen zu können, haben wir das Leben Michael Demuths um drei Jahre verlängert. Lenchens Weggang nach Trier war sicher ein Versuch, der durch den Wegfall des Ernährers noch mehr verarmten Familie nicht länger auf der Tasche zu liegen. Den oftmals unfreiwilligen Gang vom Land in die Stadt wagten im 19. Jahrhundert viele junge Mädchen. Nicht selten wurden sie dort desillusioniert und ausgebeutet.

Unsere Protagonistin Lenchen trifft am Ende des ersten Kapitels auf den »düsteren Karl« – so ihr erster Eindruck bei seinem Anblick. Kurz darauf wird sie bei den von Westphalens angestellt. Überliefert ist, dass das historische Lenchen ab 1837 bei Jennys Eltern diente, vorher also noch bei einer oder mehreren anderen Familien gearbeitet haben muss. Entgegen der Überlieferung haben wir unser Roman-Lenchen 1830 direkt zu den von Westphalens geschickt, weil wir Ihnen, liebe LeserInnen, die junge Jenny und den noch jüngeren Karl sowie den Moment, in dem Karl für Jenny vom Freund ihres jüngeren Bruders zum Mann ihrer Träume wird, nicht vorenthalten wollten – so kennt kaum jemand Karl Marx. Und als Ich-Erzählerin kann Lenchen Ihnen davon nur erzählen, wenn sie dabei war. Doch haben wir uns, auch was die fiktiven ersten sieben Jahre bei den von Westphalens betrifft, an die Überlieferungen über die Familie und die Geschehnisse der damaligen Zeit gehalten. Karls Liebesbriefe an Jenny sind teilweise erhalten. Seitdem Lenchen in Trier Geld verdiente, schickte sie einen Teil davon der Familie nach Sankt Wendel. Das ist nachweisbar. Unklar ist, wann sie das erste Mal wieder nach Sankt Wendel zurückkehrte. Belegt sind Besuche zum Beispiel in den Jahren 1863, 1870 und 1888. Wir hielten es für wahrscheinlich, dass sie die Demuths in Sankt Wendel, die sie so lange unterstützte, die ihr also weiter am Herz lagen, nicht dreiunddreißig Jahre auf ein Wiedersehen warten ließ. Die Geldmittel dafür wären jedenfalls vor 1863 vorhanden gewesen.

Karl Marx ist jüdischer Abstammung, in Trier geboren, und erhielt aufgrund seiner dunklen Hautfarbe zu Studienzeiten den Spitznamen Mohr. Karl lispelte tatsächlich ein wenig, wir haben es zu Beginn des Romans angedeutet, und soll im kleinen Kreis ein brillanter Vorleser gewesen sein.

Sein engster Freund war **Friedrich Engels,** den er, das ist historisch verbürgt, vertraut Fritze nannte. Die beiden führten eine außergewöhnliche Freundschaft, Friedrich opferte für das gemeinsame Werk und den finanziellen Unterhalt seines Freundes seine Ideale, indem er zum Geldverdienen nach Manchester in die väterliche Fabrik ging. Karl wiederum vertraute Engels seine Ängste und Geheimnisse an. Der Briefwechsel beider (und längst nicht alle Briefe sind überliefert) kündet davon und ebenso von Engels Überheblichkeit (anderen als Marx gegenüber), von seiner Spitzzüngigkeit und seinem unkonventionellen Lebensstil. Seit ihrer gemeinsamen Zeit in Brüssel wurde Friedrich vielsagend als »der Kläffer vom Marx« bezeichnet. Und doch war dieser Mann viel mehr als das.

Durch Lenchens Augen wollten wir Ihnen einen Blick hinter die Engel'sche Fassade ermöglichen, über ihre Wahrnehmungen blitzen hin und wieder Engels Ängste und Emotionen auf. Von den Kindern der Marxens wurde er »Onkel Angels« gerufen und freudig begrüßt, wenn er das Haus betrat. Apropos Haus: Im Marx'schen

Haus herrschte eine aufgeschlossene, fröhliche Atmosphäre. Es wurde viel diskutiert und debattiert. Egal wie knapp das Geld auch war, die Haustür stand jedem Gesinnungsgenossen offen. An so manchem Abend war die Marx'sche Stube voll mit Anhängern und Zigarrenqualm – wie wir von Augenzeugenberichten wissen. Typisch für die Familie Marx war es auch, dass sie jedem Mitglied Kosenamen gab. Nimmy, Jennychen, Möhmchen, Schwarzwildchen und den Spitznamen Musch haben wir uns nicht ausgedacht.

Die Welt weiß von der großen Liebesgeschichte zwischen Karl und seiner Ehefrau Jenny; Lenchen kennt kaum jemand. Was zwischen Karl und Lenchen tatsächlich war – **Liebe, Lust oder Verliebtheit** –, ist nicht überliefert. Weil Lenchen von ihren Zeitgenossen, wie zum Beispiel dem eingangs erwähnten Wilhelm Liebknecht, als selbstsichere Frau beschrieben wurde, sind wir nicht davon ausgegangen, dass sie sich von Karl zum Geschlechtsverkehr drängen ließ. Wenn Menschen jahrelang zusammenleben und sehr viel voneinander wissen, können ganz besondere Verbindungen entstehen, vielleicht auch »Liebesfreundschaften«. Denkbar wäre auch, dass Karl in den Wochen von Jennys Reise nach Zaltbommel einfach einsam war, Abwechslung herbeisehnte und die Versuchung, was Lenchen betraf, groß war.

Lenchen und Jenny verband eine tiefe Freundschaft, gemeinsam durchschritten sie die vielen Talsohlen im Leben der Marxens, welches sicher eines der herausforderndsten dieser Zeit war. Was Paul Lafargue über Lenchen und Jenny schrieb, klingt wie eine Begründung, warum Karls Seitensprung mit ihr zu keiner Entlassung Lenchens führte:

> *... sie ... widmete sich der Familie Marx mit solcher Hingabe, dass sie sich selbst völlig vergaß ... Sie war der praktische Hausgeist, der sich in den schwierigsten Lebenslagen zurechtzufinden wusste. Ihrem Ordnungssinn, ihrer Sparsamkeit, ihrem Geschick ist es zu verdanken, dass die Familie wenigstens das Allernötigste nie zu entbehren hatte ... Die Kinder liebten sie wie eine Mutter. Frau Marx betrachtete Helen wie eine intime*

Freundin, und Marx hegte eine besondere Freundschaft mit ihr; er spielte Schach mit ihr, und es geschah oft, dass er die Partie verlor.

Das Allernötigste zu sichern, dürfte für Lenchen eine Herausforderung gewesen sein, denn sie musste immer wieder mit ansehen, wie Karl **Schulden machte.** Erleichtert war sie sicherlich, wenn hin und wieder eine Erbschaft, etwas Geld oder eine der zahlreichen Finanzspritzen von Friedrich Engels das Überleben der Familie sicherten. Karl Marx, der über Geld und Kapital wie kein anderer schrieb, konnte nachweislich nicht mit Geld umgehen. Lenchens Bemühungen, die Haushaltskasse zu überwachen, waren nur bedingt erfolgreich. Wenn Geld da war, gab Karl es mit vollen Händen aus, um bald darauf wieder anschreiben und ins Pfandhaus gehen zu müssen. In einem ihrer Briefe berichtete Jenny, dass Karl sogar einmal die Kleider versetzen musste, die er am Leib trug, sodass er am Folgetag nicht auf die Straße gehen konnte.

Das ist nur eines der vielen Details, die wir im Rahmen unserer Recherche aus den Briefen von Jenny Marx erfahren haben. Sie schrieb an Karl, an Freunde und Verwandte einzigartige, von **Fabulier- und Beobachtungsgabe** geradezu überquellende Briefe. Es war uns ein großes Vergnügen, sie zur Vorbereitung und Detailrecherche für diesen Roman zu lesen. Viele Schilderungen über das Familienleben haben wir wiederum Karls und Jennys Briefverkehr entnommen. Ein weiteres Detail, das wir im Roman verwoben haben, ist, dass für Franziska nach ihrem Tod nicht einmal genug Geld für einen Sarg da war und der tote Körper des Mädchens aus diesem Grund für gewisse Zeit in der Wohnung aufbewahrt werden musste. In dieser schlimmen Zeit müssen die Marxens mehr als dankbar für Lenchens Unterstützung in allen Lebenslagen gewesen sein. Sie war es, die die Gläubiger abwehrte. Sie gab den Marxens das Zeichen, wenn es wieder so weit war, sich im hinteren Zimmer der Wohnung zu verstecken. Wie im Roman erwähnt, nannten die Marxens dieses »das Fluchtzimmer«.

Karl stellte seine **philosophische und politische Selbstverwirk-**

lichung dem Geldverdienen und dem Wohl seiner Familie stets voran, das zeigen auch seine rückblickenden Zeilen an seinen späteren Schwiegersohn Paul Lafargue, Lauras Ehemann:

> *Sie wissen, dass ich mein ganzes Vermögen dem revolutionären Kampf geopfert habe. Ich bedauere es nicht. Im Gegenteil, wenn ich mein Leben noch einmal beginnen müsste, ich täte dasselbe. Nur heiraten würde ich nicht. Soweit es in meiner Kraft steht, werde ich meine Tochter vor den Klippen schützen, an denen das Leben ihrer Mutter zerschellt ist.*

Um seiner Familie die bittere Armut und vielleicht sogar den Tod von Föxchen, Franziska und Musch zu ersparen, hätte er in eine feste Anstellung gehen können. **Dann aber wäre die Welt heute wahrscheinlich eine andere.** Auf seine Lehren bezogen sich später viele sozialistische Regimes, so in der ehemaligen Sowjetunion, in China und in der DDR. Karl hatte über den »Sozialismus von unten« geschrieben, also ohne einen Diktator-ähnlichen Herrscher oder ein Herrscherregime an der Spitze des Bauernstaates, wie es in der Vergangenheit jedoch oft der Fall gewesen ist.

Die schlimmste Krise, in die Karl Marx in seinem Leben stürzte, hatte jedoch keinen politischen Hintergrund, wie man vielleicht vermuten könnte. Es war der Tod seines Sohnes Musch, der auf eine Bauchtuberkulose zurückzuführen war. Muschs Ableben traf ihn mehr als jede misslungene Revolution, mehr als jeder berufliche oder politische Fehlschlag. Aus diesem Grund haben wir uns entschieden, das Ende unseres Romans daran auszurichten: an **Karl Marx' größter Lebenskrise,** die gleichzeitig auch zu einer seiner größten Schaffenskrisen wurde. Wie im Roman beschrieben, wiegte Karl seinen nur acht Jahre alt gewordenen Sohn in den Tod. Gleichfalls dokumentiert ist, dass er sich auf Muschs Beerdigung vor Verzweiflung in die Grube mit dem Sarg stürzen wollte.

Die Reise nach Manchester, die bei uns im Roman Friedrich Engels vorschlägt, schuf zumindest die Bedingungen dafür, dass Lenchen und die Marxens über den Verlust des geliebten Musch hinwegkamen. Bald nach Muschs Tod ermöglichte zudem eine Erbschaft, dass sie Soho verlassen und ins grüne Hampstead im Norden Londons ziehen konnten. Das stellte eine weitere Erleichterung dar, die aber nicht lange anhielt. Im Jahr 1861, sechs Jahre nach der Manchesterreise, kündigte man Karl als Korrespondent der *New York Daily Tribune* (die Jahresangaben dazu weichen in der Literatur ab, unsere Quelle war Sperber, Jonathan: »Karl Marx: Sein Leben und sein Jahrhundert«, C.H. Beck, 2013), und die Geldnöte wurden wieder ähnlich schlimm wie in den Jahren in Soho, in denen die Familie um jede Kartoffel im Haus froh war. In den Sechzigerjahren schrieb Karl:

> *Meine Frau sagt mir jeden Tag, sie wünschte, sie läge mit den Kindern im Grab.*

Die lang herbeigesehnte Wirtschaftskrise – als Auslöser für die Revolution – brach 1857 aus, und es wurde die erste Weltwirtschaftskrise überhaupt. Ihr Ausbruch versetzte Marx und Engels in **Hochstimmung.** Den Kommunisten und auch der Bourgeoisie gelang es jedoch nicht, die Krise in eine Revolution umzuwandeln, ihre Hoffnung darauf verschob sich auf die nächste Krise. Nichtsdestotrotz verließ Karl im Rausch der Hoffnung seit 1857 viel öfter seine Schreibstube. Er sprach wieder zur Arbeiterschaft, hielt Vorträge und brachte sich als Kopf in die *Internationale Arbeiterassoziation* ein, um auf diese Weise mehr Menschen für seine Ideen zu begeistern und soziale Reformen einzufordern.

Erst vierzehn Jahre nach der Manchesterreise veröffentlichten Karl Marx und Friedrich Engels den ersten Band des ökonomischen Standardwerks, »das ewig unfertige Ding«, das sie »Das Kapitel« nannten. Die Hoffnung auf das große Geld erfüllte sich mit dem Buch allerdings nicht. Bei seinem Erscheinen stieß das Werk auf so wenig Interesse, dass Engels unter wechselnden Pseudonymen Buchkritiken verfasste und diese großzügig an alle erreichbaren Zeitungen verschickte, nur damit die Welt Notiz vom »Kapital« nahm. Band 2 veröffentlichte er im Jahr 1885 (»Der Zirkulationsprozeß des Kapitals«) nach Karls Tod auf Basis von Karls Manuskripten, die er überarbeitete und vor allem besser strukturierte und lesbarer machte. Für die Herausgabe des dritten Bandes (»Der Gesamtprozeß der kapitalistischen Produktion«), der mit der Begründung der langfristig fallenden Profitrate kapitalistischer Unternehmen die Kernthese des von Marx zu Lebzeiten so herbeigesehnten wissenschaftlichen Beweises für die Endlichkeit des Kapitalismus enthielt, benötigte Friedrich Engels neun Jahre. Band 3 des »Kapitals« erschien erst im Jahr 1894.

Seit dem Erscheinen des »Kapitals« kommt selbst heute noch kaum jemand an diesem Buch vorbei, der sich mit dem Kapitalismus beschäftigt, auch wenn einige Annahmen und Wirkungszusammenhänge daraus inzwischen als widerlegt gelten. Aber nicht erst das »Kapital« hat Marx und Engels berühmt gemacht. Ihr **Manifest der Kommunistischen Partei** gilt als ein rhetorisches Meisterwerk. Es eroberte die Welt wie keine andere politische Flugschrift, wurde in fast alle Sprachen der Welt übersetzt und erschien bis heute in zahlreichen Ausgaben.

Im Erscheinungsjahr des ersten Bandes des »Kapitals« war es wohl auch, dass sich Lenchen und **Freddy,** achtzehn Jahre nach seiner Geburt, einander annäherten. Historiker sind sich inzwischen einig, dass Henry Frederick Demuth der Sohn von Karl Marx war und dass Friedrich Engels die Vaterschaft nur deswegen offiziell übernahm, um den Ruf und die Ehe seines besten Freundes zu schützen. Inoffiziell war es wohl so, dass die meisten Wegbegleiter Karls und seine Familie wussten, wer Freddys Vater wirklich war. Eine Freundin der Marx-Familie schrieb über Lenchens Sohn:

Freddy sieht Marx lächerlich ähnlich.

Dass Lenchen ihre **Schwangerschaft** erst spät bemerkte, ist überliefert. Ebenso, dass Freddy bei der Fuhrmannsfamilie Lewis in Hackney aufwuchs und das Handwerk des Büchsenmachens erlernte. Das große Erbe, das die Lewis im Roman gemacht haben, war in der historischen Realität sehr wahrscheinlich auf regelmäßige Zahlungen von Friedrich Engels aus Manchester zurückzuführen, der wie so oft auch in diesem Fall seinem Karl beiseitestand und ihm finanziell aushalf. Auch was unseren fiktiven Doktor Rooper betrifft, halten wir es deshalb für am wahrscheinlichsten, dass dessen Adoptionsvermittlung aus der Engel'schen Kasse bezahlt wurde.

Ob Freddy wusste, wer sein Vater war, ist unklar. Auch er freundete sich später mit sozialistischem Gedankengut an, vermutlich war es ihm in die Wiege gelegt worden. Freddy Demuth starb 1929 mit achtundsiebzig Jahren. Er war der einzige Sohn von Karl Marx, der seinen Vater überlebte.

Ab Mitte der Siebzigerjahre musste sich Lenchen immer mehr der Krankenpflege widmen, denn Jenny bekam Blasenkrebs. Sie starb nach langer Krankheit im Jahr 1881, und wie es nicht selten bei Ehepartnern vorkommt, die fast ihr ganzes Leben miteinander verbracht haben, verschlechterte sich Karls gesundheitlicher Zustand von da an deutlich. Lenchen und Ellen pflegten ihn. Anfang 1883, Karl weilte gerade zur Genesung auf der Isle of Wight, erreichte ihn die Nachricht, dass seine Tochter Jennychen ebenfalls an Krebs verstorben war. Daraufhin brach sein Lebenswille endgültig.

Jennychen war bis dahin zu einer klugen Frau herangewachsen, die Vater und Mutter bei der intellektuellen Arbeit unterstützt und sogar selbst publiziert hatte. Aus ihrer Ehe mit dem Sozialisten Charles Longuet gingen sechs Kinder hervor.

Von der Isle of Wight kehrte Karl nach London zurück, sein Zustand verschlimmerte sich rapide. Karl litt an einer Kehlkopfentzündung und Bronchitis. Friedrich besuchte ihn in seinen letzten Wochen täglich, Lenchen umsorgte ihn. Am Nachmittag des 14. März 1883 begrüßte Lenchen Friedrich Engels mit feuchten Augen an der Tür. Sie sagte ihm, dass Karl seit Mittag das Bewusstsein verloren habe. Als sie unmittelbar darauf mit Engels ins Studierzimmer ging, fanden sie Karl dort in seinem Sessel zusammengesunken tot auf. Natürlich hielt Friedrich Engels die Grabrede für seinen verstorbenen Freund und Seelenverwandten und: Er nahm Lenchen in seinen Haushalt auf.

Die Jahre von 1883 bis zu ihrem Tod 1890 waren für Lenchen unbeschwerte Jahre. Es wird von Theaterbesuchen, Urlauben und Kartenspielen berichtet. Es gab kaum etwas, das Friedrich Engels nicht mit ihr besprach. Er bezeichnete sie in der Grabrede als **Sonnenschein und unentbehrliche Unterstützerin** nach Marx' Tod. Helena Demuth starb 1890 an Krebs und wurde auf Wunsch von Karl und Jenny in ihrem Grab auf dem Londoner Highgate-Friedhof beigesetzt. Sämtlichen Besitz (im Wert von fünfundneunzig Pfund) vererbte sie ihrem Sohn Freddy. Die ursprüngliche Grabstätte der Marxens und Lenchens kann heute noch besichtigt werden.

Friedrich Engels starb fünf Jahre nach Lenchen. »Das Lied vom Knotenpelz und von dem flotten Besen« hat tatsächlich er dem kleinen Musch beigebracht und immer wieder gemeinsam mit ihm gesungen. Der im Studentenlied eingangs genannte Bruder Straubinger steht als Synonym für einen Handwerker auf Wanderschaft und erzählt – ganz in Engels-Manier – vom Spannungsverhältnis der Handwerker mit gebildeten Studierten (Aquademici), von Hänseleien und Geringschätzung. Seit der Zeit der Studentenrevolten (ab 1817 beim Wartburgfest) wurde das Lied gerne von Akademikern gesungen. Engels vererbte sein Vermögen den Kindern und Enkeln der Marxens. Nach Jennychens Tod waren das allerdings nur noch Laura und Ellen (später Tussy genannt) und die Kinder von Jennychen.

Laura heiratete den französischen Sozialisten, Arzt und späteren Journalisten Paul Lafargue und wurde so zu Laura Lafargue. Ihre drei Kinder erreichten das Erwachsenenalter nicht. Laura und Paul lebten viele Ehejahre in Frankreich und wegen politischer Verfolgung auch in Spanien. Sie halfen, die Werke Karls ins Englische und Französische zu übersetzen. Das Ehepaar nahm sich 1911 gemeinsam das Leben, um dem körperlichen und geistigen Verfall im hohen Alter zu entkommen, wie Lafargue es in einem hinterlassenen Brief formulierte. Lenin hielt die Grabrede, was deutlich zeigt, welch sozialistisches Schwergewicht Lauras Ehemann in Frankreich gewesen sein muss.

Ellen, das im Roman zuletzt geborene Marx-Kind, muss ein Wirbelwind gewesen sein, der seine Eltern mächtig auf Trab hielt. So verkündete sie beispielsweise im Teenageralter, dass sie nicht länger bei ihren Eltern wohnen wolle. Bei Onkel Angels in Manchester sei es besser, dort gäbe es nicht so viele Regeln, außerdem Alkohol und Theater. Später, mit der fortschreitenden Krebserkrankung ihrer Mutter, stellte Ellen ihren Wunsch, Schauspielerin zu werden, zurück und wurde Karls Sekretärin. Sie war linkspolitisch sehr erfolgreich aktiv, schrieb selbst und verwaltete später auch den Nachlass ihres Vaters. Ellen führte ein bewegtes Leben, wozu auch eine jahrlange Verlobung und eine jahrelange Beziehung zu dem bereits verheirateten Edward Aveling gehörten, dem man mehrere Liebschaften nachsagte und der während seiner Beziehung mit Ellen unter einem anderen Namen, nachdem seine erste Frau verstorben war, noch ein zweites Mal heiratete. Ellen blieb zeitlebens unvermählt. Im Alter von dreiundvierzig Jahren nahm auch sie sich das Leben.

Es waren äußerst stürmische Zeiten im neunzehnten Jahrhundert, das erst mit dem Ausbruch des Ersten Weltkrieges seinen eigentlichen Abschluss fand und deswegen das »lange Jahrhundert« genannt wird. Das neunzehnte Jahrhundert ist der Beginn unserer modernen Zeit – die Zeit des Durchbruchs der Industrialisierung in Deutschland, was vor allem Massenfertigungen, Globalisierung und unwürdige Arbeitsbedingungen bedeutete. Dampf, Stahl und Elektrizität zogen in den (Arbeits-)Alltag der Menschen ein und veränderten ihre Leben tiefgreifend und mit ähnlicher Wucht, wie dies heute Digitalisierung, Automatisierung und künstliche Intelligenz tun. Beim Schreiben dachten wir deshalb oft, wie ähnlich die damaligen Zustände doch den heutigen sind: Umweltschändung, Massenkonsum, Spreizung der Wohlstandsschere und zwischen alldem der Traum von einem wirklich freien, selbstbestimmteren Leben der Menschen in einem demokratischen Rechtsstaat.

Im neunzehnten Jahrhundert begann man, sich erstmals wirklich mit der **sozialen Frage** zu beschäftigen. Insbesondere aus Marx' Ideen heraus gründete sich im letzten Viertel des neunzehnten Jahrhunderts die Sozialdemokratische Partei Deutschlands (SPD). Im neunzehnten Jahrhundert wurde zudem ein Verfassungsentwurf mit Grundrechten erarbeitet, der die Basis unserer heutigen Verfassung darstellt.

Der Glaube an die **Existenz von Geistern** war im neunzehnten Jahrhundert in allen Gesellschaftsschichten weit verbreitet. Es entwickelte sich die Vorstellung, über ein Medium mit dem Geist verstorbener Menschen in Verbindung treten zu können. Damals glaubte man tatsächlich, wie am Romanbeginn von Lenchen berichtet, dass die Seelen nach dem Ableben auf ihrem Weg in den Himmel einen Reinigungsprozess durchmachen. Die Familie Marx glaubte nicht an Gott, und deswegen bezweifeln wir, dass Lenchen ihren kindlichen Geisterglauben im Hause der Marxens behielt. Ende des neunzehnten Jahrhunderts erlebte der Spiritismus seinen vorläufigen Höhepunkt, angebliche Geisterfotografien machten die Runde. Ein Medium wurde von den Spiritisten ähnlich gefeiert wie heutzutage ein Hollywoodstar.

Das neunzehnte Jahrhundert war auch das Jahrhundert der Dienstmädchen. Zu Tausenden strömten junge Frauen wie Lenchen vom armen Land und aus Kleinstädten in Städte wie Trier in der Hoffnung auf ein besseres Leben als Dienstmädchen und auf einen Ehemann in militärischen Diensten. Der rechtliche Rahmen eines derartigen Dienstverhältnisses war durch die »Preußische Gesindeordnung« geregelt. Einige der einhundertsechsundsiebzig Paragrafen dieser Ordnung zitiert unser Lenchen zu Beginn ihrer Dienstzeit. Als sie später dann in Brüssel in Jennys Dienste tritt, haben wir ihre Gedanken an diese Regeln reduziert, da Lenchen mehr und mehr zu einem Familienmitglied der Marxens wird und nicht mehr als Dienstbotin angesehen wurde. Die überwiegende Anzahl von Paragrafen der Preußischen Gesindeordnung führen nicht Rechte, sondern Pflichten von Dienstboten aus, was zeigt, dass das Verhältnis zwischen Herrschaft und Gesinde spannungsreich gewesen sein muss. Fest steht, dass Dienstmädchen, die vor der Herrschaft aufstanden und nach ihnen ins Bett gingen, gewiss keinen leichten Alltag hatten. Und das mindestens sechs Tage die Woche.

Ebenfalls nicht leicht hatte es Lenchen im Roman mit der **Baronin von Westphalen.** Die von Westphalens waren eine angesehene Familie in Trier, aber nicht wirklich reich. Nachweislich waren sie »Edle«. Und dennoch bürgerte sich der Titel Baron, Baronesse und Baronin für die Familienmitglieder der von Westphalens über Generationen hinweg ein, sodass wir ihn für den Roman ebenfalls übernommen haben. Jenny war sehr stolz auf ihre Herkunft, sie wies darauf auch in Londoner Zeiten immer wieder gerne hin.

Vor dem Tod des Barons zogen die von Westphalens mehrmals um, was wir im Roman allerdings ausgelassen haben, um die Komplexität zu reduzieren. Anhand des Hauses der von Westphalens zeigen wir das zu dieser Zeit typische Wohnen, wie es die Familie so ähnlich vermutlich im geräumigen Haus in der Neugasse 389 (heute Neustraße 83) erlebte.

Lenchen ist fast bis zum Ende des Romans verunsichert, was die Baronin von Westphalen von ihr hält. Das ihr gegenüber stets unbewegte Gesicht der Frau lässt sie annehmen, dass diese sie nicht mag. Nachgewiesen ist diese Einschätzung Lenchens durch die Baronin genauso wenig wie das diebische Hausmädchen bei den von Westphalens vor Lenchens Anstellung. Beides entstammt unserer Fantasie. Überliefert ist, dass Caroline von Westphalen eine liberale Frau war, die sich liebevoll um ihre Kinder kümmerte, die aber nach dem Tod ihres Ehemanns ihre Lebensfreude verlor.

Helena Demuth abschließend noch einmal zu würdigen, überlassen wir damit der Baronin von Westphalen. Die Worte aus dem Brief an ihre Tochter sind überliefert:

Meine liebe Jenny, ich schicke Dir das treue liebe Lenchen, als das Beste, was ich Dir schicken kann.

Glossar

Alleinmädchen	Hier: Beschäftigung nur eines einzigen Dienstmädchens, das sämtliche Aufgaben im Haushalt, in der Küche, bei den Kindern und bei der Herrschaft (z. B. Ankleiden) übernimmt.
Aufbinden	Die Verschnürungen und Ösen eines Kleides oder Mieders öffnen.
Bauerngabel (Schach)	Ein Bauer greift gleichzeitig zwei gegnerische Figuren an.
Bauernkette (Schach)	Taktisches Manöver, bei dem mindestens drei Bauern auf einer Diagonalen hintereinanderstehen. Sie schützen sich in dieser Position nicht nur gegenseitig und gleichzeitig auch eigene andere Figuren, sondern sie wehren dadurch auch die gegnerischen Figuren ab und schränken deren Bewegungsraum ein (z. B. Turm, Läufer oder Dame).
Bauernumwandlung (Schach)	Ist ein Bauer bis zur gegnerischen Grundlinie vorgedrungen, muss er in eine höherwertige Figur verwandelt werden (davon ausgenommen ist nur der König), die ihre Position auf dem Umwandlungsfeld beibehält.
Bourgeoisie	Kapitalbesitzer, die Marx als Ausbeuter der arbeitenden Klasse ansieht.

Commissaire adjoint	Französisch für einen Hilfskommissar bei der Polizei.
Cribbage	Das einzige Kartenspiel rein englischen Ursprungs, das im neunzehnten Jahrhundert sehr beliebt war. Gespielt wird mit einem Pokerblatt und einem Holzbrett, auf dem jeder Spieler die von ihm erzielten Punkte feststeckt. Sieger ist, wer als Erster einhunderteinundzwanzig Punkte erreicht hat.
Demokratie	Herrschaftsform, in der die Macht und Regierungsgewalt vom Volk ausgehen (griech. Demos = Volk, Kratos = Macht/Gewalt).
Durchfenstert	Eine Wand oder Fassade, die von vielen Fenstern durchbrochen ist.
Endspiel (Schach)	Die letzte von drei Phasen eines Schachspiels, in der sich die Figurenanzahl bereits stark reduziert hat. In ihr spielt der König eine aktivere Rolle.
Eröffnung (Schach)	Die erste der drei Phasen eines Schachspiels, in der die Figuren so entwickelt werden, dass sie das Zentrum beherrschen und den König gut schützen können.
Gambit (Schach)	Opferung eines Bauern im Eröffnungsspiel, um sich dadurch einen strategischen Vorteil zu verschaffen.

Hammerklavier	Älterer Sammelbegriff für Tasteninstrumente, deren Saiten durch Hämmer angeschlagen wurden. Das Hammerklavier ähnelt dem modernen Klavier.
Illumination	Hier: Beleuchtung, sowohl draußen (Straßenlaternen) als auch drinnen (z.B. Öl-, Talglampen, Kerzen).
Irdenes Geschirr	Geschirr, das aus Ton bei weniger als tausend Grad Celsius gebrannt wird. Irdenware ist wegen der geringen Brenntemperaturen porös und muss lasiert werden, damit es wasserundurchlässig wird und im Haushalt verwendet werden kann.
Kanapee	Mehrsitziges, typisches gepolstertes Sitz- oder Liegemöbel im Biedermeier des neunzehnten Jahrhunderts mit einer kunstvollen, furnier-polierten Holzrahmung aus Mahagoni oder Nussbaum.
Kapitalismus	Neuzeitliche Form der Marktwirtschaft, in der das Privateigentum an den Produktionsmitteln dominiert und die Wirtschaft dezentral (nicht staatlich) durch Konkurrenz sowie Angebot und Nachfrage gesteuert wird.

Kokarden	Runder Aufnäher oder Anstecker, der häufig eine politische Anschauung zum Ausdruck bringt. Zur Zeit der Revolution von 1848/1849 trugen viele Menschen schwarz-rot-goldene Kokarden, um ihrem Wunsch nach der Gründung eines deutschen Nationalstaats Ausdruck zu verleihen.
Kommis (kaufmännisch)	Ein Kontorist, ein kaufmännischer Angestellter in der Niederlassung (Kontor) eines Unternehmens.
Krinoline	Zunächst ein kuppelförmig mit Rosshaar versteifter Reifrock (franz. Crin = Rosshaar), danach mit Fischbein und Stahlbändern, der von den Damen ab 1850 unter dem Kleid getragen wurde und diesem dadurch Form und Volumen verlieh.
Lumpenproletariat	Begriff, den Karl Marx prägte. Er meinte damit Menschen aus allen Gesellschaftsschichten, die auf der untersten Stufe angekommen sind und als die Ärmsten der Armen keiner geregelten Lohnarbeit mehr nachgehen.
Mautner	Eine Person, die Grenz- oder Wegzölle, Mautgelder, kassiert.

Mittelspiel (Schach)	Zweite der drei Phasen beim Schachspiel. Im vorgelagerten Eröffnungsspiel wurden die Figuren in Stellung gebracht, im Mittelspiel gilt es nun, durch Analyse der eigenen und der gegnerischen Stellung sowie durch geschickte taktische und strategische Positionierungen, einen eigenständigen Plan zur Mattsetzung des Gegners zu verfolgen.
Monarchie	Staatsform, bei der die Herrschaft durch eine einzelne Person (absoluter Monarch) ausgeübt wird. In der konstitutionellen Monarchie wird die Macht des Monarchen durch eine Verfassung begrenzt, in der parlamentarischen gibt der Monarch seine Macht so gut wie vollständig an ein Parlament ab.
Perkolator	Gerät zur Kaffeezubereitung, das Anfang des neunzehnten Jahrhunderts erfunden wurde. In einem Perkolator wird Wasser mittels Wärmedruck durch ein Steigrohr nach oben in den Kaffeefilter gepresst und tröpfelt dann wieder nach unten. Je öfter das Wasser auf diesem Weg zirkuliert, desto kräftiger der Kaffee.
Pfänder	Gerichtsvollzieher.

Pie	Englischer Begriff für eine herzhaft oder süße, gefüllte Pastete. Pies werden nach wie vor in England sehr gerne als schnelle Mahlzeit gegessen.
Postfahren	Das Reisen mit der Postkutsche.
Postillon	Kutscher einer Postkutsche, der zudem für das Frachtgut, für Zölle und Kutschpflege verantwortlich war.
Post Office Order	Geldanweisung über das Postamt.
Proletarier	Ähnlich den Proles, den besitzlosen Bürgern im antiken Rom, die unterste Gesellschaftsschicht, die nichts anderes mehr besitzt als ihre Arbeitskraft – kein Stück Land, kein Werkzeug, rein gar nichts, das sie hätten vererben können. Unzählige Handwerker wurden im neunzehnten Jahrhundert zu Proletariern.
Remis (Schach)	Wenn ein Schachspiel unentschieden ausgeht, wird das als Remis (franz.) bezeichnet.
Rochade (Schach)	Ein Positions- und Seitenwechsel zwischen König und Turm, der nur einmal pro Spiel ausgeführt werden darf, um den König in Sicherheit zu bringen. Es gibt eine kurze und eine lange Rochade.

Rookery (engl.)	Übersetzt bedeutet Rookery laut Friedrich Engels »Rabenhäckerei« und weist darauf hin, wie in engsten Behausungen zusammengepfercht auf engstem Raum und ohne das Nötigste die Menschen dort lebten. Die Ansammlung solcher Behausungen wurde im neunzehnten Jahrhundert »Rookerys« genannt und kennzeichnete Slum-Viertel wie z. B. im Stadtteil St. Giles in London.
Schach geben (Schach)	Die Bedrohung des gegnerischen Königs, sodass dieser beim nächsten Zug geschlagen werden könnte.
Schute	Hinten weit ausladender Damenhut, der mit Bändern unter dem Kinn festgebunden wurde und eine breite Krempe besaß.
Stumpen	Kurze, dicke Variante der Zigarre, die an beiden Enden stumpf ist. Stumpen enthalten häufig herben, starken Tabak. Im neunzehnten Jahrhundert waren sie erschwinglicher als klassische Zigarren.
Tête de veau en tortue	Gekochter Kalbskopf mit Zunge und Hirn, typisches Brüsseler Rezept um 1850.
Tschako	Zylinderförmige Kopfbedeckung preußischer Soldaten, die Mitte des neunzehnten Jahrhunderts von der »Pickelhaube« abgelöst wurde.

Ulanen	Eine mit Lanzen bewaffnete Abteilung der Kavallerie.
Viez	Vergorener Apfelmost, moselfränkische Spezialität.
Weißzeug	Sammelbegriff des neunzehnten Jahrhunderts für weiße Leibwäsche und z. B. weiße Manschetten, Ärmeleinsätze und Kragen (auch als »Ausputz« bezeichnet) wie auch Tisch- und Bettwäsche.

Bibliografische Hinweise

Die Gebote der Gesindeordnung stammen aus: »Amtsblatt der Königlich-Preußischen Regierung zu Bromberg. No. 15. Die Einführung der allgemeinen Gesindeordnung vom 8ten November 1810«. Die Gebote haben wir teilweise sprachlich (nicht inhaltlich) der besseren Lesbarkeit halber verändert.

Für die Zitate aus dem Kommunistischen Manifest haben wir auf die sogenannte 30-seitige Burghard'sche Ausgabe von 1848 zurückgegriffen, aus: Theo Stammen / Alexander Classen (Hrsg.): »Karl Marx: Das Manifest der kommunistischen Partei«, Wilhelm Fink Verlag, 2009.

Den Originaltext von »Das Lied vom Knotenpelz und von dem flotten Besen«, das auch unter dem Namen »Gott grüss dir Bruder Straubinger« bekannt war, fanden wir unter https://www.volksliederarchiv.de/gott-gruess-dir-bruder-straubinger/ und haben auch hier vereinzelt die Schreibung der besseren Lesbarkeit halber angepasst.

Das heute eher unter dem Namen »Ring Around the Rosie« bekannte Kinderlied wurde früher vermutlich etwas anders gesungen. Wir haben uns für die Szene, in der Lenchen in Sankt Wendel ihren Neffen Adolf in den Schlaf singt, an folgender Quelle mit dem Liedtitel: »Ring 'o Roses« orientiert, die eben die ältere Liedversion wiedergibt: http://www.songfacts.com/blog/writing/macabre_mother_goose_the_dark_side_of_children_s_songs/

Zwischen Ehepflicht und Mutterliebe – die Geschichte der Margarethe Luther

CLAUDIA & NADJA BEINERT

Die Mutter des Satans

Roman

Als die Ratsherrentochter Margarethe den Bergmann Hans Luder heiratet, ist sie zunächst alles andere als glücklich. Dies ändert sich 1483, als ihr erster Sohn Martin geboren wird. Jahre später entscheidet sich dieser gegen den Willen des Vaters für ein Leben als Mönch, und Margarethe ist fortan hin- und hergerissen zwischen ehelichem Gehorsam und Mutterliebe. In den kommenden Jahren wagt sie einen gefährlichen Balanceakt und trifft den Sohn sogar heimlich. Der ist mittlerweile berühmt-berüchtigt und wird von seinen Gegnern als Satan bezeichnet – keine leichte Situation für eine Mutter, die fortan sogar um ihr eigenes Leben bangen muss.

Ein kluger und einfühlsamer Roman über Martin Luthers Mutter und ein ganz privater Blick auf den weltberühmten Reformator.

KNAUR

Leseprobe

HEIDI REHN

Der Himmel über unseren Träumen

Knaur Taschenbuch

April 2018

DARF ICH VORSTELLEN? Meine neue Kollegin, Vera Cohn – Ludger Trautner, seines Zeichens Bauingenieur und Bauunternehmersohn«, stellte Arthur vor. »Die Firma seines Vaters hat beim Altenheim natürlich kräftig mitgewerkelt. Ohne sie geht derzeit fast kein Bau in München. Davon abgesehen ist Ludger ein alter Freund von mir. Seit Kindertagen auf Rosen gebettet, was ihn trotzdem nicht vor Neid gegenüber uns Mittellosen schützt.«

Vera horchte auf. Bislang hatten Arthur und sie einander kaum Einblicke in Privates gewährt. Ebenso wie sie war er kein Freund allzu leichtfertig eingeräumter Nähe. Jetzt unverhofft einem seiner ältesten Freunde vorgestellt zu werden schien ihr fast ein Ritterschlag.

Neugierig musterte sie Ludger. Er war auffallend schmal und gut zwei Handbreit größer als Arthur. Obwohl er im selben Alter war, verlieh ihm das schüttere, helle Haar ein älteres, strenges Aussehen. Das hoben die rosige Färbung der Wangen wie auch die unbekümmert leicht nach oben gebogene Nasenspitze mit der winzigen Warze an der rechten Seite wieder auf. Die weitsichtigen Augen vergrößerten sich hinter dicken Brillengläsern auf Froschniveau.

»Mein Neid ist wohl berechtigt«, griff er Arthurs Spott auf. »Wie hast du es nur wieder geschafft, mit dem sündhaft teuren Luxusauto deines Chefs eine so reizende junge Dame chauffieren zu dürfen? Wie hat Sandrart es überhaupt geschafft, in der rauen Männerwelt des Baugeschäfts ein so rares Wesen wie eine Architektin aufzuspüren?«

»Es gibt Dinge, die musst du nicht wissen, auch wenn wir noch so eng befreundet sind«, erwiderte Arthur.

»Wissen Sie eigentlich, worauf Sie sich mit Arthur einlassen?«, wandte Ludger sich gleich wieder an Vera. »Achtung! Mein Freund hat es faustdick hinter den Ohren.«

»Was man von dir wohl auch behaupten kann«, schaltete Arthur sich von Neuem ein.

Das Pingpong zwischen den beiden amüsierte Vera.

»Darf ich dich an deine Verlobung erinnern? Kaum drei Wochen dürfte die her sein«, neckte Arthur seinen Freund. »Wenn auch noch nichts offiziell ist, ist es jetzt trotzdem höchste Zeit, dass du solide wirst und aufhörst, anderen Frauen schöne Augen zu machen. Eine so anständige Frau wie Ysabel hast du eigentlich gar nicht verdient.«

»Gratuliere zur Verlobung.« Vera schüttelte Ludger noch einmal die Hand. »Ich wünsche Ihnen und Ihrer Zukünftigen alles Glück dieser Welt.«

»Jetzt überraschen Sie mich aber«, spottete Arthur. »Täusche ich mich, oder bricht da gerade Ihre romantische Ader durch? Und ich dachte schon, Sie hätten sich nicht nur am Reißbrett, sondern auch in Ihrem Leben ganz dem Purismus verschrieben.«

»Gelegentlich sollten Sie selbst den Blick vom Zeichentisch heben«, gab Vera ebenso keck zurück. »Wie immer im Leben kommt es darauf an, zu wissen, was man will, am Reißbrett wie im Leben. Dann schließt das eine das andere auch nicht aus.«

»Bei Ihnen mache ich mir keine Sorgen. Sie wissen bestimmt jederzeit, was Sie im Leben wollen.«

»Sie etwa nicht? Falls Sie Bedarf haben, gebe ich Ihnen gerne Nachhilfe.«

»Eins zu null für Sie, Fräulein Cohn«, mischte Ludger sich amüsiert ein. »Darauf sollten wir anstoßen. Wie wäre es mit einem Glas Sekt?«

Horden von Halbverhungerten waren über das Buffet hergefallen. Auf den Platten und in den Schüsseln fanden sich nur mehr letzte Krümel. Außer dem Sekt erbeuteten sie lediglich noch eine Handvoll Kanapees und einige trockene Brezn. Dafür eroberten sie sich relativ schnell einen freien Stehtisch in einer abgelegeneren Ecke des mit bunten Lampions, Krepppapiergirlanden und Blumenkübeln geschmückten halb fertigen Saals.

Der unablässige Regen vor den leeren Fensterhöhlen ließ ebenso wenig nach wie das fröhliche Zuprosten und Geschirrklappern im Innern des Rohbaus. So unwirtlich die Atmosphäre während des offiziellen Teils im Dachstuhl gewesen war, so gemütlich ging es in dem provisorischen Festsaal im Erdgeschoss zu. Ohne Ansehen der Person und bar jeglicher Berührungsängste saßen Handwerker, Lieferanten, Vertreter der Stadt und Honoratioren mit ihren Begleiterinnen auf den schlichten Bierbänken Schulter an Schulter. Launig stießen sie miteinander auf das gemeinsam Geschaffte und das zukünftig noch zu Bauende an. Alle bewiesen reichlich Sitzfleisch und vor allem Trinkfestigkeit. Niemand hatte es eilig, wegzukommen, zumal es Samstag war und damit am nächsten Tag kein Arbeitstag anstand.

Zwischen den unverputzten Wänden hallten die Stimmen laut wider, der raue Zementboden tat ein Übriges, jedes Tischerücken auch im hintersten Winkel deutlich hörbar zu machen. Ob des Geräuschpegels schwirrte Vera bald der Kopf. Sie musste sich konzentrieren, um Arthur und Ludger zu verstehen.

»Haben Sie auch in München studiert?«, wollte Ludger wissen.

»Nein, in Aachen.«

Es freute Vera, wie selbstverständlich er sie nach dem Studienort fragte, ganz so, als hieße sie nicht Cohn und hätte wegen Hitler eine so viel kompliziertere Geschichte als die meisten ihrer Altersgenossen hinter sich. Als wäre sie den ganz normalen Weg in

Deutschland von Schule zu Studium und Beruf gegangen, trotz Krieg und Besatzungszeit.

Zugleich schloss sie aus dem »auch«, dass Arthur und er die Münchner Universität besucht hatten. Über solche Details aus ihrem Leben hatten sie bislang nie gesprochen, wie ihr bei der Gelegenheit auffiel, dabei redete Arthur eigentlich gern und viel.

Es war ein spannendes und wichtiges, gelegentlich allerdings auch bloßstellendes Thema. Die Professoren, bei denen man gelernt hatte, prägten einen lebenslang. Die jüngste Geschichte sorgte dafür, dass es wirklich eine Aussage war, wo man studiert und wen man sich zum Lehrmeister erkoren hatte: einen, der nach dem Krieg wieder oder zum ersten Mal auf eine Professur berufen worden war und die nach 1933 verpönte Moderne vertrat, oder einen, der bereits im Dritten Reich erfolgreich gewesen war und nach kurzer Pause wieder an das Althergebrachte anknüpfte und ohne rot zu werden so tat, als habe er schon immer das lang in Deutschland bekämpfte »Neue Bauen« als alleingültige Form der Architektur betrachtet.

Arthurs knappe Bemerkung zu den Äußerungen des Unbelehrbaren vorhin kam ihr in den Sinn. Als einen »früheren Anhänger der Heimatschutzarchitektur« hatte er ihn bezeichnet. Solche gab es leider zuhauf ausgerechnet in einflussreichen Positionen des Bauwesens, noch dazu auf allen Seiten, Behörden wie Bauträgern und Architekten. In den ersten Nachkriegsjahren hatten sie sehr schnell eine Kehrtwendung vollzogen. Zu gern würde sie von Ludger und Arthur mehr darüber erfahren, wie sie dazu standen.

Schon wollte sie nachhaken, da kam Ludger ihr mit der nächsten Frage zuvor: »Wie sind Sie ausgerechnet bei Sandrart in München gelandet? Ist er in Aachen so bekannt, dass man sich aus der Ferne bei ihm bewirbt? Altenheime zu bauen, wie er es hauptsächlich tut, ist sicher nicht unbedingt der Traum einer jungen Architektin.«

»Einen Teil meiner Kindheit habe ich in München verbracht. Die Familie meines Vaters stammt von hier«, begann sie und warf einen Blick auf Arthur.

Bildete sie sich das ein, oder kniff er gerade die Lippen zusammen? Natürlich konnte sich ihres Familiennamens wegen jeder zusammenreimen, wie das weitere Schicksal ihrer Verwandten ausgesehen hatte. Daran, das hatte sie in den letzten fünf Jahren in Deutschland gelernt, wollte jedoch niemand mehr erinnert werden, erst recht nicht von Leuten wie ihr, die sich »erdreistet hatten zurückzukehren«, wie ihr einmal jemand wütend an den Kopf geschleudert und wie wohl auch der Unbelehrbare gedacht hatte. Dabei wollte auch sie nicht mehr ständig an früher und an das Verlorene denken. Es war vorbei. Der einzige Blick, der möglich war, um mit dem Erlebten umzugehen, war der nach vorn. Auch deshalb hatte sie sich – ausdrücklich gegen den Rat ihrer Eltern – für eine Rückkehr nach München entschieden, die Stadt, in der sie als Kind die glücklichste Zeit ihres Lebens verbracht hatte und in der sie nach deren rücksichtsloser Zerstörung neue Paradiese und Himmelreiche für künftige Generationen errichten wollte. Zwar lebten Rike und Oscar auch wieder in Deutschland, allerdings nicht in München, sondern in Bonn. »An die Isar bringen mich keine zehn Pferde mehr zurück«, verweigerte ihre Mutter sich sogar jeder Stippvisite in ihrer einstigen Heimat.

»Das mit den Altenheimen ist ein guter Anfang, wenn man sich mit den Anforderungen des modernen Wohnungsbaus beschäftigt.« Vera beschloss, auf den sachlichen und damit weitaus weniger prekären Teil von Ludgers Bemerkung einzugehen. »Wohnungen werden dringender gebraucht denn je, wie wir alle wissen. Beim Bau von Altenheimen lernt man, sich ganz auf die Bedürfnisse der Nutzer zu konzentrieren und dennoch möglichst günstig für die Kostenträger zu bauen. Genau darauf kommt es jetzt an. Sandrarts Büro genießt einen ausgezeichneten Ruf. Neben den Altenheimen plant er außerdem noch andere Wohnsiedlungen. Darauf lässt sich also im wahrsten Wortsinn hervorragend aufbauen.«

»Habe ich es nicht eben schon gesagt? Sie wissen immer sehr genau, was Sie wollen«, nutzte Arthur betont munter die Pause, in der sie ihr Glas leerte. Wie ihr schien, wollte er so die weitere Richtung des Gesprächs bestimmen. Vermutlich war auch er froh über den Themenwechsel.

»Recht haben Sie! Nur so kommt man ans Ziel. Darauf sollten wir noch einmal anstoßen.« Ludger beeilte sich, die Gläser ein weiteres Mal zu füllen. Vorsorglich hatte er eine ganze Flasche beim Kellner geordert.

»Sie interessieren sich doch sicher auch nicht für alle Ewigkeit für den Bau von Altenheimen«, griff Vera das Stichwort wieder auf, sobald sie ihre Sektkelche abgestellt hatten. »Welche Pläne brüten Sie für Ihre Zukunft aus?«

Eigentlich hatte sie das mehr der Höflichkeit halber und ohne Hintergedanken gefragt. Sobald sie Arthurs und Ludgers betretene Mienen sah, erschrak sie. Peinliche Stille breitete sich aus. Verlegen wichen beide ihr aus.

Da hatte sie wohl einen Volltreffer gelandet! Ihr fiel ein, was Arthur vorhin über die immer gleichen Wünsche der Bauherren sowie Sandrarts Pragmatismus und dessen mangelnden Mut für Neues gesagt hatte. Offenbar hegte Arthur für die Zukunft andere Pläne als ihr gemeinsamer Chef. Und die hingen vermutlich eng mit seinem Freund, dem Bauingenieur und Bauunternehmersohn Ludger zusammen.

»Heute ist wohl wirklich mein Glückstag.« Sie musste lachen. »Erst ruiniere ich mir die neuen Schuhe im Baustellenmatsch, und jetzt erwische ich mit meiner Frage gleich ein riesiges Fettnäpfchen. Wollen Sie mir nicht wenigstens andeutungsweise erzählen, in welches Wespennest ich gerade gestochen habe? Ich werde auch brav den Mund halten. Darauf gebe ich Ihnen mein ganz großes Indianerehrenwort.«

Theatralisch hob sie die rechte Hand zum Schwur.

Arthur beschäftigte sich mit den letzten Krümeln auf seinem Teller, Ludger dagegen sah erst auf ihn, dann zu ihr, schließlich noch einmal zu seinem Freund, der den Blick weiter gesenkt hielt.

»Arthur und ich träumen von einem gemeinsamen Büro, das effizienteren Wohnungsbau anbietet«, begann er leise und räusperte sich. »Dabei werden sein Fachwissen als Architekt und meines als Bauingenieur eine besondere Rolle spielen. Wir arbeiten an einer starken Vereinfachung der Planung wie auch der Ausführung.

Denkbar wäre eine Art Katalog von bestimmten Elementen, die individuell nach den Wünschen der Bauherren kombiniert werden.«

Ehe Arthur es verhindern konnte, steigerte Ludger sich in seine Begeisterung und legte die Karten offen auf den Tisch.

Natürlich war Vera bald klar, dass er sich und Arthur um Kopf und Kragen redete, sollten Sandrart und wohl auch sein Vater zu früh erfahren, was sie beide im Sinn hatten. Bestimmt würden die beiden ihnen Steine in den Weg legen, weil sie nicht auf ihre Mitarbeit verzichten wollten.

Ludgers Enthusiasmus war ansteckend, nicht nur für Vera. Nach einigem Zögern verwarf offenbar auch Arthur seine Bedenken und ergänzte die Ausführungen seines Freundes. Mit weitaus kühlerem und zugleich auch erfindungsreicherem Kopf als Ludger umriss er noch einmal die Grundidee, wog Chancen und Risiken gegeneinander ab, wenn sie auf das Anbieten bestimmter Elemente setzten, und bedachte das Für und Wider der engen Verbindung von Architekt und Bauingenieur.

»Damit schlagen wir mehrere Fliegen mit einer Klappe«, behauptete er kühn. »Der Planungsprozess wird vereinfacht, weil er von Anfang bis Ende in einer Hand liegt, der Bauprozess verkürzt sich, weil die einzelnen Phasen viel enger als bislang miteinander verzahnt sind, und die Kosten bleiben besser kalkulierbar, weil die von uns eingesetzten Module in sämtlichen Details im Vorhinein bekannt sind.«

Der Ansatz klang genial. Und wirkte schon ausgereift. Wahrscheinlich feilten sie schon seit Langem daran. Zudem war klar, wem welche Rolle in dem gemeinsamen Projekt zukam und wie eng und selbstverständlich sie miteinander arbeiteten. Das konnten sie wohl nur, weil sie einander schon lange kannten. Jeder war über die Stärken und Schwächen des Partners im Bild, wusste, wo sie sich ergänzten und wo sie sich im Weg standen und wie sie das verhindern konnten. Letztlich vertrauten sie einander blind. Eine solche Freundschaft war Gold wert. In Vera keimte Neid.

Von Arthurs weiteren Ausführungen hörte sie bald nur noch

einzelne Satzfetzen wie »besondere Anforderungen an die Effizienz«, »Konzentration auf moderne Wohneinheiten nach den Erfordernissen der Zeit« oder »weitaus leistungsfähiger als die Konkurrenz«. Wie gern sie seiner Stimme lauschte. Darüber schweiften ihre Gedanken ab. Er gefiel ihr immer besser, nicht nur als Kollege, auch als Mann.

Durfte sie das? War es möglich, dass sie, die aus dem Exil zurückgekehrte Tochter eines Juden, sich keine zehn Jahre nach dem Ende der Nazizeit in einen jungen Deutschen verliebte? Wie aus dem Nichts sah sie Bill Dawson vor sich, ihre erste große Liebe auf der Highschool in New York.

»Eines Tages wirst du zurückgehen, einen netten jungen Deutschen kennenlernen, dich verlieben, alles verzeihen und vergessen«, hatte er prophezeit.

»Völlig ausgeschlossen!«, hatte sie erbost erwidert.

Sie musste an die vielen verlorenen Freunde und Verwandte denken. Ihre Augen füllten sich mit Tränen. Warum kochte die Vergangenheit bei jeder Gelegenheit wieder hoch? Hatte sie kein Recht auf eine unbeschwerte Zukunft? Durfte sie nicht einfach ihren Gefühlen nachgeben? Sie schluckte, um die Tränen niederzuringen.

»Sind Sie mit dabei?«

Ludger rüttelte sie sacht am Arm. Sie schreckte auf.

»Wie? Was?« Verwirrt sah sie ihn an. Wie sie seinem Blick entnahm, hatte sie da gerade weitaus mehr verpasst als nur das abschließende Fazit zum geheimen Vorhaben der beiden. Jetzt war sie es, die sich ertappt fühlte. Ihre Wangen begannen zu glühen. Zum Glück lösten die beiden Freunde die Situation schnell auf.

»Das Fußballspiel morgen, großes Finale in Bern, Deutschland gegen Ungarn«, wiederholte Arthur die Stichworte, die sie ihr offenbar schon einmal genannt hatten.

»Sicher haben Sie mitbekommen, welche Sensation der deutschen Mannschaft gelungen ist. Wir stehen im Endspiel der Weltmeisterschaft!«

Ludger strahlte übers ganze Gesicht. Unmerklich zuckte Vera

zusammen. Noch der kleinste Anflug von Patriotismus flößte ihr Unbehagen ein. Sie war zu empfindlich. Außerdem war sie selbst in Deutschland geboren, hatte einen deutschen Pass und zählte zu den Deutschen. Ludger hatte ausdrücklich »wir« gesagt und sie ganz selbstverständlich eingeschlossen. Sie gehörte dazu, genau wie alle anderen. Deshalb war sie doch wieder da.

»Natürlich wollen wir uns das mit Freunden und Kollegen in einer Fernsehstube ansehen«, ergänzte Arthur.

Vera war sich nicht sicher, ob er ihre Verwirrung registriert hatte.

»Wäre fein, wenn Sie uns dabei Gesellschaft leisteten.« Ludger strahlte noch immer. Er zumindest hatte offenbar nichts von ihrer Unsicherheit bemerkt. »Meine Verlobte und einige andere Damen sind auch dabei. Sie wären also nicht allein unter Männern.«

»Ich würde mich wirklich sehr freuen, wenn Sie morgen mit zum Fußballschauen kämen«, wiederholte Arthur die Einladung, nachdem er sie am frühen Abend mit Sandrarts schickem BMW vom Richtfest in Forstenried in die Agnesstraße in Schwabing chauffiert hatte. Dort bewohnte sie ein möbliertes Zimmer bei einer betagten Professorenwitwe, die noch ihren Großvater, den Philosophieprofessor Daniel Cohn, gekannt hatte.

Arthurs neuerliche Einladung klang fast schon flehentlich. Das rührte Vera. Dennoch zögerte sie mit ihrer Zusage. Eigentlich war sie anderweitig verabredet, ebenfalls zum Fußballschauen. Ausgerechnet mit Constantin, dem einzigen Freund aus Kindheitstagen, der ihr in München geblieben war. Sie war froh, wie selbstverständlich sie bei ihrer Rückkehr vor knapp fünf Wochen an die alte Vertrautheit hatten anknüpfen können. Auf das gemeinsame Fernsehschauen freuten sie sich seit Tagen.

»Ich muss erst noch …«, setzte sie an und brach sofort wieder ab.

Einen Wimpernschlag lang war Arthur irritiert. Enttäuschung blitzte in seinen himmelblauen Augen auf. Vera wollte ihm tröstend die Hand auf den Arm legen, da fing er sich bereits wieder und versicherte ihr mit seinem charmanten Lächeln: »Überlegen Sie sich gut, was Sie jetzt sagen. Diesen Knaller dürfen Sie sich einfach nicht entgehen lassen. Sie werden viel Spaß mit uns haben. Es ist eine sehr nette Runde. Sie passen bestens dazu.«

Hatte er das gerade tatsächlich gesagt? Sie hätte aufjauchzen mögen vor Glück! Wann hatte sie solche Worte zuletzt gehört? Noch dazu von jemandem, der ihr derart gut gefiel?

»Ich habe zwar keine Ahnung von Fußball, aber wenn Sie so nett bitten ...«

»Sie wären die erste Frau, die ich kenne, die Ahnung von Fußball hat.«

»Und trotzdem laden Sie mich dazu ein?«

»Es gibt schlimmere weibliche Eigenheiten.«

»Das nehme ich jetzt einfach mal als Kompliment.«

»So war es auch gemeint.«

Seine Stimme wurde leise und weich. Vera verspürte ein wohliges Kribbeln. Sie hatte die richtige Entscheidung getroffen. Es ging um ihre Zukunft. Constantin würde das verstehen. Letztlich war er mehr als ein guter Freund. Eigentlich war er der große Bruder, den sie nie gehabt hatte.

»Die Gastwirtschaft ist nicht weit vom Rotkreuzplatz in Neuhausen«, hatte Arthur es zu ihrem Bedauern plötzlich eilig. Die Situation wurde ihm wohl zu heikel. Sie musste schmunzeln. Dabei war er es gewesen, der als Erster ein eindeutiges Signal ausgesandt hatte. Männer! Immer wieder schreckten sie im letzten Moment vor der eigenen Courage zurück. Von Neuem dachte sie an Bill, dieses Mal allerdings mit einem breiten Lächeln auf den Lippen. Ihren ersten Kuss hatte sie ihm gegeben, nachdem er im letzten Moment einen Rückzieher gemacht hatte. Hoffentlich blieb sie nicht zeit ihres Lebens diejenige, die zum ersten Schritt verdammt war.

»Ich hole Sie gegen vier Uhr nachmittags ab«, holte Arthur sie in die Gegenwart zurück. »Das heißt natürlich, sofern es Ihnen nichts ausmacht, in meinen schlichten Käfer zu steigen, nachdem Sie heute so vornehm im BMW chauffiert wurden.«

»Der ›Barockengel‹ wäre mir zwar lieber, aber deswegen zu Fuß zu gehen ist bei dem Wetter auch keine Alternative.«

»Vor allem nicht, wenn Sie sich nicht ein weiteres Paar Schuhe ruinieren wollen.«

»Mal schauen, was ich mir stattdessen in Ihrem schnöden Käfer ruiniere.«

Lied vom Knotenpelz und von de

Text: Carl Theodor Müller (1796–1873)
Melodie: anonym